图书在版编目（CIP）数据

陇州古诗集注 / 王会林主编. -- 西安：太白文艺出版社，2024.12. -- ISBN 978-7-5513-2642-1

Ⅰ．I222.72

中国国家版本馆CIP数据核字第2024YK1353号

陇州古诗集注
LONGZHOU GUSHI JIZHU

作　　者	王会林
责任编辑	蒋成龙
整体设计	建明文化
出版发行	太白文艺出版社
经　　销	新华书店
印　　刷	西安市建明工贸有限责任公司
开　　本	787mm×1092mm　1/16
字　　数	780千字
印　　张	50.75
版　　次	2024年12月第1版
印　　次	2024年12月第1次印刷
书　　号	ISBN 978-7-5513-2642-1
定　　价	138.00元

版权所有　翻印必究
如有印装质量问题，可寄出版社印制部调换
联系电话：029-81206800
出版社地址：西安市曲江新区登高路1388号（邮编：710061）
营销中心电话：029-87277748　029-87217872

陇州古诗集注

王会林 主编

陕西新华出版
太白文艺出版社·西安

陇州风貌的画意描摹
地方历史的诗情书写

——写在《陇州古诗集注》出版前

张宝林

这是一部古陇州诗歌的汇聚集合，一部古陇州风貌的画意描摹，一部古陇州历史的诗情书写。这是我先睹王会林先生《陇州古诗集注》后的总体印象。

我这么说，既不是尺水丈波的恭维抬高，也绝非謷言妄举的信口雌黄，而是源自我对中国古典诗词和陇州历史文化整体观照后得出的结论。

古陇州诗歌的汇聚集合

这句话里有陇州、诗歌、聚合三重要义。陇州说的是地域，诗歌说的是文体，聚合说的是齐全。

陇州，是个古地名，是古代中国的一块地方行政区域。《辞海》里说：

> 陇州，州名。西魏废帝三年（554）改东秦州置，以陇山得名。治所在汧阴（今陕西陇县东南），北周移治汧源（今陇县），后废。唐武德初改陇东郡复置，辖境相当今陕西千水流域及甘肃华亭县地。其后逐渐缩小。金移治汧阳（今陕西千阳

西北）。元初复移治汧源（今陇县），明、清不领县。1913年改为县。

我照搬《辞海》上"陇州"词条于此，是为了向热爱陇州历史文化的有心人抛砖引玉，也给《陇州古诗集注》的读者提供一把阅读的钥匙。实际上，我与会林在二轮《陇县志》编纂中分别出任执行主编和副主编，我还做过九年首轮《陇县志》的编辑，两人又一生都喝着这块黄土地上的乳汁，吃着它产出的粮蔬，对古陇州、今陇县的熟稔程度，绝非辞书上说得那么简单。

陇州，就是这么一块辖域曾经由秦川西梢伸往陇山西坂、秦岭西部边缘，后又回缩至三秦西垂、陇原东南，占据着陇山东北、岍山西南、汧水流域的一方"凹"形水土。这里，周孝王八年（前890）设置汧邑，周显王十九年（前350）改设汧县，嗣后历代均设州郡建制。从西魏元钦二年（553）以"山"名"州"，到民国二年（1913）废州置县，陇州的名称赓续长达1360年。大抵是因为这个名字用时长久，或因一州管着数县听来气派之故吧，州改县百年之后的当今，陇县人仍念念不忘它的故名，甚至连州城所在的汧川也唤作州川，把流过州城的汧水亦谓之州河。我在陇州前加上"古"字，是为了叙述方便起见，粗略地把这块行政区域统称为陇州，这也符合作者的原旨。

这句话里的诗歌，自然是指古诗，即古代中国诗歌的泛称，广义包括诗、词、散曲，狭义仅指古体和近体格律诗。王会林将本书定名《陇州古诗集注》，取广义古诗概念，收集、注释的是上起先秦，下迄清末2700多年间，古人吟咏陇州的诗与词。至于附录中那些有超乎文体和断限之嫌的诗文，那只不过是有益于本书内容的补充罢了。

聚合当然取的是聚集汇合之意，说的是《陇州古诗集注》所收诗歌的"多"与"全"。

古陇州诗歌如恒河沙数。我考究其因，以为缘由有二。

一是这里处在黄河流域中华文明的发祥中心，历史悠久，文化富集。在这块黄土地上，遗留有新石器时代古人用过的器物，西周"矢国"贵族的墓葬群落，秦非子受封"附庸"的夯土城基，秦襄公称"侯"后秦都的"瓦渣胡同";史籍记载着周显王最早设立的汧县,以及后来的东秦州、陇东郡、陇州等高级别建置。州西南的陇山也叫关山,是中国西部的重要地理分界,亦是古代汉人与少数民族地区的天然隔断;商周之交开辟的陇关道、汉初设立的大震关,让陇州不仅是万里丝路上西出长安"第一关",而且也是南下四川、北上宁夏的重要通道。陇州是少数民族进入汉区首个商品集散地的通途。州南的吴山高峻奇险、雄秀兼备,相传古代最早的祭天活动"燔柴祭天"、先周的"泰伯奔吴"均在斯地;东周威烈王四年(前422),秦灵公在此设畤建坛,此后祭天、祭炎黄之礼延续至清。州西北的龙门洞千峰竞秀、万壑争流,春秋尹喜、西汉娄景先后隐居,金元高道丘处机在此创建全真道龙门派名声大振,万里赴诏后屡受册封,"龙门"香火绵亘至今。文明源头、大秦都城的悠久历史,军事要隘、交通孔道的战略区位,西镇吴岳、龙门圣地的精神高地,招惹得帝王巡幸、将相巡察、戍卒守关、驼队接踵、墨客览胜、道徒云集。在漫长的历史演进中,这里的先民创造了绚烂的本土文化,"两山一洞"吸附了丰富多彩的异域文化,它们又融合繁育出绚丽辉煌的新生文化,打有"陇"字号标记的畜牧、农耕、秦源、关塞、道教、社火六大文化形态树大根深、枝叶扶疏,古陇州有诗歌萌发健长的沃壤。

二是这里是中国诗歌的重要源泉之一,诗潮涌动,高峰迭出。中国是诗歌的国度,陇州诗风颇盛。历史上,陇州诗浪此伏彼起、绵绵不息,崛起过与"两山一洞"相对应的三座诗峰。早在周代,这里就民歌盛行,《诗经》里的《驷驖》《小戎》《蒹葭》以及石鼓上镌刻的《汧殴》,都表明了这里是我们这个文明古国里诗歌生根发苗的地方之一。

古陇州诗歌的勃兴是从"陇山诗"旺长的。陇山诗萌生于西汉,发育于南北朝,勃兴于唐宋,衰落于清末。约两千年间,数百名官吏、将士、文人,包括李白、杜甫等诗坛巨擘,壮怀激烈,挥毫疾书,用中国的语言精华堆起了令世人瞩目的陇山诗金字塔,也集结形成了阵容强大的"陇山诗派"。陇山诗是陇州诗歌的第一座,也是最高大绵长的诗峰,称其为古陇州诗歌的"喜马拉雅"也不为过。

陇州诗歌的第二座高峰是"龙门诗",这当然说的是按时序排列。步入金元时期,陇山诗出现滑落,龙门诗冒出了古陇州地面。古陇州西北的龙门山也称龙门洞，"始于春秋，建于西汉，盛于金元"，是春秋尹喜、西汉娄景和金元之交时期马丹阳、丘处机隐居修真过的道教名山。马丹阳、丘处机在龙门洞从事道教活动的同时，亦创作了大量诗歌，龙门诗纷纷面世。丘处机后来远赴中亚，与成吉思汗论养生健体、治国理政之道，在元代获得了崇高的政治地位，龙门洞成了道家圣地，高道、官吏、墨客趋之若鹜，龙门诗峰亦雄起升腾、凌空傲峙。

龙门诗正如日中天，陇州诗史上第三座诗峰"吴岳诗"又崛地隆起了。吴岳亦称吴山、吴峰、五山、五峰，是陇山南段的一道支脉，位于古陇州城南约70里处。吴山据说得名于这里是吴帝后裔太岳部族与吴回部族的发祥地，五山、五峰源自斯山形似"五指"，有"五峰挺秀"之说，吴岳受封于周秦时代，后居五镇之列，以"西镇"闻名于世。吴岳祭祀，始于秦灵公设吴阳畤祭祀炎黄二帝；东晋成帝时代，开始设坛国祭天地，此后历代绵延不绝。吴岳峻峭旖旎，又是皇家圣山，诗歌焉能不盛？吴岳入诗，始于杜甫，馨于清季，气象最盛当属明清。其间500多年里，陇州和莅陇的诗人们用诗篇作"土石"，堆起了赫赫巍巍的吴山诗峰。

在三座诗峰之外，古陇州的叙事诗、抒情诗、送别诗、田园诗、怀古诗、咏物诗、讽喻诗亦佳作迭出，限于篇幅，我便就此打住了。

古陇州诗作云屯雾集，珍品层出不穷。遗憾的是，这些珠玑般的人类文化瑰宝，亘古及今却鲜有人下苦功全面搜集整理，它们只能散见于陇州历代方志等典籍和诗人的文集中。这个空白，现在由陇县县委党校聘请王会林以《陇州古诗集注》填补了。会林酷爱"挖古董"，大半生像他人阅读小说一样品咂中华优秀传统文化。二轮《陇县志》编纂期间，他深感陇州古诗蓄积丰饶，大有挖掘价值。志书撰成，他即全身心投入此项工作，不仅自己披经览籍，还动员在高校任教的女儿王媛协助查寻，硬是从家藏图书和陇县档案馆、陇县图书馆、贵州师范大学图书馆等藏书中，历经四年沙里澄金般的捞筛后，终于收获了《陇县古诗集注》。须知，这可是一部包揽了先秦至西晋、南北朝、唐朝、宋朝、金元、明朝、清朝七个部分，聚结了840首陇州古诗，且后缀了三则附录的著作，我不敢说它囊括了所有与陇州相关的古代诗作，但我可以肯定地说遗漏一定所剩无几。古陇州以区区数千平方公里地盘，产出了这么多古诗，够多的了吧？一部书几乎收尽陇州古诗，够全的了吧？

古陇州风貌的画意描摹

我说《陇州古诗集注》里面所收录的诗歌是古陇州全貌的画意描摹，是诗歌功能与古陇州地理、人文的融合使然。

诗歌的本质属性决定了它的表现对象离不开自然与社会。诗歌按内容可分为诸多种类。"诗可以兴，可以观，可以群，可以怨。迩之事父，远之事君，多识于鸟兽草木之名。"这是孔夫子在《论语·阳货》中对诗歌功用高屋建瓴的概括。当代文艺理论认为，诗歌具有审美、娱乐、教谕、认知、实用五大作用。诗歌的分类与诗歌的功能昭告我们，它和其产生地的人与自然有着无法割舍的关联，不仅叙事诗、边塞诗、田园诗、咏物诗直接以自然景象为记述客体，就是抒情诗、送别诗、怀古诗、讽喻诗，也无法脱离当地的山水、气候、植被、物产以及人与物的互动，否则情何以附？其实，完全无须赘述，用一句"文学是社会生活的艺术映象，诗歌是文学形式，它就必然也必须直接或者间接地反映地理与社会"，就把什么都说明白了。

陇州的独特地理决定了它能够吸引诗人的眼球。陇州的基本地貌是"两山夹一川"，西南部的陇山山脉南段与秦岭隔渭河相望，地质地貌与之相差无几；东北部的千山为鄂尔多斯地台南部边缘，土层深厚，沟壑纵横，属黄土残原丘陵形貌；中部千河谷地接续秦川，河水蜿蜒，淤地平坦，具有鲜明的关中平原内质外表。这里四季分明、雨量适中，山、原、谷、川、水、林、草等生态系统俱全，旅游资源极其丰富。这里又是一方古老的水土，居于华夏文明发祥中心、古代边关重地，文化积淀丰裕，多种文明际会，民风勤劳淳朴，文艺瑰丽多姿。这样的景致和文化，自然会成为诗人笔下描绘的对象，成为他们烹调美诗的优良"食材"。

古陇州的山水，古陇州的文化，像催生诗作的兴奋剂一样弥漫着，让文人一踏进这块皇天后土，诗情就一泻而不可收，非把见闻写上诗笺不可。这些诗，再加上会林写在诗前的"题解"、诗后的"注释""简议"，《陇州古诗集注》不但够得上"古陇州全貌的画意描摹"，且是随着历史脚步行走变化着的动态刻画。

《陇州古诗集注》里收入的"先秦至西晋"诗歌只有7首。《驷骥》《小戎》《蒹葭》三首诗出自《诗经·秦风》，《汧殹》镌刻于十尊"中华石鼓"之一的"汧殹"鼓上。这四首先秦诗歌，记述了秦人受封诸侯国之初，不同人等的生活状况；传神地勾勒了陇山东坡汧水蜿蜒、曲径艰险、芦苇成片、秋露成霜、围场宫苑等景色；又在此天赋空间里，描绘了襄公游猎、奢华排场，秦军强大、车马威武，男女相爱、民妇思夫，庶民捕鱼、气氛温馨等人与景完美结合的画面。

春秋战国相衔至西晋陨落期间，陇州诗几近断档，西汉《郊祀歌》中的《朝陇首》、东汉张衡的《四愁诗》、西晋张华的《登陇首》，就成了古人镶嵌在这条千余年时长项链上的三颗明珠。它们虽断续不衔，但却成为贯通先秦与南北朝诗脉弥足珍贵的支点，重要性不可小觑，价值量不言而喻。从先秦到如今，人类已经走过了27个世纪的历程，这些面世于书写不便、诗文极少时代，能在屡经天灾人祸、饱受磨难劫掠中幸存下来的寥寥数诗，绝对是我辈研究、体味古代陇州风土民情的珍宝。

《汧殹》是《陇州古诗集注》里最能反映先秦陇民生活的经典诗歌。

汧河，即今日之千河，是陇州境内最大的河流，发源于六盘山南麓的甘肃省华亭市石嘴梁南侧，过张家川县于固关镇唐家河进入陕西陇县，从东风镇交界村出境流过千阳县，经宝鸡市凤翔区后在陈仓区千河镇底店村汇入渭河，流域面积3493平方公里，干流总长152.6公里。千河在陇县境内流长68.8公里，流域面积1957.9平方公里，占去了总河长的45.1%和总流域的56.1%，陇县土地总面积的85.6%都在其流域内。陇县的千河谷地平坦开阔、土地肥沃、灌溉方便、交通发达，是历代州县衙署所在地和经济最富庶的地区。西周时期秦人先祖秦非子牧马的"汧渭之间"，秦襄公受封诸侯后的第一个都城汧邑均在这里。《汧殹》诗，描写的就是汧河及其岸边先民的生活。

> 汧殹沔沔，丞彼淖渊。鰋鲤处之，君子渔之。
> 漫有小鱼，其游趣趣。帛鱼皪皪，其盗氐鲜。
> 黄帛其鲌，又鳄又鲌。其渨孔庶，鬵之薄薄。

> 汕汕趦趦。其鱼隹可？隹鳝隹鲤，可以之囊？
> 隹杨及柳。

《汧殹》记录了"两千七百多年前的汧河水势浩大、潭沼密布、群鱼追逐，慷慨地滋养着沿岸的苍生大众""运用白描和反复咏唱的方式，集中强调了汧河鱼类的繁多，道出了古人对河之丰饶的深情赞叹，活现了秦人打鱼时的忙碌景象与快乐心情"；惟妙惟肖地把自然生态与民生状态融于一体，让数千年后的读者如临其境般窥视了春秋时代的汧河相貌，能感同身受地体验奴隶社会后期古陇州百姓的生产生活，是一首不可多得的诗史级佳作。

《陇州古诗集注》南北朝部分，收录有南北朝22人的35篇陇州诗歌。这一时期的169年里，是陇山及其边关、征战诗快速成长的时段，与之相关的内容成为诗歌的主体内容，其中不乏佳作名篇。南朝陈诗人徐陵的《陇头水》，就是一首充分展示陇山冬景的诗歌：

> 别涂笔千仞，离川悬百丈。
> 攒荆复不通，积雪冬难上。
> 枝交陇底暗，石碍波前响。
> 回首咸阳中，唯言梦时往。

这是徐陵登上陇山后书写的一首乡愁诗。诗人强力铺陈了陇山高大危峻、曲径高悬、乱石簇拥、激流奔泻、林木交柯、荆棘丛生、白雪茫茫的景况，淋漓尽致地表现了1500多年前陇山冬日的凶险荒凉。事实上，这就是直至20世纪末关山草原风景区开发之前，陇山深处的真实写照。如今，绿浪翻滚、芳草被覆、溪流曲迂、马叫鸟鸣的关山，已经成为国家4A级旅游风景区，成为城市人休闲避暑、放飞心灵的游乐天堂。倘若游客读过此诗再游关山，在抚今追昔中定会生出沧海变桑田、旧貌换新颜的感觉来。

唐朝是中国古诗的高峰，也是陇州诗的巅峰时期。《陇州古诗集注》的"唐朝部分"，共揽收这289年间67人的118首诗歌。这一时期的陇州诗主题相当集中，完全可以把他们看成一个以陇山为圆心，衍及关陇、戍边、思乡、盼归等内容形成的同心圆。我粗略做过一个统计，仅直接提到陇山、陇水、陇关的诗歌就多达79首，占比达到67.0%；如果加上暗喻等相关诗作，数量和占比将会更多更高。隋唐时陇州诗歌，有三个特点：卢照邻、王维、高适、杜甫、白居易、岑参、皮日休、韦庄、李贺、杜牧等顶级诗人加盟陇州诗创作，形成了陇山、陇水、陇树、险峻、艰苦、悲凉的诗歌意象，定型了《陇头歌》《关山月》《陇头水》《陇头歌辞》《陇头流水歌》等乐府曲牌。大牌诗人的加盟，极大地强壮了陇州诗群的实力，将陇州和陇山诗推上了前所未有的高度。陇山诗虽然从西汉的《朝陇首》发源，但真正形成横空出世、让人仰望的"陇山诗派"则是在唐代，且一直延续到了清朝。一个偏居一隅的小州，何以能让这么多诗坛大咖乃至"诗仙""诗圣"倾慕呢？原因恐怕只能归结于陇山名声太大，陇山的交通和军事地位太过重要吧！

　　唐朝陇州诗虽然以陇山诗为主体，但民生诗也没有缺席。皮日休的《哀陇民》就是一首颇具人民性的经典之作。

> 陇山千万仞，鹦鹉巢其巅。
> 穷危又极崄，其山犹不全。
> 蚩蚩陇之民，悬度如登天。
> 空中觇其巢，堕者争纷然。
> 百禽不得一，十人九死焉。
> 陇川有戍卒，戍卒亦不闲。
> 将命提雕笼，直至金堂前。
> 彼毛不自珍，彼舌不自言。
> 胡为轻人命，奉此玩好端。
> 吾闻古圣王，珍禽皆舍旃。
> 今此陇民属，每岁啼涟涟。

　　鹦鹉，俗称鹦哥，鸟纲鹦鹉科动物，羽毛有红、白、黄、绿等多种色彩，光鲜艳丽，因肉舌柔软能仿人言得"鹦鹉学舌"成语，深受人们喜爱，常被作为观赏鸟类豢养。鹦鹉的主要家园在低湿的拉丁美洲、大洋洲和我国亚热带以南林地。在暖温带阴湿高寒的陇山林区，古代有珍贵的鹦鹉品种生存，这不能不说是一种奇迹，甚或让今人觉得是天方夜谭。

古陇州有鹦鹉的记载，最早见于东汉祢衡的《鹦鹉赋》。唐代，岑参、王建、罗隐先后都曾将鹦鹉入诗。皮日休是第四位写陇州鹦鹉的诗人，他的《哀陇民》将陇民、戍卒受命捕捉鹦鹉敬献宫室的辛劳、艰险乃至丧生的境况，刻画得精细入微、力透纸背；对统治者贪图玩乐、劳民伤财的行径憎恨满腔，为受害兵民哭诉代言。

小地域的政治、经济、文化、社会，是受"大生态"掌控的，诗歌也不例外。走过唐代高峰后，陇州诗就开始逐渐走下坡路了，这与中国古诗的总体走势是一致的。社会进入大宋王朝后，诗歌整体呈现渐趋式微态势。在这样的大环境下，陇州诗出现颓势实属正常，渐衰主要标志在于数量的减少。《陇州古诗集注》的"宋朝部分"只收有宋代38位诗人的64首诗作，较之唐代显然是下降了。当然，宋代陇州诗也绝非乏善可陈，而是射出了两束耀眼的亮光。一是虽然陇山及其相关诗歌占比仍大，但有关民生、帝王、抗金、送别、鹦鹉、缅怀、题画、传说、寺庙、吴山的内容显著增加，从而拓展了其涉猎视野，扩大了覆盖广度。二是继续有欧阳修、司马光、王安石、苏轼、黄庭坚、秦观、陆游等名家承前启后，相继入列创作，为陇山诗添薪助火，让数量下行的陇州诗歌，特别是陇山诗继续在质量高位运行，维持了诗派的继往开来。

品味《陇州古诗集注》的"宋朝部分"，宋祁的《陇州鱼龙川石鱼》让人眼前一亮。这倒不是说这首诗的艺术价值有多高，而是因为题材别开生面。陇州"两山夹一川"的地形里，"两山"占地基本相当。可在诗人们的笔下，描写西南陇山的诗歌层见叠出，而书写东北岍山者则一诗难求。探究其因，无非有三：岍山是黄土丘陵，自然风光与奇峰嵯峨、茂林葳蕤的陇山不可相提并论；岍山是农牧地带，文化积淀与丝路雄关、西镇吴岳的陇山不可同日而语；岍山远离丝路干道，过往墨客很少涉足。受三重合力的阻滞，在《陇州鱼龙川石鱼》诗出现之前，没有一首涉及岍山内容的诗作。物以稀为贵，诗亦是然，《陇州鱼龙川石鱼》因此而给人以别出机杼的感觉。

织鳞藏介石，物化自何年？

无复西江水，长依东海田。

苔纹堪代藻，云叶即成莲。

琥珀藏蚊影，佳名共此传。

　　诗中所言的鱼龙川，位于古陇州汧河谷地北侧的黄土丘陵西部，即今温水镇境内的火烧寨川。石鱼，说的是鱼化石。《陇州鱼龙川石鱼》是宋祁见到出自这里的鱼化石后即兴所赋。清代康熙五十二年（1713）成书的《陇州志》说："鱼龙川源出小陇山东北，流中有五色鱼，人不敢取。"当今的陇县，设有国家秦岭细鳞鲑自然保护区，区内的国家二级保护动物秦岭细鳞鲑，是鱼类鲑科细鳞鲑的一个亚种；体背部呈暗绿色，体侧呈淡红色、微紫，至腹部渐呈白色，体背及两侧散布有长椭圆形黑斑，斑缘为白环纹状，沿背鳍基及脂鳍上各分布数个圆黑斑。《陇州志》所载的"五色鱼"，很可能就是秦岭细鳞鲑。宋祁是进士出身，翰林学士，官至工部尚书。陇州鱼龙川的"石鱼"能让他诗兴大发，足以说明化石很美，具有很高的研究、观赏价值，得来实不容易。

　　北宋之后的很长一段时间里，是中国历史上南宋与金元三足鼎立、群雄逐鹿、战乱频仍的年代。陇州处在宋金对峙锋面，双方长期拉锯，社会动荡不宁，官民惊恐不安，焉有作诗之心？故此，金元两代陇州诗歌继续呈现数量和质量"双下降"的态势。在《陇州古诗集注》的"金元部分"里，会林先生搜罗到了16人的65首诗歌，数量和宋代基本相当，其中46首出自马丹阳、丘处机两人，诗歌的作者面大幅收窄；诗作质量下降也相当明显，几乎没有诗歌出现在后世有影响的综合选本中。金元陇州诗的内容，呈现出陇山诗急剧跌落、龙门诗喷薄而出、吴岳诗芽孢初放三大特征。《陇州古诗集注》的"金元部分"里，陇山诗只有13首，占比20.0%；龙门诗多达47首，占比72.3%；吴岳诗仅有一首；鹦鹉等诗，也只是偶尔见之。

　　龙门洞地处陇山与千山交接地带的今日陇县新集川镇内，自古为方士隐居福地。春秋末期的西周函谷关令尹喜、汉初建信侯娄景，晚年都在龙门洞炼养过。唐代，被后世尊崇为"药王"的医药学家孙思邈，亦曾在龙门洞穴居采药、行医济世。龙门洞最高光的时代在金元时期。金大定十九年（1179），马丹阳西行传道，选择在龙门洞驻足，翌年招来师弟丘处机组建重阳会。马丹阳和丘处机都对诗词情有独钟，于修行播道中坚持写诗抒臆，龙门诗自此平地响雷、一鸣惊人。丘处机在龙门洞修炼七载，创建了全真教龙门道派，后又万里赴诏、一言止杀，"龙门祖庭"闻名天下，龙门诗盛极一时。龙门诗的内容主线清晰，集中于道士传教授徒、化人济世、悟真养性、练功健体、谏言辅政、道友赠答、传道感怀，以及道家信徒、地方官吏、文人雅士赞颂"山水奇观"、人文历史、道家圣地两大方面。在形式上，马丹阳、丘处机以及之后的刘一明等道徒诗人对古诗尤其是词，进行了全方位的"道化"改造，如将"忆江南"改为"望蓬莱"、把"减字木兰花"易名"金莲出玉花"等等，赋予其浓厚的宗教色彩。他们与后世官吏、文人承启形成的龙门诗群及其诗歌创作，内容与形式独树一帜，具有极强的辨识度。龙门洞处在岍山西梢，龙门诗的兴起，一定程度上平衡了陇州诗歌"南盛北衰"状况。

虎啸烈风潜兽愕，魔交长夜睡魂惊。
何时朴直道心显，慧目张开天眼明。

这是丘处机《景福山居二首》之一，诗歌表达了诗人急于悟道成真的心理。这首诗更重要的意义在于描述龙门山野兽出没、环境艰险的情景，为后辈提供了一条具有重要价值的史料：在丘处机生活的年代里，龙门洞的山林中有老虎生息。在马丹阳、丘处机以及其他金元诗人的作品里，对龙门洞山大沟深、森林广布的描述屡见不鲜。及至现今，这里依旧林木漫山、苍翠葱茏，当年有虎豹穿梭完全在情理之中。

明代，陇州诗歌又迎来了新的爆发期。明代276年间，《陇州古诗集注》收入了164人的305首诗歌，人数和诗数都占据了陇州诗歌史上的鳌头。这些诗歌，内容有四个显著特点。

吴岳诗强势登场。多年研究地方历史文化，我曾留意过吴岳诗的源头。在我的视域里，最早提到吴岳的古诗，当属诗圣杜甫的《青阳峡》。杜甫用一句"高秋视吴岳"，为读者打开了在诗歌中初识吴岳的一扇窗户。在陇州诗里又见吴岳，是在宋代陇州吴山县令丁带的《吴山县十首》中。丁带诗中所述主要对象亦非吴岳，只是他抒发任职吴山县胸臆时的顺便一提。真正用诗歌书写吴岳的第一人，当数元代大臣张雪峰。元泰定五年（1328），张氏受帝王之命祭祀吴山后，用一首《题吴山》的七律，描绘了吴岳景致，道明了祭山目的。时光流转到明代，吴岳诗突然井喷，一下子就出现了96位诗人用190首诗歌书写吴山风光与祭祀盛况。吴岳诗虽然前有铺垫，但为何能在明朝突然间平地成山？明代帝王对吴山厚爱有加、祭祀更盛，是最主要的推力。

陇山诗热度回升。在历经金元陇山诗下跌之后，明代陇山诗的数量又开始回暖，有36人用48首诗歌抒写对陇山的感喟。

龙门诗断崖跌落。金元时期龙门诗直线飙升，是因为有马丹阳、丘处机两大道教诗人扛鼎，又借助了两朝统治者对龙门教派推崇之势。随着马、丘相继离去和金、元王朝的次第陨落，先是诗群失去主将，后有教派丧失独宠，龙门诗亦随之褪去了昔日的辉煌。明代，只有六位诗人创作了七首龙门诗；而吴岳国祭却备受明廷重视，诗人们的目光也由龙门洞转移到了吴山，吴岳诗一飞冲天。国家对意识形态和文化的巨大作用力，由此可见一斑。

鹦鹉诗平缓维持。明代，陇州的鹦鹉诗既未现高潮，也不曾断线，仍有诗人在续写鹦鹉诗歌；既无明珠之作，也无文字垃圾，质量居之中位。

总体而言，明代陇州诗的内容以吴岳居于主体地位，作者以主祭和陪祭的各级官吏为主，许多人官至各部尚书，其中不乏像李东阳、王九思、徐祯卿、唐寅等在文坛颇具影响的名家。但因诗歌集中围绕吴山风光、祭祀这一中心，内容的"同质化"相当明显，严重地制约了诗歌质量。同时，这一时期的民生诗几近缺失，这不能不说是一种遗憾。

含灵毓秀郁崔嵬，独镇西秦接上台。
瀑布远从千涧落，芙蓉直向五云开。
龙归古洞藏山雨，鸟弄闲花点石苔。
好景无边看不尽，人间何必羡蓬莱。

1484年10月,时任陕西布政使芮钊陪同吏部左侍郎耿裕祭祀吴岳后,意气风发,诗兴盎然,挥笔蘸墨写就了这首摹画吴峰美景、抒发内心激情的诗章。这首诗对吴山的写意虽不无溢美之嫌,但仍不失其引导游览和升华认识的作用。

清朝是中国古诗的虚假"中兴期",诗人多、诗作多是其鲜明特征,陇州诗坛亦然。王会林先生在《陇州古诗集注》中,辑录了63人的246首诗作,作者和作品数量仅次于明代。清代陇州诗歌的特点是内容多样化,陇山诗、龙门诗、吴岳诗虽然在数量上仍占优势,但比重有所下降;鹦鹉诗依然时有露面,说明陇山仍有鹦鹉生息;风物、叙事等诗大幅增加,丰富了诗歌内容,反映了人民生活。其中,《目观州署颓圮有感哀陇民》《陇州杂诗十二首》《晚宿故关》《长宁驿》《暮归》《喜雨》《题古药王洞重修二首》《度陇杂咏》等诗歌,有的写遭受回民起义重创后陇州的肃杀和民生的疾苦,有的写久旱得雨后五谷起死复生,有的写重修药王洞的过程,有的写清末陇州的凋敝衰败,它们共同的特点是融入了诗人对陇州人质朴勤劳的称赞和困苦生活的同情,读来感人至深;《陇州八景》《城烟锁柳》《登开元寺浮屠》《莲池诗四首》《陇州咏物诗》《游八龙潭》等诗,描绘了陇州诸山和陇州城、长宁驿、花园头、撒家店、八龙潭等陇州风貌,写生了云溪宫、文昌宫和开元寺、药王洞、莲池等景观,甚或还为四季变化、阴晴雨雪,乃至蝉、鹰等动物存了照;《陇山歌送许天玉之官新安》《赠袁学士》《酬杨昌林三首》《陇上登高和汤参军韵》《怀方公友石》等诗,历数了友人的优长、缅怀了朋友的厚谊,情深意切,催人泪下。

> 万籁无声锁寂寥,高斋短烛尘清宵。
> 乍闻天际龙雷吼,恍令城南地轴摇。
> 磅礴倒倾巫峡水,奔腾怒卷浙江潮。
> 揽衣出户中庭望,唯有松风帘外飘。

这首题为《汧涛夜惊》的七律,是《文宫八景诗》中的一首,向世人展示了百余年前的汧河风采。汧河和汧川,是陇州人民的母亲河、父亲川；然而，从春秋时代的《蒹葭》《汧殹》之后至罗彰彝《汧涛夜惊》出现前，汧河却被诗人们熟视无睹。清人让销匿了近2500年的汧河重入陇州古诗，如一溪清流淌过古诗称霸的年代，流进了现代诗歌百花争艳的新天地。

古代的诗人们写遍了古陇州东南西北、山川河流、春秋轮回、夏雨冬雪、风物人情、生活百味，王会林先生数年寒窗磨砺，穷搜博采古人文宝，给予题解简议，著成了《陇州古诗集注》。我读此书，深有"一册在手，全域在心"的感觉。说它是"古陇州风貌的画意描摹"，该不言过其实吧？

古陇州历史的诗情书写

中国的汉语词汇里有"诗史"一词，它是对古代叙事诗中的长篇作品，或者某些能全面地反映一个历史时期社会状态、人民生活的优秀长篇叙事作品的评价式定义。我试图对王会林先生的《陇州古诗集注》做一个客观的评价，书中所收古诗皆为短章，显然不符合诗史的基本特征。但是，这部著作里的大部分诗篇都涉及对陇州重大历史事件或者断面的扫描，集注者又按时间顺序把它们排列，加上题解、注释、简议等研究性补充文字，将其连缀成一部完整的长卷，赋予了该书以"诗写陇州史"的使命。基此，我说《陇州古诗集注》是一部古陇州的诗史。

《陇州古诗集注》对陇州历史的书写，是从秦襄公受封诸侯，在古陇州地面上建立第一个秦都开始的。收入"先秦至西晋"的7首春秋诗歌，从不同侧面，描写了2700多年前秦襄公、秦文公两代诸侯建都汧邑的历史。《驷驖》写的是秦人的开国之君秦襄公乘坐高头大马驾着"豪车"，带着侍从在围场打猎、去宫苑游玩的情景。《小戎》则借用一位民妇的口吻，记述了秦军出征的强大阵容和她对西征丈夫的思念，记录了秦国创立之初与犬戎连年交战的史实。《汧殹》和《蒹葭》表现的是那个时代汧河岸边平民下河捕鱼、青年男女恋爱的生产生活。

这就是先秦古陇州时空里，秦君、秦兵、秦民征战、劳作、生活的历史，鲜活灵动，栩栩如生。

陇州西南的陇山，既是中原汉人区与西部少数民族区之间的天然"长城"，山间谷地、山顶豁口又是连接两者的通道。汉初在陇山之巅设立的陇关和之后更名的大震关，肩负着西部门户的重责；张骞通西域后，翻陇山西出大震关的陇关道，成为丝绸之路上的重要一段。军事交通上的举足轻重，让陇山、大震关成为闻名遐迩的名山名关。《陇州古诗集注》里采撷来的汉代郊祀歌《朝陇首》，特别是南北朝时期陆凯《赠范晔》里的"折花逢驿使，寄与陇头人"，"驿使""陇头"四字分明告知今人：陇山也叫陇头，是沟通东西的交通要道。紧接其后的《有所思》和《白马篇》两诗中，沈约用"西征登陇首，东望不见家""关树抽紫叶，塞草发青芽""垂泪对汉使，因书寄狭斜""长驱入右地，轻举出楼兰"等诗句，更是把"陇首"上住着把守"关""塞"的将士，山路上常有"汉使"往来，这里可长驱"右地"、遥及"楼兰"说得明明白白。《陇州古诗集注》把包括陇山、大震关、丝绸之路在内的陇山诗——西汉凸出地面，五代发育隆升，隋唐达到高峰，两宋出现下滑，金元跌至低谷，明代再度崛起，清朝平稳延续的发展脉络呈现得清清楚楚。历代诗人们用数以百计的诗歌，全方位、多视角、形象化地书写了陇山高大险峻、守关艰难辛苦、丝路蜿蜒崎岖、军事争斗频仍的情形。"秦都汉关，丝路要隘"，是古陇州文化积淀厚重的象征。陇山诗，何尝不是写在这张名片上的背书？

秦统一六国后大兴驰道，回中道就是其时修筑的出秦都咸阳，过凤翔汧阳，经汧县北上，抵朔方萧关的北去大通道。秦始皇西巡陇西，汉武帝北察萧关，唐太宗瓦亭巡牧，都曾出入"回中"。唐代诗人温庭筠的《回中作》写的就是他路过回中道的见闻心绪。"苍茫寒空远色愁，呜呜戍角上高楼""千里关山边草暮，一星烽火朔云秋"，诗人把他亲眼所见的连绵关山、萧索秋色、哨楼号角、暗淡烽火尽入诗中。他虽然意在借景抒愁，但诗中文字表明，古陇州不但有回中道通往塞北，而且有重兵把守，是军事重地。张仲素的《陇上行》是一首宣泄自己登上陇山后抑郁心境的五绝。"行到黄云陇，唯闻羌戍鼙。不如山下水，犹得任东西。"重重黄云笼罩着陇山，眼前什么都看不见，只能听到羌军击鼓声穿云而来。作者由此发出感叹：我和驻守在这里的官兵，连山下的流水都不如，流水还能自由决定自己的走向，而我却身不由己。诗歌告诉人们，在张仲素生活的唐代中期，陇山是中原汉人居住区和西部民族区的分界，山西居住的民族是羌人；作者听到戍鼙声的惊恐表明，他初来乍到陇山，这里很不太平。皮日休的《哀陇民》同样是一首史料丰富的诗歌，他除了向后人言明陇山有鹦鹉，而且还是稀有品种，向朝廷纳贡的历史外，还纠正了史书上一则错讹。《陇县志》大事记载："北宋建隆二年（961）七月，陇州向朝廷进献黄鹦鹉。"这是正史里第一次出现陇州朝贡鹦鹉的文字，许多人都误以为陇州鹦鹉是那时候才成为贡品的。皮日休是唐代诗人，生活在834年至883年之间，他的诗歌证实：陇州向宫廷进献鹦鹉至晚也在唐代后期，因为《哀陇民》写的就是陇州官民奉命向朝廷捕捉贡品鹦鹉的史实。

　　宋代诗人宋祁的《陇州鱼龙川石鱼》，是为他得到的一块"五色鱼"化石而赋的。这首诗在给人以文学审美享受的同时昭告：千余年前的宋代，陇州鱼龙川有"五色鱼"面世。这种化石，陇州后来再未发现过，故无法佐证宋祁所得鱼化石形成的大致年代。但《陇州鱼龙川石鱼》将"陇州"诗歌的记事时间，向前推进到了以地质年代为"纪年"的某个时期，则是不争的事实。如果地质学家、古生物学家据此资料在今火烧寨一带探寻"石鱼"，说不定还会有惊人的收获。丁带是宋代中期的吴山县令，他的《吴山县十首》是写自己做官时落寞经历的，十首诗反映的大致是这里山大沟深、环境恶劣、人烟稀少、蹊径不畅、窑洞破烂、民生维艰、政务稀寥等社会现实。吴山县曾经是陕西省凤翔府陇州下辖的一块很小的行政区，治所在今宝鸡市区西缘的县功镇，辖地直达陈仓区西南西山地带。吴山县销声匿迹已经很久了，丁带的诗不仅记下了宋代陇州有个吴山县，而且逼真地保留了该县当时的县情。

　　金元诗歌集中把龙门洞、龙门派、马丹阳、丘处机的史料留给了后人。透过《陇州古诗集注》里的原诗和王会林的附加文字，读者可以窥探龙门洞从春秋到金元的历史脉络，粗略看出全真道的教义宗旨，了解马丹阳、丘处机的修炼过程，从而勾起今人对丘处机"万里赴诏，一言止杀"传奇事迹的求索欲望。

　　明朝是吴岳诗异军突起的年代，吴岳诗的集合体同样称得上是"诗史"，它们共同记载了西镇吴山是华夏名山、深受朝廷重视、国祭活动不断的盛况。通过诗篇的数量，我们能够深切地感受到：元代对吴岳的恭敬虔诚，祭祀规格和频次都优于其他时期。

　　清人诗歌记载的史实更加丰裕。从明崇祯五年（1632）起，高迎祥、李自成及其部将在与明军交战中八次出入陇州，攻城占乡，社会动荡，经济受创。清康熙十三年（1674）吴三桂起兵反清，平凉提督王辅臣策应，遣兵攻陷陇州城；清军与反清军布阵对垒、拉锯争锋，三年后清军方才控制陇州。"十载经兵后，穷愁不忍看。河山还气象，庐舍已凋残。独火云中出，孤村岭上寒。疮痍今尚痛，抚恤忘恩宽。"刘琮用一首《目观州署颓圮有感哀陇民》记载了连年兵燹后陇州的景况，会林动用题解等手段，还原了战乱过程，形成了完整史料。清咸丰十一年（1861）起，陕甘两省起义回民先后十次进攻陇州，占领州城、固关、咸宜关、曹家湾、火烧寨、田家河、白石、黄花峪、河沟寨、白牛堡、太春堡等村寨，烧毁州城开元寺木塔，清兵多次征剿，双方反复争夺，民众惊恐不宁，经济损失巨大。战乱结束不久，方玉润受朝廷委派来陇担任州同。耳闻连年兵祸，目睹破败景象，这位学者忧心忡忡、愁肠百结，写下了《陇州杂诗十二首》。"莽莽关河黯，苍苍野树浮。驿荒花落色，沙冷雁团秋。战伐三年苦，流亡几处收。至今筹抚字，陇水咽难休。"这是杂诗中的一首，诗人把战乱造成的衰败凋敝状况刻画得入木三分。在《陇州古诗集注》中，王会林妙用简洁笔墨，使补充资料与原诗浑然一体，合力完成了对这段不堪回首历史的记录。

　　《陇州古诗集注》中，记述陇州历史的诗歌不可胜数，我所列举的这些只是海滩拾贝，能说它不是"古陇州历史的诗情记述"？

　　考古发掘结果表明：6000多年前，陇地汧河岸边二级阶地上已经有步入文明社会的先民生息，3600多年前中华民族有了比较成熟的文字，2700多年前老祖宗留下了中国最早的诗歌总集《诗经》。诗歌记陇州事，始于秦襄公建都汧邑，是在中国诗歌的成型时期。会林的《陇州古诗集注》，收集了上起先秦、下迄清末的陇地古诗，是一部货真价实的古陇州诗歌总集。

　　如果把古陇州看作一卷融自然、人文于一体的厚重画册，《陇州古诗集注》则反映了这块热土上不同时代的自然状貌和人文历史，又绘声绘色地描绘了不同时代人民生活的生动画面……于是乎,《陇州古诗集注》就成了一部集地方文脉、诗人智慧、编者心血的古陇州历史写真集。

如果把陇州的历史看作是一条长河,从春秋到清末完全可以说是波澜壮阔沧海桑田的一段。文人用诗歌记录了这段河流里翻卷的浪花抑或泛起的涟漪,王会林先生把它们收集整理到了一起,又加进了自己探索的成果和感悟……于是乎,《陇州古诗集注》就成了一部有韵味、有温度、有史实的著作。

我说这些,是自己读完《陇州古诗集注》的真切感受。是不是这样?只能请读者朋友在阅读中体会!

2023年4月26日·古陇州·山水轩

注:张宝林,中国散文学会、陕西省作家协会会员,陕西省地情专家,陕西省教育志专家,陇县作家协会主席,《关山》文艺执行主编。

自　序

在陇山之东、渭河支流千河（古称汧河）的上游，古代有个行政区叫陇州。西魏以前，陇州所在地有过汧县、陇东郡、汧阴县、东秦州等身份。俟至西魏废帝二年（553），东秦州更名为陇州。自此始，陇州这一行政区划一直延至清朝。说得直接点，昔日的陇州即是当今的陕西陇县。尽管隶属关系屡有变化，管辖范围时大时小，但陇州的州治从未离开过陇县。

就历史的进程看，陇州很平凡。在数千年的时光中，她经受过金戈铁马的凌虐，享有过莺歌燕舞的升平；在岁月的递迁中，她送走了商周秦汉，握别了唐宋元明，一路风尘仆仆地走到了清末。可从文化的角度观察，陇州却卓尔不群、天赋神韵，以至让奕世的诗人深情眷顾，为之写下了众多的诗篇，将其装点得文采烨烨、诗华焱焱。可以说，陇州的每一寸土地都是孕育诗歌的温床，每一处景观都是滋生诗歌的沃土，她的山川原野中回荡着诗的旋律，乡村城镇间弥漫着诗的芬芳，河流溪水里闪耀着诗的光芒。

一

拥有陇山、吴山和龙门山是陇州的幸运，是上苍对这方热土的特别眷顾。古往之时，这三座大山极负盛名，引得无数诗客竞相折腰。因了他们的妙笔生花，这些山脉尽数化作诗歌的高峰，无不令人仰视。

陇山旧称陇坂、陇坻和陇头，盘桓于陇州西南。仿佛伟岸的铜墙铁壁，它将渭河平原与陇西高原决然地分隔开来，因而成了中原王朝与西域诸邦国间的"界山"，成了虎贲争锋的战场，甚而成为边塞的化身。盘山而过的秦陇道，是古代中西交通的大动脉，亦是古丝绸之路必经的畏途。雄踞陇山之巅的大震关控引东西，为历代兵家必争的要隘。地理位置的特殊和山间道路的扼襟，让陇山遭遇了太多的硝烟战火，见证了太多的东来西往，拥抱了太多的骚人墨客，因而演绎出了惊心动魄的传奇故事，体验到了芸芸众生的悲欢离合，催生出了森罗万象的诗赋华章。从汉武帝时代起，历代的诗人们就为陇山而呐喊、而吟哦，其中既有乡土文士们的竹丝交响，也有张衡、徐陵、杜甫、陆游、李梦阳、王士正等诗伯们的钟鼓鞀鞈。陇山之水"流离山下"且"鸣声幽咽"，因之猛烈地触动了古人的悲思愁怀，让一首又一首格调凄怆的诗歌接踵而生。远在汉代，人们即缘陇山创制了《陇头水》曲名，将其作为固定的诗体纳入乐府《鼓角横吹曲》中，令历世的诗客们依曲填词、久唱不衰。尽管坐落在北方高寒地区，陇山在古代却盛产鹦鹉。陇山鹦鹉毛羽华丽、叫声清脆、举止乖巧，诸多诗家对它大加青睐，每每将其形于笔端，使之产生了"陇客""陇禽"等别称，甚至化作天下所有鹦鹉的象征。而唐人皮日休《哀陇民》一诗的泣诉，更使人们对陇山鹦鹉的印象浃髓沦肌。

西镇吴山五峰挺出、崔崒峻雄，远望若凌汉之芙蓉，近观如擎天之巨掌，是陇州境内的又一名山。在古人心目中，吴山之神身系国步之兴衰、运关黎民之休戚，因之对它恒加礼敬。从唐代始，历朝封建帝王即对其不断加封，使之获得了"成德公""天岳王""灵应王"和"成德永靖王"等尊号。尤其是在元、明、清三代，吴山愈发尊荣，朝廷几乎每年都要派大员前往山上祭祀，将真诚的仰戴和美好的祝颂奉献给它。朝廷的顶礼膜拜，使得众多文雄们也对吴山欣慕不已。他们纷纷挥毫泼墨，用诗歌为其添加了新的高度。

龙门山位于陇州州治西北，是名震遐迩的道教洞天。其山双峰对峙，状似龙门。山中危崖摩天，碧水清沏，溶洞窅冥，林木蓊荟，境界幽谧，是方外之人养心修道的理想之地。相传西汉初年，便有官员弃职归隐于斯。之后，山中道气日渐郁律。特别是到了金世宗大定二十年（1180），道教全真教弟子丘处机移驾龙门，于山中苦修七年，居然创立了全真教的龙门派。龙门山由此名传天下，成为众庶求神祈福的仙境。琳馆的黄冠们于是载奔载欣，不时题诗以状龙门之奇。而尘网中的方巾们亦蜂拥前往叩拜，把灵府的激情凝结成诗，将龙门山摹画得大放异彩。

二

除去山，陇州还有澄碧的汧河，有神奇的鱼龙川和星罗棋布的乡村。它们各具特色、别有韵致，因之招致了众多诗人的青睐，被诗歌装点得五光十色。

唐朝初年，天兴（今陕西省宝鸡市凤翔区）出土了十面石鼓。它们为秦文公时的遗物，上面刻有四言古诗。其中的《汧殹》诗有十七句六十八字，是为讴歌汧河而作的。诗中详细介绍了远古年代汧河鱼类的丰盛繁多，描绘了秦人在河中捕鱼时的忙碌景象和欢乐场面。通过这首诗，我们对2700多年前的汧河有了形象而直观的了解，看到了早期秦人生活、活动于陇州一带的蛛丝马迹。不仅鱼多，汧河的上游在古代还有个湖泊叫作汧湖，也称弦蒲薮。此薮被记入《周礼·夏官》和《水经注》中，是古代中国著名的九薮之一。晚唐某年的深秋季节，位列"咸通十哲"之首的大诗人许棠壮游西北边塞来到陇州，在翻越陇山西行之前，游览了静处陇山脚下的汧湖，并且吟出了五言律诗《题汧湖》二首。两首诗对汧湖的湖光水色和周边佳景作了绘声绘色的描写，将其秀美比作京师长安的曲江池。由于在游湖观光中获得了无尽的乐趣，诗人心旷神怡，乃至忘却了即将攀登陇山的愁苦。时至今日，当年的汧湖早已变作桑田，幸亏许氏的诗作为其留下了两帧珍贵的快照，才使我们有幸一睹它曾经的风姿。

今陇县城关镇所辖的神泉村，古谓神泉镇。该镇有座张女郎神庙，又名神女祠。祠中所供女神，为东汉末叶汉中王张鲁之女张琪瑛。古时，人们于每年的清明节都要在祠下聚会宴饮并奏乐祈福。唐末某年的清明日，知名诗人苏乞也欣然参与了这一盛会。因被欢乐的气氛感染，诗人满怀激情地赋就了题为《清明日登张女郎神庙》的民歌体长诗。他在诗中极力张扬了盛会的繁华热闹景象，高调表达了自己心中的激动与快乐。其诗笔触细腻、文字清丽、写景具象，如同一幅色彩斑斓的工笔画卷，将一千一百多年前的陇州风情尽现纸上。一场普通的村庙聚会，能被高士赋诗吟唱已属不易。但更为传奇的是，苏诗不知何故竟在甘肃敦煌莫高窟的藏经洞里沉睡了千余年，直到1900年6月22日，才被道士王圆箓于不经意中唤醒，从而进入我们的视野。苏乩之后，北宋的穆衍等人也对陇州神泉镇的神女祠极力咏唱。他们或对神女进行讽谏，或对神女祠旁的神泉之水大力溢美。大概因为声名太过响亮，神泉镇的神女祠还被唐人写入神话故事中，让官员沈警和神女通过诗歌唱和，成就了一段人神相恋的佳话。

  陇县温水镇巴关口至火烧寨一带有条较长的川道，古称鱼龙川。清康熙五十二年（1713）成书的《陇州志》谓川中生有五色鱼。可如今的陇县人都没见过这五色鱼，因而对旧志的记载持疑。好在北宋文学名家宋祁曾经看到了鱼龙川出土的古鱼化石，在惊奇之余创作了《陇州鱼龙川石鱼》一诗。诗篇对古鱼化石的样貌、性状等作了具体的描述，于叙事中夹带着深沉的感叹。毋庸讳言，宋诗是州志之说的一个旁证。

  清同治三年（1864）农历十月，著名学者方玉润莅陇州任同知。在履职的十七年间，他一次又一次目睹了犯境匪徒的杀人越货，真切感知了陇州百姓的水深火热，陆续写出了《贼退还州寓》《晚宿故关》《长宁驿》《马鹿镇》《过咸宜关》《花园头》《撒家店》和《陇州杂诗十二首》等直面社会现实的杰作。这些作品辞气慷慨、语多怨哀、属意悱恻、格调悲凉，如实道出了陇州乡村经历战火后的破败景象和百姓疾苦情形，叫人读后唏嘘涕零。

三

  本书初草于2018年5月，于2021年4月杀青，累计收录先秦至清末372人吟咏陇州（包括提及陇州）的诗（词）840首。这些诗篇的形式和内容相对丰富，就形式论有三言、四言、五言、七言和杂言，以五言和七言居多；以内容言有边塞诗、赠别诗、咏物诗、咏史诗、思妇诗、咏怀诗和抚时感事诗，以边塞诗和咏物诗占比较大。其中有些篇什虽然不是正面书写陇州的，却也或多或少涉及陇州的风物和人事，在播敷陇州影响方面具有踵事增华的作用，是故一并收入。

对诗篇的处理，笔者主要设置了"作者简介""题解""注释"和"简议"四个部分。在"题解"中，撮要交代了作品的写作背景及相关情况。"注释"对疑难字词的解说力求简明，务期准确。"简议"则从思想性和艺术性两个方面切入，对诗篇进行扼要评述，形式不拘一格。对个别诗歌附有译文。此外，为了行文方便，本书在"题解"和"注释"中将西汉毛亨、毛苌所作的《诗经》注释著作《毛诗诂训传》，简称为《毛传》；东汉郑玄给《毛传》注释、批注的著作《毛诗传笺》，简称为《郑笺》；唐代颜师古采取集注方式编著的《汉书注》，简称为《颜注》；唐代孔颖达的著作《五经疏》，简称为《孔疏》。对于所收录的作品，一律按作者的出生时间先后排序。对于有作者生平介绍、无生年但有其他时间线索的，按作者中进士或者为官等时间顺序接前述内容排列。对于无任何时间线索的，或者无名氏作品，一律分别接排到作者所在朝代的最后。

需要特别说明的是：有些作品的作者生平和写作背景无从稽考，只得付之阙如，虽感遗憾却也无奈。更需指出的是：由于学养和认知能力的局限，加之对其写作动因不甚明了，笔者对某些诗篇的体悟和解读难免有误，诚待方家匡正。

在书稿的编著过程中，笔者曾就有关学术问题向宝鸡文理学院的姚军博士求教，并就古陇州的一些人文掌故咨询于陇县作协主席张宝林先生，蒙他们及时给予点拨和指导，在此深表谢忱！

四

古典诗歌是中国传统文学中的瑰宝，是华夏民族经典文化的重要载体，携带着炎黄子孙的人文基因，昭示着古人的现实关怀和生命体验，值得我们珍视和欣赏。

辑入本书的八百余首涉陇古诗，是三百多位作者带着各自的人生况味和真情实感倾吐出来的，悉数渗透着他们的喜怒哀乐和爱恨情仇，陈说着陇州2700年间的风云变幻和世相百态。它们真实反映了先民对陇州的观感和认知，甚而触及陇州的暗陬和隐曲，在很大程度上还原了陇州的过往，细化了陇州的历史，丰满了陇州的形象，揭示了陇州的内涵和特质；同时从不同角度复活了陇州，升华了陇州，乃至重塑了陇州，亦为陇州披上了光鲜的华衮，打造了亮丽的名片。窃谓品读这些诗篇，必能增进人们对陇州的历史认同、文化认同和情感认同，也使我们被陇州感动，为陇州倾倒！

王会林

2021年5月8日

目录 contents

· 先秦至西晋

《诗经·秦风》（三首） 003
石鼓诗（一首） ………… 009
郊祀歌（一首） ………… 012
张衡诗（一首） ………… 014
张华诗（一首） ………… 015

· 南北朝

陆凯诗（一首） ………… 019
沈约诗（二首） ………… 020
吴均诗（三首） ………… 023
刘孝威诗（二首） ………… 026
周弘正诗（一首） ………… 029
萧纲诗（一首） ………… 029
徐陵诗（二首） ………… 031
萧绎诗（一首） ………… 033
王训诗（四首） ………… 034
王褒诗（一首） ………… 035
庾信诗（一首） ………… 037
顾野王诗（一首） ………… 038
江总诗（二首） ………… 039

谢燮诗（一首） ………… 040
张正见诗（一首） ………… 042
陈叔宝诗（三首） ………… 043
萧子晖诗（一首） ………… 045
何胥诗（一首） ………… 045
虞羲诗（一首） ………… 046
无名氏（一首） ………… 050
无名氏（三首） ………… 050
无名氏（一首） ………… 052

· 唐朝

褚亮诗（一首） ………… 055
杨师道诗（一首） ………… 056
王绩诗（二首） ………… 057
卢照邻诗（四首） ………… 059
骆宾王诗（一首） ………… 064
李峤诗（一首） ………… 065
沈佺期诗（一首） ………… 066
贺知章诗（一首） ………… 067
苏颋诗（一首） ………… 069
王维诗（一首） ………… 071
李白诗（五首） ………… 072

高适诗（四首）…………081	罗隐诗（二首）…………138
储光羲诗（一首）………084	皮日休诗（一首）………139
杜甫诗（三首）…………085	韦庄诗（一首）…………141
岑参诗（四首）…………089	胡曾诗（一首）…………143
皇甫冉诗（一首）………094	黄滔诗（二首）…………144
元结诗（一首）…………095	韩偓诗（一首）…………145
司空曙诗（二首）………096	吴融诗（一首）…………146
顾况诗（一首）…………097	齐己诗（一首）…………147
刘长卿诗（二首）………098	王贞白诗（二首）………148
李端诗（一首）…………100	余延寿诗（一首）………150
李益诗（一首）…………101	刘方平诗（一首）………152
孟郊诗（一首）…………102	郑锡诗（二首）…………153
羊士谔诗（二首）………105	法振诗（一首）…………155
王涯诗（一首）…………107	雍裕之诗（一首）………156
王建诗（四首）…………108	鲍溶诗（一首）…………157
张籍诗（三首）…………112	无可诗（一首）…………157
张仲素诗（二首）………115	许浑诗（一首）…………158
白居易诗（一首）………116	刘威诗（一首）…………160
白行简诗（一首）………118	翁绶诗（二首）…………161
姚合诗（一首）…………119	许棠诗（五首）…………162
李贺诗（三首）…………120	于渍诗（二首）…………166
张祜诗（一首）…………124	李洞诗（一首）…………168
马戴诗（二首）…………125	皎然诗（二首）…………169
杜牧诗（三首）…………127	苏乩诗（一首）…………170
温庭筠诗（一首）………131	无名氏诗（一首）………173
陈陶诗（一首）…………132	无名氏诗（十首）………174
来鹄诗（一首）…………133	
李频诗（一首）…………134	**·宋朝**
高骈诗（二首）…………135	
贯休诗（一首）…………137	花蕊夫人诗（一首）……181

魏野诗（一首） …………… 181	王仲修诗（一首） ……… 229
杨亿诗（二首） …………… 182	李复诗（四首） ………… 230
宋庠诗（一首） …………… 185	丁带诗（十首） ………… 234
宋祁诗（二首） …………… 187	万俟咏词（一首） ……… 241
梅尧臣诗（三首） ………… 188	姚宽诗（一首） ………… 242
欧阳修词（一首） ………… 192	王俦诗（一首） ………… 243
文同诗（三首） …………… 193	无名氏诗（一首） ……… 244
司马光诗（一首） ………… 196	
王安石诗（二首） ………… 196	**· 金元**
强至诗（一首） …………… 198	
刘攽诗（一首） …………… 199	马钰诗词（二十三首） … 249
徐积诗（一首） …………… 201	丘处机诗词（二十三首）… 261
穆衍诗（一首） …………… 202	赵秉文诗（一首） ……… 277
苏轼诗（一首） …………… 203	完颜璹词（一首） ……… 278
宋构诗（二首） …………… 204	元好问诗（三首） ……… 280
孔武仲诗（一首） ………… 206	陆文圭诗（一首） ……… 283
黄庭坚诗（二首） ………… 207	胡奎诗（一首） ………… 284
秦观词（一首） …………… 209	宗泐诗（三首） ………… 285
贺铸词（二首） …………… 210	王祎诗（一首） ………… 287
王庶诗（一首） …………… 213	高启诗（二首） ………… 288
赵佶诗（一首） …………… 214	李献可诗（一首） ……… 290
郭浩诗（一首） …………… 215	危素诗（一首） ………… 291
曹勋诗（三首） …………… 215	张雪峰诗（一首） ……… 292
赵构诗（一首） …………… 217	郯韶诗（一首） ………… 293
姜特立诗（一首） ………… 219	周到坡诗（一首） ……… 294
陆游诗（三首） …………… 220	无名氏诗（一首） ……… 294
刘克庄诗（一首） ………… 225	
方岳诗（一首） …………… 226	**· 明朝**
周密诗（一首） …………… 227	
赵文诗（一首） …………… 228	刘基诗（二首） ………… 299

张绅诗（一首）	300	朱诚泳诗（三首）	348
陈琏诗（一首）	301	阎侃诗（一首）	352
王佐诗（二首）	302	祝允明诗（一首）	352
蒋主孝诗（三首）	303	阎价诗（五首）	353
张楷诗（一首）	305	王云凤诗（二首）	356
赵忠诗（二首）	306	郑岳诗（二首）	358
芮钊诗（二首）	307	王九思诗（一首）	361
张和诗（一首）	309	唐寅诗（一首）	361
张用瀚诗（一首）	310	李梦阳诗（三首）	363
陈价诗（二首）	310	王廷相诗（一首）	367
项忠诗（二首）	312	边贡诗（二首）	368
赵锐诗（二首）	314	徐祯卿诗（一首）	371
马文升诗（三首）	315	严嵩诗（一首）	372
陈献章诗（一首）	319	寇天叙诗（一首）	373
余子俊诗（一首）	320	胡缵宗诗（二首）	374
耿裕诗（一首）	322	浦铉诗（一首）	375
阎仲实诗（二首）	323	何景明诗（六首）	376
刘健诗（二首）	324	阎钦诗（一首）	381
刘震诗（一首）	326	郑善夫诗（一首）	382
谢绶诗（五首）	327	吴瀚诗（一首）	383
汪宽诗（一首）	331	邹守愚诗（二首）	385
江源诗（一首）	332	李濂诗（一首）	387
刘宪诗（五首）	333	薛蕙诗（三首）	388
蔡天佑诗（二首）	337	谢少南诗（四首）	391
阎仲宇诗（二首）	339	王邦瑞诗（一首）	394
李善诗（二首）	340	皇甫汸诗（一首）	395
范吉诗（二首）	342	张时彻诗（三首）	396
李东阳诗（二首）	343	胡松诗（四首）	397
王鏊诗（一首）	346	陈棐诗（一首）	400
杨一清诗（三首）	347	卢楠诗（三首）	403

于玭诗（一首） ………… 405	文翔凤诗（一首） ……… 448
高岱诗（一首） ………… 407	练国事诗（一首） ……… 449
赵贞吉诗（一首） ………… 408	任义诗（三首） ………… 450
赵时春诗（二首） ………… 409	陈子龙诗（一首） ……… 453
王慎中诗（二首） ………… 411	杜浚诗（一首） ………… 454
刘泾诗（一首） ………… 412	徐璨诗（一首） ………… 455
裴绅诗（三首） ………… 413	毛奇龄诗（一首） ……… 456
冯惟讷诗（一首） ………… 415	曹琏诗（三首） ………… 457
陈其学诗（一首） ………… 417	薛纲诗（一首） ………… 459
王崇古诗（一首） ………… 418	吕秉之诗（一首） ……… 460
欧大任诗（一首） ………… 420	杨光溥诗（一首） ……… 461
胡直诗（一首） ………… 421	李赞诗（一首） ………… 462
孙昭诗（一首） ………… 422	丁泰亨诗（三首） ……… 464
方新诗（三首） ………… 423	邵升诗（一首） ………… 466
马文健诗（二首） ………… 425	张纶诗（二首） ………… 467
阎司讲诗（一首） ………… 426	顿锐诗（一首） ………… 468
李松诗（一首） ………… 427	任维贤诗（二首） ……… 469
游朴诗（一首） ………… 428	李朴诗（一首） ………… 470
阎倬诗（一首） ………… 430	尹觉诗（一首） ………… 472
张维诗（一首） ………… 431	朱鸾诗（一首） ………… 472
于慎行诗（一首） ………… 432	梁汝魁诗（四首） ……… 473
李维桢诗（一首） ………… 433	樊鹏诗（二首） ………… 476
马湘兰诗（一首） ………… 434	王朝贤诗（一首） ……… 478
邢云路诗（九首） ………… 435	李奎诗（一首） ………… 478
胡应麟诗（一首） ………… 441	程轨诗（二首） ………… 479
徐熥诗（一首） ………… 443	孟颜诗（二首） ………… 481
倪朝宾诗（二首） ………… 443	张祉诗（一首） ………… 482
邓云霄诗（一首） ………… 445	吕时中诗（二首） ……… 483
曹学佺诗（一首） ………… 446	孙永思诗（三首） ……… 485
李孙宸诗（一首） ………… 447	李景萃诗（五首） ……… 487

王学谟诗（四首）……… 489	郭学诗（一首）………… 540
莫抑诗（三首）………… 496	杨炳诗（一首）………… 541
张元凯诗（一首）……… 499	赵光大诗（四首）……… 542
石银诗（二首）………… 500	李枝秀诗（五首）……… 544
谢应诏诗（二首）……… 502	郭维桢诗（一首）……… 548
杨世卿诗（六首）……… 503	杨衍庆诗（二首）……… 548
安邦诗（三首）………… 507	谢运泰诗（一首）……… 549
邓启愚诗（三首）……… 509	李晃诗（一首）………… 550
姚孟煜诗（六首）……… 511	朱应蛟诗（一首）……… 551
丁应时诗（一首）……… 514	冯江诗（二首）………… 551
李俸诗（三首）………… 515	杨思笃诗（一首）……… 553
张博诗（一首）………… 517	刘附风诗（一首）……… 554
钱浙诗（五首）………… 518	无名氏诗（一首）……… 554
周京诗（一首）………… 521	
马希龙诗（一首）……… 522	**· 清朝**
冯鼎位诗（一首）……… 523	
郝锦诗（一首）………… 524	李楷诗（一首）………… 561
张三丰诗（一首）……… 525	蒋薰诗（一首）………… 563
竹污子诗（二首）……… 526	宋琬诗词（五首）……… 564
徐庸诗（二首）………… 527	叶方蔼诗（十二首）…… 568
高璵诗（一首）………… 528	徐乾学诗（一首）……… 580
阎钏诗（九首）………… 530	王士正诗（一首）……… 583
王堂诗（一首）………… 533	王誉昌诗（一首）……… 585
汪集诗（一首）………… 534	陈廷敬诗（三首）……… 585
田汝霖诗（一首）……… 534	张鹏翮诗（四首）……… 587
左杰诗（一首）………… 535	吕谦恒诗（二首）……… 589
平寰田（一首）………… 536	田守存诗（八首）……… 592
郑国俊诗（一首）……… 537	倪蜕诗（一首）………… 597
王政熙诗（一首）……… 538	王图炳诗（一首）……… 598
姚希曾诗（一首）……… 539	罗彰彝诗（十二首）…… 599

沈德潜诗（三首）	………	608
方式济诗（一首）	………	609
戴亨诗（二首）	………	610
吴镇诗（二首）	………	612
杨揆词（一首）	………	614
牛树梅诗（二首）	………	616
牛焘诗（一首）	………	617
林寿图诗（二首）	………	618
方玉润诗（四十一首）	…	620
王权诗（二首）	………	661
万方煦诗（二首）	………	663
柏景伟诗（一首）	………	664
李嘉绩诗（二首）	………	665
丁全斌诗（七首）	………	667
郑信元诗（一首）	………	672
李岳瑞诗（一首）	………	673
谭嗣同诗（二首）	………	674
张鉴诗（二十三首）	………	677
何积祜诗（一首）	………	691
刘瑸诗（三首）	………	692
吴宸栝诗（一首）	………	695
白讷诗（二首）	………	696
吴炳诗（八首）	………	698
孙梓诗（一首）	………	706
任云书诗（三首）	………	707
张烈诗（十八首）	………	710
张敏求诗（一首）	………	721
孙维曾诗（八首）	………	722
谢威凤诗（三首）	………	727
孙传奇诗（四首）	………	732

罗云诗（一首）	………	738
罗昆诗（一首）	………	739
海北禅师诗（四首）	……	739
朱经诗（一首）	………	742
徐文翰诗（二首）	………	743
张元升诗（二首）	………	745
杨尔勉诗（二首）	………	746
蒋一经诗（一首）	………	748
阎周生诗（一首）	………	749
周龙藻诗（一首）	………	752
周紫海诗（一首）	………	753
吴瑶诗（一首）	………	754
曹鉴征诗（一首）	………	754
吴荫荣诗（二首）	………	755
刘一民诗（九首）	………	756
无名氏诗（四首）	………	760
无名氏诗（六首）	………	762
无名氏诗（二首）	………	765
无名氏诗（二首）	………	766

· 附录

附录一
金天羽诗（二首）	………	769

附录二
李澄宇诗（二首）	………	771

附录三
刘树铭诗（五首）	………	774

后记	…………………	777

先秦至西晋

先秦至西晋时期,言及陇地的诗歌计为七首。其中《诗经·秦风》三首,《石鼓诗》一首,《郊祀歌》一首,张衡和张华诗各一首。

《诗经·秦风》（三首）

《诗经》是中国第一部诗歌总集，收录西周初年至春秋中叶大约500年间的诗歌305篇，分风、雅、颂三部分。其中《秦风》十篇，是秦国（今陕西等地区）的风土歌谣。这里所选的三首《秦风》，从不同方面涉及陇地的人和事。

驷驖

题 解

《毛诗序》谓"《驷驖》，美襄公也。始命，有田狩之事，园囿之乐焉"。这里提到的"襄公"，指秦国始封之君秦襄公。而2015年11月版的《陇县志·概述》说："前776年～前762年，秦襄公、秦文公于斯建都十四年。"依此说，秦襄公也算是曾经的"陇州人"。故这首《驷驖》诗所讲的人和事，也应与陇州密切相关。

> 驷驖孔阜[1]，六辔[2]在手。
> 公之媚子[3]，从公于狩[4]。
> 奉时辰牡[5]，辰牡孔硕[6]。
> 公曰左之[7]，舍拔则获[8]。
> 游于北园[9]，四马既闲[10]。
> 輶车鸾镳[11]，载猃歇骄[12]。

注 释

[1]驷驖（tiě）孔阜：驷，同驾一车的四匹马；驖，毛黑色、毛尖略带红色的马；孔，很；阜，肥大。此句是说，拉车的四匹黑红色的马肥硕而高大。

[2]六辔：六条马缰绳。

[3]公之媚子：公，指秦襄公；媚子，被襄公宠爱的人，指驾车者，一说儿子。

[4]从公于狩：跟着秦襄公去打猎。

[5]奉时辰牡：奉，供给；时，是、这个；辰，时、应时；牡，公

兽。全句是说，兽官放出应时野兽，以供襄公打猎。

［6］孔硕：孔，很；硕，肥大。

［7］公曰左之：襄公说往左边射箭。

［8］舍拔则获：舍，放、发；拔，箭的尾部，代指箭；则获，就射中了猎物。

［9］北园：指秦国的动物园。

［10］闲：悠闲。

［11］輶（yóu）车鸾镳：輶车，是古代的一种轻便车，这里则指战车或田猎的副车；鸾，通"銮"，车铃；镳，马口旁的勒具，车铃挂在其上。

［12］载猃（xiǎn）歇骄：载，承载；猃，长嘴巴的狗；歇骄，短嘴巴的狗。

译　文

四匹马儿壮又肥，六根缰绳手里垂。

公爷宠爱赶车人，跟他一起去打围。

兽官放出应时兽，应时野兽个个肥。

公爷喊声"朝左射"，箭发野兽应声坠。

猎罢再去游北园，驾轻就熟马悠闲。

车儿轻快銮铃响，猎狗息在车中间。

简　议

通过简约洗练的文字，诗篇将秦襄公打猎和游园的情形写得有声有色。公爷、黑马和猎犬的形象生动传神、跃然纸上，均给人以深刻的印象。综观全诗，字里行间无不洋溢着秦襄公受封诸侯之后的自得与喜悦。也许，秦襄公打猎的地方和所游的"北园"就在后来被称作"陇州"的辖域内。

小　戎

题　解

《毛诗序》谓"《小戎》，美襄公也。备其兵甲，以讨西戎。西戎方强，而征伐不休，国人则矜其车甲，妇人能闵其君子焉"。而清人方玉润在其《诗经原始》中则说，"怀西征将士也"，并称是秦襄公自作。依今人的观点，这是一首妇女思念她那在前线征战的丈夫的诗，当作于秦襄公十二年（前766）襄公伐戎之时。秦襄公十二年，陇州所在地已是秦国的统治范围，而襄公于同年伐戎时，死于今之陕西岐山一带。所以，诗中的妇人和她那伐戎的丈夫或许就是陇地之人。以此度之，这首诗产生于陇地的可能性也是存在的。而方玉润关于诗篇为秦襄公自作的说法，可能是臆测之言。

小戎俴收[1]，五楘梁辀[2]。
游环胁驱[3]，阴靷鋈续[4]。
文茵畅毂[5]，驾我骐馵[6]。
言念君子[7]，温其如玉。
在其板屋[8]，乱我心曲[9]。

四牡孔阜，六辔在手。
骐駵是中[10]，騧骊是骖[11]。
龙盾之合[12]，鋈以觼軜[13]。
言念君子，温其在邑[14]。
方何为期[15]？胡然我念之[16]！

俴驷孔群[17]，厹矛鋈錞[18]。
蒙伐有苑[19]，虎韔镂膺[20]。
交韔二弓[21]，竹闭绲縢[22]。
言念君子，载寝载兴[23]。
厌厌良人[24]，秩秩德音[25]。

注 释

［1］小戎俴（jiàn）收：戎，兵车；俴，浅；收，轸，为车后的横木，借指车。

［2］五楘（mù）梁辀（zhōu）：楘，有花纹的皮条；梁辀，车辕，古时的马车只有一根辕。

［3］游环胁驱：游环，结在服马颈套上的活动的皮环；胁驱，驾具名，装在马胁两旁的皮扣连在拉车的皮带上，也是控制骖用的。

［4］阴靷鋈续：阴，车轼前的横板；靷，引车前进的皮带；鋈续，白

铜制作的环。

［5］文茵畅毂：文茵，用有花纹的虎皮制成的车褥子；畅，长；毂，车轴伸在两轮之外的部分。

［6］骐馵（zhù）：骐，青黑色相杂有花纹的马；馵，白脚的马。

［7］言念君子：言念，思念，想念；君子，从军的丈夫。

［8］板屋：西戎民俗用木板盖房屋。此处用以代指西戎，其地在今甘肃一带。《汉书·地理志》云："天水郡陇西，山多林木，民以板为室屋。故秦诗曰：'在其板屋'。"

［9］心曲：内心深处。

［10］骐骝（liú）是中：骝，也作駵，红黑色的马；是中，指驾车四马中居于当中的两匹马。

［11］騧（guā）骊是骖：騧，黑嘴的黄马；骊，黑色的马；骖，驾车四马中两边的两匹马。

［12］龙盾之合：龙盾，画有龙的盾牌；合，两只盾合在一起放在车上。

［13］鋈䪐（jué nà）：鋈，有舌的环；䪐，骖马靠里边的辔。

［14］在邑：在西戎的城邑里。《毛传》谓"在敌邑也"。

［15］方何为期：方，将。谓将以什么时候为回来的日期。

［16］胡然我念：为什么我怀念他。

［17］俴驷孔群：俴驷，穿着薄的青铜甲的四匹马；孔群，很协调。

［18］厹（qiú）矛鋈錞（duì）：厹矛，一种有三棱锋刃的长矛；錞，也名镦，矛柄下端的金属套。

［19］蒙伐有苑：蒙，覆盖；伐，通"瞂"，中等大小的盾；有苑，有花纹。

［20］虎韔（chàng）镂膺：虎韔，虎皮制的弓袋；膺，弓袋的正面。

［21］交韔二弓：交叉顺倒放在弓袋里。

［22］竹闭绲（gǔn）縢：闭，通"柲"，竹柲，即用竹制成的纠正弓弩的工具；绲縢，捆绑。

［23］载寝载兴：载，通"再"。谓又睡又起，心神不定。

［24］厌厌良人：厌厌，和悦、安静的样子；良人，指丈夫。

[25] 秩秩德音：秩秩，有次序的样子，即进退有礼节；德音，好声誉。

译 文

战车轻小车厢浅，五根皮条缠车辕。
环儿扣儿马具全，拉连皮带穿铜圈。
虎皮垫座车毂长，花马驾车他执鞭。
想起夫君好人儿，人品温和玉一般。
如今从军去西戎，搅得我的心烦乱。
四匹骏马肥又大，六根缰绳手里拿。
青马红马在中间，黄马黑马两边驾。
画龙盾牌双双合，白铜绳环对对拉。
想念夫君好人儿，从军戎地性和洽。
何日得他胜利归，叫我怎能不想他！
四马协调很合群，酋矛杆上套铜镦。
新漆盾牌画花纹，虎皮弓袋也刻纹。
两弓交叉袋中放，正弓竹柲绳捆紧。
想我夫君好人儿，忽睡忽起很揪心。
夫君温和又安静，彬彬有礼好名声！

简 议

夫君出征西戎久战不归。深闺中的妻子忧其辛劳和安全，乃对其苦思不已，竟至一唱而三叹。当然，诗中"矜其车甲"的意思也有，不过这只是妇人思夫之情的延伸和外化，正所谓"爱屋"而"及乌"也。至于"美襄公"之说，纯是封建士大夫的一厢情愿。

蒹 葭

题 解

《毛诗序》谓"《蒹葭》，刺襄公也。未能用周礼，将无以固其国焉"。而清人方玉润在《诗经原始》中则称："惜招隐难致也，盖秦处周地，不能用周礼，周之贤臣遗老，隐处水滨，不肯出仕。诗人惜之，托为招隐，作此见志。"《郑笺》谓诗中所追慕的"伊人"，为"知周礼之贤人"。宋朱熹不信《毛诗序》说，斥之为妄。今人或以为是怀念恋人之作。由《毛诗序》和方玉润的说法可以推知，这首诗当作于秦襄公当政时期，故而也与后来的陇州有缘。

蒹葭苍苍[1]，白露为霜。
所谓伊人[2]，在水一方[3]。
溯洄从之[4]，道阻[5]且长。
溯游[6]从之，宛在水中央[7]。
蒹葭凄凄[8]，白露未晞[9]。
所谓伊人，在水之湄[10]。
溯洄从之，道阻且跻[11]。
溯游从之，宛在水中坻[12]。
蒹葭采采[13]，白露未已[14]。
所谓伊人，在水之涘[15]。
溯洄从之，道阻且右[16]。
溯游从之，宛在水中沚[17]。

注　释

[1]蒹葭苍苍：蒹葭，荻和芦苇；苍苍，色青而老。

[2]伊人：那个人。这里指所思慕的女子。

[3]在水一方：在河的一边，喻"伊人"处在远方。

[4]溯洄从之：溯洄，逆流而上；从之，去追随她。

[5]阻：险阻，难行。

[6]溯游：顺流而下。

[7]宛在水中央：好像在大水的中心位置。

[8]凄凄：今作"萋萋"，苍青色。

[9]晞：干。

[10]湄：岸边。

[11]跻：登。此处代指道路险阻。

[12]坻（chí）：水中高地或小洲。

[13]采采：众多而茂盛。

[14]未已：未止，即未干。

[15]涘（sì）：水边，崖岸。

［16］右：《毛传》解作"左右"的右，言"出其右"，而《郑笺》又解作"迂回"，马瑞辰释郑谓"周人尚左，古以右为迂回"。结合诗意来看，当以《郑笺》所解为是。

［17］沚：水中小洲上。与注释［12］中"坻"字义近。

译　文

水边芦苇青苍苍，深秋露水结成霜。
心里想的意中人，远在水的另一方。
逆着流水去找她，道路险阻又漫长。
顺着水流去找她，仿佛又在水中央。
水边芦苇青苍苍，清晨露水尚未干。
心里想的意中人，又在水岸高崖边。
逆着水流去找她，道路险阻攀登难。
顺着水流去找她，她却又在水中滩。
水边芦苇密又稠，早晨露水还未收。
心中想的意中人，却在水的那一头。
逆着水流去找她，道路曲折真难求。
顺着水流去找她，她却又在水中洲。

简　议

"刺襄公"之说固属荒诞，"惜招隐难致"的论调亦是妄谈。详加捉摸，此诗言男女恋情之意甚明。诗人心慕"伊人"而欲"从之"，却因千难万险不能成行。伊人的"在水一方""在水之湄"和"在水之涘"，使他可望而不可即，因之惆怅无度；而道路的"阻且长""阻且跻"和"阻且右"，又让他举步维艰，以至无可奈何。在反复的咏叹和诉说中，诗篇将诗人对伊人的恋情抒写得悱恻缠绵、凄婉动人。

石鼓诗（一首）

唐初，在天兴三畤原（今陕西宝鸡）出土了十面石鼓。上刻籀文四言诗，每面十首为一组。唐人认为是周宣王大狩所作，宋人以为是周成王时作；而南宋郑樵因其文往往与秦器相合，又指为秦刻；经近人考证定为秦刻。诗篇主要讲述秦国贵族的畋猎游乐生活。其中《汧殹》一诗提到的汧河,是今陕西省陇县境内最大的一条河流,为渭河支流,现称"千河"。

汧 殹

题 解

这首诗集中描绘了秦人在汧河打鱼时的繁忙情形。

汧殹沔沔[1],丞彼淖渊[2]。鳋鲤处之[3],君子渔之[4]。漮[5]有小鱼,其游趣趣[6]。帛鱼皪皪[7],其盗氐鲜[8]。黄帛其鲌[9],又鳑又鲌[10]。

其滻孔庶[11],齎之薄薄[12]。汪汪趣趣[13]。其鱼佳可[14]?佳鳎佳鲤[15],可以橐[16]之?佳杨及柳[17]。

注 释

[1]汧殹(yì)沔沔(miǎn miǎn):汧,指汧河,发源于甘肃省华亭县,东流入陕西省陇县,境内流长约七十公里,今作"千河";殹,《考正字汇》释作"击声",在此则指汧河之水的浪涛声;沔,水流盛大丰满。

[2]丞彼淖渊:丞,通"承",接续、次第;淖,泥沼;渊,深潭。

[3]鳋鲤处之:鳋,鱼名,指鲇鱼;处之,处在河水之中。

[4]君子渔之:谓秦人在汧水中打鱼。

[5]漮(lì):《考正字汇》谓"即漫字"。

[6]趣趣(sàn sàn):《考正字汇》谓"作散"。

[7]帛鱼皪皪(lì lì):帛鱼,白色的鱼;皪,《考正字汇》谓"白貌"。

[8]其盗氐鲜:盗,指浅色、杂色;氐,通"抵",《史记·秦始皇本纪》谓"自关以东,大抵尽畔秦吏应诸侯",《史记正义》称"氐,犹略",故这里的"氐"意为"大抵""大概";鲜,少。全句是说,汧河中的浅色鱼和杂色鱼大抵少。

[9]黄帛其鲌:黄帛,黄色和白色;鲌,鱼名,即马鲛鱼。全句是说,汧河中有黄白色的马鲛鱼。

[10]又鳑又鲌:又,通"有";鳑,即鲂鱼;鲌,即马鲛鱼。

[11]其湆（qì）孔庶：湆，肉汁；孔，很；庶，多。

[12]臠（luán）之薄薄：臠，切肉；之，代指鱼肉。全句谓将鱼肉切得薄薄的。

[13]汗汗尃尃（hàn hàn bó bó）：汗，《考正字汇》谓"籀文汗字"；尃，《考正字汇》谓"音博，或云遄字，一说音团，通作专"，依笔者意，此处宜作"专"，"专"意为"满"。全句是说，打鱼的人累得汗流满面。

[14]隹可：隹，通"惟"，意如"是"；可，通"何"。

[15]隹鱮隹鲤：鱮，鲢鱼。全句谓是鲢鱼和鲤鱼。

[16]橐（tuó）之：橐，盛物的袋子，此处用作动词；之，指打下的鱼。

[17]隹杨及柳：用杨柳枝条编织的筐子（盛鱼）。

译 文

汧河浪鸣水丰满，沼泽深潭连成片。鲇鱼鲤鱼在其中，人们捕鱼忙得欢。漫漫水中有小鱼，它们游得很闲散。白色鱼儿白闪闪，杂色鱼儿不多见。黄白鲛鱼水中有，鲂鱼鲛鱼随处现。鱼的肉汁真个多，将肉切成薄片片。打鱼忙得汗满面。河中鱼儿是什么？是鲢是鲤鱼两类。要拿什么来盛鱼？杨柳条筐都装满。

简 议

笔者自小生活在汧河岸边，却对其昔日一无所知。因了此诗的生动描摹，我才对她的过去有了形象而具体的了解。两千七百多年前的汧河水势浩大、潭沼密布、群鱼追逐，慷慨地滋养着沿岸的苍生大众。可如今她的流量却大为减小，鱼儿更是少得可怜，全然没了古时的盛大气象和勃勃生机。我们由此可以感知世事的沧桑与大自然的白云苍狗，并对当年的汧河产生深深的眷恋和由衷的向往。诗篇运用白描和反复咏唱的方式，集中强调了汧河鱼类的繁多，道出了古人对河之丰饶的深情赞叹，活现了秦人打鱼时的忙碌景象与快乐心情。从先秦到清末，写到汧河的诗歌仅有五首，而以这首诗写得最为翔实壮观，最让人难忘。

郊祀歌（一首）

朝陇首

题 解

这是一首三言诗，为汉武帝时乐府诗中《郊祀歌》的第十七章。郊祀歌，为古代于郊外祭祀天地时所唱。《汉书·礼乐志》谓"至武帝定郊祀之礼……乃立乐府，采诗夜诵，有赵、代、秦、楚之讴。以李延年为协律都尉。多举司马相如等数十人造为诗赋，略论律吕，以合八音之调，作十九章之歌"。陇首，指盘绕于今陕西省陇县西南一带的陇山。

朝陇首[1]，览西垠[2]。雷电寮[3]，获白麟[4]。
爰五止[5]，显黄德[6]。图匈虐[7]，熏鬻殛[8]。
辟流离[9]，抑不详[10]。宾百僚[11]，山河飨[12]。
掩回辕[13]，髳长驰[14]。腾雨师[15]，洒路陂[16]。
流星陨，感惟风[17]。籁[18]归云，抚怀心[19]。

注 释

[1] 朝陇首：朝，向、趋向；陇首，陇山之巅。陇山为六盘山南段的别称，古称陇坂、陇坻，在今陕西省陇县（古陇州）西南，延伸于陕、甘边境；南北走向，延长约一百千米，海拔两千米左右，为渭河平原与陇西高原的分界。西汉初，于山巅设陇关。汉太始二年（前95）正月，汉武帝刘彻巡行回中，经陇关时遇雷震，因改陇关为"大震关"。

[2] 西垠：西方（西域）。

[3] 雷电寮（liáo）：雷电燎烧。寮，同"燎"。

[4] 获白麟：汉武帝元光三年（前132），帝祭天地于雍，获白麟一只，风示诸侯以此为符瑞之应。《汉书·终军传》谓"从上雍，获白麟"。

[5] 爰五止：到五畤去祭祀。爰，及，到；五止，即"五畤"，《史记·孝武本纪》谓"明年，上初至雍，郊见五畤"，《括地志》谓"汉五帝畤，在岐州雍县南。孟康云：'畤者，神灵之所止。'"按：五畤者，鄜畤、密畤、吴阳畤（有上下畤）、北畤"。因"畤"为"神灵之所止"，故五畤也称"五止"。

[6] 显黄德：彰显汉武帝（汉朝）的仁德。黄德，土德。汉初，以汉

为水德；到武帝时，改为土德。土色黄，因称土德为黄德。

[7]图匈虐：设法对付匈奴对汉朝的侵扰和侵害。汉武帝曾派卫青、霍去病等多次出征匈奴，迫其远徙漠北，基本解除了匈奴对中国的威胁。

[8]熏鬻殛（jí）：谓匈奴人被诛杀。熏鬻，匈奴的本名；殛，诛杀。

[9]辟流离：征召因战乱而流离失所的百姓，使其安居。辟，征召。

[10]抑不详：遏止、压制不善良、不公平的人和事。不详，即"不祥"，不善、不公平，"详"通"祥"。

[11]宾百僚：谓文武百官服从、顺从。宾，服从。

[12]山河飨：享有江山社稷。

[13]掩回辕：急遽地从外地回返京城。掩，通"奄"，急遽；回辕，意如"回銮"，指帝王外出返回。

[14]鬘（mán）长驰：长途奔驰。鬘，发长，引申为"长"。

[15]腾雨师：谓雨师在空中奔驰，忙着降雨。腾，奔驰；雨师，传说中的司雨之神，有三说，一说雨师名毕，即二十八宿之毕宿；一说雨师名屏翳；一说共工之子玄冥为雨师。

[16]洒路陂（bēi）：谓雨水洒到道路和山坡上。陂，山坡。

[17]惟风：只有风。

[18]籋（niè）：通"蹑"，踏。

[19]抚怀心：体恤、安抚之心。

简　议

汉武帝雄才大略，在位时对内实行政治、经济改革，对外用兵抵御匈奴、开疆拓土，使西汉帝国达到极盛时期。尤其是他推行的"罢黜百家，独尊儒术"政策，更是为中国传统文化的发展奠定了坚实的基础，可谓影响深远。这首诗以简括的语言，对汉武帝的功业做了高度概括，褒扬之意充乎其中。从此诗开始，陇州的陇山即被历代骚人竞相吟咏，在诗歌的长河里浸润了两千余年，从而被打上了深深的人文烙印，散发着浓郁的诗歌的芳泽。

张衡诗（一首）

张衡（78—139），字平子。东汉南阳西鄂（今河南南阳）人。曾任南阳主簿、太史令、侍中、河间王相，后拜尚书。科学家兼文学家。因生活在政治黑暗的时代，他虽有才华却不得施展。在朝时正直敢言，屡被宦官诋毁，乃有归隐田园之意。著有《二京赋》《归田赋》及诗歌《怨篇》《四愁诗》等。有《张河间集》行世。

四愁诗（节选）

题 解

《四愁诗》是写怀人而愁思的作品，共分四章，这里节选的是其中的第三章。《昭明文选》录此诗，前有序文谓："张衡不乐久处机密（当时为太史令，掌管天文玄象，故称机密），阳嘉中出为河间相。时国王骄奢，不遵法度，又多豪右并兼之家。衡下车（到任），治威严，能内察属县，奸猾行巧劫，皆密知名，下吏收捕，尽服擒。诸豪侠游客悉惶惧逃出境。郡中大治，争讼息，狱无累囚。时天下渐弊，郁郁不得志，为《四愁诗》。依屈原以美人为君子，以珍宝为仁义，以水深雪雰为小人。思以道术相报，贻于时君，而惧谗邪不得以通。"此序文非张衡自作，而是后人编集张衡诗文时依据有关历史资料写成的。其中认为本诗寄托了作者伤时忧世的看法，基本上是可信的。

> 我所思兮在汉阳[1]，
> 欲往从之陇坂长[2]。
> 侧身西望涕沾裳。
> 美人赠我貂襜褕[3]，
> 何以报之明月珠[4]。
> 路远莫致倚踟蹰[5]，
> 何为怀忧心烦纡[6]？

注 释

[1]汉阳：东汉郡名，郡治在今甘肃省甘谷县南。

[2]陇坂：坂，山坡。陇坂指陇山的山坡，以迂回险阻著名。

［3］貂襜褕（chān yú）：襜褕，指直襟单衣。这里的貂襜褕，指用貂皮制作的直襟袍子。

［4］明月珠：宝珠名。《后汉书·西域传》谓"大秦土多金银奇宝，有夜光璧、明月珠"。

［5］路远莫致倚踟蹰：莫致，不能到达；踟蹰，徘徊。

［6］烦纡：心情烦闷，心思纷乱。

简 议

诗人才华横溢，思以道术报国，却因政治黑暗而不能施展抱负，乃思与志同道合之人（美人）相聚为伍。他想象中的同道者身在"汉阳"，他欲去追随那人却因"陇坂"阻隔而不能至。从这首诗起，陇山成了西去者的梦魇，成了诗人们诉说愁怀、倾诉苦楚的依托。诗篇文辞典雅，意蕴深远，令人读之心动。

张华诗（一首）

张华（232—300），字茂先。西晋范阳方城（今河北固安）人。官至司空，后为赵王司马伦及孙秀所杀。学识渊博，著称于时。诗歌辞藻华艳，后人评其"女儿情多，风云气少"，有些诗作间接表现出对当时政治的忧虑和感慨。著有《博物志》十卷。后人辑有《张茂先集》。

登陇首

题 解

此诗借写陇山道路的险阻难行，抒发了世事艰难的感慨。

清晨登陇首［1］，坎壈［2］行山难。
岭坂峻阻曲［3］，羊肠［4］独盘桓。

注 释

［1］陇首：陇山。陇山古称陇坻、陇头、陇坂、陇首，也可作"陇山之巅"解。

［2］坎壈（lǎn）：不平。也作"壈坎"。

［3］岭坂峻阻曲：谓陇山的山岭和山坡险峻而曲折。坂，山坡。

[4]羊肠：谓陇山道路细微弯曲若羊肠。

简 议

陇山道路的"坎壈""阻曲"和"盘桓"，是诗人人生之路坎坷不平景况的形象反映。诗篇文辞质直凝练，内容始终一贯，寄心声于言外，足以让人回味。

南北朝

南北朝历时一百六十九年。这一时期,言及陇州的诗人有二十二人,所作诗歌为三十五首。

陆凯诗(一首)

陆凯(？—约504),字智君。北魏代郡(今河北蔚县)人,鲜卑族。年十五,拜侍御中散。历官通直散骑侍郎、太子庶子及黄门侍郎。卒,获赠龙骧将军,谥号为惠。《魏书》有传。

赠范晔[1]

题 解

这首诗见于《昭明文选》,作于北魏景明二年(501)。南朝宋盛弘之在《荆州记》中谓"陆凯与范晔交善,自江南寄梅花一枝,诣长安与晔,兼赠诗",而明人唐汝谔在《古诗解》中则称"晔为江南人,陆凯代北人,当是范寄陆耳"。无论是谁赠谁,这首诗都真诚地表达了作者对友人的思念之情,是中国文学史上早期五言诗的佳什,历来被人们所传诵。

折花逢驿使,寄与陇头人[2]。
江南无所有,聊赠一枝春[3]。

注 释

[1]范晔(398—445):字蔚宗,南朝宋顺阳(今河南淅川)人,著名史学家。历任尚书吏部郎、宣城太守,后迁左卫将军及太子詹事。曾删各家后汉史书,著成《后汉书》,成纪传八十卷。《宋书》和《南史》皆有传。

[2]陇头人:一般借指身在边塞的征夫和戍客,此处则指远在北方的友人。陇头,本指位于陇州的陇山,这里借指边塞和北方。

[3]一枝春:指梅花。因了陆凯的这首诗,后世便将"一枝春"用作梅花的别称,常用于诗文中。

简 议

遥寄北方友人以梅花,既昭示了两人友谊的纯洁高尚,又暗喻了友人品格的坚贞清高,也使其感受到了来自南国的温馨,意味何其深长!将无形的怀友之情借助具象的梅花表达出来,不仅生动感人且又清新自然。诗篇意浓味醇,构思精巧,格力高雅脱俗,叫人击节称赞。在当时颜、谢(颜延之、谢灵运)"繁密"和"华艳"诗风盛行的情况下,此作显得风格独特、卓然不群。自这首诗问世后,"一枝春"竟成为梅花及赠人之代称。后世诗人追其风而逐其流,多有效仿之作。以一首小诗而能产生如此显著的艺术效果和深远影响,实属罕见。

沈约诗(二首)

沈约(441—513),字休文。南朝宋吴兴武康(今浙江德清)人。志笃好学,博览群书。历仕宋、齐、梁三朝,官至尚书令,封建昌县侯,是当时文坛主将之一。著有《宋书》《四声韵谱》等。明人辑有《沈隐侯集》。《梁书》和《南史》均有传。

有所思

题 解

《有所思》为《汉铙歌十八曲》之一。《汉铙歌十八曲》往往以"有所思"三字开篇并题名,诗句长短不一,多写女子与情人离别时的悲思。一说与《汉铙歌十八曲》中的《上邪》合,表示男女问答。此诗乃依《有所思》旧题而作的五言律诗,体裁虽与其有别,却也是"有所思"的,主要抒发了"西征者"行经陇山时的思"她"之情。

> 西征登陇首[1],东望不见家。
> 关[2]树抽紫叶[3],塞草[4]发青芽。
> 昆明当欲满[5],葡萄应作花[6]。
> 垂泪对汉使[7],因[8]书寄狭斜[9]。

注 释

[1]陇首:陇山。陇山也称陇首。

[2]关:当指雄踞陇山顶上的大震关。

[3]紫叶:树木初生不久的紫色叶子。

[4]塞草:塞,边界、险要之处,陇山在古代常是中国与外国的分界,且山势险要,故以"塞"称之。塞草,陇山上的草。

[5]昆明当欲满：昆明，指长安的昆明池。汉武帝欲通身毒（印度），为越巂（西南夷邛都国之地）昆明所阻，即于元狩三年（前120）象昆明滇池，在长安近郊作昆明池以习水战。这句是说，长安昆明池中的春水应当注满了。

[6]应作花：长安城里的葡萄应当开花了。

[7]汉使：出使西域回归长安的中国使者。

[8]因：于是。

[9]狭斜：指狭街曲巷。因狭街曲巷多为娼妓所居，后世遂以之指娼妓居处。斜，或作"邪"。

简 议

在春暖花开的季节里，征夫西行登上陇山，看到山上草木新发的叶芽，他想到了长安的昆明池水和葡萄之花。长安不仅花繁水秀，还有让他魂牵梦绕的她。他一路行来一路思念，脑海中不断浮现出她那婀娜的身影。见到将要返回长安的使者，虑及自己将与佳人渐行渐远，他不由得心酸情急，赶忙捎封书信带给梦中的她，把无尽的相思倾诉一番。诗篇始终都在思人言情，却从文字上几乎不着痕迹，可谓含蓄而隽永。

白马篇

题 解

《白马篇》为乐府歌辞篇名，传为三国魏曹植因见人乘白马而作。《白马篇》以写从军任侠和许国立功为主要内容。沈氏此诗即写侠士西行远征的情形，内容以诗人与"狭斜子"相互问答的形式展开。

白马紫金鞍，停镳过上兰[1]。

寄言狭斜子[2]，讵知陇道难[3]。

赤坂途三折[4]，龙堆[5]路九盘；

冰生肌里冷，风起骨中寒。

功名志所急，日暮不遑餐。

长驱入右地[6]，轻举出楼兰[7]。

直去已垂涕，宁可望长安？

匪期定远封[8]，无羡轻车官[9]。

唯见恩义重，岂觉衣裳单？

本持躯命答[10]，幸遇身名完[11]。

注　释

[1] 上兰：汉宫观名。汉代诸帝多在此打猎。故址在今陕西西安市长安区西。

[2] 狭斜子：指居住在里巷而无远见卓识的人。

[3] 讵知陇道难：讵，岂；陇道，翻越陇山的道路。

[4] 赤坂途三折：赤，通"尺"；坂，山坡；赤坂，一尺长（高）的山坡。全句是说，陇山上极短的道路都有三折。

[5] 龙堆：沙漠名，即白龙堆。《汉书·匈奴传》扬雄谏书谓："岂为康居、乌孙能逾白龙堆而寇西边哉！"颜师古注引孟康曰："龙堆形如土龙身，无头有尾，高大者二三丈，埤者丈，皆东北向，相似也，在西域中。"

[6] 右地：即西部地区，这里指陇山以西地区。

[7] 楼兰：为汉时西域城国之一，在今新疆罗布泊西，地处西域通道上，今尚存古城遗址。此处则泛指西域少数民族政权，是"狭斜子"征战之处。

[8] 匪期定远封：定远，指被封为定远侯的班超。意谓不是为了像汉代的班超一样被封个定远侯。

[9] 无羡轻车官：轻车，指轻车都尉，初设于西汉，为武官。意谓不是羡慕和要求取得轻车都尉那样的官职。

[10] 本持躯命答：意谓"狭斜子"说他要用性命去报答君王的恩义。

[11] 幸遇身名完：幸，希望；完，保全。意谓希望性命和声誉都得到保全。

简　议

狭斜子将要随军征讨楼兰，诗人以为他是为了建功立业，博得个封妻荫子的大好结局，觉得这样做十分不值，理由是西征路上充满千难万险，西域的气候又寒彻骨髓，何况去了就望不到京城长安。而西征者却说自己远征西域并非为了立功封侯，而是要拼着性命报答君王的知遇之恩。诗篇利用两相对话的方式，极力突出了狭斜子重情知义的良好品格，塑造了一个不惧生死、勇担大义的侠士形象，将思想性和艺术性有机地统一起来。诗中"陇道"一词看似作者信手拈来,实则有着无可替代的象征意义。

吴均诗(三首)

吴均(469—520),字叔庠,南朝梁文学家、史学家。吴兴故鄣(今浙江安吉)人。梁天监二年(503),任吴兴主簿。后任建安王萧伟记室及国侍郎。梁武帝任其为待诏,累升至奉朝请。他诗文俱佳,其诗多为反映社会现实之作,风格清新,自成一家,号称"吴均体",为时人所效仿。著有《齐春秋》三十卷,《续齐谐记》一卷,《庙记》十卷,《十二州记》十二卷,《钱塘先贤传》五卷;注《后汉书》九十卷。有《吴均集》二十卷,存诗一百四十余首。

从军行

题 解

《从军行》为乐府平调曲名。唐人吴兢《乐府古题要解》谓"《从军行》,皆述军旅苦辛之词也"。汉建安二十年(215)三月曹操西征张鲁,侍中王粲作五言《从军行》五首。后世诗人多有仿其意而作者。这首诗主要描写了"男儿"挥戈北征含辛茹苦而不被君王待见,却忠贞不屈的情形。

男儿亦可怜,立功在北边。
陈头横却月[1],马腹带连钱[2]。
怀戈发陇坻[3],乘冻到辽川[4]。
微诚[5]君不爱,终自直如弦。

注 释

[1]陈头横却月:陈头,阵头;却月,半月。

[2]连钱:马身上的障泥,上有花纹如相连的铜钱,故名。

[3]陇坻:即陇山,又称小陇山,六盘山南段的别称,在今陕西省陇县、宝鸡市陈仓区与甘肃省清水县、张家川回族自治县之间。

[4]辽川:疑指辽河。古称句骊河。

［5］微诚：谦辞。谓微薄的心意。

简 议

"男儿"怀戈从陇坻出发，纵横千里为国征战，谁知君王却不抬爱他。但他依然正直如弦，丝毫不改丈夫本色。诗篇着力渲染了壮士不计个人得失，矢志为国尽忠的英雄风概，洋溢着一股强劲的豪迈之气。

与柳恽相赠答诗六首之六

题 解

这是一首赠答柳恽的诗，通篇都在诉说妻子对丈夫刻骨铭心的思念。柳恽（465—517），字文畅，河东解（今山西运城）人。在齐官相国右司马；入梁，官秘书监和吴兴太守，以诗名世，是吴均的好友。

> 秋云静晚天，寒夜方绵绵。
> 闻君吹急管[1]，相思杂采莲[2]。
> 别离未几日，高月三成弦[3]。
> 蹀叠黄河浪[4]，嘶喝陇头蝉[5]。
> 寄君蘼芜叶[6]，插着丛台[7]边。

注 释

［1］闻君吹急管：君，指丈夫；急管，"急管繁弦"的简写，形容乐曲的节拍急促、音色丰富。这句是说，丈夫在疆场吹笛，以寄托对妻子的相思。

［2］采莲：指汉乐府民歌中《江南可采莲》中的小赋，主要流行于江南吴、楚、越之地，诗歌描绘了江南采莲的热闹欢乐场面。

［3］高月三成弦：月亮三次由圆月变成了弦月，谓时日已久。弦月，半月，月呈半圆形如张弓施弦，故称弦月。

［4］蹀叠黄河浪：蹀叠，反复踏蹈。谓夫君的管弦之声急切如踏黄河之浪。

［5］嘶喝陇头蝉：嘶喝，声音沙哑而无力。谓夫君的管弦之声沙哑如陇山上的鸣蝉。

［6］蘼芜叶：蘼芜，药草名。《玉台新咏·古诗》之一谓"上山采蘼芜，下山逢故夫"。这里是说，妻子寄蘼芜叶子给身在沙场的夫君，希望

他能联想到"上山采蘼芜,下山逢故夫"的诗句,从而知道自己对他的思念之深。

[7]丛台:台名,为战国时的赵国所筑,在今河北省邯郸市丛台区,数台连聚,因而得名。《汉书·邹阳传·上吴王书》谓"夫全赵之时,武力鼎士袨服丛台之下者一旦成市,而不能止幽王之湛患"。此处以"丛台"借喻丈夫征战之所。

简 议

夫君从军征战沙场,妻子对其思念殊深。她仿佛听到了他从疆场传来的笛声,因这笛声中夹杂着对她的深情厚意,故而幽咽如黄河浪声,沙哑若陇山鸣蝉。她于是情急意切,觉得几日的离别如同过了许久,赶忙寄片蘼芜的叶子给他,好让丈夫知道自己对他的相思多么殷切。有关诗典的巧妙应用,使诗篇抒情自然流畅又真挚动人。

别 鹤

题 解

"别鹤"即《别鹤操》,为乐府琴曲名。相传商陵牧子娶妻五年无子,父兄命其休妻改娶。牧子悲伤作歌曰:"将乖比翼隔天端,山川悠远路漫漫,揽衣不寝食忘餐!"后人为之谱曲,名《别鹤操》,比喻夫妻分离,又叫《别鹤怨》。这首诗即依《别鹤操》意而作,以别鹤寻侣喻人间夫妻离散之悲。

别鹤[1]寻故侣,联翩辽海间[2]。
单栖孟津[3]水,惊唳陇头山[4]。

注 释

[1]别鹤:失去伴侣的鹤。
[2]联翩辽海间:联翩,飞翔;辽海,即渤海,也泛指辽东海滨地区。
[3]孟津:渡口名,在今河南省孟州市之南。
[4]惊唳陇头山:惊唳,惊惶地鸣叫;陇头山,即陇山。

简 议

独翔于辽海之上,单栖于孟津渡口,惊唳于陇山之巅,寻找故侣的别鹤四处奔波、跋涉千里,其状堪怜。诗篇语言浅近、形象鲜明,透露出极强的悲凉感,将夫妻别离之苦诉说得淋漓尽致。

刘孝威诗(二首)

刘孝威(约490—549),南朝梁文学家、骈文家。彭城(今江苏徐州)人。曾官中庶子,兼通事舍人。侯景作乱,他从围城中逃出,西至安陆而亡。《梁书》谓其以五言诗见重于时。《隋书·经籍志》著录《刘孝威集》十卷。明人辑有《刘庶子集》。今存诗约六十首。

思归引(节选)

题 解

《思归引》为琴曲名。相传春秋时邵王聘卫侯女,未至而王死,太子留之,不听,拘于深宫,思归不得,乃作此曲,自缢而死。也名《离物操》。刘孝威的这首《思归引》共有十四句,主要描写征人久在疆场欲归而不能的凄楚。这里选的是其开篇的四句,记述了匈奴人焚烧位于陇州的回中宫这一历史事件。

> 胡地[1]凭良马,怀骄负汉恩[2]。
> 甘泉烽火入[3],回中宫室燔[4]!

注 释

[1]胡地:胡人之国。这里指匈奴国。

[2]怀骄负汉恩:谓匈奴人满怀骄横之心,辜负了汉朝(中国)给予他们的恩泽而入侵中国。

[3]甘泉烽火入:甘泉,指甘泉县,在今陕西省的北部。此句谓匈奴兵马从甘泉进入中原。

[4]回中宫室燔(fán):回中宫被匈奴人放火烧毁。《辞海》谓回中宫为"秦宫名。故址在今陕西省陇县西北。秦始皇二十七年(前220)出巡陇西、北地(今宁夏和甘肃东部),东归时经过此处。汉文帝十四年(前166),匈奴从萧关(今宁夏固原县东南)深入,烧毁此宫"。清康熙五十二年(1713)成书的《陇州志·方舆志》称回中宫在"州西一百四十里。秦建。汉文帝时匈奴入萧关,烧回中宫。"1993年版《陇县志》在

《大事记》中言"前元十四年（前166），匈奴入萧关南侵，过陇烧毁回中宫"。燔，烧。

简 议

匈奴火烧回中宫，是发生在陇州的著名历史事件。从古至今，言及这一事件的诗歌仅此一首。

陇头水

题 解

《陇头水》为汉乐府横吹曲名。这首诗集中表达了从军者保家卫国的雄心壮志和建功立业的强烈愿望。

从军戍陇头[1]，陇水[2]带沙流。
时观胡骑饮[3]，常为汉国羞[4]。
衅妻成两剑[5]，杀子祀双钩[6]。
顿取楼兰[7]颈，就解郅支裘[8]。
勿令如李广[9]，功遂不封侯[10]。

注 释

［1］戍陇头：戍守陇山。

［2］陇水：指陇山的流水。《三秦记》谓"其坂九回，上者七日乃越，上有清水四注下，谓陇头水也"。

［3］时观胡骑饮：时常看着胡人的战马在陇水边喝水。胡人是我国古代对北方边地及西域各民族的称呼，汉以后也泛指外国人。此处的胡骑指匈奴的骑兵。

［4］常为汉国羞：常为中国感到羞耻。汉国即中国。我国汉族人口最多，而汉代又很强大、声威远播国外，外国人即习称中国为汉或汉国。

［5］衅妻成两剑：此句用干将、莫邪典。《吴越春秋》谓"干将，吴人；莫邪，干将之妻也。干将作剑，莫邪断发剪爪，投于炉中，金铁乃濡，遂以成剑。阳曰干将，阴曰莫邪"。《吴地记》称"吴王阖庐命干将铸剑，铁汁不下。莫邪曰：'铁汁不下，有何计？'干将曰：'先师欧冶，铸剑不销，以女人聘炉神当得之。'莫邪闻语，窜入炉中，铁汁出，遂成二剑。雄号干将，雌号莫邪"。衅，用牲血涂抹在剑上，使其

锋利。

［6］杀子祀双钩：用干将、莫邪典。《列异传》谓"干将、莫邪为楚王作剑，三年而成。剑有雄雌，天下名器也，乃以雌剑献君，藏其雄者。谓其妻曰：'吾藏剑在南山之阴，北山之阳；松生石上，剑在其中矣。君若觉，杀我，尔生男，以告之。'及至君觉，杀干将。妻后生男，名赤鼻，告之。赤鼻斫南山之松，不得剑；忽于屋柱中得之。楚王梦一人，眉广三寸，辞欲报仇。购求甚急，乃逃朱兴山中。遇客，欲为之报；乃刎首，将以奉楚王。客令镬煮之，头三日三夜跳，不烂。王往观之，客以雄剑倚拟王，王头堕镬中；客又自刎，三头悉烂，不可分别，分葬之，名曰三王冢"。双钩，双剑，即干将、莫邪。

［7］楼兰：汉时西域城国之一，在今新疆维吾尔自治区鄯善县。汉武帝时，屡派使臣出使西域，而楼兰当道，常攻汉使。昭帝时，遣傅介子斩楼兰王。

［8］就解郅支裘：脱去郅支身上的裘衣。郅支（前？—前36），匈奴单于，名呼屠吾斯，汉宣帝五凤二年（前56）自立为单于，因怨汉庇护呼韩邪，杀汉使，率部西走，与康居国结盟，威胁汉朝在西域的统治。汉元帝建昭三年（前36），被汉西域副校尉陈汤攻杀于康居。这里用以指匈奴。

［9］李广：（前？—前119），西汉名将。陇西成纪（今甘肃秦安）人。善骑射，先后与匈奴作战七十余次，功甚著，人称"飞将军"。武帝元狩四年（前119）随大将军卫青攻匈奴，以失道误军机受责而自杀。

［10］功遂不封侯：谓李广虽英勇善战且战功卓著，却至死未被封侯。此句又作"功多遂不酬"。

简 议

谢天谢地，终于见到一首言及陇山的好诗。这里没有山势的凶险猛恶，没有征客的忧思愁怀，没有病态心理的宣泄。戍守陇山的战士壮怀激烈、豪气干云，发誓要在战场上消灭敌人以雪国耻，实在叫人肃然起敬。诗篇音韵铿锵，立意高迈，格调健康。

周弘正诗（一首）

周弘正（496—574），字思行。南朝汝南郡安成县（今河南汝南）人。东晋光禄大夫周顗九世孙。据传十岁通《老子》和《周易》。历官太学博士、丹阳主簿、侍中、国子祭酒、太常卿、都官尚书。陈霸先即位后，任太子詹事，迁侍中，授金紫光禄大夫，领豫州大中正，终官尚书右仆射。卒，追赠中书监，谥号"简"。著有《周易讲疏》十六卷，《论语疏》十一卷，《庄子疏》八卷，《老子疏》五卷，《孝经疏》二卷，文集二十卷。

陇头送征客

题 解

这是一首送别诗，其中充斥着"儿女共沾巾"的离情别绪。

朝霜侵汉草[1]，流沙度陇飞[2]。
一闻流水曲[3]，行住两沾衣[4]。

注 释

[1] 汉草：中国的草。这里当指陇山上的草。
[2] 度陇飞：一作"度陇上"。
[3] 流水曲：指汉乐府横吹曲中的《陇头水》曲。
[4] 行住两沾衣：将行和不行的人不忍别离，双方都让泪水沾湿了衣服。

简 议

人生从来聚少离多。离别既不可免，不妨学得豁达一点，何必作此儿女子态乎？

萧纲诗（一首）

萧纲（503—551），字世缵，小字六通，兰陵（今江苏常州武进区）人。梁武帝第三子，初封晋安郡王，累迁骠骑将军、扬州刺史。太清三年（549），侯景攻破台城，武帝幽死，乃立纲为帝，是为梁简文帝,建号大宝。大宝二年(551)为侯景所废。其著作有《昭明太子传》《老子义》等,诗文277篇。所为诗,以绮靡之词写宫廷生活,自谓伤于轻艳,当时号为宫体。《梁书》有其本纪。

赋得陇坻雁初飞[1]

题 解

此诗见于《玉台新咏》。诗篇尽力诉说了陇山征夫对妻子的无尽相思之情。

高翔惮[2]阔海,下去怯虞机[3]。
雾暗早相失,沙明还共飞。
陇狭[4]朝声聚,风急暮行稀。
虽弭轮台援[5],未解龙城[6]围。
相思不得返,且[7]寄别书归。

注 释

[1]陇坻雁初飞:比喻驻守陇山的戍卒前往战场。雁,喻指征夫。

[2]惮:惧怕。

[3]虞机:虞人所设的捕鸟兽的机关。虞,指虞人,是古代掌管山泽、苑囿和田猎的官。

[4]陇狭:陇山狭小。

[5]虽弭轮台援:虽然停止了对轮台的援助。弭,停止;轮台,地名,土名玉古尔,或作布古尔,汉武帝时曾遣戍屯田于此,治所在今新疆乌鲁木齐市米东区。

[6]龙城:当指龙桑城。在今甘肃省岷县东北的洮河东岸。北魏太和十年(486),置龙城县治于此。

[7]且:姑且。

简 议

借陇山来写相思,本是前代诗家的老生常谈,原也不足称道。但此诗以鸿雁暗喻相思满怀的征夫,这种写法可谓别出机杼,有耳目一新之感。通过"高翔惮阔海,下去怯虞机"两句的描写,诗篇将征夫想要远离战场而又惧怕招祸的矛盾心理刻画得细致入微。

徐陵诗（二首）

徐陵（507—583），字孝穆。南朝陈东海郯（今山东郯城）人。仕梁，为通直散骑常侍。入陈官至尚书，当时诏策诰命多出其手。其文绮艳，和庾信齐名，时称"徐庾体"。但所作以奏议为多，文学成就不及庾信。有《徐孝穆集》，又选辑《玉台新咏》。《陈书》《南史》皆有传。其诗多为宫体诗，一些描写边塞风光的作品比较有名。

陇头水

题 解

《陇头水》为汉乐府横吹曲名，缘陇山"上有清水四注下，所谓陇头水也"而得。汉张骞出使西域，得《摩诃兜勒》一曲。李延年以之更造新声二十八解，作为军中乐，于马上奏之，谓"横吹曲"。徐陵此诗借横吹曲名而作，描写了西行者登上陇山后的乡思。

别涂[1]耸千仞，离川[2]悬百丈。

攒荆[3]夏不通，积雪冬难上。

枝交陇底[4]暗，石碍[5]波前响。

回首咸阳中[6]，唯言梦时往[7]。

注 释

［1］别涂：别离故乡的道路，这里指陇山中高悬的路。涂，同"途"。

［2］离川：指陇山上的水流。

［3］攒荆：聚集丛生的荆棘。

［4］陇底：陇山下。

［5］碍：山石相撞。

［6］咸阳中：指登山西行者的故乡。

［7］往：回去。

简 议

山道凌空高悬，激流飞奔而下，荆棘丛生密布，积雪连绵不尽，树木纵横交错，巨石刀拥剑簇，无论春夏秋冬，翻越陇山都极其不易。因为留恋故乡、惮于别离，登山人眼中的陇山险恶异常。然西去既不可免,他只能对家园深情地回望,只愿在梦中能够返回。首联至颈联状陇山道路之险惊心动魄、气势森然。尾联言惦恋家乡之情词急意切,凄婉动人。由于诗人情绪消极,原本秀美的陇山在他的笔下变得面目狰狞,一如磨牙吮血的猛兽。

陇头水

题 解

这首诗借乐府旧题而作,主言"小妇"对从戎男子的深情思念。一题张正见作。

> 陇头流水急,水急行难渡。
> 半入隗嚣营[1],傍侵酒泉路[2]。
> 心交[3]赐宝刀,小妇裁纨素[4]。
> 欲知别家久,戎衣今已故[5]。

注 释

[1]隗嚣营:隗嚣的军营。隗嚣(?—33),汉成纪(今甘肃秦安)人,字季孟。王莽末年,他据陇西起兵,初附刘玄,任御史大夫;旋归刘秀,受封西州大将军;后又称臣于公孙述,为朔宁王;汉光武西征,他逃奔西城,恚愤而死。1993年版的《陇县志》在《军事卷》中称"东汉光武帝建武六年(30)五月,汉将隗嚣叛汉,派大将王元占据陇坻(陇山),伐木塞道,汉兵大败"。

[2]傍侵酒泉路:侵,侵蚀;酒泉,郡县名,汉武帝元狩二年(前121)置,治所在禄福(今甘肃酒泉),以城有金泉,其味如酒而得名。

[3]心交:知心的朋友。这里指"小妇"的丈夫西行者。

[4]小妇裁纨素:谓年轻的女子为西去者裁制戎衣。小妇,年轻的妇女;纨素,精致而洁白的细绢。

[5]故:旧。

简 议

通过精心裁制戎衣的细节描写,诗篇将年轻女子对从军男子的相思诉说得精准到位。诗中"戎衣今已故"句,既反映了男子征战的时日之久,也喻示了"小妇"对他的想念之深;而"半入隗嚣营"和"傍侵酒泉路"两句则以水拟人,揭示了从戎者征战地域的广阔及征程的遥远,将其对"小妇"的牵挂寄寓于不知不觉中。

萧绎诗(一首)

萧绎(508—555),南朝梁第五任国君,即梁元帝。字世诚,小字七符。初封湘东王。及侯景作乱,他派王僧辩等攻灭之,即位称帝。承圣三年(554)西魏军攻破江陵,他被杀。其人博综群书,下笔成章,出言为论,才辩敏捷,冠绝一时。平生著述甚丰,今存《金楼子》六卷。《永乐大典》有其作品辑本。后人辑其佚文,命曰《梁元帝集》。

陇头水

题 解

《陇头水》为汉乐府横吹曲名。这首诗依乐府旧题而作,抒发了征人告别陇山西征时的思乡之情。

衔悲别陇头[1],关路漫悠悠[2]。
故乡迷远近[3],征人分去留。
沙飞晓成幕[4],海气旦如楼[5]。
欲识秦川处[6],陇水向东流[7]。

注 释

[1] 别陇头:告别陇山西征。陇头,即陇山,也象征边塞。
[2] 关路漫悠悠:穿越陇山大震关的山路漫长而遥远。
[3] 迷远近:不知远近。
[4] 成幕:沙尘弥漫如幕帐。
[5] 海气旦如楼:平明时的雾气如楼宇般厚实凝重。旦,早晨。
[6] 秦川处:指征人的故乡之所在。
[7] 陇水向东流:跟着陇水向东走。

简 议

离家奔赴西域征战,"征人"岂不衔悲含恨?征途中飞沙弥漫、雾气重重,让他对家乡的温馨美好愈发迷恋。因了地理位置的特殊和自然环境的险峻，陇山总让西行者抱怨乃至控诉。

王训诗（四首）

王训（511—536），字怀范。南朝梁琅琊临沂（今山东临沂）人。幼聪慧，有识量。年十六，被召见文德殿，应对爽彻。补国子生，除秘书郎。累迁秘书丞、侍中。文章领袖后进。年二十六，卒。

度关山四首

题 解

《度关山》为乐府相和曲名。王氏《度关山》诗计为八首，这里选录前四首。四首诗描写了从军者西出陇山、征战沙场的雄豪和壮勇。诗中的"关山"，泛指出征途中遇到的山川关隘。这些诗被收入1993年版的《陇县志》中，题作《关山篇》，被误认为是描写陇州之关山的。志中所录文字多有讹误；且题为王褒作，亦误。

一

边庭多警急[1]，羽檄未曾闲[2]。
从军出陇坂[3]，驱马度关山。

二

关山恒晻霭[4]，高峰白云外。
遥望秦川水[5]，千里长如带。

三

好勇自秦中[6]，意气本豪雄。
少年便习战[7]，十四已从戎[8]。

四

昔年经上郡[9]，今岁出云中[10]。
辽水[11]深难渡，榆关[12]断未通。

注 释

[1]边庭多警急：边庭，边疆的军幕；警急，警报紧急。

[2]羽檄未曾闲：羽檄，即羽书。《史记·韩信卢绾列传》附陈豨谓

"吾以羽檄征天下兵，未有至者"。《集解》云"推其言，则以鸟羽插檄书，谓之羽檄，取其急速若飞鸟也"。闲，也作"间"，间隔、间断。

[3] 陇坂：陇山。

[4] 淹霭：荫蔽，云气昏暗。二义在此皆可通。

[5] 秦川水：当指渭河之水。

[6] 秦中：古地名，在今陕西省中部平原地区。这里泛指陕西关中。

[7] 习战：学习作战（的本领）。

[8] 从戎：从军。

[9] 上郡：古郡名。秦昭王三年（前304）置，地在今陕西榆林市榆阳区。

[10] 云中：郡县名，为战国赵地，秦置云中郡。汉分云中郡之东北部，置定襄郡；西部仍为云中郡，治云中，即今内蒙古托克托县。

[11] 辽水：指辽河，流经今东北的吉林和辽宁。

[12] 榆关：古地名，即今河北的山海关。

简 议

这四首诗前后照应，浑然一体，视野辽阔，场面宏大。通过陇坂、上郡、云中、辽水、榆关等地理单元的有机组合，勾勒出一幅恢宏的征战画面，把从军者纵横驰骋、转战千里的英雄气概刻画得栩栩如生。诗中烟霭的氤氲和山峰的高耸，在不经意中点出了战争的凶险和诡谲，暗示了征战者的艰难和苦辛；"高峰白云外""千里长如带"两句写景简括生动，美感十足。四首诗气格高昂，基调乐观，充分彰显着昂扬的斗志和英迈的风概，令人读后精神振奋、意气风发。

王褒诗（一首）

王褒（约513—576），字子渊，琅琊临沂（今山东临沂）人。梁元帝时，官至吏部尚书、左仆射。西魏攻破梁之江陵，梁元帝投降，他也降魏来到魏都长安，官至车骑大将军、仪同三司。到了北周时，他深受重用，官至少司空和宜州刺史。他博涉史传，早有文名，在北朝与庾信齐名。现存作品主要是到北朝做官后写就的，诗歌多写羁旅之情和故国之思。和他在梁时的作品相比,风格由纤巧变为质朴。有辑本《王司空集》。

渡河北

题　解

这是一首旅途抒怀之作。作者北渡黄河时触景思乡,产生了无限的羁旅之情,乃作此诗以抒发身在异乡的悲凉感受。

秋风吹木叶,还似洞庭波。[1]
常山临代郡,亭障绕黄河。[2]
心悲异方乐,肠断陇头歌。[3]
薄暮临征马,失道北山阿。[4]

注　释

[1]秋风吹木叶,还似洞庭波:木叶,树叶。这两句是说,渡过黄河,看到北方风吹叶落,便想到故国的秋天,想到《楚辞·九歌·湘夫人》中所写的"袅袅兮秋风,洞庭波兮木叶下"的情景。

[2]常山临代郡,亭障绕黄河:常山,也名恒山,在今河北省曲阳县西北;代郡,秦所置,领代县等四县地,约当今河北蔚县以及山西省东北部部分地区;亭障,古代防守边境的堡垒,《后汉书·王霸传》谓"诏霸与杜茂治飞狐道,堆石布土,筑起亭障,自代至平城三百余里"。这两句谓到了常山代郡一带,看到黄河沿岸建有许多堡垒,这里距作者所居的江陵已经很远了。

[3]心悲异方乐,肠断陇头歌:异方,指北方;陇头歌,《乐府诗集》有《陇头歌》,其三谓"陇头流水,鸣声幽咽。遥望秦川,心肝断绝"。这两句是说,听到北方的音乐,令人心悲;听到陇头歌辞,叫人断肠。

[4]薄暮临征马,失道北山阿:薄,接近;山阿(e),山的转弯处。这两句谓傍晚时,迷失了山路,表达了日暮途远,欲归不得的伤感。

简　议

看到北方秋天的落叶而思故乡,瞧见黄河岸边的亭障而忧乡邦之远;听闻异方之乐而悲伤,因了《陇头歌》而断肠,诗人漂泊异乡的悲苦心境不言而喻，无尽的羁旅之情和故国之思也昭然若揭。诗篇借景言情、寓情于景，可谓情景交融、感人至深。

庾信诗（一首）

庾信（513—581），字子山，小字兰成。南阳新野（今河南新野）人。早年出入于梁朝宫廷，善为宫体诗，风格华艳。后得到西魏和北周的优待，官至骠骑大将军、开府仪同三司。他虽身居高位，内心却很矛盾，在诗歌中表现出浓厚的乡关之思和羁留北方的悲愤感情，风格也变得苍劲沉郁。其作品每有堆砌典故和晦涩的缺点，但总的艺术成就可谓集六朝之大成，对唐代诗赋的发展有很大影响。有《庾子山集》，后散佚。

拟咏怀之三

题 解

《拟咏怀》是组诗，共有二十七首，为仿阮籍《咏怀诗》之作。这里辑录的是其中的第三首，作于羁留北方时期，表达了作者思乡心切和滞留北方而不得南归的悲痛心情。

俎豆非所习[1]，帷幄复无谋[2]。
不言班定远[3]，应为万里侯。
燕客思辽水[4]，秦人望陇头[5]。
倡家遭强聘[6]，质子值仍留[7]。
自怜才智尽，空伤年鬓秋[8]！

注 释

[1]俎豆非所习：谓自己不熟悉典章礼制。俎豆，是古代祭祀时所用的两种礼器，这里代指礼制和礼仪。

[2]帷幄复无谋：谓自己也无运筹帷幄之中、决胜千里之外的军事智谋。帷幄，军帐，一般用以代指军中的指挥部或谋略。

[3]班定远：指因出使西域而被封为定远侯的班超。

[4]燕客思辽水：谓自己像燕人客居他乡，思念故乡的辽水一样。

燕，古国名，在今河北省北部和辽宁省西端；辽水，即辽河，主要流经辽宁省西部，在古代属于燕国。

［5］秦人望陇头：谓自己像秦国人遥望陇山一样，思念自己的家乡。陇头，即陇山，古属秦地。

［6］倡家遭强聘：谓自己就像歌伎被强行征聘一样羁留在北朝。倡家，指歌伎，即歌舞艺人。

［7］质子值仍留：谓自己像质子被扣留一样旅居北方。质子，作为人质的国君之子。

［8］年鬓秋：年鬓，年龄和容颜。年老则鬓发渐白，故常用以表示衰老。

简　议

诗人初仕南朝的梁国，出使西魏被留而不得还；西魏亡后复仕北周，虽身居高位，却常怀故国之思，且为仕于敌国而羞愧，又为不能南归而怨愤。这首诗即是此种心态和情感的真实反映。诗篇风格苍劲沉郁，言辞凄怆激切，感情深沉炽热。

顾野王诗（一首）

顾野王（519—581），字希冯。南朝梁陈间吴郡吴县（今江苏苏州）人。初仕梁，为太学博士。梁亡入陈，历官黄门侍郎、光禄卿。卒，赠秘书监、右卫将军。著有《舆地志》等。

陇头水

题　解

这首诗借乐府旧题而作，写行役者登上陇山后冒险西行的情景。

陇底望秦川[1]，迢递隔风烟。
萧条落野树[2]，幽咽响流泉[3]。
瀚海波难息[4]，交河[5]冰未坚。
宁知盖山[6]水，逐节赴危弦[7]。

注　释

［1］秦川：代指行役者的故乡。

［2］落野树：谓陇山上的树木叶子凋落。

［3］流泉：流水。

［4］瀚海波难息：暗喻北方有战事。瀚海，湖泊名，在蒙古高原东北，一说指今内蒙古的呼伦湖和贝尔湖。

［5］交河：河名。在新疆境内，源出天山，南流经交河县入高昌县。

［6］盖山：传说中的国名。《山海经·大荒西经》称"有盖山之国，有树，赤皮，支榦，青叶，名曰朱木"。在此，代指行役者要去的地方。

［7］危弦：危途。这里用以比喻前途的危殆。

简　议

回望秦川，全被风烟所阻；近看陇山，更是万象萧条。但因为"瀚海波难息"，行役者不得不排除万难，硬着头皮继续西征。在此，陇山又一次化作骚人墨客泣诉悲思愁怀的依凭。

江总诗（二首）

江总（519—594），字总持。南朝济阳考城（今河南兰考）人。在梁任尚书仆射。入陈为尚书令，多作艳诗，人称"狎客"。入隋任上开府。有辑本《江令君集》。

陇头水

题　解

此诗借乐府旧题而作，言行役他方、建功封侯的不易。

陇头万里外[1]，天涯四面绝[2]。
人将蓬共转[3]，水与啼[4]俱咽。
惊湍自涌沸，古树多摧折。
传闻博望侯[5]，苦辛提汉节[6]。

注　释

[1] 陇头万里外：谓陇山在万里之外。
[2] 天涯四面绝：四方都被天幕隔绝。
[3] 人将蓬共转：人随着飞蓬一同流转。谓漂泊不定。
[4] 啼：指西行者的悲啼声。
[5] 博望侯：指汉代的张骞。他因出使西域被封为博望侯。
[6] 汉节：汉朝的符节。古代使者出使他邦，须持符节以作凭证。

简　议

建立功业固然不易，总须付出相应的代价和努力。

陇头水

题　解

诗仿汉乐府旧题而作，书写行人翻越陇山时产生的离情别绪。

雾暗山中[1]日，风惊陇上[2]秋。
徒伤幽咽响，不见东西流[3]。
无期从此别[4]，更度几年幽。
遥闻玉关道[5]，望入杳悠悠[6]。

注　释

[1] 山中：陇山中。
[2] 陇上：陇山之上。
[3] 不见东西流：谓因大雾遮得山中昏暗，看不见陇水东西流淌。
[4] 无期从此别：谓从此一别后，返回的日子遥遥无期。
[5] 玉关道：去往玉门关的道路。
[6] 望入杳悠悠：因归期无望而心生怨恨。望，怨恨。

简　议

唯诉离愁，别无他寄。

谢燮诗（一首）

谢燮（525—589），南朝陈文学家。生于建康（今南京）。陈宣帝太建十二年（580），任吏部侍郎。诗歌代表作为五言绝句《早梅》。诗曰："迎春故早发，独自不疑寒。畏落众花后，无人别意看。"

陇头水

题 解

这是一首边塞诗，主要抒写陇山征人对妻子的情思。

陇坂望咸阳[1]，征人惨思肠[2]。
咽流[3]喧断岸，游沫聚飞梁[4]。
凫分敛冰彩[5]，虹饮[6]照旗光。
试听《铙歌》曲[7]，唯吟《君马黄》[8]！

注 释

[1]咸阳：代指征人的家乡。

[2]惨思肠：肠中悲感十足，征人很是凄惨。思，悲。

[3]咽流：指鸣声呜咽的陇水。

[4]游沫聚飞梁：游沫，飞沫；梁，桥。

[5]凫分敛冰彩：谓水中野鸭遮住了阳光照在冰上发出的光彩。凫，野鸭。敛，本意为敛藏，此处作遮蔽解。

[6]虹饮：传说虹能吸饮。

[7]《铙歌》曲：即铙歌。铙歌为军乐，又谓之骑吹，行军时于马上奏之，通谓鼓吹；其曲有"朱鹭""思悲翁""艾如张""上之回""雍离""战城南""巫山高""上陵""将进酒""君马黄""芳树""有所思""雉子班""圣人出""上邪""临高台""远如期""石留""务成""玄云""黄爵行"和"钓竿"等二十曲，多叙战阵之事。

[8]《君马黄》：汉铙歌名。为铙歌第十曲，因词首有"君马黄，臣马苍"而得名。《诗比兴笺》以为讽刺上下不一心；或谓男女伤别之诗。在这首诗中，征人所吟的《君马黄》为男女伤别之意。

简 议

与妻子久别而不得见，征人无比痛苦。诗篇对此不予直言，而是借助描绘其苦吟《君马黄》的举动，将之委婉地揭示出来，这是运思的精妙处。

张正见诗（一首）

张正见（约527—581），字见赜，南朝宋清河东武城（今山东武城）人。幼好学，有清才。年十三，为梁简文帝献颂。除邵陵王国左常侍。梁元帝立，拜通直散骑侍郎，迁彭泽令。陈武帝时，诏为镇东鄱阳王府参军，累迁通直散骑侍郎。其五言诗尤善，大行于世。著有文集十四卷。

陇头水

题 解

此诗为借乐府旧题而作的五言律诗，主写征人登上陇山后的乡思。

> 陇头鸣四注[1]，征人逐贰师[2]。
> 羌笛含流咽，胡笳杂水悲。
> 湍[1]高飞转駃[3]，涧浅荡还迟。
> 前旌[4]去不见，上路杳无期。

注 释

[1] 陇头鸣四注：言陇山之水咽鸣且四注而下。

[2] 贰师：指汉贰师将军李广利。贰师，本为汉时大宛地名，在今吉尔吉斯共和国西南马尔哈马特。大宛有良马，在贰师城，匿不肯献。武帝太初元年（前104），命李广利为"贰师将军"，征贰师城，取良马，故以为号。

[3] 湍高飞转駃（jué）：湍，急流的水；駃，同"快"。

[4] 前旌：先头部队。

简 议

言征人思乡之情，几乎是《陇头水》永恒的主题。这首诗开篇即将《陇头歌辞》中"流离四下"和"鸣声幽咽"两层意思融合起来，写征人随贰师将军远征边地，一如流离四下的陇水奔驰无定；紧接着以羌笛、胡笳的悲凉凄戾与流水幽咽之声相映带，来表明征人与流水的同命相怜，在悲哀凄怨的气氛中抒写征人的远去和归来无期，最终以思乡之情作结，在艺术上有独到之处。

陈叔宝诗（三首）

陈叔宝（553—604），字元秀，小字黄奴，南朝陈国陈宣帝子。史称"陈后主"，公元582年至589年在位。在位时大建宫室，生活奢靡，日与妃嫔、文臣游宴，制作艳词，如《玉树后庭花》《临春乐》等。隋兵南下时，他恃长江天险，不以为意。祯明三年（589），隋兵入建康后被俘，后在洛阳病死，追封长城县公。明人辑有《陈后主集》。

陇头水

题 解

这首诗描绘了征人在陇山看到的凄寒景象，抒发了深沉的边情。

> 塞外飞蓬[1]征，陇头流水鸣。
> 漠处[2]扬沙暗，波中燥叶轻[3]。
> 地风[4]冰易厚，寒深溜转清。
> 登山一回顾，幽咽动边情[5]。

注 释

[1]飞蓬：喻征战者。

[2]漠处：有沙漠的地方，指战场。

[3]波中燥叶轻：谓水中干枯的树叶四处漂荡。

[4]地风：地面上吹风。

[5]边情：身在边疆而产生的愁怀和思乡之情。

简 议

看到陇山种种凄凉景象，征夫不觉动了边情。诗篇所言仅止于此，一无深意可言。

陇头水

题 解

此诗旨在诉说陇山征戍者在西征中对佳人的深切思念。

> 陇头征戍客，寒多不识春。
> 惊风起嘶马，苦雾杂飞尘。

投钱积石水[1],敛辔交河津[2]。
四面夕冰合,万里望佳人[3]。

注　释

[1]投钱积石水:投钱,投掷铜钱;积石,指大积石山,在青海省东南部。

[2]敛辔交河津:谓在交河渡口饮马。交河,水名,在今新疆吐鲁番市西北。

[3]佳人:本指美女。这里指征夫的妻子。

简　议

征客先在陇山戍边,后又长途西征,心中充满了对家中娇妻的思念,很是让人理解和同情。诗篇造语峻拔,意境凄清,诚可动人。

陇头水

题　解

这首诗极力描写了征人征战生涯的辛苦。

高陇[1]多悲风,寒声起夜丛[2]。
禽飞暗识路,鸟转逐征蓬[3]。
落叶时惊沫[4],移沙屡拥空[5]。
回头不见望,流水玉门[6]东。

注　释

[1]高陇:高俊的陇山。

[2]寒声起夜丛:谓由于多悲风,陇山在夜间鸣响的清寒之声细碎而丛集。

[3]鸟转逐征蓬:鸟,喻征人;逐征蓬,像飞蓬似的四处征战。

[4]落叶时惊沫:谓落叶不时掉进水里,惊起泡沫。

[5]移沙屡拥空:谓飞沙每每涌向天空。

[6]玉门:指位于甘肃省的玉门关。

简　议

"高陇多悲风""寒声起夜丛""落叶时惊沫""移沙屡拥空"。诗篇通过对诸多灰色意象的集中状摹,烘托出了征人生存环境的凶险和征战生涯的艰苦，巧妙地喻示了他内心的凄楚和惆悯。

萧子晖诗（一首）

萧子晖（生卒年不详），字景光。南朝梁兰陵（今江苏常州）人。南齐高帝萧道成之孙，文学家萧子显、萧子云之弟。少涉经史，有文才。初任散骑侍郎，迁南中郎记室。出为临安令。迁安西武陵王谘议，带新繁令，随府转仪同从事、骠骑长史。性恬静，少嗜好。代表作为《冬草赋》。

陇头水

题 解

此诗借言陇山之水的四散分流，诉说了行旅者的四方奔波之苦。

天寒陇水急，散漫俱分泻。
北注徂黄龙[1]，东流会白马[2]。

注 释

[1]徂（cú）黄龙：徂，到；黄龙，古城名，即龙城，地在今吉林省，又为县名，即今陕西省黄龙县。

[2]白马：指白马津，水名。在今河南滑县东北。

简 议

句句无人句句有人，字字无情字字有情，在平静的叙事中传递出无尽的凄苦之音。

何胥诗（一首）

何胥（生卒年不详），字孝典，南朝陈诗人。陈后主时任太常令。曾奉命出使关外。善音律，采宫中女学士及朝臣唱和之艳诗，被之管弦，以为新曲。

被使出关

题 解

这首诗为作者出使关外时作,主要写了出使途中登上陇山后产生的去国别乡之悲。

出关登陇坂[1],回首望秦川[2]。
绛水通西晋[3],机桥指北燕[4]。
奔流[5]下激石,古木[6]上参天。
莺啼落春后,雁度在秋前。
平生屡此别,肠断自催年[7]。

注 释

[1]陇坂:陇山。

[2]秦川:指今陕西关中地区。这里指代作者的故乡南陈。

[3]绛水通西晋:绛水有二,其一源出于山西省绛县绛山,流经曲沃入浍水;其二源出于山西省屯留县西南盘秀山,东流至潞城界,再入浊漳水。西晋,朝代名,公元265年至316年。这句泛言出使之行程。

[4]机桥指北燕:机,通"几",危殆;北燕,东晋十六国之一,公元407年至436年。此句概言出使程途之险。

[5]奔流:指湍急的陇山之水。

[6]古木:指陇山之古木。

[7]肠断自催年:肠断,言登陇山的愁苦;催年,催人老去。

简 议

诗人出使何方虽不可知,翻越陇坂却是事实。诗篇将陇山自然景观写得生动传神,妙趣横生。"莺啼落春后"和"雁度在秋前"二句状山中气候之严寒妙理天成,让人心领神会。笔力的劲锐和语言的明丽,使诗作读来音节响亮、气韵畅通。而"肠断自催年"的泣诉,也将作者内心的哀伤如实地表达了出来。

虞羲诗(一首)

虞羲(生卒年不详),字子阳,一说字士光。南朝齐梁间诗人。会稽余姚（今属浙江）人。少有才学，南齐时以太学生游于竟陵王西邸，历仕安王侍郎、建安征虏府主簿兼记室参军。入梁，官至晋安王侍郎。史称其"盛有才藻，卒于晋安王侍郎"。其诗以《昭明文选》所录《咏霍将军北伐》最为有名。

咏霍将军北伐

题 解

诗题中的"霍将军"，指西汉名将霍去病。他是河东平阳（今山西临汾西南）人，先后六次北伐大败匈奴，官至骠骑将军，封冠军侯。汉武帝曾为之建造府第，他拒绝说："匈奴未灭，何以家为。"他的北伐，解除了西汉初年以来匈奴对汉王朝的威胁。这首诗热情讴歌了霍去病北伐匈奴所取得的丰功伟绩，对其早亡表示惋惜。

拥旄[1]为汉将，汗马[2]出长城。
长城地势险，万里与云平[3]。
凉秋八九月，虏骑入幽并[4]。
飞狐白日晚[5]，瀚海愁云生[6]。
羽书[7]时断绝，刁斗[8]昼夜惊。
乘墉挥宝剑[9]，蔽日引高旍[10]。
云屯七萃士[11]，鱼丽六郡兵[12]。
胡笳关下思[13]，羌笛陇头[14]鸣。
骨都先自詟[15]，日逐次亡精[16]。
玉门罢斥候[17]，甲第始修营[18]。
位登万庾积[19]，功立百行[20]成。
天长地自久，人道有亏盈[21]。
未穷激楚乐[22]，已见高台倾[23]。
当令麟阁[24]上，千载有雄名！

注 释

[1]旄：竿顶用牦牛尾装饰的军旗。

[2]汗马：指"汗血宝马"。汉武帝太初四年（前101），贰师将军李广利斩大宛王首，获其汗血宝马。此马善行，一日千里。此处谓霍去病

骑着汗血马。

［3］万里与云平：形容长城所在地之高。

［4］虏骑入幽并：谓匈奴骑兵入侵幽州和并州。

［5］飞狐白日晚：谓由于匈奴入侵，飞狐关一带战云密布，即使白天，也昏暗得像是在夜晚。飞狐，要隘名，在河北涞源县北蔚县南，两崖峭壁，一线微通，蜿蜒百余里，为古代河北平原与北方边郡间的交通咽喉。

［6］瀚海愁云生：谓因了匈奴的入侵，连西域的沙漠地带也生出愁云。瀚海，指西域沙漠。

［7］羽书：古代征调军队的文书，上插羽毛以示紧急，必须速递。

［8］刁斗：古代军中用具。铜质，有柄，能容一斗。军中白天用来烧饭，夜则击之以巡更。

［9］乘墉挥宝剑：谓霍将军带领战士登上长城挥动宝剑杀敌。乘墉，乘，登；墉，墙，此处指长城城墙。

［10］蔽日引高旗：谓将士们高举旗帜，以至旌旗遮蔽了太阳。旗，同"旌"。

［11］云屯七萃士：谓精干的战士或队伍多得像云雾屯聚，概言将士多而广。七萃士，指七支精干的队伍，原为周王的禁卫军。《穆天子传》一谓"赐七萃之士战"。

［12］鱼丽六郡兵：谓霍将军所率六郡兵马众多。鱼丽，言其多，《诗经·小雅·鱼丽》中反复称道"君子"所有的酒多且美，所获的鱼类种类繁富；六郡，指汉代陇西、天水、安定、北地、上郡、西河六个郡。

［13］关下思：关下，当指陇山大震关下；思，悲。

［14］陇头：陇山。陇山古称陇头。汉武帝元狩二年（前121），霍去病率万骑出陇西击匈奴时，曾经过陇山。

［15］骨都先自詟：谓匈奴的军官才看到汉军的气势，就先恐惧了。骨都，汉时匈奴官名，《史记·匈奴列传》谓"置左右贤王、左右谷蠡王、左右大将、左右大都尉、左右大当户、左右骨都侯"，《集解》谓"骨都，异姓大臣"；詟，恐惧、惧怕。

［16］日逐次亡精：谓连匈奴日逐王也吓得丧精亡魂。日逐，匈奴王

号，也是其官名。《汉书·匈奴传》谓"（左右贤王）病死，其子先贤掸不得代，更以为日逐王。日逐王者贱于左贤王"。

[17]罢斥候：解除了侦察敌情的工作。斥候，侦察、候望。

[18]甲第始修营：谓朝廷开始为霍将军营造住宅。

[19]位登万庾积：谓将军被封为冠军侯，天子赐他万庾的谷物。位，爵位；登，升、进、高，三者在此皆可通；庾，量词，十六斗为一庾。

[20]百行：多方面的好品行。

[21]亏盈：缺损和盈满。引申为盛衰、差别。

[22]激楚乐：激楚，曲名。《汉书·司马相如传·上林赋》谓"鄢郢缤纷，激楚结风"。

[23]高台倾：高台倾倒，喻霍将军的死。霍去病生于公元前140年，于公元前117年去世，享年二十四岁，属早亡。

[24]麟阁：指麒麟阁。汉代在未央宫筑此阁；汉宣帝时，图霍光等十一名功臣像于其上，以表彰其功绩。后世多以"麒麟阁"或"麟阁"表示卓越的功勋和最高的荣誉。

简 议

南朝齐梁之际，南北方在军事上形成对峙关系，齐武帝曾欲北伐，而梁武帝也曾令临川王萧宏率军北伐。这首诗就是在此种政治和军事背景下创作的。诗篇借助颂扬霍将军北伐所取得的功绩，充分抒发了作者为国建功立业的雄心壮志和英雄豪情，充满着鼓舞人心的力量。其中起首四句记出征，不仅写出了长城边地的峥嵘气势和地域的辽阔，而且创设出了一种悲壮苍凉的战争氛围；"凉秋八九月"以下六句追述出征长城之缘由，极力渲染了敌军入侵后的惨烈景象和战事的紧急，突出了霍将军所担责任的重大；"乘墉挥宝剑"以下八句具体描写了将士们出击破敌的实况，将战斗的场面写得扣人心弦；"玉门罢斥候"句至篇终言将军得胜回师后受到封赏的情形，并对其早亡深感惋惜。诗篇语言劲健清朗，意象雄浑壮阔，气势宏大强良，情节跌宕起伏，一扫当时诗坛纤弱柔丽之风，开唐人高壮豪迈之先河。作者善于驾驭，避免了咏史诗常见的平铺直叙。诗中描绘边塞景况的一些词语和典故多堪回味，有的甚至为后世边塞诗所习用。作为古代边塞要隘，陇山战略位置的重要性在这首诗中得到充分体现。

无名氏（一首）

陇头水

题 解

此诗主写远征者的坚贞和勇毅。

陇头征人别，陇水流声咽。

只为识君恩，甘心从苦节[1]。

雪冻弓弦断，风鼓旗杆折。

独有孤雄剑[2]，龙泉字不灭[3]。

注 释

[1]苦节：勇于吃苦的节操。

[2]孤雄剑：指晋人张华在丰城狱中掘地所得之雌雄二剑中的龙泉宝剑。在此，泛指宝剑。

[3]龙泉字不灭：谓宝剑上镌刻的"龙泉"二字永不磨灭，以之表明战斗到底的决心。相传晋代的张华见斗、牛二星间有紫气，即让人在丰城狱中挖地，掘得两把宝剑，一为雌，名"太阿"；一为雄，名"龙泉"。后世即以"龙泉"泛指宝剑。

简 议

既然冰雪能冻断弓弦、大风能吹折旗杆，战场环境的艰苦便不难想见。好在征人忠君爱国，全然不把艰难困苦放在眼里，决心为国战斗到底。"陇水流声咽"的凄苦，无法抑制"龙泉字不灭"的雄豪！在无名氏的笔下，陇山终于叫人振奋了一回！

无名氏（三首）

陇头歌三首

题 解

《陇头歌》本属魏晋乐府，《乐府诗集》将其归入《梁鼓角横吹曲》中。乐府诗多为民歌。南北朝时期的乐府民歌普遍体裁短小，语言清纯自然且质朴无华，抒情直露坦率，风格豪放刚健；内容主要是反映战争，诉说百姓疾苦，表现男女爱情和讴歌尚武精神。这三首诗则集中反映了北方人民服兵役的艰苦和身在疆场而产生的乡思，揭示了从军者漂泊无依的悲苦心境，在艺术上具有南北朝乐府民歌的共同特点，然而在语言的清新生动上更胜一筹。

一

陇头流水[1]，流离[2]山下。

念吾一身，飘然旷野。

注　释

[1] 陇头流水：陇头，即陇山。汉辛氏《三秦记》谓陇山"其坂九回，上者七日乃越。上有清水四注下，所谓陇头水也"。

[2] 流离：山水下泄貌。

二

朝发欣城[1]，暮宿陇头。

寒不能语，舌卷入喉[2]。

注　释

[1] 欣城：所指不详，但应距陇山不远。

[2] 舌卷入喉：谓陇山天气严寒，冻得人连舌头都缩到喉咙里去了。

三

陇头流水，鸣声幽咽[1]。

遥望秦川[2]，心肝断绝。

注　释

[1] 幽咽：哽咽。谓水流的声音像哭泣一样。

[2] 遥望秦川：望，一作"看"；秦川，指今陕西关中地带，当是服役者的故乡之所在。

简　议

三首诗格调低摧顿挫，意境孤寂凄寒，属意苦痛哀怨。在诗人笔下，陇山的流水离散无依、如泣如诉，山上的气候严寒无比、冰冷刺骨，全然一派寒荒苍凉景象。服役者背井离乡、漂泊西行，而且似乎归来无期，内心的痛苦自不待言。陇水的流离和幽咽，其实就是西行者的遭际和哭泣；而气候的酷寒，又何尝不是他冰冷心境的真实写照？故乡秦川既不可见，还乡又不可期，他怎能不"心肝断绝"？著名古典文学研究专家萧涤非先生在其所著《乐府诗词论薮》中说这三首诗"真情实景，最是动人。梁陈以还，陇头之作甚多，皆不及此"。

无名氏（一首）

陇头流水歌

题 解

《陇头流水歌》为乐府《鼓角横吹曲》名，缘陇山"有清水四注下"而来。《鼓角横吹曲》又称《鼓吹曲》，现存诗六十余首，是当时北方民族在马背上演奏的一种军乐，用鼓、钲、箫、笳等乐器合奏，多有歌辞配合。歌辞的作者多是鲜卑等北方少数民族之人。此诗为南朝梁国乐府所收录的北方民歌，主要书写征人行经陇山时的辛苦。

> 西上陇坂，羊肠九回[1]。
> 山高谷深，不觉脚酸。
> 手攀弱枝[2]，足逾弱泥[3]。

注 释

[1]羊肠九回：山路弯曲细小如羊肠，且反复盘旋。语本辛氏《三秦记》陇山"其坂九回"之说。

[2]弱枝：细弱的草木枝条。

[3]弱泥：浅而无黏力的泥。

简 议

陇山峰高谷深，道路崎岖盘旋，非付出极大的努力不可翻越，艰难和辛苦固在其中。"手攀弱枝，足逾弱泥"的细节描写，将登山者手脚并用、匍匐前行的窘态状摹得惟妙惟肖。因为苦于离家远行，诗人眼中的陇山一无可爱，只有险峻和狞厉。

唐朝

在唐朝时期,言及陇州的诗人计有六十七人,所作诗歌为一百一十八首,以唐诗人皮日休的《哀陇民》一诗最有分量。

褚亮诗（一首）

褚亮（560—647），字希明，隋唐之际钱塘（今浙江杭州）人。曾仕陈、隋及薛举。入唐后，太宗用以为秦王府文学学士。常侍太宗征战，多有进谏。官至通直散骑常侍，封阳翟县男，为唐初文学馆"十八学士"之一。卒，谥曰康，赠太常卿，陪葬昭陵。有诗文二十余篇。

在陇头哭潘学士

题 解

隋大业中（605—618），诗人被贬为西海郡（在今青海湖一带）司户，西去时和京兆博士潘徽同行。行至陇山，潘突发急病而亡。诗人十分伤感，乃买棺将其葬于山中路边，并题这首诗于坟旁树上。有好事者见之，竞相传抄讽诵。潘徽，字伯彦，隋唐之际吴郡（今江苏苏州）人。少聪敏，从名家习《诗》《礼》《尚书》及老庄，通其大意，尤精三史。被陈尚书令江总引为客馆令。入隋，为州博士，撰《韵纂》。秦王杨俊闻其名，召为学士。炀帝时，为京兆郡博士。因与杨玄感兄弟友善，为帝所恶，出为西海郡威定县主簿，意不平，病卒于陇山下。曾与诸儒撰《江都集礼》一百二十卷，助杨素撰写《魏书》。魏徵撰有《潘徽传》一篇。

陇底[1]嗟长别，流襟一恸君。
何言幽咽所[2]，更作死生分。
转蓬飞不息[3]，悲松断更闻[4]。
谁能驻征马，回首望孤坟？

注 释

[1]陇底：陇山之下。
[2]幽咽所：指流水幽咽的陇山。北朝乐府民歌《陇头流水歌》之三中有"陇头流水，鸣声幽咽"的句子。
[3]转蓬飞不息：谓一同西去的人像飞蓬一样奔走不息。
[4]悲松断更闻：谓悲哀的松涛声停息后却又响起来了。

简 议

诗人和潘学士同往西海郡,不料彼却病亡于陇山之下。作者于是大为悲恸,不觉泪洒衣襟。"谁能驻征马,回首望孤坟"两句看似平正,实则深切表达了诗人对潘氏的悠悠哀思和无尽眷恋,深情直贯读者心扉。

杨师道诗(一首)

杨师道(?—647),字景猷。唐弘农华阴(今陕西华阴)人。本为隋朝宗室,清警有才思。入唐,尚桂阳公主,封安德郡公。贞观中拜侍中,参与朝政。迁中书令,罢为吏部尚书。曾任灵州总管,多次击退突厥的入侵。善草隶,工诗。卒,谥号"懿",陪葬昭陵。著有文集十卷。

陇头水

题 解

《陇头水》为汉乐府横吹曲辞。此诗主要写了战士西征"天山"途中翻越陇山时的离别之苦。

> 陇头秋月明,陇水带关城[1]。
> 笳添离别曲[2],风送断肠声[3]。
> 映雪峰犹暗,乘冰马屡惊。
> 雾中寒雁至,沙上转蓬轻。
> 天山传羽檄[4],汉地[5]急征兵。
> 阵开都护道[6],剑聚伏波营[7]。
> 于兹[8]觉无渡,方共濯胡缨[9]。

注 释

[1]关城:当指高踞陇山的大震关关隘。

[2]笳添离别曲:意谓听到凄凉的胡笳声,也像是让人离别故乡的曲调。

[3]风送断肠声:意谓听到陇山的风声,也令人肠断。

[4]羽檄:即羽书。《史记·韩信卢绾列传》附陈豨谓"吾以羽檄征天下兵,未有至者"。《集解》称"推其言,则以鸟羽插檄书,谓之羽

檄，取其急速若飞鸟也"。简言之，羽檄指插着鸟羽的官方文书。

［5］汉地：指中国。

［6］都护道：通往西域都护的道路。汉代置西域都护，以都护诸国，并保护南北道路。

［7］伏波营：伏波本指东汉伏波将军马援，在此泛指将军。伏波营，即出征将军的营帐。

［8］于兹：于此（陇山）。

［9］濯胡缨：清洗胡须和冠带。

简 议

战士登上陇山后，离情别绪本已生成，而笳声的凄厉和秋风的寒冽，更让这离情沦肌浃髓。诗篇语言清新，笔力刚健，属意通达。

王绩诗（二首）

王绩（585—644），唐代诗人，字无功。绛州龙门（今山西河津）人，著名学者王通之弟。曾居东皋，因号东皋子。仕隋，为秘书省正字。唐初，以原官待诏门下省。后弃官还乡，放诞纵酒。其诗多以酒为题材，赞美嵇康、阮籍和陶潜，嘲讽周、孔礼教，表达对现实的不满，同时也流露出颓放消极的思想。原有集，已散佚。后人辑有《东皋子集》。

登陇坂二首

题 解

这两首诗互为一体，描写了游人登上陇山后看到的萧条景象，表达了他别离故乡的悲思和愁怀。

一

客行登陇坂[1]，长望一思归。
地险关山[2]密，天平鸿雁稀[3]。
转蓬无定去，惊叶但知飞。[4]
目极征途远，劳情歌式微[5]。

注　释

［1］陇坂：陇山。也称"陇坻"和"陇头"，为六盘山南段的别称，在陕西省陇县西北，延伸于陕、甘边境。南北走向，长约一百公里，为渭河平原与陇西高原的分界，海拔两千米左右，山势陡峭。

［2］关山：关隘。陇山有大震关等关隘。

［3］天平鸿雁稀：既是写实，也有寓意，谓因鸿雁稀少，游人无法托雁传书于家人。

［4］转蓬无定去，惊叶但知飞：在写实中寓有深意，谓游人像飞转的蓬草一样去无定所，又像风中的落叶一样只知盲目地飞。

［5］劳情歌式微：劳情，因忧愁而生情；式微，为《诗经·邶风》中的篇名，《诗序》说黎侯流亡于卫，随行的臣子劝他归国，后人用作思归之意。这句话的意思是说，游子登上陇山后动了乡愁，想要回归故乡去。

简　议

登上陇山，游人看到的是苍茫的秋色，不由得对自己的漂泊生涯感到忧戚，进而产生了回归故乡的愿望。语言文字的通脱俊拔和抒情表意的含蓄委婉，是诗篇的重要特色。

二

陇坂望三秦[1]，游人万里悲[2]。
何关呜咽水[3]，自是断肠时。
风高黄叶散，日下[4]白云滋。
怅望东飞翼[5]，忧来不自持！

注　释

［1］三秦：指秦川大地，当是游人的故乡所在。

［2］万里悲：为自己的万里远行而悲哀。

［3］呜咽水：指陇山上的流水。人们向来认为此水流声呜咽。

［4］日下：太阳下落。

［5］东飞翼：向东飞去的鸟儿。

简　议

回归既不可能，游人只得在陇山上眺望故乡，继而为自己的万里远行而断肠；看到飞往故乡方向的小鸟，他触景生情，愈发忧愁得不能自持。此诗在内容上紧承前诗，而骨力较前者孱弱。

卢照邻诗（四首）

卢照邻（635—689），字升之，自号幽忧子。唐幽州范阳（今河北涿州）人。于贞观二十一年（647）初次入蜀求宦，未果。遂入邓王李元裕幕府，拜典签。后历涉黄、寿、襄、兖诸州，在兖州遭横事被拘。经友人救援，于麟德二年（665）任新都（在今四川成都市新都区，当时为新都县）尉。总章元年（668）一度回京。总章二年五月又归蜀。此后滞留蜀中。咸亨二年（671）春返归洛阳。咸亨四年四月染风疾，卧病长安官舍，在京从孙思邈问医。又入太白山养疾，服饵不精中毒，病情转笃。永隆二年（681），去洛阳东龙门山学道服饵。垂拱元年（685）迁居阳翟具茨山下。后因不堪疾病折磨，投颍水而亡。卢氏为"初唐四杰"之一，其诗以七言歌行见长，词采富艳、内容广阔、意境清远。有《卢升之集》七卷。

早度分水岭[1]

题 解

唐麟德二年至乾封二年（667），卢氏在蜀中任新都尉。乾封二年，他因益州长史胡树礼的举荐，从蜀地回到长安。作为当时的博学之士，他应高宗诏命参与讨论明堂制度，因"群议未决"而不得晋升，乃失意而归。本诗为作者乾封二年十月从蜀地回长安途经陇山时作。诗篇通过对分水岭的高耸和山道艰险难行情况的描写，发出了仕途坎坷的浩叹。

丁年游蜀道[2]，班鬓[3]向长安。
徒费周王粟[4]，空弹汉吏冠[5]。
马蹄穿欲尽[6]，貂裘敝转寒[7]。
层冰横九折[8]，积石凌七盘[9]。
重溪既下漱[10]，峻峰亦上干[11]。
陇头闻戍鼓[12]，岭[13]外咽飞湍。

瑟瑟松风急，苍苍山月团[14]。

传语[15]后来者，斯路[16]诚独难。

注　释

[1] 分水岭：唐李吉甫《元和郡县图志》卷三十九《陇右道上》谓"小陇山，一名陇坻，又名分水岭"。在清康熙五十二年（1713）罗彰彝所撰《陇州志》中，此诗题作《朝天岭》。

[2] 丁年游蜀道：丁年，成丁的年龄，初唐以二十一岁为成丁。卢照邻于贞观二十一年（647）二十一岁时入蜀求仕，故曰"丁年游蜀道"。

[3] 班鬓：班，同"斑"。谓鬓发斑白。

[4] 徒费周王粟：殷商时，孤竹君的两个儿子叔齐和伯夷因不愿继位而逃到周国。周武王伐纣时，他们二人曾叩马谏阻。武王灭商后，他们耻食周粟而饿死于首阳山。在这里，诗人说他白白吃了多年的唐朝禄米，却没为国家建立功勋，也未给自己搭建起进身的阶梯。故此句是反其意而用之，为自嘲语。

[5] 空弹汉吏冠：弹冠谓整洁其冠，喻将来出来做官。《汉书》卷七二《王吉传》言"吉与贡禹为友，世称'王阳在位，贡父弹冠'，言其取舍同也"。《颜注》谓"弹冠者，言入仕也"。此句也是自嘲语，谓自己徒自弹冠，却未当上高官。

[6] 马蹄穿欲尽：谓马蹄快被路面磨穿了。

[7] 貂裘敝转寒：《战国策·秦策第一》谓"苏秦始将连横说秦惠王……说秦王书十上而说不行。黑貂之裘敝，黄金百镒尽。资用乏绝，去秦而归"。在此，诗人以当年的苏秦自况，谓自己游蜀求官而不称其志，落魄而归。

[8] 九折：即九折坂。《汉书·扬雄解嘲》称"响若坂颓"，应劭注谓"天水有大坂，名陇山……其坂九回，上者七日乃越"。

[9] 七盘：本为舞名，也作"七槃"。《宋书》卷一九《乐志》张衡《舞赋》称"历七槃而纵蹑……皆以七槃为舞也"。这句是说，分水岭上的积石凌空叠摞，就像在跳七盘舞一样。

[10] 漱：指陇山溪水冲激山石而下。

[11] 干：冲犯。

[12]戍鼓：陇山驻军的鼓声。

[13]岭：《文苑英华》于"岭"条下注"作云"，《全唐诗》也作"云"。

[14]团：圆。

[15]语：清康熙五十二年《陇州志》作"诸"，虽误，亦可通。

[16]斯路：明指翻越分水岭的路，暗喻仕途。在清康熙五十二年《陇州志》中，将"斯"写作"行"。

简　议

诗人远赴蜀中求仕而不遂，心中自有愤懑和不平，他不用灰色的眼光去看世界才怪，故他笔下的分水岭自然是凶险异常。"冰层"的"横九折"和"积石"的"凌七盘"，其实是他仕途坎坷的形象写照；而"飞湍"的呜咽和"松风"的"瑟瑟"，又未必不是他苍凉心境的外化。自嘲的同时加以喟叹，卢氏的落魄和失意显而易见。言在此而意在彼，使诗篇有余音绕梁之妙。

上之回[1]

题　解

西汉元封四年（前107），汉武帝从雍地出发，通过途经今陕西陇县的回中道北出萧关巡视，使"月氏臣"而"匈奴服"，一时声威大震。这首诗就此事进行追忆，对汉武帝的声势和风采大肆称颂。

　　回中道[2]路险，萧关烽候多[3]。
　　五营屯北地[4]，万乘出西河[5]。
　　单于拜玉玺[6]，天子按雕戈[7]。
　　振旅汾川曲[8]，秋风横大歌[9]！

注　释

[1]上之回：为汉铙歌名，因首句为"上之回"而得名。唐吴兢在《乐府古题要解》中称"汉武帝元封初，因至雍，遂通回中道，后数出游幸焉。其歌称帝'游石关，望诸国，月氏臣，匈奴服'，皆美当时事也"。歌辞见《乐府诗集》之十六。

[2]回中道：回中为古地名，在今陕西陇县西北。《后汉书·来歙传》谓"从番须回中径至略阳"，《前书音义》曰"回中在汧。汧，今陇

州汧源县也",此处所说的"汧源县",即今陕西陇县。

[3]萧关烽候多:萧关,一名鄣关,在今宁夏固原市原州区东南。汉文帝十四年(前166),匈奴单于自萧关入,烧地处今陕西陇县西北的回中宫;汉武帝元封四年(前107),帝经回中道北出萧关,猎新秦中,即此。烽候,烽火台。

[4]五营屯北地:五营,即五军,为古代军制;《国语·晋》四谓"作五军",注言晋本有三军,即中军、上军、下军,后又增加新上军和新下军,共五军;《昭明文选》汉张衡《西京赋》谓"五军六师,千列百重",唐李善注称"《汉官仪》:汉有五营,五军即五营也"。在这里,五营专指汉武帝去北方巡视时所带的军队。北地,郡名,春秋时为义渠戎国之地;秦置北地郡;汉代也有北地郡,在今甘肃东南部和宁夏南部一带。

[5]万乘出西河:万乘,周制,天子地方千里,出兵车万乘;诸侯地方百里,出兵车千乘,故以"万乘"称天子,这里指汉武帝。西河,有三说,一为古地名,相当于今陕西东部黄河西岸地区;二为郡名,汉武帝元朔四年(前125)置,治富昌县(今陕西府谷县古城乡);三为古郡名,指旧汾州西河邑,在今山西省临汾市尧都区。以诗之第七句度之,此处所指,当以汾州西河邑为是。

[6]单于拜玉玺:意谓匈奴单于向汉武帝拜伏称臣。

[7]天子按雕戈:谓汉武帝以手按着刻有花纹的戈。

[8]振旅汾川曲:振旅,整顿部队,多谓战胜整队而还。汾川曲,汾河之湾,汾河出山西管涔山而南流至曲沃县西折,在河津市入黄河。

[9]大歌:指《大风歌》。汉高祖刘邦称帝后回到故乡沛,召集故旧纵酒尽欢。席间,他击筑作歌"大风起兮云飞扬,威加海内兮归故乡,安得猛士兮守四方"。此处说汉武帝"横大歌"者,意在张扬他的"威加海内"。

简 议

汉武帝北巡而匈奴臣服,汉家威仪由此布于戎狄之邦,让中国人扬眉吐气。诗人对此激赏不已,高度赞扬。他把满腔热情倾注笔端,将诗篇写得激情洋溢,让读者精神振奋且姿高气扬。

入秦川界

题 解

这是诗人由蜀返陕翻越陇山时所写的一首五言律诗,艺术地再现了陇山雄奇壮美的自然景色。

> 陇坂长无极[1],苍山望不穷。
> 石径萦疑断,回流映似空。
> 花开绿野雾[2],莺啭[3]紫岩风。
> 春芳勿遽尽,留赏故人同[4]。

注 释

[1]无极:没有穷尽。

[2]花开绿野雾:谓鲜花开在绿野中,远望如一层红色的雾。

[3]啭:婉转地鸣叫。

[4]留赏故人同:谓让后面经过的友人能看到相同的"春芳"。

简 议

此诗首联描写由蜀入陕时登上陇山所见群山的阔远,颔联主言山间道路的崎岖和流水的澄明,颈联突出了山中的花红草绿及莺鸣的婉转动听,尾联则着重表达了对友人的眷念之情。在诗人笔下,陇山风光旖旎、妙丽如画,值得让人留恋,这和前代诗人对陇山的控诉和指斥大相径庭。

陇 山

题 解

这是一首边塞诗,作于永徽年间(650—655)。这一时期诗人从军西域,曾路过陇山。诗篇着重诉说了自己西行途中所受的辛苦,抒发了思乡之情。此诗一名《陇头水》。

> 陇坂高无极[1],征人一望乡。
> 关河[2]别去水,沙塞断归肠。
> 马系千年树,旌悬九月霜。
> 从来共呜咽[3],皆是为勤王[4]。

注　释

[1] 陇坂高无极：陇坂，陇山；无极，没有边际。

[2] 关河：本指函谷关等关隘和黄河，此处指陇山上的流水。因陇山筑有大震关，故称陇山之水为"关河"。

[3] 从来共呜咽：谓自古以来，征人就和陇山的流水一同呜咽，概言征人思乡之愁。

[4] 勤王：为帝王之事尽力。

简　议

诗人因得罪权贵被贬而从军西域，他当然满腹凄楚，故对家乡的牵挂便更深一层，以至像陇山的流水一样呜咽不已。即使陇山高耸入云、寒风刺骨，他也得硬着头皮继续西进。诗的颔联抒发思乡之情沉痛峻切；而颈联中的"旌悬九月霜"句描写山地气候之严寒颇具质感，状无形之物于有形，足见运思之奇。

骆宾王诗（一首）

骆宾王（约640—约684），唐文学家。婺州义乌（今浙江义乌）人。曾任临海丞。后随徐敬业起兵反对武则天，兵败后不知所终，或说为僧。为"初唐四杰"之一。其诗多悲愤之辞。又善骈文，曾为徐敬业作《讨武曌檄》，则天见之，有"宰相安得失此人"之叹。有《骆宾王文集》十卷。

至分水戍

题　解

唐高宗咸亨元年（670），诗人从军西域，西去途中行经陇山分水岭（今称老爷岭）戍所时写了这首诗。诗篇主要描写了分水岭一带的阴寒景象，表达了离乡远行的悲凉。

行役忽离忧[1]，复此怆分流[2]。

溅石回湍咽[3]，萦丛[4]曲涧幽。

阴岩常结晦，宿莽[5]竟含秋。

况乃[6]霜晨早，寒风入戍楼。

注　释

［1］行役忽离忧：行役，因服役或公务而跋涉在外，也指行旅之事；离忧，离别之愁苦。

［2］复此怆分流：谓现在又来到了陇山的分水岭，因见山中之水的东西分流而悲怆。复，又。

［3］溅石回湍咽：谓冲击石头的陇水鸣声呜咽。

［4］萦丛：萦绕着丛生的杂草和树木。

［5］宿莽：经冬不死的草。《楚辞·离骚》谓"朝搴阰之木兰兮，夕揽洲之宿莽"。

［6］乃：是。

简　议

此作以凝重、沉郁的笔调描绘了陇山分水岭地区阴晦、清寒的自然景象，借以表达诗人行役在外、远离家乡的凄苦心情。诗篇因情设景，缘景言情。首联直写心境，以之引领全文；颔联和颈联宕开一笔，为情置景；尾联则更进一层，再次凸显了山中气候的冷冽和寒彻，将作者内心的愁苦演绎得愈发深透。

李峤诗（一首）

李峤（644—713），字巨山。唐代诗人。赵州赞皇（今属河北）人。二十岁举进士，历仕高宗、武后、中宗三朝，官至中书令。玄宗即位，贬为庐州别驾。诗多咏物之作，与同乡苏味道齐名，合称"苏李"。又与苏及崔融、杜审言并称"文章四友"。有集五十卷，已散佚。明人辑有《李峤集》。

咏　笛

题　解

此诗一题《笛》，或言宋之问作。诗篇通过对吹笛者吹笛情景的描写，揭示了其对亡友的怀念之情。

羌笛写龙声[1]，长吟入夜清[2]。
关山[3]孤月下，来向陇头[4]鸣。
逐吹梅花落[5]，含春柳色惊[6]。
行观向子赋[7]，坐忆旧邻情。

注　释

[1]羌笛写龙声：羌笛，乐器，竖吹，有指孔，原出古羌族，长二尺四寸，音色高亢而有悲凉之感，象征着对家乡、亲友的思念之意；写，通作"泻"，宣泄；龙声，龙吟之声。

[2]清：清幽，清切。

[3]关山：此处当指陇山。陇山也称关山，因山巅有大震关。

[4]陇头：陇山。

[5]梅花落：汉乐府横吹曲名。本笛中曲，别名《落梅》《落梅花》《大梅花》《小梅花》。后世流行的琴曲《梅花三弄》，也据《梅花落》改编而来。

[6]柳色惊：谓笛声凄苦多愁，连柳树听到后都会心惊。

[7]行观向子赋：谓吹羌笛者因怀念亡友心切，连走路时都在观看向秀的《思旧赋》。向子，指魏晋之际的哲学家和文学家向秀，为"竹林七贤"之一。他擅长诗赋，作有哀吊嵇康、吕安的《思旧赋》，此赋寄托着物是人非的悲凉，痛惜之情溢于言表，颇为有名。

简　议

一轮明月孤悬天际，有人在月下吹着羌笛。他的笛声遍鸣陇山之上，音调清冽而凄厉。这清冽凄厉的笛声，寄寓着他对亡友无尽的思念。读了向秀的《思旧赋》，他更被向氏追思故友的痴情所感染，不由得回忆起与亡友曾经的情谊。通过对吹羌笛和"观向子赋"两个特定动作的描写，诗篇将吹笛者对亡友的哀思刻画得深入腠理，使全诗显得情深深而意绵绵。

沈佺期诗（一首）

沈佺期（约656—715），字云卿。唐相州内黄（今河南安阳）人。

上元元年（674）进士，官至太子少詹事。曾因贪污和媚事张易之，被流放欢州。诗多应制之作。流放期间的作品，则对自身的境遇表示不满。所作律诗体制严谨精密，对律体诗体制的完善和定型很有影响。与宋之问并肩，人称"沈宋"。原有集，已散佚。明人辑有《沈佺期集》。

陇头水

题 解

此诗借乐府旧题而作，描写了征客行经陇山时的凄哀和悲凉。

> 陇山飞落叶，陇雁度寒天。
> 愁见三秋水[1]，分为两地泉[2]。
> 西流入羌郡[3]，东下向秦川。
> 征客重回首，肝肠空自怜。

注 释

[1]三秋水：阴历九月的水。

[2]分为两地泉：谓陇山的流水分成两股，一股向西去，一股向东流。

[3]羌郡：指羌人居住的地区。

简 议

落叶纷飞，雁阵排空，寒水分流，陇山再度以凄寒的面孔出现。处在这般恶劣的环境里，征客的心情无疑更加沉重。步着前人的后尘，如泣如诉地猛倒苦水，诗篇营造的氛围沉闷而压抑。

贺知章诗（一首）

贺知章（659—744），字季真。唐越州永兴（今浙江萧山）人。少以文词知名。证圣间举进士，官正银青光禄大夫兼正授秘书监。性放旷，善谈笑。醉后属词，动成卷轴。又善草、隶书。晚年自号四明狂客。天宝初请为道士，敕赐镜湖，后终其地。其诗今存二十首，多为祭神乐章和应制之作，而写景诗清新通俗。《回乡偶书》一诗传诵颇广。

送人之军中[1]

题 解

有人将赴临洮戍边,作者赋此为其送行。诗篇在表达惜别之情的同时,对戍边者给予勉励。

常经绝脉塞[2],复见断肠流[3]。

送子[4]成今别,令人起昔愁[5]。

陇云晴半雨[6],边草夏先秋[7]。

万里长城寄[8],无贻汉国忧[9]。

注 释

[1]之军中:前往军中。之,往。

[2]绝脉塞:指筑于临洮的长城。《史记·蒙恬列传》谓"秦已并天下,乃使蒙恬将三十万众北逐戎狄,收河南。筑长城,因地形,用制险塞,起临洮,至辽东,延袤万余里";"恬罪固当死矣。起临洮属之辽东,城堑万余里,此其中不能无绝地脉哉?"

[3]断肠流:指陇水。北朝乐府诗《陇头歌辞》之三谓"陇头流水,鸣声幽咽。遥望秦川,心肝断绝"。"之军"者去临洮,须经过陇山大震关,故以得见陇水。

[4]子:指"之军"者。

[5]昔愁:旧有的离愁。

[6]陇云晴半雨:谓陇山上有云,天气半晴半雨。

[7]边草夏先秋:谓边塞地区的草在夏天就已枯萎,提前呈现出秋色。此句概言陇山天气之寒。

[8]万里长城寄:意谓"之军"戍边者有如万里长城,在此送别之际,向他进行托付。万里长城,喻指可资倚重者,这里指"之军"者;寄,委托。

[9]无贻汉国忧:意思是说,"之军"者到戍所后要尽职尽责保卫边疆,不要让国家为边疆的安全而担忧。无,不;贻,遗留;汉国,中国,这里指大唐帝国,唐人常以汉喻唐。

简 议

这首诗的旨要全在最后两句。有此两句垫底,全诗的思想境界顿见崇高。首联以"绝脉塞"和"断肠流"状边塞之险要,使人对其险恶体会良深,也对"之军"者将要遭遇的艰险感同身受。颔联诉说与"之军"者的别离之愁,情真而意切。颈联摹写边塞之景笔墨生动,用语新奇、令人叹赏。

苏颋诗（一首）

苏颋（670—727），字廷硕。唐京兆武功（今陕西武功）人。武则天调露三年（681）进士，袭封许国公。玄宗时，与李乂同掌朝廷文诰，玄宗称之为"苏李"。后为紫微黄门平章事，参理朝政。与燕国公张说同以文章著称，时人号为燕许大手笔。新、旧《唐书》皆附《苏颋传》。

陈仓别陇州司户李维深

题 解

这是一首赠别诗，作于开元九年（721）春。这一年，诗人出任益州大都府长史，与陇州司户参军李维深自长安一路西行至陈仓并在此与其分手，乃作此诗话别。诗中的"陈仓"指原陕西省宝鸡市的宝鸡县，今为陈仓区；"司户"为唐代官名，主管民户，在府曰户曹参军，在州曰司户参军，在县曰司户。而"陇州司户李维深"终系何人，今已不可考。

京国[1]自携手，同途欣解颐[2]。
情言正的的[3]，春物宛迟迟[4]。
忽背雕戎役[5]，旋瞻获宝祠[6]。
蜀城余出守[7]，吴岳尔归思[8]。
欢惬更伤此[9]，眷殷殊念兹[10]。
扬麾北林径[11]，跂石南涧湄[12]。
中作壶觞饯[13]，回[14]添道路悲。
数花临磴日[15]，百草覆田时。
有美同人意，无为行子辞。

酬歌拔剑起，毋[16]是答恩私。

注　释

[1]京国：国都。这里指唐都长安。

[2]解颐：开颜欢笑。颐，下巴、颊。

[3]的的：明白，昭著。《淮南子·说林》谓"的的者获，提提者射"，自注谓"的的，明也"。

[4]迟迟：迟缓，从容不迫。《诗经·豳风·七月》有"春日迟迟，禾繁祁祁"之说。

[5]忽背雕戎役：忽然担负了兵役。背，用背驮负，引申为担负；雕戎役，兵役。

[6]获宝祠：古祠名，为秦文公所建，用以祭祀若石，在陈仓（今宝鸡市陈仓区）。《史记·封禅书》谓"文公获若石云，于陈仓北坂城祠之"。

[7]蜀城余出守：我到蜀城去任大都府长史。蜀城，指今四川成都；出守，由京官出任太守。

[8]吴岳尔归思：谓李维深将要回到陇州去。吴岳，是陇州之名山，此处代指陇州；思，语助词，无意义。

[9]欢惬更伤此：谓在欢乐惬意之时，却为即将分手而伤感。更，改变；此，指作者在陈仓和李维深分手之事。

[10]兹：这。指在陈仓相会的事。

[11]扬麾北林径：谓李维深挥着手向北而去（陇州）。麾，通"挥"。

[12]跂石南涧湄：谓自己依着秦岭山涧的水流，踏着石头艰难地向南而去。跂，虫爬行；跂石，攀爬着石头。

[13]壶觞饯：谓自己与李维深互相饮酒饯行。壶觞，均为盛酒的器具，借指酒；饯，以酒食送行。

[14]回：反而。

[15]临磴日：面临攀登石台阶的日子。

[16]毋（wú）：不。

简　议

诗人与陇州司户参军李维深为莫逆之交，二人在长安时携手同途，其乐融融；于陈仓分手时深情依依，恋恋不舍。通过这首诗，我们知道了陇州司户李维深这个历史人物的存在，而历代陇州（县）志书均对此人无记载。

王维诗（一首）

王维（701—761），字摩诘。唐太原祁县（今山西祁县）人。不仅能诗，且精通书画和音乐。二十一岁中进士，历任大乐丞、右拾遗、监察御史、吏部郎中、给事中等职。约四十岁时，开始过着亦官亦隐的生活。他信奉禅理，其诗常寓禅意，被人称作"诗佛"。除李白、杜甫外，是盛唐诗歌的一大宗。他的诗善于运用自然而精练、准确而富于特征性的语言，塑造出完美鲜明的形象；既能概括地描写雄奇壮阔的景物，又能细致入微地刻画自然事物的动态，构成独到的诗歌意境，正如苏轼所谓"味摩诘之画，画中有诗；味摩诘之诗，诗中有画"。其诗以五言律、绝的成就最高。清赵殿成的《王右丞集笺注》共二十八卷，是王诗较为完备的注本。

陇头水

题 解

这是一首古体诗。诗篇极力倾诉了"关西老将"功勋卓著却名位不就的悲哀。

> 长安少年游侠客[1]，夜上戍楼看太白[2]。
> 陇头明月迥临关[3]，陇上[4]行人夜吹笛。
> 关西[5]老将不胜愁，驻马听之双泪流。
> 身经大小百余战，麾下偏裨万户侯[6]。
> 苏武才为典属国[7]，节旄落尽海西头[8]。

注 释

[1]游侠客：即游侠。古代指好交游而勇于急人之难的人。

[2]太白：金星的别名，也称启明、长庚。星象家以为太白星主杀伐，故多以比喻兵戎。在此，寓有从军征战之意。

[3]迥临关：迥，远；临，居上视下；关，应指陇山之巅的大震关。意谓明月远远地照耀着大震关。

[4]陇上：陇山之上。

[5]关西：古指函谷关以西之地。这里当指陇关（大震关）之西。

[6]麾下偏裨万户侯：麾下，部下；偏裨，偏将和裨（副）将；万户侯，封了万户侯。

[7]苏武才为典属国：苏武（约前140—前60），汉京兆杜陵人，字子卿。武帝天汉元年（前100）出使匈奴，被留。匈奴单于逼其投降，不屈，被徙至北海使牧公羊，待羊产子乃释放。武吃雪食草籽，持汉节牧羊十九年，节旄尽落。昭帝即位后与匈奴和亲，武得归，拜典属国。宣帝时赐爵关内侯，图形于麒麟阁。全句是说，苏武在异国他乡艰苦守节十九年，回国后只不过得了个典属国的官职。典属国，是掌管民族事务交往的官员，秦始置，西汉沿置，属官有九译令，汉成帝河平元年并入大鸿胪。

简　议

率军征战多年，立下战功无数，到老还未升迁，"关西老将"岂能不愁？连昔日的部下都已赐爵封侯，而他还只是个位卑名微的白发将军。看着临关高照的明月，听着凄厉哀楚的笛声，想着自己功名无成的困顿，他伤心得泪水直流。其中的酸辛和不平，又有几人解得？

李白诗（五首）

李白（701—762），字太白，号青莲居士，祖籍陇西成纪（今甘肃秦安县北）。其先世于隋末流寓西域，故白出生于安西都护府所属的碎叶城（在今吉尔吉斯斯坦北部托克马克附近）。幼时随父迁居今四川江油。唐玄宗天宝初供奉翰林，一年后去职离开长安而壮游天下。晚年漂泊困苦，卒于安徽当涂。他的诗表现出蔑视权贵的傲岸精神，对当时的黑暗政治作了尖锐的批判，对人民的疾苦表示同情；又善于描绘壮丽的自然景色，表达对祖国山河的热爱。诗风雄奇豪放，想象丰富，壮浪纵恣；语言流转自如，音律和谐多变。他善于从民歌和神话中吸取营养和素材，构成其诗特有的瑰玮绚烂色彩，是积极浪漫主义诗歌的高峰。有

《李太白集》三十六卷。

救放归山留别陆侍御不遇咏鹦鹉

题 解

唐玄宗天宝二年（743），李白被皇帝赐金放还。离开长安前，他去向陆侍御告别而不遇，乃赋此诗以留别。诗中以陇山鹦鹉自喻，诉说了他被朝廷抛弃的怨艾。

落羽辞金殿[1]，孤鸣托绣衣[2]。
能言终见弃[3]，还向陇西飞[4]。

注 释

[1]落羽辞金殿：落羽，喻诗人在朝中失意；金殿，指朝廷。天宝元年（742），四十二岁的诗人被唐玄宗下诏征赴长安供奉翰林。在朝期间，他傲视权贵、行为放诞，致权臣们群起谗毁。加之他又对自己所任职事不满，深感政治理想破灭，乃上书玄宗请归，遂于天宝二年被"赐金放还"而复归草野。

[2]孤鸣托绣衣：托，凭借；绣衣，喻才华。全句是说，自己虽有满腹才华，却无人赏识看重，深感孤独无倚。

[3]能言终见弃：能言，谓善为歌诗。鹦鹉能作人语，因以其比喻自己的善为诗。晋张华《禽经注》称"鹦鹉，出陇西（陇山），能言鸟也"。见，被；见弃，被抛弃。

[4]还向陇西飞：陇西，实指陇山，陇山古以盛产鹦鹉而名。在此，作者以陇山作为"鹦鹉"的故乡。

简 议

以鹦鹉自喻倾吐胸中块垒，此种诗思足可称奇。离开庙堂重归江湖，心中自是郁悒；行前想与友人话别而竟不遇，又平添了许多惆怅。因了郁悒和惆怅的荡激交感，诗人自然要大鸣不平。诗篇语言流转自如，寓意委曲婉转，于哀怨中寄豁达，于苦涩中见洒脱，果然是诗仙风范。

清溪半夜闻笛

题 解

唐玄宗天宝十二年（753）早春，诗人前往京师长安，欲陈济世之策。陈策无果，即于同年秋浪游安徽宣城。这首诗作于天宝十三年游秋浦（今安徽池州）时。诗篇沉痛地诉说了陈策无果后流落草野的凄伤与落寞。

羌笛梅花引[1]，吴溪陇水情[2]。
寒山秋浦[3]月，肠断玉关声[4]！

注 释

[1]梅花引：古曲名，即《梅花三弄》，又名《玉妃引》，最早见于《神奇秘谱》。据该谱言，此曲系根据晋人桓伊所作笛曲改编而成，内容主写笑傲雪霜的梅花。全曲主调出现三次，即取泛音三段，异徵同弦，称为"三弄"。

[2]吴溪陇水情：谓吴溪流水的鸣声一如陇水之呜咽，饱含凄楚。吴溪，指清溪，属吴；陇水情，一作"陇水清"，不妥。

[3]秋浦：县名。隋开皇十九年（599）置，属宣城郡。五代时吴顺义六年（926）更名为贵池。故城在今安徽省池州市贵池区。

[4]玉关声：玉关，指玉门关，北周庾信《庾子山集·竹杖赋》谓"亲友离绝，妻孥流转；玉关寄书，章台留钏"。从此，后世常以"玉关声"寄言去国离乡、亲友分离的忧戚和愁怀。

简 议

入朝陈策失败后，诗人心中五味杂陈，时而傲兀，时而忧凄，然终归于凄苦肠断。"陇水情"和"玉关声"的前后援引，使诗篇从整体上散发着悲凉哀怨的气息。

塞下曲六首之二

题 解

《乐府诗集》谓"《晋书·乐志》曰：'《出塞》《入塞》曲，李延年造。'唐人有《塞上》《塞下》曲，盖出于此"。此诗描写了"天兵"与胡人奋勇作战的情形，对其战斗精神给予肯定。

天兵下北荒[1]，胡马欲南饮[2]。
横戈从[3]百战，直为衔恩甚[4]。
握雪海上餐[5]，拂[6]沙陇头寝。
何当破月氏[7]，然后方高枕。

注　释

［1］天兵下北荒：天兵，王师、国家的军队。又，唐初有天兵军，为边防区划之一，在今山西太原，无论确指为何，这里均指唐军。北荒，泛指北方之地。

［2］欲南饮：胡人的铁蹄想南下入侵中国。

［3］从：参与。

［4］直为衔恩甚：直，只是；衔恩，领受皇帝（国家）的恩惠。

［5］握雪海上餐：《后汉书》谓"余羌复于烧何大豪寇张掖，攻没钜鹿坞，杀属国吏民。段颎追之，且斗且行，昼夜相攻，割肉食雪四十余日，遂至河首积石山，出塞二千余里"。此处言将士征战之辛劳及艰苦。

［6］拂：擦拭。

［7］月氏（zhī）：古西域国名，也作"月支"。其族先居今甘肃敦煌市与青海祁连县之间。汉文帝时被匈奴攻破，西迁至今伊犁河上游，击大夏，占塞种故地，称大月氏；其余不能去者入祁连山区，称小月氏。其风俗与安息匈奴同。月氏又作"禺氏"。这里用以代指北方敌国。

简　议

"握雪海上餐，拂沙陇头寝。"将士们粮秣不济、尘沙满面，却依然征战不息、纵横疆场，只期大破"月氏"以报效国家，这样的爱国情怀令人铭感。诗篇笔墨酣畅、风骨崚嶒、义气超迈，不愧为大家手笔。

宣城送刘副使入秦

题　解

天宝二年（743）春，李白离开长安开始漫游生活。天宝十四年（755）安史之乱后，他由宣城避地剡中，后隐居庐山。乾元二年（759）至上元二年（761）间，他也曾往来于金陵和宣城之间。此诗为诗人客居宣城时为送刘副使西入长安而作。诗中对刘氏的抗敌功绩给予颂扬，且对其有功无赏表示不平,进而表达了对他的留恋之情。

君即刘越石[1],雄豪冠当时[2]。
凄清横吹曲[3],慷慨扶风词[4]。
虎啸俟腾跃[5],鸡鸣遭乱离[6]。
千金市[7]骏马,万里逐王师[8]。
结交楼烦将[9],侍从羽林儿[10]。
统兵捍吴越[11],豺虎不敢窥。
大勋竟莫叙[12],已过秋风吹[13]。
秉钺有季公[14],凛然负英姿。
寄深且戎幕[15],望重必台司[16]。
感激一然诺[17],纵横两无疑。
伏奏归北阙[18],鸣驺[19]忽西驰。
列将咸出祖[20],英寮[21]惜分离。
斗酒满四筵,歌笑宛溪湄[22]。
君携东山妓[23],我咏北门诗[24]。
贵贱交不易,恐伤中园葵[25]。
昔赠紫骝驹[26],今倾白玉卮[27]。
同欢万斛[28]酒,未足解相思。
此别又千里,秦吴眇天涯[29]。
月明关山苦[30],水剧陇头悲[31]。
借问几时还,春风入黄池[32]。
无[33]令长相思,折断绿杨枝[34]。

注 释

[1]刘越石:指西晋中山魏昌人刘琨。刘琨字越石。愍帝时任大将军、都督并冀幽三州诸军事。晋室南渡后,转任侍中太尉,长期坚守并州,与石勒刘曜对抗,因孤军无援而兵败。他和祖逖友善,都有志抗敌、恢复中原。刘听到祖逖被朝廷重用,即对人称"吾枕戈待旦,志枭逆虏,常恐祖生先吾著鞭"。

[2]当时:当代,当下。

[3]横吹曲:为乐府歌曲名。为军中乐,马上奏之。后汉以与边地将

军。魏晋以来亡佚。或疑指刘琨所作之《横吹曲》，已佚。

［4］扶风词：即刘琨所作的《扶风歌》。其歌谓"朝发广莫门，暮宿丹水山。左手弯繁弱，右手挥龙渊……"凡九首。

［5］虎啸俟腾跃：虎，喻刘副使；俟，等待；腾跃，喻杀敌卫国。

［6］鸡鸣遭乱离：《世说注》谓《晋阳秋》言"祖逖与刘琨俱以雄豪著名，年二十四，与琨同辟司州主簿，情好绸缪，共被而寝。中夜闻鸡鸣，俱起曰：'此非恶声也'"。这就是"闻鸡起舞"一词的缘起。离乱，指宋州刺史刘展起兵反唐事。上元（674—676）中，刘展叛军攻陷了苏、湖等地。而刘副使曾积极参与了平叛战事。这句话的意思是说，为了平定刘展之乱以保卫国家，刘副使像当年的刘琨那样不以鸡声为恶，而是闻鸡起舞。

［7］市：买。

［8］王师：帝王的军队。这里指唐军。

［9］楼烦将：楼烦为春秋战国时国名。其国在今山西宁武县、岢岚县一带，以游牧为生，精于骑射。秦末服属于匈奴，移居河南地。汉武帝元朔二年（前127），卫青破匈奴，取河南地，立朔方郡。《史记》称"所将卒斩楼烦将五人"。李奇谓"楼烦，县名。其人善骑射，故以名射士为楼烦，取其美称，未必楼烦人也"。所以，这里的"楼烦将"非指楼烦国的将军，而是指精于技击、长于骑射的敌人。

［10］羽林儿：即羽林军。

［11］吴越：吴，古国名，周初太伯居吴（在今江苏无锡市滨湖区梅里），据有淮泗以南至浙江太湖以东地；越，古国名，也称于越，姒姓，建都会稽（今浙江绍兴），据有今江苏北部运河以东地、江苏南部、安徽南部、江西东部和浙江北部地，约前306年灭于楚。这里指吴、越两国故地。

［12］大勋竟莫叙：大勋，重大的功勋；莫叙，不能得到进职和嘉奖。

［13］已过秋风吹：意谓刘副使的"大勋"像被秋风吹过，无影无踪了。上元中，宋州刺史刘展起兵反唐，其部将张景超和孙待封攻陷苏、湖而进逼杭州，为温晁和李藏用所败。刘副使于时亦在兵间，而功不得录，故诗中有"统兵捍吴越，豺虎不敢窥。大勋竟莫叙，已过秋风吹"诸

诗句。

［14］秉钺有季公：秉钺，持钺，指掌握兵权；季公，指季广琛。上元二年（675）正月，温州刺史季广琛转宣州刺史，充浙江西道节度使，统军事。

［15］戎幕：军府。指季广琛的军府。

［16］台司：指朝中尚书台、御史台等机构。这里或借指朝廷。

［17］然诺：许诺。

［18］北阙：古代宫殿北面的门楼，是大臣等待朝见或上书奏事的地方。这里代指朝廷。

［19］鸣驺忽西驰：谓刘副使忽而骑着马西去长安。驺，骑士。

［20］列将咸出祖：列将，众将、各位将领；咸，全；祖，祭名，指祭祀路神；出祖，出来祭祀路神祝刘一路平安。

［21］英寮：寮，通作"僚"。故，英寮谓英雄的同僚们，这里则指刘副使的僚属。

［22］宛溪湄：宛溪岸边。宛溪，在今安徽省宁国市之东。

［23］东山妓：《世说新语》谓晋人谢安曾在东山畜妓（歌舞女艺人）。

［24］北门诗：北门为《诗经·邶风》篇名。《诗序》谓"《北门》，刺仕不得志也。言卫之忠臣，不得其志尔"。后用以比喻怀才不遇。在这里，诗人"咏《北门》诗"者，意在叹息刘副使怀才不遇，为其鸣不平也。

［25］恐伤中园葵：《古诗》谓"采葵莫伤根，伤根葵不生。结交莫羞贫，羞贫交不成"。

［26］紫骝驹：黑鬃黑尾的紫红色马。此处泛指骏马。

［27］白玉卮：白玉色的酒杯。此处代指酒。

［28］斛：古量酒器，也是容量单位，十斗为一斛。

［29］秦吴眇天涯：秦，指今陕西，为刘副使将至之地；吴，指今安徽宣城，是作者客居之地；眇，遥远。全句是说，秦、吴两地远隔天涯。

［30］月明关山苦：从庾信《荡子赋》之"关山唯明月"句化出。谓关陇山川万里，刘氏行进一定很劳苦。

［31］水剧陇头悲：南朝郭仲产《秦州记》谓"陇山东西百八十里，

登山巅东望，秦川四五百里，极目泯然。山东行人役此而顾瞻者，莫不悲思。故歌曰：'陇头流水，流离四下。念我行役，飘然旷野。登高望远，涕零双堕'"。

[32] 黄池：镇名。在今安徽当涂县东南七十里，北至宣城界。

[33] 无：不要。

[34] 折断绿杨枝：古诗文中杨柳常通用，如垂柳也称垂杨，故这里的"绿杨"等同于"绿柳"。乐府诗题有《折杨柳》，为横吹曲名。此曲多为怀念在边征人之作。诗文中引作"折柳"，以为惜别的典故。在这里，诗人用此典来表达与刘副使的惜别之情。

简　议

文辞简古，内蕴沉博，情感剀切，实为诗仙的精品力作。诗人与刘副使友情甚笃，置其"鸣驺""西驰"之际赋诗道别，固有一番深情要抒。宋州刺史刘展起兵反唐，给国家和民众造成了深重灾难，作者对此痛心疾首。好在刘副使"统兵捍吴越"而使"豺虎不敢窥"，诗人对他极为欣赏。"君即刘越石，雄豪冠当时"是对友人的肯定和赏识，"大勋竟莫叙，已过秋风吹"是替友人鸣冤和抱屈，"月明关山苦，水剧陇头悲"是为友人担忧。这种种的诉说，无不昭示着对挚友的深情厚谊。而"无令长相思，折断绿杨枝"的祈愿，也让惜别之情喷薄而出。以"凤头"始，以"豹尾"终，诗篇着实引人入胜。以险峻和流离著称的陇山陇水，在此被诗人借作抒发离情的工具。

学古思边

题　解

这是一首仿古思人之作，表达了思妇对远方"征人"的深情思念。

衔悲上陇头[1]，肠断不见君[2]。
流水[3]若有情，幽哀从此分[4]。
苍茫愁边色[5]，惆怅落日曛[6]。
山外接远天，天际复有云。
白雁[7]从中来，飞鸣苦难闻。
足系一书札，寄言叹离群[8]。

离群心断绝[9]，十见花成雪[10]。

胡地无春晖，征人行不归。

相思杳如梦，珠泪湿罗衣。

注　释

[1] 陇头：一作"陇首"。指陇山。

[2] 肠断不见君：君，指思妇所念之"征人"。全句是说，我（思妇）追上陇山见不到身为征人的丈夫，肝肠为之断绝。

[3] 流水：陇山上有流水。《乐府诗集·梁鼓角横吹曲·陇头歌》谓"陇头流水，流离山下""陇头流水，鸣声呜咽"。

[4] 分：辨别。

[5] 边色：边塞地带的景色。陇山在古代即边塞的代称，故这里有边色之说。

[6] 曛：日落时的余光。也指落日时，谓黄昏。

[7] 白雁：即雪雁。宋彭乘《续墨客挥犀·白雁至则霜降》谓"北方有白雁，似雁而小，白色，秋深则来，白雁至则霜降，河北人谓之霜信"。古人认为雁可传书信。在这首诗中，"白雁从中来"一句暗示了思妇登上陇山的时令。

[8] 寄言叹离群：叹，一作"难"。全句是说，征人托白雁为思妇送来了书信，说他为自己与妻子别离而哀叹。

[9] 心断绝：《乐府诗集·梁鼓角横吹曲·陇头歌》中有"陇头流水，鸣声呜咽。遥望秦川，心肝断绝"的句子。此处借用其意。

[10] 十见花成雪：花，喻春天；雪，喻冬季。全句意谓征人离家已经过了十个春冬，即十年。

简　议

征人出征时逾十年，妻子思念良深。因深情实在难抑，她便设想自己追到陇山寻亲。然而上山之后，她见到的是深秋中的黄叶枯草、血色黄昏中黯淡的落日和无尽的荒山乱云，唯独找不到朝思暮想的良人，她于是忧愁悲伤、惆怅无度。从白雁带来的书札中，她知道了良人的思家之意和无奈哀叹，不由得泪湿衣衫。诗篇对思妇亲赴陇山觅亲的情节设置别出心裁，不但凸显了佳人思亲之心的迫切，也使作品充满了真情实感。此种运思新特独到，令众多同类立意的作品相形见绌。

高适诗（四首）

高适（约704—765），字达夫，一字仲武。唐渤海郡（今河北景县）人。边塞诗人。天宝八年（749）进士及第。少贫寒，潦倒失意。后被荐有道科，中第。客游河西，在节度使哥舒翰府掌书记。安史之乱后，累官至谏议大夫。历彭、蜀二州刺史，官终散骑常侍。其诗多写边地战争和个人感慨，以边塞诗最负盛名。诗作音响嘹亮，语言整饬，灌注着雄健奔放的气势和激昂慷慨的精神；风格雄厚浑朴，笔势豪健。杜甫赞美其诗才如"骅骝开道路，鹰隼出风尘"。有《高常侍集》十卷。

登 陇

题 解

天宝十一年（752），诗人辞去封丘尉客游长安。同年秋冬之际，赴凉州河西节度使哥舒翰幕府掌书记。西行路过陇山时，为抒发感慨和表达思乡之情写了这首诗。别本题作"登垄"。

陇头远行客[1]，陇上分流水[2]。
流水无尽期，行人去未已[3]。
浅才登一命[4]，孤剑适万里。
岂不思故乡，从来感知己。

注 释

[1]远行客：指西去河西节度使幕府的自己。陇头，一作"垄头"。

[2]陇上分流水：谓行人在陇山上像山中流水一样分别东来西去。

[3]未已：未，不；已，停止。

[4]浅才登一命：谓自己才疏学浅，只当了个最低一级的官。登，取；一命，周代的官阶从一命到九命，一命为最低一级的官。

简 议

跋涉万里去当一个小官，诗人心中委屈不已，思乡之情便油然而生，这首诗即是此种心态的写照。诗中虽有"浅才登一命"的怨尤，却也有"孤剑适万里"的豪壮。先怨尤而后豪壮,终为突出一个"壮"字。因有豪壮在,诗篇的气格便见高昂。

送白少府送兵之[1]陇右

题 解

唐天宝十一年(752),白少府送兵去临洮,诗人作此为其送行。诗中对白少府一行赴陇右征战寄予厚望。少府为县尉的别称。白少府其人无考。陇右,指陇山以西地区,此处具体指临洮。

践更[2]登陇首,远别指临洮[3]。
为问关山事[4],何如州县劳[5]。
军客随赤羽[6],树色引青袍[7]。
谁断单于臂[8],今年太白高[9]。

注 释

[1]之:到,去。

[2]践更:交替任职或轮流任职,是古代徭役之名。

[3]临洮:指今甘肃的临洮县或岷县,是白少府送兵所去之地。

[4]关山事:征战之事。这里的关山泛指关隘山川。

[5]何如州县劳:哪里有州县官劳苦。

[6]军客随赤羽:军客,指白少府一行;赤羽,红色而羽饰的旌旗。军客一作"军容"。

[7]青袍:代指白少府。在唐代,八品和九品官服青袍,白少府官居八品,故穿青袍。

[8]单于:汉时,匈奴称其君长为单于。这里用以指敌方的君长或军中统帅。

[9]今年太白高:太白,指太白星(金星),古代的星象家以为太白星主杀伐,故多以"太白星"比喻战争。全句是说,今年唐朝与敌国之间的战争频繁而激烈。结合前句的设问,可以看出诗人对白少府一行含有诚勉之意,希望他们能在战场奋勇杀敌,多消灭敌人。

简 议

作为送别诗,此作不道别离之苦,不为行者担忧,从而没有儿女情长,没有泪水沾襟和忸怩作态;有的只是对出征者的期许,是对战斗胜利的渴望,所以它比许多同类题材的作品阳光得多、豪爽得多、大气得多。

送蹇秀才赴临洮

题 解

此诗作于唐天宝十一年(752)。诗中的蹇秀才(生平无考)久困下僚,将赴边境重镇的临洮求取功名,诗人乃作此诗以为鼓励。

怅望日千里[1],如何今二毛[2]。
犹思阳谷[3]去,莫厌陇山高[4]。
倚马见雄笔,随身唯宝刀。[5]
料君终自致[6],勋业在临洮[7]。

注 释

[1]怅望日千里:谓怅然地望着蹇秀才日行千里向临洮而去。此句委婉地道出了与蹇氏的惜别之情。

[2]二毛:头发斑白,用以称老人或早衰之人。这里是说蹇秀才因功名不就心情不好而导致早衰,对其表示同情。

[3]阳谷:其地当在今甘肃。

[4]莫厌陇山高:蹇氏西去临洮和阳谷,均须翻越陇山。此句鼓励他不要憎恶、厌倦陇山的高,要勇敢地前行。

[5]倚马见雄笔,随身唯宝刀:这两句是说蹇秀才文武双全,对他的才能给予肯定。雄笔,有魄力的笔。

[6]自致:自我尽力。致,尽。

[7]勋业在临洮:谓临洮是蹇氏建立功绩事业的所在。勋业,功绩事业;临洮,郡、府名,地在今甘肃临洮县,由于吐蕃入寇,临洮在唐天宝时为边境州郡。

简 议

诗篇语言劲拔、风清骨俊,对蹇秀才有同情、有肯定,更有鞭策和鼓励,不失为赠别诗中的上上之作,颇有大家气象。

独孤判官部送兵

题 解

独孤判官（节度使的僚属）将送兵到前线，诗人赋此为其送行。诗篇在表达惜别之情的同时，寄望独孤氏能建立军功而封侯。

饯君嗟远别[1]，为客念周旋。

征路今如此，前军犹眇然。

出关逢汉壁，登陇望胡天[2]。

亦是封侯地[3]，期君早着鞭[4]。

注 释

[1] 嗟远别：为行者的远去而叹息。

[2] 登陇望胡天：谓登上陇山，眺望敌国。

[3] 亦是封侯地：谓战场也是立功封侯的地方。

[4] 着鞭：挥鞭策马，喻努力向前。

简 议

此诗之要义，尽在"亦是封侯地，期君早着鞭"两句。有此两句，境界自然崇高，友情自见真挚。

储光羲诗（一首）

储光羲（707—约763），唐兖州（今山东兖州）人，一说润州延陵（今江苏丹阳）人。开元十四年（726）举进士。曾官监察御史。安禄山入长安时受伪职。后被贬，死于岭南。其诗多写封建士大夫的闲适情调。现存《储光羲集》五卷。

陇头水·送别

题 解

这是一首借乐府旧题而作的五言律诗，诉说了送别友人时的不舍和离愁。

相送陇山头，东西陇水流。

从来心胆盛，今日为君愁。

暗雪迷征路，寒云隐戍楼[1]。

唯余旌旆影[2]，相逐去悠悠。

注　释

[1]戍楼：疑指陇山大震关或安戎关的关楼。

[2]旌旆影：军旗的影子。旌旆，旗帜。

简　议

好友随军西征，诗人为其送行，心中满是离情别绪。颔联两句诉说伤感，颈联替好友担忧，而尾联则深切表达了对出征者的依依不舍之情。诗篇典雅含蓄、情感深厚，足以扣动读者心弦。

杜甫诗（三首）

杜甫（712—770），字子美，自称"杜陵布衣""杜陵野老"。唐襄阳（今湖北襄阳）人，寄居巩县（今河南巩义）。杜甫是中国文学史上伟大的现实主义诗人，人称"诗圣"。其诗不仅具有丰富多彩的社会内容，鲜明的时代特色和强烈的政治倾向，而且充满着深沉的爱国忧民情怀和不惜自我牺牲的崇高精神。他的诗作集众家之长，兼备诸体，并形成沉郁顿挫的独特风格，在中国诗歌发展史上占有极其重要的地位。有《杜少陵集》二十五卷，收诗一千四百余首。

青阳峡

题　解

青阳峡在今甘肃省的成县境内。公元759年7月，杜甫弃官由华州（今陕西华县）到秦州（今甘肃天水市），而后经同谷（今甘肃省的成县）去成都。这首诗是他经过同谷青阳峡时所写，通过描写该峡的雄峻和险恶，揭示了自己胸中的郁闷和焦虑。今陕西省陇县八渡镇辖区也有一峡谷名曰青阳峡。1993年版的《陇县志》在《文化》卷中介绍该青阳峡时说："唐杜甫曾游于此，写有《青阳峡》诗"，并将此诗收入该志的《文化》卷中。这个说法虽然不能成立，但杜去秦州时曾借道于陇山，且诗中也有"忆昨逾陇坂"的句子，这也算与陇州有关，故将其收录于此。

　　　　塞外[1]苦厌山，南行道弥恶[2]。
　　　　冈峦相绵亘[3]，云水气参错[4]。
　　　　林迥硖角来，天窄壁面削[5]。
　　　　溪西五里石，奋怒[6]向我落。
　　　　仰看日车侧[7]，俯恐坤轴弱[8]。
　　　　魑魅[9]啸有风，霜霰[10]浩漠漠。
　　　　昨忆逾陇坂，高秋视吴岳[11]。
　　　　东笑莲华卑[12]，北知崆峒薄[13]。
　　　　超然侔[14]壮观，已谓殷[15]寥廓。
　　　　突兀犹趁[16]人，及兹[17]叹冥莫[18]。

注　释

[1]塞外：在此指陇山以西的秦州和同谷地区。

[2]南行道弥恶：从同谷去成都为南下，故曰南行；道弥恶，道路越发凶险。恶，凶险。

[3]绵亘：相连不断。

[4]参错：参差交错。

[5]壁面削：峡谷间的石壁扑面而来，陡峭得如同刀削一般。

[6]奋怒：愤激震怒，言山石之倾危。

[7]日车侧：日车，同"日驭"，指太阳，日形如车轮周行不息，故喻作日车。日车侧，太阳西斜。

[8]坤轴弱：意谓地轴太弱，不能承受山石之重。坤轴，古人所想象的地轴，也可作"大地"解。

[9]魑魅：古代传说中山泽里的鬼怪。

[10]霜霰：青霜和小冰粒。

[11]吴岳：指陇州的吴山，为四镇山中的西镇山。

[12]莲华卑：莲华，指华山之中峰莲花峰，这里用以代指华山；卑，低下。

[13]崆峒薄：崆峒，指崆峒山，在今甘肃省的平凉市西；薄，迫近。

[14]侔：齐，相等。

［15］殷：多。

［16］趁人：趁，追逐。趁人，追赶行人（作者）。

［17］兹：现在。

［18］冥莫：昏暗而寂静。

简　议

诗人流落"塞外"甚不得意，"苦厌山"和"道弥恶"即言心情的不爽。诗中三至十二句描写在青阳峡的见闻和感受，造语奇崛、状景森竖、气势壮阔，使人仿佛身临其境而惊心动魄，并从中体味到作者心绪的荡激不宁；十三至十八句回顾翻越陇山时看到（联想到）的景象，境界阔大、气势不凡；而末句发出的慨叹，显然寄寓着诗人心灵深处的落寞和悒怏。以失意始，以悒怏终，全诗首尾相顾、情景相彰，实乃杜诗中的上乘之作。

秦州杂诗之一

题　解

唐肃宗乾元二年（759），杜甫辞去华州司功参军之职携家西行乞食，曾于秦州（今甘肃天水）小住，因感世事多艰，即作《秦州杂诗》二十首。这里收录的是其中的第一首。诗篇主要写了作者困居秦州的苦闷心情。因诗中涉及陇山、大震关和陇州的鱼龙川，故将其辑录于此。对于此次攀登陇山一事，诗人在十年后所写的《上后园山脚》诗中也有提及。

满目悲生事[1]，因人[2]作远游。
迟回度陇怯[3]，浩荡及关愁[4]。
水落鱼龙[5]夜，山空鸟鼠[6]秋。
西征问烽火[7]，心折此淹留[8]。

注　释

［1］生事：犹言世事。肃宗乾元二年陕西关中大饥，百姓无以为生。而安史之乱尚未平定，国家政治形势也不安定，"悲"即因此而言。生事，也指生计。

［2］因人：因，依靠。因人，投靠他人。这个"人"或谓指诗人从侄

杜佐,或言指帮诗人逃出长安的僧人赞公,他们当时都寄居在秦州。杜甫因生计无着,即投奔他们以图接济。

[3] 迟回度陇怯:迟回,徘徊;度陇怯,翻越陇山时心里害怕。

[4] 浩荡及关愁:浩荡,心无所主;关愁,越过陇山上的大震关令人发愁。

[5] 鱼龙:水名。又名鱼龙川,在今陕西陇县的温水镇辖区。水中曾生有五色鱼,因此得名。

[6] 鸟鼠:指鸟鼠同穴山。在今甘肃省渭源县西南。

[7] 西征问烽火:西征,诗人由华州去秦州为西行,故曰西征;问烽火,打问有无战事。安史乱后,唐朝边防空虚,吐蕃乘机入侵陇右一带。

[8] 心折此淹留:心折,心碎;此淹留,滞留在秦州。意谓在秦州久留,心里感到痛苦。

简 议

因天下纷乱、关中大饥,诗人生计无着,只得携家远赴秦州寻求亲友接济;然而到来之后并未如愿,他愈发愁苦不堪。世事的艰危,生活的困苦,求人的惭怍,度陇的不易,对战争的担忧,这一切都让他五内如焚。诗篇不仅有对自身不幸的悲鸣,更有对严酷社会现实的关照,时代特色十分鲜明。而辞情的哀厉和属意的悲怆,亦足令人唏嘘。

近 闻

题 解

唐代宗永泰元年(765)十月,郭子仪与回纥定约共击吐蕃,时仆固名臣及党项帅皆来降。大历元年(766)二月,唐廷命杨济修好吐蕃,吐蕃遣首领论泣陵来朝。此诗因记其事。

近闻犬戎[1]远遁逃,牧马不敢侵临洮[2]。
渭水逶迤白日净,陇山萧瑟秋云高。
崆峒五原亦无事[3],北庭数有关中使[4]。
似闻赞普更求亲[5],舅甥[6]和好应难弃。

注 释

[1] 犬戎:古族名,古戎人的一支,即畎戎,也称犬夷、昆夷等,殷

周时游牧于泾渭流域,是殷周西边的劲敌;春秋时,曾与秦、虢作战;后来一部分北迁,一部分逐渐与邻族融合。在此,用以代指吐蕃。

〔2〕临洮:古县名。秦置,治所在今甘肃岷县,以临洮水得名,秦所筑长城西起于此。

〔3〕崆峒五原亦无事:崆峒,指甘肃崆峒山一带;五原,郡名,汉元朝二年(前127)置,治所在今包头市西北,辖境相当于今内蒙古后套以东、阴山以南、包头市以西和达拉特、准格尔等旗地,东汉初,匈奴南单于分部众屯于此;无事,没有战事。

〔4〕北庭数有关中使:谓北庭每有大唐前来和好的使臣。北庭,东汉时匈奴分裂为南北二单于,史称北单于庭为北庭;关中使,指唐朝前往北庭修好的使臣。

〔5〕赞普更求亲:赞普是吐蕃君长之尊号。公元641年,吐蕃的松赞干布(617—650)与唐朝的文成公主联姻,两国因之结成友好关系。更,又。

〔6〕舅甥:此处谓唐帝国与吐蕃结成舅甥之亲。

简 议

唐朝与吐蕃修好,众多敌对势力来降,天下已无战事,国家终于太平,人民也得安居乐业,诗人为此兴奋异常。他生活在唐朝由兴盛走向衰落的特定时期,平生屡经战乱且深受其苦,因之极能体念国家的艰危和人民的疾苦,其诗往往紧扣时代脉搏,思想深邃而境界广阔,有强烈的社会现实意义和浓浓的家国情怀。这首诗正是如此。如果说《闻官军收河南河北》是作者的"生平第一快诗",那么此诗堪当其生平第二快诗了。

岑参诗(四首)

岑参(715—770),唐南阳(今河南南阳)人。天宝三年(744)进士,授右率府兵曹参军。曾两度从军。入朝后历任左补阙、太子中允、殿中侍御史,终官嘉州刺史。他与高适并称,是以反映边塞生活著称的优秀诗人。其诗洋溢着积极乐观的情绪,也夹杂着浓厚的封建士大夫追求个人功名的思想。在艺术上，富有幻想色彩，善于运用变化多端的笔触描绘现实生活中的体验，往往显得光怪陆离，给人以惊险奇幻的感觉，且气势雄伟、热情奔放。杜确说他的诗"迥拔孤秀，出于常情"。殷璠谓其诗"语奇体峻，意亦造奇"。有《岑嘉州集》十卷。

经陇头分水岭

题　解

唐玄宗天宝八年（749），诗人至安西节度使高仙芝幕府任掌书记。这首诗为其西行经过陇山分水岭时作。诗篇借言陇山流水之流散，以道古今行旅者别离故乡之苦。

陇水[1]何年有，潺潺[2]逼路傍。
东西流不歇，曾断几人肠？

注　释

[1]陇水：陇山上的流水。古诗谓此水"四注下"。
[2]潺潺：流动。

简　议

借言陇水倾诉行旅之愁，乃是诗家套路。好在此诗能够跳出小我，气宇也算超卓。

送人赴安西[1]

题　解

友人将赴安西从戎，诗人乃作此篇为其送行。诗中对从军者的志向和报国之心给予赞赏，并希望他早日功成还乡，以解离乡之愁。

上马带吴钩[2]，翩翩度陇头。
小来[3]思报国，不是爱封侯。
万里乡为梦[4]，三边月作愁[5]。
早须清黠虏[6]，无事莫经秋[7]。

注　释

[1]安西：为唐代六都护府之一，治所先后在交河城和龟兹。
[2]吴钩：国吴所造的兵器，形似剑而曲。相传吴王阖庐命国中作金

钩,有人杀掉自己的两个儿子以血涂钩,铸成二钩,献给吴王。后来泛称利剑为吴钩。

［3］小来:小时候,少时。

［4］万里乡为梦:谓友人置身于万里之外的安西,只能在梦中见到故乡。

［5］三边月作愁:谓友人望着边疆的明月而生出乡愁。三边,汉代的幽、并、凉三州,其地均在边疆,故称三边。后以三边泛称边疆。

［6］黠虏:狡猾的敌人。

［7］秋:年。

简　议

自小以身许国,心中毫无私念;如今骑着骏马轻快地飞越陇山,勇敢地奔赴安西为国杀敌,友人的英雄形象何其高大。而诗人设想好友身在万里之外的沙场,当会生出无限的乡愁,因之劝他早日还乡。尽管这是对友人的关心和爱护,却也有些缺乏风度。诗篇于热烈中见苍凉,于刚强中见柔情,堪称赠别诗中的杰作。

度陇忆家

题　解

天宝十三年(754),安西四镇节度使封常清入朝,表诗人为安西北庭节度判官。诗人于是赴北庭,再次路过陇山。这首诗为其赴北庭翻越陇山时作,抒发了对家人的思念之情。

西向轮台[1]万里余,也知乡信日应疏[2]。

陇山鹦鹉能言语[3],为报家人数寄书[4]。

注　释

［1］轮台:地名,土名玉古尔,或作布古尔;汉武帝时曾遣戍屯田于此;唐贞观中置县,治所在今新疆的乌鲁木齐市米东区。这里用以代指作者西行的目的地北庭。

［2］日应疏:应当一天比一天稀少。

［3］陇山鹦鹉能言语:谓陇山鹦鹉若能说话。陇山古产鹦鹉,甚知名。

［4］为报家人数寄书：谓让陇山鹦鹉告诉家人，让他们多寄书信到"轮台"来。数，读作"shuò"，多、多次；又读作"cù"，通"速"，为"快"的意思，二义在此均可通。

简 议

同样诉说乡思，思路却与他人迥异。三、四句运思奇巧，实为神来之笔。

初过陇山途中呈宇文判官

题 解

此诗作于天宝八年（749），为作者赴安西节度使幕府西行经过陇山时作。诗中描写了旅中的辛苦和离愁，也表明了不畏险阻、继续西行的决心。宇文判官其人不可考。

一驿[1]过一驿，驿骑[2]如星流。
平明[3]发咸阳，暮及陇山头。
陇水不可听，呜咽令人愁。
沙尘扑马汗，雾露凝貂裘。
西来谁家子，自道新封侯。
前月发安西[4]，路上无停留。
都护[5]犹未到，来时在西州[6]。
十日过沙碛[7]，终朝[8]风不休。
马走[9]碎石中，四蹄皆血流[10]。
万里奉王事[11]，一身无所求。
也知塞垣[12]苦，岂为妻子谋[13]。
山口月欲出，先照关城[14]楼。
溪流与松风，静夜相飕飗[15]。
别家赖归梦[16]，山塞[17]多离忧。
与子[18]且携手，不愁前路修[19]。

注 释

［1］驿：指驿站。汉制三十里置驿。唐制凡三十里有驿，驿设长，四方所连，全国共有驿站一千六百三十九处，是供递送公文之人或来往官员

暂住并换马的处所。

［2］驿骑：驿站饲有供传递公文人员或往来官员骑用的马。这里的"驿骑"，指骑着驿马的人。

［3］平明：天刚亮的时候。

［4］安西：唐代六都护之一。贞观十四年（640）置于交河城，属陇右道；显庆三年（658）移置龟兹；龙朔元年（661），统辖龟兹、于阗、焉耆、疏勒四镇，及月氏等九十六府州；至德以后，改称镇西都护府。

［5］都护：官名。汉置西域都护，督护诸国，以并护南北道，故称都护，本为加官。唐置六大都护府，统辖边远诸国，权任与汉同，且为实职。

［6］西州：地名。唐贞观十四年平高昌国，以其地为西州，治所在今新疆吐鲁番市东高昌故城；天宝元年（742）改交河郡；乾元元年（758）复为西州；贞元七年（791）后属吐蕃。

［7］沙碛：沙石堆积的沙滩地，也指沙漠，二义在此皆通。

［8］终朝：《诗经·小雅·采绿》谓"终朝采绿，不盈一匊"，《传》谓"自旦及食时为终朝"，也指整天。

［9］走：跑，奔跑。

［10］血流：流血。

［11］王事：为君王服劳之事，朝中大事。

［12］塞垣：汉代为抵御鲜卑而设的边塞。这里泛指边境地带。

［13］妻子谋：妻子，妻子和子女；谋，图谋、营求。

［14］关城：当指陇山顶上的大震关之关城。

［15］飕飕：风声。

［16］归梦：回家的梦。

［17］山塞：当指地势险要的陇山。

［18］子：指宇文判官，是对他的敬称。

［19］修：长，远。

简 议

行至陇山，岑参照样无法摆脱乡愁的困扰，幸而遇到了回归的"新封侯"，竟被他的功成名就所激励，更被其"万里奉王事"和"岂为妻子谋"的豪情所感动，于是鼓足勇气、重振精神，决心与友人携手继续西行。诗中虽有抑郁和离愁在，但乐观进取的意志和积极向上的劲头更足。由于作者有切身的体验，其诗篇写景言情都极为真实，生动地展现出了戍边将士的复杂心情和昂扬的精神状态。

皇甫冉诗（一首）

皇甫冉（716—769），字茂政。唐润州丹阳（今属江苏省）人。少即能文，被张九龄呼为小友。天宝十五年（756）举进士第一，授无锡尉。大历初，累官右补阙。与弟曾皆负诗名。其诗清新俊逸，多漂泊之感。有《皇甫冉集》。

送刘兵曹[1]还陇山居

题 解

随军戍守陇山的兵曹参军刘某将从京城长安返回陇山，作者赋此诗为其送行。诗篇通过描写陇山自然环境的险恶以示刘氏戍边生活的艰苦，对其表示同情。刘兵曹其人无考。

离堂徒宴语[2]，行子[3]但悲辛。
虽是还家路[4]，终为陇上[5]人。
先秋雪已满[6]，近夏草初新[7]。
唯有闻羌笛，梅花曲[8]里春。

注 释

［1］兵曹：官名。隋唐多指兵曹参军事之职。

［2］离堂徒宴语：谓刘兵曹在离开母亲前，徒然作欢乐语。堂，是作者对刘母的尊称；宴语，欢乐语。

［3］行子：指刘兵曹。

［4］还家路：谓刘氏长期据守陇山，等于以陇山为家。

［5］陇上：陇山之上。

［6］先秋雪已满：谓陇山地势高寒，在入秋前就已大雪满山。

［7］近夏草初新：谓由于气候太寒冷，陇山草出得晚，直到接近夏天

时才能长出新芽。

[8]梅花曲：为汉乐府横吹曲名。本为笛中曲，后人常度此曲作诗，如南朝宋鲍照、梁吴均等所作乐府都有此篇。

简 议

因责任使然，刘兵曹将要告别老母重返陇州的陇山戍边，诗人对他给予由衷的同情。诗的颈联状陇山气候之严寒，用语精奇而契合实际，堪称摹写陇山风物的经典造语。

元结诗（一首）

元结（719—772），字次山，号漫叟、聱叟。曾避难入猗玗洞，因号猗玗子。唐河南（今河南洛阳）人。天宝十二年（753）进士。曾参加抗击史思明叛乱，立有战功。后任道州刺史。为诗重在反映政治现实和百姓疾苦，所作《春陵行》《贼退示官吏》诗受到杜甫推崇。散文也多涉及时政，风格古朴。原有集，已散佚。明人辑有《元次山文集》。又曾编选《箧中集》。

乐府十二首·陇上叹

题 解

此诗主要书写将去戎狄之乡者登上陇山后，对礼让之风没有遍及"西夏"所发出的慨叹，意在规讽时政、揭露时弊。

援车登陇坂[1]，穷高遂停驾。
延望戎狄乡[2]，巡回复悲咤[3]。
滋移有情教，草木犹可化。
圣贤礼让风，何不遍西夏[4]？
父子忍[5]猜害，君臣敢欺诈。
所适今若斯[6]，悠悠欲安舍[7]！

注 释

[1]援车登陇坂：援车，（让马）拉着车；陇坂，陇山。

[2]戎狄乡：指中国西部和北方少数民族地区。

［3］巡回复悲咤：巡回，徘徊；悲咤，悲痛。

［4］西夏：这里指"戎狄乡"。

［5］忍：忍心。

［6］所适今若斯：适，往、至；斯，此。

［7］安舍：安居。

简　议

"戎狄乡"之人未经礼仪教化，不仅父子相互猜疑伤害，即使君臣之间也尔诈我虞。可西行者却得越过陇山去那里"安舍"，他既惶恐又感到悲哀。诗篇貌似代西去者倾吐牢骚，实则是在抚时感事，旨在讽喻时政。

司空曙诗（二首）

司空曙（720—790），字文明，一作"文初"，唐广平（今河北永年）人。曾举进士，为剑南节度使幕府，后官水部郎中。著名诗人，为"大历十才子"之一。其诗多写自然景色和乡情旅思，或表现幽寂的境界，或直抒哀愁，长于五律。有《司空文明诗集》七卷。

关山月

题　解

《关山月》为汉乐府横吹曲名，多写边塞将士久戍不归和家人互伤离别之情。这首诗即仿乐府旧体及诗意而作。

苍茫明月上[1]，夜久光如积[2]。
野幕[3]冷胡霜，关楼宿边客[4]。
陇头秋露暗，碛外寒沙白。
唯有故乡人，沾裳此闻笛[5]。

注　释

［1］上：升。

［2］积：堆叠。

［3］野幕：搭建在野外的军帐。

[4]关楼宿边客:关楼,当指陇山大震关(或安戎关)的关楼;边客,戍守边塞的将士。

[5]沾裳此闻笛:谓故乡的亲人带泪倾听着边客在陇山吹奏的笛声。

简 议

看着耀眼的明月,感受着霜露带来的秋寒,边客不由得想起了故乡的温馨和亲友的可爱,遽尔泛起了阵阵乡思。诗篇的尾联运思妙巧,不说边客如何思乡,却说亲友含泪听他饱含乡思的笛音,从而将边客的思乡之情写得感人肺腑。

分流水

题 解

此诗通过对陇头水东西分流情形的描写,表达了行者渡陇水时的孤苦和忧伤。

> 古时愁别泪,滴作分流水。
> 日夜东西流,分流几千里。
> 通塞两不见[1],波澜各自起。
> 与君相背飞,去去[2]心如此!

注 释

[1]通塞两不见:谓东西分流的陇山之水或流得通畅,或被滞塞,两者不得相见。

[2]去去:越离越远,如同决绝。

简 议

许多诗人对陇头流水的描写,往往着眼于其东西分流这一现象,突出其互相背离的特点,借以反映行经陇山者的孤独感伤和浓郁的思乡之情。这首诗也不例外,写法和主旨一并落俗。

顾况诗(一首)

顾况(约725—约814),字逋翁。唐苏州海盐(今属浙江)人。至德二年(757)进士,曾官著作郎。以嘲诮当朝权贵,被劾贬饶州司户。

后隐居茅山，自号华阳真逸。善画山水。其诗平易流畅，比较注意反映当时的社会矛盾。原有集，已散佚。明人辑有《华阳集》二十卷。

王郎中妓席五咏·筝

题 解

这首诗详细描写了歌妓弹筝技巧的娴熟和筝声的起伏多变。

秦声楚调[1]怨无穷，陇水胡笳[2]咽复通。
莫遣黄莺花里啭[3]，参差撩乱妒春风[4]！

注 释

[1]秦声楚调：秦声，秦地的歌曲，《史记·李斯列传·谏逐客书》谓"夫击瓮、叩缶、弹筝、搏髀，而歌呼呜呜快耳者，真秦之声也"；楚调，楚地的曲调，为乐府相和歌辞之一，《乐府诗集·相和歌辞》称"楚调者，汉房中乐也。高帝乐楚声，故房中乐皆楚声也"，《相和歌辞·楚调曲》谓"古今乐录曰：王僧虔《技录》：'楚调曲有《白头吟行》《泰山吟行》《梁甫吟行》《东武琵琶吟行》《怨诗行》，其器有笙、笛、弄节、琴、筝、琵琶、瑟七种'"。

[2]陇水胡笳：陇水，指汉乐府横吹曲中的《陇头水》曲，曲本陇坻"上有清水四注下"；胡笳，指古乐府琴曲歌辞《胡笳十八拍》，相传为汉末蔡文姬所作，一章为一拍。

[3]啭：鸟鸣，也指婉转发声，二义在此皆可通。

[4]妒春风：让春风嫉妒。

简 议

陇头有水。这水流量虽然不大，却有幸汇入了中国诗歌发展的长河，不时泛起晶莹的浪花，让人们一次又一次领略了她的风采。

刘长卿诗（二首）

刘长卿（约726—约789），字文房。唐河间（今属河北）人。开元进士（或说天宝进士），曾任长洲县尉，因事下狱，两遭贬谪，量移睦州司马，官终随州刺史。其诗多写政治失意之感，也有反映离乱之作，善于描绘自然景物；长于五言，自称为"五言长城"。有《刘随州诗集》十卷。

送南特进赴归行营

题 解

南特进接到军事文书后，将前往军营征战，作者题此诗为其送行。特进为官名。唐代的特进为散官。

闻道军书[1]至，扬鞭不问家[2]。

虏云[3]连白草，汉月到黄沙[4]。

汗马河源饮[5]，烧羌陇坻遮[6]。

翩翩新结束[7]，去逐李轻车[8]。

注 释

[1]军书：军事文书。

[2]扬鞭不问家：扬鞭策马奔向前线而不顾家。

[3]虏云：敌方天空的云。

[4]汉月到黄沙：汉月，谓汉家或汉时的月亮，这里意如"中国的月亮"；黄沙，指战场，因战地多沙，故言。

[5]汗马河源饮：汗马，因长途奔走而出汗的马，也指汗血宝马；河源，黄河发源地。

[6]烧羌陇坻遮：谓烧当羌之军被陇山给挡住了。烧羌，即烧当羌，是汉时西羌部族名，《后汉书·西羌传》言"从爱剑种五世至研，研最豪健，自后以研为种号。十三世至烧当，复豪健，其子孙更以烧当为种号"；陇坻，陇山；遮，阻拦、遏止。

[7]结束：装束、打扮，这里指穿上戎装。

[8]李轻车：指汉代名将李广的从弟李蔡，因其勇敢善战，曾被封为轻车将军。这里代指唐军在前线作战的将领。

简 议

诗篇笔力排奡、风骨健朗、兴托高远，将南特进刚毅勇武、公而忘私、为国征战的英雄形象刻画得入木三分，让人发自内心地钦敬，其立意在古送别诗中超然不群。

平蕃曲三首之二

题 解

刘长卿的《平蕃曲》共有三首,其中第一首言唐军在"青海"征伐蕃兵而大获全胜的情形。而此首则言战事已毕,天下太平的大好景象。

戍戍成烟孤[1],茫茫塞草枯。

陇关[2]那用闭,万里不防胡[3]!

注 释

[1]戍烟孤:谓戍边士兵烧饭产生的炊烟孤单,喻边疆无战事。

[2]陇关:指陇山之巅的大震关。此关初筑于汉代,东距陇州州治五十公里,是秦陇道上的军事要塞。

[3]胡:我国古代泛指北方边地与西域的民族为胡,也泛指一切外国为胡。这里指北方和西域一带与唐朝为敌的国家。

简 议

诗篇意气风发,激情四射,格致超迈,将唐军平定蕃乱后诗人的兴奋和喜悦张扬得无以复加,与后来杜甫《闻官军收河南河北》一诗有异曲同工之妙。从"陇关那用闭"一句,可以看出陇山之巅的大震关之战略地位何其重要,也可感知其在抵御外族入侵方面的控扼作用。

李端诗(一首)

李端(743—782),字正已,号衡岳幽人。唐赵州(今河北赵县)人。少时居庐山,依皎然读书,酷慕禅侣。大历五年(770)进士及第,授秘书省校书郎。后辞官,居终南山草堂寺。工诗,其诗格调高雅,名列"大历十才子"。诗作或为应酬之作,或表现消极避世思想,个别作品对社会现实也有所反映,喜作律体。有《李端诗集》三卷。

奉送宋中丞使河源[1]

题 解

大历中(766—779),宋中丞将赴河源,诗人作此为其送行。诗中言西去路途遥远且多艰险,对宋氏的辛苦表示同情。中丞为官名。宋中丞其人无考。

> 东周[2]遣戍役,才子[3]欲离群。
> 部领[4]河源去,悠悠陇水分[5]。
> 笳声悲塞草,马首渡关[6]云。
> 辛苦逢炎热,何时及汉军[7]?

注　释

[1]河源:一为郡名,隋大业五年(609)以吐谷浑之赤水和曼头二城置,治所在赤水城(今青海兴海),辖境相当于今青海省共和、兴海、同德、玛沁等县;唐贞观十年(636),封吐谷浑王诺曷钵为河源郡王。二为军名,唐仪凤二年(677)置,治所在今青海西宁东南。此处所指终究为何,难以确考。

[2]东周:此处指地处河源之东的唐朝。

[3]才子:指宋中丞。

[4]部领:领着军队(去河源)。部,统率。

[5]陇水分:意谓自己和宋中丞像陇山之水一样东西分流。

[6]关:指位于陇山的大震关。

[7]汉军:指唐朝驻守在河源的军队,实指河源。

简　议

对于宋中丞,诗人真是一片丹心、万般深情。

李益诗(一首)

李益(748—827),字君虞,唐陇西姑臧(今甘肃武威)人。代宗大历四年(769)进士,授郑县尉。因郁郁不得志,弃官游于燕赵间,又历西北边地,参佐戎幕。宪宗时任秘书少监,官终礼部尚书。他的边塞诗很著名,各体中尤以七绝见长。其诗能从乐府民歌中汲取生动活泼的精神,用俊伟轩昂的笔调和奇异独特的构思写出实际生活体验,意境阔远,声调铿锵,富于音乐美。《全唐诗》编其诗为二卷。

观回军三韵

题 解

唐建中元年（780）秋冬之间，诗人赴灵武依朔方节度使崔宁，行经陇山时写了这首诗。诗篇描绘了作者在陇山见到的征战回归军队的惨象，流露出哀痛的心情，基调凄婉低回。

行行[1]上陇头，陇月暗悠悠。
万里将军没[2]，回旌陇戍秋。
谁令呜咽水，重入故营流？

注 释

[1]行行：走个不停；行将，二义在此皆通。
[2]没：战死。

简 议

远征归来的唐军将死兵疲，诗人深感悲怆。因了悲怆的深沉，他眼中的陇山之月一片昏暗，耳中的陇山之水全是呜咽。通过对自然景观的灰色描写来烘托内心的凄楚，使诗篇做到了情景合一。

孟郊诗（一首）

孟郊（751—814），字东野，唐湖州武康（今浙江德清）人。少时隐居嵩山，性狷介，与韩愈交谊颇深。年近五十方中进士，任溧阳县尉。其诗多寒苦之音，感伤自己的遭遇；用字造句力避平庸浅率，追求瘦硬，长于五言古诗。与贾岛齐名，有"郊寒岛瘦"之称。今存《孟东野诗集》十卷。

古 意

题 解

这是一首仿古人诗意而作的思妇诗，抒发了佳人对戍守陇山的丈夫的悠悠思念之情，描写了她独守空房的寂寞和无奈。

荡子[1]守边戍，佳人莫相从[2]。
去来[3]年月多，苦愁改形容[4]。

上山复下山，踏草成古踪。[5]
徒言采蘼芜，十度一不逢。[6]
鉴独是明月[7]，识志唯寒松[8]。
井桃始开花，一见悲万重。
人[9]颜不再春，桃色有再浓。
捐气[10]入空房，无憀[11]乍从容。
启箧[12]理针线，非独学裁缝。
手持未染彩，绣为白芙蓉[13]。
芙蓉无染污，将以表心素[14]。
欲寄未归人[15]，当春无信去。
无信反增愁，愁心缘陇头[16]。
愿君如陇水，冰镜水还流[17]。
宛宛青丝线[18]，纤纤白玉钩[19]。
玉钩不亏缺[20]，青丝无断绝[21]。
回还胜双手[22]，解尽心中结。

注　释

[1]荡子：流荡不归的男子。这里指"佳人"的夫君。《文选·古诗十九首》之二有"荡子行不归，空床难独守"句。

[2]莫相从：不相从。

[3]去来：去后。来，助词，无意义。

[4]苦愁改形容：谓佳人因苦愁而面容变得憔悴。

[5]上山复下山，踏草成古踪：谓佳人天天上山去遥望丈夫，由于经常上山又下山，竟然在草丛中踩出了一条陈旧的路径。古，旧。

[6]徒言采蘼芜，十度一不逢：谓佳人一次又一次去山上采摘蘼芜，想借机遇到丈夫，却没有一次能与他相逢。这两句话，是对《玉台新咏·古诗》之一中"上山采蘼芜，下山逢故夫"语意的反用。徒，枉然；言，助词，无意义；一不逢，即"不一逢"。

[7]鉴独是明月：谓映照着佳人孤独（或独守空房）的身影的是明月。鉴，照、映照。

[8]识志唯寒松：谓知道佳人坚贞意志（或思念丈夫的心意）的，是

不畏风霜的松树。识，知道。

〔9〕人：指佳人。

〔10〕捐气：放下气恼。

〔11〕无憀（liáo）乍从容：无憀，不悲思；乍，同"作"。

〔12〕启箧：打开小箱子。

〔13〕芙蓉：木名，又称地芙蓉、木莲。其花八九月始开，耐寒而不落，故也称拒霜。在此，佳人之所以"绣为白芙蓉"者，是要表明自己对"荡子"的爱情和思念之心如白芙蓉耐寒而不落，始终不改。

〔14〕心素：内心的情愫。

〔15〕未归人：指荡子。

〔16〕愁心缘陇头：谓佳人的愁心源自陇山，因为她的丈夫就在陇山"守边戍"。

〔17〕冰镜水还流：冰镜，陇山之水结冰、光亮如明镜。全句是说，但愿你（荡子）像陇水一样，即便结成了冰，也要流回家乡来。

〔18〕青丝线：即青丝，喻黑发。这里指佳人的黑发，实喻佳人。

〔19〕白玉钩：喻弯月，借喻"荡子"。

〔20〕玉钩不亏缺：谓只要荡子不做亏心之事，道德完美无缺。

〔21〕青丝无断绝：意谓我（佳人）对你的衷情和思念就不会断绝。

〔22〕双手：用双手加大力量。

简　议

荡子远戍陇山久而不归。佳人独守空房不胜寂寞，对夫君的思念日盛一日。她不时登上山顶向北眺望，希望能见到那日思夜想的他。看见乡间桃花始开，她担心自己韶华易逝，不觉悲从中来。百般无奈之下，她饱含深情地绣出白色芙蓉花，打算寄给他以表衷情。她相信丈夫对她的恩爱一如既往，更坚信自己对丈夫的爱怜天长地久。她等着丈夫归来后两人互诉衷肠，将心中的情结一一打开。诗篇语言净洁秀雅，属意凄恻幽怨，言情委曲哀婉，让人观后感触良深。

羊士谔诗（二首）

羊士谔（约762—822），字谏卿，唐泰山（今山东泰安）人。贞元元年（785）进士及第。顺宗时官宣歙巡官，为王叔文所恶，贬汀州宁化尉。元和初擢为监察御史，掌制诰。后出为资州刺史。工诗，所作多典重。著有《墨池编》《晁公武郡斋读书志》等。

送张郎中副使自南省[1]赴凤翔府幕

题 解

张郎中将离开尚书省，去凤翔任节度副使，诗人乃作此诗为其送行。其时，唐朝因安史之乱导致西部防务空虚，使吐蕃占领了陇右、河西大片领土，并且直逼陇山。故诗人在诗中对张某大加鼓励，希望他到凤翔后能辅佐长官战胜吐蕃，刻石铭功于陇山之上。

> 仙郎佐氏谋[2]，廷议宠元侯[3]。
> 城郭须来贡[4]，河隍亦顺流[5]。
> 亚夫高垒静[6]，充国大田秋[7]。
> 当奋燕然笔[8]，铭功向陇头[9]。

注 释

[1]郎中副使自南省：郎中，唐时六部皆置郎中一职，为诸司之长，是郎中令的省称，张某去凤翔前在尚书省任郎中令；副使，唐时方镇节度使的副职，张某将去凤翔任节度副使，故称；南省，尚书省的别称，唐代的尚书省在大明宫以南，因称南省。

[2]仙郎佐氏谋：谓张某到凤翔节度使幕府后，要为节度使出谋献策，辅助他精心筹划防御吐蕃的战略方针。仙郎，是唐代对尚书省各部郎中、员外郎的尊称，这里指张某；佐氏谋，即"佐谋"，辅助筹划。

[3]廷议宠元侯：劝张某在商议事务时，要对节度使给予尊重。廷议，本指廷臣集议朝政，这里指在节度使幕府议事；宠，尊崇、尊重；元侯，诸侯之长，这里指凤翔节度使。

[4]城郭须来贡：谓只要凤翔节度使幕府一班人同心御敌，远近的城郭人民就一定会进贡田赋，予以支持。贡，田赋。

［5］河隍亦顺流：谓只要节度使幕府一班人团结御敌，连护城河里的水也会顺着流淌（暗喻战事顺利）。

［6］亚夫高垒静：谓和吐蕃军队作战，应以静制动。亚夫，指西汉名将周亚夫。汉景帝前元三年（前154），吴、楚七国起兵反叛，景帝命太尉周亚夫率兵平叛；驻军洛阳时的某天晚上，汉军营中突然发生混乱，周亚夫在大帐中听得一清二楚，但他并不惊慌，始终躺在床上不动，不久混乱自然平息，这件事体现了周亚夫的大将风度。高垒，军中高筑的壁垒。

［7］充国大田秋：充国，指西汉大臣路充国。汉武帝元封四年（前107），匈奴乌维单于遣使使汉，使至汉后病死，武帝即遣路充国佩二千石印绶送其遗体归匈奴。匈奴单于以为汉杀其使，乃扣留路充国于匈奴。路在匈奴六年而不降，于太初四年（前101）被放归汉。大田秋，路充国被扣匈奴的当年，汉命郭昌为拔胡将军，使其屯田朔方以备胡。这句的意思，是劝凤翔节度使幕府开荒屯田，做长期防御吐蕃的打算。

［8］燕然笔：书写《燕然铭》的巨笔。东汉永元元年（89），窦宪自请击匈奴，率兵出塞三千余里，大破匈奴，登上燕然山，命班固起草记功的铭文，将之刻石于燕然山上。铭文称《燕然山铭》，省作《燕然铭》或《燕山铭》。燕然山又称天山，在今蒙古国境内，现称杭爱山。

［9］铭功向陇头：谓在陇山之巅刻石铭功。

简　议

诗中对张郎中的劝勉和激励，实际是作者亟盼击退外族侵略、维护国家安全心愿的自白，具有相当积极的思想意义。诗篇笔锋刚棱、豪情满怀、铿锵有力，让人读后热血沸腾、情绪激昂，顿时生出无穷的力量，不足之处是用典繁碎而迂阔。作为边塞要隘，陇山在此被诗人视同名满天下的燕然山。

夜听琵琶三首之三

题　解

这首诗主要书写了歌伎琵琶声中传递出来的怨艾和忧伤。

破拨[1]声繁恨已长，低鬟敛黛更摧藏[2]。
潺湲陇水[3]听难尽，并觉风沙绕杏梁[4]。

注　释

［1］破拨：弦乐器的一种弹法，即快速激烈地弹拨。

［2］低鬟敛黛更摧藏：低鬟，低着头；鬟，是古代女子环形的发髻。敛黛，收敛黛眉；摧藏，言极度悲哀。

［3］陇水：陇山之水。这里取"陇水幽咽"之意。

［4］并觉风沙绕杏梁：风沙，形容琵琶声如同狂风吹沙、阵阵作响；杏梁，杏木所作的屋梁，《昭明文选》汉司马长卿《长门赋》有"饰文杏以为梁"的说法，后世即用"杏梁"泛指华丽的屋宇。

简　议

才一"破拨"，便已怨恨绵绵；继之又是陇水幽咽凄哽，歌女内中的苦楚自不待言。"低鬟敛黛"的细节描写，将女子的悲伤情态摹画得触手可及。因为鸣声呜咽，陇山上的流水总是被诗人们悬在笔端，以至哪里都有它的身影。

王涯诗（一首）

王涯（764—835），字广津。唐代诗人，太原祁（今山西祁县）人。贞元八年（792）进士，任蓝田蔚。后以左拾遗进翰林学士，迁起居舍人。元和时官中书侍郎及同中书门下平章事。穆宗立，出为剑南、东川节度使。文宗时，以吏部尚书代王播总盐铁。"甘露之变"发生，他被禁军捕获，腰斩于长安。

陇上行

题　解

这首诗描写了从军者翻越陇山时所见的秋天景象。

负羽到边州[1]，鸣笳度陇头[2]。
云黄[3]知塞近，草白见边秋[4]。

注　释

［1］负羽到边州：羽，箭翎；负羽，背着弓箭；边州，边境的州郡，此处当指陇州。

[2]鸣笳度陇头：在鸣笳声中经过陇山。笳为古管乐器，汉时流行于西域少数民族间，魏晋以后用作军乐。

[3]云黄：云色昏黄。沙漠地区多飞沙，云呈黄色。

[4]草白见边秋：草白，谓陇山的草到了秋天干枯变白；边秋，边疆的秋色。

简 议

诗篇风骨峻朗，气象森然，造语精炼凝重，叙事写景高度概括；在大泼墨式的画幅中，点染出些许的凄清。只是这凄清似有若无，没有让"负羽"者的壮勇失色。

王建诗（四首）

王建（约765—约830），字仲初，唐颍川（今河南许昌）人。大历进士，初为渭南尉，后官侍御史。出为陕州司马，从军塞上，后归咸阳。工乐府，与张籍齐名。所作宫词百首，尤为人所传诵。其以田家、蚕妇、水夫等为题材的诗篇，对当时政治的腐朽和人民的生活有所反映。有《王司马集》《宫词》等。

陇头水

题 解

此诗借乐府旧题而作，反映了征人来到陇山后的痛苦心情。

陇水何年陇头别，不在山中亦呜咽？
征人塞耳马不行，来到陇头闻水声。
谓是西流入蒲海[1]，还闻北去绕龙城[2]！
陇东陇西多屈曲[3]，野麋饮水常簌簌[4]。
胡兵夜回水傍住，忆着来时磨剑处。
向前无井复无泉，放马回看陇头树。

注 释

[1]蒲海：指蒲昌海，即今新疆东南部的罗布泊。地当西域东方的门户，为当时东西交通的主要路线所经过。别名盐泽。

[2]龙城：又称"龙庭"，为匈奴祭天，大会诸部处。《汉书·匈奴传》言"五月，大会龙城"，其地在今蒙古国鄂尔浑河西侧的和硕柴达木湖附近。

[3]陇东陇西多屈曲：谓东流和西流的陇水都曲曲折折。

[4]簇簇：丛列，丛聚。

简　议

陇水总是呜咽，总是东西分流，惹得无数"征人"愁绪满怀、大放悲声。其实陇水的可爱处更多，只是征人们心态欠佳，没有看到而已。诗篇起始两句诉征人灵府之哀痛，有先声夺人之妙；五、六两句言古今征人泪水之多，令人闻之心戚。

送衣曲

题　解

此诗是可以入乐的唱词，主言妇人去边塞为戍边的丈夫送寒衣的情形。

去秋送衣渡黄河，今秋送衣上陇坂[1]。
妇人不知道径处[2]，但问[3]新移军近远。
半年著[4]道经雨湿，开笼见风衣领急[5]。
旧来十月初点衣，与郎著[6]向营中集。
絮时厚厚绵纂纂[7]，贵欲征人身上暖。
愿身莫著裹尸归[8]，愿妾不死长送衣。

注　释

[1]陇坂：陇山。此处借指边塞。

[2]道径处：捷速而直达的道路。径又通"经"，在此也可通。

[3]但问：只问。

[4]著："着"的本字。着，在。

[5]衣领急：衣领紧缩。急，紧、紧缩。

[6]著：穿着。

[7]絮时厚厚绵纂纂：絮时，在衣服内铺装丝绵时；绵纂纂，丝绵集聚，谓衣服絮得厚实。

[8]愿身莫著裹尸归：但愿你不要马革裹尸地回来。

简 议

语言质朴无华，诗思精密严整，情感深挚充溢，韵味隽永悠长，诗篇将妇人对丈夫的爱怜和牵挂表达得真切而自然。

塞上梅

题 解

这首诗专写边塞之梅，为其生长在边境而惋惜。

> 天山[1]路旁一株梅，年年花发黄云下。
> 昭君[2]已殁汉使回，前后征人惟系马。
> 日夜风吹满陇头[3]，还随陇水东西流。
> 此花若近长安路，九衢年少无攀处[4]。

注 释

[1]天山：唐代称伊州、西州以北一带山脉为天山，也称白折山、罗漫山。伊州，指今新疆哈密市。西州，指今吐鲁番市东南达克阿奴斯城。其山横贯在今新疆中部，西端伸入哈萨克斯坦。

[2]昭君：指王昭君。汉南郡秭归（今湖北秭归）人，名嫱，字昭君，后人又称其"明妃"，为汉元帝宫人。竟宁元年（前33），匈奴呼韩邪单于入朝求美人为阏氏，帝予昭君，以结和亲。昭君戎服乘马，提琵琶出塞。入匈奴，号宁胡阏氏，生一男。呼韩邪死，其子复株累若鞮单于立，复妻昭君，生二女。卒，葬于匈奴。今内蒙古呼和浩特市南有昭君墓，世称青冢。

[3]陇头：陇山的别称。此处借指边塞。

[4]九衢年少无攀处：九衢，四通八达的道路；年少，少年；无攀处，不可攀缘。

简 议

细加捉摸，此作当是以物喻人。英雄身处草野不被朝廷赏识，空有才华却无所作为，一如塞上寒梅枉自零落。诗篇在看似轻松的叙事中，夹带着挥之不去的怨愤和伤感。

闲 说

题 解

中唐时期，统治阶层从上至下竞相豪奢，逸乐成风。这首诗借言陇山鹦鹉的得宠，委婉地讽刺了京城长安达官贵人的骄奢淫逸。

桃花百叶不成春[1]，鹤寿千年也未神[2]。
秦陇州缘鹦鹉贵[3]，王侯家为牡丹贫[4]。
歌头舞遍回回别[5]，鬓样眉心日日新[6]。
鼓动六街骑马出[7]，相逢总是学狂人[8]！

注 释

[1]桃花百叶不成春：谓京城长安桃花盛开，却无人感受到春天的美好和到来。

[2]鹤寿千年也未神：谓白鹤享寿千年，也没人感到神奇。

[3]秦陇州缘鹦鹉贵：秦陇州，指秦州和陇州；贵，重视。全句是说，由于京城之人争购陇山鹦鹉，竟使秦州和陇州也被人重视起来。

[4]王侯家为牡丹贫：谓京师长安的王侯之家因大量购买牡丹花而导致家贫。

[5]歌头舞遍回回别：谓达官贵人们载歌载舞，每一回的歌舞都很特殊而不重样。

[6]鬓样眉心日日新：谓豪贵们梳妆打扮、修鬓画眉的花样天天翻新。

[7]鼓动六街骑马出：谓京城全城鼓声鸣响，只见显贵们纷纷骑马出游。六街，指唐代京城长安城中左右的六条大街，这里指长安全城。

[8]相逢总是学狂人：谓出游的人们一旦相逢，总是互相争着学做放荡不羁的人。

简 议

诗篇言在耳目之内，情寄八荒之表，于"闲说"中别寓深意，对长安显贵们的奢靡生活似褒而实贬、似谀而实讽，在平和的叙事中隐含着伤时忧国的责任意识。从"秦陇州缘鹦鹉贵"的说辞可知，陇山鹦鹉在京城广受欢迎，使陇州的知名度和影响力也随之提升。

张籍诗(三首)

张籍(约766—约830),字文昌。原籍吴郡(今江苏苏州),少时侨居和州乌江(今安徽和县乌江镇)。贞元十四年(798)进士,历官太常寺祝、水部员外郎、国子司业等。为韩愈的学生,与白居易相友善。他对文学社会作用的认识,与白氏相近。其乐府诗颇多反映当时社会矛盾和民生疾苦的篇什,也有描写封建社会妇女的悲惨处境者,深受白居易的推崇。张籍乐府诗多用旧题,而精神则与元稹、白居易的新乐府一致。诗多口语,精警凝练又平易自然。有《张司业集》八卷。

送远使

题 解

此诗为送人出使西域而作。诗中概言道路之艰险,讽喻西去未必能建立什么功业,获得什么名位。

扬旌过陇头,陇水向西流[1]。
塞路依山远,戍城[2]逢笛秋。
寒沙阴漫漫,疲马去悠悠。
为问征西将,谁封定远侯[3]?

注 释

[1]陇水向西流:以陇水喻西去者。

[2]戍城:疑指建于陇山的大震关或安戎关关城。

[3]谁封定远侯:谓谁能像东汉的班超一样,因出使西域而被封为定远侯。

简 议

语言精粹清俊,但诗篇的思想境界不高。其中尾联的说词,无疑会挫伤西行者的意志和勇气。

关山月

题 解

《关山月》为汉乐府横吹曲名,多写边塞将士久戍不归和家人互伤离别之情。这首诗即依乐府旧题而作，主要写了沙场环境的恶劣和征战将士的辛苦与牺牲。

秋月朗朗关山[1]上，山中行人马蹄响。
关山秋来雨雪多，行人见月唱边歌。
海[2]边漠漠天气白，胡儿夜度黄龙碛[3]。
军中探骑暮出城，伏兵暗处低旌戟[4]。
溪水连地霜草平，野驼寻水碛中鸣。
陇头风急雁不下，沙场苦战多流星。
可怜万里关山道，年年战骨多秋草！

注　释

［1］关山：泛指关隘山川。

［2］海：指瀚海沙漠。

［3］黄龙碛：黄龙府一带的沙漠。黄龙，一为城名，在今辽宁省朝阳市；二为府名，治所在今吉林省的农安县。碛，沙漠，也指不生草木的沙石地。

［4］低旌戟：谓伏兵为了隐藏，将军旗剑戟压得很低。

简　议

大雪纷飞，沙碛连天，青霜蔽野，寒风劲吹，战场景象一片肃杀。将士们在前线奋力驱驰、冲锋杀敌，有许多人为国战死。诗篇笔力老成、气势磅礴，在大写意中镶嵌着细节描写，在大叙事中寄寓着恻隐之心。

陇头行

题　解

"行"是乐府和古诗的一种体裁。这首诗写胡骑攻入凉州城和陇西郡后，将唐朝的边民掳去受苦的情形，希望唐帝国能收复失地以雪国耻。

陇头路断人不行，胡骑夜入凉州城[1]。
汉兵[2]处处格斗死[3]，一朝尽没[4]陇西[5]地。
驱我边人[6]胡中[7]去，散放牛羊食禾黍。
去年中国[8]养子孙，今著毡裘学胡语[9]。

谁能更[10]使李轻车[11]，收取凉州入[12]汉家？

注　释

［1］胡骑夜入凉州城：胡骑，这里指吐蕃国的人马。唐代宗永泰二年（766），吐蕃兵侵占了陇西和凉州。以下四句就此而言。凉州，一为州名，西汉改周之雍州置，辖境相当于今甘肃、宁夏和青海湟水流域及内蒙古部分地区；二为卫、府名，治所在今甘肃省武威市凉州区。

［2］汉兵：这里指唐军。

［3］处处格斗死：到处（与吐蕃）作战都战败而死。

［4］没：陷落，丢失。

［5］陇西：一为郡名，秦置，治狄道（今甘肃临洮），汉晋因之；三国时移治襄武县（今甘肃陇西县东南）；隋废，地在今甘肃东南部一带。二为县名，今属甘肃省，汉襄武县地，隋为陇西郡治，唐宝应后为吐蕃属地。

［6］边人：唐帝国边疆的人民。

［7］胡中：吐蕃国中。

［8］中国：指当时的大唐帝国。

［9］今著毡裘学胡语：（被掳去的唐人）现在却穿着吐蕃人的毡毛皮衣，学着说他们的语言。

［10］更：再。

［11］李轻车：轻车为军职名，有轻车都尉、轻车将军等。西汉景帝元朔五年（前124），名将李广的从弟李蔡任轻车将军，其人英勇善战，在抗击匈奴时屡立战功。

［12］入：一作"属"。

简　议

诗人丹心耿耿、赤忱烈烈，对被掳入吐蕃的中国边民深表同情，殷切期望国家强力御侮、收复失地。诗篇语言直白、几近口语，仿佛信手拈来，实则经过反复锤炼，诚如宋王安石在《题张司业诗》中所说的"苏州司业诗名老，乐府皆言妙入神。看似寻常最奇崛，成如容易却艰辛"。由于占据了思想和艺术高地，此诗实为佳作，足以不朽。

张仲素诗（二首）

张仲素（约769—约819），字绘之，唐河间（今河北河间）人。贞元十四年（798）进士，又中博学宏词科，为武宁军从事。元和间（806—820），任司勋员外郎，又从礼部郎中充任翰林学士，迁中书舍人。长于乐府诗，善写思妇心情，刻画细腻、委婉动人。其边塞诗语言慷慨、意气昂扬，对戍边将士的战斗精神多有歌颂。

陇上行

题 解

行，是古诗的一种体裁。张仲素的这首诗着力描写了行者登上陇山后的见闻，揭示了他的悒郁心情。

行到黄云陇[1]，唯闻羌戍鼙[2]。
不如山下水，犹得任东西[3]。

注 释

[1]黄云陇：被黄色云团遮蔽的陇山。黄云特指边塞之云，因陇山常为边塞，故称。

[2]戍鼙（pí）：羌人驻守陇山的军队的鼙鼓声。鼙，是一种小鼓，用于军中，汉代称"骑鼓"，也作"鞞鼓"。

[3]任东西：向东向西随意地流。陇山是渭河平原与陇西高原的分界，山上的水分别流向东、西两个方向。

简 议

西行者来到陇山，对驻守在山上的羌兵有些忌惮，想要东返却又不能，遂对任意流淌的陇水心生羡慕。诗篇立意平庸，一无境界可言。

塞下曲五首之四

题 解

《塞下曲》为琵琶套曲名，多写将士的边塞生活。张仲素的《塞下曲》共五首。这里选录的是其中的第四首，诗篇描写征人西戍河源行经陇山时的乡思和哀愁。

陇水潺湲陇树秋，征人到此泪双流。
乡关[1]万里无因见，西戍河源早晚休[2]？

注　释

[1]乡关：指故乡。

[2]西戍河源早晚休：谓西去河源戍守何日才能停止。河源，指河源郡，治所在今青海省兴海东南，这里代指西域；早晚，何日、何时；休，停止。

简　议

诗篇但言征人行至陇山时的悲凄和乡愁，纯拾前人遗唾。好在语言简拔洁雅，行文圆通自然。

白居易诗（一首）

白居易（772—846），字乐天，晚号香山居士，唐下邽（今陕西渭南）人。贞元十六（800）进士，授秘书省校书郎。元和初，补周至县尉。后任翰林学士、左拾遗及左赞善大夫。因上书言事，贬江州司马，移忠州刺史。长庆中，由中书舍人出任杭州、苏州刺史。晚年，以太子宾客及太子少傅分司东都。官终刑部尚书。世称白香山。与元稹齐名，并称"元白"。他认为"文章合为时而著，歌诗合为事而作"，论诗强调继承《诗经》的优良传统和杜甫的创作精神。早期所作政治讽喻诗思想倾向鲜明，对当时的社会问题做了较深刻的揭露和批判，在"新乐府"运动中显示了优异的成绩。晚年所作诗歌善于叙事，语言浅易，流露出逃避现实的思想。金人王若虚说白居易的诗"情致曲折，入人肝脾，随物赋形，所在充满，殆与元气相侔。至长韵大篇，动辄千百言，而顺适惬当，句句如一，无争张牵强之态，此岂拈断吟须、悲鸣口吻者之所能至哉？而世或以浅易轻之，盖不足与言矣"（《滹南诗话》卷一）。有《白氏长庆集》七十一卷。

鹦 鹉

题 解

这首诗专咏鹦鹉,作于宝历二年(826)作者任苏州刺史时。诗篇描写了笼中鹦鹉饱受摧残的情形,对其不能出笼高飞的困顿给予怜悯。

陇西鹦鹉到江东[1],养得经年觜渐红[2]。
常恐思归先剪羽[3],每因喂食暂开笼。
人怜[4]巧语情虽重,鸟[5]忆高飞意不同。
应似朱门歌舞妓[6],深藏牢闭后房[7]中。

注 释

[1]陇西鹦鹉到江东:陇西,指陇州西部的陇山,此山在唐代广产鹦鹉;江东,自汉至唐称自安徽芜湖以下的长江下游南岸地区为江东。唐开元二十一年(733)分全国为十五道,有江东东道,治吴郡。

[2]养得经年觜渐红:经年,经过一年;觜,通"嘴",特指鸟的喙。

[3]常恐思归先剪羽:意谓养鸟人害怕笼中鹦鹉想着飞回故乡去,就先将它的翅膀剪短。

[4]人怜:人,养鸟人;怜,爱。

[5]鸟:指鹦鹉。

[6]应似朱门歌舞妓:谓笼中鹦鹉就像王侯家蓄养的唱歌跳舞的女艺人。朱门,红色的大门,古代王侯贵族为表示自己的尊贵,将自家住宅的大门漆成红色,因称豪门为朱门;歌舞妓,唱歌跳舞的女艺人。

[7]后房:旧时富豪人家姬妾所居住的内室。

简 议

陇山鹦鹉何其不幸也夫。它被抓到江东后让人关在笼子里饱受虐待,虽想出笼高飞却万万不能,实在生不如死。诗人对其遭遇极表同情,悲悯之意溢于言表。诗篇借物喻人,寄妙音于弦外。诗中颈联两句语拙而意工,尾联之比喻于拙中见巧。

白行简诗（一首）

白行简（776—826），字知退。文学家。唐下邽（今陕西渭南东北）人。贞元末年（805）进士及第，历官左拾遗、司门郎中、主客郎中。善辞赋，所作传奇小说《李娃传》尤著名。原有集，已散佚。

归马华山[1]

题解

这是一首抚时感事诗，描写了战争结束后战马优游安闲的生活状态，对唐王朝的耽于歌舞升平、不修兵备给予讽刺。

> 牧野功成后[2]，周王[3]战马闲。
> 驱驰休伏皁[4]，饮龁[5]任依山。
> 逐日朝仍去[6]，随风暮自还。
> 冰生疑陇坂[7]，叶落似榆关[8]。
> 蹜踱仙峰下[9]，腾骧[10]渭水湾。
> 幸逢时偃武[11]，不复鼓鼙间[12]。

注释

[1]归马华山：意如"归马放牛"，喻战争结束。《尚书·武成篇》谓"乃偃武修文，归马于华山之阳，放牛于桃林之野，示天下弗服（不复乘用）"，意指周武王灭商后天下太平，不复用兵。

[2]牧野功成后：牧野为古地名，在今河南淇县西南。周文王死后的第四年，周武王率兵车三百乘、虎贲三千人，会合西南的庸、蜀、羌、髳、微、卢、彭、濮等族东征讨伐商纣王，经孟津（今河南孟州南）进抵牧野，抵御的商军皆"倒兵以战，以迎武王"，纣王战败自焚而死，商朝灭亡。这句话明指此而言，实则暗指唐朝征讨外邦战争的成功。

[3]周王：明指周武王，暗喻唐帝。

[4]休伏皁：谓马儿们休息时伏在槽下。皁，指皂枥，即马槽。

[5]饮龁（hé）：马儿饮水和吃草。龁，咬，指吃草。

[6]仍去：频繁地去（山野）。

[7]陇坂：陇山。

［8］榆关：古关名。也作"渝关""临闾关""临渝关"和"临榆关"。隋开皇三年（583）筑，故址在今河北秦皇岛东山海关。唐时为东北军事重镇。

［9］仙峰下：华山下。

［10］腾骧（xiāng）：奔跃，超越。

［11］偃武：停息武备。

［12］鼓鼙间：战争时期。鼓鼙，乐器，指大鼓和小鼓，进军时用以激励战士。

简 议

关于这首诗，有人以为是讴歌大唐帝国盛世太平的颂德之作；窃谓是讥刺李唐王朝居安而不思危，不知修兵备战的讽喻之什。作为一种意象，诗中的"陇坂"具有象征边塞的特定意义。

姚合诗（一首）

姚合（777—843），唐陕州硖石（今河南三门峡陕州区）人。元和十一年（816）登进士第，授武功主簿。后为陕州观察使，官至秘书少监。世称姚武功，其诗派也称"武功体"。所作诗篇多写个人日常生活和自然景观。喜为五律，刻意求工，类于贾岛，故以"姚贾"并称。其诗为宋代江湖派诗人所师法。有《姚少监诗集》十卷，编有《极玄集》。

送李植侍御[1]

题 解

李侍御将隐退"空林"，诗人作此为其送行，希望与他经常保持书信联系。李植其人无考。

圣代无邪触[2]，空林獬豸归[3]。
谁知陇山鸟，长绕玉楼飞。[4]
风雨依山急，云泉入郭[5]微。
无同昔年别，别后寄书稀。

注 释

〔1〕侍御：古代贵族的侍从官，负有监督主人言行、匡正主人过错的责任。《尚书·冏命》谓"其侍御仆从，罔匪正人"。这里则指侍御史。

〔2〕圣代无邪触：圣代，封建时代称当代为圣代，这里指作者写作此诗的时代；邪触，应作"触邪"，谓辨触奸邪，《晋书·束皙传》称"朝养触邪之兽，庭有指妄之草"。全句的意思是说，在这清明的年代，朝中已经没有奸邪之人，无什么可辨触的了。因为李侍御的职责是举劾非法或督察郡县，故说"圣代无邪触"。

〔3〕空林獬豸归：谓李侍御隐退山林。獬豸，是传说中的兽名，汉杨孚在《异物志》中谓"北荒之中有兽，名獬豸，一角，性别曲直。见人斗，触不直者；闻人争，咋（咬）不正者"。在此以獬豸指李侍御，因为他曾经承担着举劾非法的责任，与獬豸的行为类似。

〔4〕谁知陇山鸟，长绕玉楼飞：陇山鸟也称"陇禽""陇客"，指陇山鹦鹉，在此代指作者自己；玉楼，是传说中的仙人住所，这里用以指皇帝的宫殿。两句是说，谁知我本为山野之人，却长期在朝中为官。

〔5〕郭：城郭。

简 议

通篇都在抒发与李侍御的别离之情，并为自己困于官场、不能偕李氏隐退山林而惆怅。三、四两句以陇山鹦鹉自况，于生动中见奇巧。

李贺诗（三首）

李贺（790—816），字长吉，唐福昌（今河南宜阳）人。唐皇室远支。因避父晋肃讳，不得参加进士科考试。曾官奉礼郎。年少失意，郁郁而死。他早岁工诗，受知于韩愈和皇甫湜。其诗尤长于乐府，善于熔铸词采，驰骋想象，运用神话传说，创造出恢奇诡谲、璀璨多彩的鲜明形象，有显著的艺术特色；但诗中也常带有感伤、低沉的情调。有《李长吉歌诗》四卷，《外集》一卷。注本中，以清人王琦的《汇解》为详备。

龙夜吟

题 解

这首诗详细描绘了胡儿吹笙或笛技巧的娴熟和曲调的悠扬动听，同时抒写了美人听到笛音后泛起的相思和幽幽愁怀。

卷发胡儿[1]眼睛绿，高楼夜静吹横竹[2]。

一声似向天上来[3]，月下美人望乡哭。

直排七点星[4]藏指，暗合清风调宫徵[5]。

蜀道[6]秋深云满林，湘江半夜龙惊起[7]。

玉堂美人边塞情[8]，碧窗皓月愁中听[9]。

寒砧能捣百尺练[10]，粉泪凝珠滴红线[11]。

胡儿莫作陇头吟[12]，隔窗暗结愁人[13]心！

注 释

[1]胡儿：即胡人，是古代对我国北方边地及西域各民族的称呼。汉代以后，也泛指外国人。

[2]横竹：指用竹所做的笛子和笙。

[3]一声似向天上来：意谓胡儿所吹笛声之美，犹如天籁。

[4]七点星：指笛上的七个音孔。

[5]宫徵：指古代音乐五声音阶中的宫和徵。《尚书·益稷》谓"予欲闻六律、五声、八音"。

[6]蜀道：通往蜀地之道路。

[7]湘江半夜龙惊起：谓胡儿笛声优美动听，连湘江中睡眠的蛟龙都于半夜被惊得醒了。

[8]边塞情：思念身在边塞的丈夫的情思。

[9]碧窗皓月愁中听：谓美人深夜依在碧窗下，望着明亮的月亮，怀着边愁倾听胡儿的笛声。

[10]寒砧能捣百尺练：寒砧，秋天冰冷的捣衣石；练，白色的熟绢。

[11]粉泪凝珠滴红线：谓美人为戍边的丈夫缝制寒衣，因对他思念殊深而流泪，竟将泪水滴在缝衣服的红线上。丝线极细，而美人能将泪水滴在线上，足见她对丈夫的思念之深和流泪之多。

[12]陇头吟：为汉乐府横吹曲名。此曲概写边愁和戍客与家人的离

情别绪,调多伤感。

[13]愁人:指泛着边愁的美人。

简 议

此诗旨在抒写美人的愁思。听到胡儿凄凉的笛音,玉堂美人顿生思夫之情,想起了远在边塞的丈夫,于是愁思绵绵、泪如雨下。她期盼胡儿别奏音调凄楚的《陇头吟》曲,好让自己的愁思减缓一点。诗中"碧窗皓月愁中听"的细节描写,将美人含怨怀愁的形象雕琢得楚楚动人;而"粉泪凝珠滴红线"的诉说,又充分展示了美人对丈夫的情思之深。通过对美人闻笛而生情的讲述,诗篇也反证了胡儿吹笛技巧的纯熟老到。

摩多楼子

题 解

《摩多楼子》为《乐府诗集》之《杂曲歌辞》中的歌曲名,共有歌曲二首。李贺此诗,为吟咏边塞之作。诗中写了送"金人"去"玉塞"者将会遇到的辛苦,表达了对他们离开京城的伤感情绪。

    玉塞去金人[1],二万四千里[2]。
    风吹[3]沙作云,一时渡辽水[4]。
    天白水如练,甲丝双串断。
    行行莫苦辛[5],城月[6]犹残半。
    晓气朔烟[7]上,趆趆[8]胡马蹄。
    行人[9]临水别,陇水长东西[10]。

注 释

[1]玉塞去金人:玉塞,关名,即玉门关;金人,指铜铸的人像或用金、铜所铸的佛像。全句是说,人们将送佛像去玉门关。

[2]二万四千里:非实指,概言道路之遥远。

[3]风吹:一作"风卷"。

[4]辽水:远水。

[5]行行莫苦辛:行行,刚强;莫苦辛,不要怕辛苦。

[6]城月:当指长安城头之月。

[7]朔烟：天明时的烟。朔，天明时。

[8]趑趑（lù cù）：局促窘迫的样子，也形容急促细碎。此处取后者意。

[9]行人：送金人赴玉门关的人。

[10]陇水长东西：取"陇水东西分流"意，谓人们常像陇山的流水一样，总会分离。陇水，一作"隔陇"。

简　议

诗篇借言陇水东西分流以诉别离之情，不过陈词滥调。唯"行行莫苦辛"句尚见振作。

奉和二兄罢使遣马归延州[1]

题　解

族兄被罢官后从延州回归故乡，写诗向诗人鸣不平，诗人奉和此诗对其予以慰勉。

空留三尺剑[2]，不用一丸泥[3]。
马向沙场去，人归故国来。
笛愁翻陇水[4]，酒喜沥春灰[5]。
锦带休惊雁，罗衣尚斗鸡。
还吴[6]已渺渺，入郢[7]莫凄凄。
自是桃李树，何畏不成蹊？[8]

注　释

[1]奉和二兄罢使遣马归延州：二兄，是作者的族兄；罢使，被罢免了官职，使为官名，在唐代，被特派出去负责某种政务者称使，如节度使、转运使等；归延州，从延州归来，延州在唐代属关内道，地在今陕西延安市。

[2]三尺剑：宝剑。《史记·高祖本纪》谓"于是高祖谩骂之曰：'吾以布衣提三尺剑取天下，此非天命乎？命乃在天，虽扁鹊何益！'"

[3]不用一丸泥：《东观汉记·隗嚣载记》中"嚣将王元说嚣曰：'元请以一丸泥为大王东封函谷关，此万世一时也。'"在此，作者以能用一丸泥封函谷关的王元比喻族兄，谓他虽有杰出的军事才能，却被朝廷

罢免不用。

[4] 陇水：指乐府鼓角横吹曲中的《陇头水》曲。

[5] 春灰：春，指酒，唐人多称酒为春；灰，指灰酒，酒初熟时下石灰水少许，使其易于澄清，所得之酒称灰酒。

[6] 还吴：借指还家，用顾荣还吴典故。顾荣为三国时吴郡吴县人，字彦先，官至廷尉正。

[7] 入郢：借指返都。战国时屈原有《哀郢》一诗，为思量重返京城之作。这里以"入郢"借指重入仕途。

[8] 自是桃李树，何畏不成蹊：何畏，一作"何患"。《史记·李将军列传》中有"桃李不言，下自成蹊"的说辞，《颜注》谓"蹊，谓径道也，言桃李以其华（花）实之故，非有所召呼，而人争归趣（趋），往来不绝，其下自然成径，以喻人怀诚信之心，故能潜有所感也"。在此，作者用李广故事以喻族兄，说他既怀有诚信之心，又有突出的才能，必然实至名归，不怕没人赏识。

简 议

二兄罢使去职，心情很是郁闷。诗人与他推杯换盏，以示宽慰。诗篇用典繁富，气度雍穆。其中尾联所用李广事典至为切要，足让二兄解颐开怀。清初学者姚佺谓"此诗造地极高，深雄亮绝，无僻涩之态"，是为至论。

张祜诗（一首）

张祜（792—854），字承吉，唐清河（今属河北）人。初寓姑苏，后至长安，被元稹排挤，乃至淮南。爱丹阳曲阿地，隐居而终。卒于宣宗大中（847—859）年间。以宫词闻名。有《张处士诗集》五卷。

边 思

题 解

"边思"即"思边"，概言妇人对戍边良人的相思。

苏武节旄尽[1]，李陵音信稀[2]。

花当陇上[3]发,人向陇头归[4]。

注　释

[1]苏武节旌尽:节旌,出使外邦时所持的符节。汉武帝天汉元年(前100),苏武以中郎将持使节出使匈奴,单于留不遣,欲使其降,武坚贞不屈,持节牧羊于北海之畔十九年,始元六年(前81)方得归,须发皆白。后以"苏武节"用作忠臣的典故。此句意在说明妇人之夫戍边时间之长久。

[2]李陵音信稀:李陵为西汉陇西成纪(今甘肃秦安)人,字少卿,李广之孙,善骑射。武帝时,为骑督尉,率兵出击匈奴,战败投降,后死于匈奴。此句说明妇人之夫音信很少。

[3]陇上:这里指陇山之上。

[4]人向陇头归:谓妇人向往身在边地的夫君。陇山,泛指边塞;归,向往。

简　议

夫君戍边日久且音讯绝少,妻子对其思念不止,诗篇语言简至畅达,用典精审切要,抒衷情于不知不觉中。

马戴诗(二首)

马戴(799—869),唐定州曲阳(今河北曲阳)人,一说为江苏东海县人,又说为陕西华县人。《唐才子传》说他"早岁幽趣,既乡里当名山……结茅堂玉女洗头盆下,轩窗甚僻"。后于会昌四年(844)登进士第,历官龙阳尉、太学博士。他曾遍游天下,南及潇湘,北抵幽燕,西至汧陇及西北边塞。宋人严羽在《沧浪诗话》中称他的诗在晚唐诸人之上。

陇上独望

题　解

诗人早年屡试不第,曾西游汧陇。这首诗为其来陇州登上陇山时作。诗篇描写了诗人登上陇山之巅后所见的景象,表达了欲为国立功而无由的惆怅，流露出凄凉和落寞之感。

$$\text{斜日挂边树}^{[1]}，\text{萧萧}^{[2]}\text{独望间}。$$
$$\text{阴云藏汉垒}^{[3]}，\text{飞火照胡山}^{[4]}。$$
$$\text{陇首行人绝，河源}^{[5]}\text{夕鸟还}。$$
$$\text{谁为立勋者}^{[6]}，\text{可惜宝刀闲}^{[7]}。$$

注　释

[1]边树：边塞之树。这里指陇山上的树。

[2]萧萧：寂寥。

[3]阴云藏汉垒：谓阴云之下，隐藏着汉代（或唐代）所建的军事防御工程。

[4]飞火照胡山：飞火，当指飞扬的战火或在风中翻飞的烽火；胡山，敌国的山。

[5]河源：指陇山溪流之源。

[6]立勋者：立功者。

[7]可惜宝刀闲：宝刀喻英雄，此处为诗人自喻。此句是说，可惜英雄不被重用而无用武之地。

简　议

为国立功、成就自我，是封建士大夫的最高理想。诗人身在士林，同样心怀此念。无奈他沉沦尘网，无以大展宏图。看到陇山上的"汉垒"和"胡山"的飞火，他不禁触景生情，为无从建立军功而长叹。"斜日挂边树"和"河源夕鸟还"虽是写实，却也夹带着美人迟暮之悲。透过"独望"和"行人绝"诸语，我们可以领悟出作者的失意与落寞。

汧上劝旧友

题　解

来到汧陇后，诗人在陇山安戎关汧水之滨遇到了戍守边塞的故友，见其心绪欠佳，即赋此诗对他表示同情。

$$\text{斗酒故人同}^{[1]}，\text{长歌起北风}^{[2]}。$$
$$\text{斜阳高垒闭}^{[3]}，\text{秋角}^{[4]}\text{暮山空}。$$

雁叫寒流上，萤飞薄雾中。

坐来生白发[5]，况复久从戎[6]。

注　释

［1］斗酒故人同：斗酒，比酒量；同，一样。全句是说，旧友的酒量和自己一样大。

［2］长歌起北风：谓自己和旧友正在高歌，歌声激起了北风。

［3］斜阳高垒闭：谓在夕阳西照中，陇山安戎关的关城和营垒都关闭了。这句同时也交代了诗人与旧友会面的时间。

［4］秋角：秋天军营中的画角声。

［5］坐来生白发：谓友人本来就已生了白发。坐来，本来。

［6］从戎：从军。谓从军在陇山中的安戎关戍守。

简　议

旧友戍守陇山安戎关日久年深，以至形容憔悴、心情抑郁，诗人设酒与之宴饮且放声高歌。诗中首联于豪兴中见苍凉，颔联和颈联在言景中见寂寥，尾联对旧友在同情中寓怜悯。不过，诗篇也有费解处：既然已是"雁叫寒流上"的晚秋季节，何以又见"萤飞薄雾中"？

杜牧诗（三首）

杜牧（803—约852），字牧之，唐京兆万年（今陕西西安长安区）人。杜佑之孙。大和进士，曾为江西观察使、宣歙观察使沈传师和淮南节度使牛僧孺的幕僚。历任监察御史和黄、池、睦诸州刺史，后为司勋员外郎，官终中书舍人。以济世之才自负，曾注曹操所定《孙子兵法》十三篇。因感于藩镇跋扈和吐蕃、回纥的攻掠，诗文中多指陈及讽喻时政之作。写景抒情的小诗多清俊生动，少数以纵酒狎妓为题材的诗篇则流于颓废。其诗在晚唐成就颇高，后人称杜甫为"老杜"，称牧为"小杜"。有《樊川文集》二十卷。

青冢

题解

这是一首追悼王昭君的诗。青冢为汉宫人王昭君之墓,在今内蒙古呼和浩特市南,蒙语名特木儿乌尔虎。相传冢上草色常青,因名。

青冢前头陇水流[1],燕支山[2]上暮云秋。
蛾眉一坠穷泉路[3],夜夜孤魂月下愁。

注释

[1]青冢前头陇水流:谓昭君墓前的流水其声幽咽,一如陇山上的流水。

[2]燕支山:也称"焉支山",又名删丹山和大黄山,在今甘肃省山丹县东南,旧在匈奴境内。因产燕支草,故名。

[3]蛾眉一坠穷泉路:蛾眉,蚕蛾的触须,弯曲而细长,故以之比喻女子长而美的眉毛,此处用以代指美丽的王昭君。全句是说,王昭君嫁到匈奴后踏上了黄泉路。昭君名嫱(一作墙),汉南郡秭归(今湖北秭归)人,为汉元帝之宫人;竟宁元年(前33),匈奴呼韩邪单于入汉廷,求美人为阏氏,元帝即将王昭君给他以和亲。昭君出塞入匈奴与单于成婚,号"宁胡阏氏",生一男;呼韩邪单于死后,他的儿子复株累若鞮单于立,复以昭君为妻,生二女。昭君卒后葬于匈奴,其墓名曰"青冢"。

简议

自西汉末年刘歆在《西京杂记》中对昭君事迹加以渲染后,昭君故事在民间流传甚广,后世诗歌戏曲也常以之为题材。在民间传说和诗歌戏曲中,多对昭君的出塞和亲及死于匈奴抱同情态度,每每对她表示悲悯和悼念。杜牧此诗也承众意,对王昭君的没于匈奴极表戚哀。诗中将青冢前的流水比作陇水,足可证明陇水的悲剧意象广为人知。

鹦鹉

题解

此诗为咏陇山鹦鹉之作。谓鹦鹉被捕获后居住在华美的华堂里,虽被美人摧折且失去自由,却又不知醒悟。细推之,其旨在于以鸟讽人。

华堂日渐高[1],雕槛系红绦[2]。

故国[3]陇山树,美人金剪刀[4]。

避笼交翠尾[5],罅嘴静新毛[6]。

不念三缄事[7],世途皆尔曹[8]!

注　释

[1]日渐高:谓天渐渐亮了。

[2]雕槛系红绦:谓鹦鹉被关在笼子里,脚上还被系着红色的丝带。槛,关鸟兽的木笼,也指囚笼;绦,丝带。

[3]故国:故乡。

[4]美人金剪刀:谓美人拿着剪刀,经常修剪鹦鹉的羽毛,使它飞不起来。

[5]避笼交翠尾:谓鹦鹉们小心地躲开笼壁而交媾。

[6]罅(xià)嘴静新毛:谓鹦鹉张开嘴巴,无声(或闲雅)地梳理自己的羽毛。罅,裂开。

[7]三缄事:即"三缄其口"之事。缄,封;三缄,封口三重,谓守口而慎言或少说话。

[8]世途皆尔曹:世途,世间;皆尔曹,都是你这样的俗辈。

简　议

诗人坚决反对媚俗,力主人身自由和个性解放,对如笼中鹦鹉般的懵懂之辈极尽挖苦讽刺。诗中"雕槛系红绦"和"美人金剪刀"两句,将鹦鹉失去自由后任人捉弄的景况写得十分逼真,让人由衷地同情;"避笼交翠尾"与"罅嘴静新毛"两句,又将其随遇而安且怡然自乐的情态摹绘得栩栩如生,叫人哀其不幸而怒其不争;而尾联的述说,则点明了鹦鹉罹祸的缘由,具有普世的警示意义。

题永崇西平王[1]宅太尉愬[2]院六韵

题　解

这是一首题写在西平郡王李晟住宅之太尉李愬宅院的诗,大力表彰了李愬的英勇神武和赫赫军功。

天下无双将[3],关西[4]第一雄。

授符黄石老[5],学剑白猿翁[6]。

矫矫云长勇[7]，恂恂郤縠风[8]。
家呼小太尉，国号大梁公[9]。
半夜龙骧去，中原虎穴空。[10]
陇山十万兵，嗣子握雕弓。[11]

注　释

[1]西平王：指唐人李晟。李晟（727—793），唐著名将领，字良器，洮州临潭（今甘肃临潭）人。初在西北边镇为裨将，屡立战功，后调任右神策军都将。德宗时率军讨伐藩镇田悦、朱滔、王武俊的叛乱。朱泚叛据长安，他回师讨平，收复长安。任凤翔和陇右节度使等，兼四镇、北庭行营副元帅，封西平郡王。

[2]太尉愬：指李晟之子李愬。李愬（773—821），字元直。元和十一年（816）任唐、随、邓节度使，率兵讨伐吴元济的叛乱；他优待士卒，善待降将，于次年冬之雪夜攻克蔡州，生擒吴元济，进授山南东道节度使，封梁国公。十三年任武宁节度使，和宣武、魏博等军共讨淄青节度副大使李师道。后历任昭义、魏博等节度使，拜太子少保。获赠太尉，谥"武"。

[3]无双将：指李愬。

[4]关西：陇关之西。李愬家居洮州，位在陇关以西，故称。

[5]授符黄石老：传说汉张良刺秦始皇失败后，逃亡下邳，遇老人于圮（桥）上，老人授良以《太公兵法》，自称"十三年，见我于济北谷城山下，黄石即我"，十三年后，张良从汉高祖过济北，果在谷城山下得黄石。这句应用了张良与黄石公的典故，意谓李愬饱读兵书战策。

[6]学剑白猿翁：白猿翁即白猿公。东汉赵晔《吴越春秋·勾践阴谋外传》中言及白猿公，谓其极善剑术。这句用此典，谓李愬长于剑击之术。

[7]矫矫云长勇：矫矫，勇武；云长，指关羽，羽字云长。

[8]恂恂郤縠风：恂恂，忠诚恭顺；郤縠（前683—前632），春秋时晋国郤邑人，姬姓郤氏，晋国公族，任晋国第一任中军将军，晋文公逃难时，他始终跟随左右，对文公忠诚而恭顺。

[9]国号大梁公：李愬被封梁国公，故称。

[10]半夜龙骧去，中原虎穴空：唐宪宗元和十二年（817）十月初十，李愬于半夜率军攻入蔡州，消灭了吴元济叛军并生擒吴元济。这两句即指此而言。

[11]陇山十万兵，嗣子握雕弓：唐宪宗元和十三年五月，朝廷任命李愬为凤翔、陇右节度使，拟让他收复陇右故有疆域。而收复陇右失地，唐军必过陇山。这两句便指此而言。

简 议

在诗中，诗人用充满激情的语言和沉雄激昂的语调，大力讴歌了李愬的英勇不凡和战功卓著，深切表达了作者希望大唐帝国消灭割据势力、维护国家统一的强烈愿望，昭示了一介文人的拳拳爱国之心。诗篇连用四个历史典故，将李愬的神武和忠诚刻画得突出鲜明，让人过目难忘。

温庭筠诗（一首）

温庭筠（约812—866），原名岐，字飞卿，唐太原祁（今山西祁县）人。文思敏捷，精于音律。每入试，押官韵，八叉手而八韵成，时号"温八叉"。仕途不得意，官至国子助教。其诗辞藻华丽，少数作品对时政有所反映。词多写闺情，风格秾艳。现存词六十余首，大都入《花间集》。原有集，已散佚。后人辑有《温庭筠诗集》《金荃词》。

回中作

题 解

回中为古道路名，南起汧水河谷，经古陇州西北，北出萧关，为关中平原与陇西高原间的交通要道。从诗中所写的情况看，此诗作于陇州段的回中道上，主要写了途经陇州时的见闻，抒发了心中的愁思和悲怨。或言作于六盘山下的回中道上，主写其自然风光。

苍茫寒空远色愁，呜呜戍角[1]上高楼。
吴姬怨思吹双管[2]，燕客悲歌别五侯[3]。
千里关山[4]边草暮，一星烽火朔云[5]秋。

夜来霜重[6]西风起，陇水无声冻不流[7]。

注　释

［1］戍角：戍边将士吹出的画角声。角为古乐器名，用以横吹，发音哀厉高亢，古时军中多用以报警戒严。

［2］吴姬怨思吹双管：吴姬，吴地美女，晋傅玄《傅子》谓"列和善吹笛，吴姬之声无以加也"；双管，是一种古乐器，其管如篴而小，并两而吹之。这里用吴姬吹双管来形容自己的哀怨和愁思。

［3］燕客悲歌别五侯：燕客，指战国时卫国人荆轲。他为燕太子丹客，受命至秦刺杀秦王，至秦后以匕首刺秦王而不中，反被杀。行前，友人高渐离为他送行至易水，击筑而歌曰"风萧萧兮易水寒，壮士一去不复还"。轲亦歌而和之，士皆垂泪。五侯，公、侯、伯、子、男等诸侯，这里泛指公侯。在此，诗人借荆轲入秦事来比喻自己此次北行的悲壮和前景的凶险。

［4］关山：这里特指陇山。因山中有大震关，故称。

［5］朔云：天明时的云。朔，凌晨、清晨。

［6］霜重：青霜厚重。

［7］冻不流：因全部结冰而不流动，谓天气极寒。

简　议

诗人踽踽独行于陇州回中道上，映入眼帘的是无尽的秋色，传入耳中的是哀厉的画角声，这让他的心情无比沉重。一如吴姬吹奏双管，他满腹怨思；仿佛荆轲入秦赴死，他深感悲凉。而寒霜的厚重和陇水的冻结不流，又使他的内心平添了阴冷和凄楚。诗篇写实与比喻相间并举，摹景与抒情相得益彰，将作者北去途中的悒郁心境描写得细致入微。

陈陶诗（一首）

陈陶（约812—885），字嵩伯，自号三教布衣。唐鄱阳（今江西鄱阳）人，一作岭南（今广东、广西一带）人，又作剑浦（今福建南平）人。唐大中年间（847—860）游学长安，后隐居南昌西山。原有诗集十卷，已散佚。后人辑有《陈嵩伯诗集》一卷。

胡无人行

题 解

《胡无人行》是乐府《瑟调曲》名。《乐府诗集》王僧虔录《相和歌瑟调三十八曲》中有《胡无人行》。这首诗既被收入《李太白文集》诗文拾遗中,也见载于陈陶集中,清人王琦认定为陈陶作。

十万羽林儿[1],临洮破郅支[2]。
杀添胡地[3]骨,降足汉营旗[4]。
塞阔牛羊散,兵休帐幕移。
空流陇头水[5],呜咽向人悲。

注 释

[1]羽林儿:羽林军战士。羽林为皇帝卫军的名称。汉武帝太初元年,置建章营骑,掌宿卫侍从,后改称羽林骑;汉宣帝命中郎将、骑督尉监羽林军。唐置左、右羽林卫,设大将军等官,掌统北衙禁兵、督设仗义。这里则指在前线征战的将士。

[2]郅支:本是匈奴的一支。此处指吐蕃。

[3]胡地:指少数民族居住的边塞地区,即临洮。

[4]汉营旗:指唐朝军队营盘中的旗帜。

[5]陇头水:陇山之水。

简 议

羽林儿为国征战临洮且大获全胜,诗人给予热情颂扬,并对战死者深表同情。陇山之水的呜咽悲鸣,实乃前线将士的哀泣,亦是作者悲痛心绪的写真。无论颂扬还是悲悯,均发自诗人肺腑,是故情真而意切。

来鹄诗(一首)

来鹄(?—883),又名来鹏,唐豫章(今江西南昌)人。家贫,隐居山泽,自号"乡校小臣"。乾符五年(878)前后入福建观察使韦岫幕府。黄巢军入长安后,避游荆襄间。工诗,才名盛于咸通间。《全唐诗》存其诗二十九首。

鹦 鹉

题 解

此诗为咏物之作，对笼中白鹦鹉的怡然自乐表示鄙夷。

白色还应及雪衣[1]，嘴红毛绿语仍奇。
年年锁在金笼里，何似陇山闲处飞[2]！

注 释

[1]白色还应及雪衣：谓笼中白鹦鹉白得能追得上"雪衣娘"（雪衣女）。唐开元中，岭南进白鹦鹉于朝廷，通晓言辞，宫中呼为"雪衣女"和"雪衣娘"，后被鹰搏击而死，葬于苑中，为立冢，名"鹦鹉冢"。《广东通志·物产志》称"白鹦鹉大小如鹅，亦能言。羽毛玉雪，以手抚之，有粉粘著指掌"。

[2]陇山闲处飞：陇山，非实指，而是用以代指白鹦鹉的故乡；闲，大，《诗经·商颂·殷武》谓"旅丰盈有闲"。

简 议

意旨直致，气韵洞贯。对笼中白鹦鹉被囚而自得的不屑，是对诗人追求人身自由精神的宣示。通过这首诗，可以看出陇山鹦鹉声闻宇内，是天下所有鹦鹉的象征。

李频诗（一首）

李频（818—876），字德新，唐睦州寿昌（今浙江寿昌）人。幼读诗书，博览强记，颇多领悟。大中八年（854）中进士，历任校书郎、南陵县主簿、武功县令、侍御史、建州刺史及都官员外郎，所至颇多政绩。有《梨岳集》，收诗195首。《全唐诗》收录其诗208首。前人论其诗，谓"清新警拔""清逸精深"；而清代郑修楼则将他和李白并举，说："千载谪仙携手笑，李家天上两诗人。"

送边将

题 解

这是一首为出征将军送行的诗。诗中对将军的壮勇给予歌颂，并对其寄予厚望。

> 防秋[1]戎马恐来奔,诏发将军出雁门[2]。
> 遥领短兵登陇首[3],独横长剑向河源[4]。
> 悠扬落日黄云[5]动,苍莽阴风白草[6]翻。
> 若纵干戈更深入,应闻收得到昆仑[7]!

注　释

[1]防秋:古代每至入秋,北方边塞经常发生战事,届时边军特意加强警卫,称为防秋。

[2]雁门:山名,即句注山,在今山西代县西北。也是郡、县名,今山西北部皆其辖地,治所在今山西右玉县南。

[3]短兵登陇首:短兵,指兵器之短者,如刀剑等,这里指持短兵器的士兵;陇首,陇山,此处代指边塞。

[4]河源:为郡名和军名。治所分别在赤水城(今青海兴海东南)和今青海西宁东南。

[5]黄云:边塞之云。塞上沙漠地区黄沙飞扬,其云常呈黄色,故称。

[6]白草:牧草。牧草干熟时色白,故名。

[7]昆仑:也作"崑仑"。要塞名,又名"昆仑障",西汉置,在今甘肃安西境内,因山为塞。

简　议

笔力豪健,陈词慷慨,意气昂扬,既赞其英武壮勇,又寄予殷切希望,不愧是为奔赴沙场的将军送行。虽然是为出征者壮其行色,但诗人的爱国情愫也充溢其中。

高骈诗(二首)

高骈(821—887),字千里,唐末幽州(今北京)人。能以一箭贯二雕,众称"落雕侍御",世为禁军将领。乾符元年(874)为剑南西川节度观察使,兼成都尹,在职时南诏不敢扰边。僖宗朝任淮南节度使、诸道行营都统等,镇压黄巢起义。后因畏怯避战而坐守扬州,企图割据一方。又信神仙,重用方士吕用之等,将士离心,被部将毕师铎囚杀。能诗,善书法。原有《高骈集》,今佚。《全唐诗》存诗五十首。

边城听角

题 解

唐咸通初年,吐蕃大举入侵,懿宗即任高骈为秦州(今甘肃天水)刺史兼防御使,使其抗击吐蕃镇守边境。高至秦州后,诱降吐蕃将领尚延心及浑末部一万多帐,收复了河州和渭州,并平定了凤林关。咸通五年(864)七月高始去职。故这首诗作于咸通初年至五年七月间,诗题中的"边城"指秦州。

席箕风起[1]雁声秋,陇水[2]边沙满目愁。

三会五更欲吹尽[3],不知凡白几人头!

注 释

[1]席箕风起:谓席箕草随风而起。席箕,草名,可供编织用具,也称"塞芦"。

[2]陇水:陇山之水。

[3]三会五更欲吹尽:谓席箕草将被狂风吹尽。三会五更,当作"三更半夜"解。

简 议

闻秋风雁声而生悲,见陇水边沙而犯愁,折冲疆场而叹白头,诗人心中的悲苦和凄恻弥漫在字里行间。

塞上曲二首之二

题 解

《塞上曲》为琵琶套曲。这首诗作于在秦州抗击吐蕃期间(860—864)。诗篇为征夫的牺牲而悲哀,同时诉说了征战沙场的苦辛。

陇上征夫陇下魂[1],死生同恨汉将军[2]。

不知万里沙场苦,空举平安火入云[3]。

注 释

[1]陇上征夫陇下魂:陇上,陇山之上;陇下魂,倒在陇山之下的牺

牲者。

［2］死生同恨汉将军：死生，指陇上征夫和陇下魂；汉将军，作者自称。

［3］空举平安火入云：谓徒然举着平安火报平安。平安火，唐代在边塞之地每隔大约三十里设一个烽火报警点，每日初夜放烟一炬，称为平安火。

简　议

征夫的辛苦和战争的残酷由此诗可见一斑，而诗人希望中外和好、消弭战争的心愿也见其中。

贯休诗（一首）

贯休（832—913），字德隐，俗姓姜，唐兰溪（今属浙江）人。七岁出家为僧。善诗，兼工书画，其书人称"姜体"。善画佛像，以罗汉最为著名，在吴越为钱镠所重。天复二年（902）入蜀，为蜀王王建所礼遇，号为"禅月大师"。因有句"一瓶一钵垂垂老，千水千山得得来"，人称其"得得来和尚"。卒年八十一。其徒昙域编其诗为《禅月集》，计二十五卷。

出塞曲三首之三

题　解

《出塞》为汉横吹曲名，汉武帝时李延年因胡曲造新声二十八解，内有《出塞》《入塞》曲。贯休的《出塞》曲共有三首，这里选录的是其中的第三首。诗篇描写了征夫西征狂胡途中回头遥望陇山时所见情形，同时揭示了他欲立功沙场、冀望封侯的心情。

回首陇山[1]头，连天草木秋。
圣君应入梦，半路遣封侯。[2]
水不担阴雪[3]，柴令戍成楼[4]。
归来麟阁[5]上，春色满皇州[6]。

注 释

［1］陇山：或说指六盘山。六盘山是陇山的主峰。

［2］圣君应入梦，半路遣封侯：谓征夫在行进途中想象皇帝应当进入他的梦乡，遣人在进军路上封他为侯。

［3］水不担阴雪：谓在边疆做饭时，不用借助阴冷的雪所化的水。担，借助。

［4］柴令倒戍楼：谓将柴火堆放在戍楼外。

［5］麟阁：指麒麟阁。汉阁名，也称"麟台"，在长安未央宫内。为汉武帝时所建，一说为萧何造。汉宣帝甘露三年（前51），画功臣霍光、张安世、韩增、赵充国、苏武等十一人图像于阁以示表彰。

［6］皇州：帝都，京城。

简 议

还在去往边疆的行军路上，征夫便希望梦见皇帝派人封自己为侯。到了边疆之后，他又想象得胜回朝后能被当作功臣图画在"麒麟阁"上。这貌似贪图功名利禄，实则是要表明他杀敌报国的意志和决心，因为功名利禄是建立在拥有军功的基础之上的。诗篇语言质朴明快、风格劲朗雄健、立意昂扬向上，在绮丽诗风盛行的晚唐诗坛独立不群。

罗隐诗（二首）

罗隐（833—909），字昭谏。唐末余杭（今浙江杭州）人，一说新登（今浙江桐庐）人。本名横，十举进士而不第，因改名隐。僖宗光启中，入镇海军节度使钱镠幕。后任节度判官、给事中等。散文小品笔锋犀利，其《谗书》几乎全是"抗争和愤激之谈"（鲁迅语）。诗作也颇有讽刺现实之意，多用口语，部分作品流传于民间。有诗集《甲乙集》。清人辑有《罗昭谏集》。

陇头水

题 解

此诗借乐府旧题而作，主写征人的边愁离恨，表达了其急于离开陇山的心情。

　　　　借问陇头水，年年恨何事？
　　　　深疑呜咽声，中有征人泪！
　　　　自古无长策[1]，况我非才智。
　　　　何计谢潺湲[2]，一宵空[3]不寐。

注　释

[1]长策：善策，良策。

[2]谢潺湲：谢，告别；潺湲，指陇头水。

[3]空：徒然。

简　议

陇水之恨，实为征人之恨；陇水之呜咽，实为征人之哭泣。欲远离沙场而不能，征人愁得彻夜不眠。详审之，此诗当是对诗人坎坷身世的迂曲反映。

鹦　鹉

题　解

这首诗为笼中鹦鹉的被囚而悲哀，并对其好意劝诫。

　　　　莫恨雕笼翠羽残，江南地暖陇西寒[1]。
　　　　劝君[2]不用分明语，语得分明出转[3]难。

注　释

[1]江南地暖陇西寒：谓鹦鹉目前生活的江南温暖，而它的故乡陇西却很寒冷。陇西，指鹦鹉的故乡陇山。

[2]君：指鹦鹉。

[3]转：变，变得。

简　议

面上劝诫鹦鹉不要语得分明，实则讽喻人们慎言以避祸端。

皮日休诗（一首）

皮日休（约834—883），字逸少，后改袭美，唐襄阳（今湖北襄阳）人。咸通八年（867）进士，曾任太常博士。后参与黄巢起义，任翰林学士。诗文与陆龟蒙齐名。在诗歌方面最推崇李白、杜甫和白居易，其文学主张深受白居易的影响。在《文薮序》中，他说自己的散文"皆上剥远非，下补近失，非空言也"。在《正乐府十篇》的小序中，他更强调乐府诗的政治作用，谓"乐府，盖古圣王采天下之诗，欲以知国之利病，民之休戚者也"。所以，他的诗歌极富现实主义特色，深刻地揭露了统治阶级的荒淫腐朽，反映了人民所受的压迫和剥削。其代表作为《正乐府十篇》。有《皮子文薮》十卷。

哀陇民

题 解

此诗为《正乐府十篇》中的第十篇。诗篇对统治者的贪暴和陇州百姓被逼而捕捉鹦鹉的惨状作了详尽的描写，充溢着愤慨、控诉、谴责和同情，具有极强的现实意义，实关"民之休戚也"，确实"非空言也"。

陇山千万仞[1]，鹦鹉巢其巅[2]。
穷危又极崄[2]，其山犹不全[4]。
蚩蚩陇之民[5]，悬度如登天。
空中觇[6]其巢，堕者争纷然[7]。
百禽不得一[8]，十人九死焉[9]。
陇川有戍卒[10]，戍卒亦不闲。
将命[11]提雕笼，直至金堂[12]前。
彼毛不自珍[13]，彼舌不自言。
胡为[14]轻人命，奉此[15]玩好端。
吾闻古圣王，珍禽皆舍旃[16]。
今此陇民属[17]，每岁啼涟涟[18]。

注 释

[1] 千万仞：极言陇山之高。古代以七尺或八尺为一仞。

[2] 巢其巅：筑巢于山顶。

[3] 穷危又极崄：极其危险。崄，高、险，或作"险"。

［4］全：保全。

［5］蚩蚩陇之民：蚩蚩，敦厚，老实；陇之民，陇州的人民。

［6］觇（chān）：窥视。也作"佔"。

［7］堕者争纷然：谓捉鸟的人纷纷从山崖上或树上掉下来。

［8］百禽不得一：（有）百只鹦鹉，（陇民）连一只也捉不到。概言捉鸟之难。

［9］焉：犹言"于此"。此，指捉鹦鹉这件事。《左传》隐元年谓"制，严邑也，虢叔死焉"。

［10］戍卒：戍守在陇山的士兵。

［11］将命：受上级命令。

［12］金堂：指权贵们居住的华美的堂屋。一作"金台"。

［13］彼毛不自珍：鹦鹉的皮毛并不珍贵。

［14］胡为：为什么。

［15］此：指鹦鹉。

［16］旃（zhān）：助词，相当于"之"或"之焉"。《诗经·唐风·采苓》谓"舍旃舍旃"，《郑笺》言"旃之言焉也。舍之焉，舍之焉"。

［17］属：辈。

［18］每岁啼涟涟：每年都为捕捉鹦鹉哭得涕泪涟涟。

简 议

陇山出产鹦鹉，是陇州百姓的一大灾难。统治者为了满足荒唐的物欲，年年强迫陇民犯险捕鸟，使他们往往死于非命。诗人对此无比痛恨，乃至义愤填膺。对当权者的血泪控诉和对陇州人民的深度悲悯，使诗篇达到了批判性与人民性的完美结合，从而焕发出耀眼的思想光辉。作品笔锋凌厉、爱憎分明、感情炽热，让人读后思绪万千、扼腕长叹，堪称涉陇古诗中的扛鼎之作。

韦庄诗（一首）

韦庄（约836—910），字端己，唐末京兆杜陵（今陕西西安）人。乾宁进士，依王建于蜀，为掌书记。及建称帝，庄官至吏部侍郎平章事，诏令多出其手。尝访得杜甫浣花溪草堂旧址，简筑以居。其弟霭编其诗歌为《浣花集》。早年所作《秦妇吟》长诗颇有名。其词语言清丽，多用白描手法，写闺情离愁和游乐生活，在《花间集》中较有特色。

汧阳县[1]阁

题 解

唐昭宗天复元年（901），朱温兵逼长安，昭宗逃往凤翔，唐陇西郡王李茂贞挟持昭宗与朱温对抗。韦庄深感时势凶险，又对政治前途失望，便暗中前往四川，投奔蜀王王建。他从长安出发，经凤翔、汧阳到陇州汧源县（今陕西陇县），再经陇山到秦州，而后去往四川。从战乱不休、局势险恶的长安逃出来的他来到汧阳县时，看到这里却是一片和平安宁的景象，心境顿觉安适，便写了这首诗。诗篇着重描写了他登上汧阳县阁后的见闻，表达了安乐闲适的心情。其时，汧阳县为陇州所辖。

> 汧水悠悠去似绷[1]，远山如画翠眉横。
> 僧寻野渡归吴岳，雁带斜阳入渭城[2]。
> 边静不收蕃帐马[3]，地贫唯卖陇山鹦[4]。
> 牧童何处吹羌笛，一曲梅花出塞声[5]。

注 释

[1]绷（bēng）：用杂色丝线所织的布。此处用以比喻东去的汧水在斜阳映照下的五彩斑斓。

[2]渭城：指秦代的咸阳城。汉高祖元年（前206）改名新城，武帝元鼎三年（前114）又改名渭城。故址在今陕西咸阳市东北。

[3]边静不收蕃帐马：谓其时汧阳地区一片宁静，蕃兵的战马不用奔驰战场，而在野外悠闲地吃草。蕃，通"番"。

[4]陇山鹦：陇山所产的鹦鹉。

[5]一曲梅花出塞声：汉乐府横吹曲中有《梅花落》曲，本为笛中曲。

简 议

清代学者朱三锡在《东岩草堂评订唐诗鼓吹》中说韦庄此诗"一写水,二写山,皆阁中所见。举世纷乱,斯地独守。三曰'僧行野渡',四曰'雁带斜阳',言入山者入山、入城者入城,总以见人、物之相安耳。五言边境清宁。六曰居民贫乏,然其地虽贫而四境晏然,亦太平乐事"。朱氏此说既合史实也切诗意。诗中所绘汧陇地区风光之妍,亦足让人赏心悦目。

胡曾诗（一首）

胡曾（约839—？）,号秋田。唐代诗人。邵阳（今属湖南）人。咸通中举进士不第,滞留长安。咸通十二年（871）,路岩为剑南西川节度使,召其为掌书记。乾符元年（874）,复为剑南西川节度使高骈掌书记；五年,高骈徙荆南节度使,他又从赴荆南。其诗关心民生疾苦且能针砭暴政权臣,通俗而明快。有《安定集》十卷；《咏史诗》一百五十首,皆七绝,评叙历史人物及历史事实,每为后世讲史小说所引用。

陇 西

题 解

这是一首咏史诗,通过对东汉初年隗嚣、王元等叛乱者的嘲讽,表达了希望国家安定统一的愿望。

乘春来到陇山西,隗氏[1]城荒碧草齐。
好笑王元[2]不量力,函关那受一丸泥[3]。

注 释

[1] 隗氏:指东汉初年的隗嚣。嚣（？—33）,字季孟,汉成纪（今甘肃秦安）人。新莽末年,他被当地豪强拥立,据有天水、武都、金城诸郡。一度依附刘玄,后自称"西州上将军"。建武九年（33）,因屡被汉军所败,忧愤而死。生前,他常与汉兵在陇山地区作战。

[2] 王元:字惠孟,一字游翁,东汉初长陵人。隗嚣部将。东汉建武六年,隗嚣发兵反汉,光武帝派建威将军耿弇等经陇山道伐蜀,意在灭隗

嚣；隗使王元据守陇山，伐木塞道以阻汉军，终败。其后光武帝遣来歙袭取了略阳，嚣又让王元据守陇山之番须口。建武十二年，王元降于汉将辅威将军臧宫。

［3］一丸泥：比喻地势险要，用丸泥封塞即可阻敌。《东观汉记·隗嚣传》谓"嚣将王元说嚣曰：'元请以一丸泥为大王东封函谷关，此万世一时也'"。

简 议

此诗语带双关，粗看是对东汉初年隗嚣反叛势力的讽刺，细推则是对晚唐藩镇割据者的警示。这种警示的背后，暗藏着作者对大唐帝国命运的担忧。

黄滔诗（二首）

黄滔（840—911），字文江，唐莆田（今属福建）人。乾宁二年（895）登进士第，曾官国子四门博士、御史。为唐末著名诗人，被称作"福建文坛盟主"和"闽中文章初祖"。《全唐诗》收录其诗百余首。有《泉山秀句集》三十卷和《黄御史集》等。

马嵬二首

题 解

唐玄宗天宝十四年（755），安禄山起兵反唐，于次年攻入都城长安。玄宗偕杨贵妃逃往四川，行至马嵬驿时，随从军士逼玄宗将杨贵妃缢死。这两首诗为诗人凭吊马嵬驿时作，旨在抒写唐玄宗对已故杨贵妃的沉痛怀念之情。

一

铁马嘶风一渡河［1］，泪珠零便作惊波［2］。
鸣泉亦感上皇［3］意，流下陇头呜咽多！

注 释

［1］河：指渭河。唐玄宗于马嵬事变后，渡过渭河南逃四川。

［2］泪珠零便作惊波：谓唐玄宗因思念死去的杨贵妃而泪流不止，他

的泪水滴到渭河中,化作阵阵惊涛骇浪。

[3]上皇:皇帝对父亲的尊称。《新唐书·肃宗纪》谓"即帝位于灵武,尊皇帝(唐玄宗)曰上皇天帝"。故这里的"上皇"特指唐玄宗。

简 议

缘于鸣声"幽咽",陇山流水常被人们用来倾诉悲情,以故常常入诗。在这首诗里,它依然以悲戚的形象显身,助唐玄宗倾诉着对杨贵妃的不尽哀思。

二

龙脑移香凤辇留[1],可能千古永悠悠?
夜台[2]若使香魂在,应作烟花出陇头[3]。

注 释

[1]龙脑移香凤辇留:意谓杨贵妃死后,她的香泽和所乘之车都留在了马嵬。杨贵妃被缢死后,被埋在马嵬驿。龙脑,一种香料;凤辇,仙人之车,这里借指杨贵妃所乘之车。

[2]夜台:墓穴,坟墓。

[3]应作烟花出陇头:意思是说,杨贵妃的香魂要是还在,就应当化作陇山春天艳丽的风景,让唐玄宗在四川能看得见。烟花,此处指春天的艳丽风景。

简 议

依作者的想法,既然唐玄宗对杨贵妃魂牵梦绕,她就应当对他有所回应,以慰其相思。诗人认为陇山至为高大,贵妃只有化作该山的烟花,才能让身在蜀地的唐玄宗看得见。

韩偓诗(一首)

韩偓(844—923),字致尧(一作致光),小字冬郎,自号玉山樵人。唐末诗人,京兆万年(今陕西西安)人。龙纪元年(889)登进士第,官翰林学士,迁中书舍人。黄巢义军入长安,他随唐昭宗逃奔凤翔,进兵部侍郎,兼翰林承旨。后以不附朱全忠被贬,南依闽王王审知。其诗多写艳情,辞藻华丽。原有集,已散佚。后人辑有《韩内翰别集》。

联缀体

题 解

此诗详细书写了思妇对远行未归的丈夫的深切思念。

院宇秋明日日长，社前一雁到辽阳[1]。

陇头针线年年事[2]，不喜寒砧[3]捣断肠。

注 释

[1]社前一雁到辽阳：社前，秋社之前；古人立社本为春日祈农之祭，其后倡为春祈秋报之说，于立秋后第五个戊日，农家收获已毕，乃立社设祭，以酬土神，是为秋社。辽阳，古县名，一为汉置，在今辽宁省辽中县茨榆坨镇；二为北魏所置，地在今山西省左权县。这里以"辽阳"代指思妇的丈夫所在的地方。全句是说，秋社前有只大雁飞往丈夫所在的辽阳，思妇托大雁带上书信送给久未见面的丈夫。

[2]陇头针线年年事：谓思妇年年都要为戍边的丈夫缝制衣服。陇头非确指，而是借指丈夫戍守的边塞。

[3]砧（zhēn）：捣衣石。

简 议

思妇深情怀念丈夫，乃至肝肠寸断，足见其内心之痛。诗篇的第二句意在言外，语近而旨远。

吴融诗（一首）

吴融（850—903），字子华，唐越州山阴（今浙江绍兴）人。龙纪元年（889）登进士第。韦昭度讨伐蜀国，他随军任掌书记。迁侍御史。因事去官，流浪荆南。后召为左补阙，迁中书舍人。天复元年（901）唐昭宗李晔复位，融草诏书十余篇，文笔精当，昭宗嘉其能，擢为户部侍郎。同年冬，朱全忠兵犯京师，昭宗逃往凤翔，融未及相从。不久，召其为翰林承旨，卒于官。工诗文。其诗多为流连光景之作。元代辛文房在《唐才子传》中评其诗"靡丽有余，而雅重不足"。《全唐诗》录其诗四卷。

浙东筵上有寄

题 解

此诗见于五代人韦縠所编之《才调集》，为诗人与他人宴饮时作，表达了与伊人相对而不能互通声气的怅惘和失意。

> 襄王席上一神仙[1]，眼色相当[2]语不传。
> 见了又休真似梦，坐来虽近远于天！
> 陇禽[3]有意犹能说，江月无心也解[4]圆。
> 更被东风劝惆怅，落花时节定翩翩。

注 释

[1]襄王席上一神仙：襄王，指楚襄王，战国时楚人宋玉在《高唐赋》中记楚襄王游云梦台馆，望高唐宫观，言先王（怀王）梦与巫山神女相会，神女辞别时说"妾在巫山之阳，高丘之阻。旦为朝云，暮为行雨。朝朝暮暮，阳台之下"。此处以"襄王席上"喻眼前筵席，以襄王自喻，以巫山神女喻席上"神仙"。神仙，当是诗人特别钦慕的一女子，她当时也在筵席上。

[2]相当：相对。

[3]陇禽：指盛产于陇州之陇山的鹦鹉。陇山鹦鹉别名"陇禽"。

[4]解：知道。

简 议

"陇禽有意犹能说，江月无心也解圆"，而诗人与心爱的女子四目相对，却有话不能对她说、有情不能对她表，心中的怅惘挥之不去。诗篇措辞婉妙，运思独到，言情深曲，属意怨悱，几乎被宋代文豪欧阳修在《瑞鹧鸪》一词中全文照搬。

齐己诗（一首）

齐己（863—937），本姓胡，名得生。唐诗僧。益阳（今属湖南）人。曾住江陵龙兴寺，自号"衡岳沙门"。诗多登临酬答之作，部分篇章宣扬佛教出世思想，有少数作品能反映出人民的疾苦。诗风清润，语言简淡。有《白莲集》十卷，《风骚旨格》一卷。《全唐诗》收录其诗八百零九首。

辞主人绝句·放鹦鹉

题 解

齐己的《辞主人绝句》诗共四首，分别为《放猿》《放鹤》《放鹭鸶》和《放鹦鹉》。这首《放鹦鹉》诗代笼中鹦鹉发言，乞求主人将自己放归陇山。

陇西苍巚[1]结巢高，本为无人识翠毛。
今日笼中强言语，乞归天外啄含桃[2]。

注 释

[1] 陇西苍巚：陇西，陇山；苍巚，深黑色的山峰。

[2] 含桃：樱桃的别名。《吕氏春秋》中有"羞以含桃"之说，注谓"含桃，樱桃，鹦鹉所含食，故言含桃"。陇山古时盛产樱桃。

简 议

笼中鹦鹉向往自由，诗人代为传达心声。

王贞白诗（二首）

王贞白（875—958），字有道，号灵溪。唐末著名诗人。永丰（今江西永丰）人。乾宁二年（895）登进士第，七年后授校书郎。以诗与罗隐、方干、贯休等唱和。多次随军出塞御敌，写了许多边塞诗，有不少反映边塞生活、激励士气的佳作，表达的征戍之情深切动人，对军旅之劳和战争景象的描写气势豪迈、色彩浓烈、音调响亮。有《灵溪集》七卷。

古悔从军行

题 解

《从军行》为乐府平调曲名，概言军旅之苦辛。这首诗为仿古《从军行》之作。诗中的征夫从军征战有功，却不被朝廷看重，因对从军之举表示悔恨。

忆昔仗孤剑，十年从武威[1]。
论兵亲玉帐[2]，逐虏过金微[3]。
陇水秋先冻[4]，关云寒不飞[5]。
辛勤功业在，麟阁志犹违[6]。

注 释

[1]十年从武威：谓仗剑在武威征战多年。十年，非确指，概言征战有年；武威，古郡名，治所在今甘肃武威市凉州区，这里用以代指西域。

[2]玉帐：征战时主将所居的军帐。

[3]金微：山名，即今新疆北部及蒙古国境内的阿尔泰山。秦汉时名金微山，隋唐时称金山。唐代曾置金微都护府。

[4]陇水秋先冻：隐喻征夫征战西域的辛苦。陇水，借指征战之地的水。

[5]关云寒不飞：隐喻征夫征战西域的苦寒。

[6]麟阁志犹违：麟阁指汉代的麒麟阁，在长安未央宫内，为武帝所建（一说萧何造），汉宣帝甘露三年（前51），画功臣霍光、张安世、韩增、赵充国、魏相、丙吉、杜延年、刘德、梁丘贺、萧望之、苏武十一人图像于阁中，以示纪念和表彰；违，违背。全句是说，征夫尽管在西征中取得了骄人的业绩，却不被朝廷赏识，图像没被画在麒麟阁中，立功成名的意愿未能实现。

简 议

高挺孤剑从军，气势何其英迈；将军帐里议兵，韬略何其高妙；金微山中驱敌，壮勇何其超绝；征战西域十年，功业何其伟烈。受尽千辛万苦报国杀敌，却未获得朝廷嘉赏，征夫心中的委屈有谁知得？诗篇看似在言征夫对从军之举的悔恨，实则借此为他大鸣不平。颈联用"陇水"的"秋先冻"和"关云"的"寒不飞"来喻示征夫遭受的坎坷和艰辛，端的曲尽其妙。

胡笳曲

题 解

《胡笳曲》又名《胡笳十八拍》。汉武帝时李延年因其曲造新声二十八解，以为武乐。这首诗仿古《胡笳曲》而作，主要描写战场的苍凉，表达戍卒的乡思。

陇底悲笳引[1]，陇头鸣北风。
一轮霜月落，万里塞天空。
戍卒[2]泪应尽，胡儿哭未终。
争教班定远[3]，不念玉关中[4]？

注 释

[1]陇底悲笳引：意谓胡儿在陇山下吹奏着悲凉的胡笳。陇底，陇山之下；引，乐曲体裁之一，有序曲之意。

[2]戍卒：驻守在陇山上的唐朝将士。

[3]争教班定远：争，犹如"怎"；班定远，指汉代班超，他于明帝永平十六年（73）率三十六人出使西域，使西域五十余国获得安宁，在西域三十一年，官至西域都护，封定远侯。这句以班超喻陇山戍卒。

[4]不念玉关中：不怀念玉门关以东的故乡。玉门指玉门关，故址在今甘肃敦煌西北小方盘城，为班超出使西域必经处。

简 议

陇山脚下胡笳长鸣，陇山之巅北风泣咽，边塞景象萧瑟而悲凉。唐朝戍卒泪流殆尽，胡国士兵痛哭不止，敌我双方将士无不厌恶战争而思念故乡。诗篇不直言战士思乡，而是以"班定远"作比，从而收到了"无声胜有声"的艺术效果。

余延寿诗（一首）

余延寿（生卒年不详），唐代诗人。润州（今江苏镇江）人。玄宗开元年间（713—741）处士，工诗。唐殷璠汇集储光羲、包融、丁仙芝、殷遥、沈如筠、余延寿等十八人诗，编为《丹阳集》（今佚）。《全唐诗》录其诗三首。

横吹曲·折杨柳

题 解

《横吹曲》为乐府歌曲名,而《折杨柳》则为《横吹曲》之一。六朝及唐人所作《折杨柳》词多为伤别之辞,尤多怀念征人之作。这首诗主要描写了"妾"对"陇头人"的相思。

大道连国门[1],东西种杨柳。
葳蕤[2]君不见,袅娜垂来久。
缘枝栖暝禽[3],雄去雌独吟[4]。
余花[5]怨春尽,微月起秋阴。
坐望窗中蝶,起攀枝上叶。
好风吹长条,婀娜何如妾?
妾见柳园新,高楼四五春[6]。
莫吹胡塞曲[7],愁杀陇头人[8]。

注 释

[1]国门:都城之门。

[2]葳蕤:枝叶繁盛。

[3]暝禽:黑色的鸟。

[4]雄去雌独吟:雄,喻"陇头人";雌,喻"妾";吟,叹息、鸣。

[5]余花:残花,后落的花。此处喻"妾"。

[6]春:年。

[7]莫吹胡塞曲:不要吹奏胡地的歌曲。

[8]愁杀陇头人:愁杀,愁煞,"杀"通"煞";陇头人,指戍守在陇山(或边塞)的丈夫。

简 议

妻子对久戍陇山的丈夫无比思念,认为自己的婀娜多姿胜过随风飘拂的杨柳,抱怨自己的青春即将逝去,心中郁结着无尽的凄惶。诗篇属意缠绵悱恻,格调深曲凄苦,辞气哀伤凝咽,充溢着思妇对丈夫的款款深情。

刘方平诗（一首）

刘方平（生卒年不详），唐洛阳（今河南洛阳）人，匈奴族。约公元758年前后在世。天宝中应进士不第，欲从军而不遂，乃隐居颍水与汝河之滨，终生未仕。平生寄情山水，工诗画，与皇甫冉、元德秀、李颀、严武为诗友。其诗多为咏物写景和闺情及乡思之作，思想内容较贫弱。诗风清新自然，常能以看似淡淡的几笔铺陈勾勒出情深意切的场景。代表作有《采莲曲》《望夫石》《京兆眉》《梅花落》等，而《月夜》《春怨》《新春》等则是人们历来传诵的名篇。《全唐诗》录其诗一卷。

寄严八判官

题 解

严八判官出使去了异邦，诗人写这首诗遥寄给他。诗中对严氏的出使寄予厚望，并对他表示思念。严八判官其人无考。

> 洛阳新月动秋砧[1]，瀚海沙场[2]天半阴。
> 出塞能全仲叔策[3]，安亲更切老莱心[4]。
> 汉家宫里[5]风云晓，羌笛声中雨雪深[6]。
> 怀袖未传三岁字[7]，相思空作陇头吟[8]。

注 释

[1]秋砧（zhēn）：秋天的捣衣声。砧，捣衣石。

[2]瀚海沙场：瀚海，沙漠；沙场，战场，是严判官出塞必经之处。

[3]出塞能全仲叔策：意谓严判官出使到异邦交涉谈判，必定能够实现唐朝与外邦交好的策略。仲叔，指春秋时卫国的仲叔圉，《论语·宪问》中记载，卫灵公虽然无道，孔子却说卫国由于有仲叔圉负责外交工作，所以才不灭亡；策，策略和谋略。

[4]安亲更切老莱心：意思是说，通过严判官一行与外邦交涉，必能使双方建立起友好关系而实现和平，从而让天下的父母们生活得安乐安逸，这更切合老百姓的心意。老莱指春秋时楚国隐士老莱子，他以孝敬父母著称。

[5]汉家宫里：此处代指李唐朝廷。

［6］羌笛声中雨雪深：意谓严判官出使所去的地方气候环境十分恶劣，在羌笛声中夹杂着雪花。雨雪，下雪。

［7］怀袖未传三岁字：意谓自己很久没有得到出使的严判官的书信或赠诗。怀袖，怀藏、怀抱，《昭明文选·古诗十九首》之第十七谓"客从远方来，遗我一书札。上言长相思，下言久别离。置书怀袖中，三岁字不灭。一心抱区区，惧君不识察"。作者这句诗据此而来。

［8］陇头吟：为汉乐府《鼓角横吹曲》名，又称《陇头歌》。

简　议

友人严判官赴外邦交涉谈判，诗人对其思念殷切，希望他谈判成功以弥消战火，给老百姓带来安定太平的生活。虽是怀人之作，诗篇却在无意间表达了谐和万邦和与他国和平共处的良好愿望。因陇山而生的《陇头吟》，在此有效充当了传递感情的媒介。

郑锡诗（二首）

郑锡（生卒年不详），唐宝应年间（762—763）进士。宝历年间（825—827），任礼部员外郎。长于五律，诗风朴实。《全唐诗》录其诗十首。其中《日中有王子赋》中的"河清海晏，时和岁丰"二句为传世名句。

陇头别

题　解

这是一首送别诗，描写了作者秋末在陇山送别朋友的情形。

秋尽初移幕[1]，沾裳[2]一送君。
据鞍窥古堠[3]，开灶爇寒云[4]。
登陇[5]人回首，临关马顾群[6]。
从来断肠处，皆向此中分[7]。

注　释

［1］移幕：转移军幕（军中营帐）。谓友人将要从陇山移防去别处。

［2］沾裳：（泪水）沾湿了衣服。

[3]堠：一指古代瞭望敌情的土堡，二指记里程的土堆。

[4]开灶爇（ruò）寒云：谓做饭时以寒云为柴。爇，烧、点燃。

[5]登陇：攀登陇山。

[6]临关马顾群：谓友人骑着马离开陇山的大震关时，那马儿回过头来看着停在原地的马群，怎么也不肯离去。

[7]皆向此中分：谓东来西往的行人，都在陇山分手。

简 议

"窥古堠"和"爇寒云"的描写，将与友人告别的环境营造得凄清而怆惶。"人回首"和"马顾群"的诉说，又将去留双方难舍难分的情形刻画得活灵活现。而"沾裳"和"断肠"的表白，更使作者对挚友的情谊显得深沉而真挚。

度关山

题 解

这是一首边塞诗，热情讴歌了"数骑将"万里征战的勇猛无畏精神。依唐代吴兢在《乐府古题要解》中的说法，《度关山》为乐府相和曲名。这里的关山，泛指边塞关隘。

> 象弭插文犀[1]，鱼肠莹鹲鹈[2]。
> 水声分陇咽[3]，马色度关迷[4]。
> 晓幕胡沙惨[5]，危烽汉月低[6]。
> 仍闻数骑将[7]，更欲出辽西[8]！

注 释

[1]象弭插文犀：象弭，以象骨装饰的弓的两端；文犀，有文理的犀牛角。

[2]鱼肠莹鹲鹈：鱼肠，古宝剑名；莹鹲鹈，用鹲鹈鸟的油脂擦拭鱼肠宝剑，使其光洁明亮。《后汉书·马融传·广成颂》谓"鹭雁鹲鹈"，扬雄《方言》称"野凫也，甚小，好没水中，膏可以莹刀剑"。

[3]水声分陇咽：谓陇山上东西分流的水其声幽咽。

[4]马色度关迷：谓关隘边塞地区雾气很浓，使征马迷失其中。

[5]晓幕胡沙惨：谓胡地清晨飞沙浓密如幕，景象凄惨。

[6]危烽汉月低：谓烽火烟雾直上云霄，连月亮都显得低了。

[7]数骑将：数名骑兵将领。

[8]辽西：郡名，治所在今辽宁义县西。这里泛指战场。

简　议

"水声分陇咽，马色度关迷"，边塞的环境苍凉而阴沉；"晓幕胡沙惨，危烽汉月低"，战场的气氛压抑而凶险，可骑兵将军们却毫无惧色。他们身挂弓矢、手握宝剑，将去更远的战场为国杀敌，无不洋溢着冲天的豪气。诗篇将人物放在典型环境中加以塑造，使其英雄形象更加高大突出。

法振诗（一首）

法振（生卒年不详），一作"法震"，又作"法贞"。约782年前后在世。为唐代江南诗僧，以诗知名于大历、贞元间。性好山水，意在林泉，喜交文友。长于五言。今存诗十六首。

送韩侍御自使幕巡海北[1]

题　解

韩侍御将从军幕赴海北视察，诗人作此为他送行。诗中表彰了韩氏的辛劳和文才，描写了他们两人告别的情景。

> 微雨空山夜洗兵[2]，绣衣朝拂海云清。
> 幕中运策心应苦，马上吟诗卷已成。
> 离亭[3]不惜花源醉，古道犹看蔓草生。
> 因说元戎[4]能破敌，高歌一曲陇关情[5]。

注　释

[1]海北：地在今青海，位于青藏高原东北部。

[2]微雨空山夜洗兵：典出汉刘向的《说苑》。《说苑·权谋》谓"武王伐纣……风霁，而乘以大雨，水平地而啬。散宜生曰：'此其妖欤？'武王曰：'非也，天洗兵也'"。

[3]离亭：路边的驿亭。地离城远者称离亭，近者号都亭。

[4]元戎：军中主帅。也指兵众。

[5]陇关情：边塞情。陇关，本指陇山的大震关，此处象征边塞。

简 议

在唐代诗人中，法振不是名家。但他的这首诗却写得庄重雅致、感情充沛，颇有大匠风标。

雍裕之诗（一首）

雍裕之，字号、生卒年均不详。蜀地人。约唐宪宗元和间（806—820）在世。数举进士不第，漂泊四方，落寞以终。有诗名，工于乐府。著有诗集一卷，入《新唐书·艺文志》中。

自君之出矣

题 解

《自君之出矣》为乐府旧题，题名出自东汉末年徐干《室思》一诗。自六朝以降，历代皆有拟作者，以唐代尤多。雍氏的这首诗，表达了思妇对外出未归丈夫的深切怀念之情。

> 自君之出矣，宝镜为谁明[1]？
> 思君如陇水[2]，长闻呜咽声。

注 释

[1]宝镜为谁明：谓夫君外出后，思妇独守空房，无心打扮装饰，故也不照镜子了，镜面再亮也是徒然。

[2]陇水：陇山之水。

简 议

诗篇寄情遥深，设喻巧妙，一是以流水之不断，喻思妇对丈夫的怀念之无间；二是以流水之无尽，喻其情思之不竭；三是以流水之呜咽，喻其内心之悲恸。通过恰切的比喻，作品将思妇的情感写得形象而真实。

鲍溶诗（一首）

鲍溶（生卒年不详），字德源。唐元和四年（809）进士。《全唐诗》存其诗196首，《全唐诗补编》补收一首。唐诗论家张为在《诗人主客图》中尊鲍为"博解宏拔主"，将他与"广大教化主"白居易、"高古奥逸主"孟云卿、"清奇雅正主"李益和"清奇僻苦主"孟郊等并列。

陇头水

题　解

这是一首乐府诗，主要诉说了前往夷狄之国者的悲哀和不幸。

陇头水，千古不堪闻。
生归苏属国[1]，死别李将军[2]。
细响风凋草，清哀雁落云。

注　释

[1]苏属国：指西汉的苏武，他曾任职典属国。
[2]李将军：指西汉的李陵。

简　议

借陇水的呜咽来揭示出使异邦者的酸辛，以李陵的切身遭遇来予以证明，再用凋草的细风及落云的哀雁对悲凉的气氛加以强化，诗篇措辞首尾相顾，属意始终一贯；无奈格调阴郁低沉，缺乏积极的思想意义。

无可诗（一首）

无可（生卒年不详），唐代诗僧，俗名贾区。贾岛从弟。范阳涿（今河北涿州）人。少年出家为僧，尝与贾岛同居青龙寺。后云游越州、湖湘、庐山等地。文宗大和中（827—835），为白阁寺僧。与姚合过从甚密，多所唱和。又与张籍、马戴等诗人友善。其诗多为五言，与贾岛、周贺齐名。又以能书名于世，多效柳公权体。

中秋夜陇州徐常侍座中咏月

题 解

某年秋诗人云游陇州,与州人徐常侍夜坐时见明月高照,乃题此诗以歌之。徐常侍其人无考。常侍为官名,系京官。

陇城秋月满[1],太守待停歌[2]。
与鹤来松杪[3],开烟出海波[4]。
气笼星欲尽[5],光满露初多。
若遣山僧说[6],高明不可过[7]。

注 释

[1]陇城秋月满:陇城,陇州城;满,圆。

[2]太守待停歌:太守指时任陇州刺史。刺史初设于西汉;隋以后,刺史为一州的行政长官;再后刺史成为太守的别称;同时,太守也是刺史的代称。停歌,定歌。

[3]与鹤来松杪:谓月亮与白鹤一同出现在松树之巅。杪,树梢。

[4]开烟出海波:谓月亮排开烟云,从东海上升起。

[5]气笼星欲尽:谓在月光笼罩下,众多星辰被遮得几乎看不见了。

[6]若遣山僧说:要是让我说。遣,使、令;山僧,作者自称。

[7]高明不可过:谓陇州今夜的月亮又高又明亮,没有什么能超过它。

简 议

诗人来陇州云游,因见秋月皎洁而诗兴大发。在他的笔下,陇州中秋之夜的月亮又高又亮,竟让众多星辰黯然失色,简直没有什么能超越了它。

许浑诗(一首)

许浑(生卒年不详),字仲晦,一字用晦。唐润州丹阳(今江苏丹阳)人。大和六年(832)进士,为太平县令。历官监察御史和睦州刺史等。因病退居润州城南丁卯桥丁卯庄,故名其诗集为《丁卯集》。诗多登高怀古之作,以律诗最擅名。元人辛文房《唐才子传》中有其传。

无 题

（客有卜居不遂[1]，薄游汧陇[2]，因题[3]。）

题 解

此诗原题《客有卜居不遂，薄游汧陇，因题》，笔者以为其似序，因另题曰《无题》。诗篇作于安史之乱后朝政混乱、宦官擅权、社会动荡、贫富悬殊的大背景下，旨在为"客"鸣不平，并且揭露当时天下动荡、贫富不均的社会现实。

海燕西飞白日斜[4]，天门遥望五侯家[5]。
楼台深锁无人到[6]，落尽东风第一花[7]。

注 释

[1]客有卜居不遂：客，当为作者游历长安的友人，系一寒士；卜居不遂，在京城长安找不到安居之所。

[2]薄游汧陇：薄游，逼迫西游；汧陇，指今陕西省的陇县一带。

[3]因题：于是题写（这首诗）。

[4]海燕西飞白日斜：海燕，喻"客"；西飞，西去汧陇；白日斜，点明"客"在"天门"遥望和西去汧陇的时间在下午。

[5]天门遥望五侯家：天门，本指天上的门，此处喻皇宫之门；五侯家，达官贵人之家。五侯指同时封侯之五人，汉成帝河平二年（前27），封舅王谭、王商、王立、王根、王逢五人为侯，时人谓之五侯；汉桓帝封宦者单超、徐璜、具瑗、左悺、唐衡五人为侯，亦号五侯，后世因以"五侯"喻权贵。

[6]楼台深锁无人到：谓长安城的达官贵人家房舍连片，却没有人前来居住。

[7]落尽东风第一花：谓显贵人家庭院中的名贵之花在春风中独自凋落而无人观赏。

简 议

在京城长安，达官显贵们的宅第成片连云，以至无人居住而门户紧锁；而身为平民的客人却找不到栖身之所，不得不去偏远的陇州一带流浪，其中的不公显而易见。所以，这是一首讽喻诗，其意在于揭露和批判贫富不均的社会现实，在于为社会底层的百姓鸣不平。诗篇借物取喻，言微而旨远，节短而音长。

刘威诗（一首）

刘威（生卒年不详），唐武宗（841—846年在位）时人。终生不得志，漂泊以终。工诗，其诗调弱而多悲。有《刘威集》一卷。《全唐诗》存其诗二十七首。

塞上[1]作

题 解

从诗题和诗的内容看，此诗作于陇山。诗篇描绘了边塞地区的艰苦环境，隐约表达了诗人的厌战情绪。

> 萧萧陇水侧，落日客[2]愁中。
> 古塞[3]一声笛，长沙千里风。
> 鸟无栖息处，人爱战争功。
> 数夜城头月，弯弯如引弓[4]。

注 释

[1]塞上：塞，指边界险要之处。陇山在古代常为边地要塞，故这里的"塞上"指陇山之上。

[2]客：诗人自称。

[3]古塞：指筑于陇山中的大震关和安戎关。

[4]引弓：拉弓。

简 议

首联点出诗人所处地点，因景抒发愁怀；颔联借助笛声和风沙，诉说边塞环境的艰苦，暗示了诗人的悲凄和幽怨；颈联运用对比手法，对好战者进行嘲讽，委婉表达了对无谓战争的厌恶；尾联在写景中寓叹嗟，含蓄婉转而意味无尽，诗篇情景并茂，余音袅袅。

翁绶诗(二首)

翁绶(生卒年不详),唐诗人。约公元877年前后在世。咸通六年(865)进士。工诗,多作近体。《全唐诗》录其诗八首。《唐才子传》说他的诗"多近体,变古乐府。音韵虽响,风骨憔悴,真晚唐之移习也"。

陇头吟

题 解

《吟》为诗体名,原为乐府旧曲,属相和歌辞楚调曲,体多五言,诗情悲怨,如《白头吟》《梁父吟》等,后则成为古体诗的一种。这首诗主写陇山征人的乡思,并对"封侯者"给予讽刺。

陇水潺湲陇树黄[1],征人陇上[2]尽思乡。
马嘶斜日朔风[3]急,雁过寒云边思[4]长。
残月出林明剑戟,平沙隔水见牛羊。
横行俱是封侯者,谁斩楼兰献未央[5]?

注 释

[1]陇树黄:谓陇山秋至。

[2]陇上:陇山之上。

[3]朔风:北风。

[4]边思:身在边塞而生的乡思。

[5]谁斩楼兰献未央:楼兰,汉西域城国之一,在今新疆罗布泊西,地处西域通道上,今尚存古城遗址;未央,汉未央宫的简称。全句是说,那些封了侯的人有谁征讨西域而为国家立了大功?

简 议

在凛溧的深秋里,在无尽的乡思中,陇山征人们严阵以待,含辛茹苦为国戍边;而那些趾高气扬的封侯者却无寸功于国家,诗人为此愤愤不平。对龌龊社会现实的无情揭露,使诗篇洋溢着人间正气。

关山月

题 解

《关山月》为汉乐府横吹曲名,此曲多写边塞士兵久戍不归和家人互伤离别之情,现存歌词多为南北朝以来文人所作。这首诗借乐府旧题而作,诉说了戍边士兵对家中妻子的深情思念。

裴回汉月满边州[1],照尽天涯到陇头[2]。
影转银河寰海[3]静,光分玉塞[4]古今愁。
笛吹远戍孤烽灭,雁下平沙万里秋。
况是故园摇落夜[5],那堪少妇独登楼。

注 释

[1] 裴回汉月满边州:裴回,同"徘徊";汉月,汉家、汉代的明月,借指祖国或故乡;边州,边境地区的州郡,此处指士兵的戍守之地。

[2] 陇头:陇山。

[3] 寰海:海内。

[4] 玉塞:玉门关的别称。

[5] 故园摇落夜:故园,故乡;摇落,凋谢、零落,代指秋天;摇落夜,秋天的夜晚。

简 议

草木摇落,凉风习习,万籁俱寂。在这深秋季节的夜晚,征人站在军营之外,举头仰望着天边的明月。这月光照在边塞,照在陇山之巅,照在魂牵梦绕的故乡。看着银辉四泻的月华,他想起了家乡,想起了独守闺房的娇妻,不觉悲愁万状。他臆想着此时此刻,可爱的妻子也孤独地登上高楼,正在深情地遥望着自己。诗篇想象奇特丰富,置景苍茫寥廓,意境凄凉清寒,看似处处咏月,实则句句言情,可谓情景交构。

许棠诗(五首)

许棠(生卒年不详),字文化,宣州泾县(今安徽泾县)人。咸通十二年(871)进士及第,曾为江宁丞。后辞官,潦倒以终。曾客游西北边塞,翻过陇山,至秦州和成纪。工诗。《全唐诗》存其诗二卷。

过分水岭

题　解

分水岭是陇山的别称，也指陇山上的老爷岭。这首诗写了诗人从秦州返回"秦川"翻越陇山老爷岭时的见闻和感受。

> 陇山高共鸟行齐[1]，瞰险盘空甚蹑梯[2]。
> 云势奔腾时向背[3]，水声呜咽若东西。
> 风兼[4]雨气吹人面，石带冰棱碍马蹄。
> 此去秦川无别路，隔崖穷谷却难迷。

注　释

[1]高共鸟行齐：谓陇山与飞行的鸟儿的队列一般高。行，行列。
[2]甚蹑梯：甚，超过；蹑梯，登梯。
[3]时向背：一会儿面向行者而来，一会儿背对行者而去，飘忽不定。
[4]兼：和，与。

简　议

不唯山高路险、溪水奔流，且有风雨扑面、冰石横阻，冬天翻越陇山何其艰难。好在诗人心情舒畅、勇气可嘉，再深的峡谷也不会让他迷路。因为没有凄苦和怨嗟，诗篇的格调分外健朗。

题汧湖二首

题　解

汧湖，指在汧河流域形成的湖泊。据《水经注》及《九域志》的记载，古时汧河干道湖泊有两个：一是中游的隃麋泽，故址在今陕西千阳县；一是上游的弦蒲薮，故址在今陕西陇县县城之西二十公里处的蒲峪川。这里所说的汧湖具体指哪一个难以确认。以诗意度之，是弦蒲薮的可能性较大，因该薮地处陇山之下，与诗中的"陇坻愁"和"边声"诸说辞紧密相关。两首诗记述了作者驾舟游湖时的乐趣和感受，当是其翻越陇山前所作。

一

> 偶得湖中趣，都忘陇坻愁[1]。
> 边声风下雁[2]，楚思浪移舟[3]。

静极亭连寺，凉多岛近楼。

吟游终不厌[4]，还似曲江头[5]。

注　释

[1]陇坻愁：惮于翻越陇山而生的忧愁。陇坻，陇山。

[2]边声风下雁：边声，边塞地区的风声和雁鸣声；下，降落、落下。全句是说，边地（陇山）的秋风很劲疾，连南归的飞雁都被吹得落了下来。

[3]楚思浪移舟：楚思，对故土楚地的情思，此处指乡思。全句是说，自己的乡思绵绵不断、来势强劲，一如湖中滚滚而来的波浪推着小舟前进。

[4]吟游终不厌：一边吟诗，一边驾舟游湖，总觉得不满足。厌，满足。

[5]曲江头：即曲江池，故址在今陕西西安东南。本是天然池沼，汉武帝造宜春苑于此，以池水曲折得名，周长六里余。隋初迁置长安城，池被包入外城东南角，开黄渠导城东浐河水穿城入池，改名芙蓉池，苑曰芙蓉园。唐复名曲江，开元中再开浚，池面七里，其西南为芙蓉园，筑紫云楼等殿阁楼榭于池边；花卉周环，烟水明媚，为长安第一胜景。京城人游览，盛于中和（二月初一）和上巳（三月初三）等节日。自帝王将相至商贾庶民，莫不毕集。安史之乱后，建筑物废圮，而士大夫岁时游赏依旧。文宗太和中重建部分楼馆，却未完全恢复旧貌。唐末迁都洛阳后黄渠断流，池遂干涸。今西安市"大唐芙蓉园"即据此而建。

简　议

因要翻越陇山而犯愁，缘得游湖乐趣而愁消。虽有绵绵乡思萦怀，终因汧湖风光美好而忘却。一边游湖一边吟诗，诗人的心情好不愉悦。诗篇笔触活脱细腻，所绘画面清新可人，让人有身临其境之感，进而产生前往汧湖一游的冲动。

二

陇首时无事[1]，湖边日纵吟。

游鱼来复去，浴鸟出还沉。

蜃气藏孤屿[2]，波光到远林。

无人见垂钓^[3]，暗起洞庭心^[4]。

注　释

[1]时无事：其时没有战事。

[2]蜃气藏孤屿：蜃气，指湖面上风平浪静时，远处出现的由折光所形成的城郭楼宇等幻象。全句谓汧湖上蜃气中隐藏着孤岛。

[3]无人见垂钓：不见有人钓鱼。

[4]洞庭心：指泛舟洞庭湖上的归隐之心。这里喻归隐于汧湖。

简　议

因陇山时无战事，诗人乐得吟诗游湖，不觉起了归隐汧湖之心。颔联和颈联吐辞清丽、描写工细，将汧湖佳景摹绘得让人心醉。

陇上书事

题　解

登上陇山后，作者撰写此诗以记所见之光景，流露出无比喜悦的心情。

城叠^[1]连云壑，人家似隐居。
树飞鹦鹉众^[2]，川下鹡鸰^[3]疏。
滴梦关山雨，资餐陇水鱼。
谁知江徼客^[4]，此景倍相于^[5]。

注　释

[1]城叠：城，指陇山大震关和安戎关的关城；叠，重叠曲折。

[2]树飞鹦鹉众：陇山古产鹦鹉。

[3]鹡鸰：鸟名。《诗经》作"脊令"。大如鹑雀，巢于沙上，常在水边觅食。

[4]江徼客：处在江湖和边塞地区的人，这里是作者自称。徼，塞。

[5]此景倍相于：此景，指陇山美景；相于，相亲近，相友好。杜甫《赠李八秘书别三十韵》诗谓"此行非不济，良友昔相于"。

简　议

陇山白云迷壑、鹦鹉群飞，更有水中之鱼可饱口福。徜徉于山中小道，诗人心旷神怡、飘然若仙，觉得这里的一切都可亲可爱。能以积极乐观的心态欣赏陇山，许氏可谓历代诗人中的凤毛麟角。

陇州旅中书事寄李中丞

题 解

作者客游西北边塞时，曾游历陇州。和前四首诗一样，这首诗为其游历陇州期间所作，主要写了诗人在陇州的行迹和见闻。李中丞其人无考。

三伏客吟过[1]，长安未拟还[2]。
蛩声秋不动[3]，燕别思仍闲[4]。
乱叶随寒雨，孤蟾起暮关[5]。
经时高岭外，来往旆旌间[6]。

注 释

[1]三伏客吟过：谓自己在三伏天行吟经过陇州。客，诗人自称。

[2]长安未拟还：谓自己还未打算回到长安去。长安，代指诗人的故乡宣州泾县；未拟还，未打算回去。

[3]蛩（qióng）声秋不动：谓到了初秋时候，陇州还听不到蟋蟀的鸣叫声。蛩，蟋蟀、蝗虫。

[4]燕别思仍闲：谓燕子已经告别了陇州，自己的心绪却安静悠闲。思，心绪、心情。

[5]暮关：暮色中的关隘。

[6]旆旌：旌旗。

简 议

蛩声不闻，燕子南去，木叶乱飞，孤蟾时鸣，这是诗人三伏至初秋之际在陇州客游时见到的景象。大约因为感受到了陇地的风光之美，他心情安好，居然有些"乐不思蜀"了。

于濆诗（二首）

于濆（生卒年不详），字子漪，自号逸诗。约公元876年前后在世。京兆长安（今陕西西安）人。唐懿宗咸通二年（861）进士，仕终泗州判官。他患当时的诗人拘于声律而流于轻浮，因作古风三十首以正时弊。有《于濆诗集》一卷。

陇头水二首

题 解

这两首诗为仿乐府而作的边塞诗。其中第一首主要诉说了征人的愁苦和哀怨；第二首也有人说为李咸用作，竭力讲述了征战的残酷，表明了反对战争的态度。

一

借问陇头水，终年恨何事？

深疑呜咽声，中有征人泪。

昨日上山下[1]，达曙不能寐。

何处接长波，东流入清渭[2]。

注 释

[1]上山下：上到山上而后下山。

[2]清渭：指渭河。

简 议

征人辛苦戍边，愁恨绵绵不断，连呜咽的陇水中都流淌着他们的眼泪。诗人为此深感哀痛，以至夜不能寐。作品语言平直畅适，感情真切丰沛，足以令人感怀。

二

行人何彷徨，陇头水呜咽。

寒沙战鬼[1]愁，白骨风霜切。

薄日[2]朦胧秋，怨气阴云结。

杀成边将名[3]，名著生灵灭[4]！

注 释

[1]战鬼：战死者的鬼魂。

[2]薄日：日光淡薄的太阳。因有云雾遮掩，故日光黯淡而薄弱。

[3]杀成边将名：经过残酷杀伐，成就了边塞将军的名声和地位。

[4]名著生灵灭：谓边将的名声昭著了，可许多士兵却战死了。

简 议

一将功成万骨枯。将军的功成名就,是用无数战士的牺牲换来的,诗人对此给予强烈谴责。颔联状战争之残酷气象森严,让人心悸。尾联直抒胸臆,径直表明了作者对战死者的同情和怜悯,将反对战争的胸臆和盘托出。通过呜咽、战鬼、白骨、怨气等词汇的机巧搭配,诗篇创设出寒冷阴森的战场氛围,巧妙地烘托了悲哀怨嗟的情绪。

李洞诗(一首)

李洞(生卒年不详),字才江。唐京兆(今陕西西安)人,李唐宗室。慕贾岛之为诗,铸其像,事之如神。昭宗时应进士不第,游蜀而卒。时人诮其诗僻涩而不能贵其奇峭,唯吴融称之。传至现在的诗约一百七十余首。

段秀才溪居送从弟游泾陇

题 解

段秀才之从弟将赴泾源和陇州游历,诗人作此为其送行。诗中对西行者表示担忧,流露出不忍别离之意。

抱疾寒溪卧[1],因循草木青。
相留开夏蜜,辞去见秋萤。[2]
朔雪痕侵雍,边烽焰照泾[3]。
烟沈陇山色[4],西望涕交零!

注 释

[1]抱病寒溪卧:言段秀才病卧寒溪。
[2]相留开夏蜜,辞去见秋萤:谓从弟夏来而秋别。
[3]泾:指泾源。县名,在宁夏南部,六盘山之东,泾河上游。
[4]烟沈陇山色:谓陇山烟雾沉沉。

简 议

朔雪侵雍,边烽照泾,加之陇山烟霭沉沉,西去之路万分险阻。诗人为西行者担心,竟至涕泪交零。诗篇意境凄清,格调苍凉,令人悚悢唏嘘。

皎然诗（二首）

皎然（生卒年不详），唐代诗僧。字清昼，本姓谢，为南朝宋谢灵运十世孙，湖州（今浙江吴兴）人。曾与颜真卿等以诗唱和往还。诗多送别酬答之作，部分篇什宣扬佛教出世思想，情调闲适，语言简淡。有《皎然集》（即《杼山集》）十卷。另撰有诗论《诗式》《诗议》《诗评》，其中以《诗式》较为重要。

陇头水二首

题 解

两首诗借乐府旧题而作，着力书写了戍边征人强烈的思乡之情，倾诉了他们的怨望和悲苦。

一

陇头心欲绝，陇水不堪闻[1]。
碎影摇枪垒[2]，寒声咽帐军。
素从盐海积[3]，绿带柳城[4]分。
日落天边望，逶迤入寒云。

注 释

［1］陇水不堪闻：因梁鼓角横吹曲《陇头歌辞》之三中有"陇头流水，鸣声幽咽"的说法，故诗人在此说"陇水不堪闻"。

［2］碎影摇枪垒：谓戍卒摇动刀枪，其影子聚积形成了枪林刀垒。

［3］素从盐海积：谓战地盐海一片素白。盐海，疑指盐泽，为湖泽名，因湖水含盐而得名，即今新疆的罗布泊，古称蒲昌海。这里借指西征的战场。

［4］柳城：疑指柳中城。故地在今新疆鄯善县鲁克沁镇一带，唐贞观中置柳中县于此。这里借指西征的战场。

简 议

戍守于边塞，征战在西域，前线将士的思乡之苦透彻心肺，内中的悲楚山簇云聚，以至害怕听到陇水的咽鸣。望着天边的落日，他们深情地追忆故乡，但日头却无情地躲进云里，让他们怅然而又无奈。诗的颈联借写盐海的素和柳城的绿，巧妙点出了西征的战场及环境，不愧诗家笔法；尾联言虽浅而意殊深，十分耐人回味。

二

秦陇逼氐羌[1]，征人去未央[2]。
如何幽咽水[3]，并欲断君[4]肠。
西注悲穷漠[5]，东分忆故乡[6]。
旅魂声[7]搅乱，无梦到辽阳[8]！

注　释

[1]秦陇逼氐羌：秦陇，指今陕西和甘肃；逼，迫近、逼近；氐羌，指居住在西部的氐族（西戎）和羌族。

[2]征人去未央：前往征讨氐羌的将士去不尽。未央，未尽。

[3]幽咽水：指陇水。将士西去征讨氐羌，一般要翻过陇山。

[4]君：指出征将士。

[5]西注悲穷漠：以陇水的西流喻将士的西征，言其为西征而心悲。

[6]东分忆故乡：以陇水的东流喻西征将士思念故乡。

[7]声：指陇水的幽咽声。

[8]辽阳：借指将士们的家乡。

简　议

西征战事连年不断，战士纷纷荷戈西行，他们人人满怀乡情。因了陇水的喧哗搅扰，他们连回归故乡的好梦都难以做成。通过悲怆的语调和痛楚的诉说，诗篇着力渲染了征人的乡愁和哀怨。

苏颋诗（一首）

苏颋（生卒年不详）。或说约为玄宗前后人。

清明日登张女郎神庙

题　解

这首诗见于《敦煌遗书》伯3619号。该卷录有唐诗人苏乱、郭元振、刘希夷、崔颢等人的诗作四十余首，其中第一首即为苏乱的《清明日登张女郎神庙》。此诗在当时颇为流传，但后世不闻，故不见于《全唐诗》。诗中言及的神女张女郎，据传为汉末五斗米道领袖张鲁之女张琪瑛。相传她曾在梁州女郎山石上洗衣而怀孕，被其父放逐，后生二龙，死后柩车腾跃而升山上；又传她因受孕而传道教经典《本际经》（今《道藏》太平部收有《太玄真经·本际妙经·附属品》），以故成为司雨水之神，并被立庙祭祀。对张女郎神的崇祀，最早起于汉水流域，而后扩展到四川成都和汧陇地区（今陕西西部）。这首诗中所说的"张女郎神庙"，指修建于陇州州治之西而地处汧水以北、陇山之东的神女祠。清康熙五十二年（1713）问世的《陇州志·建置志》在"神女祠"条下说："神女祠，州西十五里有镇曰神泉。昔之汧源县西北隅有祠在焉，神为汉司空张鲁女与海龙大姑、七里殿三姑兄弟也。血食于兹。岁时祈祷，灵应如飨。神宇之西十步许，泉窦澄泓……"州志中讲到的神泉镇，即今陕西省陇县城关镇所辖的神泉村，东距县城十五里。盛唐某年的清明日，诗人苏乱来陇州神泉镇张女郎神庙游览，即兴写下了这首民歌体长诗。诗中详尽描绘了那天人们祭拜张女郎神庙的盛况，如实表达了自己与会的喜悦和逸兴。

　　　　汧水北，陇山东，汉家神女庙其中[1]。
　　　　寒食尽[2]，清明旦[3]，远近香车[4]来不断。
　　　　飞泉直注濴道间[5]，大岫横遮隐天半[6]。
　　　　花正新，草复绿，黄莺现见千桥木[7]。
　　　　汧流括[8]，古树攒[9]，陇坂高高布云簇[10]。
　　　　水清灵，竹蒙密，无匣仙潭难延碧。
　　　　淡楼阁，人画成，翠岭山花天绣出。
　　　　尘冥寞[11]，马盘桓，争奔陌上声散散[12]。
　　　　王孙公子一队队，管弦歌舞几般般。
　　　　酌醴酹[13]，铺锦筵，罗帏翠幕奄[14]灵泉。

是日淹留不觉寐[15]，归来明月满秦川[16]。

注　释

[1]汧水北，陇山东，汉家神女庙其中：意思是说在汧河之北、陇山之东的陇州神泉镇，汉代女神的庙宇建于其中。

[2]寒食尽：寒食节一般在清明节前一日或后二日。这里所说的"寒食尽"，指清明节那一天。

[3]清明旦：清明日的早晨。

[4]香车：装饰华丽的车。

[5]飞泉直注漴（zhuàng）道间：谓张女郎神庙之西的神泉之水径直冲击着路面。漴，水流冲击。

[6]大岫横遮隐天半：谓神泉镇后面的大山横亘绵延，遮住了半面天空。岫，山。

[7]黄莺现见千桥木：现见，一作"睍睆"，美好；千，一作"迁"；桥，通"乔"，指乔木。

[8]括：会合。

[9]攒：聚集。

[10]云簇：一作"云族"，或作"云端"。

[11]冥寞：昏暗而幽深。

[12]散散：纷乱。

[13]醴醑（xú）：醴，甜酒；醑，美酒。

[14]奄：覆盖。一作"掩"。

[15]寐：入睡，睡。

[16]秦川：这里特指陇州的州川。州川为秦川的最西端。陇州的神泉镇，地处州川西部之北缘。

简　议

诗中"汧水北，陇山东"的地理描述，与陇州神泉镇（今陇县城关镇的神泉村）的地理位置高度吻合；而"飞泉直注漴道间"和"大岫横遮隐天半"的景观摹绘，也与神泉镇的自然风景完全相符。由此可见此诗所写的"张女郎神庙"，确为陇州神泉镇的神女祠。诗篇通过生动细腻的描写，将唐代某年清明日陇州士女来神女祠踏青观光、歌舞饮酌的情形描摹得鲜活如画，使我们有幸看到了一千三百多年前陇州的清明习俗和风土民情。作为一座乡间小庙，陇州神泉镇的神女祠能被高士采写入诗实属不易。而诗作被藏入敦煌石室又复现于世，则更具传奇色彩。我要感谢苏乩先生，感谢他以画工之笔，为我们留住了陇州历史上的美好瞬间。

无名氏诗（一首）

凉州歌

题 解

《凉州歌》又名《凉州词》，为乐府《近代曲》名，原是凉州（州治在今甘肃武威）一带的歌曲。唐代诗人多用此调创作歌词，描写西北地区的塞上风光和战争情景。这首《凉州歌》，主要书写了边地将士面对战事蔓延不息而时刻戒备的精神状态。

> 朔风吹叶雁门[1]秋，万里烟尘昏戍楼[2]。
> 征马长嘶青海[3]北，胡笳[4]夜听陇山头。

注 释

[1]雁门：指雁门关，在今山西省雁门关西雁门山上，东西峻峭，中路盘旋崎岖，为山西三关之一。也叫西径关，唐置。

[2]万里烟尘昏戍楼：谓战争的烟尘将戍楼笼罩得昏沉沉的。

[3]青海：指青海省的青海湖。

[4]胡笳：我国古代北方少数民族的管乐器，其音悲凉哀怨。

简 议

诗篇采用了"印象联缀"的结构方式，第一句点出了特定的地点和时令；其余三句都不是对现实情景的摹写，而是蕴含着作者情绪感受的审美意象。其中第二句是对雁门关一带敌情的感觉，第三句是对青海湖北冲锋时的感觉，第四句则描述了在陇山戍守的感受。三处空间，三种心理意象，三种感知造形。诗人把这三种跳跃的意象联结起来，形成了雄浑深远的意境，使诗作产生了强大的艺术生命力。刘勰在《文心雕龙》中有"独照之匠，窥意象而运斤"之说，这首诗正可谓"窥意象而运斤"，而作者也堪称"独照之匠"。

无名氏诗（十首）

沈警遇仙张女郎庙诗十首

题解

唐代末年，陈翰（僖宗元年任库部员外郎）搜集唐人传奇小说四十二篇，编为《异闻集》十卷，其中有神话故事《沈警》一篇。故事说，北周的上柱国沈警奉命出使秦陇，途经张女郎庙时，与庙中两位姓张的神女邂逅；三人相见恨晚、极为欢洽，互相以歌诗唱和，共表爱恋之情；且警与小张女郎有床笫之欢，恋情更为浓烈。从故事所讲的相关情况来看，沈警遇仙的"张女郎庙"，即为陇州神泉镇的神女祠。因与陇州有关，故将故事中的十首诗歌著录于此。由于《沈警》的原作者已不可考，故以"无名氏"称之。

一

命啸[1]无人啸，含娇何处娇[2]。
徘徊花上月[3]，空度可怜宵。

注释

［1］命啸："命俦啸侣"的省称，意为"呼引同类"。这句是说，自己想呼引同类，却无人前来（没有朋友）。

［2］含娇何处娇：谓女郎庙中的神女虽然千娇百媚，却无人欣赏。

［3］徘徊花上月：指沈警。

简议

在故事中，这首诗题作《凤将雏·含娇曲》，为沈警在传舍中凭轩望月时作。诗篇着重描写了作者在旅舍中的寂寞和孤独，同时表达了他对女郎庙中神女的思慕和暗恋。

二

靡靡春风至[1]，微微春露轻。
可惜关山[2]月，还成无用明。

注　释

[1]靡靡春风至：这句点明了沈警出使秦陇的时令。靡靡，华美、柔弱，二者在此皆可通。

[2]关山：此处特指陇州的陇山。因山中筑有安戎关和大震关，故也称关山。

简　议

在这首诗中，沈氏着力表达了他独居传舍时的惆怅和失意。以春风的温柔美好来反衬自己的惆怅，使这惆怅显得更为深沉。

三

人神[1]相合兮，后会难。

邂逅相遇兮，暂为欢。

星汉[2]移兮，夜将阑[3]。

心未极[4]兮，且盘桓。

注　释

[1]人神：指沈警和大张女郎、小张女郎。

[2]星汉：银河。

[3]阑：残，尽。

[4]极：穷尽。

简　议

这首诗为神女大张女郎和沈警于夜间在水阁中相会时作。诗篇着重诉说了但恨夜短，不能与沈氏长相守望的苦恼与怅惘，情思绵绵而爱意浓浓。

四

洞箫[1]响兮风生流，清夜阑兮管弦遒[2]。

长相思兮衡山曲[3]，心断绝兮秦陇头[4]！

注　释

[1]洞箫：一种管乐器。古代的箫以竹管编排而成，称作排箫。排箫以蜡蜜封底，无封底者称为洞箫。

[2]清夜阑兮管弦遒：清夜，寂静的深夜；阑，残、尽；管弦遒，管弦乐器发出的声音终结、尽了；遒，终、尽。

［3］长相思兮衡山曲：故事中说，神女小张女郎"适衡山府尹小子"。故这句是说，我虽然已经嫁给了衡山府尹的儿子，却永远不会忘了你沈警；今后，我将在衡山的深隐之处长久地思念你。

［4］心断绝兮秦陇头：小张女郎谓自己的心将随沈氏西去的身影飞上陇山之巅，却因追不上他而悲痛得心肝断绝。心断绝，古诗《陇头歌》之三中有"遥望秦川，心肝断绝"的句子，此处化用其意；秦陇头，陇山所在地陇州古属秦地，故云。

简 议

词情悲苦，心境凄凉，小张女郎对沈氏的多情令人铭心。

五

会别须臾事，相思只梦知。
不知牛共女[1]，尚有隔年期[2]。

注 释

［1］牛共女：牛郎与织女。

［2］尚有隔年期：谓牛郎和织女虽然被分隔在天河的两边，但每年的七夕还能相会一次。

简 议

这是沈警看（听）了大、小张女郎上面两首诗后，写给她们的回诗，意在对二位神女进行劝解和安慰。

六

直恁行人心不平[1]，那宜[2]万里阻关情。
只今陇上分流水[3]，更听从来呜咽声[4]。

注 释

［1］直恁行人心不平：沈警谓自己将要与二位神女告别，心情不平静（不舍得，不甘心）。直恁，竟然这样；行人，指出使秦陇的沈警自己。

［2］那宜：不宜。

［3］陇上分流水：谓自己（沈氏）和两位神女即将分手，就像陇山上的水分流东西。《三秦记》谓陇山"上有清水四注下"。

［4］呜咽声：陇头水向以"呜咽"入诗。这里用以比拟作者与大、小张神女分别时的痛苦和哭泣声。

简 议

此为沈警回给两位神女的第二首诗，集中倾诉了他与她们别离前的哀伤和悲恸。诗篇以陇山流水的分流比拟三人的分离，以陇水的呜咽类比分手时的哭泣声，写得形象而感人。

七

结心[1]缠万缕，结缕几千回。

结怨[2]无穷极，结心终不开。

注 释

[1]结心：明言金合欢之结，暗喻心中的情结。

[2]怨：恨，悲伤。二意在此皆通。

简 议

这是小张女郎写给沈警的诗。此前，她已和沈氏有了床笫之欢。临别时，沈氏赠她以指环；她则赠沈以金合欢结，并题此诗以抒怀。诗篇借言合欢结的百回千绕，来表白自己对沈氏的重重情结，将抽象的感情形象化地表达了出来。

八

忆昔窥瑶镜[1]，相望看明月。

彼此俱照人，莫令光彩灭[2]。

注 释

[1]忆昔窥瑶镜：意谓沈警回去以后，要牢牢记住今日相会的情形，记住自己（大女郎）这个人，并且时常看看这面瑶镜，以便睹物而思人。瑶镜，玉镜，是大张女郎临别前送给沈氏的情物。

[2]莫令光彩灭：意谓沈警今后要时时擦拭瑶镜，常常想起和思念自己。

简 议

与沈警分别之前，大张女郎赠其瑶镜一面，并题此诗予他。诗篇言辞恳挚，情深义重，意味深长。

九

陇上云车不复居[1]，湘川斑竹泪沾余[2]。

谁念衡山烟雾里，空看雁足不传书[3]！

注 释

[1] 陇上云车不复居：谓沈警即将驾着云车登上陇山而西行，不再停留。陇上，陇山之上，因沈氏要出使于陇（今甘肃），必须翻过陇山；云车，绘有云彩的车，也指神仙所乘之车；居，止息、停留。

[2] 湘川斑竹泪沾余：谓自己（小张女郎）身在衡山，将会因思念沈氏而流很多的泪，一如当年的舜之二妃。湘川，湘水；斑竹，即湘妃竹，《初学记·竹》晋张华《博物志》谓"舜死，二妃泪下，染竹即斑。妃死为湘水神，故曰湘妃竹"。

[3] 空看雁足不传书：谓徒然地仰望着天空飞来的大雁，总不见它的双足上系有沈郎的书信。古传鱼和雁都能替人传递书信，故云。

简 议

造语何其精绝，寄调何其悱恻，属意何其惨怛。小张女郎的这首临别赠诗，将她对沈郎的满腔衷情倾诉得感天动地。

十

飞书报沈郎，寻[1]已到衡阳。
若存金石契[2]，风月[3]两相忘。

注 释

[1] 寻：即，不久以后。

[2] 金石契：如金石般坚固的契约。

[3] 风月：喻男女情爱。

简 议

"风月两相忘"乃正话反说，实言不可忘也。已经远嫁衡阳，犹对沈郎念念不忘，小张女神心系故人，柔情似水。

宋朝

在北宋和南宋的三百一十多年间,言及陇州的诗、词计有六十四篇,涉及作者三十八人。其中以南宋陆游的作品最具有思想内涵。

花蕊夫人诗（一首）

花蕊夫人（约883—926），姓徐（一说费氏），生于青城（今四川都江堰）。五代时蜀后主孟昶之妃（慧妃）。能文，效唐王建作宫词百首。宋乾德二年（964）十一月蜀亡后，她被掳入宋宫，宋太祖深宠之，封为妃。有《花蕊夫人词》一卷。

宫　词

题　解

《宫词》为诗题名，以帝王宫中日常琐事为题材，或写宫女的抑郁愁怨，一般为七言绝句，唐人多为之。这首宫词为诗人入宋宫后作，借言笼中鹦鹉的被困，来表达自己身困宋宫的抑郁和哀怨。

鹦鹉谁教转舌关[1]？内人[2]手里养来奸[3]。

语多更觉承恩泽，数对君王忆陇山[4]。

注　释

[1]转舌关：转动舌头说话。

[2]内人：宫中的女伎艺人。

[3]奸：自私，诈伪，取巧。

[4]数对君王忆陇山：君王，指宋太祖；陇山，喻故国。

简　议

被掳入宋宫后，花蕊夫人深怀亡国之痛和故园之思。尽管宋太祖对其恩宠有加，她却依然郁郁寡欢，急于走出深宫返归故里。"数对君王忆陇山"的诉说，是对此种心情的形象表达。借言鹦鹉以抒怀抱，使诗篇的艺术构思臻于妙境。陇山鹦鹉的确不凡，就连花蕊夫人也拿它来诉心曲。

魏野诗（一首）

魏野（960—1020），字仲先，号草堂居士。北宋陕州陕县（今河南三门峡市陕州区）人。他不求仕进，自筑草堂，弹琴赋诗于其中。真宗大中祥符四年（1011），帝祀汾阴，他与表兄李渎同时被荐，上表以病辞，帝诏州县常加优抚。与王旦、寇准相友善，时相往来唱和。为诗精苦，有唐人风，多警策警句。著有《钜鹿东观集》十卷，《草堂集》二卷。

送孙磻西游

题 解

这是一首送别诗。诗中对孙氏的西行表示担忧，希望他早日归来。孙磻其人曾中进士，是诗人的好友。

> 贫居胜宝地[1]，况复是贫游。
> 前路谁青眼[2]，高堂母白头。
> 秦山[3]晴望好，陇水夜听愁。
> 早作归宁[4]计，逢欢莫滞留。

注 释

[1] 贫居胜宝地：谓居住在自己贫穷的家里，胜过住在富庶的他乡。

[2] 前路谁青眼：谓在西游的道路上，有谁会看重、重视你呢？青眼，重视，三国时魏国的阮籍不拘礼教，能为青白眼，籍遭丧，凡俗人来吊，以白眼对之；待嵇康挟琴来吊，则大悦，乃以青眼对。后因称对人轻视为白眼，对人重视为青眼。

[3] 秦山：秦国故地的山。因孙磻西游必过秦地，故言。

[4] 归宁：回家省亲。

简 议

担心挚友西去无亲朋接济，诗人劝其早日还家以安母心。诗篇属意深长，将对孙氏的关爱贯注始终。作为历代诗家书写愁怀的依仗，陇水在此照例没有缺位。

杨亿诗（二首）

杨亿（974—1020），字大年。北宋建州（今福建建瓯）人。少时即能诗文。太宗淳化中召试翰林，赐进士及第。真宗朝两任翰林学士，制诏多出其手。曾与钱惟演、刘筠等以诗唱和，编为《西昆酬唱集》，号"西昆体"。其诗多为酬唱之作，堆砌典故、追求文辞华丽，形成诗界的逆流。

泪

题　解

唐李商隐《咏泪》送别诗云："永巷长年怨绮罗，离情终日思风波。湘江竹上痕无限，岘首碑前洒几多。人去紫台秋入塞，兵残楚帐夜闻歌。朝来灞水桥边问，未抵青袍送玉珂。"诗中前六句列举古人挥泪六事，各事都不相干，结语始点明题旨。杨亿此诗全仿其体，以写伤春之感。原作二首，钱惟演和刘筠各有和诗二首。

> 锦字梭停掩夜机[1]，白头吟苦怨新知[2]。
> 谁闻陇水回肠后[3]，更听巴猨拭袂时[4]。
> 汉殿微凉金屋闭[5]，魏宫清晓玉壶欹[6]。
> 多情不待悲秋气[7]，只是伤春鬓已丝。

注　释

[1]锦字梭停掩夜机：谓女子夜间停下梭子，不织锦字书信。《晋书·窦滔妻苏氏传》载，前秦秦州刺史窦滔被徙流沙，其妻苏蕙（若兰）思之心切，乃织锦为回文旋图诗以赠滔，可婉转循环以读之，词极凄戚，共三百四十字。一说苏氏所织书为"旋玑图"，唐武则天谓其"五色相宣，纵横八寸，题诗二百余首，计八百余言，纵横反复，皆成章句"。后因称妻寄夫之书信为锦字。

[2]白头吟苦怨新知：用司马相如与卓文君故事。《西京杂记》卷三谓"相如将聘茂陵人女为妾，卓文君作《白头吟》以自绝，相如乃止"。新知，指茂陵人女。

[3]谁闻陇水回肠后：古乐府《陇头歌辞》谓"陇头流水，鸣声幽咽。遥望秦川，心肠断绝"。回肠，谓肠在旋转，形容内心痛苦。

[4]更听巴猨拭袂时：《水经注·江水》谓"每至晴初霜旦，林寒涧肃，常有高猿长啸，属引凄异，空谷传响，哀转久绝。故渔者歌曰：'巴东三峡巫峡长，猿鸣三声泪沾裳。'"猨，"猿"的异体字；袂，衣袖。

［5］汉殿微凉金屋闭：用陈皇后（阿娇）失宠故事。《汉武故事》载汉武帝"年四岁，立为胶东王。数岁，长公主嫖抱置膝上，问曰：'儿欲得妇不？'胶东王曰：'欲得妇。'长公主指左右长御百余人，皆云不用。末指其女问曰：'阿娇好不？'于是乃笑对曰：'好，若得阿娇作妇，当作金屋贮之也。'长公主大悦，乃苦要上，遂成婚焉"。汉武即帝位后，立陈为皇后。后废居长门宫。金屋闭，谓失宠。

［6］魏宫清晓玉壶欹：用魏文帝所爱美人薛灵芸被选入宫故事。《拾遗记》卷七谓"灵芸闻别父母，唏嘘累日，泪下沾衣。至升车就路之时，以玉唾壶承泪，壶则红色。既发常山，及至京师，壶中泪凝如血"。欹，通"攲"，倾斜。

［7］悲秋气：战国楚宋玉《九辩》谓"悲哉，秋之为气也"。

简 议

用典繁碎，无病呻吟，真趣全无，实乃文字游戏，通篇都是对扭曲心态的竭力宣泄。作为"西昆体"诗派的盟主，杨氏此诗将这一派的弊端展露无遗。可惜"陇水"不幸，在此做了无谓的帮闲。

悼鹦鹉

（京师故人有以陇西[1]鹦鹉遗[2]予者，因[3]畜养之。去年出守缙云[4]，提挈而至。性灵甚慧，触类能言。公退[5]玩之，常若不足。忽遇疾而逝，因命瘗[6]于小园；作诗一首，聊以追悼。识者无罪予以贵畜也。）

题 解

这是一首七言排律，为追悼死去的鹦鹉而作，感情亦颇真挚。诗题为笔者所加。

    陇山秋树旧巢倾，远向江东逐旆旌[7]。
    去国[8]梦魂应缭绕，入春喉舌渐分明。
    一声警露何惭鹤，百啭迁乔肯让莺[9]。
    终日雕笼心不恋，经年丹嘴色犹轻[10]。
    思归悒悒[11]因成疾，顾主依依尚有情。
    死葬小园芳草地，夜来经雨绿苔生！

注　释

[1] 陇西：陇州以西。此处指位于陇州西部的陇山。

[2] 遗（wèi）：赠予。

[3] 因：于是。

[4] 出守缙云：去缙云县任县令。缙云为县名，今属浙江省。

[5] 公退：结束公务后，犹言下班。

[6] 瘗（yì）：掩埋。

[7] 远向江东逐旆旌：谓鹦鹉离开故乡陇山，随自己远去江东。江东，自汉至唐，称自安徽芜湖以下的长江南岸地区为江东；旆旌，旗帜。

[8] 去国：离开故乡。

[9] 百啭迁乔肯让莺：啭，鸟鸣；迁乔，迁往高处；肯，愿意（实言不肯）。

[10] 经年丹嘴色犹轻：意谓过了一年，鹦鹉还未完全成年。成年鹦鹉嘴上的红色较深，而未成年者则较浅。

[11] 悒悒：忧闷，心情不舒畅。

简　议

因思乡心切，诗人蓄养的鹦鹉竟患病而亡，他深感愧疚。诗中"顾主依依尚有情"的陈说，既言明了鹦鹉的多情多义，也暗示了作者对它的欣赏和垂怜；而"夜来经雨绿苔生"的叹息，又如实表达了诗人对鹦鹉的悲悯与怀念，言终而意不尽。和《泪》诗相较，此诗殊具真情实感，是杨氏不可多得的佳作。

宋庠诗（一首）

宋庠（996—1066），字公序。北宋文学家。安陆（今属湖北人），后迁开封雍丘（今河南杞县）。与弟祁并有文名，时称"二宋"。二人同于天圣二年（1024）举进士，庠名列第一。官兵部侍郎同平章事。文章典雅，诗多秾丽之作。有《宋元宪集》《国语补音》等。

闻胡明远记室[1]将至

题 解

诗人听说胡明远记室将从陇山归来,即题此诗以迎之。诗中对胡的回归表示欣慰,对其奔波的辛苦寄予同情。胡明远其人无考,当宋氏作此诗时,他在驻守陇山的将军的幕府担任记室参军。

　　　　昔叹都门[2]别,今闻陇坂还[3]。
　　　　风烟背秦塞[4],陵邑过周关[5]。
　　　　松老忘年契[6],朱衰玩日颜[7]。
　　　　须君述征赋[8],方验此涂艰[9]。

注 释

[1]记室:古代官名。《后汉书·百官志一》谓"记室令史,主上表章、报书记"。按东汉官制,太尉属官有记室令史,太守、都尉属官有记室令史。后世诸王、三公及大将军幕府也置记室参军。元以后废除。旧时,也用作秘书的代称。

[2]都门:京都城门。

[3]陇坂还:谓胡明远作为驻守陇坂的将军幕府的记室参军,今从陇坂归来。陇坂,陇山,陇山古称陇坂。

[4]背秦塞:背,转身离开;秦塞,指陇山大震关(或安戎关)。

[5]陵邑过周关:谓胡明远由陇山去往京城开封,一路经过了许多帝王的陵墓和城邑,并且过了潼关。周关,指潼关。

[6]忘年契:忘年交。

[7]朱衰玩日颜:朱衰,脸上失去了红色;玩日颜,意如"玩岁愒日",谓贪图安逸、虚度岁月。

[8]须君述征赋:谓须要胡明远写出一篇记述戍守陇山的文赋。

[9]方验此涂艰:谓只有胡氏写出了西征陇山的文赋,才能从中看出(验证)他西征途中遇到艰难和危险。涂,道路,古时,涂和途并作涂。

简 议

先为昔日的都门之别而叹息,后为今日的陇山归来而庆幸,足见诗人与胡氏的友谊之真诚。劝其撰写述征赋以示行程之艰,更表白了作者对胡氏劳瘁的体念之切。首联即行对仗，此种写法在律诗中并不多见。

宋祁诗（二首）

宋祁（998—1061），字子京。北宋安陆（今属湖北）人，后迁封雍丘（今河南杞县）。天圣进士，曾官翰林学士及史馆编修，与欧阳修等合修《新唐书》。书成后进工部尚书，拜翰林学士承旨。诗词多写个人生活琐事，语言工丽而描写生动。原有集，已散佚。清人辑有《景文集》，近人辑有《宋景文公长短句》。

远 行

题 解

诗篇主写远行者的辛劳和去意的坚决。

> 平原已超忽[1]，山径亦纡余[2]。
> 匹练[3]迷征马，孤蓬伴客车。
> 江枫极目外，陇水断肠初。
> 行行[4]不顾返，秋露泫人裾[5]。

注 释

[1] 超忽：旷远。

[2] 纡余：形容山水、地势及道路曲折延伸。

[3] 匹练：本指一匹白绢。此处用以形容窄狭而弯曲的道路。

[4] 行行：走个不停。

[5] 泫人裾：滴在衣服的前襟或衣袖上。泫，水滴下垂；裾，衣服的前襟，也指衣袖。

简 议

尽管"山径纡余"而"陇水断肠"，可远行者依然"行行不顾返"。作为北宋文坛健将，宋氏此作能给人鼓舞和启迪。

陇州鱼龙川石鱼[1]

题 解

清康熙五十二年（1713）的《陇州志》在《方舆志》中说陇州"鱼龙川源出小陇山东北。流中有五色鱼，人不敢取"。宋祁这首诗专咏陇州鱼龙川所产的古鱼化石，主要描写了鱼化石的外貌特征及影响之大。

> 织鳞藏介石[2]，物化[3]自何年？
> 无复西江水，长依东海田。[4]
> 苔纹[5]堪代藻，云叶[6]即成莲。
> 琥珀藏蚊影，佳名共此传。

注 释

[1]石鱼：指鱼的化石。

[2]织鳞藏介石：谓石鱼如织的鳞片藏在石头中。介，通"个"；介石，一块石头。

[3]物化：死亡。

[4]无复西江水，长依东海田：谓鱼儿已不再生活在西江之水中，而被长久地埋到了田土中。西江，西来的大江，也泛指大江。

[5]苔纹：苔藓状或树枝状的花纹。

[6]云叶：犹言云朵、云片。

简 议

陇州鱼龙川出土的石鱼必定很美也很有名，否则宋翰林不会对它赋诗加以唱颂。毫无疑问，此诗为《陇州志》的记载提供了有力的旁证。

梅尧臣诗（三首）

梅尧臣（1002—1060），字圣俞，北宋诗人。宣州宣城（今属安徽）人。少时应进士不第。中年后赐进士出身，授国子监直讲，官至尚书都官员外郎。论诗重政治内容，对宋初一些作家的靡丽诗风不满。在写作上重视细致深入，认为"必能状难写之景，如在目前；含不尽之意，见于言外，然后为至"。诗篇注重反映社会矛盾和民生疾苦，风格力求平淡，但有时流于板滞。他对宋代诗风之转变有很大影响，极受陆游等人的推崇。有《宛陵先生文集》行世。

和刘原甫[1]《白鹦鹉》诗

题 解

这是一首咏物诗,为和刘氏《白鹦鹉》诗而作。诗篇描写了白鹦鹉的美丽能言,希望"雪衣娘"和产于陇山的鹦鹉不要嫉妒它。

> 能言异国鸟[2],来与舶帆飘[3]。
> 尝过西王母[4],曾殊北海鳐[5]。
> 雪衣[6]应不忌,陇客幸相饶[7]。
> 因忆祢处士[8],旧洲[9]兰蕙凋。

注 释

[1]刘原甫:即刘敞。宋临江新喻人,号公是。庆历六年(1046)进士,官至集贤殿学士,判南京御史台。长于《春秋》学。著有《七经小传》《春秋权衡》《公是集》等,均佚。《宋史》有传。

[2]异国鸟:白鹦鹉多产于美洲和澳大利亚等地,故谓异国鸟。

[3]来与舶帆飘:来中国时与船舶一同漂洋过海。

[4]尝过西王母:谓白鹦鹉的美超越了西王母。西王母是神话人物,也称"金母""王母""西姥"。在《山海经》中,她是一个豹尾虎齿而善啸的怪物;在《穆天子传》里,是一个雍容华贵、平和且善歌谣的妇人;到《汉武内传》中,则成为年约三十且容貌绝美的女神;而《神异记》更为她塑造了一个配偶东王公,说她们一年一相会。

[5]曾殊北海鳐:谓白鹦鹉之美也超越了北海中的文鳐鱼。曾,乃;殊,超过;北海鳐,指生活在北海里的文鳐鱼。

[6]雪衣:即"雪衣娘",指唐代的白鹦鹉。唐开元中,岭南进献白鹦鹉于朝廷,养之宫中,岁久颇聪慧,洞晓言辞,玄宗及贵妃皆呼为"雪衣女",左右则呼之为"雪衣娘"。

[7]陇客幸相饶:陇客,指产于陇州之陇山的鹦鹉。饶,宽容。

[8]祢处士:指东汉末年的祢衡。相传东汉末年江夏太守黄祖的长子黄射在大会宾客时,有人献鹦鹉于前,与会的祢衡即席作《鹦鹉赋》。

[9]旧洲:指祢衡创作了《鹦鹉赋》的沙洲。洲原在今湖北武汉市

西南之长江中；汉以后因江水冲击，洲被浸没。今武汉之鹦鹉洲，非以前故地。

简 议

但言白鹦鹉之美，别无他意。要在"陇客"连带入诗，足证陇山鹦鹉的影响之大。

鹦 鹉

题 解

此诗专咏鹦鹉，对笼中鹦鹉在失去自由的情况下尚有正义感表示肯定。

> 一入秦宫[1]去，千山陇树秋[2]。
> 能言依妇女[3]，学语类俳优[4]。
> 玉锁闲拘束[5]，金笼不自由。
> 哀良是黄鸟，死为穆公羞。[6]

注 释

[1]秦宫：泛指宫室。

[2]陇树秋：谓鹦鹉的故乡陇山上的树木换上了秋色。

[3]依妇女：依偎在宫中美人身旁。

[4]俳优：古代以乐舞谐戏为业的艺人。

[5]玉锁闲拘束：谓笼中鹦鹉被一把玉锁锁住，与外界隔离而受到拘束。闲，栅栏，阻隔，二义在此皆可通。

[6]哀良是黄鸟，死为穆公羞：公元前621年秦穆公死后，以奄息、仲行、针虎殉葬，三人皆子车氏之子，国人视之为良人，乃作《黄鸟》诗以哀悼他们，并对此事表示不满。这两句是说，笼中鹦鹉见奄息、仲行和针虎从秦穆公死，心中既悲痛又愤慨，就像《黄鸟》诗中的黄鸟一样对三良进行哀悼，并为秦穆公的丑行感到羞耻。

简 议

被囚禁于笼中，常随人而俯仰，尚且有是非心和正义感，陇山鹦鹉的精神境界不可小觑。显而易见，这首诗的立意远非同类题材的作品可比。

赋永叔[1]家白鹦鹉

题　解

诗人和欧阳修是诗友。欧阳氏请他为自家所养的白鹦鹉写诗，他即赋此以应之。诗篇首写陇山鹦鹉的安驯，次言白鹦鹉的超卓。

交翠衿[2]，刷羽；性安驯[3]，善言语。金笼爱[4]，养妇女[5]。是为陇山之鹦鹉。

有白其类，毛冠角举[6]。圆舌柔音世竞许[7]，方尾鹘[8]身食稻稰[9]，白鹄[10]之白是其常[11]，越群超众由天与。胡人望气海上来[12]，献于公所[13]奇公才。公持大笔写万物，惊葩萼，如春雷。[14]方夸玉兔未咏此，依约似畏嫦娥猜。[15]坐无祢正平[16]，胡为使我作赋其间哉？！

注　释

[1] 永叔：指欧阳修，字永叔。

[2] 翠衿：青绿色的衣襟或衣服的交领。此处指陇山鹦鹉青绿色的羽毛。

[3] 安驯：安适而顺服。

[4] 金笼爱：金笼藏。爱，隐藏。

[5] 养妇女：事奉妇女。养，事奉。

[6] 毛冠角举：谓白鹦鹉头上的毛冠像兽类的角一样向上托起来。

[7] 竞许：竞相赞许。

[8] 鹘：隼一类的鸟。

[9] 稰（xǔ）：晚稻、精米。

[10] 白鹄：白天鹅。

[11] 其：代指白鹦鹉。

[12] 胡人望气海上来：谓白鹦鹉非中国产，而是由外国人从海上航运而来。胡人，本指古代北方和西方各少数民族的人，这里则泛指外国人；望气，古代迷信占卜，望云气以附会人事来预测吉凶。

[13] 公所：欧阳修的家（或办处所）。公，对欧阳修的敬称。

[14] 公持大笔写万物，惊葩萼，如春雷：谓欧阳修的诗词文章具有巨大的震撼力，足以使花儿震惊，一如春天的雷震。葩萼，花。

[15] 方夸玉兔未咏此，依约似畏嫦娥猜：谓自己虽然写诗夸赞过月亮，却不敢作诗去咏白鹦鹉，就怕嫦娥怀疑我的作诗水平不高。玉兔，代指月亮；依约，隐约；猜，怀疑。

[16] 祢正平：指东汉末年文学家祢衡，衡字正平。他作有《鹦鹉赋》，借物抒怀，辞气慷慨，表现出才智之士身处乱世的不幸遭遇，是咏物小赋中的优秀之作。

简　议

此诗旨在讴歌白鹦鹉。精妙之处是将陇山鹦鹉与白鹦鹉两相比较，用前者的"交翠衿，刷羽"和"性安驯，善言语"等比照后者的"毛冠角举""圆舌柔音"和"白鹄之白"，从而突出了白鹦鹉的"越群超众"，以之让鹦鹉的主人开心。诗篇语言清纯质朴，描写生动形象，切实写出了两种鹦鹉的外貌特征和性格特点。

欧阳修词（一首）

欧阳修（1007—1072），字永叔，号醉翁、六一居士。北宋吉水（今属江西）人。天圣进士，曾任枢密副使和参知政事。谥文忠。他主张文章应明道致用，对宋初以来追求靡丽形式的文风表示不满。所著散文说理明达，抒情委婉。诗风与散文相近，语言流畅自然。其词承袭南唐余风，清新婉丽。与宋祁等合修《新唐书》。有《欧阳文忠公集》三卷。

瑞鹧鸪

题　解

《瑞鹧鸪》为词调名，又名《五拍》《天下乐舞春风鹧鸪词》，双调五十六字，平韵。本为七律，唐人谱为歌词，因成词调。作者这首词，描写了相爱之人近在咫尺却不得互通音问的怅恨。

楚王台上一神仙[1]，眼色相看意已传。见了又休还似梦，坐来虽近远如天。

陇禽[2]有恨犹能说，江月无情也解[3]圆。更被春风送惆怅，落花

简 议

诗中之所以说石鹦鹉"应自陇山来"者,盖因陇山盛产鹦鹉。此说虽为戏言,却也道出了诗人对陇山鹦鹉的痴迷和钟爱。

峰铁峡

题 解

诗人知洋州期间,曾于某年阳春三月来到陇山,在行经山中峰铁峡时写了这首诗。诗篇在描写陇山苦寒环境的基础上,讲述了敌人大军压境的情形。峰铁峡终究在陇山的什么地方,今已不可考。

东风吹空力何短[1],三月陇山全未暖。
文法奸酋引骑兵[2],飞随银鹘弓刀满[3]。
霜矛雪甲[4]寒如水,候卒何由知首尾[5]。
君不见峰铁峡头云色死[6],一过萧然五十里。

注 释

[1] 短:不足,欠缺。

[2] 文法奸酋引骑兵:谓敌方将领带着骑兵向中国进攻。酋,豪帅或部族之长;奸酋,邪恶奸诈的敌方首领。

[3] 飞随银鹘弓刀满:谓众多的敌兵带着弓箭和刀枪,随着疾飞的白鹘向峰铁峡蜂拥而来。鹘,是隼一类的猛禽。

[4] 霜矛雪甲:谓敌军的刀矛和铠甲明光闪亮,如同蒙上了霜雪;也可理解为敌军在早春时节来到陇山,因天寒而使刀矛和铠甲蒙上了霜雪。

[5] 候卒何由知首尾:谓驻守在陇山上的中国候卒无法看清(知道)敌军队伍的首尾。候,通"堠",是设置在边境的瞭望和侦察敌情的土堡;候卒即堠卒,指驻守在堠中的士兵。

[6] 云色死:云色不流通,谓凝重。死,不通达、不流通。

简 议

敌军如狼似虎,向陇山的峰铁峡蜂拥而来。他们阵容庞大、人数众多,竟让我方的候卒看不到队伍的首尾。诗篇语气森森、格调肃杀,营造的气氛十分紧张,几乎令人窒息。陇山在古代常为边塞要地,不时发生战争。通过这首诗,我们可以感知当时战争规模的宏大。

司马光诗（一首）

司马光（1019—1086），字君实。北宋大臣，著名史学家。陕州夏县（今山西夏县）人，世称涑水先生。宝元元年（1038）进士。仁宗末年，任天章阁待制兼侍讲知谏院。熙宁三年（1070）出知永兴军（治今陕西西安）。次年退居洛阳。元丰八年（1085）哲宗即位，召他入京主国政。次午任尚书左仆射，兼门下侍郎。他极力反对王安石变法，当政后尽废其新法。历时多年，撰成史学巨著《资治通鉴》。卒，追封温国公。遗著尚有《温国文正司马公文集》及《稽古录》等。

放鹦鹉

题　解

司马氏的《放鹦鹉》诗共二首，这里收录的是其中的第二首。诗篇描写了被放归陇山的鹦鹉在山中感戴皇恩，对皇帝祝颂的情形。

虽道长安[1]乐，争如在陇头[2]。
林间祝圣主[3]，万岁复千秋。

注　释

[1] 长安：代指北宋首都汴梁。
[2] 争如在陇头：争，通"怎"；陇头，陇山。
[3] 圣主：指当朝天子。

简　议

鹦鹉对皇帝的祝颂，实则反映了它重获自由后的感激之心。当然，也不排除作者借此对当朝天子进行恭维。

王安石诗（二首）

王安石（1021—1086），字介甫，号半山。北宋政治家、文学家、思想家。抚州临川（今江西抚州）人，庆历进士，初知鄞县。仁宗嘉祐三年（1058）上万言书，主张改革政治。神宗熙宁二年（1069），被任为参知政事。次年拜相，积极推行青苗、均输、市易、免役、农田水利等新法，抑制大官僚和豪强特权。由于保守派的反对，新政推行遇阻。熙宁七年辞退，次年再拜相。九年再辞，退居江宁。封荆国公，世称荆公。卒，谥文。其散文雄健峭拔，为"唐宋八大家"之一；诗歌遒劲清新，词虽不多而风格高峻。著有《字说》《钟山目录》等，现存《王临川集》《临川集拾遗》及《三经新义》中的《周官新义》残卷。又，《老子注》若干条保存于《道藏·彭耜集注》中。

陇东西二首

题 解

两首诗借言陇山之水的东西分流，以状翻越陇山西征者的离愁别绪。

一

陇西[1]流水向西流，自古相传到此愁。
添却[2]征人无限泪，怪来[3]呜咽已千秋。

注 释

[1]陇西：陇山的西麓。

[2]添却：添了，添得。却，副词，表示完成。

[3]怪来：怪不得。

简 议

别无他意，仅诉西征者的离愁别恨。诗篇兴思老旧，一无新创。

二

陇东流水向东流，不肯相随过陇头[1]。
只有明月西海[2]上，伴人征戍替人愁。

注 释

[1]不肯相随过陇头：不肯随着西征者翻过陇山向西流去。

[2]西海：一是泛指西方；二为郡名，汉置，即金城郡，辖今青海省青海湖附近一带，二义在此均可通。这里泛指征人西征之地。

简 议

旨意和前诗如出一辙，仿佛克隆。

强至诗（一首）

强至（1022—1076），字几圣。北宋钱塘（今浙江杭州）人。庆历六年（1046）进士，充泗州司理参军。历官浦江、东阳、元城令。治平四年（1067），在韩琦幕府主管机宜文字，居韩幕六年。熙宁九年（1076），任祠部郎中。平生著述甚丰。其子编其遗文为《祠部集》四十卷，曾巩为之作序，今佚。

送陇州使君刘仲仪[1]左藏赴治[2]

题 解

这是一首送别诗。原左藏令丞、新任陇州知州刘仲仪将离开京城前往陇州任职，作者赋此为其送行。诗中描写了刘氏离京前友人为其送行和他来到陇州时广受欢迎的情形，并对其给予肯定和鼓励。刘仲仪其人无考。

夹道浓香数里焚[3]，随车和气一城薰[4]。
兵民如见古循吏[5]，文武兼能今使君。
冷射祠堂汧水月，晴飞郡阁陇山云。
幕中知有才从事[6]，樽俎[7]清谈定喜闻。

注 释

[1]使君刘仲仪：使君，是汉以后对州郡长官的尊称，这里指陇州知州；刘仲仪，为新任陇州知州，具体情况无考。

[2]左藏赴治：左藏，是国库之一，以其在左方，故称左藏，其长官为左藏令丞，刘仲仪原任左藏令丞；赴治，去治所（陇州）。

[3]夹道浓香数里焚：谓友人们夹道焚香，为刘仲仪送行。依宋人吴曾在《能改斋漫录》中的说法，焚香为人送行的做法始于汉代。

[4]一城薰：城，指北宋的首都开封；薰，香。

[5]兵民如见古循吏：谓陇州的兵民见到刘仲仪，如同见到了古人所说的奉职守法的好官吏。循吏，奉职守法的官员。

[6]从事：官名。汉制，州刺史之佐吏如别驾、治中、主簿、功曹等，均称为从事史。历代职官名义相袭，虽有变易而大体不异。至宋以

后，废。

[7]樽俎：同"尊俎"。是盛酒食的器具，借指宴席、宴会。

简 议

此诗告诉我们，北宋的刘仲仪曾经担任过陇州知州。这就有效填补了陇州历史上的一个空白，因为历代州（县）志对此均无记载。诗篇辞翰高古、文采华茂，显得风流儒雅、气度雍容。

刘攽诗（一首）

刘攽（1023—1089），字贡父，号公非。北宋史学家。临江军新喻（今江西新余）人。庆历六年（1046）进士，任凤翔府节度推官。为州县官二十年，于嘉祐八年（1063）任国子监直讲。官至中书舍人。致书王安石，反对新法。助司马光修《资治通鉴》，专任汉代部分。另有《彭城集》四十卷，《中山诗话》一卷，《文选类林》十八卷，《内传国语》十卷，《东汉刊误》四卷，《芍药谱》一卷，《五代春秋》十五卷，《经史新议》七卷，《汉官仪》三卷等。

将之官清水李廷老来会

题 解

宋仁宋嘉祐七年（1062），诗人将赴秦州任清水知县。行前，故友李廷老等前来拜会并为其饯行，诗人乃作此诗以志。诗中对赴清水时将要经过的陇山表示忧惧，同时也表达了戍守御敌、为国靖边的坚强意志。

四十身无闻[1]，忝官省中郎[2]。
未尝学治民[3]，缪假铜墨章[4]。
置[5]我所读书，低心课农桑[6]。
况此戎马间[7]，属国皆军羌[8]。
陇山一何高[9]，缇群正相望[10]。
聚粮三月过[11]，始厌西路[12]长。
故人矜[13]我劳，置酒客满堂。

固知后会艰[14]，慨慷俱毕觞[15]。
天弧射狼星[16]，旄头烂垂光[17]。
分我一汉节[18]，系取穹庐王[19]！

注　释

[1] 四十身无闻：谓自己年已四十岁，因官小职微尚不知名。诗人于1062年赴任清水，时年三十九岁；言四十者，盖举其成数。

[2] 忝官省中郎：忝官，愧居官位，多作自谦之词；省中郎，即省中之郎。

[3] 治民：治理、管理百姓。

[4] 缪假铜墨章：缪假，错误地凭借；铜墨章，即铜印墨绶。按汉制，县令秩千石至六百石，当为铜印黑（墨）绶。后人因以铜墨为邑宰故事。作者因即将赴任清水县令，故以"缪假铜墨章"称。

[5] 置：放下。

[6] 低心课农桑：低心，沉下心来；课农桑，学习农业耕种知识。

[7] 况此戎马间：何况此时清水地区还有战争。

[8] 属国皆军羌：谓宋朝周边的国家都驻扎着羌人的军队。属国，附属国，这里指宋朝周边的国家或边境；军，驻扎。

[9] 一何高：何其高。一何，何其，多么。

[10] 缇群正相望：缇群，山名，此处以之喻陇山。《后汉书·五行志》一谓"王莽末，天水童谣曰：'出吴门，望缇群。见一寒人，言欲上天；令天可上，地上安得民。'时隗嚣初起兵于天水，后意稍广，欲为天子，遂破灭。嚣少病蹇。吴门，冀郭门名也。缇群，山名也"。成语"寒人上天"即出自此。

[11] 聚粮三月过：谓要聚集许多干粮准备翻越陇山，因为这座山得走三个月才能翻过去。

[12] 西路：西去清水县的路。

[13] 矜：怜悯。

[14] 艰：难。

[15] 毕觞：将杯中之酒喝尽。

[16] 天弧射狼星：谓自己愿用天弓射落天狼星。天弧，如意"天

弓"，星名；宋曾巩《元丰类稿》之《叹嗟》诗谓"天弓不肯射胡星"；在此，天弧喻指良弓。狼星，指天狼星，古人以为此星主侵掠，常用以比喻残暴的侵略者；在此，则喻指伺机入侵宋朝的敌国。

[17] 旄头烂垂光：让军旗生出灿烂的光辉。旄，军旗。

[18] 汉节：汉家的符节。古时使臣执以示信之物。汉，代指中国。

[19] 穹庐王：住在穹庐中的敌首，这里指敌国的军帅或王侯。穹庐，即毡帐。《史记·匈奴列传》称"匈奴父子乃同穹庐而卧"。

简 议

诗人年届四十，还只是个小小的省中郎官，声名以是不彰；好不容易熬到外放，也不过任个小小的清水县令，于是有些失落。但有感于"况此戎马间，属国皆军麾"的严峻现实，他竟也萌生了"天弧射狼星，旄头烂垂光"的雄心壮志，希望"分我一汉节，系取穹庐王"，从而报效国家、建功立名于疆场。由于心情欠佳，他对西去清水有些忌惮，觉得将要途经的陇山无比高大，翻越它如同"塞人"攀登缇群，以至行走三个月才能逾越。诗中虽有凡人的"小我"，却也张扬着英雄的血性。

徐积诗（一首）

徐积（1028—1103），字仲车，楚州山阳（今江苏淮安）人。北宋学者。治平四年（1067）进士，曾任楚州教授。转和州防御推官，改宣德郎，监中岳庙。有《节孝集》二十卷。现存《节孝先生文集》三十卷。

赠玉师鹦鹉

题 解

玉师养有鹦鹉，诗人作此诗以赠之。诗篇对笼中鹦鹉的不幸遭遇极表悲悯，寄望它能被放回故乡陇山而重获自由，并且骨肉团聚。

学得能言不自闲，雕笼何异网罗间。

客来青锁常遮面[1]，人去长门深闭关[2]。

感物寸肠丝欲断，离群双泪血犹殷[3]。

如何放我西归去，骨肉相抛在陇山[4]。

注　释

［1］青锁常遮面：谓鹦鹉常被黑色的锁子锁在笼子里，很是冷清寂寞。青锁，黑色的锁子。

［2］人去长门深闭关：谓客人走了以后，客厅的大门又被关闭了，使鹦鹉更感寂寞。长门，汉武帝皇后陈阿娇被废后幽居长门宫愁闷悲思，此处借喻鸟笼之门；闭关，关闭。

［3］殷：赤黑色。

［4］骨肉相抛在陇山：谓鹦鹉被抓来关入笼中后，它的至亲骨肉（子女）被抛弃于陇山。因陇山古时盛产鹦鹉，故言。

简　议

因为能言善语，鹦鹉被玉师作为宠物关在笼子中受苦。它寂寞悒郁，以至肝肠寸断、双眼流血，亟盼主人将自己放回故乡与家人团聚。诗篇字字带泪、句句泣血，使人对笼中鹦鹉由衷地同情和怜悯。

穆衍诗（一首）

穆衍（1033—1095或1096），字昌叔。北宋河内（今河南沁阳）人，徙河中（今山西永济西）。举进士，授华池令。后知淳化县。熙宁间，从韩绛宣抚陕西。元丰中，从钟谔击西夏，参其军事。元祐初，司马光等议弃熙、河、兰州地与西夏，他极力反对。后除陕西转运判官。绍圣初，以直秘阁为陕西转运使。历知庆州和延安府。徙秦州，未行而卒。

神女祠

题　解

此诗被录入清康熙五十二年（1713）成书的《陇州志》中。该志在"神女祠"条下说："州西十五里有镇，曰神泉。昔之汧源县西北隅有祠在焉。神为汉司空张鲁女与海龙大姑、七里殿三姑兄弟也，血食于兹。"神泉镇，即今陕西省陇县城关镇所辖的神泉村。神女祠即在该村，曾被唐代诗人苏乩吟唱过。这首诗为作者任职陕西来陇州时作，希望祠中神女能造福于秦民。

祠下灵泉映碧空，源深谁识有神龙？
直须均作秦民泽[1]，莫学朝云阁楚峰[2]。

注　释

[1]直须均作秦民泽：直，当；秦民，指陇州之民，陇州在古时为秦国属地；泽，雨露。全句是说，祠中神女应将灵泉的水化作润泽陇州人民的甘霖雨露。

[2]莫学朝云阁楚峰：朝云，女神名。战国时，楚怀王尝游高唐，梦一妇人称"妾在巫山之阳，高丘之阻，旦为朝云，暮为行雨"；后，楚王为其置观阁于巫山之南。楚峰，即巫山。全句是说，陇州神女祠中的神女不要学巫山朝云的样子，闲居在祠观之内而不作为。

简　议

游祠而能想到百姓福祉，足可见证作者的苍生情怀；敢冒亵渎之嫌对神女犯颜直谏，更能看出诗人对庶民的关爱之切。虽是一首小诗，却有着崇高的思想境界，值得让人铭记。

苏轼诗（一首）

苏轼（1037—1101），字子瞻，号东坡居士。北宋眉山（今四川眉山）人。嘉祐二年（1057）进士。英宗时为直史馆。神宗时王安石行新法，他上书论其不便，自请外出，通判杭州，徙湖州。因被人诬讪谤朝政，贬谪黄州。哲宗时召还，为翰林学士、端明殿侍读学士。曾知登州、杭州、颍州，官至礼部尚书。绍圣中又贬惠州、琼州，赦还。其文章纵横奔放，诗歌飘逸不群，词开豪放一派，书画亦有名。著有《东坡易传》《东坡书传》《论语说》《仇池笔记》《东坡志林》等。后人辑其诗文等为《东坡七集》一百一十卷。

大老寺竹间阁子

题 解

此诗主写大老寺竹林中阁楼周边风景的优美,对孤僧栽花种木的辛苦表示同情。大老寺在何处无考。

残花带叶暗[1],新笋出林香。

但见竹阴绿,不知汧水[2]黄。

树高倾陇鸟[3],池浚落河鲂[4]。

栽种良[5]辛苦,孤僧瘦欲尪[6]。

注 释

[1]残花带叶暗:言春深。

[2]汧水:指陇州的汧河。这里借以指大老寺院内的池中之水。

[3]倾陇鸟:谓众多鹦鹉聚在树上,将树枝压得倾斜了。陇鸟,指鹦鹉,陇州的陇山盛产鹦鹉,因谓其为"陇鸟"。

[4]鲂:指鲂鱼,也名鳊鱼。又作"鳄鱼"。

[5]良:很,甚。

[6]尪(wāng):指背、胸弯曲。

简 议

描写大老寺池水和树间鹦鹉之美而以"汧水""陇鸟"作比,足证陇州风物的影响之大和声望之隆。

宋构诗(二首)

宋构(1040—1097),字承之,号二江先生。北宋成都双流人。治平三年(1066)进士。神宗元丰七年(1084)任夔州路转运判官。哲宗元祐间,以朝散郎出知彭州。绍圣中,为金部员外郎。仕至陕西路转运使。卒,赠太中大夫。

关山月二首

题 解

《关山月》为汉乐府横吹曲名。此曲多写边塞将士久戍不归和家人互伤离别之情，现存歌词为南北朝以来文人所作。宋氏这两首诗中的第一首之"关山月"既是横吹曲名，也实指陇山之明月。前诗主言"行人"行经陇山（关山）时的离恨；后诗描写关山之雪的厚实，坚信它终会消尽寒威而让百花盛开。

一

关山月[1]，关山月，千里寒光射冰雪。
一声羌管裂青云[2]，陇上[3]行人肠断绝！
肠断绝兮将奈何，为君把酒问嫦娥。
冰轮桂魄[4]圆时少，应似人间离别多[5]。

注　释

[1]关山月：陇山之月。陇山建有大震关及安戎关，故也称"关山"。

[2]羌管裂青云：谓羌笛之声哀怨凄厉，竟然刺裂了陇山上的青云。

[3]陇上：这里指陇山之上。

[4]冰轮桂魄：冰轮，指明月；桂，神话传说月中有桂树，因以桂代称月亮；魄指月亮初出和将没时的微光。

[5]应是人间离别多：谓月亮之所以缺多圆少，是对应着人世间人与人的聚少离多。

简　议

借陇山之月的圆少缺多来说人间离愁的多，也算别开蹊径。

二

关山雪，关山雪，远接洮西[1]千里白。
试登陇首瞰八荒[2]，表里高低都一色。
日高融液[3]流车辙，冻作坚冰敲不裂。
早晚春风动地来，消尽寒威百花发！

注　释

[1]洮西：临洮以西。
[2]八荒：八方荒远之地。
[3]融液：指雪消融后的流水。

简　议

诗篇书写关山之雪境界辽阔，使人感受到雪封千里、六合一色的雄浑与壮美；末两句辞气酣畅、属意率直，令人对未来充满希望。

孔武仲诗（一首）

孔武仲（1042—1097），字常父。北宋峡江（今江西峡江）人。孔子四十七代孙。幼时聪慧好学。嘉祐八年（1063）登进士第，初授谷城县主簿。后历任江州、信州军事推官及湘潭县令，继任国子监司业和宣州、洪州知州。著有《书说》《诗说》《论语说》《金华讲议》等百余卷。

次韵瀛倅邓慎思[1]见寄

题 解

这首诗为怀人之作，深情回忆了诗人与好友邓氏往日分别及郊游的情形，抒发了对友人的思念之情，期望他日能与挚友重逢。

> 官是麟台却佐州[2]，蓬瀛俱称列仙游。
> 忆分晓色趋天阙[3]，想对春风倚郡楼[4]。
> 书付塞鸿应易到[5]，人如陇水正分流[6]。
> 江湖未有归耕处[7]，何日相逢说旅愁[8]。

注 释

[1]瀛倅邓慎思：担任瀛州副官的邓慎思。瀛，指瀛州，地在今河北省河间市一带；倅，古时地方的佐贰副官叫倅；邓慎思，名忠臣，慎思为其字，又字谨思，号"玉池先生"，北宋潭州长沙（今湖南长沙）人。神宗熙宁三年（1070）进士，授大理丞，擢正字，迁考功郎中。以坐元祐党废，出守彭门，改守汝海。以宫祠罢归。有《玉池集》。

[2]官是麟台却佐州：谓邓慎思本来任职秘书省，却被贬谪去瀛州当副官。麟台，指秘书省；佐州，知州的副官。

[3]忆分晓色趋天阙：谓回忆当年和你（邓慎思）于早朝时在宫中分手。天阙，帝王宫门外有双阙，因称帝王所居为天阙，也指朝廷。

[4]想对春风倚郡楼：此句追忆自己去瀛州，和邓慎思在州城城楼上赏春的情形。

〔5〕书付塞鸿应易到：谓自己寄给邓氏的书信应容易被他收到。塞鸿，代指传书之人，古人认为鸿雁可传书信。

〔6〕人如陇水正分流：谓自己和邓氏正像陇山上的流水一样东西分流。

〔7〕江湖未有归耕处：谓自己和好友邓氏都没有归耕江湖的可能（或条件）。归耕，喻退隐。

〔8〕旅愁：指邓氏旅居瀛州的客愁。

简　议

有叫屈，有忆旧，有寄书，有希冀，诗人对挚友邓氏思念殷切、满腔衷肠。诗篇语言清雅秀朗，属对工细精稳，韵致生动流畅，意境幽远凄清，首尾收放自如，是七言律诗的典式。

黄庭坚诗（二首）

黄庭坚（1045—1105），北宋诗人、书法家。字鲁直，号山谷道人、涪翁。洪州分宁（今江西修水）人。治平进士，以校书郎为《神宗实录》检讨官，迁著作郎。后以修实录不实的罪名遭到贬谪。他出于苏轼门下，而与苏齐名，世称"苏黄"。其诗多写个人日常生活，且说诗歌不当有"讪谤侵凌"的内容，但在若干作品中仍表现出倾向旧党的政治态度。在艺术上讲求修辞造句，追求奇拗硬涩的风格。论诗推重杜甫，但只借以提倡"无一字无来处"和"夺胎换骨，点铁成金"之论，在宋代影响很大，开创了江西诗派。又能词，兼擅行、草书，为"宋四家"之一。有《山谷集》。自选诗文集名《山谷精华录》，词集名《山谷琴趣外篇》。书迹有《华严疏》《松风阁诗帖》及草书《廉颇蔺相如传》等。

次韵雨丝云鹤

题　解

这是一首和他人之诗韵而作的七言律诗。诗中以鹤喻云，通过对云彩来去自如状态的描写，表明了自己对闲适自由生活的向往。

几片云如薛公鹤[1],精神态度不曾齐[2]。
安知陇鸟[3]樊笼密,便觉南鹏羽翼低[4]。
风散[5]又成千里去,夜寒应上九天栖。
坐来改变如苍狗[6],试欲挥毫[7]意自迷。

注 释

[1]薛公鹤:薛稷所画的鹤。薛稷(649-713)为唐人,是著名的书画家,极善画鹤,有《啄苔鹤图》等名作。《宣和画谱》谓"世之画鹤者多矣。其飞鸣饮啄之态度,宜得之为详。然画鹤少有精者,凡顶之浅深,氅之鬣淡,喙之长短,胫之细大,膝之高下,未尝见有一一能写生者也。又至于别其雄雌,辨其南北,尤其所难。虽名乎号为善画,而画鹤以托爪傅地,亦其失也。故(薛)稷之于此,颇及其妙,宜得名于古今焉"。

[2]不曾齐:不曾一样。

[3]陇鸟:指陇州陇山之鹦鹉。

[4]南鹏羽翼低:谓南冥大鹏飞得低。鹏为传说中最大的鸟,由鲲变化而成。《庄子·逍遥游》称"鹏之背,不知其几千里也。怒而飞,其翼若垂天之云……鹏之徙于南冥也,水击三千里,抟扶摇而上者九万里,去以六月息者也"。

[5]风散:被风吹散。

[6]坐来改变如苍狗:谓云彩一会儿变成了苍狗。坐来,一时、少顷;苍狗,青黑色的狗。

[7]挥毫:挥笔写诗。

简 议

陇鸟因于樊笼,南鹏飞得太低,它们何足称道?而云彩却一去千里、高栖九天,诗人对它的自由自在极端羡慕,恨不得让自己也化作一片白云遨游于青天之上。因因于笼中而被诗人嗤笑,是陇山鹦鹉的悲哀。

李濠州挽词

题 解

这是写给濠州知州李某的挽诗。同题原作共二首,这是其中的第一首。诗中对李某的知礼数和风流给予肯定,对其死表示哀悼。

礼数最优徐孺子[1],风流不减谢宣城[2]。
那知此别成千古[3],未信斯言隔九京[4]。
落日松楸阴隧道[5],西风箫鼓送铭旌[6]。
善人[7]报施今如此,陇水长寒鸣咽声[8]!

注 释

[1]徐孺子:指汉代豫章南昌人徐稚。稚字孺子。其人家贫,躬耕而食。朝廷多次征聘而不仕。陈蕃为太守,不接宾客,唯稚来,特为之设一榻,去则悬之。时人称他为"南州高士"。此处用以美喻李某。

[2]谢宣城:指南朝齐诗人谢朓。他曾任宣城太守,其诗多描写自然景色,善于熔裁,时出警句,风格清俊,颇为李白推重。此处借以比喻李某。

[3]成千古:成为不朽。是哀悼死者的用词。

[4]九京:即"九原",指墓地。《礼·檀弓下》谓"是全要领以从先大夫于九京也",《郑笺》称"晋卿大夫之墓地在九原,京盖字之误,当为原"。后因称墓地为九原。

[5]松楸阴隧道:松树和楸树林荫中的墓道。隧道,多指墓道。

[6]送铭旌:送葬。铭旌,是灵柩前的旗幡。

[7]善人:指死者李某。

[8]陇水长寒鸣咽声:意谓自己为李某的死而悲痛,像陇山之水一样鸣咽流涕。

简 议

作为挽诗,此作别无他趣。然末句借陇水的鸣咽来表达心中的哀戚,倒也有些匠心。

秦观词(一首)

秦观(1049—1100),字少游,又字太虚,号淮海居士。北宋扬州高邮(今江苏高邮)人。举进士不第。元祐初以苏轼荐,除太学博士。绍圣初通判杭州,又责监处州酒税,复编置横、雷二州。诗词皆自名家。词名尤盛，以善于刻画、用字精密和富有情韵见长。著有《淮海集》四十六卷，《长短句》三卷。

阮郎归

题 解

《阮郎归》为词调名，又名《碧桃春》《醉桃源》《宴桃源》和《濯缨曲》，双调、九句、四十七字，前后段各为四平韵。这首词作于宋哲宗绍圣三年（1096）词人离开处州去郴州前，描写了佳人与男子于深夜相会而又别离的情形。

宫腰袅袅翠鬟松[1]，夜堂深处逢。无端银烛殒秋风[2]，灵犀得暗通。

身有恨，恨无穷[3]，星河沉晓空。陇头流水各西东，佳期如梦中[4]。

注 释

[1]宫腰袅袅翠鬟松：谓佳人腰身纤细柔美而头发蓬松。宫腰，皇宫美人的细腰。

[2]无端银烛殒秋风：谓一阵秋风无缘无故地吹来，将夜堂上的蜡烛吹灭了。殒，灭。

[3]身有恨，恨无穷：谓佳人为与男子的寻将分离而衔恨。

[4]陇头流水各西东，佳期如梦中：谓佳人与男子如同陇山上的流水，即将各奔东西，再次相会像是做梦。

简 议

前段主言佳人与男子夜间相会情景，极状女子风姿之曼妙。后段言二人为即将分离而哀叹，情深而意长。以"陇头流水各西东"喻两人之分袂，运思巧而意毕达。而"佳期如梦中"的诉说，则令人心怏怏而意忳忳。

贺铸词（二首）

贺铸（1052—1125），字方回，号庆湖遗老。北宋卫州（今河南卫辉）人。曾任泗州、太平州通判。晚年寓居苏州。好以旧谱填新词而改易其调名,谓之"寓声"。其词长于锤炼字句,又常运用古乐府及唐人诗句入词;内容多刻画闺情离思,也有嗟叹功名不就及纵酒狂放之作。词集名曰《贺方回词》,一名《东山词》,又名《东山寓声乐府》。亦能诗文,诗集名《庆湖遗卷集》。

子夜歌

题 解

《子夜歌》为乐府《吴声歌曲》名。《宋书·乐志一》称"子夜歌者,有女子名子夜,造此声"。现存晋、宋、齐三代子夜歌词四十二首,多写爱情生活中的悲欢离合,常用双关隐语。南朝乐府又有《子夜四时歌》,系由《子夜歌》变化而来。但贺氏这首词实为《忆秦娥》格调,之所以题作《子夜歌》者,是因为他好用旧谱填写新词且改换其调名的缘故。《忆秦娥》为词牌名,世传为李白首制,自唐以来体裁不一,其调有三十七字、三十八字、四十字、四十一字、四十六字诸体,别名有《双荷叶》《蓬莱阁》《碧云深》《花深深》等。贺氏此词抒发了女子对远行之"王孙"的思念之情。

三更月,中庭恰照梨花雪[1]。梨花雪,不胜凄断,杜鹃啼血[2]。

王孙何许[3]音尘绝,柔桑陌上[4]吞声别。吞声别,陇头流水,替人呜咽[5]。

注 释

[1]梨花雪:谓洁白如雪的梨花。

[2]杜鹃啼血:中国古代有"望帝啼血"的神话传说。望帝名杜宇,是周代末年蜀地的君主。他后来让位隐退,其后不幸国亡身死。死后化为鸟,暮春啼哭,竟至于口中流血,其声哀怨悲凄、动人肺腑,名为杜鹃。故杜鹃在中国古典诗词中常与悲苦之事联系在一起,成为悲愁的象征物,用以形容哀痛之极。

[3]王孙何许:王孙,是古代贵族子弟的通称,这里指女子所思念的男子;何许,(在)什么地方。

[4]柔桑陌上:两边生长着柔嫩的桑树的路上。

[5]陇头流水,替人呜咽:此句从北朝乐府民歌《陇头歌》之"陇头

流水，鸣声幽咽"句中化出。

简 议

诗篇造语纤巧，词气悲哀。"王孙"远出未归且音讯全无，佳人思念不已。夜深人静时看到月照中庭梨花，她怕自己青春易逝而凄楚无度，不由得想起了当年与他作别的情景。"杜鹃啼血"一语道尽了相思之苦，"吞声别"三字诉尽了分手之难。而"陇头流水，替人呜咽"句颇具应用之奇，实有裂肺锥心之痛。

捣练子·剪征袍

题 解

《捣练子》为词调名，一名《捣练子令》。因五代南唐冯延巳词（一说李煜作）起结有"深院静"及"数声和月到帘栊"句，又名《深院月》。有单、双调之别，单调二十七字，五句，三平韵；双调三十八字，前后段各五句，三平韵。贺氏这首词为单调，讲述了妻子为戍守陇头的丈夫缝制征袍的情形，并诉相思之苦。

抛练杵[1]，傍窗纱，巧剪征袍斗出花[2]。想见陇头长戍客[3]，授衣时节[4]也思家。

注 释

[1] 抛练杵：放下捣练的杵。练，白色的熟绢，此处指给丈夫制作征袍的布料；杵，捶布、衣所用的棒槌。

[2] 斗出花：拼凑出花纹。斗，凑集。

[3] 长戍客：指长期戍守、征战陇山（沙场）的丈夫。

[4] 授衣时节：指农历九月。在古代，人们常在农历九月制备冬装，称此为"授衣"。《诗经·豳风·七月》谓"七月流火，九月授衣"。

简 议

这首词在表现思妇思夫之情时不落俗套，力避描绘人物表情、神态、泪痕等陈式，仅用"抛练杵""傍窗纱"和"巧剪征袍斗出花"等动作，便将其对丈夫的万般深情灵巧地表达出来，此种写法既新颖别致又具艺术张力。思妇拼合花纹的举动，其象征意义是期盼花好月圆、夫妻团聚。而言"陇头长戍客"在"授衣时节也思家"者，实为表白妻子对夫君的思念之切，言在此而意在彼也。

王庶诗（一首）

王庶（？—1143），字子尚，号当叟。宋庆阳（今属甘肃）人。崇宁五年（1106）进士，曾任泾州保定县知县，通判怀德军。南宋高宗时，为部延经略使兼知延安府，节制陕西六路军马。建炎四年（1130）知兴元府，兼利夔路制置使。绍兴六年（1136），起知鄂州，改知荆南府，兼湖北经略安抚使；七年，召为兵部侍郎，迁尚书，拜枢密副使；十二年，被劾讥讪朝政，责向德军节度副使，道州安置，卒于贬所。谥"敏节"。

苦寒亭

题 解

陇州有"八景"，"寒亭积雪"是其中之一。清康熙五十二年（1713）成书的《陇州志》在《方舆志·八景》中说："寒亭积雪：陇西有关山旧道。传有妇王腊梅夜哭寒亭，其情可悯。行人流泪，野鸟悲伤，岩壑间坚冰、剩雪遇暑不消。"王庶的这首《苦寒亭》诗，被收录在康熙《陇州志·艺文志》中，题作《碧寒亭》，被认为是描写陇州八景之"寒亭积雪"的篇什。而在《全宋诗》中，此诗又题作《寒亭》，作者不详。以笔者愚见，此诗描写的对象未必一定是陇州的"寒亭积雪"，终究为何尚需考证。

冻云凝白雪漫漫[1]，不是[2]寒亭分外寒。
六月火云[3]天不雨，请君来此凭阑干[4]。

注 释

[1]冻云凝白雪漫漫：一作"朔风凛凛雪漫漫"。
[2]不是：一作"未是"。
[3]火云：夏季炽热的赤云。
[4]阑干：同"栏杆"。

简 议

唯言寒亭之寒凉而别无寓意，其味殊寡。

赵佶诗（一首）

赵佶（1082—1135），即宋徽宗，在位二十六年。他即位后穷奢极欲，大兴土木，崇奉道教。于京师筑艮岳，广搜江南奇花异石，严重剥削民众；又任用蔡京等奸人把持国政，贪污横暴，致使河北、山东、江南诸地爆发农民起义。宣和七年（1125）金兵南下，他传位于太子赵桓，自称太上皇。靖康二年（1127），他和赵桓被金兵所俘，北宋灭亡，后死于五国城。工书画，书法称瘦金体，善画花鸟。

鹦 鹉

题 解

这是一首题画诗，主写画中鹦鹉的安然自得。

并亚陇云飞[1]，稳巢文杏[2]枝。

高栖良自得，蜂蝶莫相疑[3]。

注 释

[1]并亚陇云飞：谓画中的陇山鹦鹉紧贴着云飞。并，通"傍"；亚，通"压"，低垂。

[2]文杏：杏树的异种。旧题汉刘歆《西京杂记》一谓"初修上林苑，群臣远方各献名果异树……杏二：文杏、蓬莱杏"，近人周天游的《注》谓"材有文彩"。

[3]疑：通"拟"，比拟。

简 议

陇山鹦鹉筑巢于高高的文杏枝上，自由自在地飞翔于蓝天白云之间，显得无忧无虑且安闲自得，远非蜂蝶之辈可比。诗作虽在吟咏鹦鹉，却在无意中流露出高高在上、贪图安逸的帝王心态。画中鹦鹉本无所谓出处，而作者却以陇山鹦鹉视之，盖因此山所产鹦鹉久为人知。

郭浩诗（一首）

郭浩（1087—1145），字充道。宋德顺军陇干（今甘肃静宁）人。北宋末至南宋初年抗金名将。十五岁从军。建炎元年（1127）知原州，因军功升承宣史。绍兴九年（1139），任鄜延路经略安抚使，在陕西与金兵大战。绍兴十四年（1144），被宋高宗召见，进检校少保，并任金、房、开、达四州经略安抚使，知金州。后卒于金州，谥"恭毅"。淳熙元年（1174），宋孝宗下召，为其立庙于金州（今陕西安康）。

陇口作

题 解

陇山古产鹦鹉。此诗为吟咏陇山鹦鹉之作，主要表达了鹦鹉对宋高宗的思念和感激之情。陇口指陇山山口。

> 陇口山深草木荒，行人到此断肝肠[1]。
> 耳中不忍听鹦鹉，犹在枝头说上皇[2]。

注 释

[1]断肝肠：用北朝乐府民歌《陇头歌》之"心肝断绝"意。

[2]上皇：皇帝的父亲，也称太上皇。此处指南宋孝宗之父高宗赵构。

简 议

作为抗金名将，作者对宋廷怀有深如渊海的爱。"鹦鹉"的"犹在枝头说上皇"，实则表达了诗人对赵宋王朝的忠贞不渝。诗篇辞情凄苦，寄意畅达，令人读之不胜戚戚。

曹勋诗（三首）

曹勋（1098—1174），字公显，一字世绩，号松隐。宋颖昌阳翟（今河南禹州）人。宣和五年（1123）以荫补承信郎，特命赴进士廷试，赐甲科。靖康元年（1126）与宋徽宗一起被金兵押解北上，受徽宗绢书自燕山逃归。建炎元年（1127）秋，至南京（今商丘）向高宗上御衣书，请招募死士，由海路北上营救徽宗。当政者不听，被黜。绍兴十一年（1141）宋金和议成，充报谢副使出使金国，劝金人归还徽宗灵柩。绍兴十四年（1144）和二十九年（1159），又两次使金。孝宗时拜太尉。有《松隐集》《北狩见闻录》等。其诗较平庸。

陇头吟二首

题 解

这是两首乐府诗，集中反映了作者的厌战情绪。

一

乌落黄云[1]塞草秋，陇头之水东西流，水声呜咽鸣啾啾。马闻思旧枥[2]，人闻思旧丘[3]，年年征战无时休[4]。无时休，谁能到此求封侯？

注 释

[1]乌落黄云：乌，指太阳；黄云，边塞之云。边地多沙，风吹沙起而使云黄。

[2]枥：马槽。此处代指马厩。

[3]旧丘：故乡。丘，居邑、村落。

[4]无时休：没有罢休的时候。

简 议

听到陇水的呜咽，战马欲归而"思旧枥"，战士因愁而"思旧丘"，连年的战争给人们带来了无尽的伤痛。诗篇语言质白如话，旨意简洁明了，将诗人的厌战情绪表达得率直而透彻。

二

陇头之水兮，不可以溅衣。陇头之云兮，不可以同归。[1]事行役[2]兮，无已时[3]。无已时，千里万里从旌旗[4]。风雨惨惨兮，寒且饥。陇头之水兮，鸣声悲。

注 释

[1]陇头之云兮，不可以同归：谓征战的将士们只能无休止地往西行去，而不能与东去的陇山之云同归故乡。

[2]事行役：事，从事；行役，因服役而跋涉在外。这里指征战沙场。

[3]无已时：没有停止的时候。已，停止。

[4]千里万里从旌旗：谓战士们随着军队跋涉于千里万里之外。旌旗，代指征战的军队。

简　议

沙场风雨凄凄；战士泣饥号寒，如陇头之水悲鸣不已。诗篇对战争的诅咒不遗余力。

入塞曲

题　解

《入塞曲》即《入塞》，为汉乐府《横吹曲》名，内容多写军人从边塞返归的情景。这首诗亦复如是。

> 黑水[1]迢迢黑山[2]暮，马鸣萧萧夜争度。
> 胡笳四起黄云[3]愁，角声呜咽何悠悠。
> 陇山行断不回首，一番回首添白头[4]！

注　释

[1]黑水：诸说不一。一说指今甘肃的甘州河，又名张掖河；一说指今陕西的无定河西上游。

[2]黑山：在今陕西榆林西南，有黑水流经其下。唐调露初年，裴行俭大破突厥余部于此。

[3]黄云：沙场因风大而使黄沙扬起，云色变黄，故曰黄云。

[4]添白头：使头上的白发增多。

简　议

鏖战沙场的艰苦生活终于结束，将士们一路向故国奔来。从"马鸣萧萧夜争度"的描述，能体会到他们归乡步履的急迫；从"陇山行断不回首，一番回首添白头"的表白，更能看出他们对战场的厌恶和后怕。

赵构诗（一首）

赵构（1107—1187），字德基，宋徽宗第九子。初封康王，后为南宋的第一任皇帝，即宋高宗。北宋徽、钦二帝被金人俘虏后，他在南京

（今河南商丘）即位。因惧怕金兵进逼，又走避东南，建都于临安（今浙江杭州）。对金一味求和，重用投降派秦桧，致使主张抗金的岳飞、韩世忠等人被杀或被废。最终向金称臣，尽弃秦岭淮河以北地，向金岁输银、绢各二十万。绍兴三十二年（1162）传位于孝宗，称太上皇。又后二十五年死，在位三十五年。

文宣王及其弟子赞

题 解

"赞"是一种文体，用以颂扬人物。赵构的这首诗是为称颂孔子著名弟子燕伋而作的，主要表彰了燕氏的聪明睿智和高尚品德。燕伋（前519—前484）字思，汧阳渔阳（今陕西千阳县水沟镇燕家山）人，春秋时期学者。他先后三次去鲁国从孔子学；孔子殁，为其守墓三年。学成归来后，在家乡设馆授徒十八年。北宋至南宋时期，汧阳县为陇州所辖。

乐善哲士[1]，伯于汧阳[2]。
传道克正[3]，垂名允臧[4]。
执德以洪[5]，用心必刚。
衮广业履[6]，式赞素王[7]。

注 释

[1] 乐善哲士：指燕伋。哲士，聪明而明智的人。

[2] 伯于汧阳：谓燕伋的品德足为汧阳地区的表率。伯，是古时对文章品德足为表率者的尊称。

[3] 传道克正：谓燕伋能够很好地传授孔子的道德和学问。克，能够。

[4] 允臧：确实好，完善。《诗经·鄘风·定之方中》谓"卜云其吉，终然允臧"。

[5] 执德以洪：执德，遵守、坚持孔子的道德学问；洪，大。

[6] 衮广业履：谓燕伋有操守、有德行，举止有威仪，有很大影响。衮广，宽广、广大；业履，操守、德行，宋秦观《三老堂》诗谓"堂堂三元老，业履冠俦匹"。

[7]式赞素王：式，发语词；赞，辅佐；素王，指有帝王之德而未居其位的人，这里指孔子。汉王充在《论衡·定贤篇》中谓"孔子不王，素王之业在春秋"。

简 议

司马迁在《史记·仲尼弟子列传》中说："孔子曰，'受业身通者七十有七人'，皆异能之士也。"燕伋从孔子求学归来后，在家乡开馆授徒十余年，培养了一批道德文学之士，不但首开汧陇地区民间教育之先河，也有力地促进了该地区文明演化的进程和文化教育事业的繁荣与发展，的确是"受业身通"的"异能之士"。因为功德赫奕，连封建皇帝都对他报之以青眼。

姜特立诗（一首）

姜特立（1125—1204），字邦杰。宋处州丽水（今浙江丽水）人。以父恩补承信郎。淳熙中，迁福建兵马副都监。因擒获海贼姜大獠被荐于朝，召见，献诗百篇，乃充太子宫左右春坊。太子即位，除知阁门事。因恃恩纵恣，夺职。后复除浙东马步军副总管。宁宗时，官终庆远军节度使。工于诗，诗境超旷。有《梅山稿》及续稿十五卷。其《直斋书录解题》广行于世。

赋巩丈鹦鹉三首之一

题 解

诗人在巩老丈处见到鹦鹉，即题诗三首以咏之。这里收录的是其中的第一首，描写了笼中鹦鹉向主人讨好献媚的情形。

陇汧[1]归路渺漫漫，且向金笼刷羽翰[2]。
院静日长频送语，时时图得主翁[3]看。

注 释

[1]陇汧：陇山和汧源县（陇州州治所在地），是笼中鹦鹉的故乡之所在。

[2]且向金笼刷羽翰：且，姑且；刷，清除；羽翰，羽毛。

[3] 主翁：指饲养鹦鹉的巩老丈。

简　议

金笼鹦鹉之所以"频送语"以"图得主翁看"者，全因家乡"陇汧"太远而无法归去故也。详加揣摩，我们不难看出它失去自由后的不幸与酸楚。

陆游诗（三首）

陆游（1125—1210），字务观，自号放翁。南宋越州山阴（今浙江绍兴）人。宋孝宗时赐进士出身，除枢密院编修。后官镇江、隆兴通判。乾道七年（1171）入四川宣抚使王炎幕府，投身军旅。官至宝章阁待制。在政治上坚决主张抗金、收复中原，故一直受到投降派的打压。晚年退居家乡，但收复中原的信念和意志如故。一生创作诗歌甚多，今存九千余首，内容极为丰富。其诗大多抒发政治抱负，反映民生疾苦，批判当政者的屈辱求和，风格雄浑豪放，表现出渴望恢复国家统一的强烈愿望。著有《剑南诗稿》《渭南文集》和《南唐书》《老学庵笔记》等。

秋风曲

题　解

此诗作于孝宗淳熙十年（1183）。当时诗人伏处山阴家中，但他的心依然没有平静下来，抗击金军、收复中原的念头不时涌现。这首诗即是他此种心曲的流露和反映。

秋风吹雨鸣窗纸，壮士不眠推枕起。

床头金尽[1]尊酒空，枥马[2]相看泪如洗。

鸿门霸上百万师[3]，安西北庭[4]九千里。

帐前画角[5]声入云，陇上铁衣光照水[6]。

横飞渡辽健如鹘[7]，谈笑不劳投马箠[8]。

堂堂羽檄从天下[9]，夜半斫营虏可鄙[10]。

拾萤读书定何益[11]，投笔取封[12]当努力。

百斤长刀两石弓，饱将两耳听秋风。

注　释

［1］床头金尽：极言贫困。宋刘克庄《后村集》四十三《和竹溪三诗》之三《遣兴》谓"晚慕玄真与季真，床头金尽不忧贫"。

［2］枥马：枥，马槽。枥马，拴在槽上的马，比喻有壮志而赋闲的人。这里是作者自喻。诗人久欲抗金恢复中原，却被朝廷罢免在家赋闲，故以"枥马"自比。

［3］鸿门霸上百万师：鸿门，古地名，在今陕西西安市临潼区东，为项羽驻兵并与刘邦会宴处，故又称"项王营"；霸上，地名，在今陕西西安市灞桥区，汉高祖灭秦后还军霸上，即此。此句言南宋朝之军队。

［4］安西北庭：安西为唐代六都护府之一，贞观十四年（640）置于交河城，属陇右道；显庆三年（658）移治龟兹；龙朔元年（661）统辖龟兹、于阗、焉耆、疏勒四镇及月氏等九十六府州；至德后改称"镇西都护府"。北庭也是唐六都护府之一，长安二年（702）置北庭都护府，管辖盐州等十六府州，属陇右道。

［5］画角：古乐器名。或云创自黄帝，或谓传自羌族。形如竹筒，本细末大，以竹木或皮为之，也有用铜者，外加彩绘，故称画角。后渐用以横吹，发音哀厉高亢，古时军中多用以警昏晓、振士气；帝王外出，也用以报警戒严。

［6］陇上铁衣光照水：陇上，陇山之上，借指边塞；铁衣，古代士兵所服的饰有铁片的战衣；光照水，铁衣发出的光照在水中，因陇山"上有流水四注下"，故云。

［7］鹘（hú）：鸷鸟。隼类猛禽，能俯冲捕捉鸠鸽而食之。

［8］箠：鞭子。

［9］羽檄从天下：羽檄，羽书。《史记·韩信卢绾传》附陈豨云"吾以羽檄征天下兵，未有至者"，《集解》谓"推其言，则以鸟羽插檄书，谓之羽檄，取其急速若飞鸟也"，故羽檄为十万火急的军事文书。天，指南宋天子。

［10］斫营孱可鄙：斫营，偷袭宋军的营垒；孱可鄙，懦弱而可鄙。

［11］拾萤读书定何益：捡起萤火虫照光读书到底有什么用处。在

此,诗人对自己只能闲读书而不能奔赴疆场杀敌立功的境况深以为恨。

[12] 投笔取封:投笔,扔下笔;取封,取得封侯的功绩。

简 议

在诗人的想象中,前线战火纷飞、画角嘹亮。可他却只能困居乡下,将自己深埋在故纸堆中虚度岁月。即便他是百斤长刀和两石铁弓,也不得不耐着性子静听秋风秋雨的闲鸣。对于这样的遭际,他深感愤慨和无奈。作为意念中的征战之地,陇山有幸进入诗人的视界。诗篇笔力雄健、豪情万丈,充分展示了作者的英雄本色和报国情怀。

纵 笔

题 解

宋孝宗淳熙十三年(1186)七月,陆游奉诏权知严州军州事,于淳熙十五年七月辞职回到山阴。诗人一贯主张抵抗金兵、收复失地,且有在抗敌一线奋命杀敌的强烈愿望。但在严州面对的却是冗杂的公事和多如牛毛的诉讼,这让他十分腻味。腻味之余,他不由得回想起了当年在南郑抗金的峥嵘岁月。这首诗作于任职严州期间,是对南郑战斗生活的深情回忆。

行省当年驻陇头[1],腐儒随牒亦西游[2]。
千艘冲雪鱼关[3]晓,万灶连云骆谷[4]秋。
天道难知胡更炽[5],神州未复士堪羞,
会须沥血书封事[6],请报天家九世仇[7]。

注 释

[1] 行省当年驻陇头:行省,犹言"行台"。东汉以后,中央政务由三公改归台阁(尚书),习惯上以中央政府为"台"。东晋以后,中央官称台官,中央军称台军。因此在大行政区代表中央的机构即称行台,多由军事关系临时设置。唐以后渐废。至金元时,因辖境辽阔,又按中央制度分设于各地区,有行中书省(行省)、行枢密院(行院)、行御史台(行台),分别执掌行政、军事及监察权。这里的"行省",实指南宋四川宣抚使王炎的宣抚使司,当时设在南郑(今陕西汉中市汉台区一带),并不在今陕西陇县境内的陇山上。因为陇山当时已被金军占领,成为沦陷区。

作者之所以言"驻陇头"者，大概是为了强调陇山战略位置的重要，抑或是要表明收复失地的信心和决心，又或以代指边塞。

［2］腐儒随牒亦西游：腐儒，为作者自称；随牒，随选官之文牒。四川宣抚使王炎招请陆游参加宣抚使司的工作，朝廷给他的官职是"左丞议郎、四川宣抚使司干办公事、兼检法官"。宋孝宗乾道八年（1172）三月十七日，陆游西行到达宣抚使司所在地南郑。

［3］鱼关：所指不详。

［4］骆谷：陕西周至县西南的一条山谷。诗人当时认为从这条谷中进发，可以直取长安（已被金人占领）。

［5］天道难知胡更炽：天道，自然的规律；胡更炽，胡代指金兵，谓金兵的势力更加猛烈旺盛。

［6］封事：密封的奏章，也称封章。

［7］天家九世仇：天家，皇帝自命为天子，因称帝王家为"天家"，这里以之代指国家；九世仇，多世的仇。

简　议

作者始终坚持北伐中原、恢复故土的政治主张，且以亲临战场、杀敌报国为快事。在南郑王炎幕府中的那段时光，是他平生唯一一次横刀立马的战斗岁月，成为他心中最为美好的记忆。对这段军旅生涯的深情咏唱，分明彰显着诗人一以贯之的爱国精神。由于是血性之作，诗篇措辞遒劲、境界高远、格局宏大，直让观者奋袂攘臂；而末两句的慷慨激昂和英风豪壮，愈发教人热血鼎沸。

陇头水

题　解

此诗作于宋宁宗庆元二年（1196），诗人时年七十三岁。诗中对戍守陇山的壮士热情鼓励，指出了对外屈服的可耻，诉说了自己报国无门的可悲。

陇头十月天雨霜［1］，壮士夜挽绿沉枪［2］。
卧闻陇水思故乡，三更起坐泪数行。
我语［3］壮士勉自强，男儿堕地志四方［4］，裹尸马革固其常，岂若妇女不下堂？

生逢和亲[5]最可伤，岁辇金絮输胡羌[6]。

夜视太白收光芒[7]，报国欲死无战场！

注　释

[1] 雨霜：落霜，降霜。

[2] 绿沉枪：浓绿色的枪。但凡弓、枪、衣甲及他物饰以绿漆或为绿色者，皆可冠以"绿沉"。

[3] 语：告诉。

[4] 堕地志四方：从一生下来，就应当志在四方。

[5] 和亲：与敌方议和，结为姻亲。在陆游生活的年代，南宋朝廷不思北伐收复中原失地，只求与金国议和求安。隆兴元年（1163），宋孝宗以王之望为金国通问使进行议和，次年订立和约。这里的"和亲"或指此而言。

[6] 岁辇金絮输胡羌：辇，车；金絮，金钱和丝织品；胡羌，这里指金国。全句是说，（宋廷）年年依照和约规定，将大批财物用车送往金国。宋真宗景德元年（1004），辽军深入宋境，朝廷震动，宰相寇准定亲征之策；十一月，真宗至澶州，与辽大战；辽战不利，乃遣使请盟；十二月会盟定约，约定宋朝每年向辽国进贡岁币银十万两、绢二十万匹。自此后，南宋不断向辽（后为金）输送钱物。

[7] 夜视太白收光芒：谓太白星（金星）收敛了光芒。在古代，星象家认为太白星主杀伐，故多以之比兵戎。这里意谓南宋朝廷不思兴兵振武抵抗外敌、收复国土，一如太白星收敛了光芒。

简　议

爱国之心的迫切，使陆游浑身充满着大丈夫气。他的爱国诗篇义凌日月、气壮山河，始终洋溢着"气吞残虏"的英雄豪气，高标着"一身报国有万死"的牺牲精神，张扬着"壮心未与年俱老"的顽强斗志，萦回着"塞上长城空自许"的凄楚无奈，表白着"王师北定中原日，家祭无忘告乃翁"的死而未已，何啻感天地而泣鬼神。清人梁启超在《读陆放翁集》诗中说："诗界千年靡靡风，兵魂消尽国魂空。集中什九从军乐，亘古男儿一放翁。"这首《陇头水》诗，正好是对"亘古男儿一放翁"的精彩诠释。

刘克庄诗（一首）

刘克庄（1187—1269），字潜夫，号后村居士。宋兴化军莆田（今福建莆田）人。嘉定间知建阳县，因《咏落梅诗》犯嫌，坐废十年。淳祐初，特赐同进士出身，除秘书少监，兼中书舍人。因斥权臣史嵩之，出知漳州。晚年趋附权奸贾似道，为人所诟病。曾就学于真德秀，以诗词见长，为南宋名家。有《后村先生大全集》一百九十六卷。

草堂诗·月里谁横笛

题 解

《草堂诗》为组诗，这是其中的一首。诗篇描写了征夫对妻子的思念之情，运思婉转曲回。

> 月里[1]谁横笛，深秋战垒闲[2]。
> 别吹新曲调，偏照旧关山。
> 响激商飙起[3]，声随陇水潺[4]，
> 远传边塞[5]外，高入广寒间[6]。
> 解白嫦娥发[7]，能苍[8]壮士颜。
> 倚楼人谩拜[9]，何日凯歌还？

注 释

[1]月里：月光下。

[2]战垒闲：谓出征的丈夫被战垒所阻隔而不得还乡。闲，阻隔、阻碍。

[3]响激商飙起：谓悲凉的笛声盘旋而上升。商，商歌，指悲凉低音的歌；飙，回旋而上之暴风，这里指笛音回旋而上。

[4]潺：流动。

[5]边塞：边地要隘。

[6]广寒间：指月亮上的广寒宫中。

[7]解白嫦娥发：谓悲凉的笛声能使嫦娥忧愁得白了头发。

[8]苍：灰白色。

[9]倚楼人谩拜：倚楼人，指征夫的妻子；"谩"通"漫"，枉然、徒然；谩拜，徒然地遥拜明月。

简　议

夜阑人静，月华似水，征夫被困军营久不能归。他心中无比孤苦，即在这月夜里独自吹笛。其笛声幽怨而悲凉，竟使嫦娥听后白了头发，壮士闻之老了容颜。他设想妻子此时正在高楼上对月遥拜寄托相思，盼他能够早日还家，只是这遥拜毫无用处。诗篇置境清冷孤寂，辞气低回凄怆，情感深邃厚重，足以令人心摧。

方岳诗（一首）

方岳（1199—1262），字巨山，又字元善；号秋崖，别号菊田。南宋诗人和词人。徽州祁门（今属安徽）人，一说台州宁海（今属浙江）人。绍定五年（1232）进士，除淮东安抚司干官。淳祐中，以工部郎官充赵葵淮南幕中参议。后知南康军。因忤贾似道，被移治邵武军。再知袁州，因得罪权贵丁大全，被弹劾罢官。复知抚州，因贾似道而取消任命。乃经明行修，隐居不仕，以诗名世。有《深雪偶谈》《秋崖先生小稿》存世。其诗以疏朗淡远见长，清人吴焯说他的诗"不失温厚和平之旨，力矫江西派艰涩一路"。但有些诗作工于琢镂，尤其注意对仗的流丽熨帖和新颖工巧。其词善用长调以抒写国仇家恨，词风慷慨悲壮。

汪校正[1]鹦鹉

题　解

官居校正的汪某送给诗人鹦鹉数只，诗人即赋此以志。诗篇借咏鹦鹉，以明自己的多才和被人猜忌。汪校正其人不可考。

山中寂寞无与语[2]，陇客适从何许来[3]？
每慨俗人言少味，宁知凡物忌多才？[4]
关山坐隔月千里，湖海相忘酒一杯。
毕竟与渠毛羽别[5]，窥檐群雀漫惊猜[6]。

注　释

[1] 校正：掌管马政的官，也是主管地方池沼的小吏。又称"校人"。

[2] 山中寂寞无与语：诗人谓自己得罪权贵去官后隐居山林，因没有志同道合的人共语而感到寂寞。

[3] 陇客适从何许来：陇客，是陇山鹦鹉的别称；适，恰好；何许，何处、什么地方。

[4] 每慨俗人言少味，宁知凡物忌多才：诗人谓他常常为凡庸之人的言辞少味而慨叹，难道不知道平庸的人嫉妒自己的多才吗？宁，难道；凡物，平庸之人。

[5] 毕竟与渠毛羽别：谓群雀毕竟与鹦鹉不是同类。渠，它，指群雀。此句喻自己和那些平庸的人不相同。

[6] 窥檐群雀漫惊猜：谓群栖屋檐之下的鸟雀们任意地对鹦鹉揣测怀疑。漫，任由、随意；猜，揣测、怀疑。此句谓自己被庸人们猜忌。

简　议

诗人为官清正且才能卓越，却因遭受权奸贾似道的打击去官归隐，心中自有万般不平。此诗正是自鸣不平之作，字里行间无不流露着愤激与怨艾，同时也夹带着些许凄凉。诗篇托物兴思、借鸟言人，以鹦鹉开篇以鹦鹉作结，首尾相顾而属意昶达。

周密诗（一首）

周密（1232—1298或1308），字公谨，号草窗，又号萧斋。宋元之际济南（今山东济南）人。宋南渡后，居吴兴（今浙江湖州）。宋亡，隐居不仕。工诗词，与王沂孙、张炎齐名。平生著述甚丰，现存十三种，著名的有《草窗词》二卷，《武林旧事》十卷，《齐东野语》二十卷，《癸辛杂识》六卷，《云烟过眼录》四卷，《绝妙好词笺》七卷。

陇头水

题　解

这是一首乐府体的边塞诗。诗中对征人的愁苦和有去无回表示悲哀。

陇坂萦九折[1],一折一愁绝。

涓涓陇头水,征人眼中血!

水流有尽时,征人无还期!

注　释

[1]陇坂萦九折：陇坂，指陇山。《通典》谓"天水郡有大坂，名曰陇坻，亦曰陇山，即汉陇关也"。《三秦记》言"其坂九回，上者七日乃越，上有清水四注下，所谓陇头水也"。

简　议

因为背井离乡，边塞征人心中的愁苦如陇水汩汩奔涌，何况他将有去无回，前景一片灰暗。诗人哀其不幸，乃以文字代为鸣。诗篇言辞悲戚、格力摧藏，其中"涓涓陇头水，征人眼中血"两句的泣诉沉痛恸绝，让人五内沥血。

赵文诗（一首）

赵文（1239—1315），初名凤之，字惟恭；又字仪可，号青山。宋元之际庐陵（今江西吉安）人。宋亡后入闽，依文天祥抗金，元兵攻破汀州后逃回故里。后为东湖书院山长，选授南雄文学。著有《青山集》八卷。《全宋词》录其词三十一首。

上之回

题　解

《上之回》为汉《铙歌》名。唐人吴兢在《乐府古题要解》中说："汉武帝元封初，因至雍，遂通回中道，后数出游幸焉。其歌称帝'游石关，望诸国，月支臣，匈奴服'，皆美当时事也。"西汉元封四年（前107），汉武帝从雍地出发，通过途经今陕西陇县境内的回中道北出萧关巡视，使"月支臣"而"匈奴服"，一时声威大震。这首诗即仿《铙歌》之《上之回》旧体而作，以"美当时事也"。

动皇舆，回中道。[1]

龙为驱，虎为导。[2]

乐蕃厘，祠雍后。[3]
息甘泉，饫天酒。[4]
澹穆清，冰热恼。[5]
四夷服，咸稽首。[6]
臣三祝，皇万寿。[7]

注　释

[1]动皇舆，回中道：谓汉元封四年，武帝乘着车辇，行进在回中道上。皇舆，国君所乘之车；回中道，古道路名，南起汧水河谷，北出萧关，因途经回中得名，为关中平原与陇东高原间的交通要道，途经今陕西陇县西北，其地曾有秦人所建的回中宫，今毁无存。

[2]龙为驱，虎为导：谓龙为之驱驰，虎为之引导道路，概言汉武帝北行的气势之大和声威之壮。

[3]乐蕃厘，祠雍后：谓汉武帝在雍县之郊祭祀天地后获得了洪福而快乐。厘，"釐"字的简写；蕃厘，即"蕃釐"，指多福、洪福。

[4]息甘泉，饫（yù）天酒：谓汉武帝北巡途中暂息甘泉宫，饮宴时喝足了美酒。饫，宴食、饱；天酒，指甘露，古人附会为仙酒。

[5]澹穆清，冰热恼：谓汉武帝本来神态安定祥和，却因天气忽冷忽热而烦恼。澹，恬静、安定；穆清，太平祥和。

[6]四夷服，咸稽首：谓汉武帝的北巡，使四方之异族臣服，都来稽首跪拜。咸，全、都；稽首，古时的一种跪拜礼。

[7]臣三祝，皇万寿：谓大臣们祝贺汉武帝万寿无疆。三祝，旧时祝人多寿、多富、多男子。

简　议

西汉元封四年汉武帝经回中道北巡，使"月支臣"而"匈奴服"，令中国人扬眉吐气，历代诗人对此多有唱颂。赵氏此作，与唐人卢照邻的《上之回》诗异工而同曲。

王仲修诗（一首）

王仲修（生卒年不详），北宋华阳（今四川成都）人。熙宁三年（1070）进士。以著作郎为崇文院校书，同知太常礼院。元丰四年（1081），以谒告淮南行为不检免官。元丰七年复为著作佐郎。元祐二年（1087）再去官。著有《宫词》等诗百余首。

宫 词

题 解

"宫词"，是以宫廷生活为题材的诗，一般为七言绝句。唐代大历中，王建著宫词百首，始以《宫词》为题，历代继之而作的诗人很多。王氏这首诗，描写了陇山鹦鹉入宫后深受宠爱的情况。

陇山鹦鹉羽毛鲜[1]，养在金笼已数年。

应为能言人爱惜，教成御制鹤冲天[2]。

注 释

[1] 鲜：美好。

[2] 教成御制鹤冲天：谓给鹦鹉教会了皇帝御制的《鹤冲天》词曲。《鹤冲天》为词牌名，双调八十四字，或八十六字、八十八字，仄韵。此调与《喜迁莺》《春花好》之别名《鹤冲天》者不同。

简 议

从这首诗的描述，可以看出陇山鹦鹉的灵慧美丽，也可推知它的广受欢迎。

李复诗（四首）

李复（生卒年不详），字履中。宋长安（今陕西西安）人，人称"潏水先生"。宋神宗元丰二年（1079）进士。负奇气，喜言兵，于书无所不读。元丰五年摄夏阳令。哲宗元祐、绍圣间历知潞州、亳州和夔州。元符二年（1099），以朝散郎为熙河路经略安抚司机宜文字。徽宗崇宁初，迁直秘阁、熙河转运使；三年，知郑、陈二州；四年改知冀州，除河东转运副使。《宋史翼》谓靖康中，他已老病居家，高宗强起之，使知秦州，是州无兵无饷，金兵破秦州城，他死于乱兵中。著有《潏水集》四十卷（已佚）。清四库馆臣据《永乐大典》辑为十六卷，其中有诗八卷。《宋元学案》卷三十一有传。

自吴岳归

题 解

吴岳即陇州吴山。此山被封为西镇，在古代极负盛名。作者往返于汧陇间十余年，其间曾多次登上吴山观光，且题诗于山中寺观。这首诗为其某次登山时作，在称美吴山之秋景的同时，记述了自己在山上的活动。

鸣凤冈[1]边路，秋风动夕岚[2]。
闲云依绝壁，独鸟下空潭。
畴昔[3]经行惯，重来委曲谙[4]。
试寻遗墨[5]在，投策访僧龛[6]。

注 释

[1]鸣凤冈：《诗经·大雅·卷阿》谓"凤凰鸣矣，于彼高冈。梧桐生矣，于彼朝阳"，此处言"鸣凤冈"者，是对吴岳的溢美。

[2]秋风动夕岚：秋风吹动日暮时分山中的雾气。

[3]畴昔：往日，往昔。

[4]委曲谙：委曲，山中的情况；谙，熟悉、知道。

[5]遗墨：从前题写于山上的诗文。

[6]投策访僧龛：投策，抽签；僧龛，庙宇中供奉佛像或神主的小阁。

简 议

闲云，绝壁，独鸟，空潭，诸多清劲景物的交相辉映，让秋日黄昏的吴山于幽致中见妙丽，而诗人的逸兴与闲适也尽现其中。看看昔日题写的诗文还在，他又平添了几分自负和惬意。因了造语的精彩和描写的灵动，诗篇读来醇乎有味。

无题二首

（予往来秦熙汧陇[1]间不啻[2]十数年，时闻下里之歌[3]远近相继和，高下掩抑，所谓其声呜呜[4]也，皆含思宛转而有余意，其辞甚陋。因[5]其调，写道路所闻见，犹昔人《竹枝》[6]《纥罗》[7]之曲，以补秦之乐府[8]云。)

题 解

这两首诗,原均题作"予往来秦熙汧陇间不啻十数年,时闻下里之歌远"。但笔者觉得这二十字不应是诗的标题,而是诗前小序的一部分,故将诗题自命为《无题》。两首诗皆写作者往来于秦熙汧陇间的"道路所闻见",其中第一首强调了陇山地理位置的重要,对其"中裂"而让西风"动边气"表示遗憾;第二首则表达了"东来行人"行进于陇山时看不到秦川的伤感。

一

陇山连峰入无际[9],天画封疆限华裔[10]。
如何嶐峮[11]忽中裂,西通风来动边气[12]?

注 释

[1]秦熙汧陇:秦熙,指陕西和熙河。熙河为路名,宋熙宁五年(1072)置熙河路经略安抚司,治所在熙州(今甘肃临洮)。作者曾任熙河路经略安抚司机宜文字及熙河转运使、秦州(今甘肃天水)知州,多次往来于陕西和甘肃间。汧陇,指汧水流域的汧源县(陇州治所所在地)和甘肃。

[2]不啻:不只。

[3]下里之歌:即下里巴人之歌。下里,乡里;巴,古国名,地在今川东一带。《昭明文选》战国楚宋玉《对楚王问》谓"客有歌于郢中者,其始曰'下里巴人',国中属而和者数千人"。在此,则指传唱于秦熙汧陇一带的民间通俗曲辞。

[4]呜呜:歌呼声。

[5]因:承袭,据。

[6]《竹枝》:指《竹枝词》,为乐府《近代曲》名,本巴渝一带民歌。唐刘禹锡于贞元中在沅湘间所创的新词,其形式为七言绝句。唐人所作多以写旅人离思愁绪或儿女柔情,后人所作多歌咏风土人情。又为词调名,本出于乐府《竹枝词》,单调,有十四字和二十八字两体。

[7]《纥罗》:即《纥那曲》,曲调名。唐代民间有歌,其词为"得体,纥那也,纥囊得体耶?潭里船车闹,扬州铜器多。三郎当殿坐,看唱

《得体歌》"。

[8]秦之乐府：指陕西及秦州地区的乐府诗。因秦代并无乐府机构及乐府诗，故这里的"秦"非指秦代。

[9]无际：无边无际的天空（空间）。

[10]天画封疆限华裔：意谓陇山是中华和西部边远地区民族邦国之间天然的阻隔。限，阻隔；华裔，华指中国，裔指边远地区的民族。

[11]谽（hān）谺（xiā）：也作"谽呀"，山谷空阔之态，这里指陇山中的深谷。

[12]西通风来动边气：谓陇山从中裂出一条大山谷，让西方吹来的风从中吹过来，从而扰动了中国边境地区的祥和宁静气氛。风，在此喻指西部少数民族邦国的兵马和杀气。

简 议

诗人认为陇山地理位置特殊，是中原王朝和西部少数民族政权之间天然的疆界和阻隔，对保障华夏安全具有相当重要的藩屏作用；但它却从中裂出了一条很大的沟谷，为敌方的入侵提供了便利，给中国的边防造成了不小的隐患。在作者生活的年代，北宋与西夏等西部邦国长期处于敌对状态，时有战争发生，故他对陇山的此种说辞尽在情理中。虽然只有短短的四句话，诗篇却如实反映了诗人强烈的忧患意识。

二

鸣凤山西五里坂[1]，未渡汧河山渐浅[2]。
东来行人渐长叹[3]，已觉秦川不在眼[4]。

注 释

[1]鸣凤山西五里坂：鸣凤山，今在何处已不可考；坂，山坡。

[2]山渐浅：山谷渐渐地狭窄了。浅，狭、窄小。

[3]东来行人渐长叹：东来行人，指从东而来的诗人自己；渐，加剧。

[4]秦川不在眼：谓秦川（作者的故乡长安）看不见了。

简 议

宋钦宗靖康间（1126—1127），诗人老病居家，本无意再次出仕，可朝廷却强行起用，除他为秦州（今甘肃天水）知州。此时的秦州处在宋、金战争的最前线，到处战火纷飞，社会动荡不宁。尽管有一百个不情愿，他也只得强撑着病体前去上任。这首诗即为其赴任途中进入陇山后作。诗篇文字浅近、语言清通，将作者的怨艾、无奈、伤心与乡愁尽数托出。到秦州后，金兵攻陷州城，诗人也死于乱军中，故此诗仿佛是他写给自己的一曲挽歌。

陇州神泉铺后池

题 解

陇州神泉铺位于今陕西省陇县城关镇神泉村，地处古秦陇大道边，村中神女祠西不远处有神泉。此诗为诗人"往来秦熙汧陇间"时游览神女祠后作，生动地描写了神泉铺后水池中鱼儿漫游的情态。

山腰绿映女郎祠[1]，祠下泉通竹下池。

时有游鲦[2]自来去，只应曾见理钩丝[3]。

注 释

[1]女郎祠：清康熙五十二年（1713）成书的《陇州志》谓"州西十五里有镇，曰神泉。昔之汧源县西北隅有祠在焉。神为汉司空张鲁女与海龙大姑、七里殿三姑兄弟也，血食与兹……神宇之西十步许，泉窦澄泓"。

[2]鲦（tiáo）：鱼名，即鲦鱼。银白色，也称白鲦。多生于江湖淡水中。

[3]只应曾见理钩丝：谓池中的鲦鱼之所以游来游去，是因为它曾经见过人们前来钓鱼，怕自己被钓走。理钩丝，整理钓鱼的钩子和丝线，指钓鱼。

简 议

诗人的工笔细描，让一个小小的乡村水池充满了诗情画意，也让陇州的神女祠继苏轼和穆衍之后再次进入了人们的视野。

丁带诗（十首）

丁带（生卒年不详），北宋谯（今安徽亳州）人。哲宗绍圣年间（1094—1098），曾任陇州吴山县县令。

吴山县十首

题 解

《吴山县》诗共十首,作于宋哲宗绍圣四年(1097),主要写了作者任职吴山期间的苦寂与落寞,郁闷和牢骚充乎其中。

一

潇洒吴山县[1],冈峦绕四维[2]。
官卑新令尹[3],邑古旧隃麋[4]。
趣有陶彭泽[5],才非陆浚仪[6]。
折腰身体重[7],叹适两相宜[8]。

注 释

[1]吴山县:当时的陇州下辖的一个县,县城故址在今陕西省宝鸡市陈仓区的县功镇。北魏孝昌二年(526),析汧阳县东南部,在长蛇川设长蛇县。唐贞观元年(627),改长蛇县为吴山县。北宋太平兴国初年起,陇州领汧源、吴山等四县。

[2]四维:四角和四隅。这里指吴山县城的四面八方。

[3]新令尹:令尹为官名,是春秋时楚国的最高官职,也是县官的别名。这里为作者自称。

[4]邑古旧隃麋:隃麋,古县名,西汉置,因隃麋泽得名,治今陕西千阳县东,西晋并入汧县。全句是说,吴山县县城是古隃麋县的旧县城。

[5]趣有陶彭泽:趣,志趣;陶彭泽,指晋代的陶渊明,他曾任彭泽令,因不能"为五斗米折腰"而弃官回归田园,以诗酒自娱。全句是说,自己有陶渊明那样弃官归田的志向。

[6]才非陆浚仪:谓自己的文才不及陆浚仪。陆浚仪指晋代的陆云,他曾出补浚仪令,故称。这句是诗人的牢骚之语。

[7]折腰身体重:折腰,晋代的陶渊明为彭泽令,郡遣督邮至,吏告当束带迎谒,陶叹谓"吾不能为五斗米折腰,拳拳事乡里小人邪!"后因称屈身事人为折腰。全句是说,要让我摧眉折腰奉迎权贵是不可能的,因为我的身体沉重笨拙、弯不下腰来。

[8]叹适两相宜:像陶彭泽那样慨叹和弃官归去是应当的。适,归。

简 议

名曰潇洒,实则苦闷填胸;看似放达,实则牢骚满腹。所谓的"才非陆浚仪",明摆着是正话反说,而"趣有陶彭泽"却是大大的实话。吴山县山峦起伏,自然条件极差。让诗人到这么一个山区小县来当县令,他深感委屈,诚有一肚子的不平。可他又性情耿介,不愿巴结上司以求升迁,弃官归田之念便油然而生。此诗的开宗明义,使整个组诗的基调得以定格。

二

潇洒吴山县[1],居民近百家。
孤城连阜[2]起,小市枕溪斜。
土润宜栽竹,泉甘好试茶。
公余无一事,何处息纷华[3]?

注 释

[1]吴山县:指吴山县县城。
[2]阜:土山。
[3]纷华:繁华盛丽。

简 议

吴山县城孤处深山,城内居民不满百家。丁县令寂寞难耐,只得以栽竹试茶打发时光。栽竹也好,试茶也罢,无非都是诗人悢惶心态的折射。

三

潇洒吴山县,登临四望遥。
风光迎翠耀[1],野色聚红霄[2]。
林静神鸦[3]散,汀寒宿鹭交[4]。
欲知民意乐,歌唱起渔樵[5]。

注 释

[1]翠耀:翠色耀眼。
[2]红霄:红色的云气。
[3]神鸦:即乌鸦。以常栖于神祠而称神鸦。
[4]汀寒宿鹭交:汀,水边平地、小洲。全句是说,水边(或水中小

洲）的鹭鸟相聚在一起。

[5]歌唱起渔樵：谓歌声从打鱼者和打柴者们那里传来。

简 议

诗人眼中的风光一片美好，耳中的歌声悠扬动听。但这美好和动听，是对他内心孤独的反衬。"民意"的"乐"，与县令的苦形成了强烈的对比。

四

潇洒吴山县，郊行路曲蟠[1]。
画留西寺古[2]，川漫北宫[3]寒。
问俗才无补[4]，寻幽兴未阑[5]。
一枝聊自足[6]，何笑九霄抟[7]。

注 释

[1]曲蟠：盘曲。

[2]画留西寺古：谓城西寺庙中留存的壁画很古老。

[3]北宫：当指县城之北的道观。

[4]问俗才无补：谓野无遗才。

[5]阑：尽。

[6]一枝聊自足：一枝，一条枝杈。《庄子·逍遥游》称"鹪鹩巢于深林，不过一枝"；《唐诗纪事》四李义府《咏乌》诗谓"上林如许树，不借一枝栖"。古时书信中称谋求官职为"觅一枝栖"，本此。全句是说，姑且以目前的县令职务为满足。

[7]何笑九霄抟（tuán）：抟即盘旋。《庄子·逍遥游》言"鹏之徙于南冥也，水击三千里，抟扶摇而上者九万里"。全句是说，何必为高飞于九天（喻做高官）而笑傲。

简 议

因了寂寞无聊，丁县令便去寻幽访古。然而，与僧道的攀谈并未让他放松心情，而出游的快乐也无法遣散他的郁闷，这从诗的最后两句完全看得出来。

五

潇洒吴山县，槐衙[1]旧治雄。

民淳庭寡讼，土厚岁[2]留丰。
废垒长蛇积[3]，虚岩大象空[4]。
虽非邹鲁[5]地，弦诵满儒宫[6]。

注　释

[1]槐衙：本指唐代长安城内大道两侧的槐树，因其排列成行，有如排衙，故称。这里则指吴山县县城所在的槐衙堡。《旧唐书·地理志》称"吴山，隋长蛇县，唐贞观元年改为吴山县，治槐衙堡"。

[2]岁：年。

[3]废垒长蛇积：谓废垒堆积如长蛇。或谓废垒积于吴山县城所在的长蛇川。

[4]虚岩大象空：虚，天空；岩，高山；大象，《老子》中有"大象无形"语，三国魏王弼《道德真经注》谓"大象，天象之母也"，指世界一切事物的本原，也指无形无象的"道"。在这里，大象当指大道而言。

[5]邹鲁：《庄子·天下》谓"其在于《诗》《书》《礼》《乐》者，邹鲁之士缙绅先生多能明之"。邹，孟子故乡；鲁，孔子故乡。故邹鲁喻指文化昌盛之地。

[6]弦诵满儒宫：弦诵，《礼记·文王世子》谓"春诵，夏弦"，《郑笺》称"诵，谓歌乐也；弦，谓以丝播诗"，后世因以弦诵称学校教学。在此则指学校师生的诵读声。儒宫，学校。

简　议

县城雄伟，民风淳朴，年岁丰登，教育兴旺，吴山县也有它的可爱处。借其可爱处，诗人权且自我安慰，把那一直紧锁着的眉头舒展一下。

六

潇洒吴山县，岩居[1]共几层。
风清闻远笛[2]，月黑见孤灯。
酒酿南溪水，琴邀北阁僧。
城隅修槛[3]稳，衙退晚来凭[4]。

注　释

[1]岩居："岩居穴处"的省称。谓住在深山洞穴之中，喻隐居生

活。这里指当地百姓居住的窑洞。

[2]风清闻远笛：谓远处的笛声被清风吹来，让人听到。

[3]修槛：修长的栏杆。

[4]凭：依，靠。

简　议

依清风可以闻笛，假溪水得以酿酒，邀寺僧也可弹琴，凭长栏又能观景，县令的生活好不惬意。可夜幕中的孤灯毕竟不爽，诗人灵府的悒郁终究无法散去。

七

潇洒吴山县，风光满泽川。

野桃红映水，溪柳翠生烟。

曲岸连幽渚[1]，平莎[2]覆暖泉。

喜无尘事役[3]，终日听潺湲[4]。

注　释

[1]幽渚：被野草覆盖着的寂静的沙洲。

[2]平莎：平齐的莎草。

[3]尘事役：尘事，世间俗事（指县令要做的公事）；役，驱使。

[4]潺湲：流水声。

简　议

因为"喜无尘事役"，县令乐得观光赏景，在无所作为中消磨岁月，这样的为官生涯岂不尴尬？

八

潇洒吴山县，庭虚夏亦凉。

云龙藏峻岳[1]，木叶暗稠桑[2]。

种稻连荆箔[3]，分泉过石堂[4]。

谁知关塞[5]近，风物满西乡。

注　释

[1]峻岳：指西镇吴山。

[2]稠桑：稠密的桑树林。或说指吴山县所辖的稠桑里。

[3]荆箔：用荆条编织的帘子。意谓所种的水稻像连成片的荆箔。

［4］石堂：堂，旧时官府治事的处所，这里指县衙。石堂，石砌的县衙堂屋。

［5］关塞：古时设于边界上，以稽查行旅的关口。这里当指雄踞陇州西部陇山间的大震关（安戎关）。

简 议

山区小县的可爱处还真不少，能让诗人多来点自我慰藉。

九

潇洒吴山县，超然寓摄斋[1]。

清尊聊对月[2]，芳草恣[3]侵阶。

穷达须归命[4]，升沉[5]不系怀。

弦歌[6]虽可乐，吾志在江淮[7]。

注 释

［1］摄斋：古人穿长袍，升堂时提起衣摆（下摆）防止跌倒，也表示恭敬有礼。这里喻作者处理公务的县衙。

［2］清尊聊对月：举着盛有清醇美酒的酒樽，姑且对着月亮而饮。

［3］恣：放纵，无拘束。

［4］穷达须归命：穷，不得志、不显贵；达，得志、显贵；归命，顺从命运的安排。

［5］升沉：登进（升官）和沦落，指仕宦的升降进退。

［6］弦歌：以琴瑟伴奏而歌。《论语·阳货》记孔子弟子子游任武城宰，以弦歌为教民之具。后来的诗文中因以弦歌为出任邑令的典故。所以，这里的弦歌指担任吴山县令。

［7］江淮：江苏和安徽两省地在长江和淮河流域，因以江淮泛指两地。诗人故乡在安徽亳州，故以江淮喻故乡。

简 议

吴山县的风物再好，诗人再怎么寻求安慰，还是难以消除对穷达的在意，委屈和失落依然如影随形。"穷达须归命"无非愤激之言，"升沉不系怀"更是怨尤之语。官儿既然做得憋屈，雄心壮志又无法实现，挂冠归去就是必然的选择，所以只好"吾志在江淮"了。

十

潇洒吴山县,云峰信[1]有余。

地偏[2]常畏虎,水潬[3]不生鱼。

梦去游乡国[4],愁来厌读书。

拂衣空有志,何日赋归与[5]?

注 释

[1]信:的确,确实。

[2]地偏:(吴山县)地处偏僻。

[3]水潬:水中有烂泥。

[4]乡国:家乡。

[5]赋归与:犹言"告归"。《论语·公冶长》称"子在陈曰:'归与!归于!吾党之小子狂简'"。后因以赋归与作告归的代称。告归,谓辞官还乡。

简 议

这收尾诗与开篇诗遥相呼应,保障了组诗在主题和立意上的始终如一。在这里,吴山县的可爱全不见了,取而代之的是危峰林立,是偏僻闭塞,是虎患不断,是水不生鱼。这些都让诗人深怀畏惧、常感苦恼,思乡之心也变得更加迫切。尤其是政治抱负的落空,叫他觉得这县令当得特别没劲,所以只想尽快挂冠归田,图个逍遥自在。就整个组诗而论,鼓吹潇洒只是自我调侃,陈说委屈才是初衷所在。十首诗写得沉郁顿挫,颇有杜少陵遗风。有论者说他从组诗中读出了丁氏的达观与洒脱,这无疑是看走了眼,错会了诗人的初心。

万俟咏词(一首)

万俟咏(生卒年不详),字雅言,号词隐,自号大梁词隐。北宋词人,籍贯不详。崇宁(1102—1106)中召试补官,授大晟府制撰官。善音律,能自度新声,词学柳永。著《大声集》五卷:一为"应制",二为"风月脂粉",三为"雪月风花",四为"脂粉才情",五为"杂类",多为风花雪月之吟,风格柔媚纤弱,其集已佚。今存词二十七首。南宋黄升评其词"雅言之词,词之圣者也。发妙音于律吕之中,运巧思于斧凿之外,平而工,和而雅,比诸刻琢句意而求精丽者远矣"。

忆少年·陇首山

题 解

《忆少年》为词牌名,又名《十二时》《桃花曲》《陇首山》。有正体和变体两种,正体双调四十六字,变体双调四十七字。这首词为变体,写了征人行经陇山时的乡愁。"陇首山"即陇山。

陇云溶泄[1],陇山峻秀,陇泉呜咽。行人暂[2]驻马,已不胜愁绝。上陇首、凝眸天四阔,更一声、寒雁凄切。征书待寄远,有知心明月。[3]

注 释

[1]溶泄:舒散飘动。

[2]暂:初,刚刚。

[3]征书待寄远,有知心明月:谓要将家书寄到遥远的故乡去,可以托付于知道心事的明月。

简 议

陇山虽然峻秀,陇水却自鸣咽,再加上寒雁的一声悲鸣,征人的乡思如何遏止得住?乡愁虽浓却又无奈,他只好托付明月将家书送给故乡的亲人。南宋黄升说万俟咏的词"发妙音于律吕之中,运巧思于斧凿之外,平而工,和而雅",这首词就是最好的见证。

姚宽诗(一首)

姚宽(生卒年不详),字令威,号西溪。会稽嵊县(今属浙江)人。宋徽宗宣和三年(1121),随父徙居诸暨。宋代杰出的史学家、科学家和著名词人。其人博闻强记,精于天文历算,尤工辞章和篆隶书。

陇　头

题　解

此诗着力诉说了征人戍守边塞时的哀愁和怨嗟。

> 下陇流水咽[1]，上陇征人别。
> 秦树暗秋云，燕鸿隔春雪[2]。
> 闪倏见胡骑[3]，翩翩传汉节[4]。
> 戍客起愁心，心与飞蓬折！

注　释

［1］下陇流水咽：谓流下陇山的水鸣声呜咽或"幽咽"。

［2］燕鸿隔春雪：燕子春来，鸿雁冬去，故言"隔春雪"。

［3］闪倏见胡骑：谓敌骑跑得极快。闪倏，如闪电般疾走。也作"倏闪"，晃动不定的样子。

［4］传汉节：传送中国的符节。汉，代指中国；节，指符节，古时使臣执此以为示信之物。

简　议

征人耳中的陇水总是呜咽。受其感染，他们心中的愁苦也应时而生。作为风谣俗曲的《陇头歌》，大多为触景伤怀之作，要在泣诉离别思乡之情，这首诗亦复如是。

王偁诗（一首）

王偁（生卒年不详），一作"王称"，字季平。南宋眉州（今四川眉山）人。历任承政郎、龙州知州、吏部郎中。刻意史学，博采北宋史略，辑成《东都事略》一百三十卷，叙北宋九朝之事。孝宗淳熙中（1174—1189），与洪迈同修四朝国史。撰有《西夏事略》等。

陇头水

题　解

这是一首借乐府旧题而写的五言律诗。诗中描写了陇山环境的萧索艰苦，希望有人西征消灭敌人以保卫家国。

陇底望秦关[1]，萧萧陇水寒。
照人犹带恨，饮马不成湍[2]。
落日边尘合[3]，秋风候骑[4]残。
谁磨三尺剑，直为斩楼兰[5]！

注　释

[1]陇底望秦关：陇底，陇山脚下；秦关，指陇山顶上的大震关或山中的安戎关。

[2]不成湍：不能形成湍流。

[3]边尘合：边塞地区的烟尘四面合围。

[4]候骑：巡逻侦察的骑兵。候，通"堠"。

[5]楼兰：汉代西域城国之一，在今新疆罗布泊西。这里代指西域敌对势力。

简　议

鉴于陇山戍守将士万般辛苦，诗人殷切期望彻底剿灭"楼兰"，让中国获得长久的安宁。此种创作思路，在以《陇头水》为题的边塞诗中尚不多见。

无名氏诗（一首）

西镇位

题　解

南宋高宗绍兴间（1131—1149），朝廷开展了一场大规模的祭祀岳镇海渎活动，组织朝臣创作与祭祀有关的郊庙朝会歌词四十三首。《西镇位》是其中的第三十首，是专为颂扬吴山而作的。吴山又称吴岳，是坐落在陇州的天下名山，为五镇中的西镇。

维吴崇崇[1]，于汧之西。
瞻彼有龙，赫赫不迷[2]。
克禋于岳[3]，我酌俶齐[4]。
于凡有旅[5]，眡公维跻[6]。

注　释

[1]崇崇：高峻。

[2]赫赫不迷：赫赫，显赫而高大；不迷，不媚。

[3]克禅于岳：能够弥补五岳（的不足）。克，能够；禅，弥补。

[4]俶齐：俶，美、善；齐，通"斋"。

[5]于凡有旅：但凡祭祀。于，语助词，无义；旅，祭祀名。

[6]眂公维跻：眂，古"视"字；公，指吴山；跻，登。

简　议

吴山雄居陇州，是闻名天下的西镇。在古代，它历享封建帝王的尊崇和朝廷的祭祀，更被骚人墨客赋诗唱颂，从而成为一座文化名山。因了此山的闻名，陇州也跟着添彩。

金元

  金元时期，描写或言及陇州的诗歌计为六十五首，涉及作者十六人。其中李献可、赵秉文、宗泐、王祎的诗最具特色。

马钰诗词（二十三首）

马钰（1123—1183），原名从义，字宜甫；后更名钰，字玄宝，道号丹阳子。金代山东宁海（今山东烟台市牟平区）人。家世为地方大族。少习儒学，长于针灸疗法。金大定七年（1167），王重阳到宁海传布全真道，马与妻子孙不二师事之。后开全真道遇仙派，以清净修炼为主旨。元至元间赠封"丹阳抱一无为真人"，世称"丹阳真人"，为全真教北七真人之一。曾先于丘处机数次来陇州龙门山游历访道，留有大量诗词作品。著有《神光璨》《洞玄金玉集》等。

赠陇州李解元

（余复别陇汧，重访龙门山。有李子和解元[1]相饯，至勾兜堡旅馆同宿。是夜，闻邻舍人亡，悲哀不已，作此赠之。陇州李子和解元入道，训法名大茎，号灵根子。）

题　解

此诗旨在对李解元开导劝诫，要他放下尘世的七情六欲，专心修道。李子和其人无考。

休要哀他亡过人[2]，切需哀己叹虚辛[3]。
急修久视长生景[4]，得赏瑶台阆苑春[5]。

注　释

[1]解元：在科举时代，参加乡试获得第一名者称解元。

[2]亡过人：死去的人。

[3]虚辛：空虚而艰辛的俗世生活。

[4]长生景：长生不衰的景观。道家认为修道可以成仙，成仙后即可长生而不衰。

[5]瑶台阆苑春：瑶台和阆苑中的生机。阆苑，即阆风之苑，与瑶台同为仙人所居之境；春，喻生机。

简　议

用俗世的眼光看，马道对李解元的劝导未免有些冷漠，缺乏起码的同情心。不过，这也反映了他的道心之坚。李子和是解元，是陇州历史上的文化名人。但对于这样的历史人物，历代陇州（县）史志竟无只言片语。通过这首诗，我们有幸看到了他的一鳞半甲。

赠陇州贺孔目[1]

题 解

这首诗意在对贺孔目进行劝导，要他淡看名利，转而修道，以便增益智慧。贺孔目其人无考。

万万千千名利人，有谁知苦更知辛？
若通吾道[2]玄中妙，暗惠贤家脸上春[3]。

注 释

[1]孔目：官名。掌管文书档案，收贮图书。因事无大小，都经其手，一孔一目无不综理，故称。唐代有集贤殿孔目官，地方藩镇也有孔目官；宋代秘书诸馆、盐铁度支户部三司及王府皆有孔目或都、副孔目，专管稽核文簿；元代改都孔目为都目，置于诸司。这里言及的贺孔目，当是掌管陇州文书档案、管理文簿的官员。

[2]吾道：全真教的道家之道。

[3]暗惠贤家脸上春：惠，通"慧"；暗惠，在不知不觉中增进智慧。

简 议

因为贺孔目是官场中人，马道才劝他看淡名利而学道，以便除去争名夺利的辛苦，并增益智慧。

赠陇州尚书表

题 解

此诗旨在劝诫尚书表解下名缰利锁而觉悟道法，以追求道谛和长寿。尚书表其人无考。

撇下金枷玉杻[1]人，悟闲[2]肯受苦勤辛？
修完不有修完处，捉住虚无捉住春[3]。

注 释

[1]金枷玉杻（niǔ）：金质的枷锁和玉质的手铐，谓功名利禄其实

是枷锁和手铐。杻，刑具名，即手铐。

［2］悟闲：觉悟道家法度。闲，法度。

［3］捉住虚无捉住春：谓得到"道"的根本且得到长寿。虚无，是道教徒所说的"道"的本体，言其无所不在又无形可见；春，年，指延年。

简 议

诗人要尚书表撇开"金枷玉杻"而觉悟道法，主旨与前两首诗无异，正所谓三句话不离本行。

赠陇州续玄机

题 解

这首诗对道士续玄机给予由衷的肯定。续玄机其人无考。

　　　　清净无为真道人，并无苦苦与辛辛[1]。
　　　　三千功[2]满三千日，十二周天十二春[3]。

注 释

［1］苦苦与辛辛：辛辛苦苦。

［2］三千功：三千大世界的功业，即尘世的事功。

［3］十二周天十二春：十二，指十二宫；周天，满天、满天地间；春，年。

简 议

道士续玄机捐弃红尘潜心学道而道业有成，作者对他大加赞赏。

赠陇州谈善柔

题 解

此首诗对谈善柔能断绝酒色财气的勇决给予颂扬。谈善柔其人无考。

　　　　断除酒色气财人[1]，免向家中受苦辛。
　　　　决烈回头三岛客[2]，修持定饮十洲春[3]。

注 释

［1］断除酒色气财人：指谈善柔。

［2］决烈回头三岛客：谓谈氏决然抛弃红尘而入道。三岛，即三神山，是秦汉方士所称的东海中仙人所居的三座山，这里借指道家的道观。

[3]十洲春：十洲，指祖洲、瀛洲、玄洲、炎洲、长洲、元洲、流洲、生洲、凤洲、麟洲，传说都在八方大海中，为神仙所居之地；春，酒，自唐代起，人们称酒为春。

简　议

陇州谈善柔既然能跳出尘海而修持道法，马道自然要对他给予赞赏。

赠陇州赵八郎

题　解

这首诗的要旨，是对赵八郎进行讽喻。赵八郎其人无考。

　　惺惺伶俐最憨人[1]，贪为养家苦力辛。
　　不念百年随手过[2]，空图荣旺暂时春[3]。

注　释

[1]惺惺伶俐最憨人：指赵八郎。惺惺，清醒、聪明；最憨人，（却是）最傻而痴的人。

[2]随手过：在不知不觉中一晃而过。

[3]暂时春：一时的生机。春，生机。

简　议

赵八郎辛苦劳作、尽力养家，马道却说他是聪明而又痴愚的俗人，怪其不念人生苦短而贪图一时的家业兴旺，暗示他遁入山中修道成仙。这无疑是强人所难，委的不近人情。

赠陇州辛司侯三首

（陇州辛司侯[1]到官三月，见余劝学道，渠[2]云："念某[3]才请得三个月俸。"因而有作。）

题　解

《赠陇州辛司侯》诗共七首，这里选录其中的三首。三首诗旨意相近，均在劝辛司侯淡看利禄以修道。辛司侯其人无考。

一

　　岩前鹤唳草堂人[4]，喜见登科甲第辛[5]。
　　学士要迁[6]官一品，散臣不博寿千春[7]。

注　释

[1] 辛司侯：姓辛的掌管时令的官。司侯，掌管时令。

[2] 渠：人称代词，意如"他"，指辛司侯。

[3] 某：自称，意如"我"。

[4] 岩前鹤唳草堂人：指居住在山野草屋中而有德望的布衣之人。鹤唳，即"鹤鸣"，指鹤鸣之士，专指未出仕的有名望的人，典出《易·中孚》。

[5] 喜见登科甲第辛：谓只喜欢科举高中而不顾其中的辛苦。

[6] 迁：升。

[7] 散臣不博寿千春：散臣，即散官，指有官名而无固定职事的官；不博，不知道，没听说；千春，千年。

简　议

辛司侯到陇州任职才三个月，马道便劝其弃官修道。见人家不肯答应，他便借机将天下业儒者和官场中人大大地奚落了一番。

二

马风诗上读书人[1]，各自家风各诉辛。

入仕新官三月俸[2]，出尘故友屡经春[3]。

注　释

[1] 马风诗上读书人：意谓自己写诗赠给辛司侯劝他修道，他却听不进去。马风，"马耳东风"的省称，马耳东风比喻言不入耳；读书人，指辛司侯。

[2] 三月俸：三个月的俸禄。

[3] 出尘故友屡经春：谓和自己一起跳出尘世而修道的朋友，都获得了生机。出尘，超出世俗之外，即进入道门；春，生机。

简　议

辛司侯做官只领了三个月的俸禄，但和作者一同学道的人却都获得了新的生机。两相比较，马道认为还是学道比做官划算。看来，只要辛氏不弃官入道，马道就不会放弃对他的诱导。

三

我会摇头不字人[1]，因何诗曲捧呈辛[2]。

宿缘宿契云霞友[3]，今朝喜遇一阳春。

注　释

[1]我会摇头不字人：谓自己为辛司侯不肯入道而摇头。字，爱。

[2]因何诗曲捧呈辛：谓自己为何还要辛辛苦苦地进诗给辛司侯。诗曲，诗歌。因为诗韵律可歌咏，故也可称诗曲。

[3]云霞友：指遁迹山林中的道友。

简　议

因为劝不动，马道对辛司侯感到失望，并为道友们的生活美好而欣欣。不过，诗篇的本意还是讽喻辛氏去官学道。

陇州萧公索诗兼呈辛公司侯

题　解

时任陇州防御判官的萧某向马道求诗，马即作此以赠并呈辛司侯同观。

的端炼锻了心人[1]，说与州官司侯辛[2]。
异口果登三岛[3]路，今朝喜遇一阳春[4]。

注　释

[1]的端炼锻了心人：谓人果然锻炼了心性，了悟人生，通达天命。的端，即"端的"，意如"果然"。

[2]司侯辛：即前诗中提到的辛司侯。

[3]三岛：即三神山。秦汉方士所称的东海中仙人所居的三座山，名曰蓬莱、方丈、瀛洲，也叫三壶。

[4]一阳春：意如"一家春"。指美好的自然境界或生活境况。

简　议

虽然是赠给萧公的诗，其意却仍在苦劝辛司侯学道。大概因为特有慧根，马道视辛氏为修道成仙的不二人选，将其紧紧地揪住不放。

赠陇州萧防判

题　解

马道与陇州防御判官萧某相善，乃作此诗以赠，意在讽劝萧氏学道修心。萧氏其人无考。

>顿觉[1]万缘空，顿觉心开悟。
>心猿[2]自然停，意马自然住。
>龙虎[3]自然调，神气自然固。
>金丹自然结，神仙自然做。

注　释

[1]顿觉：佛教谓直闻大乘，行大法不离此生，即得解脱，即证佛果为顿悟。这里指领悟道家教义。

[2]心猿：全称为"心猿意马"，也作"意马心猿"。为道家用语，比喻人的心思流荡散乱而把握不定。

[3]龙虎：道家语，谓水火。宋朱熹《朱子语类》之《庄子书》谓"精，水也，坎也，龙也，汞也；气，火也，离也，虎也，铅也"。故龙虎即水火，水火即精气，又指大小便。

简　议

诗中的六个"自然"，都是写给萧防判看的，目的是张扬学道的好处，诱使萧氏修道炼心，甚或遁入道门。

赠陇州李镇国

题　解

这首诗的用意，是鼓吹自己的修仙之术，讽劝李氏学道修仙。李镇国其人无考。

>我有修仙术，说破人惊骇。
>净里撮乾坤，空中安鼎鼐[1]。
>扳倒昆仑山，托起大阳海[2]。
>山海变桑田，性命久长在。

注　释

[1]鼎鼐：兴盛，懒散。

[2]大阳海：指高大的阳海山。山的主峰在广西兴安县境。阳海山又名海洋山、阳朔山。

简 议

马道的修仙术简直有如神话，的确令人惊掉下巴，不知李氏镇国信还是不信？

清心镜·内采药赠陇州老田先生

题 解

因见陇州老田先生在山中采药，马道于是联想到修道的事，乃作了这首词。"清心镜"大约为词调名，但查阅有关资料，词谱中均无这一词牌，故此调或为马氏自创，或是将某种词牌更名而来。

学修行，如采药。携个清净篮儿，并无杂著[1]。向白云、深处游行，又何曾用镢。

呼青鸾[2]，引白鹤。踏开宝陆[3]，自然辉霍[4]。见九转、一粒丹成。

注 释

[1] 杂著：杂物，此处作"杂念"解。著，"着"的本字。

[2] 青鸾：传说中的神鸟。

[3] 宝陆：宝山。陆，高而平的山。

[4] 辉霍：同"辉赫"，光明。霍，"赫"字之借。

简 议

马丹阳不愧是道教精英，竟能将老田先生采药之举与道家的修持和炼丹紧密地联系起来。不过，这种联系却也生动传神。

谢陇州笔刘三郎羊皮被

题 解

马氏访道陇州期间，道士刘三郎赠他以羊皮被，他即赋此以谢之。

同云一色不多般[1]，六出[2]飘飘锁故关。

深谢彭城真道友[3]，赠予皮被敌冬寒。

注 释

[1] 同云一色不多般：谓刘三郎所赠羊皮被色白如云而不一般。

[2] 六出：指雪花。雪花的结晶体为正六角形，故称。

［3］彭城真道友：刘三郎为道士，是彭城（今江苏徐州铜山区）人。

简 议

滴水之恩，当报之以涌泉。受人一被而报之以诗，理固宜然。"真道友"三字，将作者对刘三郎的感激之情写得何其真诚！

赠陇州小麻先生

题 解

此诗旨在劝小麻先生修道升仙。小麻先生其人无考。

清心净意，养气全神。

功昭行著[1]，得做仙人。

注 释

［1］行著：行动上显现（出来）。

简 议

"清心净意"和"养气全神"确是养生之道，但与"做仙人"毫不相干。

赠陇州魏司判

题 解

这首诗意在劝魏司判清心寡欲而远红尘。司判，为州郡的僚属，职掌批判文牍。魏司判其人无考。

好饮长生仙酒，好向无中寻有。

好礼自心为师，好做物外[1]清叟。

注 释

［1］物外：世外。

简 议

无论遇到什么人，丹阳真人都喜欢向人家兜售他的道家理念。

赠陇州佑德观王道正

题 解

道正为官名。元明时，于各州均设道正司，其长官为道正。州郡所设道正司，主掌道人词讼，钤束一州之道人。王道正其人无考。

    识破四假[1]身，修炼个真身。
    欲要成灵物[2]，须当固本根。
    清闲无一事，疏散绝纤尘。
    已作逍遥客，兼为自在人。

注 释

[1]四假：佛教语。佛教三论宗主张一切诸法皆假，并设其要用为因缘假、随缘假、对缘假、就缘假四门。

[2]灵物：珍奇神异之物；神灵。

简 议

通过这首诗，可以看出作者修道信念的执着。

捣练子

（陇州萧防判[1]言：将来宜人[2]分娩，是儿是女，有无灾难，索词。）

题 解

听萧防判说他的夫人将要分娩，作者即作此词以贺之。《捣练子》为词调名，一名《捣练子令》，又名《深院月》，单调五句二十七字，三平韵；双调上下段各五句，三十八字，三平韵。

  好性子，好性怀[3]。不须香火不须斋[4]。戴云瑞[5]，免了灾。
  内修个，不凡胎。忘机[6]绝虑屏尘埃。产灵童，有大才。

注 释

[1]萧防判：为时任陇州防御使的属官，其人不可考。金之州制，有节镇州和防御州之别，防御州以防御使为州官。陇州在金代为防御州，故设防御史以为知州。

[2]宜人：命妇名号。宋政和二年（1112）始置，封朝奉大夫以上官员之妻、母；元代用以封七品官员之妻、母；明清以五品官之妻、母封宜人。在此，宜人指萧防判之妻，她被封为宜人。

[3]好性怀：谓萧防判命好情怀好。性，命。

[4]不须香火不须斋：谓不用烧香求神也不用斋戒。

[5]戴云瑞：头上顶着祥云。云瑞，祥云。一作"戴云包"。

［6］忘机：忘却计较或巧诈之心，指甘于恬淡、与世无争。

简　议

措辞质实风趣，命意庸俗可哂，阿谀之意昭然。丹阳真人名为方外高士，骨子里还是尘海中的俗人！

述　怀

题　解

《述怀》为组诗，共三首。这里录其第三首。诗篇主言息影修道生涯的自得和惬意。

　　　　逍遥自在三山客[1]，坦荡无拘一散仙[2]。
　　　　清净斡开壶内景[3]，无为踏碎洞中天[4]！

注　释

［1］三山客：谓自己是东海中三神山上的仙人。晋王嘉《拾遗记》言东海中有仙人所居的三座神山，一为方壶，二为蓬壶，三为瀛壶。

［2］散仙：道教称未授职务的仙人为散仙。这里是作者自称。

［3］斡开壶内景：斡开，转运打开；壶内景，即"壶天景"，是道家所称的仙境之景。《后汉书·费长房传》载，长房为市掾，某日在楼上看见市中有老翁卖药，悬一壶于坐，市罢即跳入壶内，知其为非常人，便拜他学道。这老翁被称作"壶公"，后成为神仙的泛称。《水经注》称壶公姓王。

［4］洞中天：洞中天地。道家以此为仙人所居之所，有王屋山等十大洞天、秦山等三十六洞天之说。

简　议

依着马道的意思，入山修道真个快活无比。诗篇笔墨潇洒，造语奇伟，道气冲天，饶有趣味。

自龙门抵华亭太和庵居旬[1]余欲行留绝句

题　解

这首诗作于甘肃省华亭县的太和庵，对"选仙才"而不遇表示遗憾。

　　　　炼就丹药玉心[2]开，云游西北选仙才[3]。

锦鳞不得空捞漉[4]，收拾纶竿[5]归去来。

注　释

〔1〕居旬：留居十天。旬，十天。

〔2〕玉心：皎洁如玉的心。

〔3〕仙才：道家所称的登仙的资质。这里指适于、乐于学道的人。

〔4〕锦鳞不得空捞漉：锦鳞，鳞光鲜艳而华美的鱼，这里喻"仙才"，即可修道成仙之人；捞漉，水中探物，也泛指寻取，同"捞摸"。

〔5〕纶竿：纶，钓鱼所用的丝线；竿，钓鱼的竿。

简　议

想拉更多的人加入修道的团伙却不能如愿，丹阳先生徒叹奈何。三、四两句巧用隐喻，掩失望和气馁于无形。

别陇州

题　解

这首诗为作者告别陇州时作，为自己的"了达根源真一得"而自豪。

水历云游凭有则[1]，顺行逆行人莫测。

个内斡旋天地机[2]，了达根源真一得[3]。

注　释

〔1〕则：道家的法则。

〔2〕个内斡旋天地机：个内，心中；天地机，天地之玄妙义理。

〔3〕真一得：得到了真一。真一，道家指保持本性、自然无为。

简　议

看来，马氏来陇州访道收获当真不小。不过"个内斡旋天地机"也罢，"了达根源真一得"也罢，无非都是道家的追求，丝毫不关尘网中人事。

下龙门山访亭川

题　解

这首诗为作者离开龙门前往亭川时作。诗篇对陇州龙门山给予颂扬，表示还会再来。

远游西北访名山，一钓龙门趣大湾。

湾湾曲曲珠穿透[1]，秀处亭川好往还。

注　释

[1]湾湾曲曲珠穿透：龙门山下有香积河，河水弯环而过，中有二十四潭，流水飞珠迸玉。这句就此而言。

简　议

陇州龙门山奇峰对峙、碧水飞流、道气冲然，确是西北名山，更是黄冠们潜心修道的洞天福地，所以马道才说"好往还"。

重访龙门山

题　解

此诗为作者再次访道龙门时作，讽喻世人放弃俗念而修道。

耳内常闻哭死人[1]，鼻中不觉沥酸辛[2]。
哀人岂似常哀己，见道胜如见永春[3]。

注　释

[1]哭死人：为死去的人哭泣（的声音）。

[2]沥酸辛：谓尘世中人听到哭死人的声音，就在不知不觉中涕泪涟涟。

[3]见道胜如见永春：谓知道了道家真谛，就如同看到了长生。永春，长生。

简　议

全是道家说辞，一无人间烟火之气。

丘处机诗词（二十三首）

丘处机（1148—1227），字通密，号长春子。金登州栖霞（今属山东）人。道教全真派的开创人之一。于公元1219年奉诏从莱州出发，经阴山、雪山到达邪米思干（今译撒马尔罕）晋见成吉思汗，被封为国师，号长春真人，统领道教。死后，忽必烈褒赠"长春演道主教真人"封号，归葬北京白云观。据《七真年谱》记载，他曾于金世宗大定二十年（1180）从陈仓磻溪移栖陇州龙门洞，于大定二十六年冬离开龙门，在龙门山苦修七年，创立了全真教的龙门派。著有《摄生消息论》《大丹直指》及诗集《磻溪集》。

无 题

题 解

这首诗作于金大定二十年（1180），极力称颂龙门山之秀美。

  吾入壶天境[1]，峰峦至妙哉。
  青云[2]今有路，咫尺近蓬莱。

注 释

［1］壶天境：是道家所称的仙境。《云笈七签·二十八治》谓"（施存）学大丹之道，后遇张申，为云台治官，常悬一壶，如五升器大，变化为天地，中有日月，如世间。夜宿其内，自号壶天，人谓壶公"。

［2］青云：喻隐逸。

简 议

在丘道眼中，陇州的龙门山奇峰秀妙、风景独好，恍如壶天之境，是个隐栖修道的好地方。

陇山松

题 解

此诗作于金大定二十六年（1186）。诗中对陇山（实指龙门山）之松的遭人侵害表示悲哀，表达了他想要离开"陇山"的意图。

  我居西山时六年[1]，西山上有松孤然[2]。
  朝云霏微[3]接关塞，暮雨淅沥交洞天[4]。
  天生此境为吾伴，隔涧相陪远相看。
  郁郁苍苍气色佳，萧萧瑟瑟风声贯[5]。
  连枝合抱垂重阴[6]，受命已经千载深[7]。
  如何今岁上春月[8]，平地忽遭樵夫侵。
  斧声丁丁响溪谷，松烟惨惨愁山麓[9]。
  也知天意我将归[10]，故遣灵岩尔先覆[11]。
  景亡人散复何陈[12]，空山黯淡悲游人[13]。

白鹤高飞失行止[14]，苍龙偃卧无精神[15]。
亦知物象[16]终难固，凡百[17]有形皆有数[18]。
高歌物外[19]归去来，大隐廛中[20]亦开悟。

注　释

[1]我居西山时六年：西山，指龙门山。全句是说，我来龙门山隐居时达六年。据《陇县志》（1993年12月版）记载，丘处机于金世宗大定二十年（1180）由今宝鸡市陈仓区的磻溪移栖陇州龙门山；复因京兆夹谷公之邀，于大定二十六年（1186）前往终南山。以此度之，他在龙门山的时间恰为六年。

[2]孤然：孤独地矗立着。

[3]霏微：迷蒙。

[4]洞天：为别有天地之意。道家以此称仙人所居之处。《云笈七签·十大洞天》称"十大洞天者，处大地名山之间，是上天遣群仙统治之所"。有十大洞天和三十六洞天。在这里，洞天指龙门山道场。

[5]贯：（风声）穿松而过。

[6]重阳：指天。《楚辞·远游》谓"集重阳入帝宫兮，造旬始而观清都"。宋人洪兴祖《楚辞补注》称"上为阳，清又为阳，故曰重阳"。

[7]深：历史久远。相当于"长"。

[8]今岁上春月：今年阴历正月。上春，古指农历正月。

[9]愁山麓：谓听到丁丁斧声，山脚的松树们怕自己也遭砍伐，从而愁苦不堪。

[10]也知天意我将归：谓松树被砍，是上天向我示意，要我离开龙门山。

[11]尔先覆：尔，指松树；覆，覆灭。

[12]景亡人散复何陈：景亡，谓松树覆亡；人散，指作者将要归去；何陈，还有什么可说的。

[13]悲游人：游山者为之悲哀。

[14]白鹤高飞失行止：谓山中白鹤因松树被砍倒而无处落脚，只好在高空中盘旋徘徊。

[15]苍龙偃卧无精神：谓苍龙因松树被伐而悲哀，趴在地上没有

精神。

[16]物象：事物的气象和形象。这里指万事万物。

[17]凡百：泛指一切（事物）。概括之词。

[18]数：命运。

[19]物外：世外。

[20]廛中：房中、室中。

简 议

枯坐山中修道虽是心之所向，却也难免寂寞，幸有千年古松朝夕做伴方得宽怀。不意它却遭遇樵夫砍伐，丘氏于是大为伤感。用山麓松树的愁、游人的悲、白鹤的失行止和苍龙的无精神来揭示心中的怨尤，将无形之痛化作可见之景，让读者在感情上与自己产生共鸣，足见作者的才情之妙。至于他的告别龙门，恐非松树见毁之故，应是京兆统军夹谷公之邀所致。

落 花

题 解

这首诗借言花儿的有开有落，来说明世间万事万物皆有生灭而无常住性。

昨日花开满树红，今朝花落万枝空。

滋荣实藉三春秀[1]，变化虚随一夜风。

物外光阴元自得[2]，人间生灭有谁穷[3]？

百年大小荣枯事，过眼浑[4]如一梦中！

注 释

[1]实藉三春秀：藉，凭借；三春，春季三个月；秀，草木之花，此处指开花。

[2]元自得：本来要靠自己悟得。元，本来、原来。

[3]穷：（认识或理解）穷尽。

[4]浑：全；简直。二义在此皆可通。

简 议

天下事荣枯不定，世间物生灭无常，一切都是梦中幻境。而这道理竟没几个人想得明白，丘师为此深深地抱憾。虽是全真道龙门派的开山祖师，老丘这首诗却有着强烈的禅学意味，这和该派主张儒、释、道合一的教旨是互为一体的。

疏慵

题 解

由诗题可知，这首诗主言作者在病中的昏沉和懒散。

懒看经教懒烧香，兀兀腾腾[1]似醉狂。
日月但[2]知生与落，是非宁[3]辨短和长。
客来坐上心慵[4]问，饭到唇边口倦张[5]。
不是故将形体纵[6]，养成贫病疗无方。

注 释

[1]兀兀腾腾：兀兀，昏昏沉沉；腾腾，懒散。
[2]但：只。
[3]宁：难道。
[4]慵：懒得。
[5]倦张：因疲病而不想张嘴。
[6]纵：放纵。

简 议

懒于看经烧香，无心分辨是非，不理来客不想吃饭。这虽是贫病使然，却也依稀流露出作者独处山林的消沉与落泊。即便倾心修道如丘氏者，也不能尽去凡人的常性。

芭蕉（陇山也）

题 解

这首诗作于陇州龙门山，表达了作者对案前芭蕉的爱悦之意。

一叶青笺仰掌开[1]，三湫白浪散花回。
日中有客频来赏，月下无人独自陪[2]。
造化乾坤难比大，寻常风雨莫教摧。
留君[3]日日当金案，与客时时罄玉杯[4]。

注　释

［1］青笺仰掌开：谓青色的芭蕉叶子像精美的纸张，又像掌心向上翻的手一样张开。

［2］月下无人独自陪：谓到了夜深人静时，自己就独自陪伴着芭蕉。

［3］君：指芭蕉。

［4］罄玉杯：喝尽杯中的酒。罄，一作"庆"。

简　议

高寒的陇山（龙门山）能长芭蕉，这事儿实属罕见。大约因为罕见，丘道便对这芭蕉十分钟爱，觉得它比天地还大；希望它能天天对着几案，与来访的客人把酒言欢。有了芭蕉在身边做伴，诗人的寂寞或可减去一半。

陇州杨明携月桂见访二首

题　解

丘道长栖修磻溪时（1174—1180），陇州人杨明带着桂花来访，他便作这两首诗以答之。诗篇从不同角度，对桂花大加赞赏。杨明其人无考。

一

汩没尘埃[1]甚可怜，追随俗态几经年。

偶因上士[2]游山水，得遇高真伴圣贤。

一枝孤秀倚寒山，四海群芳怀面颜。

若遇清风佳气[3]会，天香[4]飘落满人寰。

注　释

［1］汩没尘埃：谓月桂埋没在俗世的尘埃中。汩，淹没、埋没。

［2］上士：高明之士。这里指杨明。

［3］佳气：吉祥之气。

［4］天香：祭神之香。此处指桂花的芳香。

简　议

杨明所携桂花终于脱离尘海，丘道为之庆幸。他相信一旦遇到"清风佳气"，这桂花定会将浓郁的清香洒遍人间。诗篇运思条畅，行文圆通，实借月桂而喻修道登仙也。

二

游处禀气得真诠[1]，续艳联芳似火传[2]。
世上百花难逮月[3]，人间唯此可穷年[4]。
树密山高隐地磻，风多露少怯天寒。
他时复向蟾宫[5]里，五岳云收四海观。

注　释

［1］禀气得真诠：禀气，承受天地自然之气；真诠，指对所奉经典的正确解释，也指真实的意义或道理，也作"真筌"。

［2］火传：传。《庄子·养生主》谓"指穷于为薪，火传也。不知其尽也"。薪有穷尽之时，而火种流传前后相继，永不熄绝，用以比喻养生者随变化与物俱迁，形体虽有生灭而精神如火种接传不尽。

［3］难逮月：难以比得上月桂。月桂为岩桂之一种，四季开花结实，也名真桂。逮，及。

［4］穷年：毕生。

［5］蟾宫：月宫。

简　议

窥其诗意，似在讽示杨氏归隐学道以成正果。

山居三首

题　解

这三首诗为丘道栖修龙门山时作，在状摹山中佳景的同时，也诉说着落寞与孤寂。

一

龙门峡水净滔滔，南激朱崖雪浪高。
万壑泉源争涌凑，千岩石壁竞呼号。
周流截断红尘境，婉转翻开白玉膏[1]。
胜境无穷言不尽，临风时顾一挥毫[2]。

注　释

［1］白玉膏：指峡水如玉般洁白的浪花和泡沫。

[2]挥毫：挥笔作文赋诗。

简 议

龙门山千岩竞秀、万壑争流，绝好的美景不胜言表。诗人于是心旷神怡、诗兴大发。诗篇状物写景气势奔放、摇曳多姿，让人浮想联翩而心向往之。

二

不怨深山自采樵，山中别有好清标[1]。
幽居石室仙乡近，不假环墙[2]世事遥。
饮食高呼天外鹤[3]，摩云仰看峡中雕。
时时皂白[4]浮沉景，显贯真空慰寂寥。

注 释

[1]清标：俊逸（不同凡俗的美景）。
[2]环墙：四面墙壁环绕的屋子。
[3]饮食高呼天外鹤：谓吃饭喝水时，呼叫天外飞鹤一同来享。
[4]皂白：黑白，一作"淡泊"。

简 议

采樵于深山之中，幽居于石室之内；与天外仙鹤同食，看峡中云雕翱翔，这种静修生活尽管有些寂寥，却也伴随着难得的自在和豪兴。

三

独自深山益寂寥，闲云作伴屏喧嚣。
耽慵[1]不念生涯拙，好静唯便熟虑销。
着假空贪齐李杜[2]，明真何必等松乔[3]。
研穷[4]筹算文章力，岂夺虚无造化标[5]？

注 释

[1]耽慵：贪玩而懒散。
[2]齐李杜：与李白、杜甫相等。齐，相等、相同。
[3]明真何必等松乔：谓只要弄明白了道家原本，又何必像赤松子和王子乔一样成仙。松乔，指传说中的仙人赤松子和王子乔。
[4]研穷：详研究究。
[5]造化标：大自然创造化育的美好。标，风度、美好。

简 议

尽管山中寂寥且生活窘困，但丘道长的道心之坚岂容小视？

复归陇山

题 解

此诗为丘师第二次来龙门山时作，描写了山中修炼生活的自适和如意。

鹤性[1]还山好，云峰当夏奇。

避风权过海[2]，得雨不留池。

独坐长松[3]下，孤吟乱石边。

夜骑朱顶鹤[4]，时访白云仙[5]。

注 释

[1] 鹤性：野鹤般孤高超然，喜居林野的性情。

[2] 权过海：权当过海。

[3] 长松：高大的松树。

[4] 朱顶鹤：丹顶鹤。

[5] 白云仙：居住在白云乡中的神仙。汉伶玄《赵飞燕外传》谓"是夜进合德，帝大悦，以辅属体，无所不靡，谓为温柔乡。语曰：'吾老是乡矣，不能效武皇帝求白云乡也'"。后世因称仙人居所为白云乡。

简 议

时而松下听涛，时而石边高吟，时而访仙论道，云聚雾散般的悠然，风来雨去般的从容。清净以修心，无为以养性，惯看日升月落，漫对草枯花荣，丘真人的旷达与超脱非常人可比。

景福山居二首

题 解

景福山道场与龙门道场相去不远，二者夹谷相邻。这两首诗为作者栖修景福山时作，写了居山期间的见闻和感受，流露出急于悟道的意思。

一

虎啸烈风[1]潜兽愕，魔[2]交长夜睡魂惊。

何时朴直道心显,慧目张开天眼[3]明。

注　释

[1]虎啸烈风:虎在疾风中长啸。

[2]魔:梵语"魔罗"之简称。佛教指妨碍修行的邪恶之神。此处义同。

[3]天眼:佛教所说的五眼神之一。即天趣之眼,能透视六道、远近、上下、前后、内外及未来等。《智渡论》称"天眼通者,于眼得色界四大造清净色,是名天眼。天眼所见,自地及下地六道中众生诸物,若近若远,若粗若细,诸色无不能照"。其实,"天眼开"是指提升智慧、增强认识和预见事物的能力。

简　议

日间苦思冥想,夜来辗转反侧。长春子孜孜矻矻修道,兢兢业业炼性,就是不能尽快悟出道家玄一,他不由得着急上火。毋庸讳言,修道者也有缺乏定力的时候。

二

景福淹沉[1]人事少,龙门闲澹[2]虎溪清。

时闻结果加咤语[3],似听钩辀格磔[4]声。

注　释

[1]淹沉:潜伏久留。这里谓作者长期潜修于景福山。

[2]闲澹:闲适恬静。

[3]结果加咤语:结果,佛教以种树比喻人的行事,指人的归宿(死亡),《六祖坛经·付嘱品》谓"吾本来兹土,传法救迷情。一华开五叶,结果自然成";咤语,怒语、慨叹之语。

[4]钩辀(zhōu)格磔(zhé):钩辀,鹧鸪鸟;格磔,鸟叫声,俗象鹧鸪鸟声"行不得也哥哥",寓有劝人收手止步的意思。

简　议

久居景福山悟道,却知道人的最终归宿是死亡,并为之发出慨叹,甚至产生了放弃修炼之意。即便是长春真人,也不能彻底看破生死。

答陇州萧防判[1]书召

（因事别陇山，过亭川[2]，届[3]石灰寺，盘桓数日，赵趄[4]未决，公书[5]忽至，欣然乃还。）

题 解

由诗序可知，作者因事告别陇山（龙门山）出行，对是否继续远行犹豫未决。恰好此时陇州萧防判有书信来召，他即欣然返回陇州。诗中表达了返陇时的轻松和愉快心情。

俄闻宠命发汧涯[6]，便欲安闲卧陇西[7]。
黄鹄不思千里举[8]，白云[9]犹恋故山栖。

注 释

[1]防判：官名，即判官，是防御使的僚属，佐理州事。金代的州制，有节镇州和防御州之别。防御州以防御使为州官，下设判官（防判）若干。陇州时为防御州，设有防判。萧防判时为陇州州官的佐官。

[2]亭川：所指不明。

[3]届：至，到达。

[4]赵（zī）趄（jū）：且行且却，徘徊不前。

[5]公书：官方的书信（或涉及公事的书信）。这里指萧防判寄来的书信。

[6]宠命发汧涯：宠命，本指加恩特赐的任命，这里指萧防判请他返回陇州的命意；汧涯，汧河水边，这里指陇州城，因陇州城地处汧水岸边。

[7]陇西：指陇州西北部的龙门山（陇山）。

[8]黄鹄不思千里举：意谓自己不打算远行。黄鹄，神话传说中的大鸟，能一举千里，此处是作者自喻。

[9]白云：是作者自喻。

简 议

通密先生一反道家传统思维，强烈主张教徒走出深山多与官府交通，以便借其权威发扬光大道教。一接到陇州萧防判的诏书，他便兴奋不已、欣然返回陇州。这是对自己传教理念的身体力行。

陇州堂下清梦轩

题 解

诗篇集中反映了作者在龙门山清梦轩中修真养性的自在和愉悦。

　　　　清梦轩中清士居[1]，清士高卧养真如[2]。
　　　　真如养就清无梦[3]，无梦清欢乐有余。

注 释

[1]清梦轩中清士居：清梦轩，当是作者在龙门山清修的居所；清士，高洁的人，指作者自己。

[2]真如：佛教指永恒常在的实体、实性。宇宙全体，即是一心，不生不灭，故名为真。此真心无异无相，故名为如。

[3]清无梦：清净无杂念的梦。

简 议

在深山中苦修，于清梦轩中磨性，世间万事万物不入我心，清无之梦岂不如期而至？一旦修到六根清净，五内自然澄明，欢乐自然有余。因为运用了顶真修辞方法，诗篇气韵直贯，如黄河之水自天上来。

自亭川回，路次[1]望龙门山

题 解

此诗为受萧防判之召自亭川返回陇州时遥望龙门山所作，对龙门山深表留恋，并且高度赞许。

　　　　南望龙门一豁开，东迁鹤驭[2]再头回。
　　　　深知此域因缘[3]重，未许他方道德该[4]。

注 释

[1]路次：在行路途中临时驻宿。

[2]鹤驭：相传仙人多骑鹤，因指仙人或得道之士。这里指作者自己。

[3]因缘：佛教用语。指产生结果的直接原因及促成这种结果的条件。在此，可作丘师与龙门山的感情和缘分解。

[4]未许他方道德该：许，相信；道德，在此指事物的特殊规律或本体和性质；该，完备。全句是说，不相信其他地方的道德比龙门山完备。

简 议

飞鸟恋旧林，池鱼思故渊。真人栖修龙门日久，对这里的一草一木都饱含深情，以至看到它们就激动不已。正是因了在此地的执着炼养，他才开创了全真道之龙门派，在道界获得了崇高的声誉。

秋 雨

题 解

此诗为潜修龙门山时作，写了诗人在秋雨中清修的情形。

> 信宿[1]天飞雨，清秋地涌波。
> 沉阴韬[2]日月，波潏涨江河。
> 柴塞[3]归鸿恨，青山隐士[4]歌。
> 不妨居石室[5]，高枕咏烟萝。

注 释

[1]信宿：连宿两夜。《左传·庄公三年》谓"凡师一宿为舍，再宿为信，过信为次"，《孔疏》称"信者，住经再宿，得相信问也"，这里指两个夜晚。

[2]韬：遮掩，掩蔽。

[3]柴塞：用柴草搭建的墙垣。

[4]青山隐士：青山，指龙门山；隐士，作者自称。

[5]石室：指作者磨性炼养的石洞。今名"丘祖洞"，在龙门山清和宫后的石壁上。

简 议

任你雨飞浪涌，我自波澜不惊。引吭高歌之余再来点悠然的吟咏，小小的石室足可怡情养性。

述怀四首

题 解

这是作于龙门山的组诗，盖言修道的决心和信心，谓只要意志坚定，终能修成道业以成正果。

一

我欲求道神自放[1]，龙门时复虎相干[2]。

山头烈火[3]三冬炽，涧底阴风五月寒。

注 释

[1]神自放：心神自然放逸。

[2]干：冒犯，冲犯。

[3]烈火：指修道的炽热之心。

简 议

求道者志在得道，心神固然旷放，哪怕猛虎屡来"相干"，丘师修真的热情始终不减。

二

清虚[1]妙理横天下，大朴淳风满世间。

至道[2]有名哪见实，通人[3]无语自知还[4]。

注 释

[1]清虚：清净虚无。

[2]至道：最善最大的道理。这里指道家之"道"。

[3]通人：学识渊博、通晓古今的人。

[4]还（huán）：本意为"旋转"。这里指反复思考。

简 议

人间"至道"，唯有"通人"深入思考才能洞见。这启示我们：但凡求知，总须博学之而慎思之。

三

人道[1]根源唯自许[2]，出尘[3]消息有谁知？

南华始遇逍遥乐[4]，北海终投汗漫期[5]。

注 释

[1]人道：本指人类社会的道德规范。这里指道家真谛。

[2]自许：许，进。自许，自己勤修精进。

[3]出尘：超出世俗之外。

[4]南华始遇逍遥乐：南华，战国哲学家庄周。唐王朝崇奉道教，于天宝元年（742）二月号庄周为"南华真人"，称其书《庄子》为《南华真

经》。庄子继承和发展老子"道法自然"的观点,认为"道"是无限的、"自本自根"和"无所不在"的,强调事物的自生自化;谓"道"是"先天地生"的。主张齐物我、齐是非、齐大小、齐生死、齐贵贱,幻想一种"天地与我并生,万物与我为一"的主观精神境界,要人安时顺处、逍遥自得。这句即指此而言。

[5]北海终投汗漫期:北海,今俄罗斯的贝加尔湖。汉苏武出使匈奴,被置于北海牧羊十九年,归国后功成名就,被封为典属国,后被赐爵关内侯。在作者看来,这相当于得道成仙。汗漫期,成仙期。《淮南子·道应训》谓"吾与汗漫期于九垓之外,吾不可以久驻"。后世因以此语转作仙人的别名。

简 议

丘道是说,求道贵在自我苦修精进;经过勤修苦练,自可实现得道成仙的愿望。从普遍意义上讲,勤奋敬业是成就事业的要津。

四

野鹤孤云闲活计,清风明月道生涯[1]。

千山磊落收云气,四海光明耀日华[2]。

注 释

[1]清风明月道生涯:指高人雅士的修道生活。清风明月谓清凉的风和明亮的月。《南史·谢譓传》谓"有时独醉,曰:'入吾室者但有清风,对吾饮者唯当明月'"。后以清风明月比喻高人雅士。

[2]日华:本指太阳的光华。道家特指太阳的精华。

简 议

闲云野鹤般的逍遥,高人隐士的修道生涯。眼观云气收放自如,心想日华普照天下,丘道长心如枯井、神闲气定,只管在山中炼心悟道。

上丹霄·答陇州防御裴满镇国

题 解

《上丹霄》为词调名。这是一首答陇州防御使裴满(字镇国)的词,在大力宣扬道家世界观的同时,讽裴氏入山学道。

厌尘劳[1],抛家计[2],慕清闲。向物外[3]、观照人间。须臾变灭,蜃楼歌侧海涛翻。暂时光景,转身休、百岁如弹[4]。

掀天富[5],倾城丽[6],过人勇,彻心奸[7]。尽逐境[8],颠倒循环。纷纷醉梦,往来争夺苦摧残。不如闻早,伴烟霞[9]、高卧云山。

注 释

[1] 尘劳:尘世间的烦劳。

[2] 家计:家业生计。

[3] 物外:世外。

[4] 百岁如弹:谓百年岁月如同弹指一挥间。

[5] 掀天富:翻天的富贵(富裕)。

[6] 倾城丽:倾国倾城的美色(美人)。

[7] 彻心奸:穿心的奸伪。

[8] 尽逐境:都随着时间和环境的变化成了过眼云烟。

[9] 伴烟霞:指归隐山林修道。

简 议

丘真人对尘世的荣辱得失看得明白悟得透彻,但他的卓见未必能让凡夫俗子们苟同,估计裴防御也不会跟着他去伴什么"烟霞",更不会放弃官职"高卧云山"。

悟南柯

(陇州防御裴满镇国,因命召余下山)

题 解

《悟南柯》为词调名。又名《南柯子》《南歌子》《春宵曲》,双调两体;单调二十三字或二十六字,平韵;双调五十二字,又有平韵和仄韵两体。因陇州防御使裴满召丘道走出龙门山,他即作此以答。

浩浩尘埃境[1],翩翩幻化躯。中情[2]不解了须臾。任意奔波,颠倒走崎岖[3]。

逗引中丹[4]坏,消磨内藏[5]虚。悲愁灾患共萦纡[6]。百便千方,医疗不能除。

注 释

[1] 尘埃境:尘世,凡间。

〔2〕中情：诚心；内在的实情。

〔3〕崎岖：指尘世坎坷的人生之路。

〔4〕中丹：体内的丹田。道家指丹田为男子精室和女子胞宫，谓内藏精气。中，内里、体内。

〔5〕内藏：指丹田中所藏的精气。

〔6〕萦纡（yū）：回旋曲折。这里指交织盘结。

简 议

通篇散发着道家气味，其用意仍在诱使裴氏弃官去"伴烟霞"。

赵秉文诗（一首）

赵秉文（1159—1232），字周臣，号闲闲居士，晚号闲闲道人。金代磁州滏阳（今河北磁县）人，文学家和书法家。金世宗大定二十五年（1185）进士，任安塞主簿，后任定平州刺史，官至礼部尚书。哀宗朝任翰林学士，同修国史。历官五朝，自奉如寒士，然未尝一日废书。能诗文，诗歌多写自然景物；散文所表现的思想，以周程理学为主。又工草书。有《闲闲老人滏水文集》二十卷。

陇州进黄鹦鹉应制

题 解

金哀宗正大六年（1229）五月，陇州防御使石抹冬儿向朝廷进献黄鹦鹉，皇帝高兴，即命大臣题诗祝贺。这首诗就是应帝命而作的，描写了陇州鹦鹉在宫中生活的情况，特别突出了它向皇帝献媚的情态。

> 陇鸟明时亦效祥[1]，天教合侍赭袍黄[2]。
> 九重城里骈莺舌[3]，百子池边借鹄裳[4]。
> 夜臂翠帘条脱[5]重，春笼珠殿[6]荔枝香。
> 紫宸朝退鸣鞘远[7]，偷学山称万岁觞[8]。

注 释

〔1〕陇鸟明时亦效祥：谓陇山鹦鹉在这政治清明的时代，也知道为皇帝呈献祥瑞。陇鸟，指陇州进贡的陇山鹦鹉；明时，指政治清明的时代，

古时多用以称颂本朝；效，献出、致。

[2]赭（zhě）袍黄：谓陇山鹦鹉的羽毛红中有黄。赭，红褐色。

[3]九重城里骈莺舌：谓鹦鹉在皇宫院里和黄鹂鸟一并鸣叫。九重，借指宫门；骈，并列、一并；莺，黄鹂。

[4]百子池边借鹄裳：谓鹦鹉在百子池边借取白天鹅之衣起舞。百子池，为古代宫中池名，《三辅黄图·池沼》谓"至七月七日，（高祖）临百子池，作于阗乐"；鹄，天鹅。

[5]条脱：手镯和腕钏，也作"条达""跳脱"。

[6]珠殿：装饰着珠宝的宫殿。此处指皇宫。

[7]紫宸朝退鸣鞘远：谓皇帝退了早朝后，鸣鞘之声传得很远。紫宸，是帝王的代称，也指皇宫内朝的正殿，是皇帝接见群臣和外国使者朝见皇帝庆贺的所在；鸣鞘，义同"鸣鞭"，挥动鞭梢使其发声。自唐末以来，皇帝的仪仗有鸣鞭，振之发声，使人肃静，在出行、祀典、视朝时用之。

[8]偷学山称万岁觞：谓鹦鹉偷着模仿群臣山呼万岁的声音，请皇帝饮酒。山称万岁，即"山呼万岁"；觞，盛有酒的杯子，此处借指饮酒。

简 议

此诗因受皇帝之命而作，所以必须写得喜庆吉祥，让皇帝大大地高兴。诗中鹦鹉的玲珑乖巧，仿佛就是封建社会臣子讨好、取悦皇帝举动的形象写照。通过这首诗，我们看到了陇州向朝廷进献陇山鹦鹉的真实一幕。

完颜璹词（一首）

完颜璹（1172—1232），本名寿孙，字仲实，一字子瑜。金世宗孙，封密国公。博学有俊才，喜为诗。元好问在《中州集》中说他为"百年以来宗室中第一流人也"。其词圆美蕴藉、委曲细腻，每以萧散野逸的风格和平淡质朴的语言表现对人生及社会的深刻体验，深得唐宋诸名家之精髓。著有《如庵小稿》等。

朝中措

题 解

《朝中措》为词调名，双调四十八字。这首词为抚今追昔之作，表达了作者的千古兴亡之感。

襄阳古道灞陵桥[1]，诗兴与秋高[2]。千古风流人物，一时多少雄豪。[3]

霜清玉塞[4]，云飞陇首[5]，风落江皋[6]。梦到凤凰台[7]上，山围故国周遭[8]。

注 释

[1]襄阳古道灞陵桥：襄阳，郡、府、路名，故治在今湖北襄阳市襄阳区，古为南北交通要冲；灞陵，汉文帝刘恒陵墓名，在今陕西西安市灞桥区白鹿原上，陵墓附近有灞水。

[2]诗兴与秋高：作诗（词）的兴致和高爽的秋气一样地高。

[3]千古风流人物，一时多少雄豪：由宋苏轼的《念奴娇·赤壁怀古》一词化出。

[4]霜清玉塞：谓清霜覆盖了玉门关。

[5]陇首：陇山之首。《汉书·礼乐志·郊祀歌》谓"朝陇首，览西垠"，《颜注》称"陇坻之首也"。

[6]江皋：江边。皋，岸边、水边。

[7]凤凰台：有三处，今江苏南京市西南凤凰山上、今甘肃成县东南凤凰山上和今湖北省鄂州市城区东。此处所指不明。

[8]山围故国周遭：由唐刘禹锡《金陵五题·石头城》诗"山围故国周遭在"句化出。

简 议

词作笔势跌宕，意蕴沉博，感慨良深，令人回味无穷。古往之时，陇州的陇山以其天赋的神韵让历代的文士钟情并诉诸笔端。完颜氏这首诗虽非专为陇山而作，却也将其名号摄入其中。陇山的见诸文字，使古陇州借光生辉、名传遐迩。

元好问诗（三首）

元好问（1190—1257），字裕之，号遗山，太原秀容（今山西忻州）人。金代文学家。金宣宗兴定五年（1221）进士。做过镇平、内乡、南阳等县县令，后入朝官左司都事及尚书省左司员外郎。金亡不仕。工诗、词及散文，以诗的成就最高，是金代唯一的杰出诗人。他论诗，主张以北人刚健质朴之风救南人绮靡轻浮之弊；主张诗歌表现真性情，反对虚伪矫饰；主张创造，反对模拟因袭。其诗比较忠实地反映了南宋与金连年交战、疆土日小、剥削日重和民族矛盾极端尖锐的社会现实。其中多悲壮苍凉之音，风格沉雄，意境阔远。有《遗山集》四十卷。

岐　阳

题　解

金哀宗正大八年（1231）正月，蒙古兵围攻金国所属的凤翔，至四月城破。这时元好问为南阳令，《岐阳》组诗是他听闻凤翔陷落后于南阳所作。诗中对敌人的入侵和人民的惨遭杀戮，表现出极度沉痛的心情。岐阳即凤翔，因隋文帝开皇元年（581）于岐州建岐阳宫而得名。

百二关河草不横[1]，十年戎马暗秦京[2]。
岐阳西望无来信[3]，陇水东流闻哭声[4]。
野蔓有情萦战骨[5]，残阳何意照空城[6]！
从谁细向苍苍[7]问，争遣蚩尤作五兵[8]？

注　释

[1]百二关河草不横：百二关河，《史记·高祖本纪》谓"秦，形胜之国，带河山之险，县隔千里。持戟百万，秦得百二焉"。裴骃《史记集解》引苏林曰"得百中之二焉。秦地险固，二万人足当诸侯百万人也"。这里指金国的疆土。草不横，草不充分，意谓因战乱而野草不生。

[2]十年戎马暗秦京：十年，自金宣宗兴定五年（1221）蒙古进攻陕北，到作者写这首诗为十年；戎马，军马，借指战争；秦京，指凤翔和咸阳，泛言秦地。

〔3〕岐阳西望无来信：化用杜甫《自京窜至凤翔喜达行在所》诗"西忆岐阳信，无人遂却回"语意，谓岐阳（凤翔）已经失陷，友人无信寄来。

〔4〕陇水东流闻哭声：化用《陇头歌》"陇头流水，鸣声幽咽"语意，写秦地难民东迁的悲哀。《续资治通鉴》卷一百六十五载宋理宗绍定四年（金哀宗正大八年）四月"蒙古取金凤翔，完颜哈达、伊喇布哈迁京兆民于河南"。《中州集·雷琯诗序》称"客有自关辅来，言秦民之东徙者，余数十万口，携持负载，络绎山谷间。昼餐无糇糒，夕休无室庐，饥羸暴露，濒死无几"。

〔5〕野蔓有情萦战骨：江淹《恨赋》谓"试望平原，蔓草萦骨，拱木敛魂"。

〔6〕空城：指居民流散一空的岐阳（凤翔）城。

〔7〕苍苍：天的颜色。此处代指天。

〔8〕争遣蚩尤作五兵：争，同"怎"；蚩尤，古九黎族部落的首领，古籍或说是炎帝之臣，又说为黄帝之臣，亦谓九黎之君，或说是古时天子，相传他曾以金（铜）作兵器，能呼风唤雨，与黄帝战于涿鹿，兵败被杀；五兵，《荀子·儒效》有"偃五兵"之语，唐杨倞《注》"五兵，矛、戟、钺、盾、弓矢"。这句是说，老天爷为什么要让蒙古和金国之间发生战争。

简 议

诗人爱好和平、憎恶战争，对蒙、金之战持强烈的反对态度。他痛恨战争造成了重大伤亡，给人民带来了深重灾难。诗中用呜咽陇水的东流来状秦地难民流离东迁的悲苦，极富匠意。悲悯情怀和人道主义精神的叠加，使诗篇言辞峻切、义气慷慨、情感激越，具有极强的思想冲击力。

商正叔陇山行役图二首

题 解

这是两首题画诗。诗题中的商正叔名商衡，正叔为其字，又字政叔，为金曹州济阴（今山东曹县）人，崇庆进士，官至秦蓝总帅府经历。他和作者有通家之好，交谊甚深，是元代有名的词曲作者和画家。其人曾西游汧陇，在陇州的陇山一带生活多年，回乡后绘制《陇山行役图》一幅。这两首诗为诗人见到《陇山行役图》后作，第一首主写画家本人；第二首主要写画作之妙，表达自己与商氏的友情。

一

陇坂经行十遇春[1]，也随风土变真淳[2]。
吴山汧水[3]不必画，留在秦音已可人[4]。

注　释

[1]陇坂经行十遇春：谓画家商政叔居住陇山至今已经过了十年，言时间长久。陇坂，陇山。

[2]也随风土变真淳：谓画家受陇州民情风土的影响，性格和画风也变得率真淳朴了。

[3]吴山汧水：均在陇州辖境内。汧水，汧河。

[4]留在秦音已可人：谓画家客居陇州多年，连口音都变成了陇州当地的语言。他用陇州话讲述吴山和汧水的秀美，已经很可人意。

简　议

元遗山的诗和商正叔的画相互映带，共同印证了陇州山水的秀美和民风的淳朴。

二

梦中陈迹画中诗[1]，前日行人鬓已丝[2]。
我亦寒亭往来客[3]，因君还寄出关辞[4]。

注　释

[1]梦中陈迹画中诗：谓画家昔日客居陇山时看到的景象，都进入了他的梦中，他将其一一画出，且画中蕴含着诗意。

[2]前日行人鬓已丝：谓当年居住陇山的画家现在已经年老而鬓发稀疏，丝丝可数了。

[3]我亦寒亭往来客：谓自己也是四处奔波的人。亭，行人停留宿食之所。

[4]因君还寄出关辞：谓自己曾有诗作寄给远居陇山的商正叔。

简 议

既然商正叔绘有《陇山行役图》，那就足以证明他对陇山的留恋、热爱和印象之深。

陆文圭诗（一首）

陆文圭（1252—1336），字子方，号墙东先生。元代文学家，江阴（今江苏江阴）人。南宋咸淳初，十八岁首中乡试。宋亡，隐居江阴城东，人称"墙东先生"。元延祐七年（1320），又中江浙行省乡试第二名。元至元二十八年（1291），在吴县县学执教。其人学识广博，融会经传，以文著名。元泰定、天历间，应聘设教于容山。朝廷数次征其入朝为官，皆辞而不就。除儒术外，他尚深研地理，考核甚详；通星相、占卜、律历、医药、算术之学。有《墙东类稿》二十卷。

口 号

题 解

"口号"是颂诗的一种，宋代皇帝于每年春秋节日和皇帝生日举行宴会，乐工致辞，然后献颂诗一章，专为歌功颂德，这种颂诗即口号。陆文圭的这首《口号》，是为好友陆义斋祝寿而作的，时在元成宗大德九年（1305）九月。陆义斋其人不可考。他去世后，诗人作有《挽陆义斋》诗二首，其中第二首为："四持宪节遍南方，屡表陈情返故乡。殊俗今犹歌德政，老天胡不爱忠良。山空虎逝狐狸出，春去花残蛱蝶忙。五十人生不称夫，独怜华发在高堂。"从此诗可知，陆义斋曾先后四次任廉访使（或巡按），去江南各地巡察；他廉洁奉公，颇有政声；去世时年届五十，其父母尚健在。

仁侠翔风勇驾白[1]，皇华使者出祥刑[2]。
福星一夕迁吴分[3]，欲向陇山现夺星[4]。

注 释

[1]仁侠翔风勇驾白：谓友人陆义斋出巡南方。仁侠，指陆义斋，谓其仁厚而有侠者风；翔风，乘风；白，星名，即杼白，有四星，在危宿

之南。

［2］皇华使者出祥刑：皇华使者，指陆义斋。《诗经·小雅》有《皇皇者华》篇，《诗序》谓为君遣使臣之作，后世因用"皇华"作使臣或出使的典故。祥刑，用刑详审谨慎，谓善用刑罚。

［3］福星一夕迁吴分：谓因陆义斋出巡吴分一带，福星也跟着到了那里。福星，古称木星为岁星，谓其所对应的分野有福，故又名福星。也用以比喻为民造福的人；吴分，吴之分野，即吴地，指今江苏、淮南、江西等地。

［4］欲向陇山现夺星：夺，乱，《礼记·仲尼燕居》谓"给夺慈仁"，注言"夺，犹乱也"；夺星，谓导致纷乱的星辰。据1993年版《陇州志·大事记》载，金哀宗宝祐六年（1258），蒙可汗率四万人攻宋，攻陷陇山关隘入陇州，而后经大散关攻四川；在此之前的一百一十多年间，南宋与金在陇州地区的战争尚有多次。这里当指这些战乱而言。

简　议

此诗揭示了曾经发生在陇山一带的战乱，曲折地反映了陇州历史上的一些真实情况。

胡奎诗（一首）

胡奎（约1309—1381），字虚白，号斗南老人。元明间海宁（今属浙江）人。明初以儒学征，官宁王府教授。有《斗南老人集》六卷。

陇头吟

题　解

这首诗借写陇头流水，表达了诗人对战争的痛恨。

陇头水，呜呜咽。
朝洗秦人[1]骨，暮流汉人[2]血。
秦骨化黄土，汉血归黄泉。
水流如人声，夜哭长城边！

注　释

［1］秦人：中国人。汉时西域诸国称中国为秦。

［2］汉人：中国人。因汉代中国声威传播于国外，后世外国人因习称中国为汉。

简　议

对战争的诅咒和对阵亡将士的伤悼，是诗篇的主旋律。辞调的愤慨和情绪的怨嗟，让凄戚之意直击人心。

宗泐诗（三首）

宗泐（1317—1390），字季潭，号全室生。元明之际僧人。临海（今属浙江）人。俗姓周。属意词章，尤精隶书。虞文靖、黄文献、张潞公等皆推重为方外交。明洪武初诏举高行沙门，高居其首。洪武三年（1370）六月奉诏出使西域，又于十年赴西域求法。著有《全室外集》十卷。奉诏笺释《心经》和《金刚经》等。另著《西游集》一卷。

陇头水

题　解

《陇头水》为汉乐府横吹曲名。明洪武三年（1370）六月，诗人奉诏出使西域，于当年十二月到达陇山，次第题诗三首。这是其中的第一首，着力表达了西行登上陇山后的乡愁。

陇树苍苍陇坂长，征人[1]陇上回望乡。
停车立马不能去，况复陇水惊断肠[2]。
谁言此水源无极？尽是征人流泪积。
拔剑斫断令不流，莫教惹动征人愁。
水声不断愁还起，泪下还滴东流水。
封书[3]和泪付东流，为我殷勤达乡里。

注　释

［1］征人：诗人自称。

［2］陇水惊断肠：因陇水鸣声呜咽，征人闻之乡愁愈盛，故而断肠。

[3]封书：征人寄给家人的书信。

简　议

登上陇山后诗人思乡心切，以至悲痛的泪水化作淙淙的陇水。既然不能归乡，他就只好托付陇水，将情深意重的家书带往远方的"乡里"。诗篇文辞质朴、属意条直、情真意切，令人心戚而容动。

度陇关

题　解

此诗为翻越陇山时作，意在寄托乡思。"陇关"指雄踞陇山之巅的大震关，或指筑于陇山之下的安戎关。

> 陇头流水关山[1]月，月色凄凉水呜咽。
> 今古征人尽断肠，野客[2]经过亦愁绝。
> 连林二月冰不开，猛虎一吼苍崖裂。
> 鹦鹉[3]能言好寄书，心事茫茫向谁说？

注　释

[1]关山：这里专指陇山。因陇山筑有大震关和安戎关，故名。

[2]野客：山野之人。这里是作者自称。

[3]鹦鹉：陇山古产鹦鹉。

简　议

作为僧侣，诗人本应远离红尘，去过闲云野鹤般的生活，可他却偏偏被朝廷相中，奉命出使西域，心中当然十分地不快。来到陇山后，面对严寒的气候和恶劣的环境，他愈发委屈得不能自持，终将满腹的怨气发泄出来。此诗即是作者"感于哀乐，缘事而发"的产物，确实做到了情与景的高度融合。诗中对陇山陇水的描写细腻逼真，非身临境者不能为。

别陇头

题　解

这首诗为其离开陇山西行时作，其中流露出些许的离思和乡愁。

> 帝遣山人远入戎[1]，半年情绪[2]客程中

陇头流水今朝别，人[3]自西行水自东。

注　释

[1]帝遣山人远入戎：帝，指明代的洪武皇帝朱元璋；山人，是对山居者和隐士的称谓，作者本为僧人，故以山人自称。

[2]半年情绪：半年，作者于洪武三年六月自京城出发西行，到达陇山时是十二月，正好历时半年；情绪，缠绵于心中的离情别绪。

[3]人：指作者自己。

简　议

即便是六根清净的和尚，即便是奉皇帝之命出使西域，诗人在西行途中照样萌生了离情别绪；尤其是登上陇山之后，看到陇水不断向东流去，想到自己还得继续西行，他触景生情，心中的离思又加深了一层。诗篇笔意曲折，情景浑成；特别是三、四两句情思婉转、意味深长，可谓"质而不俚，癯而实腴"。

王祎诗（一首）

王祎（1321—1372），字子充，号华川。元明之际义乌（今浙江义乌）人。元至正十八年（1358），朱元璋召其为中书省掾，迁南康知府。累官漳州通判、翰林待制和国史院编修。曾奉诏出使吐蕃。明洪武五年（1372）赴云南招降元梁王孛儿只斤·把匝剌瓦尔密，被杀。与宋濂等同修元史。著有《王忠文公集》二十四卷，《大事记续编》七十七卷。

陇　州

题　解

明洪武三年（1370）七月初，作者奉诏出使吐蕃，路过陇州；四年初春过甘肃兰州后，忽被诏令返回京城。这首诗为其东返经过陇州时作，时在洪武四年（1371）四月下旬。诗篇热情地摹绘了陇山和陇州城的初夏美景，表达了诗人暂栖陇州时的愉快心情。

度关[1]情浩荡，关树似相迎。

花谢胡桃[2]结,雏飞鹦鹉鸣[3]。
汧声晴入郭[4],陇色晚侵城[5]。
行役吾真倦,聊淹数日程[6]。

注　释

〔1〕关:指雄踞于陇山的大震关和安戎关。

〔2〕胡桃:也称"核桃",是产于北方的一种干果。陇州地区大量种植,至今盛产不衰。

〔3〕雏飞鹦鹉鸣:谓新生的鹦鹉在陇山飞鸣。陇山古产鹦鹉。

〔4〕汧声晴入郭:谓在天气晴朗的日子里,汧河的水声传入陇州城中。

〔5〕陇色晚侵城:陇色,陇山的青绿色;城,指陇州城。

〔6〕聊淹数日程:谓在陇州城里暂且停留下来,耽搁几天行程。淹,淹留。

简　议

陇山胡桃结实、鹦鹉飞鸣,连山上的树木都显得有情有义,似在对诗人招手相迎。有感于山中风光的旖旎秀美和树木的热烈多情,诗人心欢意快、激情浩荡。陇州城里汧水之声悠扬动听、山色光影生动可人,更叫诗人不由得息驾游览观光。将陇山和陇州城一并写得如此和煦绮媚的,王祎先生是唯一的一个。由于从诗中分享了喜悦和快乐,我对先生深表谢忱!

高启诗(二首)

高启(1336—1374),字季笛。元末明初长洲(今江苏苏州)人。元末隐居松江之青丘,因自号青丘子。明洪武初受诏入朝修元史,为编修。擢户部右侍郎。后因作文犯朱元璋忌,被腰斩。善文工诗,与杨基、徐贲和张羽号称"吴中四杰"。诗有《高太史大全集》十八卷,文有《凫藻集》五卷。

陇头水

题 解

这首诗主要描写了陇山环境的恶劣艰苦,表达了征人行经此山时的忧愁。

人间何处无流水,偏到陇头愁入耳[1]。
夜杂羌歌明月中,秋惊汉梦[2]空山里。
陇坂崎岖九回折[3],声随到处长呜咽。
欲照愁颜畏水浑,前军曾洗金创[4]血。
回头千里是长安[5],征人泪枯流不干!

注 释

[1]偏到陇头愁入耳:谓偏偏到了陇山,山中的流水就将愁苦的声音塞满了征人的耳朵。

[2]汉梦:思念故国(乡)的梦。

[3]九回折:《三秦记》谓陇山"其坂九回,上者七日乃越"。

[4]金创:被金属兵器所致的伤口。

[5]回头千里是长安:谓回头眺望,千里之外才是长安。长安,代指征人的故乡。

简 议

运思和立意均落前人窠臼,端的乏善可陈。

凉州曲

题 解

《凉州曲》也称《凉州歌》《凉州词》,为乐府《近代曲》名,原是凉州(今甘肃武威)一带的歌曲。唐人多用此调写作歌词,主写西北一带的塞上风光和战争情景。

关外垂杨早换秋[1],行人落日旆悠悠[2]。
陇山高处愁西望,只有黄河入海流[3]。

注 释

[1]关外垂杨早换秋:关外,指陇山大震关以西;早换秋,早早换上了秋色。

[2]旆悠悠：旌旗下垂的样子。旆，泛指军旗。

[3]入海流：流入东海，即向东流。

简 议

大震关外秋色苍茫，红日西垂。战士们站在陇山极目西望，不觉愁肠满腹。看见黄河东流入海，想到自己西行远征，他们心中的惆怅难以排遣。诗篇文字简拔、表意畅贯，于平易中见奇崛。

李献可诗（一首）

李献可（生卒年不详），字仲和。金辽东（今辽宁）人。世宗大定十年（1170）进士。官户部员外郎，坐事降为清水（今甘肃清水）令。后召为大兴少尹，迁户部侍郎。累迁山东提刑使。卒，卫绍王即位，以元舅赠特进，追封道国公。《金史》有传。

召还过故关山

题 解

诗人因事连累，被贬到偏远荒凉的甘肃清水县任县令，心中委屈而失落。这次被召还朝，自然十分高兴。他于是整装从清水经陇关道东下，在行经陇山大震关时写了这首诗，以之表达回归途中欢乐愉快的心情。

> 过关天日正晴明[1]，谁道山神不世情[2]？
> 远客得归心绪别[3]，陇泷闲作断肠声[4]。

注 释

[1]过关天日正晴明：谓还朝路过陇州的大震关时，天晴而日光明亮。这句借写天气的晴朗，来表达自己欢乐爽朗的心情。关，指设于陇山中的大震关。

[2]不世情：不通人情世故。言山神也有人情。

[3]远客得归心绪别：谓自己因为能够回朝，心情特别好。远客，作者自称，因被贬偏远的清水县，故谓远客。

[4]陇泷（lóng）闲作断肠声：谓湍急的陇山之水徒然发出让人断肠

的声音。泷，湍急的河流，这里指陇水。

简　议

"桃花零乱柳成荫，人到春深思（悲感）更深。芳草戍楼天不尽，异乡寒食故乡心。"这是作者被贬清水后，于寒食日所作的一首感怀诗，从中不难看出他僻处遐荒的悲凉与伤感。而现在他终于离开了伤心之地，行进在回京的路上，心情自然很好，故诗中处处洋溢着快乐、迸发着激情。总体而言，诗篇基调乐观、精神振奋、声韵铿锵，是以积极心态描写陇山陇水的俊逸之作。

危素诗（一首）

危素（1303—1372），字太朴，号云林。元抚州金溪（今江西金溪）人。师从吴澄、范梈，通五经。至正元年（1341）授经筵检讨，参修宋、辽、金三史，累迁翰林学士承旨。入明，为翰林侍讲学士，与宋濂同修元史；兼弘文馆学士，备顾问。后谪居和州，守余阙庙。著有《危学士集》《草庐年谱》《元海运记》等。

陇头水

题　解

这首诗为借乐府诗旧题而作的绝句，写了征人见到陇水后滋生的忧愁。此诗一题明代全大震作。

　　　　陇头之水向西流[1]，莽莽寒云草树秋。
　　　　水中尚有秦时血，今古征人到此愁。

注　释

[1]陇头之水向西流：喻西征将士的西行。

简　议

又借陇水来说征人之愁，不过重弹前人老调。

张雪峰诗(一首)

张雪峰(生卒年不详),元朝大臣。曾为翰林学士,长于文辞。元泰定帝泰定五年(1328)四月二十五日,曾受命前来陇州祭祀吴山。这首诗作于祭山时。

题吴山

题 解

吴山又名岳山、吴岳、岍山,为古陇州境内的名山,也是中国五大镇山中的西镇。《山海经》谓"吴山之峰秀出云霄,山顶相捍,望之常有落势。其位西方,故曰西镇"。清康熙五十二年(1713)成书的《陇州志》说:"吴山,州南七十里……唐天宝八年封为成德公,至德、乾元封为天岳王,清泰二年封为灵应王。元大德十一年,封为成德永靖王。明洪武三年悉去之,直称西镇吴山之神。"作为西镇,吴山在古代历享国家祭祀。西汉时,曾有十一位皇帝二十三次前往祭祀。唐杜佑《通典》谓"五岳、五镇、四海、四渎,年别一祭……西镇吴山,于陇州。其牲皆用太牢。祀官以当界,都督、刺史充。一时备礼兼策,盖甚隆也"。封建王朝对吴山的祭祀活动,一直延续至清朝末年。这首诗是诗人于1328年4月25日受皇帝派遣,来吴山祭祀时作。诗篇极力描绘了吴山的非凡胜概,点明了祭山的目的。

晴岚积翠五峰高[1],穿破浮云驾九霄。
绝顶泉飞千涧落,拔根地涌众山朝[2]。
明神陟[3]降香菲袭,上帝[4]虔恭德倍昭。
遣使将诚[5]无别愿,年年风雨祝均调[6]。

注 释

[1]晴岚积翠五峰高:晴岚,晴日山中的雾气;五峰,指吴山的镇西峰、大贤峰、灵应峰、会仙峰和望辇峰。

[2]众山朝:谓吴山高大雄伟似人主,而周边群山低小似臣民,就像在朝拜吴山一样。

[3]陟:上,升。

[4]上帝：古代谓帝王。这里指元代的泰定皇帝。

[5]将诚：将，携带。将诚，带着诚心和诚意。

[6]年年风雨祝均调：祝祷天下年年风调雨顺。

简　议

站在我家阳台上向南遥望，即可看到气势峥嵘的吴山。其山五峰雄峙、直入云汉，状若冲天之芙蓉。历代封建王朝的祭祀和竭力追捧，使吴岳地位尊崇、名震天下，成为骚人墨客竞相讴歌的对象，以至为它而作的诗篇连篇累牍。吴山的诗香四溢，让陇州享誉八荒、魅力倍增。

郯韶诗（一首）

郯韶（生卒年不详），字九成，号云台散史，又号苕溪渔者。元惠宗至正时（1341—1368）在世。吴兴（今属浙江）人。其人不事奔竞，淡然以诗酒自娱。善画山水，与著名画家倪瓒友善。至正中，曾辟试漕府掾。现存诗一百七十一首。

寄远曲二首其一

题　解

这是一首思妇诗，表达了妻子对征战丈夫的深切思念。

突骑破天骄[1]，将军赋大刀[2]。

陇头呜咽水，一夜梦临洮。[3]

注　释

[1]突骑破天骄：谓身为将军的丈夫骑着战马突击敌军而破之。突骑，突击敌军的骑兵；天骄，汉时北方匈奴自称为"天之骄子"，简称天骄，这里代指敌军。

[2]将军赋大刀：谓作为将军的丈夫挥舞着大刀。赋，兵。

[3]陇头呜咽水，一夜梦临洮：谓将军的妻子因思念丈夫而像陇头流水一样呜咽，她整夜都在做梦，期望梦见身在临洮作战的丈夫。一，全、整。

简 议

但言思妇思夫之情，原也平淡无奇，不过以"陇头呜咽水"喻思妇，倒也有些生动。

周到坡诗（一首）

陇头水

题 解

此为乐府诗，抒发了行人来到陇山后激生的悲情。

> 陇头水，呜咽鸣。
> 行人听，断肠声。
> 陇头水，呜呜咽。
> 行人泪，眼中血。
> 月薄塞云低[1]，行人到此心伤悲。
> 世间万水东流去，陇水分流独向西！

注 释

[1]月薄塞云低：谓边塞（陇山）浓云低垂，致使月光显得淡薄。

简 议

用陇水的呜咽来暗状西行者的悲伤和离愁本是诗家俗套，本也无足称道；但诗篇的结句以陇水的西流来比拟行人的西去，却也自有妙处。

无名氏诗（一首）

灵仙岩

题 解

1993年12月版《陇县志》第二十六卷谓"龙门洞，古名灵仙岩，是道教徒云游栖息之所"。

> 上乃灵仙岩下居[1]，从今再不珮金鱼[2]。
> 一枕羲皇[3]清午梦，莫问人间驷马车[4]。

注　释

［1］上乃灵仙岩下居：上，通"尚"，崇尚；乃，是。

［2］珮金鱼：珮，珮带；金鱼，金质的鱼符。古时三品或四品以上的官员佩金符，符刻鲤鱼形，谓之金鱼。符外有袋，曰金鱼袋。

［3］羲皇：指羲皇上人，是太古隐士。

［4］驷马车（jū）："驷马高车"的简称，是古代贵族所乘的由四匹马所拉的华美的高盖车。

简　议

不好做官，只爱在陇州龙门山中高卧以避世，诗人的人生追求与常人大异。诗中处处流露着作者弃官归隐后的得意和自在，而超脱与放达也洋溢其间。

明朝

有明一代，书写陇州的诗人多达一百六十四人，所作诗歌达三百零五首，其中描写吴山者占十之八九。

刘基诗（二首）

刘基（1311—1375），字伯温。明浙江青田（今浙江文成）人。元代至顺年间进士，曾任浙东行省元帅都事等职，因事罢官。回乡后，参与镇压浙江地区的农民起义。元至正二十年（1360）投奔朱元璋。明朝各种制度的建立，他多参与其事。曾官御史中丞和太史令，封诚意伯。洪武四年（1371）辞官。后被胡惟庸构陷，忧愤而死。所作诗文雄浑奔放，当时与宋濂并称。著有《郁离子》《诚意伯集》等。

陇头水

题 解

这是一首乐府诗。诗中主写征夫之忧愁，希望他的泪水流淌之声能传入帝王耳中，使其诏令休兵罢战。

    陇头水，征夫泪。
    征夫之泪滴陇头，化为水入秦川流。
    水流向秦川，呜咽鸣不已。
    何因得天风[1]，吹入君王耳。

注 释

[1]何因得天风：怎么才能被自然界的风（吹入君王耳中）。

简 议

因对征夫悯恻而反对战争，诗人的人性关怀理念一览无遗。结尾两句造语精警，余音袅袅。

题水墨海棠鹦鹉

题 解

这是一首题画诗。诗篇用生动的语言，描写了画中白鹦鹉立在海棠花枝上的可爱情态。

    陇山鹦鹉白霓衣[1]，欲语谁听只自知[2]。
    漫漫东风吹不起，海棠花上立多时。

注 释

[1]陇山鹦鹉白霓衣：谓鹦鹉身着白色的霓裳，指羽毛雪白。这里写的是白鹦鹉，此鸟非陇州所产，之所以言"陇山鹦鹉"者，盖借其名而已。

[2]欲语谁听只自知：谓鹦鹉想要说话却无人听，只有它自己知道想说什么。

简 议

本来是写画中的白鹦鹉，却以"陇山鹦鹉"名之，足见此山鹦鹉的著闻。诗中"欲语谁听只自知"的言说，无疑表白着诗人缺少知音的叹嗟。

张绅诗（一首）

张绅（？—约1385），字士行，一字仲绅，号云门山樵。明初济南（今山东省济南市历下区）人，一说胶州人。洪武十八年（1385），任陕西按察司佥事。诗文自成一家。工大小篆，著有《法书通释》。

陪祀吴山

题 解

此诗作于明洪武十八年（1385），为陪同他人祭祀吴山时作。诗篇描写了陇州吴山的零落，抒发了江山易代、万事皆空的感慨。

排闼群山结五峰[1]，青天削出碧芙蓉[2]。

万年松柏今犹在，历代英雄总是空。

残础断碑荒草合，丹邱[3]仙文白云封。

大贤望辇长安近[4]，永镇乾坤护六龙[5]。

注 释

[1]排闼群山结五峰：闼，门；排闼，推门；五峰，指吴山的镇西峰、大贤峰、灵应峰、会仙峰和望辇峰。

[2]碧芙蓉：谓吴山五峰并峙，状如碧绿的芙蓉花。

[3]丹邱：同"丹丘"。为神话传说中的神仙之地，其地昼夜长明，因称"明光"。

［4］大贤望辇长安近：谓站在大贤峰上眺望长安城里皇帝的车辇，看起来很近。

［5］六龙：喻太阳。古代神话说日神乘车以驾六龙，由羲和御之。后因以"六龙"喻太阳。

简 议

"残砌断碑荒草合，丹邱仙文白云封。"明洪武时期的吴山庙观破败荒凉，无复昔日盛况。诗人由此联想到社会及人事的更易变迁，发出了"历代英雄总是空"的喟叹。

陈琏诗（一首）

陈琏（1370—1454），字廷器，号琴轩。明广东广州东莞人。洪武二十三年（1390）举人，任桂林府儒学教授。建文三年（1401）升国子助教。永乐元年（1403）擢为许州知州，改知滁州；二十二年任四川按察使。宣德元年（1426），任职南京通政司，掌国子监事。正统元年（1436），任礼部左侍郎。著有《琴轩集》《归田稿》等。

陇头水

题 解

此诗着力反映了行人登上陇山后的乡愁。

驱车上陇坂，山高谷逶迤［1］。
流水日夜鸣，幽咽不胜悲。
秦川遥在望，离思正依依。

注 释

［1］逶迤：弯曲连续不断。

简 议

无论立意运思，都未突破前人藩篱；唯文字清简平易，尚可称道。

王佐诗（二首）

王佐（1384—1449），字公弼，号孟辅。明山东海丰（今山东庆云）人。永乐九年（1411）进士，十五年九月官吏科左给事中。宣德二年（1427）八月官行在户部右侍郎。十年五月镇守河南，七月迁左侍郎，不久被派往甘肃督理军饷。正统六年（1441）晋户部尚书；七年正月侍经筵；十四年八月十五日，在"土木堡之变"中与王永和等人遇难，赠少保。成化二年（1466）九月，谥忠简。贯通经史百家，精于理财之道。明史有传。

题《唐马图》

题 解

这是一首题画诗，着力描写了画中唐马的神骏不凡。

圉官牵控出长秋[1]，照夜[2]寒光净欲流。
一自龙池飞霹雳，陇山风雨未曾收。[3]

注 释

[1]圉（yǔ）官牵控出长秋：圉官，即"圉人"，为掌养马刍牧的官，也指圉人所属的奴隶；长秋，汉宫名，为皇后所居，这里借指唐宫。

[2]照夜：指骏马照夜白。此马来自西域，为唐玄宗时御厩所有。此处喻画中唐马。

[3]一自龙池飞霹雳，陇山风雨未曾收：谓画中的唐马矫健神奇如龙，一旦它从长安城里的龙池中飞起来，便搅得雷电交击，形成漫天风雨，连遥远的陇山上的风雨都停不下来。龙池，又名隆庆池，在今西安市未央区。唐玄宗登基前旧宅在皇城内兴庆宫，宅东有井，忽涌为小池，常有云气，或见黄龙出其中；至景龙中，潜复出水，其沼浸广，因名龙池。收，止息。这两句从唐杜甫《韦讽录事宅观曹将军画马图》诗之"曾貌先帝照夜白，龙池十日飞霹雳"句化出。

简 议

通过"照夜寒光净欲流"和"一自龙池飞霹雳，陇山风雨未曾收"数句，诗篇将画中唐马写得雄风猎猎、神采飞扬。

秦吉了

题 解

"秦吉了"为鸟名,也称"鹩哥""吉了",善于模仿人的语言,主产于中国的岭南地区。这首诗当作于明宣德十年(1435)诗人在甘肃督理军饷期间,主写秦吉了的能言善语和乖巧伶俐。

口呼万岁祝千秋[1],羌女[2]金笼占上流。

若到上阳供奉日,陇山鹦鹉尽回头。[3]

注 释

[1]口呼万岁祝千秋:谓羌女笼中的秦吉了能言善语,会喊"万岁千秋"。

[2]羌女:羌族女子。羌族主要分布在今甘肃、青海、四川一带。

[3]若到上阳供奉日,陇山鹦鹉尽回头:意谓若是羌女手上的秦吉了有一天能被供奉在唐朝的上阳宫里,它的能说会道会让养在宫中的陇山鹦鹉们惊得回头观看。上阳,即唐代的上阳宫,在东都洛阳禁苑之东,东接皇城之西南隅,为上元中置,遗址在今河南洛阳市。

简 议

诗中的陇山鹦鹉只是秦吉了的陪衬,用以表彰吉了的美胜。即便这样,也足以见证它的闻望。语言的平实顺畅,使诗篇属意痛快畅达。

蒋主孝诗(三首)

蒋主孝(1397—1472),字宗伦,一字务本。明江苏句容(今句容市)人,以行医名于世。著有《游牛首山叙志》《居燕旅情》等。今存诗十一首。

陇头水三首

题 解

这三首诗为组诗,其中第一首描写了闺中少妇对远行丈夫刻骨铭心的思念;第二首和第三首从不同侧面写了征人的离愁别恨。

一

洮云飞飞渡陇水[1]，白骨疆场泣新鬼。

闺中少妇闻笛声[2]，旧怨新愁深骨髓！

注 释

[1]洮云飞飞渡陇水：谓闺中少妇的丈夫像一片云，渡过陇水奔赴疆场。这疆场在临洮，故曰"洮云"。

[2]笛声：指羌笛之声，以悲凉著称。

简 议

由"白骨疆场泣新鬼"的诉说，可以推知战争的残酷。既然"旧怨新愁深骨髓"，少妇对前线丈夫的担忧和思念便昭然若揭。诗中思妇的形象楚楚可怜，让人发自肺腑地同情。

二

陌头杨柳飞白花，去年此日才离家。

谁知渡陇不复返，儿孤母老天之涯[1]！

注 释

[1]儿孤母老天之涯：谓征夫与孤儿老母相隔于天涯海角。

简 议

征夫西征日久不归，孤儿老母远在天涯，骨肉分离之苦锥骨穿心。诗篇平易如话，辞气衰厉，令人读之楚恻。

三

陇头之水声咽咽，路上行人心似铁[1]。

只听流水声，不看流水血。

黄沙白草秋茫茫，终年眼望胡天月[2]。

注 释

[1]路上行人心似铁：谓征人迫于无奈，只得置相思和危险于不顾而径直奔赴战场，貌似其心坚硬如铁。

[2]胡天月：敌国天空之月。

简 议

"路上行人"并非真的"心似铁"，而是身不由己。通过正话反说，诗篇将行人背井离乡、抛家别子的痛楚演绎得让人方寸沥血！

张楷诗（一首）

张楷（1399—1460），字式之，号介庵，又号守黑子。明浙江慈溪（今慈溪市）人。永乐二十二年（1424）进士。宣德间任监察御史。正统五年（1440）任陕西按察司佥事。后任右佥都御史，监刘聚军镇压福建邓茂七叛乱，攻破敌军山寨多处。又奉命督徐恭镇压处州叶宗留叛乱，进军迟缓，日以饮酒赋诗为乐；及闻叛军被平定，乃进兵争功。还京后，被罢免。著有《四经糠粃》《陕西纪行》《介庵集》等。

陇头吟

题 解

此诗述说了"玉门将军"久战沙场而不得归，以至师老兵疲的困顿。

玉门将军秦陇客[1]，十载不归头半白。
夜闻陇水忆秦关[2]，晓土城头听羌笛。
笛声呜咽送边愁，陇水滔滔日夜流。
壮士三千豪气尽，家人翘首望封侯。
年年虚建平边策[3]，依旧黄沙陇水头[4]。

注 释

[1]玉门将军秦陇客：玉门将军，镇守玉门关的将军；秦陇客，谓玉门将军也曾在秦陇地区征战。

[2]夜闻陇水忆秦关：谓将军听到了陇水之声，不由得回忆起了秦关，回归之意随之产生。秦关，这里指雄踞于陇山的大震关和安戎关。

[3]虚建平边策：白白地向朝廷提供平定边患的策略。

[4]依旧黄沙陇水头：谓"平边策"不被朝廷采纳，将军仍旧困守在边关。黄沙和陇头水均借指边塞和沙场。

简 议

远征玉门十年不归，将军身心俱疲，即便想起陇山中的"秦关"，他也觉得离故园近了许多，于是觉得十分亲切。恨只恨朝廷昏聩无能，竟不能接纳良策以平边患，让将士们长久地困守在黄沙漫天的战场，满含酸辛听着陇水的呜咽和笛声的悲鸣。战争带给征人们的痛苦和离伤，非亲历者所能想象。

赵忠诗（二首）

赵忠（1404—1459），字行恕。明苏州府长洲县（今江苏苏州）人。宣德五年（1430）进士，授监察御史。后官云南布政司参议及陕西右参议。

西镇山行

题 解

此诗为登吴山时作。诗中对自己多年奔走异方的为官生涯深为慨叹。

琴鹤相随[1]道路长，宦游踪迹思茫茫。

东瞻华岳仙人掌[2]，西度吴山白帝乡[3]。

岚气拂衣生翠润，林花炫眼发红香。

一年一度逢春色，却叹年年奔异方。

注 释

[1]琴鹤相随：成语有"一琴一鹤"。宋代的赵抃赴任成都转运使，到任时随身只带一琴一鹤。后世即用"一琴一鹤"称官吏为官清廉。这里的"琴鹤相随"与一琴一鹤义同。

[2]仙人掌：华山东峰峰侧石上有痕，自下观之形如手掌。此处就此而言。

[3]白帝乡：白帝的故乡。白帝为五天帝中的西帝。吴山位在西方，故作者认为吴山为白帝的故乡。

简 议

诗篇运笔酣畅，气势奔放，韵度高华。尾联言多年奔波异方之劳颇多感慨，言浅而意丰。

谒西镇庙

题 解

西镇庙在吴山脚下，是山中主要建筑。这首诗专咏西镇庙，对其胜概和尊荣予以渲染。

> 碧殿红楼倚半空，镇安西土仰神功。
> 五峰高山擎仙掌[1]，一水中分挂玉虹。
> 春雨过时芝草遍，暖烟深处碧桃浓[2]。
> 圣朝表正吴山号[3]，礼乐[4]昭明万古崇[5]。

注　释

[1]五峰高出擎仙掌：谓吴山五峰高出云表，如同伸向天空的仙人之手掌。

[2]碧桃浓：碧桃，是传说中的仙桃，在此是对吴山野桃的美称。浓，谓野桃之花盛开，色彩浓烈。

[3]圣朝表正吴山号：在明代之前，吴山有"成德公""天岳王"及"灵应王"等称号；到了明代洪武三年（1370），将之前的封号全部革除，直称其为"西镇吴山之神"。这句即指此而言。

[4]礼乐：指祭祀吴山时所用的礼仪歌乐。

[5]崇：尊崇。

简　议

颔联状吴岳之山水气势张扬，颈联写山中之花草纤丽秾艳；而辞彩的华赡和诗情的充溢，也是诗篇的亮点之一。

芮钊诗（二首）

芮钊（1408—1462），字宗远。明宝坻（今天津市宝坻）人。正统七年（1442）进士，历任御史、江西副使、陕西布政使和都察院右副都御史。天顺元年（1457）赴甘肃巡抚各地，兼提督军务。去世后，明英宗为其作《清暑歌》一首。

陪耿都宪[1]祀吴山

题　解

此诗为作者任职陕西布政司间陪吏部左侍郎耿裕祀吴山时作。诗中对耿氏祭山的效果给予肯定。

西镇巍巍亘古[2]雄，清朝秩祀[3]显褒崇。

含灵尽夺诸山秀，济旱能成百代功。

紫翠烟霞开罨画[4]，金银台殿出晴空。

明公荐飨[5]祈民福，雷雨交施感遂通[6]。

注　释

[1]都宪：宪，是属吏对上司的尊称。此处的督宪，指时任吏部左侍郎的耿裕。其时，作者任陕西布政使，与耿氏为上下级关系，故以"都宪"称耿裕。

[2]亘古：终古，自古以来。

[3]清朝秩祀：清朝，社会、政治清明的王朝，这里谀指明宪宗成化一朝；秩祀，常祀。

[4]罨（yǎn）画：杂色的彩画。

[5]明公荐飨：明公，对权贵长官的尊称，此处指耿裕；荐飨，以酒食进献（吴山之神），也可作"祭祀"解。

[6]感遂通：谓吴山之神享受祭祀后与人情感交通。

简　议

吴山之神昔日济旱功著，今享祭祀又大显神通，使神州大地遍沐甘雨。由于心情愉快，诗人在讴歌吴山的同时，对上司耿氏也深表钦敬。

游吴山

题　解

这首诗为作者陪耿裕祀吴山期间作，着力摹写了吴山风景的清幽妙丽。

含灵毓秀郁崔嵬[1]，独镇西秦接上台[2]。

瀑布远从千涧落，芙蓉直向五云[3]开。

龙归古洞藏山雨，鸟弄闲花点石苔。

好景无边看不尽，人间何必羡蓬莱。

注　释

[1]郁崔嵬：郁，甚、很；崔嵬，高耸。

[2]上台：星名，三台之一，属太微垣，在大熊星座中。《晋书·天文志》称"西近文昌二星曰上台，为司命，主寿"。

[3]向五云：向，接近、趋向；五云，青、白、赤、黑、黄五色之云，也指五色的瑞云。

简　议

能陪耿督宪前来祭山已是莫大的荣耀，加之祭祀活动又实现了预期目的，芮布政兴奋异常而漫游吴山；漫游之后禁不住诗兴大发，乃将所见美景一一诉诸笔端。作者笔下的吴岳炳灵钟秀、险峻崔嵬，不但有落涧的飞瀑和遏云的五峰，还有栖龙的古洞和戏花的灵鸟，简直妙不可言，甚至堪比名满天下的蓬莱仙山。对吴山的竭力赞美，是作者快乐心情的直观反映。

张和诗（一首）

张和（1412—1464），字节之，号篠庵。明昆山（今江苏昆山）人。正统四年（1439）进士，廷试拟为第一，以目眚改为二甲第一，因乞归，授徒以自给。景泰元年（1450），受聘江西乡试，授南京刑部主事；六年入为翰林，应诏修《宋元通鉴纲目》。英宗天顺元年（1457）还南，进郎中，擢浙江提学副使。著有《筱庵集》十卷和《篠奄论钞》《秋台清话》等。

陇头水

题　解

这首诗借言陇头水的呜咽和奔流不止，以状行人之悲。

陇头流水流不已[1]，陇头行人行不止。

欲行不行[2]空断肠，流水声[3]入行人耳。

注　释

[1]已：停止。

[2]欲行不行：欲行，将要西行；不行，不想西去。

[3]流水声：指陇水的幽咽声。

简　议

以陇水之幽咽喻陇山行人之悲泣，是前人用滥了的伎俩。

张用瀚诗（一首）

张用瀚（1415—？），字志本。明南阳府郏县（今属河南）人。宣德八年（1433）进士。曾任陕西参政及布政使。入，官吏部右侍郎。

陪祀吴山

题 解

作者任职陕西时，曾陪专官祭祀吴山。这首诗为其祭山时作，大力张扬了吴山的风光形胜，表达了祭山的目的。

吴山高接九重天，万顷烟霞锁翠巅。
灵气出云常欲雨，秀峰凌汉[1]每逢仙。
鹤归松下笼寒玉，水过石边响夜弦。
陪祀竭诚遵上命[2]，愿祈渥泽苏民田[3]。

注 释

[1]汉：天河。

[2]上命：皇帝的诏命。上，君主。

[3]渥泽苏民田：渥泽，沾润；苏，复生、再生；苏民田，使民田恢复生机。

简 议

诗篇属对精工，出语清丽，状景若幻，情系民生，文质俱佳。

陈价诗（二首）

陈价（1416年—？），字维藩。明铜梁（今重庆市铜梁区）人。正统四年（1439）进士。初知临湘县。后历任河南监察御史、陕西巡抚、甘肃和宁夏都御史，累官至资政大夫。所作诗文流利典雅。

祀吴山二首

（承命祀祷西镇[1]，引领神麻[2]。不能无言，遂忘鄙俚[3]，凑成二诗志意。陈价书。成化戊子[4]五月念[5]六日。）

题 解

两首诗作于明成化四年（1468）五月二十六日祭祀吴山时。诗中盛赞吴山之雄，祈请山神护国安民；对其功德表示嘉赏，望其进一步施惠于国家和人民。

一

　　　　自是玄黄[6]秀结成，表[7]为西镇擅[8]雄名。
　　　　峰如莲岳[9]排仙掌，地比桃源[10]隔世情。
　　　　黎庶蒙佑功赫奕[11]，清朝报祀[12]礼庥明。
　　　　方今天子忧灾沴[13]，灵贶[14]无忘赞治平[15]。

注 释

[1]西镇：指吴山。吴山在古代为五镇中的西镇。

[2]神庥：庥，庇荫。神庥，吴山之神的庇护。

[3]鄙俚：粗俗。

[4]成化戊子：指成化戊子年，即公元1468年。戊子是该年的干支。

[5]念：也作"廿"，指数字二十。以廿为念始于宋代，清顾炎武《金石文字记·开业寺碑》谓"碑阴多宋人题名，有曰：'元祐辛未阳月念五日题。'以廿为念，始见于此"。

[6]玄黄：玄，黑色；黄，黄色。也指天地。

[7]表：表彰、表封。

[8]擅：拥有。

[9]莲岳：指华山。

[10]桃源：是晋人陶渊明在《桃花源记》中虚构的与世隔绝的乐土，言其地人人丰衣足食，怡然自乐，不知世间有祸乱忧患。后因称这种理想境界为世外桃源，古人常用以入诗。

[11]赫奕：光显，美盛，光辉炫耀。

[12]清朝报祀：清朝，社会清明的王朝，这里指明宪宗成化王朝；报祀，祭祀。报为祭名，《国语·鲁语》上谓"幕能师颛顼者也，有虞氏报焉"，注云"报，报德，谓祭也"。

[13]灾沴：指阴阳之气不和而造成的灾害。

[14]灵贶（kuàng）：（吴山的）神灵加惠。

[15]赞治平：赞，辅佐、帮助；治平，本指治国平天下，后指国家太平安定。

简 议

诗人盛赞吴山之神庇民有功；更望通过祭祀，使其再展神通，保佑国家大治而天下太平。诗篇不蔓不枝，直奔主题，俾作者胸次豁然可见。

二

五朵峰前庙貌开，煌煌香篆[1]自天来。

恳祈卒岁丰穰庆[2]，重[3]为多方暵旱[4]灾。

四野遍应均沛泽，一时何惜起轰雷。

明神有道裨文化[5]，会[6]使欢声遍九垓[7]。

注 释

[1]香篆：焚香所生的烟。

[2]卒岁丰穰庆：全年丰收、吉祥。卒岁，终年、全年；丰穰，庄稼收获丰盛；庆，吉祥、幸福。

[3]重：深。

[4]暵（hàn）旱：干旱。

[5]裨文化：助益文治教化。

[6]会：能，应当。二义在此皆通。

[7]九垓：犹言九州。同"九陔"。

简 议

作者恳请吴山之神普降甘霖，让天下五谷大获丰收，并且助益国家文治教化，使九州丰衣足食、充满欢声笑语。此种愿望深合国家和百姓利益，值得大加肯定。

项忠诗（二首）

项忠（1421—1502），字荩臣，号乔松。明嘉兴（今浙江嘉兴）人。正统七年（1442）进士。天顺初，任陕西按察使，赈济饥民。天顺七年（1463），召为大理寺卿，改右副都御史。成化十年（1474），升刑部尚书。不久为兵部尚书。卒,赠太子太保,谥"襄毅"。在陕西时,屡征满俊、李原等叛军及羌人起义。

望吴山

题 解

明英宗天顺七年(1463)春,居住在甘肃洮州和岷州的羌人犯境,项忠率陕西子弟兵西行征讨,在经过汧阳县和陇州时望见吴山而作此诗。诗篇描写了远望吴山所见情景,表达了待后登山观光的愿望。

持节西行过陇汧[1],吴山表镇独巍然。
祥光自觉春来好,翠色偏从[2]雨后妍。
一水[3]澄清常浴日,五峰森立远擎天。
再经若遂登临愿,拜舞遥瞻白帝[4]前。

注 释

[1]持节西行过陇汧:持节,古代使臣出使,必持节以作凭证;魏晋以后以持节为官名,有使持节、持节、假节等;唐初,诸州刺史加号持节;后持节之称废去,这里指作者受命西行征讨羌人。陇汧,指当时的陇州和所领的汧阳县。

[2]从:随。

[3]一水:当指汧水(汧河)。

[4]白帝:五天帝之一。位在西方,名白招拒。因吴山为西镇,故作者说要"拜舞遥瞻白帝前"。

简 议

先言西行所经之地,次述遥望吴山所见之景,再表登山观光之愿。诗篇起承有序,转合自然;颔联状吴岳之美光色相彰、好妍并举,令人神往;颈联写景远近结合,山水辉映,韵致颇高。

祭吴岳

题 解

此诗为诗人任职陕西祭祀吴山时作,对自己半生跋涉的动荡生活发出慨叹,表达了忠于朝廷和思念双亲的情愫。

山势自萦绕,泉声无古今[1]。

半生多跋涉,万里独登临。

望阙[2]丹心壮,思亲白发侵。

斋居端坐久,闻磬出松林[3]。

注 释

[1]无古今:古今无别。

[2]望阙:遥望帝室。阙为皇帝所居。

[3]闻磬出松林:听到磬声从松树林里传出来。

简 议

身在吴山,心里却装着皇帝和双亲,诗人不愧是忠臣孝子的典范。诗篇风格冲和简淡,寄意端严清正,自有一股感人的力量。

赵锐诗(二首)

赵锐(1422—?),字毅之。明河南怀庆府修武(今河南修武)人。天顺四年(1460)进士。曾任陕西布政司参议。

咏吴岳庙二首

题 解

这两首诗为作者任职陕西期间巡视汉中途中登吴山时作,以浓墨重彩书写了吴岳的绚丽,并向山神祈祷五谷丰登。

一

巡视南来入汉中,镇西祠下暂停骢[1]。

五峰高竖擎天掌,一水深涵浴日功[2]。

洞里龙吟时欲雨,岩前虎啸夜生风。

焚香端为[3]吾民祷,禾黍芃芃[4]岁屡丰。

注 释

[1]骢(cōng):青白色的马。这里指作者所乘的马。

[2]浴日功:喻卓越的功勋。

[3]端为:直为。端,直。

[4]芃芃（péng péng）：茂盛。

简 议

因去汉中顺道拜谒吴山，诗人尚且不忘为百姓祈福。尾联两句，乃诗篇的精华所在。

二

群峰玉立势崔巍，喜欲登临困欲回。
月下老人[1]乘鹤去，洞中仙子抱琴来。
火余丹灶[2]灰还热，树有蟠桃[3]花未开。
天上广寒[4]何处觅，人间即此是蓬莱。

注 释

[1]月下老人：唐人小说记韦固夜经宋城，遇一老人倚囊而坐，向月检书。固问所检何书，答曰天下之婚牍；又问囊中赤绳，说是系夫妇之足，虽仇家异域，此绳一系，终不可避。故事出自唐李复言《续幽怪录》四之《定婚店》。后因称主管男女婚姻之神为"月下老人"或"月老"。

[2]丹灶：道士炼制丹药的灶。

[3]树有蟠桃：谓吴山上有蟠桃树。蟠桃，即桃树。

[4]广寒：指传说中月亮上的广寒宫。

简 议

想象丰富奇特，摹景似梦如幻，但精神境界无法与前诗比肩。

马文升诗（三首）

马文升（1426—1510），字负图，号三峰居士、约斋、友松道人。明钧州（今河南禹州）人。景泰二年（1451）进士，授御史。有经世才。天顺至成化间，以左副都御史巡抚陕西，陈边策。成化末巡抚辽东，长于边事。弘治初官兵部尚书，颇多建树。后任吏部尚书，用人重气节，擢拔英才甚众。正德中，宦官刘瑾专权用事，乞归。卒，谥"端肃"。有《马端肃公奏议》十二卷，《西征石城记》一卷，《复兴哈密记》一卷，《抚安东夷记》一卷。另有《马端肃公诗集》，共收入诗词作品三百四十五首。现存诗词二百零六首。曾因忤逆宦官汪直，被谪戍重庆卫,直败复官。明史有传。

忆吴岳

(壬午[1]秋九月,西征岷番贼[2],驻节陇州分司[3],戏书。)

题 解

此诗为诗人于天顺六年(1462)九月西伐羌人,率兵驻于陇州时作。诗中描写了自己为国事四处奔波的情形,并发出感慨;对身居庙堂沐皇恩的故友表示羡慕。

北征未已[4]复西征[5],扰扰红尘感慨生[6]。

二十年间如大梦,三千里外类浮萍[7]。

春深问俗看吴岳[8],秋尽提兵过渭城[9]。

遥忆云霄[10]诸故友,朝朝委佩沐恩荣[11]。

注 释

[1]壬午:指明英宗天顺六年。这一年,作者因西征"岷番贼"途经陇州,暂驻州之盐务司。

[2]岷番贼:指当时居住在岷州(今甘肃岷县)一带而屡犯明朝边境的羌人。

[3]分司:明代在全国许多地方设有分管督察各盐场的"盐务分司",简称"分司"。当时,陇州也设有盐务分司。此处所言即指此。

[4]已:停止,完毕。

[5]西征:指西征岷番。

[6]感慨生:生出感慨。

[7]三千里外类浮萍:谓自己为战事奔波于距京城数千里之外,就像随水漂荡的浮萍一样。

[8]春深问俗看吴岳:谓壬午年率军过陇州时远看吴山。

[9]渭城:地名,秦之咸阳城。汉高祖元年改名新城,武帝元鼎三年(前114)又易名渭城。故址在今陕西咸阳市东北。

[10]云霄:本指天际。这里用以喻京城,也喻高位。

[11]委佩沐恩荣:委佩,《礼记·曲礼下》谓"立则磬折,垂佩。主佩倚,则臣佩垂;主佩垂,则臣佩委",故委佩指腰间的佩饰拖垂到地

上,谓朝见天子。恩荣,恩惠光宠,特指受皇帝恩宠的光荣或荣耀。

简 议

作者既是安邦理政的能臣,又是文采风流的雅士,所赋诗篇雄文劲彩、气势磅礴。诗中虽有对漂泊生涯的慨叹,却无些许的颓废和沉沦,从整体上呈现出英迈豪壮、矫健排奡的特点。其中颔联和颈联格力刚劲、意象雄浑,颇有诗伯风神。

秦陇道中

题 解

秦陇道即关陇道,是古时由陕西至西域的交通要道,也是古丝绸之路中路的一段。此道由长安出发翻越陇山,直达甘肃及西域。其中陇山段山高林密,道路险峻难行。这首诗为诗人于天顺六年(1462)九月西征"岷番贼"行进于秦陇道中时作。诗篇由陇山道路的艰险难行联想到宦途的嶒嵝不平,对自己年老尚且在官场奔走的景况进行自嘲,语俚而多趣。或说此诗为诗人翻越六盘山时作,似为不妥。

问俗昔曾过陇山,西征今复出秦关[1]。
雁声叫日迷寒渚[2],枫叶经霜带醉颜。
世路羊肠千里曲[3],功名蜗角几人闲[4]。
林间鹦鹉能言语[5],笑我年来两鬓斑!

注 释

[1]秦关:指雄踞于陇山的安戎关和大震关。

[2]渚:水中小块陆地。陇山有水,故亦有渚。

[3]世路羊肠千里曲:喻仕途的曲折不平。

[4]功名蜗角几人闲:谓求取功名就像在狭小的蜗牛角上行走,却没有几个人闲着不去争取。

[5]林间鹦鹉能言语:谓陇山林中的鹦鹉要是会说话。陇州的陇山古产鹦鹉,且甚知名。

简 议

"雁声叫日迷寒渚"是言景,"枫叶经霜带醉颜"是欣赏,"世路羊肠千里曲"是慨叹,"功名蜗角几人闲"是讽喻,"笑我年来两鬓斑"是自嘲。诗篇意象纷呈，内容富赡，令读者目不暇接。和前代许多诗人不同，作者在行经陇山时不言离愁别恨，不说悲伤怨艾，不让读者在悒郁和压抑中消沉。而笔触的豪恣刚健，也充分展示了作者的军人气质和大将风度。

感 怀
（成化丁酉岁[1]夏五月之吉[2]，率尔[3]书于陇州行台[4]之壁。）

题 解

成化间，诗人曾巡抚陕西。这首诗作于成化十三年（1477）五月一日作者来陇州巡视时。诗中对各级官员的互争私利深表担忧，表示自己绝不与他们同流合污，而要大力歌呼百姓疾苦、为生民兴利，且望自己归朝后能被天子召见。

方忧上下事交征[5]，安敢停车玩蠹生[6]。
省敛有能兴地利[7]，操觚应为惜天黥[8]。
花村犬尽冰壶月[9]，茅屋人忘铁瓮城[10]。
归省[11]若逢天子诏，斑衣膝下[12]倍增荣。

注 释

[1]成化丁酉岁：指明宪宗成化十三年。丁酉，为该年的干支。

[2]吉：阴历每月的第一天。这里指成化十三年五月一日。

[3]率尔：轻率、随意。

[4]行台：古代大臣出巡时的住所。这里指作者出巡陇州时的居所。

[5]上下事交征：上下，各级官府的人；事，从事；交，互相；征，求取。全句谓各级官员都在从事互相争夺私利的勾当。

[6]停车玩蠹生：停车，意如"停骖"，勒马不前，此处指停下手里的工作；蠹，蛀虫，蠹生即蛀食侵夺百姓利益的营生。

[7]省敛有能兴地利：敛，税收；能，亲善和睦。全句是说，我要在自己管辖地区省免百姓赋税，与他们亲善和睦，并为他们创造有利农业生产的地理条件。

[8]操觚应为惜天黥：操觚，作文；惜，哀痛；天黥，本指人脸上所生的痘疤，这里用以喻百姓创伤。全句是说，（自己）持笔为诗文，就应

该为生民的多艰和伤痛而悲哀、而疾呼。

［9］花村犬尽冰壶月：花村，开满鲜花的村庄，这里泛指乡村；冰壶月，是"冰壶秋月"的省称，比喻洁白明净，多指人的品格而言。全句是说，连陇州乡村里的狗都有高洁的品格。

［10］茅屋人忘铁瓮城：茅屋人，茅屋当为"茅蕝"之误，茅蕝指古代朝会时束茅于地以示尊卑，故"茅屋人"即"茅蕝人"，指朝中各色官员。铁瓮城为城名，故址在今江苏镇江，相传为吴大帝孙权所建，内外均甃以甓，以其坚固如金城而得名；一说镇江子城深狭，其状如瓮，故名。在这里，作者以铁瓮城喻大明江山。全句是说，朝中大臣们只管上下交征以谋私利而品质低劣，全然忘却了大明的社稷江山（承前句而来）。

［11］归省：回家探亲。

［12］斑衣膝下：谓穿着斑斓的彩衣，承欢于父母膝下。相传春秋时老莱子年届七旬，犹自穿着色彩斑斓的衣服作小儿戏，让父母开心快乐。这里暗喻致仕。

简 议

心忧国是，情系苍生，诗人的品格自如"冰壶秋月"，着实让人钦敬。诗的颔联抒怀明志，肝胆光昭日月；颈联抚时感事，情绪激烈而褒贬分明。全诗笔酣兴健、情真意切，展现着博大的家国情怀，充溢着强劲的浩然正气，昭示着崇高的精神境界，确如明人李逊学所谓"（其）声诗无媟（昏暗不明）嫚语，皆自忠爱中流出"。

陈献章诗（一首）

陈献章（1428—1500），字公甫，号石斋。明广东新会（今广东江门）人。因居白沙里，门人称其白沙先生。正统十二年（1447）举乡试，次年会试中乙榜。至崇仁，受学于吴兴弼。成化十九年（1483）以荐授翰林检讨，乞归。就学者甚众。谥号"文恭"。著有《白沙子全集》《白沙诗教解》等。

得世卿子长近诗赏之

题 解

这是一首赏诗之作。"世卿子长"其人无考,所作诗亦不可觅。

飞云高起大厓[1]深,两处天教两鸟[2]吟。

莫把陇山来比并[3],山头鹦鹉被人擒。

注 释

[1]厓(yá):水边和山边均叫厓。

[2]两鸟:指诗人自己和世卿子长。

[3]比并:相比。

简 议

通过此诗,可以感知陇山鹦鹉的珍贵和命运的悲惨。

余子俊诗(一首)

余子俊(1428—1489),字士英,明青神(今四川乐山)人。景泰二年(1451)进士,授户部主事,进户部员外郎。天顺四年(1460)任西安知府。成化二年(1466)起任陕西右参政及右布政使,在陕十年。后拜右副都御史,巡抚延绥(明代九镇之一,初治今陕西绥德,成化七年移治今陕西榆林)。官终兵部尚书,所在多能,颇有建树。明史有传。

祀吴山

题 解

明成化十三年(1477)六月三日,作者任职陕西时奉帝命前往祭祀吴山,在祭山时写了这首诗。诗篇极言吴山之壮美,希望天地之神与皇帝共忧百姓疾苦。

御香[1]缥缈散瑶阶[2],疏食忘荤谨致斋[3]。

无路夤缘[4]千尺笋,有山环拱峨眉排[5]。

巨灵想驭青田鹤[6],直木多如阙里楷[7]。

轸念苍生廑斧扆[8],幽明宁不共忧怀[9]?

注　释

［1］御香：受皇帝之命烧给吴山之神的香火。

［2］瑶阶：玉台阶。这里指吴山之上供人行走的石台阶。

［3］疏食忘荤谨致斋：疏食忘荤，只吃清茶淡饭、不食荤腥；致斋，举行祭祀或典礼之前清整身心的仪式。

［4］夤缘：攀附，唐韩愈《古意》诗谓"我欲求之不惮远，青壁无路难夤缘"。

［5］峨眉排：像峨眉山一样地排列。

［6］巨灵想驭青田鹤：巨灵，古代神话中开辟华山的河神，又指古代神话中的矮人，而汉郭宪在《洞冥记》卷四中又说"唯有一女人，爱悦于帝，名曰巨灵"；青田鹤，鹤名，《太平御览》卷九百一十六《永嘉郡记》谓"有沐溪野，去青田九里，此中有双白鹤，年年生伏子，长大便去，只余父母一双在耳，精白可爱"。

［7］阙里楷：阙里为地名，相传为春秋时孔子授徒之所，在洙泗之间。孔子时无阙里之名，其名始见于《汉书》卷六十七《梅福传》，至后汉始盛称孔子故里为阙里。楷，是一种树木，即黄连木，唐段成式《酉阳杂俎》之《木篇》谓"孔子墓上特多楷木"。

［8］轸（zhěn）念苍生廑（qín）斧扆（yǐ）：轸念，深切怀念；廑，殷勤；斧扆，其状如屏风，以绛为质，高八尺，东西当户牖间，上绣以斧纹，因名，也作"斧依"。《逸周书·明堂解》称"天子之位，负斧扆南面立"，而《仪礼·觐礼》则谓"天子设斧依于户牖之间"，故这里的"斧扆"代指天子。全句是说，皇帝（明宪宗）深切挂念百姓疾苦，遣我前来殷勤祭山。

［10］幽明宁不共忧怀：幽明，天地（之神）。全句是说，天地和吴山之神岂能不和皇帝一同担忧百姓疾苦而为其造福？

简　议

但凡祭祀吴山的诗作，总要先对其山讴歌颂扬一番，或对山中风景竭力摹画，而后再向山灵或别的什么神灵提出这样那样的要求。这首诗也是依样画葫芦，好在文辞庄雅俊迈。

耿裕诗（一首）

耿裕（1430—1496），字好问。明平定（今山西平定）人。景泰五年（1454）进士，授庶吉士，转户科给事中改工科。天顺初，任检讨。成化中，任国子司业、祭酒。后任吏部左侍郎。弘治改元，拜礼部尚书，改吏部尚书，加太子保衔。卒，谥"文恪"。著有《耿裕集》。

祀吴山
（成化甲辰[1]，因关中大旱，奉命来祷。）

题 解

明成化二十年（1484）十月十九日，诗人因陕西关中地区大旱，奉朝廷之命前往吴山祈祷，在祭山时写了这首诗。诗篇在描写吴山形胜的同时，希望山灵协助天地保佑万民。

屹立岩岩[2]迥莫跻，历承封号镇关西[3]。
势雄秦岭南山上，顶出云霄北斗齐[4]。
漾月灵湫龙久伏，向阳桐木凤频栖。
肩连岳渎歆拜祀[5]，默相[6]乾坤保万黎。

注 释

[1]成化甲辰：指明宪宗成化二十年（1484）。

[2]岩岩：高峻。

[3]历承封号镇关西：历承封号，从唐天宝八年（749）始，吴山先后被封为"成德公""天岳王""灵应王""西镇吴山之神"；关西，指函谷关之西。

[4]北斗齐：与北斗星平齐。

[5]肩连岳渎歆拜祀：谓像祭祀五岳四渎般地拜祀吴山。四渎是四条著名的大河，《尔雅·释水》称"江、淮、河、济为四渎。四渎者，发源注海者也"。歆，用食品祭祀鬼神。

[6]相：辅助。

简 议

颔联言吴山之高峻，虽五岳不能过。颈联状吴山之灵异，颇具梦幻色彩。

阎仲实诗（二首）

阎仲实（1433—1499），字光甫，号信斋。明陇州（今陕西陇县）人。景泰七年（1456）解元，成化五年（1469）进士。历任吏部考功司主事、员外郎及河南右参政，进阶大中大夫。

登吴山

题　解

此诗为作者返乡途中登吴山时作，在描写吴山高峻雄奇的同时，流露出寻求人生真谛之意。

峰峦矗矗[1]起云烟，咫尺峰头只有天。
五朵莲花[2]开万丈，千山蛇势镇三边[3]。
支分界北高低合，势压终南[4]远近连。
几欲乘风凌绝顶，好寻白帝[5]问真元[6]。

注　释

[1]矗矗：高耸。

[2]五朵莲花：指吴山的五个山头，即镇西峰、大贤峰、灵应峰、会仙峰和望辇峰。五峰相峙，状若莲花。

[3]三边：在汉代，幽州、并州、凉州都在边疆，合称"三边"；后用以泛指边疆。在此，三边或为明朝边疆之意。

[4]终南：山名，又称南山，在今陕西西安市南。也泛称秦岭。

[5]白帝：五天帝之一，为西方之神。《周礼·天官·大宰》言"祀五帝"，《孔疏》谓"五帝者……西方白帝白招拒"。因吴山位于西方，为西镇，故作者说要向西方之神白帝问真元。

[6]真元：玄妙，这里指天地间深奥而真实的道理。唐韦应物《题化城寺》诗谓"偶与游人论法要，真元浩浩理无穷"。

简　议

吴山高大雄伟、声望崇隆，凡登山者无不为之倾倒，阎氏亦复如是。作为律诗,一个"峰"字连用两次,是谓犯律。

咏龙门洞

题 解

这首诗为诗人于弘治二年(1489)三月游览陇州龙门山时作,写了龙门道场的清幽灵秀,为不能与"采芝人"相会而抱憾。

遥看仙景郁葱葱,洞有神仙水有龙[1]。
只恨采芝人[2]不见,桃花泛水满溪红。

注 释

[1]洞有神仙水有龙:据传,龙门洞山区有三十六洞、二十四潭,且洞洞有仙、潭潭有龙。

[2]采芝人:隐居龙门的道人,或指仙人。

简 议

看到了山中美景,却未遇见高人隐士,无缘与其谈经论道,诗人心中的怅惘挥之不去。诗篇言辞清俊,状物写景虚实相兼,自有一番韵致。

刘健诗(二首)

刘健(1433—1526),字希贤,号晦庵,明洛阳(今河南洛阳)人。天顺四年(1460)进士,历庶吉士、翰林编修、修撰。孝宗时升礼部右侍郎。后迁礼部尚书,兼武英殿大学士。弘治十一年(1498),任首辅大臣,加太子太师衔;更吏部尚书,兼华盖殿大学士。武宗即位后,奏请诛刘瑾,不得,致仕。刘瑾被诛后复官。卒,赠太师,谥"文靖"。有《刘文靖公奏疏》二卷。

汧阳道中见吴山

题 解

明宪宗成化二十二年(1486)六月二十一日,诗人奉帝命祭祀吴山。这首诗为其东来祭山经汧阳县时作,描写了远望吴山所见之景。其时，汧阳县为陇州属县。

> 路入汧阳[1]未半程，青青天际露峥嵘。
> 微茫[2]灵气通西岳，仿佛危巅见北瀛[3]。
> 远树高低如点缀，诸峰罗列似将迎[4]。
> 一方云雨资兴起[5]，无愧累朝祀典荣[6]。

注　释

[1]汧阳：即今陕西千阳。千，古作"汧"。

[2]微茫：隐约，模糊。

[3]北瀛：北海。

[4]罗列似将迎：好像将要迎接（我们祭祀的队伍）一样。罗列，一作"环绕"。

[5]资兴起：凭借（吴山而）兴起。

[6]荣：盛多。

简　议

只是远远地看到了吴山的轮廓，就为她的丰姿神韵倾倒。在诗人心目中，吴岳的地位神圣而崇高。"诸峰罗列似将迎"句赋予吴山以情感，使其在峻美的同时更显温暖。

祀吴山

题　解

经过长途跋涉，诗人终于达到吴山，开始了祭祀活动。既来祭山，照例要题诗以志。这首诗就是祭山时作，除对吴山之雄峻大肆张扬外，对山神已有之功德大加赞美，希望其一如旧贯，助天子排解民忧。

> 吴山高耸镇西州[1]，丘壑寻常未敢侔[2]。
> 五柄芙蓉连远汉[3]，四时霖雨起灵湫[4]。
> 皇朝[5]祀典崇严敬，秦地生灵赖庇庥[6]。
> 莫惜神功频斡运[7]，九重悬望[8]释民忧。

注　释

[1]西州：古州名。汉时西域有车师国，地约当今新疆吐鲁番市及鄯善县一带。唐贞观十四年（640）平高昌，以其地为西州，治所在今吐鲁番

市东高昌故城。但这里则是对西部地区的泛称。

[2] 俦：等比。

[3] 远汉：远空。

[4] 灵湫：吴山有真人湫、灵湫、大王湫、雷神湫和玉皇湫等湫池。

[5] 皇朝：当朝。这里指明宪宗成化一朝。

[6] 庇庥：庇护。

[7] 斡运：旋转运作。

[8] 九重悬望：九重，指宪宗皇帝朱见深；悬望，牵挂期望。

简 议

讽劝吴山之神"莫惜神功"以"释民忧"，是诗篇的灵魂和要义。

刘震诗（一首）

刘震（1434—1501），字道亨。明江西安福（今江西吉安）人。成化八年（1472）进士，授翰林院偏修。成化二十三年（1487），任满升侍讲。弘治间，官南京国子监祭酒。有文才，为文才思敏捷，下笔立就，不袭陈言。著有《双溪集》。

固关道中

题 解

固关为关名，在今河北井陉县和山西平定县之间。但依西北民族大学文学院刘洁在《陇山陇关陇头水》一文中的说法，刘震的这首诗是描写陇州固（故）关形胜的。陇州固关地处陇州西部之陇山中，境内群山巍巍，建有大震关、安戎关等军事要塞。

  崎岖天路仄[1]，径绝险摩空。
  直此盘回上[2]，何难霄汉通[3]。
  阴晴[4]山向背，苦乐辙西东。
  百二秦关[5]接，重重控禹功[6]。

注 释

[1] 仄：倾侧，倾斜，狭窄。

[2] 直此盘回上：直，径直；盘回，盘曲回旋。

[3] 何难霄汉通：谓不难通往霄汉。

[4] 阴晴：明暗。

[5] 秦关：指建于固关山中的大震关和安戎关。

[6] 禹功：大禹的功绩。《诗经·小雅·信南山·序》谓"（幽王）不能修成王之业，疆理天下，以奉禹功"。清人胡渭在《禹贡锥指·序》中则称"中国之水，莫大于河；禹功之美，亦莫著于河"。所以，这里的"禹功"指陇州固关地区的山中之水，即陇水。

简 议

这首诗以写实的笔触、峭拔的语言和欣赏的姿态，对陇州固关一带的陇山形胜和山道的奇险作了极为形象的摹写，令人读后印象良深。

谢绶诗（五首）

谢绶（1434—1502），字维章。明乐安（今江西乐安）人。景泰五年（1454）进士，初授工部主事，转陕西右参政。后任广西右布政使及云南左布政使。弘治元年（1488）后，任右副都御史及湖广巡抚。迁工部右侍郎，转刑部左侍郎，晋南京礼部尚书。卒，赠太子少保。

题镇山次耿少宰[1]韵二首

（成化甲辰[2]关中大旱，耿少宰奉命来祷于西镇吴山之神。既毕事还，瑞屡降。予喜其诚能格神[3]，遂勉成二律[4]，以志一时之盛事云。）

题 解

这两首诗作于明成化二十年（1484）十月，为祭吴山时和耿裕《祀吴山》诗原韵之作。二诗在溢美吴山的同时，对"圣主"和"宰臣"竭力颂扬。

一

翠壁丹崖不可跻，万年形胜镇关西。

九重[5]只有星堪摘，三辅[6]更无山与齐。

云合洞霄[7]龙起蛰，月明珠树[8]鹤来栖。

宰臣衔命修明祀[9]，竭尽虔心为庶黎[10]。

注释

[1]耿少宰：指时任吏部左侍郎、来吴山祭祀的耿裕。在明代，俗称吏部侍郎为"少宰"，也称"少冢宰"。

[2]成化甲辰：即公元1484年。

[3]格神：感通、感动神灵。

[4]律：律诗的简称，如五律、七律、排律。这里意如"首"。

[5]九重：九天，天。

[6]三辅：汉景帝二年（前155）分内史为左、右内史，与主爵中尉同治长安城中，所辖皆京郊之地，故合称三辅。武帝太初元年（前104）改左、右内史和主爵中尉为京兆尹、左冯翊、右扶风，其辖境相当于今陕西中部地区。后世政区划分虽时有更改，但直至唐，习惯上仍称这一地区为"三辅"。

[7]洞霄：洞中的云气。

[8]珠树：神话中能结珠子的树。此处言珠树者，意在称美吴山的树木。

[9]宰臣衔命修明祀：宰臣，指耿裕；修，整饬礼仪；明祀，对神明祭祀。

[10]庶黎：众多的百姓。

简 议

吴山耸入云天、名震关西，且有龙腾鹤栖，实在神异绝尘，今有宰臣虔诚来祭，山神岂能不佑苍生？颔联状山之高，出语殊奇。

二

瑞雪缤纷下九天，明神昭格[1]岂徒然？

只缘圣主[2]忧民切，况是天官[3]奉命专。

全陕已知消旱虐，疲民应喜兆丰年。

躬[4]逢盛事深惭拙，安得[5]雄文为纪传。

注 释

[1]昭格：感通。

［2］圣主：指明宪宗朱见深。

［3］天官：指前来祭山的耿裕。天官为官名，《周礼》分设六官，以冢宰为天官，乃百官之长。而耿裕时任吏部侍郎，俗称之为"少冢宰"，故作者在此以天官称之。

［4］躬：亲自。

［5］安得：怎么才能写出（雄文）。

简 议

吴山之神果被耿裕感动，关中旱象终得解除，诗人很是欣喜。对明神、圣主和天官的推许及对自己才拙的愧叹，实则是作者喜悦心情的外溢。不直言其喜，却能将读者带入喜庆的氛围，是诗篇的制胜处。

见镇山

题 解

明宪宗成化二十年（1484）十月十九日，时任陕西右参政的作者随耿裕前往吴山祭祀，在祭山的途中写了这首诗。诗篇描绘了吴山的美景，相信耿氏祭山能够成功，陕西大地终会降雨。

青天云散见嵯峨[1]，问俗频年[2]此地过。

上有五峰通赤道[3]，中涵一水接银河。

争雄华岳乾坤远，作镇金方[4]景象多。

少宰持香应感格[5]，三秦早晚雨滂沱[6]。

注 释

［1］嵯峨：指高峻的吴山。

［2］问俗频年：问俗，深入民间访问风俗；频年，连续多年。

［3］赤道：天球上的赤道，为我国古来习称。起于仪象画线，为赤纬之基线，与地平线交于东西二点。旧时以二十八宿之位为赤道，以日所行为黄道，以月所行为白道。自汉至唐，皆以赤道为测仪，唐李淳风和僧一行始改用黄道。

［4］金方：西方。金为五行之一，于位为西，故以金方称西方。《汉书·五行志》上称"金，西方，万物既成，杀气之始也"。

［5］少宰持香应感格：少宰，指耿裕；持香，持香祭祀；感格，（使

吴山之神）感通或感动。

［6］滂沱：雨下得很大。

简 议

五峰径通赤道，一水直接银河，吴岳之高骧不难想见；敢与华岳争雄，赫然坐镇金方，吴山之峻雄自不待言。结尾两句卒章显志，爱民之心昭昭。诗篇状物写景笔力豪纵，遣词造句奇而有味。

谒西镇庙[1]

题 解

明宪宗成化二十年（1484）十月十九日，作者随吏部左侍郎耿裕祭祀吴山，在祭山时拜谒了西镇庙并写了这首诗。诗篇描述了谒庙拜神的情形。

云拥蓬莱[2]紫翠深，巍然庙貌[3]镇山心。
御香一炷从天降，肃拜坛前冀格歆[4]。

注 释

［1］西镇庙：清康熙五十二年（1713）陇州知州罗彰彝所撰《陇州志》之《祀典》谓"（西镇庙）州南七十里，在吴山之麓。自唐、宋及金、元各有修建。明洪武十二年降敕增修，轮奂一新；遣官颁赐真金香盒一座，硃明一斤一两，有司祭服二副。永乐二年，仍奉敕修举。正统五年灾，知州张干重建。永乐而后，列圣登极，皆遣重臣于本庙致祭"，由这段记载可知，西镇庙是吴山的核心建筑，是历代帝王祭祀吴山的场所。

［2］蓬莱：为山名，也名"蓬壶"，是古代方士所传的仙人居所。这里用以美称吴山。

［3］庙貌：本指旧时宗庙中所供的祖先的形象。《释名·释宫室》谓"庙，貌也。先祖形貌所在也"。后世称庙宇及其中所供的神像为庙貌。

［4］冀格歆：冀，希望；格，感通；歆，本指祭祀时让神鬼先享祭物的气味，此处指"御香"的气味。

简 议

趣味绝寡，兴寄无端。只见文字，不见诗魂。

题镇词

题 解

此诗为诗人随耿裕祭祀吴山谒西镇祠而作，时在成化二十年（1484）十月十九日。诗篇描绘了吴山的山势和庙貌，相信山神能让三秦大地五谷丰登。

圣主崇禋祀[1]，叨陪两度遭[2]。
仰瞻清庙肃[3]，遥望列峰高。
永作三秦镇，钦承历代褒[4]。
神灵殊有革[5]，会见土皆毛[6]。

注 释

[1]圣主崇禋祀：圣主，指明宪宗朱见深；崇，推崇；禋祀，对天神的祭祀，也泛指祭祀，这里指对吴山的祭祀。

[2]叨陪两度遭：叨陪，忝陪；两度遭，先后遇到两次。

[3]清庙肃：清庙，《诗经·周颂》有《清庙》篇，《诗序》谓为祀文王之歌，而《郑笺》以为祀文王之宫，后因以清庙为宗庙的通称，这里则指西镇祠；肃，庄严肃穆。

[4]钦承历代褒：据史料记载，自唐天宝八年（749）起，吴山之神即受历代帝王的封赏和褒扬。这句即指此而言。钦，敬。

[5]神灵殊有革：殊，不同；有革，有改变。全句谓吴山之神的名号长期以来多有变化。依史料记载，自唐天宝八年（749）以后，吴山山神的名号分别为"成德公""天岳王"等。

[6]会见土皆毛：会，应当；土皆毛，土地上到处都生长着桑麻和蔬菜。毛，指生长在地面上的五谷等。

简 议

由于"圣主崇禋祀"，加之"钦承历代褒"，诗人认为通过这次祭祀，吴山之神当应十分感动，让关中大地"会见土皆毛"。

汪宽诗（一首）

汪宽（1436—？），字汝中。明顺天府大兴县（今北京市大兴区）

人。明代政治人物。天顺四年（1460）进士。

鹦 鹉

题 解

此诗专咏鹦鹉，谓笼中鹦鹉"去国"而令人怜；江南再好，也不如故乡陇山温暖。

被宠翻遭絷[1]，能言太逼真。

主[2]恩非不厚，野性讵能驯[3]。

去国[4]长怜尔，呼名辄应人。

江南[5]盛云木，何似陇山春？

注 释

[1] 被宠翻遭絷：谓笼中鹦鹉看似受到主人宠爱，其实却遭遇了拘囚。被，受；絷，拘囚。

[2] 主：指饲养鹦鹉的人。

[3] 野性讵（jǔ）能驯：谓鹦鹉的野性很强，是不能被驯服的。讵，岂、何。

[4] 去国：离开家乡。去，离开。

[5] 江南：指鹦鹉被笼养的所在地。

简 议

诗篇借咏笼中鹦鹉，以表诗人的恋乡之情。诗中鹦鹉的故乡并非一定就在陇山，而以陇山言者，乃因此地鹦鹉闻名于世。

江源诗（一首）

江源（1438—1509），字一原。明广东番禺（今广州市）人。成化五年（1469）进士，曾任上饶知县、户部主事、郎中等。以忤权贵，出为江西按察司佥事。后擢四川按察副使，乞归。著有《桂轩集》《桂轩续稿》等。

陇头水

题 解

此诗借乐府旧题而作，对出征将士给予鼓励。

陇水何[1]悠悠，奔腾咽朝夕[2]。

为谁鸣不平，古今几行役[3]。

洗血川[4]流腥，磨刀水凝赤。

驱车上下陇[5]，朔风[6]卷沙砾。

时闻呜咽声，行行莫叹息[7]。

男儿死疆场，姓名写竹帛[8]。

注 释

[1]何：多么。

[2]咽朝夕：从早到晚地呜咽。

[3]古今几行役：古往今来因服军役而跋涉的征夫们。

[4]川：指陇山的水流。

[5]陇：指陇山。

[6]朔风：北风。

[7]行行莫叹息：谓出征的"男儿"们要勇敢坚强而不要叹息。行行，刚强。

[8]竹帛：竹简和绢帛。古代初无纸，便用竹简和绢帛书写文字。后世因以"竹帛"代指书册和史乘。

简 议

在以《陇头水》为题的诗作中，十有八九都是诉说征夫的离愁别恨，无不散发着凄凉悲哀的气息，叫人读后深感沮丧。但这首诗却领异标新，对身处险境且随时都会牺牲的征夫们大加鼓励，其境界之高、胸怀之广和格局之大绝非同类作品可比。诗篇摹象逼真，写景生动，语言简拔，为同题诗中的佳作。

刘宪诗（五首）

刘宪（？—1508），字廷式，号鹿山。明湖广益阳（今湖南益阳）

人。成化十四年（1478）进士，授芜湖县令。后任浙江和山东道监察御史。弘治十四年（1501）迁右佥都御史，巡抚宁夏。正德三年（1508），被刘瑾诬陷死于狱中。正德五年昭雪，赐谥"忠节"。

和前韵

题 解

成化二十年（1484）十月十九日，作者陪同吏部左侍郎耿裕祭祀吴山。其间，耿氏作《祀吴山》诗一首，刘即依耿诗原韵写了这首诗与之唱和。

> 名卿[1]奉诏此攀跻，形胜真夸陕以西。
> 霄汉九重行处近，山河百二[2]望中齐。
> 神龙挟雨天边去，仙鹤和云月下栖。
> 明日还朝应上疏[3]，万言谆切为群黎[4]。

注 释

[1]名卿：指时任吏部左侍郎的耿裕。

[2]山河百二：山河，大山大河，谓某一地区的形胜；百二，一说百分之二。《史记·高祖本纪》谓"秦，形胜之国，带山河之险，县隔千里。持戟百万，秦得百二焉"。《史记集解》云"苏林曰：得百中之二焉。秦地险固，二万人足当诸侯百万人也"。一说是百之二倍，《史记索隐》称"虞喜云：'百二者，得百之二。言诸侯持戟百万，秦地险固，一倍于天下，故云得百二焉，言倍之也，盖言秦兵当二百万也'"。后因以百二指山河险固之地。

[3]上疏：向皇帝上疏。疏，分条（向皇帝陈奏）。

[4]谆切为群黎：谆切，忠诚恳切地（进谏皇帝）；群黎，众多百姓。

简 议

对关中旱灾和灾民的疾苦，诗人忧心如焚。他认为单靠祈祷吴山很是不够，还应向皇帝上书进谏，使其拿出切实有效的措施解民于倒悬。此种清醒的认识和为民请命的义勇，远非时辈可比。毫无疑问，这首诗是本次所有祭吴山者所写诗篇中的翘楚。

陪祀吴山四首

题 解

这四首诗为作者于成化二十年（1484）十月陪耿裕祭祀并游历吴山时作，对吴岳的雄姿大加溢美，极言祭山仪式的隆重，字里行间透露着兴奋和自豪。

一

形胜夸吴岳，叨陪[1]试一攀。
关西[2]惟此境，陇右复何山[3]。
庙貌[4]云霄上，钟声紫翠间。
浮生[5]徒纷扰，输于道人闲[6]。

注 释

[1]叨陪：忝陪。

[2]关西：函谷关以西。

[3]陇右复何山：陇右，谓陇山以西至黄河以东之地。全句是说，在陇山以西至黄河的以东的广大地区，还有什么山（能与吴岳相比）。

[4]庙貌：庙中所供吴山之神的形象。

[5]浮生：《庄子·刻意》谓"其生若浮，其死若休"。老庄认为人生在世，虚浮无定。后来相沿称人生为浮生。

[6]输于道人闲：和道士们的闲适生活相比，我的浮生是不如他们的。

简 议

吴岳之形胜冠绝天下，风光迷人且境界清幽，山上道人们的生活闲适放逸，让我这尘网中人着实艳羡。诗的额联写吴山之独秀笔墨豪纵，韵致高标。

二

形胜夸吴岳，乾坤秀所钟[1]。
雨余青玉案[2]，日上锦屏风。
西镇威灵著，中朝礼数崇[3]。
终南偕太白[4]，安敢[5]与争雄？

注 释

[1]乾坤秀所钟：谓天地间的灵秀积聚于吴山。

[2]雨余青玉案：雨余，雨后；青玉案，是古时贵重的食器，案为承箸之盘。全句是说，大雨过后吴山美得就像青玉案一样。

[3]中朝礼数崇：中朝，朝中，这里指明宪宗成化王朝；礼数，礼仪的等级。

[4]终南偕太白：终南，指终南山，在今陕西西安市南；偕，本意为"共同""一起"，此处相当于"和"；太白，指太白山，在今陕西眉县。

[5]安敢：哪里敢。

简　议

连终南和太白二山都不敢与之争雄，可见吴岳在作者眼中的形象多么伟岸。

三

形胜夸吴岳，持香不惮[1]劳。

礼从今日盛，名共此山高[2]。

涧草含清露，松林鼓翠涛[3]。

明朝归兴好，风月入吟毫[4]。

注　释

[1]惮：畏惧，害怕。

[2]名共此山高：谓前来祭山的耿裕和自己之声名将和吴岳一样高。

[3]松林鼓翠涛：谓松林在大风的吹拂下震动摇摆，泛起一阵阵绿色的浪涛。

[4]风月入吟毫：风月，指吴山上的清风明月；吟意为歌咏，毫指毛笔，吟毫指操笔写诗。

简　议

参与祭祀可使自己名比吴山，作者的感觉相当良好。他于是兴致勃勃，拟将祭山的盛况和吴岳之美形诸笔端。诗篇造语精爽，气格豪健。

四

形胜夸吴岳，重烦使节忙[1]。

献酬周礼乐[2]，题咏汉文章[3]。

瑞映乾坤泰，恩分草木香。

春官^[4]须辅德，暂此驻清光^[5]。

注　释

〔1〕重烦使节忙：（祭山的礼仪）繁杂而使祭山的使节繁忙。

〔2〕献酬周礼乐：献酬，谓饮酒相互酬劝，这里实指向吴山之神献酒致祭；周礼乐，用的是周代的礼仪和音乐。

〔3〕题咏汉文章：题写的诗好得像汉代人所写的文章。

〔4〕春官：古代常以春夏秋冬四季之名设官。明太祖也立春夏秋冬官，谓之四辅。在周代，春官为木正，《周礼》以宗伯为春官，掌邦礼。在这里，春官当代指春神青帝。

〔5〕清光：美好的风采。

简　议

直言包括自己在内的祭山者所题的诗文为"汉文章"，诗人的自负和傲世不加掩饰。

蔡天佑诗（二首）

蔡天佑（1440—1534），字成之，号石冈，明睢州（今河南睢县）人。弘治十八年（1505）进士。授吏科给事中。历任福建佥事、陕西右参政、山东按察副使、山西按察使。嘉靖三年（1524），任大同巡抚。官至兵部右侍郎。有《石冈集》。

望吴山

题　解

此诗当作于诗人任职陕西期间，主要描写了吴山独特的风概和诗人的雅兴。

雍州^[1]山多是土泥，独有岍山石似笄^[2]。
湫水湛泓^[3]从地起，峰峦峭削^[4]与天齐。
更欣绝壁晴为雨^[5]，却讶危楼云作梯。
几日登临不觉倦，徘徊散步日斜西。

注 释

[1]雍州：古九州之一，辖地范围很大。这里则指当时的凤翔府辖境。

[2]独有岍山石似笄：岍山，即吴山，吴山也作"岍山"；笄，簪，用以插定发髻或弁冕。

[3]湛泓：清澈而深。

[4]峭削：陡峭而笔直。

[5]晴为雨：谓吴山之瀑布从绝壁上倾泻而下，有如晴日下雨。

简 议

"独有岍山石似笄"和"却讶危楼云作梯"两句形象而生动，状难状之景于目前，可谓巧思天成。尾联行文似行云流水，道尽了诗人登山观景的雅兴与自在。

望吴山

题 解

这首诗也应作于诗人任职陕西期间，主要写了吴山的清幽和壮丽。

莫怪征夫[1]懒，贪看画障连。

争奇还绝世，积翠已中天。

斜日空留影，长松不记年[2]。

青湫寒作润，峭壁紫生烟。

云气通鸡凤[3]，神功并岳莲[4]。

幽然忘还往，恐此是真仙[5]。

注 释

[1]征夫：作者自称。

[2]长松不记年：长松，高大的松树；不记年，不知有多少年岁了。

[3]鸡凤：崆峒山的凤。鸡，即鸡头，山名；鸡头山一名崆峒山，在今甘肃省平凉市西。

[4]岳莲：指西岳华山。

[5]恐此是真仙：谓自己身在吴山，好像真成了神仙。

龙门洞

题　解

诗篇在赞颂陇州龙门洞美景的同时，表达了弃官归山的意愿。

烟微云淡午风轻，身世犹疑在阆瀛[1]。

石洞仙归山炫耀，碧潭龙卧水澄清。

花飞坐下如铺锦，鸟唱林端似奏笙。

若得挂冠[2]重聚此，肯悭[3]诗酒负前盟？

注　释

[1]阆瀛：阆苑和瀛洲。前者是传说中仙人居所，后者为传说中仙人所居之山。

[2]挂冠：《后汉书·逢萌传》谓"时王莽杀其子宇，萌谓友人曰：'三纲绝矣，不去，祸将及人。'即解冠挂东都之城门，归，将家属浮海，客于辽东"。后因称辞官为挂冠。

[3]悭（qiān）：吝啬。

简　议

龙门洞风光殊胜、境界清幽，的确是个归隐养真的好去处。诗篇辞色华茂，属意条达，足可称道。其中颈联写物绘景文字新奇，绘物具象，文采斐炳。

和前韵

题　解

这首诗为和他人诗韵之作，对吴山之神进行讽喻。

五老峰头陟[1]几层，千寻万仞势难登。

雨旸[2]不爽神明贶[3]，香帛频看雾露蒸。

屹立一方称巨镇，屈伸二气显良能[4]。

群公共有苍生望[5]，用汝为霖效未曾[6]。

注　释

[1]陟：登，上。

[2]雨旸（yáng）：时晴时雨。旸，日出、天晴。

[3]不爽神明贶（kuàng）：不爽，没有差失；贶，赐与、加惠。

[4]二气显良能：二气，阴气和阳气；良能，天赋为善的能力。

[5]苍生望：让苍生幸福的愿望。

[6]用汝为霖效未曾：用你（吴山之神）为老百姓降雨而无效验。未曾，不曾、从来没有。

简 议

对于神灵，人们总是顶礼膜拜，而作者却对吴山之神责让数落。这是他苍生之望太切所致，足见其胆气和为民的丹心。

范吉诗（二首）

范吉（1444—？），字以贞。明浙江台州府天台县人，成化十一年（1475）进士。曾任凤翔府通判、陕西按察司佥事及贵州左布政使。参与重修眉县横渠书院。

咏吴山庙二首

题 解

这两首诗为和他人诗韵之作，前者言吴岳祀典之丰，后者书游山之乐。

一

五峰拔起万山中，多少名公驻玉骢[1]。

不震不腾[2]天有倚，时旸[3]时雨地无功。

谷深夜半常留月，树古岩前自作风。

圣代始看崇正号[4]，千年祀典益加丰。

注 释

[1]玉骢：即玉花骢。唐玄宗所蓄的名马中有名为"玉花骢"者。后以玉花骢泛指骏马。

[2]不震不腾：谓吴山不摇不动，很稳固。

[3]旸（yáng）：晴。

[4]圣代始看崇正号：在明代以前，封建王朝对吴山的封号杂而多。到了明代的洪武三年（1370），将前代的所有封号悉数革除，直称"西镇吴山之神"，这句话就此而言。圣代，是封建时代对当代的称谓，这里专

指明朝。

简　议

立意平庸，无足称道，但颈联两句写物绘景却也清奇可爱。

二

醉余拖屐上崔巍[1]，不到峰顶不肯回。

双眼观残[2]尘世外，满身惹得彩云来。

鹿衔瑶草春常在，犬吠仙扃[3]昼未开。

莫道人间真隔绝，湛然心地即蓬莱[4]。

注　释

[1] 崔巍：指高耸的山峰。

[2] 观残：残，将尽。观残，将尘世看得尽了。

[3] 仙扃（jiōng）：仙人的门户。这里指吴山道士居住的房屋的门户。

[4] 湛然心地即蓬莱：谓因心中有喜乐，觉得吴山就是蓬莱仙山。湛（dān），通"耽"，喜乐。

简　议

诗人乘醉漫游吴山，眼中自有别样风景，心中自有别样感受。这"满身惹得彩云来"的逸兴与浪漫，断非局外人所能体会。

李东阳诗（二首）

李东阳（1447—1516），字宾之，号西涯。明湖广茶陵（今湖南茶陵）人。天顺八年（1464）进士。官至吏部尚书、华盖殿大学士。因依附刘瑾，为时人不满。诗多应酬题赠之什，古乐府多咏历代史事；在形式上追求典雅工丽。因其政治地位显赫，诗作在当时颇有影响，形成了以他为首的"茶陵诗派"。著有《怀麓堂集》一百卷。

悼鹦鹉

（柬阎允德吉士[1]。）

题　解

这是一首寄给阎允德的诗。诗中以鹦鹉自喻，抒发了诗人怀才不遇且屡受打击的怨懑和遭受的种种委屈。阎允德名价，为陇州（今陕西陇县）人，阎仲实子，成化二十三年（1487）进士，历官庶吉士、浙江道监察御史及布政司右参议、四川参议。

　　翠笼高维[2]层轩举，中有珍禽解人语。
　　顾影频回席上灯，梳翎却避檐前雨。
　　左旋右转百态足，忽见昂藏为伛偻[3]。
　　声名价重出比邻，婉娈情多向儿女[4]。
　　耳娱目玩能几时，珠沉彩碎随尘泥[5]。
　　玉环不系芳魂住[6]，绣闼[7]犹疑晓梦迟。
　　应怜握粟不自饱，吻[8]渴肠空谁得知。
　　虚令宾客生顾盼[9]，顿觉槛障[10]无光辉。
　　忆昔携来陇山客[11]，万壑千岩几朝夕。
　　都将妩色慰多愁，转使欢声成太息[12]。
　　因思异物难豢养，颇似奇才遭挫抑[13]。
　　君不见盐车千里驹[14]，长饥至死无人惜！

注　释

[1]吉士：指陇州人阎允德。吉，善；吉士，是古代对男子的美称。

[2]维（guà）：阻碍，受阻。

[3]昂藏为伛偻：昂藏，气度轩昂；伛偻，鞠躬、俯身。

[4]婉娈情多向儿女：谓笼中鹦鹉深情地面对着观赏它的妇人们。婉娈，缠绵深情；儿女，即"儿女子"，指妇人、女子，带有贬义。

[5]珠沉彩碎随尘泥：谓鹦鹉死亡后化作尘土。

[6]玉环不系芳魂住：谓套在鹦鹉脚上的玉环拴不住它逝去的魂魄。

[7]绣闼（tà）：华美的门户。

[8]吻：本指嘴唇的两边。这里代指鹦鹉的嘴。

[9]盼（pàn）：同"盼"。

［10］嶂：通"悼"。

［11］陇山客：指鹦鹉。因陇山在古代广产鹦鹉，故称鹦鹉为"陇山客"。

［12］太息：出声长叹。

［13］挫抑：挫，摧折、打击；抑，贬退。

［14］盐车千里驹：指拉运盐车的千里马。《战国策·楚策四》谓"君亦闻骥乎？夫骥之齿至矣，服盐车而上太行……中阪迁延，负辕不能上"。比喻贤才屈居贱役。

简 议

物不平则鸣。诗人自负才高，认为自己是能奔善走的千里马，理应大有作为，不料却于弘治十八年（1505）、正德五年（1510）和十四年数被奸人陷害而入狱，几乎招来杀身之祸，只得黯然退出官场以了余生。他于是心怀怨望、悲愤难抑，乃作此诗寄与友人阎允德以鸣不平。诗篇辞气悱恻、情绪愤激，借言笼中鹦鹉先得意而后死亡以自悲，又借"盐车千里驹"以自比，尽情道出了作者的怨恨和忿悁，纯为自伤自悼之什。

四禽图之鹦鹉

题 解

这是一首题画诗，描写了笼中八哥鸟生活的平淡无聊。

> 鸲鹆[1]色不如鹦鹉，强向筵前学人语。
> 网罗西下陇山空，毛羽虽佳不如汝[2]。
> 铁衣金觜双雕槛[3]，世间无处不弓矰[4]。
> 试听内苑笼中语[5]，空诵弥陀六字名[6]。

注 释

［1］鸲鹆：鸟名，即"八哥"。此鸟留居于中国的南部，生活在平原和山林间。别本作"鸱鹆"。

［2］汝：指鹦鹉。

［3］铁衣金觜双雕槛：谓鸲鹆一身黑色的毛羽，长着黄色的嘴，被达官贵人养在家中。铁衣，鸲鹆毛色为黑，故言；觜，通"嘴"，特指鸟喙。

[4]弓矰(zēng)：弓和箭。

[5]内苑笼中语：内苑，宫内的园庭，即禁苑；笼中语，笼中鸲鹆的叫声。

[6]空诵弥陀六字名：谓徒然地念诵着"南无阿弥陀佛"这六个字。空，徒然；弥陀六字名，指"南无阿弥陀佛"六字。

简 议

此诗以鸟喻人，概言诗人宦海生涯的凶险和无聊。

王鏊诗（一首）

王鏊（1450—1524），字济之，号守溪，晚号拙叟，学者称其震泽先生。明苏州吴县（今江苏苏州）人。成化十一年（1475）进士，授编修。弘治时历任侍讲学士，充讲官，擢吏部右侍郎。正德初，进户部尚书兼文渊阁大学士。时太监刘瑾跋扈，乃求去归里。学博有识鉴。著有《姑苏志》《震泽集》《震泽长语》等。明史有传。

鹦 鹉

题 解

这首诗看似咏鹦鹉，实则以鸟自警自省。

我欲开笼纵汝飞[1]，陇山虽远尚堪归[2]。

归时莫更多言语，浪说[3]人间是与非。

注 释

[1]我欲开笼纵汝飞：这句表明了作者辞官归乡之心的迫切。纵，放。

[2]陇山虽远尚堪归：此句进一步表达了作者回归故乡的心情。陇山，本指鹦鹉的家乡，这里借指作者的故乡。堪，可、能。

[3]浪说：轻浮地、随意地说。

简 议

虽然官高位显，诗人却因惧怕刘瑾的威势辞官归里。即使去官退归林下，他也心有忌惮，担心自己因多言而罹祸。借写鹦鹉以自警，此种思路在吟咏鹦鹉的诗篇中并不多见。

杨一清诗（三首）

杨一清（1454—1530），字应宁，号邃庵，别号石淙。祖籍云南安宁，迁居南直隶镇江丹徒（今属江苏）。成化八年（1472）进士，授中书舍人。曾任陕西按察副使兼督学，在陕八年。入，为太常寺少卿。弘治十五年（1502），以都察院左副都御史出为陕西巡抚，督理陕西马政。武宗立，受命总制三镇（延绥、宁夏、甘肃）军务，进右都御史。以不附刘瑾，得罪去官。后劝宦官张永揭发刘瑾罪恶。瑾被诛，复任吏部尚书，兼武英殿大学士，为内阁首辅。嘉靖初，总制陕西各地军务。召还京师，加华盖殿大学士。卒，赠太保，谥"文襄"。著有《杨文襄公集》《关中奏议》及《石淙诗稿》。

祀吴山三首

题 解

明孝宗弘治十六年（1503）春，诗人前往祭祀吴山。这三首诗为其祭山时作，概言吴岳之尊荣，冀山神发挥神力以救生民之苦，并对山之峻美大加渲染。

一

金方[1]形胜此岧峣[2]，绝顶离天故不遥。
灵气尽歆千古祀，端居合[3]受众山朝[4]。
风霆颇觉驱来易，晴雨多从祭后调。
我有微诚神鉴否？苍生疾苦未全消。

注 释

[1]金方：西方。金为五行之一，于位为西。
[2]岧峣（tiáo yáo）：高峻，高耸。
[3]合：应当。
[4]朝：朝拜，朝参。

简 议

能以苍生疾苦挂怀，诗人的思想境界足可称道。尾联寄意遥深，颇得诗家三昧。

二

瓣香公暇[1]一登临，瞻拜聊酬仰止心[2]。

疆宇固凭山作镇，朝廷直待尔为霖。

闲云野鹤意自适，流水桃花春复深。

惭愧胸中尘万斛[3]，依依犹自恋冠簪[4]。

注 释

[1]公暇：公务之余的空闲。

[2]仰止心：仰望、向往的心。

[3]胸中尘万斛：谓胸中世俗的杂念很多。尘，世俗；斛，容量单位，古代以十斗为一斛。

[4]冠簪：指冠和簪笏，是旧时官吏的称谓，也指做官。

简 议

由于羡慕闲云野鹤的放逸，留恋流水桃花的美好，诗人对自己的"胸中尘万斛"和"依依犹自恋冠簪"感到羞惭。

三

六年刚自蹑仙踪，可信名山不易逢。

明月照来千锦幛，青天幻出五芙蓉。

烟霞石室宵临虎，风雨灵湫昼起龙。

谁向白云深处宿，丹梯欲上恨无从[1]。

注 释

[1]无从：无法。

简 议

唯状风物，别无托寄。颈联传神，状景奇崛。尾联空灵，韵味独具。

朱诚泳诗（三首）

朱诚泳（1458—1498），自号宾竹道人。明太祖五世孙，秦王朱樉玄孙。成化四年（1468）五月封镇安王。弘治元年（1488）九月袭封秦王。谥号"简"。性孝友恭谨。工诗，有《经进小鸣集》十卷。

陇头吟

题 解

《陇头吟》为汉乐府横吹曲名。这首诗由写陇头水起兴，讲述了征夫戍守"梁州"久不得归的哀怨和愁苦。

> 万里奔驰陇头水，日夜呜呜乱人耳。
> 黄沙白草两茫茫，怕听水声愁欲死。
> 一从结发戍梁州[1]，铁甲磨穿已秃头。
> 儿孙养得谙胡语[2]，不如陇水解东流。

注 释

[1]一从结发戍梁州：结发，古代男子从童年开始束发，因称童年或年轻时为"结发"，这里作年轻解；梁州，明洪武初年置梁州卫，治所在今甘肃武威县。

[2]谙胡语：熟悉、通晓胡人的语言。胡，我国古代称北方边地与西域的少数民族为胡，后也泛指一切外国为胡。

简 议

从青少年时代起，征人便去戍守"梁州"。孰知到了成年，他还不能回到生他养他的故乡，只好在异乡娶妻生子。在数十年的艰苦岁月里，他无时无刻不在牵挂梦中的家园。在他看来，儿孙的能解胡语，远不如陇水的解东流有用，因为知道向东流，陇水才能回到他的家乡所在的地方。诗的前四句借写陇山之水，营造出一种凄凉悲苦的情境；后四句则直言征夫戍守之事，使其思乡之情在特定的情境和相应的叙事中自然地生成。诗篇造语简约沉郁，抒情恺切真诚；其中结尾两句构思精妙，令人拍案叫绝。

送李经司升知陇州

题 解

李升将出任陇州知州，诗人作此祝贺并予赞颂。在知陇州前，李升任职中央经历司经历，故以"李经司"称。

　　　　　　赞政薇垣[1]属老成，分符又喜领专城[2]。
　　　　　　九衢父老壶浆饯[3]，一路儿童竹马迎[4]。
　　　　　　行李只随清献鹤[5]，生涯谁卖陇山鹦[6]。
　　　　　　东风三月长安道[7]，侧耳行人沸颂声[8]。

注　释

[1] 赞政薇垣：薇垣，即薇省，薇省为紫薇省的简称。唐开元元年（713），改中书省为紫薇省，中书令为紫薇令，后因称中枢机要官署为薇省。元代称行中书省为薇垣。明改行中书省为承宣布政司，掌一省政令。因李升之前任职经历司，参与司中政务，故说他"赞政薇垣"。

[2] 分符又喜领专城：谓李升受朝廷之命，出任陇州知州。分符即剖符，也称割符，帝王分一半符给功臣作为信物，此则指李氏受朝廷之令；领专城，独掌一城之政务或占据城池，在此谓李氏任陇州知州。

[3] 九衢父老壶浆饯：意谓京城父老们在大道旁敬酒，为李升送行。九衢，四通八达的道路。

[4] 一路儿童竹马迎：《后汉书·郭伋传》谓"始至行部，到河西美稷，有童儿数百，各骑竹马，道次迎拜"，后人乃常用儿童骑竹马迎郭伋事以称颂地方官吏的大受欢迎。

[5] 行李只随清献鹤：古人以琴鹤相随表示清廉。宋苏轼《苏文忠公诗合注》三十《题李伯时画赵景仁琴鹤图》诗之一有"清献先生无一钱，故应琴鹤是家传"句。在此，诗人用这个典故以称颂李升的为官清廉。

[6] 生涯谁卖陇山鹦：唐末诗人韦庄在《汧阳县阁》一诗中，说汧陇地区人民"地贫惟卖陇山鹦"。在此，诗人反其意而用之，说李升到陇州后，必然治理有方，使当地老百姓生活富裕起来，再也不会因贫穷去卖陇山之鹦鹉。

[7] 东风三月长安道：谓李升于某年的阳春三月从京城出发赴陇州。长安代指京城。

[8] 行人沸颂声：谓路上行人歌颂李升的声音一片沸腾。

简　议

　　颔联言"父老"和"儿童"相送相迎者，意在表明李升任职京城时政声卓著、深得民心，故而也深受陇州白姓欢迎。颈联在相信李氏为官清廉的同时，认定他到陇州后治政有方，能让治下百姓过上富足的生活。首句和末句直言不讳，尽力祝贺和褒扬李氏。诗篇辞采华茂，属意和美，化用前人诗句臻于妙境。诗中"生涯谁卖陇山鹦"句看是对李氏的肯定，实则带有劝诫和勉励的意思。此诗对李升出任陇州知州这一史实的讲述，是对陇州（县）历代志书的补白。

和马天禄宪副陇州简阎光甫大参

题 解

这首诗为和马氏原诗之作，是寄给阎光甫的颂诗。马天禄其人无考。阎光甫即阎仲实，号信斋，为陇州（今陕西陇县）人，景泰七年（1456）解元，成化五年（1469）进士，曾任河南右参政。

悠悠汧水带云流，白草黄沙接远洲。
风断归鸿迷别渚，霜寒落木动高秋。
番营人散城[1]边马，野渡僧归月下舟。
独有高贤[2]当此际，每将心迹寄菟裘[3]。

注 释

[1] 城：指陇州城。

[2] 高贤：指阎光甫。

[3] 每将心迹寄菟裘：谓阎光甫每每有辞官退隐故乡之心。菟裘，地名，故地在今山东省新泰市楼德镇。《左传·隐公十一年》谓"羽父请杀桓公，将以求大宰。公曰：'为其少故也，吾将授之矣。使营菟裘，吾将老焉'"，晋杜预《注》称"菟裘，鲁邑，在泰山梁父县南。不欲复居鲁朝，故别营外邑"。后因称告老退隐的居处为"菟裘"。在此，菟裘代指阎光甫欲退隐的故乡陇州。

简 议

诗篇只述阎氏归隐之意而无他寄，但对陇州秋色的描绘倒也清华秀美。

阎侃诗（一首）

阎侃（约1460—1528），字允中，大中大夫阎仲实次子，明陇州（今陕西陇县）人。明孝宗弘治八年（1495）举人，曾任滁州知州。与李梦阳友善。

登吴山

题 解

此诗极言吴山之突兀高耸，对山神表示景仰。

泰华[1]平看让一头，积拥高处[2]总清幽。
危峰突兀疑撑汉，古树槎牙[3]欲化虬。
天上纶音挥竹帛[4]，人间祀典重春秋[5]。
效灵不负金方镇[6]，愿颂神功耿[7]不休。

注 释

[1]泰华：指东岳泰山和西岳华山。

[2]积拥高处：堆积重叠而高踞。

[3]槎牙：也作"槎枒"。树木枝权歧出而错杂不齐。

[4]天上纶音挥竹帛：天上，这里指京城；纶音，指皇帝的诏令，这里指皇帝发出的祭祀吴山的诏书；竹帛，指竹简和绢帛，均是古代书写文字的材料。全句是说，皇帝发出诏令（祭祀吴山）。

[5]春秋：指春祭和秋祭。古人祭祀山川岳渎，常在春秋两季举行。

[6]金方镇：西方之镇山。

[7]耿：光明。

简 议

写景谀神，兴寄无多；属文雅致，韵度特出。

祝允明诗（一首）

祝允明（1461—1527），字希哲，号枝山，又号枝指生。明江苏长洲（今江苏吴县）人。弘治五年（1492）举人，官兴宁知县，迁应天通判。其人博学善文；工书法，狂草下笔纵横，于无规则中见功力。为人玩世不恭，平生不事生业。著有《祝氏集略》三十卷，《怀星堂集》三十卷。

陇头水

题 解

这首诗以陇山之水的东流，反衬行人向西而去的悲楚。

流水出陇头，白石乱高树[1]。

四海远深渊，原泉[2]日夜注。

不见人物景[3]，独向东流去。

注 释

[1]高树：长在高处的树或高大的树。

[2]原泉：有本源的泉水。这里指陇山上的水。

[3]人物景：人和物的影子。景，"影"的本字。

简 议

诗篇不见人而处处人，不言愁而在在愁，只是立意尽袭前人。

阎价诗（五首）

阎价（1461—1531），字允德，明陇州（今陕西陇县）人，大中大夫阎仲实子。成化二十三年（1487）进士。由翰林庶吉士升浙江道监察御史及布政司右参议。弘治五年（1492）巡抚河南。时刘瑾乱政，他上书弹劾，时论美之。后任四川布政司右参议，卒于任上。

和前韵四首

题 解

这四首诗为和三十六年前刘宪所写《陪祀吴山》组诗原韵之作，作于明武宗正德十五年（1520）登吴山时。四首诗从不同角度描写了吴山的俊美，表达了弃官归隐、笑傲山林的意愿。

一

形胜夸吴岳，平生酷爱攀。

轻身便瘦骑[1]，醉眼豁层山[2]。

诗景霜林外[3]，琴音石窦间[4]。

乾坤应识我，容此乐余闲。

注　释

[1]便瘦骑：安适地骑着瘦马。

[2]豁层山：（醉眼看着）一层层的山峦深邃而开朗。

[3]诗景霜林外：吟诗写景于霜林之外。

[4]琴音石窦间：弹琴传音于石穴之中。

简　议

吴山是个休闲养心的好地方，诗人乐得幽居于此。颈联状吟诗抚琴之情景，吐辞清妙而韵味十足。尾联卒章言志，初露隐逸山林之意。

二

形胜夸吴岳，登临肯惮劳[1]？

巑岏[2]看秀绝，崒崔[3]见孤高。

日炫芙蓉[4]色，霞飞锦绣涛[5]。

兴缘风景致，得句露濡毫[6]。

注　释

[1]肯惮劳：岂怕劳累。

[2]巑岏（cuán wán）：峻峭的山峰。

[3]崒崔（zú lù）：山势高耸。

[4]芙蓉：吴山的五个山头合在一起状若芙蓉，故称。

[5]锦绣涛：如锦绣般灿烂的云涛。

[6]得句露濡毫：谓有了诗句，用露水当墨汁润笔来书写。

简　议

吴岳风景独好，惹得诗人诗思汹涌，竟至濡露挥毫。这样的快意与豪兴，即使是神仙也不会有。

三

形胜夸吴岳，精英造化钟[1]。

佑民灾转福，济旱雨随风。

八郡[2]依磐石，三峰识祖宗[3]。

名山天下秀，谁敢较雌雄？

注　释

[1]造化钟：（是）造化之所聚集。

[2]八郡：据《汉书·萧望之传》所记，陇西以北、安定以西有八郡。经今人考订，八郡为安定、天水、陇西、金城、武威、张掖、酒泉和敦煌。

[3]三峰识祖宗：三峰，当指秦汉方士所称的方壶、瀛壶和蓬壶三座神山。全句谓三神山知道吴山是自己的祖宗。

简　议

以诗人的意思，因为造化所钟，吴山灵秀异常，简直冠绝天下。

四

形胜夸吴岳，幽栖远俗忙。

浮云看富贵[1]，故纸笑文章。

知命[2]休官早，甘贫饮水香[3]。

居常忘世事，呼酒醉山光。

注　释

[1]浮云看富贵：将富贵看得轻如浮云。

[2]知命：懂得天命，或谓知穷达之命。

[3]甘贫饮水香：谓只要甘于贫穷，即是饮水也能感觉到香。

简　议

作者爱慕吴岳之美，急于休官做个林下隐士，可惜他一直没能实现这个愿望。理想与现实之间，往往横亘着不可逾越的鸿沟。"幽栖远俗"，是贯穿整个组诗的一条主线。

和前韵

题　解

明世宗嘉靖九年（1530），凤翔府同知朱鸾前往祭祀吴山，题写了《登吴山》七律诗一首。同行的阎氏赋此以和朱诗原韵，谓吴山太美，惭愧自己才浅笔拙而不能图其形，也不足以题诗状其景，并对十年前登山之欢愉加以追忆。

> 天外峰峦紫翠层[1]，恨无仙步[2]一飞登。
> 深林不碍秋云起，地迥全消暑气蒸[3]。
> 援笔[4]画图惭我拙，吟诗写景是谁能？
> 徘徊却忆十年事[5]，览胜追欢记亦曾[6]。

注 释

[1]层：一层又一层。

[2]仙步：仙人轻盈的步态。

[3]地迥全消暑气蒸：谓吴山地处偏远、地势高寒，山中的暑热之气全消了。

[4]援笔：执笔。

[5]十年事：指正德十五年（1520）攀登吴山，并题写《和前韵》四首诗的事。

[6]记亦曾：也还记得。

简 议

执笔不能图其形，吟诗无以写其神，吴山之美殊难形容。对十年前登山往事的追忆，为此次再游平添了额外的乐趣。

王云凤诗（二首）

王云凤（1465—1518），字应韶，号虎谷。明和顺（今属山西）人。成化二十年（1484）进士，二十三年任礼部主客司主事。累迁礼部祠祭司员外郎、国子监祭酒。弘治十一年（1498）知陕州。后任陕西提学副使。弘治十四年（1501）升防御副使，奉敕整饬洮河及岷州边备。正德七年（1512）任都察院右佥都御史，巡抚宣府。为人性耿介、廉静、方刚，忠心国事，卓有政声。著有《小学章句》《博趣斋稿》《读四书札记》等。今仅存《博趣斋稿》十四卷。

书陇州故关巡检司壁

题　解

这首诗作于明弘治十四年。这一年，作者奉帝命以防御副使身份前往洮河和岷州整饬边备，在途经陇州故关巡检司时，为缅怀他葬在此地的先祖而作了这首诗。清康熙五十二年（1713）成书的《陇州志·建置志》称"州西七十里，有旧故关、新故关，俱属大寨巡检司"。

泉声[1]树色拥行车，问到关头吾祖家[2]。
故事尚传当日叟[3]，近年初改旧时衙[4]。
前山鹦鹉[5]何言语，别院梧桐几岁华[6]？
冢上青松今已拱[7]，不堪挥泪夕阳斜[8]。

注　释

[1]泉声：指陇山中的流水声。

[2]问到关头吾祖家：寻到故关关头我先祖当年居住的院子。家，居所。

[3]故事尚传当日叟：谓当地（故关）人至今还在传说着先祖当年的故事（事迹）。当日叟，当年的先祖。可能王云凤的某位先祖曾任职陇州故关巡检司，去世后被安葬在那里。

[4]初改旧时衙：改建了先祖当年办公的衙署。

[5]前山鹦鹉：陇山当时盛产鹦鹉。

[6]别院梧桐几岁华：别院，指先祖当年治事的旧衙门；几岁华，有多少岁月了。岁华，岁月、时光。

[7]冢上青松今已拱：谓先祖坟墓上的松树已经有两臂合抱这么粗了。拱，两手或两臂合围。《左传·僖公二十三年》有"中寿，尔墓之木拱矣"之说。

[8]夕阳斜：点明祭拜先祖坟墓的时间。

简　议

来到陇州故关巡检司，诗人看到了先祖当年工作和生活的种种遗迹，听到了有关先祖的许多故事，顿生人去楼空之感；尤其看到先祖坟茔上的树木已经长得十分粗大，他不觉悲从中来，对着夕阳频频挥泪。诗篇言辞沉咽，寄意哀婉，令人读后不胜凄凄。

秦州逢陇州阎允中

题 解

完成洮河和岷州边备整饬任务后,诗人动身东返京城,在秦州遇到了陇州人阎允中,乃作此诗以志。阎允中名侃,陇州人,是大中大夫阎仲实之子,曾任滁州知州。

握手关头夕照红[1],寥寥孤雁度长空[2]。
莎平初罢昨夜雨,野旷不知何处风。
鹦鹉飞看来陇上[3],凤凰鸣合自岐中[4]。
十年憔悴君何往[5],一日离愁我向东[6]。

注 释

[1]握手关头夕照红:交代相逢的地点和时间。

[2]寥寥孤雁度长空:谓阎氏如孤独的大雁踽踽独行。

[3]陇上:这里指秦州,秦州属陇上地。

[4]凤凰鸣合自岐中:谓十年前,自己和阎允中以诗唱和于岐中。岐指岐州府,治所在今陕西宝鸡凤翔区境内。

[5]十年憔悴君何往:意谓距咱们上次在岐中相会已过去了十年,现在咱们都显得憔悴、衰老了许多。这十年间,你都去了哪里。

[6]一日离愁我向东:谓自己将离开秦州东去,因与阎氏又要别离而生愁。

简 议

分手十年后,诗人与故知阎允中再次相逢于秦州,心中很是高兴。高兴之余,他又为彼此即将分离而犯愁。诗篇情辞相称、意韵兼胜,寄寓着无尽的苍凉,承载着深厚的友情。

郑岳诗(二首)

郑岳(1468—1539),字汝华,号山斋。明福建莆田人。弘治六年(1493)进士,授户部主事。累迁江西左布政使、右副都御史。因李梦阳的攻讦,被夺官为民。世宗即位后,复起巡抚江西。旋召为大理寺卿,迁兵部侍郎。著有《莆阳文献》和《山斋文集》,共三十七卷。

陇州阻雨

题 解

明世宗嘉靖元年（1522）正月，甘肃总兵李隆以权谋私，并唆使部卒火烧巡抚公署，打死巡抚许铭。诗人奉命前往甘肃，会同镇抚审讯李隆。这首诗为其西往甘肃途经陇州时作，抒写了因雨困居陇州城的冷清和寂寞。

幽窗扃雨[1]一灯明，独宿空堂此夜情[2]。
陇道寒深双鬓短[3]，关山[4]路险寸心惊。
天连绝塞[5]风烟色，秋入荒城[6]鼓角声。
却忆马周投逆旅[7]，一樽寂寞[8]对谁倾？

注 释

[1]扃雨：门外下雨。扃，门户。

[2]此夜情：今夜产生的羁旅之情。

[3]双鬓短：两鬓的毛发稀少，谓年老。短，不足。

[4]关山：陇山。因陇山有大震关和安戎关，故称。

[5]绝塞：指陇山中的关隘。

[6]荒城：指陇州城。

[7]却忆马周投逆旅：马周（601—648），为唐博州茌平人，字宾王。少孤贫，好学落拓，不为州里所重。至长安，客中郎将常何家。贞观五年（631），诏百官言时政得失。周代常上书，所论二十余事为太宗所赏识，即日召见，授监察御史，累官至中书令。

[8]一樽寂寞：满酒杯的寂寞。一，全、满；樽，盛酒器。

简 议

还未翻越陇山，诗人已经愁苦不堪。暂住在荒凉的陇州城里，孤坐在幽暗的青灯之下，他想象着陇山道路的险阻难行，遥望着寒秋烟色的弥漫氤氲，倾听着军中鼓角之声的清亢激楚，追忆着马周当年的逆旅功成，一边饮着苦酒，一边品尝着排遣不尽的羁旅之苦，心中充满着凄凉和落寞，让人深切感受到一个行旅者的落魄与彷徨。诗篇言辞冷峭、格调悱恻、情思幽怨，使人深感沉闷。

度关山

题 解

明世宗嘉靖元年（1522），诗人奉命前往甘肃兰州处理李隆事件，于当年秋季抵达陇州，因遇雨小住；而后越过关山继续西行。这首诗为其翻越关山时作，主要描写了关山道路的险阻和山中环境的凶险，强调了关山地理位置的重要和昔日此地战争的纷繁，抒发了深沉的怀古之幽情。《度关山》为乐府相和歌曲名。但这里的"度关山"，则指翻越关山。关山即陇山。

昔闻关山险，今作关山行。
登危[1]复盘曲，十步始一平。
秋潦[2]混泥途，崖石乱纵横。
仄[3]径俯颓坡，仆马度凌兢[4]。
薄暮至绝巅[5]，天地划开明。
飘风吹暝色，凛然寒气凝。
慨念兹川岳，设险辅秦京[6]。
时危资窃据[7]，历代纷[8]战争。
昌时久混一[9]，六合[10]且休兵。
凭高一舒啸[11]，缅怀千载情。

注 释

[1]登危：高危。登，高。

[2]潦（lǎo）：积水，流水。

[3]仄：倾斜，狭窄。

[4]仆马度凌兢：仆马，马向前倾跌；凌兢，也作"陵兢"，恐惧、戒惧的样子。

[5]绝巅：指大震关所在的关山老爷岭。

[6]设险辅秦京：设险，设防于险要之地，此处谓设防于关山。辅，护卫；秦京，本指秦都咸阳，这里喻指长安。

[7]时危资窃据：时危，时势危急时；窃据，非法占有。

[8]纷：多。

[9]昌时久混一：昌时，指太平盛世；混一，国家统一。

[10]六合：天地四方，也指上下前后左右。

[11]舒啸：放声呼啸。

简 议

"登危复盘曲""崖石乱纵横""仄径俯颓坡""凛然寒气凝""设险辅秦京""历代纷战争"，仿佛妙手之丹青，诗篇以细腻的笔触，生动地描绘了陇州关山的高峻险危和历代战争的频仍。

王九思诗（一首）

王九思（1468—1551），字敬夫，号渼陂。明陕西户县（今西安市鄠邑区）人。弘治九年（1496）进士。由庶吉士授检讨。因附刘瑾，官至吏部郎中。瑾败，谪寿州同知。复被论，勒令致仕。才思与李梦阳、何景明等齐名，为"前七子"之一。长于散曲和杂剧。著有《渼陂集》《碧山乐府》等。

于陇州远眺吴山

题 解

这首诗当作于诗人致仕归里后游历陇州时，描写了远望吴山见到的情形。

城西[1]三里道，门外[2]五峰青。
云气常往来，朝朝看画屏。

注 释

[1]城西：指陇州城西。

[2]门外：陇州城西门外。

简 议

运思落俗，诗味浅淡。只见吴山，不见有人。

唐寅诗（一首）

唐寅（1470—1523），字伯虎，一字子畏，号六如居士、桃花庵主。明苏州吴县（今江苏苏州）人。弘治中举于乡。工书画诗文，与沈周、文徵明、仇英合称"明四家"。诗初多秾艳，中年学刘禹锡、白居易，晚年不拘成格。著有《六如居士全集》二十三卷。

陇头水

题 解

这是一首借乐府古题而作的五言律诗，重在描写边地将士生活的艰苦。

　　　　陇水分四注[1]，陇树杂云烟。
　　　　磨刀共敛甲[2]，饮马并投钱[3]。
　　　　朔地[4]风初合，交河[5]冰复坚。
　　　　寒噤不能语，乌孙掠酒泉[6]。

注 释

[1]陇水分四注：辛氏《三秦记》谓陇山"上有清水四注下，所谓陇头水也"。

[2]磨刀共敛甲：谓战士们磨砺兵刃，收束铠甲。敛，收束。

[3]饮马并投钱：汉赵岐《三辅决录》谓"安陵清者有项仲山，饮马渭水，每投三钱"；又据应劭《风俗通义》载，太原郝子廉每行饮水，即投钱一钱于井中。后因以"饮马投钱"喻人廉洁不苟。

[4]朔地：北方地区。朔，北。

[5]交河：古城名。在今新疆吐鲁番市西北的雅尔和屯，为西汉车师前国首府。《汉书·西域传》言"车师前国，王治交河城，河水分流绕城下，故号交河"。

[6]乌孙掠酒泉：谓乌孙国的兵马攻掠中国的酒泉郡。乌孙，汉西域城国名，在今新疆伊犁河流域。酒泉，古郡名，汉武帝元狩二年（前121）置，治禄福（今甘肃省酒泉市肃州区），以城有金泉，味如酒得名；隋开皇初郡废，仁寿二年（602）分置肃州，义宁元年（617）改曰酒泉县；唐天宝初，复称酒泉郡。

简 议

诗篇笔锋劲健、格律整饬，对在艰苦环境中为国征战的将士深表同情，对其坚贞和清廉给予充分肯定。

李梦阳诗（三首）

李梦阳（1473—1530），字天赐，又字献吉，号空同子。明庆阳府安化（今甘肃庆城）人。后迁至河南扶沟。弘治七年（1494）进士。官至江西提学副使。工诗文，尤长于七古，主张为诗要说实话、记实事、抒真情，反对明初台阁体浮华艳薄的文风。倡言"文必秦汉，诗必盛唐"，与何景明、徐祯卿、边贡、康海、王九思、王廷相号称"前七子"。其诗盲目尊古，徒尚形式，甚至以模拟剽窃为能，以艰深的文字掩饰作品内容的浅薄。有《空同集》八卷。

忆昔行别阎侃

题　解

诗题中提到的阎侃为陇州人，字允中，系时任河南右参政阎仲实的次子，弘治八年（1495）举人，曾任滁州知州。诗人与阎氏友善，屡有交游。这首诗为其与阎氏再次相逢后作。诗中抚今追昔，对他们初次相遇的情形作了深情的回忆，发出了光阴荏苒、人生易老的感叹。

忆昔少年时，遨游咸阳都[1]。
邂逅尘埃[2]里，相邀入酒垆[3]。
半酣[4]击剑起，铗弹青门隅[5]。
风蓬离本根，奄忽浮云徂[6]。
聚散良靡期[7]，晤言谁复图[8]。
濛濛零雨辰[9]，悠悠梁园途[10]。
翩翩白马鸣，蔼蔼朱华敷[11]。
昔逢美姿颜，今也白头颅[12]。
中藏难遽宣[13]，相看但捋[14]须。
前路浩崎岖[15]，爱子[16]衰暮躯。

注　释

[1]咸阳都：咸阳为古都邑名，在今陕西省咸阳市东北二十里处。公

元前350年，秦孝公自栎阳迁都于此。秦始皇统一中国后，在此大造宫室，都城规模更为扩大。在此，或以咸阳都喻指明代的都城北京，故此句当是在讲多年前诗人与阎侃在北京参加会试的事。

［2］尘埃：尘俗，尘世间。

［3］酒垆（lú）：本指卖酒者所建的安置酒瓮的土台，这里用以代指酒家。

［4］半酣：喝酒喝到将要尽兴的时候。酣，饮酒尽兴、畅饮。

［5］铗（jiá）弹青门隅：铗弹，即"弹铗"，谓击剑把。《战国策·齐策四》说冯谖为孟尝君客，"左右以君贱之也，食以草具。居有顷，倚柱弹其铗，歌曰：'长铗归来乎，食无鱼。'……居有顷，复弹其铗，歌曰：'长铗归来乎，出无车！'……后有顷，复弹其剑铗，歌曰：'长铗归来乎，无以为家！'"后因以"弹铗"指生活困穷而求助于人。青门，即霸城门，相传汉代的召平种瓜于此，人称青门瓜，因泛指京城城门。这句是说，诗人和阎侃当年在京城参加会试以求取功名。

［6］奄忽浮云徂（cú）：奄忽，迅疾、倏忽，很快地；浮云徂，像浮云般的过去；徂，过去、逝。这句是说，诗人和阎氏很快地又分离了。

［7］良靡期：的确不可预期。良，确；靡，不。

［8］晤言谁复图：谓不想着再次和阎氏见面。

［9］零雨辰：细雨蒙蒙的清晨。零雨，细雨；辰，通"晨"。

［10］梁园途：梁园，也称"梁苑""兔园""东苑"，园囿名，在今河南省商丘市东，为汉文帝之子梁孝王（刘武）所建，方三百余里，为游赏与延宾之所，当时名士司马相如、枚乘、邹阳等皆为座上客。在此，以梁园途代指去往京城的路。

［11］翩翩白马鸣，蔼蔼朱华敷：这两句讲述当年初次见到阎侃的情形，说他当时骑着轻快的白马，面色红润而光亮。

［12］今也白头颅：谓友人阎侃如今头发已经白了。

［13］中藏难遽宣：谓自己心中的凄凉感一时难以表达出来。中藏，内脏，这里指内心的感受。

［14］捋（lǔ）：用手抚摩。

［15］浩崎岖：长而崎岖。浩，众多，此处当作"长"理解。

[16]子：对阎侃的尊称。

简议

好友阎侃当年"朱华敷"而"美姿颜"，如今却已满头白发，诗人深感凄酸。眼前的故友虽已垂暮，可作者对他的感情却一如既往。叙事与慨叹并举，抚今与追昔相将，怜惜与挚爱同在，诗篇写得情深义重、感人心君。

鹦 鹉

题解

此诗对笼中鹦鹉的不幸遭遇深表同情，希望有朝一日亲手将它放归故乡陇山。

鹦鹉吾乡物[1]，何时来此方？

绿衣经雪短，红嘴历年长[2]。

学语疑矜媚[3]，垂头知自伤[4]。

他年吾倘遂[5]，归尔陇山阳[6]。

注释

[1]鹦鹉吾乡物：诗人家居陇西庆阳，距陇山不远，而陇山又产鹦鹉，故有此说。

[2]历年长：经过多年生长长得很长。历，经过。

[3]疑矜媚：学着尊奉主人并为其献媚。疑，通"拟"，比拟；矜，通"怜"。

[4]垂头知自伤：谓笼中鹦鹉有时低垂着头，为自己的不幸而伤感。

[5]遂：遂了心愿。

[6]归尔陇山阳：将你放归故乡陇山之阳。尔，指鹦鹉。

简议

诗篇笔墨生动细腻，将笼中鹦鹉写得楚楚可怜。诗人为人方正质朴，曾为国事多次得罪刘瑾和张延龄等权贵，在官场几经沉浮，甚至招来杀身之祸，因之看透了仕途之险恶，乃欲辞官归里。故诗中鹦鹉的景况，即作者自身遭际的比照；而欲使鹦鹉归于"陇山阳"者，也是诗人归隐心志的曲折表达。

寄题陇州阎氏林亭

题 解

明正统年间（1436—1449），陇州举人阎璿（静乐）以乡科教官之职回到故里，于家舍（今陇县城关镇祁家庄）之北修筑静乐堂，藏书以教授生徒。弘治八年（1495），其子阎仲实辞官还乡，改建静乐堂为岍山书院，其内广植林木、修建亭榭。这首诗为吟咏阎氏林亭之作，对其美景给予颂扬。

出处信不易[1]，卜筑[2]岂在远。
闻君[3]壮年日，颇此遂仰偃[4]。
创基倚北阜[5]，开窗面层嵃[6]。
杂树莽蓊蔚[7]，长流[8]激清浅。
迹异愿不隔，路阻日遂晚。
愉悦各殊趣，幽意不逮[9]显。
春风翻深谷，袅袅葛叶展。
代耕与灌园，垂老付所遣[10]。

注 释

［1］出处信不易：谓出仕和隐退都确实不容易。出处，出仕和隐退；信，的确、确实。

［2］卜筑：择地建屋。这里指修建静乐堂（岍山书院）。

［3］君：指阎仲实。他于明成化五年（1469）中进士，曾任吏部考功司郎中、员外郎及河南右参政等。

［4］颇此遂仰偃：谓阎仲实壮年时很喜欢在静乐堂（岍山书院）居住而悠然自得。颇，很；此，代指岍山书院；仰偃即偃仰，指生活悠然自得、十分惬意。

［5］北阜：北山。

［6］嵃（yǎn）：山，山峰。

［7］蓊蔚：蓬勃茂盛。

［8］长流：指静乐堂（岍山书院）庭院中的流水。

［9］不逮：不及。

［10］垂老付所遣：谓阎氏年老时，可以在静乐堂居住消遣。

简　议

质木不文，诗味殊鲜，一无大家气象。不过读了此诗，我们在一定程度上领略了阎仲实家族的园林之美。

王廷相诗（一首）

王廷相（1474—1544），字子衡，号浚川。明仪封（今河南兰考）人。弘治十五年（1502）进士，选翰林院庶吉士。后任兵部给事中、御史，武宗时任巡盐御史。正德五年（1510）巡按陕西；十二年任四川按察司提学佥事。嘉靖九年（1530），任南京兵部尚书；十二年，任都察院左都御史；十五年，加太子少保；十八年，又加太子太保。谥"肃敏"。他是明代著名哲学家和文学家，为诗界"前七子"之一。著有《雅述》《慎言》等。

折杨柳

题　解

《折杨柳》为汉乐府《横吹曲》名。后人拟作多为五言八句。《乐府诗集》所收，多为伤春悲离之辞。王氏的这首诗为拟乐府《折杨柳》之作。

陇头二三月[1]，杨柳黄绿丝。
郎行杨树下，骢马金络羁[2]。
马瘦不忍鞭，柳弱不堪折[3]。
出谷复入谷，落日独行客。
水流陇山下，郎行陇山上。
陇水东南流，与郎常相向。
擒得南单于[4]，能解单于歌。
马鸣边地黑[5]，同行皆念家。
军书十二勋[6]，金貂紫裤衣[7]。
郎从左边[8]过，不知是阿谁[9]。

注　释

［1］二三月：指农历二月和三月。

［2］骢马金络羁：骢马，青白杂毛的马，此处泛指马；金络羁，铜质的马笼头。

［3］柳弱不堪折：古人送客时常折柳以赠行者。这句是说，"郎"跃马于陇山之上，因路太远和柳枝太弱，他无法折柳送给家中的妻子。

［4］南单于：指东汉起南迁的匈奴人的最高首领。此处泛指敌方首领。

［5］黑：昏暗无光。

［6］军书十二勋：军书，军事文书；十二勋，十二件军功，概言"郎"所建军功之多。

［7］金貂紫裤衣：金貂，为汉代的冠饰，武冠，又名武弁大冠，诸武官冠之，侍中、中常侍则加金珰，附蝉为文，貂尾为饰；紫裤衣，即紫衣，为紫色之衣，南北朝以来，紫衣为贵官公服。

［8］左边：东边，古时以左为尊。

［9］不知是阿谁：谓"郎"不认识他的妻子是谁。

简　议

郎君驰马征战陇山（沙场）有年，建立军功无数，并且生擒了"南单于"。功成名就后的他大富大贵，居然冠"金貂"而衣"紫裤衣"。由于飞黄腾达，他趾高气扬、目空一切，乃至连自己的结发妻子都不认识了。诗篇哀而不伤、怨而不怒，于含蓄委婉中见情致，于温柔敦厚中寓讽刺，深合传统诗教。

边贡诗（二首）

边贡（1476—1532），字廷实，号华泉子。明山东历城（今济南市历城区）人。弘治九年（1496）进士。官至南京户部尚书。为明"前七子"之一。其诗风格婉约，但内容贫乏。有《华泉集》十四卷。

鹦 鹉

题 解

这首诗作于嘉靖七年（1528）。诗篇慨叹笼中鹦鹉的不自由，希望将其放归山林，以之明退隐归乡之志。

> 珍鸟[1]来清夏，芙蕖避绿衣[2]。
> 苦遭鸦并吓[3]，羞与燕同飞。
> 整翮身仍阻[4]，能言意且违。
> 何当即开锁，放尔陇山归[5]。

注 释

[1] 珍鸟：指鹦鹉。

[2] 芙蕖避绿衣：谓芙蕖自愧不如鹦鹉羽毛之绿而避之。

[3] 苦遭鸦并吓：谓笼中鹦鹉因屡遭乌鸦怒叱而痛苦。诗人曾因不附权奸刘瑾而被外放，这句或指此而言。

[4] 整翮身仍阻：谓笼中鹦鹉虽整理羽毛欲飞出笼子，却仍被阻而不能。嘉靖间，诗人曾一再恳请致仕，却未获准，此句或指此而言。

[5] 陇山归：因陇山多产鹦鹉，故人们常以此山为鹦鹉的故乡。这里借指诗人的故乡历城。

简 议

诗中之鹦鹉，实乃作者的化身。说"何当即开锁，放尔陇山归"者，旨在表明诗人的引退之心。借言鹦鹉自况并且以明志，诗篇运思妙而不俗。

赠阎允中

题 解

明武宗正德五年（1510）初春，诗人在官场正得意时，突然由太常寺丞被外放荆州任知府。到任所后，他写了这首诗赠给阎允中。诗中回忆了他春天从京城出发前往荆州的情形，表达出对京城的留恋和热爱之情。阎允中为陇州人，名偘，是大中大夫阎仲实之子，曾任滁州知州。

> 郊月隐寒树，喔喔霜鸡鸣。
> 翩翩随阳鸟[1]，悠悠悷遐征[2]。

客车履晨发，迤逦逾层城[3]。
清川带长薄，绿芜蔓以荣[4]。
江路东南驰，行子慕修程[5]。
金陵帝王宅[6]，佳丽凤遗名[7]。
吴观[8]霭岩峣，晋丘[9]亦峥嵘。
凭轩[10]一回眺，千载有余情[11]。

注　释

[1]随阳鸟：作者自称。阳鸟是鸿雁的一种。《尚书·禹贡》谓"彭蠡既猪，阳鸟攸居"，《孔疏》谓"鸿雁之属，九月而南，正月而北……此鸟南北与日进退，随阳之鸟，故称阳鸟"。

[2]惮遐征：怕远行。遐征，指作者由京城去荆州。

[3]层城：指京师。古代神话说昆仑山上有高城，后以之指仙乡，也指京师。高城即层城。

[4]蔓以荣：茂盛而繁多。

[5]行子慕修程：行子，作者自称；修程，长途。

[6]金陵帝王宅：金陵，即今南京；帝王宅，帝王的居所。

[7]佳丽凤遗名：佳丽，美好；凤遗名，早就留下了名声。

[8]吴观：是东岳泰山的一座峰名。

[9]晋丘：唐李白在《登金陵凤凰台》诗中有"晋代衣冠成古丘"的句子，谓晋代的衣冠之士皆已化作坟丘。这里的晋丘，或指晋代人的坟丘。

[10]轩：一种曲辕而有帷幕且前顶较高的车，为卿大夫及诸侯夫人所乘。这里指作者去荆州途中所乘的车。

[11]余情：丰富的感情。

简　议

约略而论，诗篇言离京情形语言通俗，景况清寒；状途中所见之景视野开阔，画面粗犷；示留恋京城之意语出灵台，情致婉娈。

徐祯卿诗（一首）

徐祯卿（1479—1511），字昌国，一字昌谷。明苏州吴县（今苏州市）人。著名文学家。弘治十八年（1505）进士，官国子监博士。少时与唐寅、祝允明、文徵明齐名，人称"吴中四子"。后与李梦阳等并称诗界"前七子"。论诗主情致。其诗风格清朗，某些作品能指陈时事，寓讽刺之意。有《迪功集》《谈艺录》等。

陇头流水歌三叠代内作

题 解

古代的歌曲反复咏唱某句，称三叠。古时演奏音乐，原有反复三唱之法，故"三叠"有如三唱。说得直白些，"三叠"即三段歌词。宋人苏轼在《仇池笔记·阳关三叠》中说，第一句不叠，余三句皆更唱。徐祯卿的这首《陇头流水歌三叠》，以妻子的口吻讲述了母亲对远行的儿子极度惦恋和想念的情形。

一

陇水呜咽流，各自东西下[1]。
生男不下堂[2]，生女弃原野[3]。

二

下陇磨剪刀，刀涩指爪柔[4]。
将[5]刀割断水，那用东西流。

三

陇水鸣不止，似闻阿儿[6]语。
出门不见人，肝肠断绝汝[7]。

注 释

[1]各自东西下：辛氏《三秦记》谓陇山"其坂九回，上者七日乃越，上有清水四注下，所谓陇头水也"。

[2]生男不下堂：《后汉书·宋弘传》谓"贫贱之知不可忘，糟糠之妻不下堂"。其中"不下堂"意指丈夫不休弃和离开妻子。在此，则是说生下男孩子，就对他十分钟爱，不让他离开父母身边。

［3］生女弃原野：屈原《楚辞·九歌·国殇》谓"严杀尽兮，弃原野"，其中的原野，指平原旷野。

［4］刀涩指爪柔：刀涩，刀刃不锋利；指爪柔，犹言"绕指柔"，谓剪刀柔软得能缠绕于手指上。

［5］将：犹如"以"。

［6］阿儿：阿，第一人称代词，意如"我"。阿儿，我的儿子。

［7］肝肠断绝汝：为你（儿子）悲伤得肝肠断绝。

简　议

儿子远行不归，母亲对其思念殷切，以至悲痛欲绝。她恨儿子似陇水奔流四方，又恨自己如陇水呜咽流涕，乃欲将这可恶的陇水毅然剪断，可惜手中的剪刀又"涩"又"柔"，竟对这水无可奈何。借助对陇水的反复咏唱，诗篇将母亲对儿子的情思层层推进、节节提升，让读者与之交感共鸣。

严嵩诗（一首）

严嵩（1480—1567），字惟中，一字介溪。明江西分宜（今江西分宜）人。弘治十八年（1505）进士。嘉靖二十一年（1542）任武英殿大学士，入阁，专国政二十年，官至太子太师。他长期操纵国事，吞没军饷，致战备荒废，使东南倭寇和北方鞑靼的侵扰因之更加严重。文武官员与他不合的，都被其杀害。晚年为明世宗疏远；后被革职，家产籍没。著有《钤山堂集》三十五卷。《明史》将其载入《奸臣传》中。

过刘子熏墓

题　解

这首诗为作者探望友人刘子熏墓时作，抒发了与刘氏的深厚友情，对其去世极表悲痛。刘子熏其人不可考。

欲赠徐君[1]剑，挂向陇头枝[2]。

陇水自东逝[3]，我悲君[4]不知！

注　释

［1］徐君：这里指逝者刘子熏。《史记·吴太伯世家》言"季札之初使，北过徐君。徐君好季札剑，口弗敢言。季札心知之，为使上国，未献。还至徐，徐君已死，于是乃解其宝剑，系之徐君冢而去"，后用挂剑比喻心许亡友、生死不变之意。

［2］陇头枝：刘子熏坟墓上的树枝。陇，通"垄"，坟墓。

［3］陇水自东逝：谓刘氏已去世，如陇水之东去不还。

［4］君：指逝者刘子熏。

简　议

春秋时，吴国公子季札出使晋国路过徐国，虽知徐君喜欢自己的佩剑，却因使礼所需不能予之。及还过徐时，闻徐君已死，乃前往探视其墓，解下佩剑挂于墓树而去。此诗巧用这一典故，将诗人对刘子熏的追念和哀悼之意表达得深切而真诚。诗篇文辞平正简淡，含思委曲婉转，在质朴无华中寓衷情，于平顺流畅中见怅惘，确实让人感动。

寇天叙诗（一首）

寇天叙（1480—1533），字子惇，号涂水，明山西榆次（今山西晋中市榆次区）人。正德三年（1508）进士，授南京大理寺评事，迁应天府丞。嘉靖间，官右副都御史，巡抚陕西。著有《涂水文集》。

祀西镇吴山口占一律

题　解

明世宗嘉靖八年（1529），诗人奉帝命致祭吴山。这首诗为其祭山时作，在歌咏吴山之雄胜及功德的同时，表明了祭山的愿望和要求。

　　山势西来此最雄，芙蓉宛在碧空中。
　　遥瞻华岳参差起，俯瞰河流迤逦东[1]。
　　俎豆[2]千年崇庙祀，威灵四境庇神功。
　　抚臣将事无余祝[3]，惟愿时和与岁丰[4]。

注　释

［1］河流迤逦东：河流，指渭河；迤逦，曲折连绵；东，流向东方。

［2］俎豆：俎，置肉的几；豆，盛干肉的器皿。这里用以指祭祀和崇奉。

［3］抚臣将事无余祝：抚臣，抚是巡抚的省称，作者其时巡抚陕西，故自称抚臣；将事，奉祭山之事；无余祝，没有其他请求。

［4］时和与岁丰：时事和顺与年岁丰登。

简　议

通观全诗，均是历代祭山者惯有的说辞，概无新意可言。然首联和颔联言吴山之峻伟，却也写得壮丽可观。

胡缵宗诗（二首）

胡缵宗（1480—1560），字孝思，又字世甫，号可泉，别号鸟鼠山人。明巩昌府秦州秦安（今甘肃秦安）人。正德三年（1508）进士。历任翰林院检讨、四川潼州知州。又以南京吏部郎中出任安庆知府、苏州知州。后以副都御史巡抚山东。再任总河道，巡抚河南。为当时著名书法家。著有《鸟鼠山人小集》八卷及《安庆志》《秦州志》等十四种。

陇头流水

题　解

此诗为诗人路过陇山时作，着力描写了陇山林木的茂密和流水的荡激。

陇头[1]林密，水流其内[2]。

赤根丝丝，白根浟浟[3]。

陇水漱玉，陇鸟[4]冲烟。

陇水到地，陇木到天[5]。

注　释

［1］陇头：指陇山。陇山也称陇头。

［2］水流其内：《三秦记》谓陇山"上有清水四注下，所谓陇头水也"。

［3］浍浍（huì huì）：浍，通"秽"，秽指田中多草。此处指白色的树根很多。

［4］陇鸟：指产于陇山的鹦鹉。陇山鹦鹉又称陇禽、陇鸟。

［5］陇木到天：陇木随着山势而上，直到天际。

简 议

作者观察事物细致入微，将所见陇山之树木和流水状写得十分逼真。但通篇均是咏物而无感兴，是故淡而少味。

发凤郡雨后马上见吴岳

题 解

此诗尽力描绘了远望吴山时所见之景。

> 青青吴岳忽瑶汉，客子翛然[1]倚马看。
> 天洗列屏开锦绣，云分丛笋出琅玕[2]。
> 凤凰东集日初起，鹦鹉西飞雨欲干。
> 不分华封有仙掌，翩翩玉柱自奇观。

注 释

［1］客子翛（xiāo）然：客子，作者自称；翛然，无拘无束、自由自在。

［2］云分丛笋出琅玕（gān）：云分，云开；丛笋，指吴山的五座山峰；琅玕，竹子的美称。全句谓云开雾散后，吴山的山峰露了出来。

简 议

和《陇头流水》诗一样，仍是单纯的咏物，依然淡而少味。

浦铉诗（一首）

浦铉（1482—1542），字汝器，号竹塘。明文登（今山东文登）人。正德二年（1507）举人，十二年（1517）进士，授山西洪洞知县。嘉靖初，任湖广道监察御史。后任河南道监察御史。嘉靖十九年（1540）任陕西按察使，因论救杨爵而连罪下狱，死于狱中。明穆宗即位后，对其恤典平反。

五峰漫兴

题 解

这首诗为作者任职陕西间登上吴山后作,表达了诗人观光吴山的雅兴和愉悦。

过涧穿林石径斜,五峰回合拥云霞。

壁凌万仞天临壑,泉落孤岩雨印沙。

啼鸟避人山转静,仙居开蒸[1]坐偏佳。

笙箫不用催杯酒,案牍偷闲乐未涯[2]。

注 释

[1]开蒸:开火蒸饭。

[2]乐未涯:快乐得没有边际。

简 议

诗篇在轻松愉快的叙事中,充分表达了文人雅士的逸兴雅趣。颔联和颈联运思机巧、别开生面,不言乐而乐自出。

何景明诗(六首)

何景明(1483—1521),字仲默,号大复山人。明信阳(今属河南)人。弘治十五年(1502)进士,官至陕西提学副使。他对当时的政治污浊表示不满,在诗文中也有相应反映。与李梦阳齐名,为文坛"前七子"之一。其诗多复古模拟之作。著有《大复集》三十七卷。

关山月

题 解

《关山月》为乐府横吹曲名。这是一首乐府诗,主写闺中少妇对征战沙场之丈夫的思念和盼其还乡的心情。

关山月,夜照青海头[1]。

白骨征人怨[2],红颜少妇愁。

少妇含颦望月来[3],月明流影洞房开。

岁暮机中缣素[4]出,夜寒灯下剪刀摧[5]。

年年捣衣[6]明月秋，明月还随陇水流[7]。
闺里空教看破镜[8]，沙场不见大刀头[9]。

注释

［1］青海头：青海湖边，是虚拟的少妇丈夫的征战之地。

［2］白骨征人怨：谓丈夫战死沙场后虽已化作白骨，还在为不能与妻子团聚而怨恨。

［3］含颦望月来：含颦，也作"含嚬"，意为皱着眉头；望月来，盼望月亮将丈夫的信息或书信带回来。

［4］机中缣素：织布机中织出的白绢。缣素本是供作书画用的白绢，这里则指妻子给丈夫缝制衣服的白绢。

［5］剪刀摧：摧，通"催"，意为催促。谓少妇在灯下为远征在外的丈夫缝制衣服，将剪刀挥舞得很快。

［6］捣衣：捶洗衣服。

［7］明月还随陇水流：明月，喻妻子对丈夫的思念。全句是说，少妇思夫之念随着陇山的流水流向丈夫征战的沙场。

［8］看破镜：谓少妇很怕自己容颜老去，不时对镜自照，竟将镜子都看破了。

［9］沙场不见大刀头：《汉书·李陵传》说李陵出使匈奴久不得归汉，他的好友任立政等到匈奴，想暗中劝他还归汉朝。有一次，任立政见到李陵，眼睛注视着他，一面说话，一面用手屡次摸自己的刀环。"环"音近"还"，他以此暗示要李还汉。后来便将"大刀头"用为"还"的隐语。这里的意思是说，少妇不见自己的丈夫从沙场回来。

简议

这首诗是对战争创伤的无情控诉，是对百姓疾苦的沉痛悲鸣。年轻的丈夫久征不归，闺中少妇思之良苦。她皱着眉头苦等夫君消息，严冬为之织绢，寒夜为其挥剪，年年为其捣衣；又恐自己年老色衰，不由得屡屡照镜。可她哪里知道，令她刻骨铭心、日思夜想的良人早已战死疆场，化作一堆白骨！这和唐人陈陶《陇西行》诗中"可怜无定河边骨，犹是春闺梦里人"的诉说何其相似。老实说，我对这闺中少妇极表同情。

送贾郡博之阶州[1]

题 解

这是一首送别诗,对西行的贾氏予以宽慰和勉励,希望他到了阶州后,能将"好音"报达"长安"。

十载一儒官[2],西行路复难[3]。
羌夷应俎豆[4],边徼有衣冠[5]。
陇坂盘云上,秦城向斗看[6]。
好音怀万里[7],早晚报长安[8]。

注 释

[1]贾郡博之阶州:贾郡博,所指不明;之,到、去;阶州,为州名,战国时为白马氏所居,汉为武都郡,唐景福初改为阶州。1913年改县,更名武都,即今甘肃省陇南市武都区。

[2]儒官:即学官,是掌管学校教育的教官。这里谓文官。

[3]西行路复难:贾氏自"长安"去阶州为西行。因要翻越陇山,西行之路固然艰难,但其中也寓有"仕途艰难"之意。

[4]羌夷应俎豆:羌夷,指居住在西部的羌族人;俎豆,俎和豆都是古代祭祀用的礼器,这里用以代指儒家礼仪。全句是说,羌人也应当是懂得和遵守儒家礼仪道德的(劝慰行者不必担忧)。

[5]边徼有衣冠:边徼,巡察边塞的人;衣冠,士大夫的穿戴,也指士大夫和官绅。这里借指文明礼貌和斯文(的人)。

[6]秦城向斗看:汉时,西域诸国称中国为"秦"。故此处的秦城应指当时中国的首都,或喻指贾氏的家乡。他西行的目的地在阶州,所以作者在此以"秦城"喻中国的首都或贾氏之故乡;斗,指北斗星或斗宿。全句是说,贾郡博要是想念故国或家园了,就不妨看看北斗星以慰乡思。

[7]好音怀万里:好音,好消息。此句是说,我在长安,时刻等着远在万里之外的你的好消息。

[8]长安:为诗人所居之地,但未必实是长安。

简 议

在古人眼中,离开中原远赴西域是苦差,翻越陇山更是畏途。而贾郡博恰好要越过陇山西去阶州,作为挚友的诗人自然要对他予以慰勉。

但凡送别诗，或为远行者担忧，或因分手而挥泪，或故作潇洒以掩离伤。但此诗在构思上却独开新径，希望早日得到西行者传来的好消息。这"好消息"蕴含着作者对好友的祝福和安慰，足以使其放下思想包袱、减轻精神压力，轻松地向西行进。

为陇州李举人寿其伯尚书公

题 解

这是一首写给陇州李举人，为其伯父祝寿的诗。李举人指陇州人李守缨，是明武宗正德五年（1510）举人，为李溥之孙、李善从子。尚书公指李守缨的伯父李善，为成化十四年（1478）进士，曾任南京工部尚书。

见说尚书解绶还[1]，七年高卧陇西山[2]。
曾悬车盖星辰上[3]，更闪旌旗楚蜀间[4]。
老伴青松全晚节，静餐丹药驻春颜。
竹林诸子追随地[5]，二阮[6]风流尚可攀。

注 释

[1]见说尚书解绶还：听说工部李尚书辞官还乡了。见说，闻说；解绶，解下官员的印绶，指辞官。

[2]陇西山：指李善的故乡陇州。

[3]曾悬车盖星辰上：谓李尚书曾经向皇帝提出辞官。悬车盖，即悬车，谓辞官。古人年七十辞官家居，废车不用，故曰悬车。车盖，一作"履鸟"。

[4]更闪旌旗楚蜀间：楚，指今湖北省一带；蜀，指今四川省一带。李善于弘治间曾任湖广按察司佥事，设计将自立帝号、攻陷城池的湖广参议何维擒获；又于正德元年（1506）任四川右布政使，使人宣谕朝廷恩德，致少数民族酋长次第归顺朝廷，故说他"更闪旌旗楚蜀间"。

[5]竹林诸子追随地：谓李善辞官还陇州后，品德高洁如竹林七贤般的高士都追随他。竹林诸子，指竹林七贤，三国魏末陈留阮籍、谯国嵇康、河内山涛、河内向秀、籍兄子咸、琅邪王戎、沛人刘伶七人相友善，常宴集于竹林之下，时人称作"竹林七贤"。

[6]二阮：指竹林七贤中的阮籍和阮咸叔侄二人。此处借指李尚书。

简　议

诗人对李尚书推崇备至，既折服于他的勇于辞官，又对其政绩和晚节深表嘉尚。"曾悬车盖星辰上"句极富表现力，将李氏辞官的果断与豁落写得极其张扬。而尾联两句妙用典故，将李尚书的贤德和清高表相于无形中。

陇头流水歌送刘远夫行三首

题　解

大约好友刘远夫将前往"陇西州"，诗人乃题这三首诗为之送行。刘远夫可能是当时文坛的知名人士，与许多文坛名人有交集。其中的王廷相作有《寄刘远夫》诗一首，诗中有"共谪穷荒叹晚途"的句子。由此可知，刘曾被贬谪到边远穷荒之地。在刘去世后，著名诗人杨慎写了《过驻节桥读东阜刘远夫公碑文怆然有感》一诗，对刘表示了深切的哀悼。从各种迹象判断，三首诗应作于刘远夫被贬穷荒之地而将行的时候。其所去之地当为"陇西州"，即陇西郡。诗篇名为送刘氏西行，实则以刘的口吻代其悲鸣。

一

我欲望长安[1]，陇坂[2]高蔽天。
陇坂高可陟[3]，陇水鸣溅溅[4]。

注　释

[1]我欲望长安：刘远夫西行来到陇山后，心中放不下家中的妻子，他回首遥望妻子所在的"长安"。长安非实指，而是代指妻子所在的地方。

[2]陇坂：陇山。陇山古称陇坂。刘远夫西去陇西州必过陇山。

[3]陟：登。

[4]溅溅：水流迅疾。

简　议

陇山高耸遮天，陇水鸣咽不已，被贬穷荒的刘远夫因思念家乡而凄苦难耐。

二

盘盘上陇车[1],斑斑下坂马[2]。

我匪虎与兕,使我行旷野![3]

注　释

[1]盘盘上陇车:谓车子在盘旋曲折的山道上向陇山高处行进。

[2]斑斑下坂马:谓汗渍斑斑的马儿拉着车子向陇山下行走。

[3]我匪虎与兕,使我行旷野:这两句由《诗经·小雅·何草不黄》之"匪兕匪虎,率彼旷野"两句化出,表达了刘远夫在旷野中奔波的怨尤。

简　议

怀念故乡而不能返,攀爬陇山又十分辛苦,奔命于旷野更是疲惫不堪,刘远夫不禁怨气冲天。

三

长安有高楼,不见陇西州。[1]

可怜陇头水,日夜东西流。[2]

注　释

[1]长安有高楼,不见陇西州:这两句是说,刘远夫的妻子登上"长安"的高楼遥望丈夫所在的陇西州,却总是看不见。陇西州,指陇西郡,地在今甘肃省的东南部一带,为刘氏的所在之地。

[2]可怜陇头水,日夜东西流:谓妻子对丈夫的深情一如陇山之流水,日夜不曾间断。

简　议

家乡的妻子思念刘氏却不得见,希望与丈夫团圆也不可得,只能将满腔深情藏在心底。"可怜陇头水,日夜东西流"两句,形象地道出了内子思夫之情的真挚和深沉。

阎钦诗(一首)

阎钦(1483—1551),字子明,明陇州(今陕西陇县)人。大中大夫阎仲实孙。孝宗弘治十一年(1498)举人。武宗正德三年(1508)进士，选吏科给事中。后任户部主事。因上疏劝武宗临朝理事，被权贵忌恨而排挤出朝，任河南兵备。以习《易》《书》《春秋》显于群。正德十二年（1517），编刻《诸葛亮集》一部。

前 题

题 解

这首诗为诗人登吴山时作，概写吴岳之妙趣美景。

> 山藏怪石径迷苔，猿在高林任往来[1]。
> 泉石可人留客坐，松筠[2]满峪是谁栽？
> 云深信步[3]寻幽去，洞窈[4]随心览胜回。
> 却忆刘郎采药事[5]，而今何处觅天台？

注 释

[1]猿在高林任往来：此为作者想象，吴山从不产猴。

[2]筠（yún）：本指坚韧的竹皮。引申为竹的别称。

[3]信步：随意行走。

[4]窈：深幽。

[5]刘郎采药事：刘郎，指汉永平年间浙江郯县人刘阮。他到天台山采药迷路，遇到两个仙女，被邀请至她们家中。半年后刘回家，子孙已过了七代。后重入天台访仙女，却踪迹全无。后来，人们写诗文常以刘入天台山为题材。

简 议

文采斐斐，气韵畅荡，将吴岳胜景写得遗世超尘。

郑善夫诗（一首）

郑善夫（1485—1524），字继之，号少谷、少谷山人。明闽县（今福州市区）人。弘治十八年（1505）进士，历任户部礼部主事、南京刑部郎中。能书善画，对数学、历法多有研究。在文学上主张"文必秦汉""诗必盛唐"，作诗力仿杜甫。其诗多为忧时感事之作，不同程度反映了当时黑暗的社会现实。《明史·文苑传》谓"闽中诗文，自林鸿、高棅后阅百余年，郑善夫继之"。著有《郑少谷全集》二十五卷。

古愁二解

题 解

这首诗借言陇山环境的险恶，来诉心中的愁苦。诗题中的"解"，指古时乐曲的章节。二解相当于二章。

出门采棠花[1]，风吹陇山木。
陇山未[2]可行，荆棘伤我足。

陇山高以[3]临，陇水阻[4]而深。
不畏伤我足，但恐伤我心。

注 释

[1]出门采棠花：此句喻出仕。棠花，棠梨之花。

[2]未：不。

[3]以：而且。

[4]阻：依傍。

简 议

诗篇借山而兴思，托物以言愁。明武宗正德中，诗人先后任户部主事和礼部员外郎。其间屡受宦官威胁和权臣打击，深感仕途艰难凶险，先后两次上疏辞官，这首诗即此种凄凉现实和悲观心态的艺术反映。"陇水"的"阻而深"，实即宦海的阻而深；"陇山"的"未可行"，实言仕途的不可行。

吴瀚诗（一首）

吴瀚（1486—1550），字受夫。明洛阳（今河南洛阳）人。正德六年（1511）进士，授监察御史。曾上疏论中官廖鹏罪使其受罚，舆论为之称快。曾任职陕西平凉府，后升任江西佥事。累官至右副都御史，巡抚顺天。因事忤逆，被罢归乡。嘉靖二十四年（1545）复任嘉议大夫，巡抚保定等地。

陇州学庙[1]古柳行[2]

题 解

明世宗嘉靖十八年(1539)九月十四日,任职于陕西平凉府的作者来陇州观瞻州之学庙(孔庙),见到院内有古柳树一株,乃作此诗以颂之。诗篇极言柳树之根深枝繁和古老,盛赞其不与世俗同流合污的高洁品格。

宣圣庙前泮水头[3],古柳曲屈状如虬。
老干悬瘙[4]如怪石,根蟠围地勾[5]十周。
虽非楩[6]楠材,亦非松桧俦[7]。
黉宫[8]创建自何时?揉雨擦烟经几秋?
君不见长安陌上聚少年,夭红[9]媚绿斗芳妍。
又不见客舍渭城[10]歧路口,行人赠别折满手[11]。
何如此柳生长斯文地,化雨栽培气味幽?
盘错本来识利器[12],容媚舞腰实所羞[13]。
不惹莺黄啼百舌[14],不管兴亡尘梦浮。
年年长在宫墙里[15],繁华尽与水东流。

注 释

[1]学庙:学宫与孔子庙的名称。历代学宫皆崇祀孔子,多与孔庙合一。元明后,孔庙通称文庙。陇州之孔庙已毁,故址在今南道巷中学。

[2]行:是乐府和古诗的一种体裁。如汉乐府有《长歌行》,魏晋乐府有《从军行》等。

[3]宣圣庙前泮水头:宣圣庙,孔子庙,汉平帝元始元年(公元1年),追谥孔子为褒成宣尼公,后来的诗文中因之多称孔子为宣圣;泮水,泮宫之水池,泮宫东西门以南有池,形如半璧,以其半于辟雍,故称泮水,也借指学宫。

[4]瘙(máng):肿起。这里指柳树枝干生出的疤瘤。

[5]勾:通"够",也可作"弯曲"解。

[6]楩(pián):木名,即黄楩木。

[7]俦(chóu):同类,也可作"等比"解。

[8]黉(hóng)宫:黉,古代的学校名。在这里,黉宫指陇州学

庙。据史料载，陇州学庙曾于明嘉靖七年（1528）十月重修功成。

[9]夭红：盛美的红色的花。

[10]客舍渭城：取王维《送元二使安西》诗之"渭城朝雨浥轻尘，客舍青青柳色新"句意。渭城，即今陕西咸阳。

[11]行人赠别折满手：折，折柳。《三辅黄图·桥》谓"霸桥在长安东，跨水作桥，汉人送客至此桥，折柳赠别"，后因以折柳为送别之词。

[12]盘根错节识利器：识别杰出的人才（指学庙的师生）。《后汉书·虞诩传》谓"不遇盘根错节，何以别利器乎？"利器，比喻杰出的人才和才能。

[13]容媚舞腰实所羞：容媚，奉承谄媚，以讨他人欢心；舞腰，扭动腰身起舞。

[14]百舌：鸟名，又名"反舌"。以其鸣声反复多变，如百鸟之音，故名。

[15]宫墙里：指陇州学庙之墙内。

简 议

古柳何其幸运，竟尔生长在陇州学庙的大院里。她不染人间红尘，不为世事兴亡所动，不让人们随意摧折，也不容媚舞腰取悦于人，且复经受了儒家文化的长期熏陶，品质高洁而气味幽香。这学庙里的古柳，又何尝不是诗人的化身。

邹守愚诗（二首）

邹守愚（？—1556），字君哲，又字一山。明莆田（今福建莆田）人。嘉靖五年（1526）进士，授户部主事，擢户部员外郎。嘉靖十二年任广州知府；十六年四月擢广东按察副使；三十二年四月任河南左布政使；三十三年以都察院右副都御史巡抚河南；三十四年晋户部侍郎。卒，赠右都御史，谥"襄惠"。著有《俟知堂集》十三卷。

夜宿吴山二首

题 解

嘉靖三十五年（1556）二月，陕西、河南、山西等地发生大地震，灾情十分严重，时任户部左侍郎的诗人奉帝命前往陕西祭祀吴山以禳灾。事毕后，他于当年四月东返，行至河南时因劳病去世。这两首诗为其祭吴山时作，第一首主写吴山之俊秀，第二首则希望祭祀能感通吴山之神，使其辅佐皇帝治国安民。两首诗极有可能是邹氏的绝笔之作。

一

五峰一望彩云浓，金匦[1]函香出九重。
丹殿[2]烟开围锦绣，碧霄天洗插芙蓉[3]。
松翻清露宵栖鹤，雾绕灵湫昼卧龙。
神贶[4]欲从何处觅，西来飞雨洒仙踪。

注 释

[1]金匦：指铜香炉。

[2]丹殿：赤色的殿宇。

[3]芙蓉：指吴山。吴山五峰挺出，状若芙蓉。

[4]贶（kuàng）：赐予，加惠。

简 议

"西来飞雨洒仙踪"句中的"洒"字用得十分精警，可谓"一字奇"也。

二

吴岳岩峣陇水阳[1]，天开形胜镇西方。
龙湫泉作千峰雨，仙径花开百合香[2]。
日月东来青汉[3]捧，乾坤北望紫云翔。
愿因俎豆[4]通灵迹，嵩祝[5]同声佐圣皇[6]。

注 释

[1]岩峣陇水阳：岩峣，高峻、高耸；陇水，汧水。

[2]百合：指百合花。

[3]青汉：青天。汉指银河。此处用以指天。

[4]俎豆：俎为置肉的几，豆为盛干肉类食物的器皿，都是古代宴

客、朝聘和祭祀用的礼器。此处借指祭祀。

　　[5] 嵩祝：意如"嵩呼"。汉元封元年（前110）春，武帝登嵩山，吏卒听到三次高呼万岁的声音。后来，诗文中写祝颂帝王、高呼万岁皆称为"嵩呼"。

　　[6] 圣皇：指嘉靖皇帝。

简　议

诗篇写景穷极工巧，大擅胜场；尾联卒章抒怀，道出了祭山拜神的初衷。

李濂诗（一首）

　　李濂（1488—1566），字川父。明祥符（今河南开封）人。正德九年（1514）进士，授沔阳知州。后任宁波府同知、山西佥事，于嘉靖五年（1526）罢归。归乡后致力于学，居里中四十年，以古文名于时。他笔锋踔厉，于"七子"之外自成一格。著有《嵩渚集》一百卷，《观政集》一卷，并著有《李氏居室记》《祥符文献志》《祥符乡贤传》《汴京遗迹志》《医史》等。

陇头水

题　解

这是一首借乐府旧题而作的五言律诗，主要描写了陇山环境的严酷，诉说了征人们的酸辛。

　　　　陇坂郁崚嶒[1]，征人望五陵[2]。
　　　　哀湍[3]触石响，阴雾傍潭升。
　　　　马饮秦时浪[4]，狐听汉代冰[5]。
　　　　若非班定远[6]，于此泪难胜[7]。

注　释

　　[1] 郁崚嶒：郁，阻；崚嶒，高峻重叠。

　　[2] 五陵：指西汉五帝之陵，即高帝长陵、惠帝安陵、景帝阳陵、武帝茂陵、昭帝平陵。汉朝皇帝每立陵墓，都把四方富家豪族和外戚迁至陵墓附近居住。后世诗文中常以五陵为豪门贵族聚居之地。这里当指征人的

故乡或京城。

[3]哀湍：发出哀音而急流的水。这里指陇山之水。

[4]浪：代指水。

[5]狐听汉代冰：传说狐性多疑，故渡水辄听冰。后因以"听冰"指多虑，遇事慎重。此处借言陇水封冻年岁之久，以表陇山气候之寒。

[6]班定远：指东汉的班超。他于汉明帝永平十六年（73）率三十六人出使西域，使西域五十余国获得安宁。超在西域三十一年，官至西域都护，封定远侯。

[7]于此泪难胜：意思是说，如果不是当年的班超那样坚强的人，到了陇山就有流不尽的泪。胜，尽。

简　议

诗篇立意纯袭前人，好在文字精粹洗练，笔力苍劲遒健，其中颈联两句匠心独具，颇见沧桑之感。

薛蕙诗（三首）

薛蕙（1489—1541），字君采，号西原。明凤阳府亳州（今安徽亳州）人。年十二能诗。正德九年（1514）进士，授刑部主事。因谏武宗南巡而受杖夺俸，乃引疾归。后复起，先后任吏部主事、考功郎中、春坊司直兼翰林检讨。卒，追封太常少卿。著有《西原集》十卷，《五经杂录》及《大宁斋日录》五卷，另有《老子集解》《庄子注》《西原遗书》《约言》等。

陇头吟

题　解

此诗一作《陇坂吟》，为乐府体诗。诗篇描写了陇山道路的艰险难行，对历代"君王"的穷兵黩武给予严厉谴责，希望边郡备防边寇，不要让更多的征人流血牺牲。

沙漫漫，石簇簇，马仆[1]车摧陇山曲。

陇山日日行不前，夜夜还从陇间[2]宿。

关东[3]只说羊肠坂,那知陇坂[4]如山远。
陇坂逶迤距[5]西域,古来此地希人迹。
山川本自隔华戎[6],君王直欲吞夷狄[7]。
自从汉虏[8]互相仇,塞上风尘[9]无日休。
几群天马来荒外[10],百万征人戍陇头[11]。
堪嗟[12]百万征西卒,半作陇山山下骨。
谁为戎首祸斯人[13],后有汉武先嬴秦[14]。
秦家无策良可嗤[15],汉制匈奴空尔为[16]。
愿令边郡[17]谨备寇,不用中原[18]多出师。

注 释

[1]马仆:马向前倾跌。

[2]陇间:陇山间。

[3]关东:指函谷关或潼关以东广大地区。

[4]陇坂:陇山的山坡。坂,山坡、斜坡、山腰小道。

[5]距:通"拒"。

[6]隔华戎:将中国与西部少数民族分隔开来。华,指中国,中国古称华夏,省称华;戎,古代泛指中国西部少数民族。

[7]夷狄:在此指中原地区之外的少数民族政权。夷,是古代中原地区对异族的泛称,多用于东方民族;狄,是对北方地区少数民族的泛称。

[8]汉虏:中国和敌对的一方。虏,对敌方的蔑称。

[9]风尘:指战争的硝烟和风云。

[10]几群天马来荒外:谓从十分遥远的国度得到了几群骏马。天马,即骏马。《史记·大宛列传》谓"初……得乌孙马好,名曰天马。及得大宛汗血马,益壮,更名乌孙马曰西极,名大宛马曰天马云"。荒外,八荒之外,指荒远的西部地区的国家。

[11]戍陇头:戍守在陇山上。

[12]嗟:叹息。

[13]戎首祸斯人:戎首,战争的主谋和发动战争的人;斯人,这些人,指百万西征卒中牺牲的那些人。

[14]后有汉武先嬴秦:谓发动战争、祸害西征之卒的人先是秦始皇,

后是汉武帝。秦始皇和汉武帝曾大规模兴兵征伐匈奴等少数民族政权。

［15］良可嗤：实在可笑和愚笨。

［16］尔为：如此。

［17］边郡：边境的州郡。

［18］中原：这里指中国。

简 议

在长达两千余年的封建社会中，中国与西部和北方少数民族间的战争时有发生。作为边塞要地，陇山往往是双方鏖战的沙场，战死在山间的士兵何止万千。但诗人在此却将战争的责任一概推到"嬴秦"和"汉武"们身上，对其大加挞伐，这显然有失公允。因为在许多时候，战争并不是由中原王朝主动发起的。面对外来侵略，"嬴秦"和"汉武"们必须奋起反击以保家卫国。当然，诗中对牺牲者的同情和怜恤也得充分首肯。语言的流畅和节奏的明快，使诗篇读来朗朗上口。

陇　山

题 解

这首诗通过描写陇山自然条件的艰苦，渲染了征战陇山将士的艰辛。

陇之山兮在彼西北，子［1］之征兮防御中国。

陇上［2］之木鸟不肯息，陇下［3］之水鱼不肯食！

注 释

［1］子：指征战、戍守于陇山的中国将士。

［2］陇上：陇山之上。

［3］陇下：陇山之下。

简 议

鸟儿不肯息于陇上之木，鱼儿不愿食于陇下之水，陇山的自然条件无比恶劣。在如此险恶的环境中为国征战戍边，将士们的苦辛令人心悸。诗篇在对戍边将士表示同情和体恤的同时，也给予了真诚的颂扬和肯定，具有积极的思想意义。"兮"字的连续应用，不仅突出了作品的慨叹意味，也强化了诗篇的感情色彩。

陇头水

题 解

此诗借乐府旧题而作,抒发了征客翻越陇关西征的思乡之情。

陇关出塞路[1],征客离乡思。
忽闻呜咽水[2],共下潺湲泪!

注 释

[1]陇关出塞路:谓陇关是出征塞外的路。陇关,指筑于陇山中的安戎关和大震关,地在今陕西省陇县固关镇三桥村和陇山上的洪家滩。

[2]呜咽水:指陇山之水。

简 议

唯言"征客"之乡思而无他寄,思想性不能与《陇山》诗比。然"忽闻呜咽水,共下潺湲泪"两句因景言情,极具表现力。

谢少南诗(四首)

谢少南(1491—1560),字应午,一字与槐,明上元(今江苏南京)人。嘉靖十一年(1532)进士,历官陕西按察副使、提学使及河南布政司参政。以文才著名,著有《粤台稿》《河垣稿》及《谪台稿》等,另有诗歌若干。

游吴山二首

题 解

这两首诗当为作者任陕西提学副使时作,首篇描写了在山上所见的光景,彰显了吴山的尊崇;次篇专写吴山晴日的美胜和明丽。

一

群峰峻峭并娟娟[1],混沌初分[2]位置偏。
万里雄关盘玉垒[3],千秋元气奠金天[4]。
汧河[5]净练一苍影,华岳灵标双紫烟。
更荷君恩念西土[6],祠官禋祀[7]自年年。

注　释

[1]娟娟：明媚美好。

[2]混沌初分：谓天地开辟之时。

[3]万里雄关盘玉垒：《昭明文选》晋左太冲（思）《蜀都赋》中有"廓灵关以为门，包玉垒而为宇"之语，此句当是依其意而来。其中的"玉垒"为山名，在今四川省都江堰市西北；"灵关"为汉代零关县通往西南地区的要道，在今四川省芦山县境内。在这句诗中，雄关或指位于陇州州治以西五十公里的大震关，其关地处陇山之巅；玉垒当指位于陇州西北一带的陇山山脉。

[4]金天：西方之天。

[5]汧河：陇州境内主要河流，发源于甘肃省华亭县麻庵乡庙岭梁，东流入陇州，境内流长六十八点八公里。

[6]更荷君恩念西土：荷，承受；西土，指陕西地区。

[7]祠官禋祀：祠官，古代掌管祭祀、祠庙的官长；禋祀，泛指祭祀。

简　议

颔联和颈联言吴岳之雄胜气势肆放、出语豪壮，极具阳刚之美。但首句以"娟娟"状吴山之"群峰峻峭"，却有纤弱之嫌。

二

十日云阴忽放晴，芙蕖[1]矗矗向人明。
敢言吾有回天力，故识山留好客情。
丰草不惊闲卧鹿，长松如约旧啼莺。
秋风直驾凌高翮[2]，疑是寻源白帝城[3]。

注　释

[1]芙蕖：同"芙蓉"。这里代指吴山，因此山五峰并举，状如芙蓉。

[2]翮：鸟羽的茎，也指鸟儿的翅膀。此处意为飞。

[3]白帝城：西方之神白帝白招拒所居之城。

简　议

较之第一首，此诗缺乏气度和思想容量，文字也显逊色。

咏吴山

（读可泉胡中丞志序并吴岳诗，有怀。）

题 解

从诗序看，此诗为作者读胡中丞《吴山志》序及所写吴山诗后有感而作，主要讲述了吴山摩崖题刻之多，为不能与"仙吏"同游而遗憾。

灵山奇秀望秦州[1]，独上危峰览霁秋[2]。
洞藓时封前代简[3]，湫虹飞绕面山楼。
径中绣草吹香遍，石上雕文隐篆留。
仙吏[4]向来多述作，那叫此日不同游[5]？

注 释

[1]秦州：本为古州名。有二，一即今甘肃省天水市，一为今陕西省南郑县。在这里，则指今陕西关中一带。

[2]霁秋：天气晴朗的秋天。

[3]简：用于书写的竹简。这里指书籍。

[4]仙吏：县尉的别称。唐代称县尉为仙吏。这里指"述作"之人。

[5]那叫此日不同游：谓仙吏们怎么不和我今日同游吴山。

简 议

诗篇极赞吴山典籍和石刻之富，表达了诗人不能与赋诗题咏的仙吏们同游的遗憾。

晴岩飞雨

（丙午岁[1]与文谷孔大[2]游天台[3]，宿寒岩寺。悬岩洒溜，与此正同，有怀而作。）

题 解

此诗专咏吴山的"晴岩飞雨"，并对昔日和自己同赏天台山悬岩洒溜的孔大表示怀念。"晴岩飞雨"为吴山一大景观，清康熙五十二年（1713）问世的《陇州志》在《形胜》中说："晴岩飞雨，在灵应峰下，崖高千丈，飞流飘漾，瞻视若晴日飞雨然。"

晴岩飞雨昼濛濛，忆在天台共孔融[4]。
山故标奇仍我遇，人今欣赏欲谁同？

秋风袅带云疑白[5]，晓日涓珠[6]叶映红。

雁宕[7]灵湫应不异，望穷霞海渺霜浓。

注　释

[1]丙午岁：指嘉靖二十五年（1546）。

[2]文谷孔大：孔大，字文谷。

[3]天台：指天台山。

[4]孔融：与孔大其乐融融。融，融洽。

[5]秋风袅带云疑白：谓瀑布在秋风吹拂下飘摇如带，类似白云。疑，类比。

[6]涓珠：流珠，指山崖上流下来的水珠。

[7]雁宕：指雁宕山。有南、北二雁宕山，均在今浙江境内。

简　议

诗篇意在怀念故人而非赏景。看到吴山的"晴岩飞雨"景观，诗人不由得想起了和自己昔日同观天台山"悬岩洒溜"的友人孔大。

王邦瑞诗（一首）

王邦瑞（1495—1562），字维贤，号凤泉，明宜阳（今河南省宜阳县）人。正德十二年（1517）进士，授庶吉士。历官广德知州、南京吏部郎中、滨州知州、固原兵备副使、右佥都御史并巡抚宁夏。后改南京大理寺卿，官终吏部左侍郎。嘉靖间，曾任陕西提学佥事及参政。有《王襄毅公文集》二十卷。

望吴山

题　解

嘉靖二十二年（1543）五月二十七日，作者前往吴山观光，在去吴山途中写了这首诗。诗篇主要描绘了吴岳的神奇和峻伟，表达了即将登山的喜悦。

西陟[1]万山多险恶，东来瞻眺有吴山。

五峰秀出云霄上，二气[2]雄蟠宇宙间。

拟[3]见苍龙多变化，遥知彩凤欲飞还。

忽然细雨消尘霭，且喜山灵[4]共一攀。

注　释

[1]陟：登，上。

[2]二气：阴气和阳气。

[3]拟：类似。

[4]山灵：山神。

简　议

颔联写吴峰之佳胜境界宏邈，气象寥朗。颈联摹吴岳之神秀景象奇异，恍若梦境。

皇甫汸诗（一首）

皇甫汸（1498—1583），字子循，号百泉。明苏州长洲（今江苏苏州）人。嘉靖八年（1529）进士，任国子博士。后任南京吏部郎中。官终云南按察司佥事。能诗文，尤工书法。著有《百泉子绪论》和《解颐新语》《皇甫司勋集》，辑有《玉涵堂诗选》《忠义拾遗》《白洛原遗稿》，并有《长洲艺文志》二十四卷。

陇头水

题　解

这首诗借乐府旧题而作，诉说了交河使者到西域后的乡思。

陇坂去何[1]长，陇水复汤汤[2]。

咽处堪啼泪，流时更断肠！[3]

三秋[4]边草白，万里戍云[5]黄。

辛苦交河使[6]，西来忆故乡。

注　释

[1]何：多么地（长）。

[2]汤汤（shāng shāng）：水大而流急。

[3]咽处堪啼泪，流时更断肠：谓前往交河的使者途经陇山时听

到陇水的呜咽声,不由得痛苦地流泪;看到陇水的流淌,更加悲痛得断肠。

[4] 三秋:指农历九月。

[5] 戍云:戍守之地的云。

[6] 交河使:前往交河的使者。交河,古城名,在今新疆吐鲁番市西北的雅尔和屯,为西汉车师前国首府。《汉书·西域传》言"车师前国,王治交河城。河水分流绕城下,故号交河",汉元帝初元元年(前48)在此设戊己校尉,掌管屯田等事务。北魏至唐朝间,为地方政权高昌首府。唐贞观十四年(640),设交河县。

简 议

但凡以"陇头水"名篇的诗歌,什九都是痛说西行者的离情别绪,泣诉征夫的羁旅之苦,让人读来心摧气丧。这首诗也不外乎此,津津有味地咀嚼着前代诗人的牙慧,好在文字遒劲通脱。

张时彻诗(三首)

张时彻(1500—1577),字维静,号东沙,又号九一。明鄞县(今浙江鄞县)人。嘉靖二年(1523)进士。历官南曹郎、江西学政、临清兵备副使、福建右参政、云南按察使、山东右布政使、四川巡抚、兵部右侍郎、江西巡抚,官终南京兵部尚书。著有《宁波府志》《定海县志》《张司马集》《芝园定集》《东沙史论》《四明风雅》《明文苑》等。

陇头流水歌三叠

题 解

《陇头流水歌》为乐府《鼓角横吹曲》名。这三首诗借言陇山的崎岖和陇水的四散分流,抒发了行人的思乡之情。

一

陇水下陇头,东西南北流。
浮萍逐陇水[1],一去不复收!

注　释

〔1〕浮萍逐陇水：谓浮萍随着陇山之水四散而去。浮萍，喻行人。

简　议

诗篇以浮萍拟远行之人，说他随着陇水一去不返。此种写法新颖别致，于不经意中见匠心。

二

陇坂回九折，七日乃得越。[1]
如何下陇水，瞬息成诀绝。[2]

注　释

〔1〕陇坂回九折，七日乃得越：辛氏《三秦记》谓陇坂"其坂九回，上者七日乃越"，这两句由此而来。

〔2〕如何下陇水，瞬息成诀绝：意谓为什么从陇山上流下来的水，瞬间就相互分流而成了永诀。《三秦记》称陇山"山上有清水四注下"，这两句据此而得。

简　议

此诗紧承前诗之意，为行人与家人的永诀而叹息、而悲伤。

三

残月宝刀白[1]，微霜陇树黄。
笛中闻折柳[2]，那得不思乡。

注　释

〔1〕残月宝刀白：谓陇山上空的残月，如同宝刀一样的白。

〔2〕折柳：即《折杨柳》，是乐府诗题，多写对边塞征人的怀念之情。

简　议

残月孤悬，万木黄落，深秋之际的陇山萧瑟而凄凉。处在这样的环境里，行人之乡愁透彻肺腑。三首诗辞吐凝咽，气调悲凉，言质朴而意沉郁。

胡松诗（四首）

胡松（1503—1566），字汝茂（或言汝义），号柏泉。明南直隶滁州来安县（今安徽滁州来安）人。嘉靖八年（1529）进士。曾知东平州，任山西提学副使。后以赵文华荐，于嘉靖三十五年任陕西参政，分守平凉。三迁至江西左布政使。以右副都御史巡抚江西，进兵部右侍郎，官终南京兵部尚书。卒，赠太子少保，谥"恭肃"。嘉靖三十八年（1559）来陕巡视，为眉县张载祠撰写了碑文。著有《胡庄肃公文集》八卷及《滁州志》《唐宋元名表》等。

陟祀吴山四首

题 解

这四首诗为诗人于嘉靖三十八年（1559）巡视陕西祭祀吴山时作。四首诗集中描绘了吴山的秀美和雄风，表明了祭山的目的。

一

炎霄凤驾礼神皋[1]，西望群峰涌碧涛。

羽客[2]俄惊凌紫翠，金天[3]极目见纤毫。

岩空仿佛闻仙乐，地胜还应著我曹[4]。

秀拔久谙参华岳，崚嶒仍复拟嵩高[5]。

注 释

[1] 炎霄凤驾礼神皋：炎霄，炎热的天气；凤驾，早起驾车出行；神皋，神明所聚之地，神圣的土地，这里指吴山。

[2] 羽客：仙人，犹言"羽人"。在此，作者自比为羽客。

[3] 金天：指西岳华山。唐玄宗先天二年（713），封华山之神为"金天王"。

[4] 著我曹：著，标举、显露；我曹，我等、我们。

[5] 拟嵩高：类比于嵩山的高。

简 议

来吴山礼拜一次神灵，便以为"我曹"能名著胜地，这想法不免有些天真。

二

华山秀灵古今闻，方驾那知更此君[1]。

天外五峰疑欲堕，域中四镇俨平分[2]。

时平奕世无龙战[3]，野旷常年走鹿群[4]。

愧却迩来羁世网[5]，清斋[6]聊复洗尘氛。

注　释

[1]方驾那知更此君：方驾，两车并行；此君，指吴山。全句谓哪知与华山并驾齐驱的还有吴山。

[2]域中四镇俨平分：域中，国内、世间；四镇，指扬州的会稽山、青州的沂山、幽州的医无闾山和冀州的霍山；俨平分，俨然平分秋色。全句是说，西镇吴山与著名的天下其他四大镇山可以平分秋色。

[3]时平奕世无龙战：时平，时代太平；奕世，一代接一代；龙战，《周易·坤》谓"龙战于野，其血玄黄"，本指阴阳二气的交战，后因指群雄割据的战争。

[4]走鹿群：谓天下太平，鹿群不受惊扰而随地奔走。

[5]羁世网：被世间种种俗套（法律、礼教、风俗、俗务）所束缚。

[6]清斋：指吴山上的斋房。

简　议

吴山堪与险峻灵秀的华山抗衡，与闻名天下的其他四镇争雄。来此观光，可让紧绷的神经放松，让蒙垢的心镜复明。诗中颈联表面上是说国家统一、天下太平，实则是对吴山护国佑民之功的肯定。

三

天际芙蓉朵朵开，傍崖跨马踏云来。

即看峻极疑无路，转入幽深渐有阶[1]。

白帝崇舆横九土[2]，上清真气接三台[3]。

挥毫莫罄名岩胜[4]，惭谢西征作赋材[5]。

注　释

[1]阶：台阶。

[2]白帝崇舆横九土：白帝，古代神话中的五天帝之一，指西方之神，吴山地处西部，故言白帝；崇舆，高车；九土，九州之土，也指九州。

[3]上清真气接三台：上清，指道教天神中三位最高尊神中的元始天尊；三台，星名，谓上台、台下、下台，也称"三阶""泰阶"。

[4]挥毫莫罄名岩胜：罄指器中空，引申为尽。全句是说，自己挥笔

不能写尽吴山的胜美。

［5］惭谢西征作赋材：谢，不如；西征作赋材，晋人潘岳作有《西征赋》，其赋文采飞扬，为人称颂。全句是说，惭愧自己不如写出了《西征赋》的潘岳有文采。

简 议

吴山美得不可言喻，美得让诗人无法用笔墨来形容，他深感惭愧。

四

仙掌排空罨[1]画张，万山环合镇苍苍[2]。
龙湫飞瀑遥疑雨，凤管[3]穿云隐若凰。
西土[4]久知沾润泽，万方何以见平康？
我来不为闲登眺，百拜心期有瓣香。

注 释

［1］罨（yǎn）画：杂色的彩画。

［2］苍苍：指苍天。

［3］凤管：指凤笙，长四寸，十二簧，像凤之身，为正月之音。这里则指凤笙发出的声音。

［4］西土：西方之田土。指秦国故地陕西和汧陇一带的土地。

简 议

"西土"虽久沾吴山之"润泽"，而"万方"未必尽"见平康"。作者说他登山不是闲游，而是要为天下苍生大众祈福。能有此种兼济天下的情怀，诗人的胸襟也算宽广。

陈棐诗（一首）

陈棐（1505—1559），字汝忠，号文冈，明鄢陵（今河南鄢陵）人。嘉靖十四年（1535）进士，授礼科给事中。后任山西泽州知府和陕西观察使。擢右佥都御史，巡抚甘肃。于嘉靖三十一年（1552）先后两次至肃州，巡视河西关防武备。平生所作诗文甚多，其中《防边碑记》很具代表性。有《文冈集》二十卷。

登吴山

题　解

这首诗为诗人任职陕西期间来陇州登吴山时作,记述了在陇州城外远望吴山之所见和登山观光的全过程。

削立太华[1]峰,西来交太白[2]。
吴岳右拱峙,崆峒见三客[3]。
崆峒状敦庞[4],谦俯主人席[5]。
三山[6]势凌厉,高视耸崖帻[7]。
就中吴峰近,峒山更畴昔[8]。
余既览崆峒,岳镇[9]探灵迹。
远程三百里,近岭七十折。
晨出陇郡城[10],晡瞻望岳额[11]。
忽然转溪咎[12],崇云高崒嵂[13]。
少顷云顶消,露出插天石。
遂欲往登之,苍烟万里隔。
岳麓尚十里,岳馆[14]先一宿。
好携灵运来,预借登山屐。[15]
明发起盥沐,展谒岳镇祠。
阴廊诗砌石,阳牖篆罗碑。
既晨明禋礼[16],言[17]追登眺奇。
过溪西入峪,巡山路逶迤。
色彩各异状,万卉披崇崖[18]。
有时穿蒙密[19],日月景蔽亏[20]。
林边苍虎卧,黄蜂窠沿溪。
余来尔故阻,毋乃山灵痴[21]。
瞠目行不顾,石古路细欹[22]。
风御振衣亭[23],云弄洗手池。
飞泉洒岩雨,满目凉如丝。
更蹑危磴[24]上,上至灵湫湄[25]。
五峰在霄汉,莲峰三两枝[26]。

倏如五星化[27]，五老立舒迟[28]。

欲向五老语，霞光来徘徊。

□□不能去，怅望已多时。

注　释

[1] 太华：指华山。华山又称太华山，以别于少华山。

[2] 太白：指今宝鸡市境内的太白山。

[3] 崆峒见三客：崆峒，指坐落在今甘肃省平凉市的崆峒山；三客，指太华山、吴山、太白山三座大山。

[4] 敦庞：厚大。

[5] 谦俯主人席：俯，屈身。全句谓崆峒山虽然厚实高大，但在吴山面前只能谦恭屈身，让出主人的席位。

[6] 三山：指太白山、吴山和太华山。

[7] 崖帻（zé）：崖巅。

[8] 峒山更畴昔：峒山，指崆峒山；畴昔，往日。全句是说，崆峒山的辉煌业已过时了。

[9] 岳镇：指西镇吴山。

[10] 陇郡城：陇州城。

[11] 晡瞻望岳额：晡，申时，即下午三点至五点；岳额，吴山的额头，即峰头。全句是说，（我）清晨从陇州城出发去吴山，到下午才来到山下遥望吴山的山头。

[12] 溪皋（gāo）：溪流的岸。皋，通"皋"，岸，水边地。

[13] 崇云高岝㠊（zuó é）：崇云，高处的云雾；岝㠊，山石不齐。

[14] 岳馆：指吴山上的客舍或庙观。

[15] 好携灵运来，预借登山屐：灵运，指南朝宋著名诗人谢灵运，其人喜游名山胜水，诗作以咏山水者居多；登山屐，即"谢公屐"，谢灵运登山常穿有齿的木屐，上山前去掉前齿，下山则去掉后齿，以求舒适。

[16] 明禋礼：在岳镇祠中行祭祀之礼。

[17] 言：语气助词，无义。

[18] 万卉披崇崖：无数青草挂在高崖上。卉，草。

[19] 蒙密：厚实茂密的草木。

〔20〕日月景蔽亏：太阳和月亮的影子被遮蔽或缺失。景，"影"的本字，读作"yǐng"，在此义同"影"。

〔21〕毋乃山灵痴：莫不是吴山之神太痴傻（让苍虎和黄蜂来阻挡我的行进）。毋乃，疑问词，义如"岂不"；山灵，山神。

〔22〕细欹（qī）：细而倾斜。欹，斜。

〔23〕振衣亭：在吴山一天门下。

〔24〕危磴：危陡的石阶。

〔25〕上至灵湫湄：灵湫，指西镇灵湫，在吴山灵应峰下，广丈余，祈雨常应。湄，岸边。

〔26〕莲峰三两枝：谓吴山五峰隐入霄汉中，在云彩的遮掩下，只能看到三两座。

〔27〕倐如五星化：（吴山五峰）忽然像五星幻化而来。五星，指金、木、水、火、土五大行星，也作"五曜""五纬"。

〔28〕五老立舒迟：五老，神话传说中的五星（金、木、水、火、土）之精；舒迟，神态安详。

简 议

此诗长达二十九联五十八句，堪称宏构。诗篇首先将华山、太白山、崆峒山和吴山一并推出，特意突出吴岳之奇伟，趁势引出登山之行；其次记述由陇州城出发攀登吴岳之情形，极尽铺采摛文之能，将一路所见光景及诗人之行藏逐一形诸笔端；结末言吴山五峰若五星幻化而来，自己欲与五星之精相会而不得，乃至怅恨不已。诗作运思顺达，描写充畅，趣味饶多，但因铺陈过甚而稍嫌繁缛。

卢楠诗（三首）

卢楠（1507—1560），字少楩，一字子木。明文学家。浚县（今属河南）人。国子监生。恃才傲物，因忤县令，被诬论死，幸有谢榛为之鸣冤，始得平反。冯梦龙所著《警世通言》中有《卢太学诗酒傲公侯》一篇，即演绎卢楠其人其事。著有《蠛蠓集》五卷。

寄高贞庵明府[1]二首

题 解

这两首诗借言陇山之不可攀，表达了对高贞庵明府的深切怀念。高贞庵其人不可考。

一

陇水鸣幽咽[2]，陇山不可攀。
何缘[3]牵梦到，夜夜绕秦关[4]。

注 释

[1]明府：汉代对郡守之尊称。唐以后则多用以称县令。

[2]陇水鸣幽咽：北朝乐府诗《陇头歌辞》之三中有"陇头流水，鸣声幽咽"句。这句即缘此而来。

[3]何缘：因何。

[4]秦关：指筑于陇山的安戎关和大震关。

简 议

诗人对挚友高贞庵思念甚切，几至魂牵梦绕，却因"陇山不可攀"而不能与之相晤，于是"幽咽"不已。感情的深沉执着，使诗篇有着很强的感染力。

二

陇坻[1]千万里，怅望使人迷。
愿作青鹦鹉，能言向陇西[2]。

注 释

[1]陇坻：陇山。

[2]能言向陇西：谓愿意化作能言善语的鹦鹉，飞过陇山西去和友人会面。

简 议

此诗情感充沛，想象神奇，意蕴醇备，不失为怀人诗中的精品力作。

陇水曲

题 解

"陇水曲"是有关陇水的曲词，义同《陇头曲》。卢氏的这首《陇水曲》以极凄婉的笔调，表达了思妇对出征丈夫的殷切思念。

陇山当面[1]起，陇水向西流。
中含妾堕泪，几月到凉州[2]？

注 释

［1］当面：对面，迎面。

［2］凉州：有二，一为州名，西汉改周之雍州置，辖境相当于今甘肃、宁夏和青海的湟水流域及内蒙古纳林河、穆林河流域，为汉武帝十三刺史部之一，治所东汉时在陇县（今甘肃张家川回族自治县），三国时移治今甘肃武威市；二为卫府名，宋代以凉州的武威郡为西凉府，元为西凉州，明初改为凉州卫，清雍正初改为凉州府，治所在今甘肃武威市凉州区。在这里，以之借指夫君的征战之地。

简 议

诗中"中含妾堕泪，几月到凉州"两句极具分量，使人不难体会出妻子对远征丈夫的极端思念。

于玭诗（一首）

于玭（1507—1562），字子珍，号册川。明东阿（今山东东阿）人，于慎行之父。嘉靖七年（1528）举人；二十年谒选，历官许州、静宁州知州和平凉府同知；三十一年辞官归里。有文名，著《于氏家藏诗略》六卷。

陇上行

题 解

诗题中的"行"，是古诗的一种体裁，如长歌行、兵车行等。这首诗着力反映了陇山道路的艰险和行进之难，表达了作者思念故乡的情愫，并寄望于"王道平"而"骋驾步康庄"。任职静宁和平凉期间，诗人屡次行经陇山，对山中道路等情况知之甚详，故诗中所言皆为真景实况，所发感慨出自内心。

陇山[1]不可上，道路阻[2]且长。

俯身百尺溪，仰陟[3]千仞岗。
雨雪惨我肌，烈风吹我裳。
群鸟鸣深枝，狐狸满路傍。
车轮蹶且摧[4]，我马元以黄[5]。
洪河流寒冰，白日黯无光。
对此一长叹，客心多所伤。
愿飞既无翼，欲济亦无梁[6]。
中途正徘徊，环顾思旧乡。
旧乡日以远，尺素久茫茫[7]。
丈夫[8]固多忧，所志在四方。
何日王道平[9]，骈驾步康庄[10]。

注 释

[1]陇山：古称陇坂、陇坻。在今陕西省陇县西南部，延伸于陕甘边境，山势险峻，为渭河平原与陇西高原的分界。

[2]阻：艰难。

[3]陟：登，上。

[4]蹶且摧：蹶，倒、颠仆；且，将要；摧，毁坏。

[5]元以黄：即"玄黄"，谓马患了病。元，同"玄"，《诗经·周南·卷耳》谓"陟彼高冈，我马玄黄"，《尔雅·释诂》言"玄黄……病也"。

[6]梁：桥。

[7]尺素久茫茫：谓很久没有见到家书。尺素，古人写文章或书信，常用长一尺左右的素（绢帛），因称尺素，这里指家书（信）。

[8]丈夫：这里指豪杰大丈夫。

[9]王道平：谓政治安定，社会清明。王道，王者所行之正道，这里谓王者以正道治理天下。

[10]康庄：四通八达的大道。《尔雅·释宫》谓"五达谓之康，六达谓之庄"。

简 议

诗篇首言"陇山不可上"，喻世道的坎坷不平；次言陇山何以不可上，所举缘由令人心生畏惧，尤其是"狐狸满路傍"一句，曲折地反映了奸人弄权当道的社会现实；再言客心之伤和故园之思，实为对污浊社会现实的悲叹和对清明社会的向往；而"何日王道平"则意味着目前"王道"的不"平"，对当朝帝王深含讽喻。诗中的"丈夫"当为作者自喻，他为世道的险阻而怀忧，寄望皇帝以正道治国而让天下太平，使人人都能行进于康庄大道之上。诗作托物寓情、兴寄深微，这在歌咏陇山的篇什中是少有的；而立意的高远和思想境界的高卓，也很值得称道。

高岱诗（一首）

高岱（1508—1564），字伯宗，号鹿坡居士。明京山（今属湖北）人。嘉靖二十九年（1550）进士。曾官刑部郎中，出为景王府长史。工诗。著有《鸿猷录》《西曹诗集》《楚汉余谈》《居郧稿》《樵论》等。

咏鹦鹉

题 解

这是一首咏物诗，主写笼中鹦鹉有家而不得归和不能任意高飞的悲苦。

> 一入深笼损翠衣[1]，陇云秦树[2]事全非。
> 月明万里归心切，花落千山旧侣[3]稀。
> 栖傍玉楼春昼永[4]，梦回金锁曙光微[5]。
> 翩翩海燕群相趁，帘幕风高得意飞。

注 释

[1]翠衣：指鹦鹉华丽的羽毛。

[2]陇云秦树：指鹦鹉的故乡陇山。

[3]旧侣：鹦鹉昔日在陇山时的伴侣。

[4]春昼永：春昼，春季的白天；永，长。

[5]梦回金锁曙光微：谓到了夜间，鹦鹉在挂着金锁的鸟笼里待到曙光初显。

简 议

举凡写鹦鹉者，大多为其被困笼中不得自由而叫屈。此诗也拾他人涕唾，并无什么新意。但文字珠圆玉润，表意通达流便，是以也有可取之处。

赵贞吉诗（一首）

赵贞吉（1508—1576），字孟静，号大洲。明代四川内江桐梓坝（今四川内江）人，著名学者。嘉靖十四年（1535）进士，授翰林编修，迁国子司业。嘉靖三十七年（1558），任徽州通判。后累迁南京吏部主事、光禄寺少卿及右通政。嘉靖三十九年（1560），升任南京户部右侍郎。隆庆三年（1569），以礼部尚书兼文渊阁大学士；四年，加太子太保、荣禄大夫衔。卒，谥"文肃"。工诗文，与杨慎、任翰、熊过并称"蜀中四大家"。著有《赵文肃公文集》《赵太史诗钞》等。其诗学陶潜、李白、白居易，有真情而无矫饰，有个性而不蹈袭，放纵自如、一泻千里。清人钱谦益在《列朝诗集小传·赵宫保贞吉》中说："公为诗骏发，突兀自放，一洗台阁婵媛铺陈之习。"而许孚远在《赵文肃先生文集序》中称其"诗格韵大似李白，其得诸无意，信口拈成，又绝类寒山拾得语"。

宿关山

题 解

诗题中的"关山"，指陇州的陇山。明嘉靖二十年（1541），西北边地不宁，诗人以副使身份随隆平侯张伟去兰州，行持节册封事。这首诗为赴兰州途中夜宿陇山所作，主要述说了夜宿关山的见闻和乡思。

陇云低合水分流，羌笛高吹月满楼[1]。
乍客关山生远梦[2]，自怜旄节到边州[3]。
雪消长坂[4]黄昏度，水浸幽汀绿草抽[5]。
闻说此方泉作酒，宁将驻马劝筐篌[6]。

注 释

[1] 楼：指关山大震关或安戎关的关楼。

[2] 远梦：思乡之梦。

[3] 旌节到边州：旌节，古代使者所持之节，为信守的象征；边州，边塞地区的州郡。

[4] 长坂：长坡。

[5] 水浸幽汀绿草抽：幽汀，昏暗而沉寂的水中小洲；抽，植物发芽。

[6] 宁将驻马劝箜篌：谓愿意在关山上停下车马尽情弹奏箜篌。驻，车马停住、停留；劝，勉励。

简 议

时至初春，陇州关山冰消雪融、芳草萌发、万象峥嵘，诗人情荡心逸、兴高采烈。诗中"闻说此方泉作酒"句别树新帜，让陇水不作"呜咽"的悲鸣，改变了血污不堪的形象，显得清醇而可爱。

赵时春诗（二首）

赵时春（1509—1568），字景仁，号浚谷。明平凉（今甘肃平凉）人。嘉靖元年（1522）参加陕西乡试中举；五年擢进士第一，选庶吉士。后任兵部主事，因言事切直，被黜为民。久之，授翰林编修，又以言事被黜。后擢御史，巡抚山西，提督雁门三关。其人博文强识，文章豪肆，与唐顺之、王慎中齐名。有《赵浚谷集》十六卷，另有《平凉府志》《惠民渠记》《复古南门记》《朝那庙碑记》等。

陇山七月雪二首

题 解

明嘉靖三十二年（1553），诗人巡抚山西。同年9月，鞑靼进攻山西，他率军在神池、利民诸堡抗敌功著，却被朝廷以"忠勇可嘉，而沉着不足"为由解官，令回乡听调。次年七月十日，他离京返回故乡平凉。这两首诗为其返平凉途经陇山时作，在内容上互相连属，第一首极力突出陇山环境的险恶和山上戍卒的辛苦,第二首对戍卒给予慰勉。

一

层峰薄天阴[1],陇树郁[2]萧森。

密雨团轻霰[3],秋光不作霖[4]。

葱茏回日月,泱漭变嶔岑[5]。

可念关山戍[6],凄凉苦不禁!

注 释

[1]层峦薄天阴:薄,接近;天阴,星名,属于西方七宿之昴星。全句是说,陇山层峰高耸而接近天阴星。

[2]郁:树木丛生。

[3]团轻霰:团,聚积;霰,雪珠。

[4]秋光不作霖:(陇山上)有秋天的日光照耀而天不降雨。

[5]泱漭变嶔岑:泱漭,广大;嶔岑,高峻的山峰。全句谓陇山森林面积广大,随着地势层层而上,化作高大的山峰。

[6]关山戍:关山,此处专指陇山;戍,戍守的士兵。

简 议

诗篇先言陇山环境之凶险,次为戍卒生活之艰苦而心伤;尾联言峻切而情意深,极富人性关怀理念。

二

肠断鸣咽水[1],情深荡漾花[2]。

登楼空见月,绝域只看霞。[3]

冷逼香闺梦[4],寒通胡苑沙。

安边[5]自有术,壮丁莫长嗟[6]。

注 释

[1]肠断鸣咽水:北朝乐府民歌《陇头歌辞》之三谓"陇头流水,鸣声幽咽。遥望秦川,心肝断绝"。此处化用其意,借以表达戍守陇山战士的乡思之切。

[2]情深荡漾花:宋欧阳修《欧阳文忠公集》五十六《初春》诗谓"风丝飞荡漾,林鸟哶交加",其中的"荡漾"意如"随风摆动"。这里的"荡漾"意同。此句是说,戍卒思念故乡和香闺人之情很深,其心绪就

像随风摆动的花儿不能安定。

〔3〕登楼空见月，绝域只看霞：绝域，指陇山。这两句是说，戍卒思念故乡和闺中人而不得见，只能徒然地登楼见到月亮，在早晚观看霞光。

〔4〕冷逼香闺梦：谓"壮丁"感受到寒冷，不由得想在梦中见到香闺中的妻子。

〔5〕安边：安定边疆。

〔6〕嗟：叹息。

简 议

颔联将戍卒思亲而不得见的落寞和怏怏刻画得惟妙惟肖，其中"空见月"和"只看霞"六字极为传神，令读者对戍卒的无奈和酸楚体会良深。就立意而论，两首诗在不同程度上沿袭了前人咏陇山诗的旧路，但第二首的结尾两句尚有些许亮点。

王慎中诗（二首）

王慎中（1509—1559），字道思，号遵岩居士，又号南江。明福建晋江（今福建泉州市鲤城区）人。嘉靖五年（1526）进士，官至河南参政。以忤夏言落职。自中年废弃后，致力于古文，反对李梦阳、何景明等前七子复古主张，推许唐宋散文，卓然自成一家。与唐顺之齐名，人称王唐。著有《遵岩先生文集》二十四卷。

陇头水（一）

题 解

这首诗借乐府旧题而作，主言从军者的乡思。

奋衿结束事从行[1]，只为边功[2]轻故乡。
行到陇头听陇水[3]，一声呜咽一回肠[4]。

注 释

〔1〕奋衿结束事从行：振起衣襟，整理行装跟随军队出征。奋衿，振起衣襟，衿同"襟"；结束，整理行装。

〔2〕边功：在边疆征战立功。

[3]听陇水：听到陇水的鸣咽声。

[4]一声鸣咽一回肠：每当听到陇水的鸣咽声，就因思乡而悲痛得荡气回肠。

简 议

某人始而踊跃从军，终而思乡情切。就立意而言，诗篇因循前人旧贯，而且精神状态低迷，根本无须称道。

陇头水（二）

题 解

诗篇主要书写了丈夫前往陇山征战后，家中妻子对他的无尽思念。

鸣声[1]如刃伤人耳，寒色似冰鉴马毛。

此日佳人垂泪忆，不知身[2]在陇山高。

注 释

[1]鸣声：指陇头水流淌的声音。

[2]身：指佳人丈夫之身。

简 议

和前朝诗人一样，王氏在此又借陇山的酷寒和陇水的鸣咽来泣诉夫妻的别离之伤，实在无趣得很。

刘泾诗（一首）

刘泾（1510—1576），字叔清，号次山，明怀庆卫（今河南沁阳）人。嘉靖二十六年（1547）进士。授御史。嘉靖中，任凤翔知府。后任登州知府，官至山西按察司副使。为官公正廉明、崇尚正气，其事迹见于《河内县志》《重修凤翔府志》及《登州府志》。著有《按察箴》《晋阳集》《理学四先生言行录》。

望吴山次邹公[1]韵

题 解

此诗为和邹守愚《夜宿吴山》诗第一首原韵之作，时在嘉靖三十五年（1556）二月至四月间。当时作者并未登上吴山，故诗中所言均为从远处看到吴山的情形。诗篇在结尾处表明了攀登吴岳"访仙"的愿望。

吴山晴望色愈浓，峻岭层峦叠万重。
横野铺开一图画，碧空突出五芙蓉。
雾消适见归玄豹[2]，云绕虚疑起白龙[3]。
我欲登临苦奔走[4]，何时乘兴访仙踪！

注 释

[1] 邹公：指时任户部侍郎邹守愚。

[2] 雾消适见归玄豹：玄豹，黑豹。全句是说，大雾消散后，苍黑色的吴山显露出腾飞的气势，仿佛跳跃飞奔的黑豹。

[3] 云绕虚疑起白龙：虚疑，想象怀疑。全句是说，白云盘绕飘浮在吴山上，好像是盘旋起伏的白龙。

[4] 苦奔走：苦于辛苦奔波。

简 议

比之于邹氏原作，刘的这首和诗缺乏思想性，但以"玄豹""白龙"比拟山姿云态，却也奇而多趣。

裴绅诗（三首）

裴绅（1513—1567），字子书，号右山。明蒲州（今山西永济）人。嘉靖十七年（1538）进士，授行人。擢御史。嘉靖间曾任陕西按察使。嘉靖四十年（1561），以右佥都御史巡抚陕西。

代祭吴山值宿雨新晴喜而有作

题 解

明世宗嘉靖四十年（1561）八月，诗人巡抚陕西时，奉帝命前往祭祀吴山。这首诗为其祭山时作，讲述了祭山的状况，着力突出了世宗皇帝的"帝德"。

赫赫金方镇[1]，峨峨白帝宫[2]。
礼文宣上命[3]，诚敬竭愚衷[4]。

龙起山常润，时和岁自丰。

万方歌帝德，三祝效华封[5]。

注　释

[1]金方镇：西方的镇山，即吴山。金方，西方。

[2]峨峨白帝宫：峨峨，仪容端庄盛美；白帝宫，白帝为五天帝之一，《周礼·天官·大宰》谓"祀五帝"，《孔疏》称"五帝者……西方白帝白招拒"。在此，作者以"白帝宫"代指吴岳庙，因白帝为西方之帝而吴山又位在西方，故以"白帝宫"美喻吴岳庙。

[3]上命：指明世宗的诏令。上，在上者，指君主。

[4]愚衷：诗人自己的衷心、衷诚。

[5]效华封：效仿对华山的封典。

简　议

看似在言祭山，实则大颂帝德。

同李大参莲湖登吴山绝顶二首

（祭毕，同李大参莲湖[1]登吴山绝顶。）

题　解

这两首诗是祭完吴山后登上山顶观光时所作，主要描写了在峰巅与道士共坐交谈的情形，表现了作者的逸兴和潇洒。

一

喜遇丹丘子[2]，相将白玉台[3]。

五峰特地出，千嶂倚云开。

灵窦晴飞雨，激流昼转雪。

洗心聊共坐，何异访天台[4]！

注　释

[1]李大参莲湖：李大参当指时任陕西布政司参政或参议的李姓之人，莲湖是此人的名字。

[2]丹丘子：丹丘为神话中神仙所居之地，此地昼夜长明。在这里，"丹丘子"指在吴山之巅修真的道士。

[3]相将白玉台：相将，（与道士）相伴或相随；白玉台，传说是天

帝所居之地，后用为咏仙境之典。全句谓和道士相随来到白玉台上。

［4］天台：指天台山，在今浙江天台县北。相传汉永平年间，浙江郯县人刘阮到天台山采药，遇到了两个仙女，且被她们请到家中。

简 议

作为律诗，连用两个"台"字已是犯律，而皆用作韵脚更见荒唐。

二

不禁登山兴，还须到上头。

锦封苔藓石[1]，崖挂纷纶钩[2]。

树杪倚危磴[3]，岚光射翠楼。

况逢风雨霁[4]，潇洒正凝眸。

注 释

［1］锦封苔藓石：山石上覆盖着杂色的苔藓，像被锦绣封住了。

［2］崖挂纷纶钩：山崖上垂挂着杂乱而众多的藤蔓。

［3］树杪倚危磴：树杪，树梢；磴，石头台阶。

［4］风雨霁：风吹雨过而天晴。

简 议

由于心情大好、兴致颇高，诗人眼中的吴山气象万千、好景纷来。诗篇状物写景妙语迭出，形象鲜明，值得称道。

冯惟讷诗（一首）

冯惟讷（1513—1572），字汝言，号少洲。明临朐（今山东临朐）人。嘉靖十七年（1538）进士。初任宜兴知县。后任陕西按察司佥事，于嘉靖四十五年（1566）升任陕西右布政使。隆庆五年（1571），进光禄寺卿，致仕。长于文学研究和古籍整理，辑有《古诗纪》一百五十六卷，《风雅广逸》八卷。著有《青州府志》八卷，《光禄集》十卷。

陇州阎氏水亭延柏泉小集

题 解

此诗见于清陈田所编的《明诗纪事》，为作者任陕西右布政使期间

（1566-1571）来陇州观览阎仲宇家族所建的岍山书院时作。诗篇在标榜书院水亭延柏泉风光之美的同时，表现了一行人在亭上酣饮的雅兴。

习家台榭枕沧浪[1]，飞盖西园共举觞[2]。
一径花香含宿雨[3]，千林树影带斜阳[4]。
莫辞酩酊留山简[5]，自喜追随有葛强[6]。
明发征轺[7]各回首，蒹葭秋色正苍苍[8]。

注　释

［1］习家台榭枕沧浪：谓阎家书院中的水亭建在清澈的水池上。习家，即习家池，又名高阳池，故址在今湖北襄阳市城区，汉侍中习郁于襄阳岘山南修建鱼池，池边有高堤，他便在堤上种竹及长楸，池中植芙蓉等花，风景甚是优美。在此，诗人以阎家园林比美习家池。沧浪，指青苍色的水。

［2］飞盖西园共举觞：谓诗人和朋友们驰车来到陇州阎家的书院（水亭）里举杯饮酒。盖，车盖，代指所乘的车子。

［3］宿雨：昨天夜间所下的雨。

［4］带斜阳：点明了聚饮的具体时间。

［5］酩酊留山简：酩酊，大醉。山简（253-312），晋河内怀县人，字季伦，永嘉三年（309）出任征南将军，守襄阳；好酒，荆州豪族习家有园池，简常出游，多往池上，每大醉而归；儿童为之歌称"山公出何许，往至高阳池。日夕倒载归，酩酊无所知"。

［6］葛强：为与诗人同饮者。

［7］征轺（yáo）：征，远行，这里指离开阎家西园返回；轺，小车、使车。

［8］蒹葭秋色正苍苍：表明了在陇州阎家园林观景饮酒的季节。

简　议

在明代，阎仲宇家族是陇州的名门望族。族中人才摩肩、仕宦者接踵，所建岍山书院规模也很宏大。时至今日，陇县人对阎氏一族的人物和事功如数家珍，而对其书院风光之好却不知底里。通过品读这首诗，人们对昔日的阎家书院风景可窥见一斑。诗中首联推许阎家园囿之美，对其表示欣慕；颔联具体描摹园中花木之娇艳，极尽铺陈；尾联在平和的叙事中,夹带着不可名状的留恋与离殇。而相关典故的陆续运用,又为阎家园林赋予了习家池式的古典美。

陈其学诗(一首)

陈其学(1513—1593),字宗孟,号竹庵。明登州蓬莱(今属山东)人。嘉靖二十三年(1544)进士,授行人。二十六年选湖广道监察御史。二十七年巡按两淮盐法。二十九年任陕西按察司佥事及榆林参议、肃州兵备副使。四十年七月由山西按察使迁右佥都御史,巡抚大同。四十二年五月升任右副都御史,巡抚陕西。四十四年四月升户部右侍郎,总督南京粮储。四十五年四月改兵部左侍郎,总督陕西三边军务。隆庆间任宣大总督,先后擒敌九百余人、招降二千三百余人;修墩台二千四百余座,修缮濠墙八十四里余。隆庆四年(1570)被诏入京,协理京营戎政,旋升南京刑部尚书。隆庆五年八月初三致仕。

祀吴山

题 解

在清康熙五十二年(1713)成书的《陇州志》中,此诗署名为"明三边总督陈其学"。故诗的写作时间当在嘉靖四十五年(1566)作者总督陕西三边军务期间,其下限应在隆庆四年(1570)。诗篇为作者祭祀吴山时作,状摹了吴山的壮观和绮丽,谓山神的灵应是朝廷祭祀礼数崇隆所致。

> 吴岳岩峣一径通,壮观谁拟薄崆峒[1]?
> 奇峰隐隐青天外,古殿深深碧树中。
> 凤去石巢[2]团玉露,龙蟠湫水起金风[3]。
> 怪来奠祝多昭应[4],自是清朝[5]礼数崇。

注 释

[1]薄崆峒:接近崆峒山。

[2]凤去石巢:清康熙五十二年成书的《陇州志》在《形胜》中称吴山"凤凰石巢在山顶上,人迹难到,古志有凤凰巢焉"。

[3]金风：本指秋风，在此则是对风的美称，以与"玉露"相对。

[4]昭应：明显地应验。

[5]清朝：清明的朝廷。这里特指嘉靖一朝。

简 议

状物写景灵动多姿，遣词造句工丽雅尚。

王崇古诗（一首）

王崇古（1515—1588），字学甫，号鉴川。明山西蒲州（今山西永济）人。嘉靖二十年（1541）进士，初知安庆、汝宁府。后任刑部主事、陕西按察使、河南布政使及常镇兵备副使。嘉靖三十四年（1555）升右佥都御史并巡抚宁夏，总督陕西、延宁、甘肃军务。万历三年（1575）九月，任刑部尚书；五年任兵部尚书。卒，赠太保，谥"襄毅"。著有《王襄毅公奏议》十五卷，《公余漫稿》五卷，《王鉴川文集》四卷，《王督抚集》一卷。他先后在陕七年，文治武功颇著。

吴山谣

（应裴中丞[1]登祀吴山赋寄阅，期续吴山谣。）

题 解

此诗作于诗人总督陕西期间。从自序看，裴中丞在登吴山祭祀时写有一首诗，并寄给王氏赏阅。后来王登吴山观景时，乃作此诗以应之。诗中对吴山的壮美景色作了详细描绘，表达了及时寻乐的意思。

中丞肃祀吴山阴，寄我吴山窈窕吟[2]。

寤寐岩峣一仰止[3]，为探幽奇寄玄心[4]。

努力登临岁月暮[5]，苍翠欲歇迥烟雾。

梧桐枝老巢凤归，蛟龙深蛰灵湫沍[6]。

凌风思上镇西巅[7]，西望瑶池东沧溟[8]。

万点蜀山罗儿孙[9]，三峰华岳峙列鼎。

香炉五老空绝奇[10]，五峰十二共巍嶷[11]。

大贤[12]云际拥莲瓣，会仙松老憩安期[13]。

猿啼虎啸[14]哪堪闻，寒飚[15]忽动暮霭曛。

前溪后溪拖素练，千山万山封白云。

浩歌归来夜正寂，仙籁忽开调玉笛。

梦里烟雾迷去踪，寤惊鸾鹤声寥厉[16]。

人生寻乐会有时，少壮豪游惬所思。

莫待衰迟共岁晏[17]，辜负芳春春山[18]姿。

注　释

[1]裴中丞：其人不可考。中丞为官名。明初设都察院，其中之副都御史职位相当于御史中丞，故这里的"中丞"指副都御史。

[2]窈窕吟：窈窕，美好。窈窕吟，指裴中丞寄给诗人的诗作。

[3]寤寐岩峣一仰止：谓对高大峻美的吴山，我无论醒着睡着都很向往。寤寐，醒时和睡时；岩峣，指高峻雄伟的吴山；一，全，都；仰止，仰望、向往。

[4]玄心：远心。

[5]岁月暮：同"岁暮"，谓一年将尽时，是诗人登山的时令。

[6]冱（hù）：冰结。又作"hú"，谓水漫溢。

[7]镇西巅：吴山镇西峰之顶。

[8]东沧溟：即东洋大海。沧溟，大海。

[9]万点蜀山罗儿孙：谓千星万点的小小蜀山，就像儿孙一样罗列在高大的吴山之南。

[10]香炉五老空绝奇：指香炉山的五座山峰。香炉山在今江西九江市南，为庐山之西北部。其山五峰突起，状如香炉，下有瀑布。在此，则指吴山五大峰。空，尽。

[11]五峰十二共巍巍：谓吴山的五大峰、十二小峰都高耸峻峭。吴山共有大小山峰十七座。

[12]大贤：指吴山大贤峰。

[13]会仙松老憩安期：会仙，指吴山会仙峰；安期，指安期生，是先秦时代的方士。《史记·封禅书》谓汉武帝听了方士李少君的说辞，即让人入海求蓬莱仙人安期生等。后世关于他的传说更多，每以其为道家仙人名。

[14]猿啼虎啸：指风吹林木发出的声音。吴山不产猿与虎。

［15］飚：回旋而上的暴风，也泛指风。

［16］寥厉：声音凄清而高亢。

［17］衰迟共岁晏：衰迟，衰老迟暮；岁晏，年晚，这里指人生的晚年。

［18］芳春春山：芳春，犹言"芳年"，指美好的年华，即青少年时期；春山，谓春日之山容，其色如黛。

简　议

诗人对吴山十分崇拜，无比景仰。他笔下的吴山高大雄奇、风光绮丽，不仅有高翔的凤凰、深潜的蛟龙，还有清澈的溪流、多彩的烟雾和动听的仙乐，就连崔嵬的蜀山都不能与之媲美。由于对吴岳的理想化审美，他竟然萌生了人生苦短，及早游山寻乐的意念。平心而论，诗篇状写景物恣肆壮浪、绚丽多彩，可惜缺乏思想张力。

欧大任诗（一首）

欧大任（1516—1595），字桢伯，号仑山。明顺德（今广东顺德）人，他博涉经史，工古文诗赋。先后任江都训导、光州学正、邵武教授，又于万历三年（1575）升任国子监助教，终官大理寺左评事。因曾任南京工部虞衡郎中，人称"欧虞衡"。平生著述甚丰，主要有《百越先贤志》《广陵十先生传》《思玄堂集》等十五部。

吴驾部公择斋中听李生歌得声花二韵其一

题　解

诗人在任职驾部的吴择斋中听到陇西李某的歌唱，因作此诗赞其歌声之美。

二十年前李节筝[1]，吴郎今有陇西生[2]。

陇山鹦鹉陇头水，散作歌喉窈窕声[3]。

注　释

［1］李节筝：善于拍击节和弹筝的李某。节是一种古乐器，以竹编成，上合下开，像箕，拍之发声，起表示拍子的作用。

［2］陇西生：家在陇西的年轻人。陇西一指陇西郡，战国时秦昭襄王二十七年（前280）置，治所在今甘肃临洮南，西汉时辖境相当于今甘肃东乡以东的洮河中游，武山以西的渭河上游，礼县以北的西汉水上游及天水市东部地区；一指今甘肃省的陇西县。

［3］窈窕声：美妙好听的声音。

简 议

在这里，陇水的鸣声由向来的呜咽化作"陇西生"的"歌喉窈窕声"。因了它的华丽转身，陇山也褪去了昔日的悲剧色彩，终于光鲜了一回。而陇山鹦鹉的鸣叫，比起陇西生的歌喉也毫不减色。

胡直诗（一首）

胡直（1517—1585），字正甫，号庐山。明泰和（今属江西）人。嘉靖三十五年（1556）进士，授刑部主事。官至福建按察使。少时专治古文。后从欧阳德、罗洪先学，以王守仁为宗。著有《胡子衡齐》《衡庐精舍藏稿》等。

陇头水

题 解

这是一首借汉乐府旧题而作的五言古诗，表彰了征人怀愁而奋勇西征的战斗精神。

陇水挂陇头，霜笳咽共幽[1]。
那堪来去泪，分作东西流。
饮马寒仍渡，磨刀夜未休。
直取楼兰破[2]，东归不顾侯[3]！

注 释

［1］霜笳咽共幽：谓陇水与蒙霜的胡笳声一同幽咽。其意在于营造凄凉的气氛，以揭示征人之乡愁。

［2］直取楼兰破：谓征人立志要径直西征，攻破楼兰。楼兰为汉西域诸国之一，在今新疆罗布泊西。此处以楼兰喻敌国。

[3] 东归不顾侯：谓征人不考虑他回国后是否能够因功封侯。

简 议

受到陇水和胡笳之声的感染，西征者登上陇山后顿觉凄惶。但他没有被乡愁击垮，决意要攻破"楼兰"为国靖难，并且不以封侯为念。诗篇韵宇超卓、雄风猎猎，展现着崇高的忘我精神。尤其是颈联两句的述说，将征人不畏严寒、积极备战的英雄气概书写得相当感人。

孙昭诗（一首）

孙昭（1518—1558），字德明，号斗城。明永嘉（今浙江温州）人。嘉靖二十三年（1544）进士，即留都察院观政二年。期满后任江西广信府永丰县知县，转直隶大名府魏县知县。后任云南道监察御史，巡按陕、滇、豫三省。任内不带家眷，不建私宅；常微服私访于市井乡里，了解百姓疾苦。为人刚正不阿，重诚信，在云南建树颇多。在河南任上数度上表，力陈豪强不法，终将其削藩夺爵，百姓感泣。曾数次得罪奸相严嵩，被其用毒酒毒死，年仅四十岁。

登吴山

题 解

此诗为诗人巡按陕西期间登吴山时作，描写了吴山的清冷，诉说了诗人的乡思和孤独。

> 五峰削影照深杯，饮罢乡怀郁[1]更开。
> 信是山灵怜我独，故邀今日冒寒来。
> 半崖雨滴冰凌合，远树天低雪色回[2]。
> 忽值并游有仙侣，可招黄鹤到笙台[3]。

注 释

[1] 郁：忧愁。

[2] 回：环绕。

[3] 笙台：有人吹笙的高台。

简 议

诗人本因乡愁深沉而感孤独，不料竟有"仙侣"可以同游吴山，心情因此转好。诗篇言辞正大博雅，文字清令流丽。

方新诗（三首）

方新（1518—1569），字德新，号定溪。明青阳（今安徽青阳）人。嘉靖四十五年（1566）进士，授行人司行人。后官江西道御史、都察院监察御史。因上疏言事而致帝怒，被斥为民。隆庆时复官，历河南布政司参议、湖广佥事。著有《全台关中文集》。

吴山纪兴三首

题 解

这三首诗为作者登吴山时作，描绘了吴山的形胜，表达了登山赏景的兴致和弃官归隐山林的意愿。

一

秀出秦中有五峰，青天高映玉芙蓉。
云横绝徼[1]迷孤鹜，水激灵湫起卧龙。
径路无媒[2]宁自往，名山有约且相从。
古来多少冥栖士[3]，肯必功成事赤松[4]？

注 释

[1]绝徼（jiào）：绝界。徼，边界。
[2]无媒：无人指引或无向导。
[3]冥栖士：远离尘世而隐居的人。
[4]赤松：指赤松子，是传说中的仙人。有二：一谓神农时为雨师，服水玉以教神农，能入火不烧，至昆仑，常入西王母石室，随风雨而上下；二谓晋人黄初平牧羊，被一道士携至金华山石室中，服食松脂茯苓成仙，乃改名为赤松子。

简 议

汉人张良待到功成名就后，才从赤松子游历名山胜境。而作者却认为随赤松子云游比成就功名更有价值，由此可以看出他对隐居山林的钟情。

二

天畔孤亭带紫岑[1]，仗藜[2]长日费招寻。

岩空飞雨晴独湿[3]，峡折浮云昼复阴。

漱玉恰宜消渴疾[4]，振衣宁负远游心？

东林倘遇云居子[5]，白首相将[6]烟雾深！

注 释

[1] 岑：山。

[2] 仗藜：持藜茎为杖。泛指扶杖而行。

[3] 岩空飞雨晴独湿：此句言瀑布。

[4] 消渴疾：解渴。

[5] 云居子：即"云客"。指山居之人，谓隐士或出家之人。

[6] 相将：相共，相随。

简 议

愿随"云居子"游于烟雾深处，诗人的隐逸之心较前更切。

三

天风潇洒五城[1]秋，眺远还登十二楼[2]。

陇上[3]乱峰随日远，汧阳流水[4]共云浮。

招携景入乌皮几[5]，落地寒生紫绮裘。

回首青山俱旧迹，抽簪[6]何日更相求？

注 释

[1] 五城：古代传说中神仙居住的城池。泛指仙境。

[2] 十二楼：总称"五城十二楼"，是古代传说中神仙居住的地方，也泛指高楼。《史记·孝武本纪》谓"方士有言黄帝时为五城十二楼，以候神人于执期，命曰迎年"，这里指吴山上众多的楼阁。

[3] 陇上：陇山之上。

[4] 汧阳流水：指流经古陇州及所属的汧阳县的汧河。

[5] 乌皮几：指用黑色皮革覆面的小桌子。乌皮，黑色的皮革；几，矮小的桌子。

[6]抽簪：簪为冠笄，连冠于发者，为仕宦所用。故称弃官引退为抽簪。

简 议

在这第三首诗里，诗人曲终明志，希望有朝一日弃官引退，归隐西镇吴山。三首诗前呼后应，浑然一体，集中表达了作者跳出红尘、啸傲山林的愿望。

马文健诗（二首）

马文健（1522—1604），字体乾，号西田。明山东兖州府钜野县（今山东巨野）人。嘉靖三十五年（1556）进士，授行人司行人。嘉靖三十八年，任陕西监察御史。隆庆二年（1568），任苑马寺少卿。万历二年（1574），迁四川按察副使。万历五年，上疏乞骸骨归乡。

过吴山道中

题 解

此诗为作者任职陕西时作，主要描写登吴山途中所见的景观。

一入吴山路转斜，云封几处过仙家[1]。

崔巍削壁余丹鼎[2]，迢递芳田[3]亲野花。

满案炉烟归玉宇[4]，缘阶笙韵到天涯。

道童指点西来景，叠翠层峦照晚霞。

注 释

[1]仙家：指沿途见到的庙宇。

[2]丹鼎：道士们炼丹的器具。

[3]芳田：散发着芬芳的农田。

[4]玉宇：天空。

简 议

在诗人笔下，吴山道上移步换景、妙趣纷呈。诗篇韵宇高逸，一如仙笔赋就。

灵湫池

题 解

依清康熙五十二年（1713）成书的《陇州志》记载，西镇灵湫"在灵应峰下，广丈余，暵旱祷雨辄应。下刻'云根''雨脉'字"。这首诗为咏吴山灵湫而作，说它神奇灵异，希望其化作充沛的甘霖让庄稼丰收。

帝遣仙灵护陇汧[1]，故于山顶出灵泉。
蛟龙出没曾神异，世代明禋[2]几变迁。
岩溜秋空晴作雨，池湫昼暝雾横天。
九重正切桑林念[3]，愿沛甘霖见有年[4]。

注 释

[1]帝遣仙灵护陇汧：帝，指天帝；仙灵，指吴山之神；陇汧，指陇州和汧水流域。

[2]明禋：对神灵祭祀。

[3]九重正切桑林念：九重，指当朝皇帝；桑林，意如"桑麻"。全句是说，当朝皇帝正在以桑麻生长茂盛为念。

[4]有年：丰收之年。有，丰收。

简 议

诗篇要旨，全在尾联。此联一出，境界毕显。

阎司讲诗（一首）

阎司讲（1522—1591），字兰皋，明陇州（今陕西陇县）人。监察御史阎价之孙。嘉靖二十五年（1546）解元。曾任滨州知州及王府左长史，赠通议大夫。

饮会仙峰

题 解

会仙峰为吴山五峰之一。此诗描写了诗人陪人登上吴山后在会仙峰饮酒的兴致和雅趣。

霞封叠嶂望中都[1]，为问仙人定有无？

一气鸿蒙天地老[2]，四时苍翠鹤猿呼。

丹成洞里神还主，路入天台[3]兴未孤。

却羡叨陪伯起后[4]，冰壶相对亦蓬壶[5]。

注　释

［1］中都：春秋时鲁邑。孔子曾为中都宰，即此。地在今山东省汶上县。

［2］一气鸿蒙天地老：一气，构成天地万物的基本素质；鸿蒙，同"颃蒙"，指宇宙未形成前的混沌之气；老，历时长久。全句是说，（吴山）自天地开辟（形成）以来就存在，和天地一样古老。

［3］天台：山名，在浙江省天台县北，以刘阮入山遇仙女闻名，后世常用作诗文的题材。此处以天台喻吴山。

［4］叨陪伯起：叨陪，忝陪；伯起，北齐文学家和史学家魏收，字伯起，与温子昇、邢邵并称"北地三才子"。此处以伯起喻所陪之人。

［5］冰壶相对亦蓬壶：冰壶，本指盛冰的玉壶，此处借指酒壶；蓬壶，山名，指蓬莱仙山。

简　议

吴山是孕育仙女的天台山，是名震天下的蓬莱仙境。登山赏景的阎氏心欢意快、诗兴颇盛，将吴岳之美渲染得令人目眩。

李松诗（一首）

李松（1525—1598），字子节，号小峰。明霸州大城（今河北大城）人。嘉靖四十一年（1562）进士。历官浙江归安知县、河南邓州通判、山东滕县知县、工部主事、兵部员外郎、山东按察使及右布政使、辽东巡抚兼右佥都御史、右副都御史，加兵部左侍郎衔。任职辽东时整饬边防，屡战敌寇，功勋超卓。

陇　坂

题　解

这首诗为作者行经陇山时作，描写了陇山道路的险阻难行，诉说了山行者的愁苦和乡思。

> 陇坂千寻鸟道回[1]，秦关百二[2]此奇哉！
> 人行绝巘云中过，水下平峦木杪[3]来。
> 天色低临愁入望，风声易作惨生哀。
> 树头鹦鹉[4]劳相问，欲报音书苦未裁[5]。

注　释

[1]回：环绕，回旋。

[2]秦关百二：《史记·高祖本纪》谓"秦，形胜之国。带山河之险，县隔千里，持戟百万，秦得百二焉"，《史记集解》引苏林曰："得百中之二焉。秦地险固，二万人足当诸侯百万人也。"一说为百之二倍。后因以百二指山河险固之地。在这里，谓陇山为险固之地。

[3]木杪：树梢。

[4]鹦鹉：陇山当时盛产鹦鹉。

[5]裁：剪裁。

简　议

前代诗人描写陇山的诗歌浩如烟海，多言山中环境的恶劣、道路的难行、行人的哀愁和对故乡及亲人的思念。这首诗仿佛鹦鹉学舌，幸尔文辞清新脱俗。

游朴诗（一首）

游朴（1526—1599），字太初，号少涧。明福建柘洋（今福建柘荣）人。少聪慧，九岁能属文。万历二年（1574）进士，授成都府推官。入，为大理寺评事。曾三任法曹，办案力求公正。官终湖广布政司右参政。文学造诣较深，其乐府诗被称"一时独步"。李维桢在《大泌山房集》中评其诗"国事民情，有所感慨，形诸咏叹，率自创体裁，不复仿效。悲壮激烈，浑朴真致"。著有《岭南稿》《满山社草》及《游太初乐府》，另有《藏山集》十二卷。

送张汶川长史还汶上

题 解

诗题中的张汶川即张凤羽,监生,山东汶上县人。曾于万历中任陇州知州;卸任后,又任亲王府长史。这首诗为送张汶川还归家乡汶上县而作,创作时间应在万历二年至二十七年之间。诗中对张汶川的德行和清廉给予充分肯定,彰显了作者与张的友谊之深。

> 一琴萧索陇州来[1],楚醴时从江阁开[2]。
> 上谷甘棠传旧咏[3],锦官老柏入新栽[4]。
> 曳裾未遣逃名累[5],操瑟终牵负俗才[6]。
> 前辈风流今好续[7],齐南鲁北去徘徊[8]。

注 释

[1]一琴萧索陇州来:一琴,"一琴一鹤"的缩写,《宋史·赵抃传》谓"帝曰:'闻卿匹马入蜀,以一琴一鹤自随;为政简易,亦称是乎!'"希望赵抃为政简易,也如其行装之简少;旧时,常用以形容官员的清廉。萧索,同"萧条",寂寞。全句是说,张汶川任陇州知州时为官清廉,以至显得有些萧索和寥落。

[2]楚醴时从江阁开:楚醴,楚地所产的甜酒,这里泛指酒;江阁,江边的楼阁。全句说,作者和张汶川不时在江边的楼阁上开怀畅饮。

[3]上谷甘棠传旧咏:上谷,古郡名;甘棠,即棠梨,也称杜梨,《史记·燕召公世家》谓"周武王之灭纣,封召公于北燕……召公巡行乡邑,有棠树,决狱政事其下。自侯伯至庶人各得其所,无失职者。召公卒,而民人思召公之政,怀棠树不敢伐,歌咏之,作《甘棠》之诗"。后遂以"甘棠"称颂地方循吏的美政和遗爱。旧咏,指《甘棠》诗。全句是说,张汶川任职陇州时大行德政,陇州人民对他十分爱戴;待他离职后,人们依然唱颂《甘棠》之诗以怀念和歌颂他。

[4]锦官老柏入新栽:锦官,指锦官城,故地在今四川成都市南,后人用作成都的别称;入新栽,合当有新的格局。唐杜甫在《蜀相》诗中有"丞相祠堂何处寻,锦官城外柏森森"的句子,其整首诗意在追怀诸葛亮的忠诚和功绩。这句话的意思是说,张汶川在陇州的德能和政绩,堪比当年的诸葛孔明。

[5]曳裾未遣逃名累：曳裾，"曳裾王门"的缩写，邹阳《上吴王书》谓"饰固陋之心，则何王之门不可曳长裾乎？"后世即以"曳裾王门"比喻在显贵者门下做食客，也指奔走于王侯权贵之门。裾，外衣的大襟；遣，使；逃名累，避开声名之累。全句是说，张汶川任职亲王府长史时，也具有美好的名声。

[6]操瑟终牵负俗才：操瑟，"王门操瑟"的缩写，比喻有才能而求赏识；牵，拘泥；负俗才，谓与世俗相背。全句是说，张汶川在担任亲王府长史期间不与世俗同流合污，因遭世人非议。

[7]前辈风流今好续：谓前代圣贤的美德和操行，现在有张汶川来继承。

[8]齐南鲁北去徘徊：齐南鲁北，指张汶川的家乡汶上县，因其在齐国故地之南端鲁国故地之北端而言；徘徊，谓张汶川徘徊着不忍离去。

简　议

在清康熙五十二年（1713）成书的《陇州志》中，对明代陇州知州张凤羽（张汶川）的描述只有"张凤羽，山东汶上人，监生"十字。而依这首诗的说法，张任职陇州时清正廉洁、政绩卓著，深受老百姓的尊崇和爱戴。诗篇几乎句句用典，显得醇厚雅懿，颇见高致。

阎倬诗（一首）

阎倬（约1534—1603），字允章，号山泉。明陇州（今陕西陇县）人，兵部侍郎阎仲宇第五子。明世宗嘉靖三十八年（1559），曾官户部主事。

咏吴山

题　解

诗篇在描写吴山之秀美的同时，表达出入山归隐之意。

五峰冉冉五云中[1]，金碧峥嵘万古同。
白日恍闻仙籁[2]发，青霄直与帝阍[3]通。
松杉风露鸣飞鹤，溪壑波涛起卧龙。
即此买山[4]堪避俗，商山何羡采芝翁[5]！

注　释

[1]五峰冉冉五云中：五峰，吴山主峰有五，为镇西峰、大贤峰、灵应峰、望辇峰和会仙峰；冉冉，慢慢地（上升）；五云，五色的瑞云。

[2]仙籁：仙人的音乐。

[3]帝阍（hūn）：天帝所居宫殿的大门。阍，门。

[4]买山：《世说新语·排调》谓"支道林因人就深公买印山。深公答曰：'未闻巢由买山而隐。'"后遂以买山喻指归隐。

[5]商山何羡采芝翁：商山又名商岭、商坂、楚山、地肺山和四皓山，在今陕西省丹凤县西。相传秦末汉初，甪里先生（河内轵人，太伯之后，姓周名术，字道元，号霸上先生）、绮里季、东园公（姓庾，字宣明，居园中，因以为号）和夏黄公（姓崔名广，字少通，齐人，隐居夏里修道，因号夏黄公）四人隐于此山，以采芝而食为生，年皆八十余，时称"商山四皓"。全句是说，若能到吴山隐居，就不必羡慕隐居商山的四个采芝老头子了。

简　议

若能归隐吴山，便无须羡慕商山四皓，吴岳的韶秀不难想象。诗篇写得清劲灵动，明丽秀出。

张维诗（一首）

张维（1538—1613），字四维，号范吾。为明万历时期的御用监太监和尚膳监太监，是明代少有的宦官诗人，有一定的文学成就。诗作被清人编入有关诗集中。

鹦　鹉

题　解

这是一首专咏笼中鹦鹉的诗，代鹦鹉表达了它欲回归故乡的心愿，诉说了被困樊笼的惘然。

憔悴君家[1]历岁年，翠襟蒙宠自须怜。
能言肯信真如凤[2]？钩喙应知不类鸢。

千里云山迷陇树[3]，几回魂梦绕秦川[4]。
稻粱[5]未必虚朝夕，直为樊笼一惘然[6]。

注 释

[1]君家：指饲养鹦鹉的人家。

[2]能言肯信真如凤：谓鹦鹉虽然能言善语，可在主人眼里终究不如凤凰珍贵有价值。

[3]千里云山迷陇树：谓笼中鹦鹉引颈遥望故乡陇山，却不料山上的树木竟被重重云山给遮住了。

[4]秦川：代指鹦鹉的家乡陇州。因为陇州在秦川的最西端。

[5]稻粱：喂养鹦鹉的食物。缘唐人杜甫《秋兴八首》之八中"香稻啄余鹦鹉粒"句而来。

[6]直为樊笼一惘然：谓鹦鹉为自己被关在笼中而怅惘失意。直为副词，意如"特意"；一，助词，用以加强语气。

简 议

由于"千里云山迷陇树"，笼中鹦鹉怎么也看不到它的故乡。万般无奈之下，它只好一次又一次地"魂梦绕秦川"了。尽管"稻粱未必虚朝夕"，它却"直为樊笼一惘然"。

于慎行诗（一首）

于慎行（1545—1607），字可远，一字无垢，号穀山。明山东东阿（今属山东平阴）人。隆庆二年（1568）进士。万历时进修撰，充日讲官。因劾张居正夺情，以疾归。张死后复官。万历十七年（1589），官至礼部尚书。因请立国本，忤帝意请归；三十五年，以礼部尚书兼东阁大学士，入参机务。明习典制，贯通百家，与冯琦并为文学名臣。诗文弘丽，一时推为大手笔。著有《谷城山馆诗文集》《穀城山笔尘》等。

陇头吟

题 解

《陇头吟》为汉乐府横吹曲名。此诗是一首依乐府旧题而作的五言律诗，借写陇水之流散，表达了征人的思乡之情。

> 陇头流水别，凄响自堪惊。
> 月散东西影，风传远近声。
> 傍侵疏勒道[1]，斜入隗嚣营[2]。
> 呜咽归肠断，何时到渭城[3]？

注 释

[1]疏勒道：疏勒，汉西域城国名，西当大月氏、大宛、康居孔道，故地在今新疆喀什噶尔一带；唐置疏勒都督府。疏勒道，去往疏勒的道路。

[2]隗嚣营：隗嚣的军营。隗嚣（？—33），汉城纪人，字秀孟，王莽末年据陇西起兵，初附刘玄，任御史大夫；后归刘秀，封西州大将军，又称臣于公孙述，为朔宁王；秀西征，嚣奔西城，忧愤而死。东汉建武六年（30）五月，隗嚣发兵反汉，使将军王元占据陇山，伐木塞道，汉军征剿失利，王元进占汧城（今陇县）；建武九年八月，刘秀率兵征剿隗嚣到达汧县（今陇县），隗嚣部将高峻投降。

[3]渭城：地名。汉高帝元年（前206）改秦咸阳为新城，武帝元鼎三年（前114）又改名渭城，故址在今陕西咸阳市东北。

简 议

借陇山陇水诉说离愁本是诗家常伎，原也无须称道。然此诗颇具机杼：通过对陇水东西分流情况的讲说，隐喻了征人转战四方的辛苦和乡愁，使读者思水而见人，也使诗篇字面无人而暗中有人。

李维桢诗（一首）

李维桢（1547—1626），字本宁，号翼轩。明京山（今湖北京山）人，著名文学家，晚明文坛领袖。隆庆二年（1568）进士，由翰林院庶吉士转编修。万历间参修《穆宗实录》，进修撰；出为陕西右参议，迁提学副使。后官浙江按察使，转山西按察使，迁布政使及河西兵备督理。天启初，以布政使职居家赋闲。后任南京太仆寺卿，旋改太常卿。天启四年（1624）任礼部右侍郎。后进南京礼部尚书。崇祯即位后，追赠太子太保。著有《大泌山房集》一百三十四卷,《史通评释》六卷,杂文一百二十八篇。

关山月

题解

"关山月"为汉乐府横吹曲名,多写边塞士兵久戍不归和家人互伤离别之情。此诗作于天启四年至五年作者任礼部右侍郎时,为仿乐府旧题之作,主写客子的乡愁。

> 一片关山月,秋深倍觉明。
> 影寒行色[1]净,凉与客愁生。
> 虎伏中林啸,虫依宿草鸣。
> 无端陇头水,更作断肠声![2]

注释

[1]行色:五行之色。与五行水、火、木、金、土相配的五色为黑、赤、青、白、黄。

[2]无端陇头水,更作断肠声:北朝民歌《陇头流水歌》第三首谓"陇头流水,鸣声幽咽。遥望秦川,心肝断绝!"李氏这两句诗即从此诗中化出,极言行人乡思之深切。

简议

深秋的清冷和身影的孤单,让客子的乡愁油然而生;猛虎的长啸与秋虫的悲鸣,又使其乡愁变本加厉;而"陇头水"的"更作断肠声",更将行客的愁思描画得让人心戚。通过对自然景观的递进式描写,将情感层层加深并推向极致,是诗篇的独到之处。

马湘兰诗(一首)

马湘兰(1548—1604),名守贞,字玄儿,小字月娇。明南直隶应天(今江苏南京)人。金陵名妓,自幼沦落风尘。为人旷达,性轻侠。工诗,善画兰。有诗集《湘兰子集》,剧本《三生传》等。

鹦 鹉

题 解

诗人自养鹦鹉数只，此诗为所养之鹦鹉而作。诗篇对鹦鹉的"金笼寄此生"表示怜悯。

永日[1]看鹦鹉，金笼寄此生。
翠翎工刷羽，朱咮善含声[2]。
陇树魂应断[3]，吴音[4]教乍成。
雪衣[5]吾惜汝，长此伴闺情。

注 释

[1]永日：尽日，整天。

[2]朱咮（zhòu）善含声：朱咮，红色的鸟嘴；含声，能够发声。

[3]陇树魂应断：谓笼中鹦鹉来自陇山，它当为思念故乡而断魂。

[4]吴音：吴地的语音，指吴语。吴语为汉语方言之一，主要分布于上海市和江苏、浙江地区。

[5]雪衣：指笼中鹦鹉，也称"雪衣娘"。据唐人郑处诲的《明皇杂录》记载，唐开元中，岭南献白鹦鹉于宫中，岁久颇聪慧，洞晓言辞，玄宗及杨贵妃皆呼为"雪衣女"，左右呼"雪衣娘"。后世诗人常以之入诗，代指鹦鹉。

简 议

此诗旨在写人，几乎处处皆有寓意："永日看鹦鹉"句的叙述，实为表白作者歌妓生活的寂寞无聊；"金笼寄此生"的说白，无非是要表明作者卖唱生涯的不自由；"翠翎工刷羽，朱咮善含声"的状摹，意在诉说作者乔装打扮、歌舞迎人的无奈；"陇树魂应断"的泣诉，要在传达作者有家而不得归的悲哀；"雪衣吾惜汝"的诉说，也不过是作者的自伤自怜。诗篇文约而意繁，很是值得玩味。

邢云路诗（九首）

邢云路（1549—？），字士登，号泽宇。明安肃（今河北徐水）人。万历八年（1580）进士，授临汾县令。万历十一年任汲县令，升中州佥事。后任陕西按察副使及陕西兵备道。精通天文地理和历法，曾算出回归年长度值的新值（365.24219日），与现代理论值仅差两秒。著有《古今律历考》等七部天文历法著作，别有《邢泽宇集》传世。

祀吴岳

题 解

明万历三十四年（1606），诗人时任陕西兵备道，前往祭祀吴山。此诗为祭山时作，记述了祭山的情景，表明了祭山的目的。

午夜心斋[1]持瓣香，清晨上殿肃趋跄[2]。
天门伐鼓开阊阖[3]，王子吹箫引凤凰[4]。
呼吸有诚通帝座[5]，晶莹无语下金皇[6]。
五风十雨昭灵贶[7]，愿祈神功福下方[8]。

注 释

[1] 心斋：排除一切思虑和欲望，保持心境的清净纯一。

[2] 肃趋跄：庄严肃穆，步履有节奏。概言趋前拜神之恭谨。

[3] 天门伐鼓开阊阖：天门，天上的门，这里指庙门；伐鼓，击鼓，击庙观中的"天鼓"以通天神；阊阖，天门，宫之正门，代指宫殿，此处指庙观。

[4] 王子吹箫引凤凰：汉刘向《列仙传》上记载，春秋时人萧史善吹箫而作凤鸣，秦穆公以女弄玉妻之，为作凤台以居。一夕吹箫引凤，与弄玉共升天仙去，秦人为作凤女祠于雍宫内。

[5] 帝座：为星名。有五，一在天市垣内，侯星西，今属武仙座；一为太微垣之五帝座；一为北极座五星中的帝星；一指大角星；一指心宿中的中星。在此，当以北极座中的帝星为是。

[6] 金皇：《上古纪实·金皇本纪》谓金皇为"西方庚金之主，居瑶池"。

[7] 五风十雨昭灵贶：五风十雨，意谓风调雨顺，汉王充《论衡·是应》谓"风不鸣条，雨不破块。五日一风，十日一雨"。贶，赐予、加惠。全句是说，希望吴山之神多加恩惠，让天下风调雨顺。

[8] 下方：人间，下界。

简 议

有明一代，言祭祀吴山的诗歌多如牛毛，率皆对其大加追捧。而此诗一反常态，断不称美吴山，只言祭山之诚意及其目的。这种写法不蔓不枝、直奔主题，可谓洗练。

登吴山三首

题 解

这三首诗为万历三十四年（1606）诗人祭祀吴山时作。三首诗从不同角度描绘了吴山的俊美和神奇，表达了作者的逸兴和雅趣。

一

岩岩[1]吴岳势何雄，极目秦关[2]指顾中。
二华东来连太白[3]，千峰西下接崆峒。
鹦藏古树言成赋，凤翥高冈曲度桐[4]。
怪是巨灵通灏气[5]，芙蓉五朵插苍穹！

注 释

[1]岩岩：高峻。

[2]秦关：指东函关，西陇关（陇山之大震关）。

[3]二华东来连太白：二华指少华山和太华山，均在陕西境内；太白指太白山，在今陕西眉县境内。

[4]凤翥高冈曲度桐：凤翥，凤凰飞举；曲度桐，曲谓曲调；度，本指计量长短的标准，此处意为"标准"；桐，桐木可制琴瑟，因以其借指琴瑟。这句话是说，飞翔于高岗上的凤凰鸣叫声清纯悠扬，就像琴瑟发出的标准之音。

[5]灏气：弥漫于天地间的大气。

简 议

此诗描写吴山之雄气魄宏大，文采飞尔。其中颈联状鹦鹉和凤凰鸣声之妙思来天外，造语新奇，令人拍案叫绝。

二

白帝骑龙驾海来[1]，晴空山半起风雷[2]。
天花作雨飞金界[3]，银汉倾盆泻玉台[4]。

漱石好将消病渴[5]，濯缨[6]聊复涤尘埃。
临流一笛游仙弄[7]，裂石穿云落九垓[8]！

注　释

[1]白帝骑龙驾海来：白帝指五帝中的西方之帝白招拒；驾，跨越。这句以奇幻生动的语言状摹吴山的瀑布。

[2]晴空山半起风雷：谓瀑布凌空而下，声如风啸雷鸣。

[3]天花作雨飞金界：天花，指雪花，此处喻指瀑布飞泻而生的白色浪花；金界，西方的世界，金为五行之一，于位为西。

[4]银汉倾盆泻玉台：银汉，银河；玉台，传说中天帝居住的地方。全句是说，（瀑布）像银河倾盆而下，从天帝居住的地方飞泻而来。

[5]消病渴：消除口渴。

[6]濯缨：洗涤衣冠。这里比喻超脱尘俗。

[7]弄：奏乐或乐一曲。

[8]九垓：天空极其高远处，意如"九重天"。

简　议

诗篇发挥丰富的想象力，借助诸多恰切生动的比喻，将吴山"晴岩飞雨"瀑布写得气象恢奇且声势夺人；而"濯缨"的惬意和"游仙"笛音的清扬，又使作品在瑰奇的同时平添了神韵。

三

金天雄胜镇雍州[1]，历尽群山览胜游。
翠袖巧张鹦鹉翅，文峰高出凤凰头[2]。
乍开佛国三千界[3]，更上仙人十二楼[4]。
谷口况逢尘外客[5]，青天明月为谁留？

注　释

[1]金天雄胜镇雍州：金天，有二解，唐玄宗先天二年（713），封华岳之神为"金天王"，故这里的金天可解作华山；又，金为五行之一，于位为西，故这里的金天也可作"西方"解。以诗意度之，当以解作"西方"为是。雍州，古九州之一，辖境相当于今陕西、甘肃及内蒙古额济纳之地。

[2]文峰高出凤凰头：文峰，彩色交错的山峰；凤凰头，古吴山志言

曾有凤凰筑巢于山顶，故这里的"凤凰头"指有凤凰巢穴的山头。

［3］三千界：即三千大世界。佛教谓以须弥山为中心，以铁围山为外郭，是一小世界；一千小世界合起来是小千世界；一千个小千世界合起来就是中千世界；一千个中千世界合起来就是大千世界，总称三千大千世界，简称三千界。在这里，则指登上山峰后看到了广阔的天地。

［4］十二楼：总称"五城十二楼"，是古代传说中神仙居住的地方。《史记·孝武本纪》谓"方士有言，皇帝时为五城十二楼，以候神人于执期，命曰迎年"，亦作"十二楼五城"。在这里，则指吴山上众多的楼台亭榭。

［5］尘外客：尘外，人世之外。故尘外客在此指隐逸于吴山的道人。

简　议

万历三十四年（1606）祭山期间，诗人与同来祭山者郑养冲登览吴山倚云楼。这首诗即写登楼的情形和自己的感慨。作者十分艳羡"尘外客"的逍遥自在，觉得连"青天明月"都是为他们而留的。对"尘外客"的欣赏，其实是对自己尘世生活的厌恶。

咏吴山五峰

题　解

这五首诗作于明万历三十四年（1606）祭祀吴山时，分别描写了吴岳五座山峰的高大和奇绝。

望辇峰[1]

直北层峰接上台[2]，去天咫尺天门开[3]。
圣皇八月西巡日，鳌载三山[4]望辇来。

注　释

［1］望辇峰：清康熙五十二年（1713）问世的《陇州志》谓其"在大贤峰之左，秀并群峰，形若北顾，相传为望辇，示翠华在咫尺也。左有一小峰"。

［2］上台：星名。三台之一，属太微垣，在大熊星座中。《晋书·天文志》谓"西近文昌二星曰上台，为司命，主寿"。

［3］去天咫尺天门开：去，距离；天门，天上的门。

[4]三山：指秦汉方士所称的东海中仙人所居的三座神山，即方壶、蓬壶和瀛壶。

简 议

望莘峰之奇，在于去天咫尺，在于秀冠五峰。

大贤峰[1]

五峰屹立并参前，独尔徽名[2]号大贤。

如塑庄严云里坐，高低翠巘敢随肩[3]？

注 释

[1]大贤峰：清康熙五十二年之《陇州志》谓大贤峰"在镇西峰之左，凝峭插天，秀拔突起，有俨然拱肃之状，因名为大贤峰"。

[2]徽名：美名。

[3]敢随肩：岂敢比肩。

简 议

既有美名又显庄严，大贤峰果然卓尔不群。

镇西峰[1]

天悬太白[2]照雍州，地涌灵峰出上游。

金虎[3]踞山雄作镇，关河百二[4]望中收！

注 释

[1]镇西峰：清康熙《陇州志》谓镇西峰"四峰之中卑而独秀，诸峰列峙，初锡封号，即此峰也"。

[2]太白：指太白星。金星的别称。

[3]金虎：白虎。《尚书传》谓"西方七星，毕昴之属，俱白虎也"。白虎是西方之神，吴山为西镇，故白虎居之。

[4]关河百二：《史记·高祖本记》谓"秦，形胜之国，带山河之险，县隔千里。持戟百万，秦得百二焉"，《史记集解》称"苏林曰：得百中之二焉。秦地险固，二万人足当诸侯百万人也"，后因以百二指山河险固之地，如唐王维《王右丞集·游悟真寺》诗曰："山河穷百二，世界满三千。"在此，关河百二同"山河百二"。

简 议

镇西峰在吴山五峰中至为低矮，诗人却将它写得最为壮观，这大概是因为它位居中央而"初锡封号"的缘故。

灵应峰[1]

灵应峰头灏气[2]回，灵应峰下湫池开。

时旸[3]时雨天何意？盼飨春秋报祀[4]来。

注　释

［1］灵应峰：清康熙《陇州志》谓此峰"在镇西峰之右，下有湫池，值岁暵旱，乡民祷之，灵雨辄应"。

［2］灏气：弥漫于天地间的大气。

［3］旸：晴。

［4］春秋报祀：即"春祈秋报"，报为祭名。

简　议

《陇州志》在《方舆志》中说吴山灵应峰"下有湫池，值岁暵旱，乡民祷之，灵雨辄应"。这首诗不过是对此种记载的复述。

会仙峰[1]

会仙峰下会群仙，芝草瑶池尚宛然。

北海苍梧[2]何处是？令人空忆白云天！

注　释

［1］会仙峰：清康熙《陇州志》谓会仙峰"在灵应峰之南，层峦叠翠，林壑幽窈，时有逸人高士游栖于此，因以名焉"。

［2］北海苍梧：北海，古时泛指北方最远的地区。一说是湖名，指今俄罗斯境内的贝加尔湖。苍梧，山名，又名"九嶷"，在今湖南宁远以南，相传帝舜葬于苍梧之野。

简　议

会仙峰以"层峦叠翠，林壑幽窈"著名，且"时有逸人高士游栖"。诗人乃缘事抒怀，将内心的惆怅和失落释放出来。

胡应麟诗（一首）

胡应麟（1551—1602），字元瑞。明浙江兰溪（今浙江兰溪）人。万历四年（1576）举人。能诗，受知于王世贞。嗜书，家中藏书多至四万二千三百八十四卷，因筑室于山中，专事著述。著有《少室山房笔丛》《诗薮》等。

陇 首

题 解

这首诗讲述了"征人"于农历九月登上陇山戍守时，因收不到亲人的信息而产生的孤独和悲哀。

> 九月被毡裘[1]，征人上陇头。
> 黄龙悬塞色[2]，白马赴边愁[3]。
> 陇坂高无极[4]，寒泉咽不流。
> 梅花何处折[5]，肠断在朱楼[6]。

注 释

［1］九月被毡裘：被，穿着；毡裘，也作"旃裘"，是古代北方民族用兽毛等制成的御寒衣服。

［2］黄龙悬塞色：黄龙，指绣有黄龙的军旗；塞色，边塞地区的风色，因陇山时为边塞，故云。

［3］边愁：因在边疆战地而生的乡愁。

［4］无极：没有穷尽。极，穷尽。

［5］梅花何处折：南朝宋陆凯与范晔交善，自江南寄梅花一枝至长安赠晔，并赠诗谓"折花逢驿使，寄与陇头人。江南无所有，聊赠一枝香"。这句是说，征人戍守陇山，却收不到亲人的音讯。

［6］肠断在朱楼：朱楼，红楼，泛指华丽的楼房。此处借指征人之妻所居之所。全句是说，征人收不到妻子的消息，想象着她在家中因思念自己而悲痛断肠，但作征人因思念妻子而断肠解，也可通。

简 议

战争致使无数夫妻分离乃至永诀，造成了一出又一出人间悲剧。诗中的征人因征战陇山而与爱妻劳燕分飞，他为此痛苦不堪、呜咽流涕。通过他的不幸遭遇，我们可以感知太平盛世的可贵。

徐𤊹诗（一首）

徐𤊹（1561—1599），字惟和，号幔亭。明福建闽县（今福建福州）人。万历十六年（1588）举人。负才而潦倒，肆力诗歌，以词采名世。有《幔亭集》二十卷。

陇头水

题 解

这是一首借乐府旧题而作的五言律诗，主言征夫的征戍之愁。

> 秦川分两水[1]，呜咽不能休。
> 饮马冰犹冻，磨刀血半流。
> 东西随陇坂，远近入边州[2]。
> 万古声无尽，惟添征戍愁。

注 释

[1]秦川分两水：秦川，此处特指陇水；分两水，谓陇水分作东流和西流。

[2]边州：边地的州郡。

简 议

征夫之所以愁者，不唯背井离乡，也因了征戍生活的艰辛，诗的颔联所言即是明证。

倪朝宾诗（二首）

倪朝宾（1563—1629），字初源，号翼元。明浙江萧山县桃源梅里（今属临浦镇）人。万历二十六年（1598）进士，初任刑曹。升四川威茂道，也曾任平凉苑马寺卿。万历三十七年（1609）任福建延平府知府。著有《桃源初集》。

登吴山二首

题 解

这两首诗为诗人任职平凉间赏游吴山时作,以酣畅的笔墨描绘了吴山的奇胜景象,讲述了登高远望产生的遐思。

一

作镇金天[1]庙貌崇,峥嵘蓬岛俯空同[2]。
五峰削翠层霄出,二华齐肩帝座通[3]。
古洞流霞栖海鹤,灵湫飞瀑挂长虹。
登临只觉乾坤小,渭水秦川指顾中。

注 释

[1] 金天:西方之天。

[2] 峥嵘蓬岛俯空同:蓬岛,指蓬莱仙山;空同,即"崆峒",指崆峒山。

[3] 二华齐肩帝座通:二华,指位于陕西的太华山和少华山;帝座,为星名,有五个,一为天市垣内侯西星,二为太微垣之五帝座,三为北极座五星中的帝星,四为大角星,五为心宿中的中星。全句是说,吴山与太华山、少华山比肩而立,直与天上的帝星相通。

简 议

诗篇运思奇崛肆放,语言壮浪纵恣,将吴山摹状得千姿百态、令人心醉。其中"登临只觉乾坤小"句仿佛神笔,为他人所未道。

二

菡萏[1]天开翠微深,乘秋振屐恣幽寻。
倚云楼[2]上和云醉,啸月亭[3]前弄月吟。
喜看奇峰参碧汉[4],强扶挂杖陟危岑[5]。
凭高挥手千山拱,袖惹天风思不禁。

注 释

[1] 菡萏:荷花的别称。这里是说吴山五峰并峙,状如荷花。

[2] 倚云楼:在吴山灵湫前。

[3] 啸月亭:在吴山倚云楼之北一里许。

[4] 碧汉:碧天。

［5］危岑：高危的山峰。

简　议

这首诗的末句言虽尽而意无穷，给人以丰富的想象空间；颔联和颈联造语高秀，将作者的快意和放浪演绎得登峰造极。

邓云霄诗（一首）

邓云霄（1566—1631），字玄度。明广东东莞人。万历二十六年（1598）进士，授长洲知县。官至广西参政。著有《冷邸小言》《漱玉斋集》和《百花洲集》《解韬集》《镜园集》等，并行于世。

放鹦鹉

题　解

此诗以鹦鹉喻人，表达了"客"忧逸畏讥、欲归故乡的心态。

　　　　独[1]怜翻旋急，放汝入空林。
　　　　莫逞新声巧，能忘故主心。[2]
　　　　防危秋隼逼，归路陇山深。
　　　　客[3]意亦如此，因之起越吟[4]。

注　释

［1］独：只，暗自。

［2］莫逞新声巧，能忘故主心：意思是叫放飞的鹦鹉再也不要巧舌如簧，并且能够放下思念故主的心。故主，饲养鹦鹉的人。

［3］客：诗人自称。

［4］越吟：庄舄仕楚，官至执珪，仍不忘故国，因唱越国的歌曲寄托乡思。庄为战国时越国人，出身寒微，仕楚后爵为执珪。楚庄王欲知他是否想念越国，当其患病时，中谢（侍御之官）说凡人思念故乡，病时必吟故乡之声。庄王使人往听，他果然在吟越声。这里用此典故，意在表明回归故乡的心愿。

简　议

诗篇借言笼中鹦鹉的被放归陇山，以表作者对故乡的眷恋。从颔联可以看出，作者在官场可能因言而罹祸，辞归之心甚坚。再由颈联的说辞来看，诗人回乡的路似乎并不顺畅。

曹学佺诗（一首）

曹学佺（1574—1646），字能始，一字尊生；号雁泽，又号石仓居士和西峰居士。明福建侯官（今福州）人。学者、诗人、藏书家。万历二十二年（1594）进士。清兵入闽，自缢殉节。毕生好学，对文学、诗词、地理、天文、禅理、音律、诸子百家多有研究，尤工诗词。擅长度曲，曾谱写闽剧的主要腔调豆腔，被认为是闽剧始祖之一。

陇头水

题 解

这是一首乐府诗，曲折地表达了作者的厌战情绪。

> 陇头水呜咽，磨刀易出血。
> 欲斩匈奴归[1]，不顾刀头折。
> 男儿封侯多燕颔[2]，此水照人人屡换[3]。
> 岂惟腥膻魂不食，铁骑过之亦流汗。
> 朝水流兮暮水流，汉人死尽胡人休[4]！

注 释

[1]归：凯旋。

[2]燕颔："燕颔虎额"的缩写，旧时用以形容王侯的贵相。《东观汉记》作"燕颔虎头"。

[3]人屡换：谓将士们战死一批又换一批。

[4]汉人死尽胡人休：谓中国的将士在战争中死光了，而胡人也死亡殆尽了。胡人，我国古代对北方边地及西域各民族的称呼，这里泛指与中国敌对的少数民族政权的将士；休，停止，在此意如"死亡"。

简 议

只要有战争，就会有伤痛。在古代，中国与"胡人"间的战争连绵不断，不知有多少人惨死沙场。诗人对此痛心疾首，对中胡之间的战争极力反对。诗中"磨刀易出血"的说辞，形象地揭示了战争气氛的恐怖和紧张；"此水照人人屡换"的描述，则暗喻了战死者的众多；而"汉人死尽胡人休"的浩叹，更加直白地表达了诗人对战争的控诉和谴责。作者反对战争和杀戮，本质上是对和平的向往和期冀，在相当程度上反映了苍生大众的心声。

李孙宸诗（一首）

李孙宸（1576—1634），字伯襄。明广东香山（今广东中山）人。万历四十一年（1613）进士，授翰林院庶吉士。天启五年（1625）迁国子监祭酒，六年升詹事府侍读学士。旋晋南京礼部右侍郎。崇祯初升礼部左侍郎，三年晋南京礼部尚书。卒，追赠太子太保，谥"文介"。善诗，工书。诗祖《诗经》；书法祖魏晋，草、篆、隶、楷皆工。著有《建霞楼文集》十卷，《诗集》二十一卷，另有《翔斋稿》《南沐斋稿》《北舟小草》《两榄风景地势图说》等。

陇　头

题　解

此诗重在书写陇山戍客的困苦和相思。

陇山久戍客，行吟[1]私自怜。
春风不到处[2]，冻雪动经年[3]。
交河饮羸马[4]，峻坂[5]绝飞鸢。
四面流尘杂，乡关何处边[6]？

注　释

［1］行吟：漫步歌吟。

［2］春风不到处：指陇山。

［3］动经年：往往历经一年。动，往往、每每。

［4］交河饮羸马：交河，此处指陇山纵横交错的溪流，非指新疆之交河；羸马，瘦弱、疲病的马。

［5］峻坂：陡峭的山坡。

[6]乡关何处边：乡关，故乡；何处边，在哪里。

简 议

陇山高峻阴寒，山崖陡峭绝鸢。在如此凶险的地方，戍客牵着病马一次次地饮水。他边走边吟，将自己的凄苦和乡愁尽数倾吐出来，让人心生悲悯。诗中"春风不到处，冻雪动经年"两句写陇山之酷寒意象逼真，使人闻之色变；"交河饮羸马，峻坂绝飞鸢"二句状戍客之孤寂落寞情景相生，出语殊妙。

文翔凤诗（一首）

文翔凤（1577—1642），字天瑞，号太青。明三水县（今陕西旬邑）人。万历三十八年（1610）进士，历知莱阳和伊县，曾以副使提学山西。其人学问渊博，工诗赋。著有《东极篇》及《文太青文集》二卷，《太微经》二十卷。

陇头水

题 解

此诗为乐府诗，主写征夫西征而不得还乡的凄苦。

谁划陇水断？谁筑陇坂高？东流照汉月，西流濯[1]羌刀。归肠欲裂限临洮[2]，人将[3]流水羌西去。折柳天山笛怨劳[4]！

注 释

[1]濯：洗涤。

[2]限临洮：限，限止；临洮，郡、府、县名，地在今甘肃省岷县和临洮县一带。

[3]将：随，随着。

[4]折柳天山笛怨劳：折柳，指古横吹曲中的《折杨柳》，此曲形成于西晋太康间（280—289）；六朝及唐人作曲二十余首，多为怀念征人之辞；曲为五言，唯唐人所作有七言者。笛怨劳，谓笛声中满含着哀怨和泣诉劳苦之意。

简 议

开篇两个设问句动人心魄,将征人的怨念和愤恨写得入木三分。而"折柳天山笛怨劳"句的诉说,则将征人的悲哀和辛劳一并托出。

练国事诗(一首)

练国事(1582—1645),字君豫。明河南永城(今永城市)人。万历四十四年(1616)进士。初授沛县知县,转山阳知县。迁陕西布政司参政。天启二年(1622)任御史。因忤魏忠贤,被削去官籍。崇祯元年(1628),任太仆少卿。晋右佥都御史,于崇祯三年巡抚陕西。崇祯四年,在中部、邰阳、韩城与点灯子乱军作战而获胜,又在宜君及洛川打败其他贼寇。崇祯五年,大败李都司贼寇于庆阳。因与李自成、红友军作战功著,于崇祯十七年任户部左侍郎,旋改兵部左侍郎,加尚书衔。

九日吴山道中

题 解

这首诗为作者任陕西参政间登吴山时作,具体时间为某年的九月九日。诗篇表明诗人登山之意在于为百姓消除灾祸,还天下以太平,让民众安居乐业,而不是为了赋诗留世以张扬自己的名声。

> 菊老霜残稼未收,寒泉随处见清流。
> 叶红不啻[1]春花艳,霜白先闻夜雁愁。
> 突兀五峰迎翠霭,平原十里度骍骝[2]。
> 插萸倍觉修禳急[3],非为登高作赋留。

注 释

[1] 不啻:无异于。

[2] 骍骝:红色的马。此处指作者所骑的马。

[3] 插萸倍觉修禳急:插萸,插茱萸,茱萸是一种植物,有浓郁厚重的香味,古人在九月九日重阳节佩茱萸以祛邪辟恶;修禳,祭祀神灵以消灾。全句是说,重阳节之际看到人们遍插茱萸以求祛邪,使我更加感到上吴山祭祀消灾之事迫在眉睫了。这里的"灾",指各路乱军给民众和国家

造成的灾难。

简 议

诗人任职陕西时，正值李自成农民起义军与明军大战之际，陕西地区屡遭兵燹，灾祸频仍。为尽快平定祸乱，让老百姓过上太平日子，诗人一面与红友军、李都司等即将进犯平凉的义军作战，一面来吴山祭祷，为天下禳灾。诗中"菊老霜残稼丰收"的记述，如实反映了当时百姓因战乱而四散逃亡，致使庄稼无人收割的现实；而"霜白先闻夜雁愁"的诉说，则真切表达了作者忧时伤世的愁苦心境。诗篇有思想，有情感，有境界，绝非一般吟咏山水之作可与争锋。

任义诗（三首）

任义（1585—1666），自号懒翁。明崇祯六年（1633）举人，曾任河南祥符县儒学教谕及蓬州知州。清康熙五十二年（1713）成书的《陇州志》在《人物志》中说："懒翁，仕名任义，先本蜀之李氏子，避难寓陇焉。后官蓬州太守。忽自叹曰：'三生原是出家人，一念差来堕缙绅。破衲蒲团瓢笠杖，依前还我水云身。'遂弃妻子，挂冠城门而遁。混迹缁流，归隐于州之方山，结庐岩壑。有二虎伏阶下，担米者惊见之，不为害。徜徉啸傲似唐之懒残，而诗歌梵音绝类寒山子。门人于石壁树叶间寻得其遗迹，刻《拾唾录》一集传世。寿八十一。一日沐浴整衣，与大众别。行者道：'坐脱耶'？翁曰：'我不喜打坐。'行者道：'立化耶？'翁曰：'你也管我不住。'大众求偈，翁竖起拳头曰：'会么？'众无语。翁笑曰：'不是这个道理，老夫天堂也去得，地狱也去得。'言讫，自卧而逝。白云绕室，异香三日不散。"以故，州人称其"方山禅师"。

入方山

题 解

《陇县民国野史》谓："方山，在州南六十里官村堡深谷内吴山之后。高九千三百余尺，四面绝岩，与他山不相联属。"这首诗为任氏初入方山为僧时作，描写了方山的神奇和岑寂，表示这里颇有释缘，是学佛清修的理想之所。

　　　　肃肃谷风狮子吼[1]，沉沉涧水象王踪[2]。
　　　　西方灵鹫[3]时常现，南海楞迦[4]路不通。
　　　　峰顶庙高稀见客，寺门幽杳但[5]闻钟。
　　　　嘱君休谩[6]入荒草，此地黄昏有大虫[7]！

注　释

[1]肃肃谷风狮子吼：肃肃，风声劲烈；狮子吼，佛教用以比喻佛祖讲经，声震世界。

[2]象王踪：象王，象之最大者，佛教用以喻佛，《涅槃经》二十三谓"是大涅槃，唯大象王能尽其底。大象王者，谓诸佛也"。故，象王踪谓佛之足迹。

[3]西方灵鹫：灵鹫指灵鹫山，省称灵山、鹫山，在古印度摩揭陀国王舍城之东北，因山中多鹫而名，或言以其状似鹫头而名。《五灯会元·释迦牟尼佛》谓"世尊（释迦）在灵山会上，拈花示众"。以故，这里的"西方灵鹫"实指佛祖释迦牟尼。

[4]南海楞迦：楞迦指楞迦山，在僧伽罗国（师子国）东南隅，相传释迦牟尼曾于此山说《楞迦经》。在这里，作者以楞迦山喻方山。

[5]但：只。

[6]谩：通"漫"，随意、任意。

[7]大虫：虎。

简　议

诗人弃官归隐，一心向佛。在他看来，陇州之方山是楞迦胜境，是佛教圣地，不唯山谷中的风声像是佛祖在讲经说法，就连山涧的流水都像是诸佛行游的足迹，特别是那远居西方的如来佛祖竟也不时显身。而来客的稀见，寺门的幽杳和大虫的潜伏荒草，更让这佛教宝山超然世外、一尘不染。

住方山

题　解

任氏酷爱方山，常住于此学佛。这首诗即写他在山中与鸟兽为伍，静心清修的情形。

坐榻傍崖隈[1]，柴门昼不开。
林深云作盖[2]，雨久砌[3]生苔。
野鹿亲人卧，饥鸦乞食来。
间呼竹侍者[4]，聊[5]复扫尘埃。

注　释

[1] 崖隈：崖壁的弯曲处。
[2] 盖：遮蔽。
[3] 砌：门槛，台阶。
[4] 间呼竹侍者：间呼，时不时地招呼；竹侍者，指用竹子做成的扫帚。
[5] 聊：姑且。

简　议

人间仙境在哪里？在方山。陋舍数间柴门紧闭，石阶淋雨遍生青苔；野鹿卧在身边举止亲昵，饥鸦求食娇态可掬。在这清幽而静谧的仙境里，诗人心如涸井而波澜不惊，悠然地享受着难得的自在，品味着无尽的乐趣。诗篇运思似行云流水，吐辞若飞珠迸玉，均给人以唯美的享受。

登木塔

题　解

清康熙四年（1665）春，年届八十的诗人由方山来陇州城北开元寺，登上寺内七级木塔观景，并题此诗以志。诗篇描绘了木塔的壮观气势，讲述了在塔上的见闻和感受。陇州开元寺始建于唐代，历代屡有修葺。清同治三年（1864）阴历正月二十七日，凤翔回军八十余骑从水银河沟出，攻入开元寺，纵火将寺院及木塔悉数烧毁。寺庙自此被废弃，其遗址今已被居民小区占据。

木表[1]玲珑插太空，风雷变幻护神工[2]。
夜栖北斗[3]七层冷，日对南峰[4]万仞雄。

忽见鸟飞平地上[5]，恍闻人语半天中。

谁能会得灵山塔[6]，尘劫常留无相宗[7]。

注　释

［1］木表：木质的塔尖。

［2］神工："鬼斧神工"的缩写，此处指木塔。

［3］夜栖北斗：谓到了夜晚，北斗星便栖居在木塔顶上，极言塔之高耸。

［4］南峰：指位于开元寺之南的吴山。

［5］平地上：从平地飞上来。

［6］灵山塔：这里指开元寺的七级木塔。

［7］尘劫常留无相宗：尘劫，佛教称一世为一劫，无量无边劫为尘劫，后世泛称尘世的劫难，此处当指尘世；无相宗，为佛教三论宗的别名，因其以般若所说诸法皆空为宗，故称无相宗，为佛教流派之一。

简　议

诗篇以雄肆流利的语言，写出了陇州开元寺七级木塔的高标和壮美，散发着浓郁的禅学意味。

陈子龙诗（一首）

陈子龙（1608—1647），南明抗清将领、文学家。字卧子，号大樽。松江华亭（今上海市松江区）人。崇祯进士。曾与夏允彝等组织"几社"。南明弘光帝时任兵科给事中，见朝政腐败，辞职归乡。清军破南京后，在松江起兵，称监军。事败，避匿山中，结太湖兵抗清。事泄，在苏州被捕，乘隙投水死。他是明末重要作家，诗歌成就较高。其诗具有沉雄瑰丽的独特风格，为云间诗派之首席，被誉为"明诗殿军"。也工词，为婉约词名家、云间词派盟主，人称"明代第一词人"。曾主编《皇明经世文编》，删改徐光启之《农政全书》并定稿。著有词集《江蓠槛》《湘真阁存稿》，文集《安雅堂稿》等。

陇头吟

题 解

这首诗为乐府诗，概言客人于夜间行进于陇山道上的情形。陈子龙的《陇头吟》诗共八联，此处取其前两联。

陇坂迢遥天咫尺，陇树微茫[1]映沙石。
陇头流水声潺湲，陇上明星照客行[2]。

注 释

[1]微茫：隐约而模糊。
[2]陇上明星照客行：陇上，陇山之上；客，指行役者。

简 议

陇山高入天表，陇树模糊难辨，陇水东西潺湲，陇上繁星朗照。行进在如此沉寂荒僻的陇山道上，行客心中的孤零和悒惶任谁都品得出来。诗篇描写陇山陇水只是表象，而暗喻诗人的身世遭遇和悲苦心境才是旨趣所在。

杜浚诗（一首）

杜浚（1611—1687），原名诏先，字于皇，号茶村。明清之际诗人。湖北黄冈人。崇祯十二年（1639）乡试副榜。入清后绝意仕宦，流寓金陵三十余年。曾参加抗清队伍，失败后削发为僧，后还俗，周游四方。善诗，力学杜甫，遗其貌而取其神。其诗遒宕清逸中有气势，尤精五律。《大清一统志》说他"诗文豪建，自辟畦町"。著有《变雅堂集》十八卷，其中文集八卷、诗集十卷、附录二卷。

关山月

题 解

《关山月》为汉乐府横吹曲名，多写边境士兵久戍不归和家人互伤离别之情。杜氏的这首诗，也是伤别之作。

上有关山月[1]，下有陇头水。月照行人不记年，流水无情流不已[2]。月凄清，水呜咽，非秦非汉肠断绝！

注　释

［1］关山月：指陇山上空之月。陇山亦称关山。

［2］已：停止。

简　议

陇山流水之呜咽，即是无数行人之悲哽。

徐灿诗（一首）

徐灿（约1618—1698），字湘蘋，又字明深、明霞，号深明、紫言。吴县（今属江苏）人。著名女词人，为女子诗社"蕉园五子"之一，明浙江海宁陈之遴（1605—1666，入清，官礼部尚书、弘文馆大学士）之妻。

陇头水

题　解

此诗借乐府旧题而作，对"壮夫"轻率出塞征战的举动表示不屑。

> 西去穷荒恨，东看故国愁。
> 一心悬两地，双泪落风流[1]。
> 羽檄[2]秋偏急，戎车[3]夜不休。
> 壮夫轻出塞，未到陇山头。[4]

注　释

［1］落风流：谓眼泪出来后，被风吹得四处飞流。

［2］羽檄：即羽书。《汉书·高帝纪下》谓"吾以羽檄征天下兵"，《颜注》称"檄者，以木简为书，长尺二寸，用征召也。其有急事，则加以鸟羽插之，示疾速也"，这里指征兵的文书。

［3］戎车：兵车。

［4］壮夫轻出塞，未到陇山头：谓壮夫们之所以轻率地从军出塞而不畏惧，是因为他们还没走到陇山，不知道那里环境的恶劣，没有感受到离别之痛。陇山头，代指边塞。

简 议

没有担当，没有胸襟；贪图安逸，惧怕牺牲。徐氏此作尽是儿女情长，全无英雄风骨，且对"壮夫"暗含讥讽，果然出自养尊处优的贵夫人之手。

毛奇龄诗（一首）

毛奇龄（1623—1716），字大可，号初晴。以郡望称西河。明浙江萧山（今杭州萧山区）人。著名经学家和文学家。入清，于康熙朝任翰院检讨和明史馆纂修等。治经史及音韵学，所撰《四书改错》对朱熹的《四书集注》有所抨击。长于散文诗词，并从事诗词的理论批评。著有《西河诗话》《西河词话》《竟山乐录》等。著作编为《西河合集》，凡四百九十六卷。

就亭鹦鹉去而复返

题 解

有感于就亭鹦鹉去而复返，诗人作了这首诗。诗中对鹦鹉因路远而不能归乡表示遗憾。

> 脱锁辞雕槛[1]，衔绦返绿衣[2]。
> 陇山[3]千万里，何处可言归！

注 释

[1]槛：本指关野兽的笼子。此处则指关鹦鹉的雕笼。

[2]返绿衣：谓返回来受苦。《绿衣》为《诗经·邶风》卫庄公夫人伤己之诗，诗中以"绿衣"喻妾，言以妾为正而嫡反为侧也。

[3]陇山：指鹦鹉的家乡。

简 议

好不容易挣脱枷锁逃出了樊笼，鹦鹉却因路途遥远无法遁回故乡陇山，只得无奈地再次返回笼中受苦。诗人对它深表同情，为其不能获得最终的自由而感伤。

曹琏诗（三首）

曹琏（生卒年不详），字廷器。明永兴（今湖南永兴）人。宣德四年（1429）乡试第一，累官国子监学正、河南提学佥事。景泰三年（1452），任陕西按察副使，后任大理寺少卿。曾以都御史巡抚延绥（今陕西绥德、榆林地）。著有《裕斋集》等。

陪侍吴山三首

题 解

这三首诗作于诗人任职陕西期间陪同专官祭祀吴山时。前两首主要描写吴山风景，第三首主写祭山之目的。

一

一到吴山兴自嘉[1]，五峰屹立锁烟霞。
半岩寒瀑常飞雪，几树蟠桃未放花。
青拥佛头[2]朝雨后，翠迷仙掌[3]夕阳斜。
欲登绝顶观湫沼，无奈跻攀石径赊[4]。

注 释

[1]嘉：美，好。
[2]佛头：指吴山高耸的山头。
[3]仙掌：指吴山上寸草不生的形如手掌的石壁。
[4]赊：长，远。

简 议

烟霞缥缈，寒瀑飞雪，青拥山头，翠色弥漫，吴山气象万千、丰姿绰约，诗人为之折腰；然因怯力而未登顶，终究觉得遗憾。

二

岳镇金方接上台[1]，辉煌殿阁压崔嵬[2]。
风迎虎啸丹仙[3]舞，日射龙光白帝来[4]。
五朵芙蓉从地涌，万年松柏倚云栽。
虚游身在鸿濛[5]外，一览超然遍九垓[6]！

注　释

[1] 岳镇金方接上台：金方，西方；金为五行之一，位西方，《汉书·五行志》上谓"金，西方，万物既成，杀气之始也"；上台，星名，三台之一，属太微垣，在大熊星座中。

[2] 崔嵬：高耸。

[3] 丹仙：疑指隋代隐士丹元子。其人姓名不可考，自号丹元子。著《步天歌》七卷，为讲天文的通俗读物。或指臆想中的神仙，或指炼丹的道士。

[4] 日射龙光白帝来：龙光，指非凡的风采和神采；白帝，名白招拒，为西方之神。《礼记·月令》谓"天子乃以元日祈谷于上帝"，《孔疏》言"春秋纬文，紫微宫为大帝，大微为天庭，中有五帝座，是即灵威仰、赤熛怒、白招拒、叶光纪、含枢纽。祈谷郊天之时，各祭所感之帝"。

[5] 鸿濛：宇宙形成前的混沌状态。也作"鸿蒙"。

[6] 九垓：犹言九州。同"九陔"。

简　议

明初僧人蒲庵禅师来复《登南岳祝融峰》诗曰："镇岳高居紫翠开，上封楼殿压崔嵬。风鸣虎锡神僧定，日射龙旂赤帝来。四色莲花从地涌，万年松柏倚云栽。虚游身在鸿蒙外，一览浮青遍九垓。"曹琏这首诗，几乎是对僧人诗的照抄。

三

叠嶂层峦紫翠连，登临浑似步青天。
界分秦陇[1]封疆远，气压昆吾[2]地位偏。
岩溜斜通丹药井，林霏近接市廛[3]烟。
我来秩祀[4]灵祠下，愿赐甘霖庆有年[5]。

注　释

[1] 秦陇：指陕西省和甘肃省。陕西简称秦，甘肃简称陇。

[2] 昆吾：山名。《山海经·中山经》谓"又西二百里曰昆吾之山，其上多赤铜"，晋郭璞《注》称"此山出名铜，色赤如火，以之作刀，切玉如割泥也"。

[3] 市廛（chán）：《孟子·公孙丑》上云"市，廛而不征"，指

在市场上供给储存货物的屋舍、场地，于交易前不征收货物税。后取"市廛"，用以称商店集中之所。

［4］秩祀：依常礼祭祀。

［5］有年：丰收之年。

简 议

祈雨以求丰年，原是祭山初衷。

薛纲诗（一首）

薛纲（生卒年不详），字之纲。明山西绛县人。天顺八年（1464）进士，拜监察御史。巡按陕西，于边防事务多所建言。历官至云南布政使。有《三湘集》《崧阴蛙吹》等行世。

祀吴山

题 解

这是作者巡按陕西祭祀吴山时作。诗篇首先对吴山之美给予称颂，而后提出祭山的祈望。

行到吴山山上头，山多灵异更清幽。
黑龙湫里生云雨，白鹤巢边宿斗牛。
壁立中天［1］数万丈，居歆西土几千秋［2］。
瓣香敢为吾民祀，无作神庥庆有秋［3］。

注 释

［1］中天：天之正中。

［2］居歆西土几千秋：居歆，坐享祭祀；西土，西方；秋，年。

［3］无作神庥庆有秋：无作，要作，无为句首语气词，无义；庥，庇荫；有秋，有收成、丰收。

简 议

"为吾民"而祀吴山之神，望其"无作神庥庆有秋"，诗人可谓情系百姓。诗的颔联状吴山之"灵异"运笔奇伟，如言幻境。

吕秉之诗（一首）

吕秉之（生卒年不详），明成化至正统间人。弱冠以荫为国子生。成化间（1465—1487）进士，历官中书舍人、礼部郎中、南京太仆少卿。文徵明曾向其学诗。

送谭秀水知陇州

题　解

友人谭秀水将赴陇州任知州，诗人作此为其送。诗中既有对友人的惜别之情，也有对陇州人民的推许和对谭氏的期待。谭秀水（1461—？）名溥，字德周，明四川重庆府合州铜梁（今重庆市铜梁县）人；弘治三年（1490）进士，六年任翰林院检讨，其后于弘治间升任陇州知州。

五马难遮感邑人[1]，恩迁先已梦刀频[2]。
寄梅驿使今千里[3]，望蜀乡关仅一旬[4]。
湖水鸳鸯当别酒[5]，山城鹦鹉解调春[6]。
斯民直道无南北[7]，更愿吾侯抚字新[8]！

注　释

[1]五马难遮感邑人：谓谭秀水毅然去陇州任职，陇民为此很感动。五马，太守的代称，此处实指谭秀水；邑人，陇州人。

[2]恩迁先已梦刀频：谓谭氏蒙皇恩升职是有先兆的。梦刀，《晋书》本传称晋人王濬梦中看见卧室屋梁上挂有三把刀，一会儿又增加了一把；醒来后，部下奉承他说三把刀是"州"字，本为三把刀而又再加一把刀，是"益"字，大概你将要去益州做大官了。后人以此为官吏升迁的典故。

[3]寄梅驿使今千里：谓诗人今后要托驿使给友人谭秀水寄送书信，要行千里之远了。这句借南北朝诗人陆凯之《赠范晔》诗诗意而得。陆诗谓"折花逢驿使，寄与陇头人。江南无所有，聊赠一枝春"。

[4]乡关仅一旬：谓去往友人的家乡蜀地只有十天的路程。乡关，家乡；一旬，十天。

[5]湖水鸳鸯当别酒：谓自己在鸳鸯湖上置酒为友人送行。

［6］山城鹦鹉解调春：谓友人到了陇州后，可养几只鹦鹉，在其鸣叫声中饮酒。山城，指陇州城；春，酒，自唐代起，人们多称酒为春。

［7］斯民直道无南北：谓陇州人民无论是苦是乐，都品质崇高，行正直之道。斯民，指陇州人民，《论语·卫灵公》谓"斯民也，三代之所以直道而行也"；南北，即"南枝北枝"，唐白居易《白孔六帖·梅南枝》称"大庾岭上梅，南枝落，北枝开"，其意指南枝向暖而北枝受寒，后来诗文中用以比喻处境苦乐不同。

［8］抚字新：在治理民政上有新的气象。抚字，本指对子女的爱护养育，引申为官员治理民政。

简　议

诗篇的最后两句，对陇州人民正道直行的良好品德给予充分肯定；希望谭秀水到任后励精图治、大有作为，让治下百姓过上幸福美好的生活。这是作品的社会价值所在，也是叫人感动的地方。

杨光溥诗（一首）

杨光溥（生卒年不详），字文卿，号沂川。明山东沂水（今山东日照）人。成化五年（1469）进士，授刑部主事。累官至山西按察副使。著有《剪灯琐话》《沂川文集》《素封亭稿》和《梅花集咏》等。

陇头水

题　解

这是一首边塞诗，对壮士之刚强勇毅给予热情讴歌。

陇坂何崎岖，十里九回折[1]。

下[2]有陇头水，日夜声呜咽。

行人到此闻水声，回首吞声多怆戚[3]。

惟有壮士心，刚似昆吾铁[4]。

近水磨宝刀，拟拭[5]匈奴血！

肯为儿女态[6]，行行[7]惨离别？

所志图麒麟[8]，一身甘陨国[9]。

此水本无情，何为使人恻？![10]

注 释

［1］九回折：汉辛氏《三秦记》称陇山"其坂九回，上者七日乃越"。

［2］下：山下。

［3］回首吞声多怆戚：谓一般的行人来到陇山听到呜咽的流水声，都会回首眺望家乡，为远离故国而悲伤哀泣。戚，忧伤、悲哀。

［4］昆吾铁：指昆吾山的铜。《山海经·中山经》谓"又西二百里曰昆吾之山，其上多赤铜"，晋郭璞《注》言"此山出名铜，色赤如火，以之作刀，切玉如割泥也"。

［5］拭：擦，揩。

［6］儿女态：青年男女间表现出的情态，多指悱恻缠绵、依依不舍。

［7］行行：将行，临行。

［8］所志图麒麟：谓壮士志在追求建立军功，将自己的形象图画在麒麟阁中。麒麟阁为汉武帝所建（一说萧何造），在长安未央宫内；汉宣帝甘露三年（前51），画功臣霍光、张安世、赵充国等十一人图像于阁中，以示表彰。

［9］陨国：为国战死。陨，死。

［10］此水本无情，何为使人恻：谓陇水本来没有意识和情感，怎么会让行人忧伤和悲痛呢？恻，忧伤、悲痛。

简 议

毫不夸张地说，此诗堪称同题诗中的压卷之作。诗篇采用对比手法，先言"行人"来到陇山后因思乡而"吞声多怆戚"，将其儿女子态毕露纸上；次述"壮士"在陇山"近水磨宝刀，拟拭匈奴血"的刚毅与勇武，将其"所志在麒麟，一身甘陨国"的英雄风概张扬到极致，使人对其发自内心地崇拜。诗作雄姿英发，意气鹰扬，格高旨远，足令读者激情进涌、精神亢奋。

李赞诗（一首）

李赞（生卒年不详），字惟诚，号平轩。明直隶芜湖（今安徽芜湖）人。成化二十年（1484）进士，曾任陕西左参政。累官至浙江右布政使。工书法。

次杨督宪韵

题 解

此诗为和陕西巡抚杨一清《祀吴山》诗第一首原韵之作，时在明孝宗弘治十六年（1503）春。诗作主言吴山之俊美。督宪，指时任陕西巡抚的杨一清。作者时任陕西左参政。

东连嵩华郁岩峣[1]，西接昆仑地脉[2]遥。
鬼柳分躔当此野[3]，王侯革号数今朝[4]。
天开画图金屏秀，人仰休祥玉烛调[5]。
可是精神全欲露，故教岚雾向人消。

注 释

[1]东连嵩华郁岩峣：嵩，指中岳嵩山，在今河南省登封市西北，古称外方，又名嵩高，有三峰；华，指西岳华山；郁，特别、甚；郁岩峣，很高峻。

[2]地脉：大地的脉络。

[3]鬼柳分躔（chán）当此野：鬼柳，均为星宿名；分躔，分别运行；此野，指古雍州地域。全句是说，鬼宿和柳宿二星宿分别运行在吴山所在的雍州区域。古天文学把十二星辰的位置和地上州、国的位置相对应，就天文说称分星，就地面说称分野。依《史记·天官书》的说法，古雍州（吴山所在地）对应的星宿为东井与鬼宿。李氏在此言"鬼柳"者，不知何据。

[4]王侯革号数今朝：谓帝王更改吴山之神的封号看明朝。在唐、五代和元朝时期，历代帝王对吴山的封号很多。到明洪武三年（1370），朝廷明令去掉此前所有封号，只称吴山山神为"西镇吴山之神"。

[5]休祥玉烛调：休祥，喜庆吉祥；玉烛，四季调和之气。言人君德美如玉，可致四时和气之祥。

简 议

但写风景，别无旨趣。"鬼柳"之说，纯属荒诞。

丁泰亨诗（三首）

丁泰亨（生卒年不详），明盱眙（今江苏盱台）人。嘉靖间（1522—1566）曾任陕西按察副使。

登吴山

（己亥[1]春，陕西制府耿公[2]祷雨于华山，应。复祷于吴山，又应。余为陪祀，赋此。）

题 解

明嘉靖十八年（1539）春，时任陕西按察副使的作者陪陕西总督耿某前往吴山祈雨时写了这首诗。诗中主要描绘了吴山的奇绝和风景的秀美。

> 挺秀千峰独镇西，芙蓉朵朵与云齐。
> 龙湫有影星河近，花木无荫日月低。
> 石室昼闲山犬吠，灵岩春到野禽啼。
> 我来直欲寻真境[3]，恐入桃源[4]路转迷。

注 释

[1] 己亥：指明世宗嘉靖十八年。

[2] 陕西制府耿公：制府，是总督的别称。明初用兵时，命京官到地方总督军务，非常设之官；弘治时，部议以三边宜以重臣专任开府总制军务；嘉靖时，去制字改总督。耿公，姓字不详。

[3] 真境：淳朴的境界。

[4] 桃源：是晋人陶渊明在《桃花源记》中所虚构的与世隔绝的乐土。

简 议

诗篇描写吴山之景昼夜相辉，有静有动，万象纷然。尾联"恐入桃源"句的运用，将吴岳之美推向了极端。

陪祀吴山

题 解

这首诗作于嘉靖十八年（1539）诗人陪陕西总督耿某前往吴山祭祀期间。诗中对明世宗忧民之德给予称颂，描述了祭山功成而甘雨普降的情景。

圣主[1]忧民意念深，重臣分祀奉纶音[2]。

两山交荐[3]风云合，一德[4]挽回天地心。

甘雨随车沾沃泽，田家遍野得黄金。

西秦已慰苍生望，济旱诚如托传霖。

注 释

[1]圣主：指明世宗。

[2]重臣分祀奉纶音：重臣，指"耿公"。分祀，指分别祷雨于华山和吴山。纶音，《礼记·缁衣》谓"王言如丝，其出如纶；王言如纶，其出如綍"，谓言出而弥大，后因以纶音、纶言、纶綍称皇帝的诏书和制令。

[3]两山交荐：在华山和吴山交相拜神祈雨。荐，献、进（贡）。

[4]一德：同心同德。

简 议

随耿氏祈雨吴山大功告成，诗人情绪高涨、笔走龙蛇。

登吴山

题 解

此诗作于嘉靖十八年春作者随耿制府祭祀吴山时。主要描写了吴山的美景，表达了祷雨成功后的喜悦。

疋[1]马崎岖鸟道来，松林西掩出楼台。

五峰岚翠自朝夕，万壑泉声殷[2]地雷。

春雨过后芝草遍，烟霞深处碧桃开。

天风雨液凌高顶，碧海山川皆重回[3]。

注 释

[1]疋（pǐ）：同"匹"。

[2] 殷：震动；大，二意皆可通。

[3] 碧海山川皆重回：谓山川大地重新披上了碧海般的绿装。

简 议

在同一时间所写的《登吴山》诗中，作者说吴山"花木无荫"，而此处却说山上不但"芝草遍"而且"碧桃开"。以常理论，即便祈雨成功，也不可能让吴山在瞬间发生如此之大的变化。所以，他在这里所讲的只是想象中的情景。据此，我们可以体会出诗人期待降雨以让山河生色之心的迫切。

邵升诗（一首）

邵升（生卒年不详），明凤翔（今陕西凤翔）人。弘治末年解元，正德初年进士。刘瑾堂孙女之婿。

登吴山绝顶

题 解

此诗为作者登吴山时作，在咏唱吴岳之美的同时，表达了对帝京的向往。

> 吴岳云中上，连峰翠欲流。
> 雷声喧水府[1]，日影射龙湫[2]。
> 幽意吾应访，高寒不可留。
> 燕京[3]在何处？但见紫云[4]浮。

注 释

[1] 水府：谓水神所辖之域，也泛指水底。

[2] 龙湫：藏有蛟龙的湫池。这里实指吴山的真人湫、大王湫等。

[3] 燕京：京都名。即今北京市。在明代，燕京是国都。

[4] 紫云：即紫气。祥瑞的光气，多附会为帝王出现的先兆。

简 议

诗人身在吴山绝顶观光，心里却想着首都燕京和当朝皇帝，这是功名之念太切所致。

张纶诗（二首）

张纶（生卒年不详），明陇州神泉（今陕西陇县城关镇神泉村）人。武宗正德二年（1507）乡举（乡里举荐），曾任湖北汉阳府同知。

前韵二首

题 解

这两首诗为和他人诗韵之作，前者只为言景；后者对吴山之神安社稷之功给予肯定，冀其继续消灾以佑生民。

一

造化琢成山势巧，巍巍入望复青青。
才临池畔堪乘月[1]，能到峰顶可摘星。
诗赋状出云外景，画图模得眼前形。
山灵[2]賸[3]有幽栖地，轮奂[4]何须更[5]作亭？

注 释

[1]才临池畔堪乘月：谓夜间来到山上的湫池边，可以追逐映在水中的明月。

[2]山灵：山神。

[3]賸（shèng）：尽，表示数量多。

[4]轮奂：高大华美，高大众多。

[5]更：再。

简 议

摹山写景似行云流水，颇觉清爽自然。

二

五峰独镇一方雄，挺立儿孙罗列中[1]。
奇似夏云新出岫[2]，恒如夜月每升东。
谦盈损益[3]非无应，社稷安危赖有功。
灾变年来频省示[4]，好加护持转祥丰。

注 释

[1]挺立儿孙罗列中：谓高大的吴山挺立在众多小山的簇拥中。儿

孙，喻众多的小山。

［2］岫（xiù）：山洞。

［3］谦盈损益：古语有"满招损，谦致益"之说，此处化用此语，谓人谦逊就能得益，自满即会受损。

［4］省示：察看警示。

简 议

祈求山灵消灾护持苍生，诗人爱民之心天日可鉴，然以"夜月""升东"状雄峻之吴山，似乎不妥。

顿锐诗（一首）

顿锐（生卒年不详），字叔养，号鸥汀。明涿州（今河北涿州）人。正德六年（1511）进士，任江苏高淳知县。乞归乡里，历十余年，再任代府右长史。晚岁卜居怀玉山，吟咏自适。少负才名，时称"涿郡有才一石，锐得八斗"。工于古诗，五言尤气韵清拔。著有《鸥汀长古集》《渔啸集》《顿诗》《涿鹿先贤传》等。

陇头流水

题 解

这首诗意在指斥中国边防的废弛。

陇水清且深，东西南北下[1]。
千里不见人[2]，胡儿来饮马。

注 释

［1］东西南北下：从四面流下。《三秦记》谓陇山"其坂九回，上者七日乃越，上有清水四注下，所谓陇头水也"。

［2］千里不见人：谓在广阔的边塞地带，不见有中国的士兵戍守。

简 议

诗人对中国的不修边备深感担忧，即作此诗以讽之。诗篇先言陇水的"清且深"，以之带出胡儿的"来饮马"，借此巧妙暗示了边疆潜在的危机，可称精思奇构。

任维贤诗（二首）

任维贤（生卒年不详），字宗程。明阆中（今四川阆中）人。武宗正德九年（1514）进士，授行人。历户部、工部郎中，进刑部侍郎。外官历浙江按察使，陕西、河南布政使，延绥巡抚。官终都察院右副都御史。在官三十余年而家无余积，时人称之。

秋霁[1]望吴山

题 解

此诗作于诗人任职陕西时，表达了望见吴山后的愉悦心情。

> 天与全秦列画图，华山西去更瞻吴。
> 秋风大快游人眼，吹得浮云半点无。

注 释

[1]秋霁：秋天雨过天晴。

简 议

秋风吹散浮云，吴山丰姿毕显，诗人心情大悦。

望吴岳即事

题 解

诗篇写于阳春三月，为追念亡友而作。

> 东风吹柳雪漫漫[1]，三月轻阴酿小寒[2]。
> 陇水夜深常聒枕[3]，吴山云尽独凭栏。
> 梅逢驿使怜谁寄[4]？剑倚邮亭取自弹[5]！
> 撩乱客怀吟不就[6]，凤城回首望长安[7]。

注 释

[1]雪漫漫：谓柳絮纷飞。

[2]小寒：轻微的寒冷。

[3]聒枕：谓陇水的鸣咽声十分嘈杂，总在枕边回响。

[4]梅逢驿使怜谁寄：南北朝诗人陆凯在《赠范晔》诗中云"折花逢驿使，寄与陇头人。江南无所有，聊赠一枝春"，意谓折取一枝梅花，

托驿使寄赠给身在"陇头"的好友范晔。而任氏此诗则反用陆氏诗意,谓自己虽然遇到了驿使,却不知将梅花寄赠给谁,因为友人业已亡故。句中"怜谁寄"为倒装句,反过来就是"怜寄谁"。

[5]剑倚邮亭取自弹:战国时齐人孟尝君食客冯谖弹铗而歌曰"长铗归来乎!食无鱼",后来用以比喻有求于人。但此处则表示孤独无奈。邮亭,驿馆,传送文书投止之所。

[6]吟不就:作诗不能成句。

[7]凤城回首望长安:凤城,相传秦穆公之女弄玉吹箫引凤,凤鸟降于京城,故曰丹凤城,后因称京城为凤城。但在这里,凤城则指作者当时所处的长安。长安,实指当时的都城北京。

简 议

阳春三月万象明媚,而诗人却触景伤怀,友人的亡故令他心境凄凉。漫漫的柳絮,象征着他对挚友无穷无尽的思念。轻阴中的小寒,影射着他内心无法排遣的孤苦。因为追忆亡友,他彻夜辗转反侧,却将其归罪于陇水的聒枕。"独凭栏"和"取自弹"的诉说,分明昭示着失去好友后的孤独与寂寞。诗篇文辞庄重雅正,用典贴切精审,貌似不言情而处处抒情。

李朴诗(一首)

李朴(生卒年不详),明湖广蕲州(今湖北蕲春)人。正德十一年(1516)举人。嘉靖十九年(1540)至二十五(1546)年任陇州知州。以直见忤,再调不赴,退居林下,纵情诗酒。

古柳行

题 解

明世宗嘉靖十八年(1539)十一月二日,陇州学庙重修工程竣工。作者于第二年写了这首诗,对学庙内古大柳树给予怜悯和赞美。

泮上雄风各拍拍[1],有柳托根怡自得。

忆渠[2]从前年少时,依稀曾与张绪列[3]。

独听闲寂保柔贞，不向深宅妒颜色。
后来老大无人钦[4]，默默寒岁几烟雨。
缙绅过之不一顾，莫怪儿童时弄亵。
值今何幸逢知己[5]，抚摩不休歌不辍。
为悦此去中[6]不摧，为悦此去腰不折。
岂只可与肆稂莠？岂只可与行惠德？
矻然并立尼父门[7]，俨乎为仪帝者阙[8]。
私言此柳不虚生，靡在体貌之巉屼[9]。
噫嘻，人乎柳乎望无穷，无负于我吴白[10]。

注　释

[1]拍拍：风的吹拂声。

[2]渠：它。此处指古柳。

[3]张绪列：与张绪同列。张绪（422—489），为南朝齐吴郡吴县人。其人美风姿，清简寡欲，口不言利，长于《周易》，官至太常卿，领国子祭酒。齐武帝植蜀柳于灵和殿前，谓"此杨柳风流可爱，似张绪当年时"。

[4]钦：敬重。

[5]知己：指作者自己。

[6]中：身体。

[7]矻（kū）然并立尼父门：矻然，高高的；尼父门，尼父指孔子，孔子名丘，字仲尼，故称尼父。在此，尼父门指陇州学庙（文庙）之门，因学庙内供孔子像，又是修习孔教的所在。

[8]帝者阙：帝王的宫殿。阙，宫殿。

[9]靡在体貌之巉屼（chán wū）：靡，不；巉屼，本指高峭的山峰，此处借指柳树体形高大。

[10]吴白：吴，《诗经·周颂·丝衣》有"不吴不敖"语，《毛传》谓"吴，哗也"，褚少孙补《史记·孝武纪》引作"不虞不骜"，后来泛指"大"；白，陈述，述说。故吴白意如"大声告白"，谓不要辜负我对学庙古柳的大声（力）宣扬。

简 议

概而言之，这首诗的旨要与此前明右副都御史吴瀚之《陇州学庙古柳行》诗基本一致，但诗思难与前者媲美，文字也有晦涩之弊。

尹觉诗（一首）

尹觉（生卒年不详），明峨眉县（今四川省乐山市或峨眉山市）人。嘉靖年间（1522—1566），曾任凤翔府同知。

龙眼寺[1]

题 解

明世宗嘉靖十年（1531），作者来陇州巡察公事，路过州城之东的龙眼寺时写了这首诗。

> 云岩两泉出，潺潺时有声。
> 作亭与僧守[2]，石上起山名。

注 释

[1] 龙眼寺：寺庙名。在今陕西省陇县城关镇龙眼寺村右之半山腰。清康熙五十二年（1713）成书的《陇州志》在其《建置志》中谓"龙眼寺，州东一十五里。山脊之南旁有二泉，若龙之眼。相传唐鄂国公尉迟敬德建。（明）弘治间重修"。

[2] 作亭与僧守：作，及、到；守，相守。全句谓到了亭子里，等待与寺中和尚相守谈心。

简 议

不过一座小小的乡间寺庙，却能让诗人赋诗唱颂，实属幸事。

朱鸾诗（一首）

朱鸾（生卒年不详），明世宗嘉靖间（1522—1566），曾任凤翔府同知。

登吴山

题 解

明世宗嘉靖九年（1530），作者前往吴山游览时写了这首诗。诗中对吴山给予讴歌，为自己以前登山不曾题诗而抱愧。

上得吴山第一层，蜿蜒石磴不堪登。
平瞻霄汉惊寥廓，下瞰村岚漫郁蒸[1]。
自古鸿濛[2]支宇宙，到今鳌极[3]显功能。
登临多少留题者，绘入微茫[4]我未曾。

注 释

[1]郁蒸：蕴结翻腾。

[2]鸿濛：宇宙形成前的混沌状态。

[3]鳌极：等同于"鳌头"。极，最高处。

[4]绘入微茫：谓登上吴山者所题的诗文被刻写到石碑上，已流传了许多年，时间长得都隐约而模糊了。微茫，隐秘暗昧，隐约模糊。

简 议

竭力赞美吴山，是有关吴岳诗的共同主题。而此诗通过颈联两句的描写，将吴峰之雄峻和功德推向了新的高度。

梁汝魁诗（四首）

梁汝魁（生卒年不详），明泰和（今江西泰和）人。嘉靖间进士。曾任陕西巡茶御史和云南道监察御史。嘉靖三十七年（1558），与张应时协同刻印《欧阳南野先生文集》三十卷。

望吴山二首

题 解

这两首诗为作者任职陕西间赴华亭视察途经陇州时作，描绘了远望吴山所见之景，表达了急于登山的心情。

一

使节迢迢入陇西[1]，吴山高与华山齐。

五峰峭拔红云拥,一涧潆洄芳草萋。

殿阁遥疑天外现,蓓蕾[2]尽向望中低。

会须解却樊笼系[3],为访安期[4]驾鹤飞。

注 释

[1]使节迢迢入陇西:使节,使者,指作者自己;陇西,陇山之西,实指陕西平凉府的华亭县。

[2]蓓蕾:这里谓吴山五峰并峙,形似花蕾。

[3]会须解却樊笼系:会须,意如"该当";樊笼系,指官场俗务的束缚。

[4]安期:指先秦时代的方士安期生。《史记·封禅书》记汉武帝以方士李少君言,遣使入海求蓬莱仙人安期生之属。后来成为道家仙人之名。

简 议

才远远地望见吴山,诗人就按捺不住内心的冲动,急于摆脱俗务的纠缠,驾鹤飞到山上寻访仙人。

二

吴山胜概[1]自天开,紫气丹霞接上台[2]。

隐隐芙蓉云里见[3],霏霏瀑布画中猜[4]。

灵湫昼静群龙卧,老树风清一鹤来。

试倚危栏聊睇望[5],云程奔走愧仙才[6]。

注 释

[1]胜概:美丽的景色,佳境。

[2]上台:星名。三台之一,属太微垣,在大熊星座中。

[3]见:"现"的本字,显露、出现。

[4]猜:揣测。

[5]睇望:斜视流盼地眺望。

[6]愧仙才:自愧没有仙人腾云驾雾的才能。

简 议

作者眼中的吴岳崇高伟岸,风光旖旎,丰姿姣好。他自愧没有仙人腾云驾雾的能力,不能立马上山观景。诗中颈联所言非实景,而是想象中的情形。

登吴山

题 解

此诗紧承前两首诗而来，写了登上吴山后见到的种种奇幻景象，明显流露出隐逸之念。

几年梦寐吴山胜，今日来游谐[1]昔缘。
风扫石坛松影乱，烟明宝篆[2]瓣香虔。
丹峰朵朵秋旻[3]外，紫殿阴阴[4]夕照边。
跻陟独怜游倦客[5]，何时得学种芝田[6]？

注 释

[1]谐：和合。
[2]宝篆：形容香炉之烟盘旋上升，状如篆体之文。
[3]秋旻：秋季的天空。旻，天空。
[4]阴阴：幽深，阴暗。
[5]游倦客：作者自称。
[6]芝田：传说中仙人种芝草的地方。

简 议

"种芝田"是隐逸，是学道成仙。但凡登吴山者，什九心怀成仙之念，这足以证明吴山的秀美与灵异。

自华亭[1]再过陇州望吴山有感

题 解

这首诗为诗人自平凉府华亭县视事毕东返再过陇州时作，写了再望吴山之所见，倾诉了不得归乡的愁闷。

昔年持节曾游地[1]，今日重来百念投[2]。
一水[3]怒号流不尽，五峰壁立景[4]长留。
荒村日落人烟寂，故国[5]霜繁客梦稠[6]。
怅望[7]欲归归未得，谁人能识仲宣愁[8]？

注　释

［1］持节曾游地：持节，古代使臣出使必须持符节以作凭证，这里指"昔年"因视察华亭而西行；曾游地，指陇州。

［2］投：相投，投合。

［3］一水：指流经陇州城外的汧河。

［4］景："影"的本字。这里指吴山的影子。

［5］故国：故乡。

［6］客梦稠：客梦，作者客处异乡而思故乡的梦；稠，多。

［7］怅望：失意而忧愁地遥望（故乡）。

［8］仲宣愁：王粲那样的乡愁。王粲，字仲宣，是汉末著名文学家，为"建安七子"之一。他在荆州依附刘表时登上麦城城楼，写出了闻名天下的《登楼赋》，着力抒发了久客异地而产生的思乡之情。在此，作者以王粲自比。

简　议

第二次来陇州，诗人断然没了首次来陇赏游吴山时的激情和雅兴。多年因公奔走于异方，他对自己的故乡产生了深深的眷恋，思乡之情日夜萦怀，斫之不断、挥之不去。"一水"的"流不尽"，一如他无穷无尽的乡愁。而"荒村日落人烟寂"的清冷和寂寥，又让他的乡愁更浓更烈。尤其是末句以"仲宣"自比，愈发将他的愁思渲染得动人心魄。诗篇以景寄情、情借景生，意韵兼胜。

樊鹏诗（二首）

樊鹏（生卒年不详），字少南，明信阳（今河南信阳）人。嘉靖五年（1526）进士。曾任陕西按察司佥事，分守关西道，后迁陕西按察副使。在职时，尝来陇州何大复军营劳师。工诗文，有《樊氏集》传世。

望吴山

题　解

诗篇集中描绘了吴山的高标和峻伟，当作于赴陇州何大复军营犒师期间。

> 西镇峥嵘起，中天削五峰。
>
> 高标[1]秦岭外，尊与华岳同。
>
> 丹洞通仙气，灵泉合圣功。
>
> 遥瞻宫阙近，俱在斗牛[2]中。

注 释

[1]高标：木杪曰标，故凡高竿之物皆称为高标。

[2]斗牛：二十八宿中的斗宿和牛宿。

简 议

此诗写的是远观吴山所见的情形，极言吴岳之高大和灵通。语言的简括庄雅，令诗篇增色不少。

登吴山

题 解

此诗写了登上吴山后的见闻，表达出流连之意。

> 吴岳崔嵬[1]高插天，千峰万壑尽攀缘。
>
> 西瞻星海[2]黄河渺，东望函关[3]紫气连。
>
> 野鸟啼春山寂寂，晴岩飞雨石涓涓[4]。
>
> 平生颇抱烟霞癖[5]，竟日淹留懒欲还。

注 释

[1]崔嵬：高大险峻。

[2]星海：星的海洋，比喻广大。此处指广阔的大地。

[3]函关：指函谷关，有两处。一曰秦关，在今河南灵宝市南，是秦的东关；二为汉关，在今河南新安县东北。

[4]石涓涓：谓吴山的瀑布下泻后，石头上细流舒缓。

[5]烟霞癖：酷爱山水之癖。

简 议

这首诗续写登上吴山后看到的景象，故笔下的景物详细具体得多。尾联的述说，让诗篇做到了画中有人。

王朝贤诗（一首）

王朝贤（生卒年不详），明河南太康（今河南太康）人。嘉靖十一年（1532）进士。嘉靖间，曾任顺德府知府及陕西按察副使。入，为太仆寺卿。

陪祀吴山

题 解

嘉靖二十九年（1550）三月十二日，作者陪同陕西布政使程轨祭祀吴山，在祭山时作了这首诗。诗篇在炫耀陪祀吴山之荣耀的同时，对山间美景作了相应的描绘。

山势濒临几万重，追随旌盖亦与荣[1]。
烹茶旋汲灵湫水，指点凭人说五峰。
春嶂纷腾云穗[2]碧，晴峦返照草苍痕。
无端直北悬双睫[3]，瑞霭遥瞻接未央[4]。

注 释

[1]追随旌盖亦与荣：旌盖，旌旗和车盖，指程轨祭祀吴山队伍的仪仗。全句是说，跟着程轨前来祭山，也感到光荣。

[2]云穗：云头。

[3]双睫：双眼。

[4]未央：无穷无尽。

简 议

因陪祀吴山分享了荣耀，诗人眼中的一切都是那么美好，不大书特书不足以志其喜。诗篇立意庸赛，实在无足说道。

李奎诗（一首）

李奎（生卒年不详），明汲县（今河南卫辉）人。嘉靖十四年（1535）进士，曾官陕西布政司右参议。

祀吴山

题 解

这首诗为作者任职陕西间祭祀吴山时作,主写吴岳的胜概和功德。

岳峙西方造化功[1],五峰峭立接苍穹。

形同太华[2]三千丈,势压秦关百二雄[3]。

岚绕孤松龙吐雾,霞依怪石虎垂虹。

年来多赖兴云雨,圣代[4]褒崇祀典隆。

注 释

[1]造化功:大自然的创造化育之功。

[2]太华:指华山。

[3]势压秦关百二雄:《史记·高祖本纪》谓"秦,形胜之国,带山河之险,县隔千里。持戟百万,秦得百二焉",《史记索隐》谓"虞喜云:百二者,得百之二。言诸侯持戟百万,秦地险固,一倍于天下,故云得百二焉,言倍之也",后因以百二指山河险固之地。在此,这句话的意思是说,吴山威势压住了秦国故地所有的山河险固之地。

[4]圣代:是封建时代对当代的称谓。这里指嘉靖一朝。

简 议

颔联写吴岳之雄气宇轩昂,颈联状吴山之景意象瑰玮。

程辂诗(二首)

程辂(生卒年不详),字古川。明临清(今山东临清)人。嘉靖十七年(1538)进士,历任陕西按察使、左右布政使。嘉靖三十九年(1560),任右副都御史,巡抚陕西。次年,总督陕西三边诸军事。

谒吴岳

题 解

嘉靖二十九年(1550)三月十二日,任陕西布政使的作者前往祭祀吴山求雨,在祭山时写了这首诗。诗中盛赞吴山之雄,极力讴歌其功德。

汧水[1]潆回曲路通，奇峰五出万山中。

遥连秦塞[2]原同脉，峭倚钧天[3]巧用功。

东指崤函[4]雄华岳，西盘岐陇[5]佐苍穹。

金方[6]永镇多灵庇，巩固皇图奕叶[7]同。

注　释

[1]汧水：汧今作"千"。汧水为渭河支流，源出六盘山南麓，东流经陕西陇县、千阳县，复东流入渭河，在陇县境内流长68.8公里。

[2]秦塞：犹言秦地。塞，山川险阻之处。秦中自古称为"四塞之国"。

[3]钧天：天之中央，即中天。

[4]崤函：崤关和函谷关。

[5]岐陇：岐州和陇州。

[6]金方：西方。

[7]皇图奕叶：皇图，封建王朝的版图。奕叶，叶意如"世"，故奕叶即奕世；奕世即累世，一代接一代。

简　议

吴岳恒多灵庇，功德十分浩大。诗人为之倾倒，于是放声高歌。

谒吴岳祠

题　解

此诗作于嘉靖二十九年（1550）三月十二日祭祀吴山时。其旨与《谒吴岳》诗类同。

汧水西过曲路通，部峰[1]五出万山中。

突联[2]秦地原同脉，峭厉钧天巧用功。

东指崤函辅华岳，西盘岐陇佐苍穹。

金方永镇多灵庇，千载皇家基业隆。

注　释

[1]部峰：部，通"培"，壁垒。部峰，像壁垒的吴峰。

[2]突联：穿联。突，穿掘。

简　议

无论意旨还是措辞，都是对《谒吴岳》诗的移植。

孟颜诗（二首）

孟颜（生卒年不详），字怀溪，明泽州（今山西晋城）人。嘉靖十七年（1538）进士，初任县令，后任工部主事。累官至陕西按察司佥事。

谒吴岳祠

题 解

明嘉靖二十九年（1550）三月十二日，作者陪同陕西布政使程轨祭祀吴山并同谒吴岳祠，在谒祠后写了这首诗。诗篇描写了诗人与同行者在吴山上煮茶、赋诗和观景的情形。

崇镇来霜节[1]，春光属艳阳。
衣含林气润，茶煮石泉[2]香。
峰影回诗席[3]，崖阴落酒觞[4]。
陟巅时北望，心醉五云乡[5]。

注 释

[1]崇镇来霜节：崇镇，指高大的西镇吴山；霜节，指二十四气中的霜降。

[2]茶煮石泉：谓用石泉中的水煮茶。

[3]回诗席：回，环绕；诗席，吟诗的所在（处所）。

[4]酒觞：酒杯。

[5]五云乡：生有五彩瑞云的地方，实指吴山。

简 议

煮茶于石泉林荫之间，赋诗于峰影环绕之下，诗人心醉神迷、壮兴逸飞。

陪祀吴山

题 解

明嘉靖二十九年（1550）三月十二日，作者陪同陕西布政使程轨祭祀吴山，并写了这首诗。诗篇描绘了吴山的高大秀美，讴歌了嘉靖王朝祭山祈报的盛德。

西望吴山紫翠连，森森云树插金天[1]。
金茎[2]晓露浮仙掌，甘雨和风满舜田[3]。
花木倚岩攒翠微，松风出涧襍[4]流泉。
圣朝崇祀专祈报[5]，民庶欢歌大有年[6]。

注　释

[1] 金天：西方的天空。因吴山为西方之镇，而"金"谓西方，故云。

[2] 金茎：指金茎花。其花形如蝶，遇风则摇荡如飞。

[3] 舜田：虞舜的田土。舜为传说中的古帝，姓姚，号有虞氏，名重华。据说在他统治时期社会清明，天下太平，人民安居乐业。

[4] 襍（zá）：混杂。这里谓松风声和流水声混杂在一起。

[5] 圣朝崇祀专祈报：圣朝，是封建时代对当代王朝的敬称，这里特指嘉靖王朝。祈报，祭名，春祈丰年、秋报神功；又遇水旱则祈，既如愿而报。

[6] 大有年：大丰收之年。有，丰收。

简　议

以诗人的观点，"民庶欢歌大有年"的美好，是"圣朝崇祀专祈报"的结果，这是对"圣朝"和吴山之神的双重肯定。诗篇写景落笔生动鲜活，而且做到了文情并茂。

张祉诗（一首）

张祉（生卒年不详），字子受。明固始（今河南固始）人。嘉靖十七年（1538）进士。隆庆元年（1567），以都御史任陕西巡抚。隆庆二年，对西安城墙进行维修，对其外壁和顶面加砌青砖。

登吴山雨晴

题　解

此诗为作者任职陕西间登吴山时作。诗篇着力描绘了大雨过后吴山的清新秀丽，谓其因感念朝廷的明禋而显得恭谨。

青山淡淡露晴辉，雨足崇朝[1]云尽归。

无复浮埃迷化日[2]，尚余灵气润明衣[3]。

龙湫百丈看银瀑，鸟道千盘上翠微[4]。

因感明禋思穆穆[5]，碧峰恍若觐黄扉[6]。

注　释

[1] 雨足崇朝：雨足，犹言"雨脚"，指密集落地的雨点；崇朝，从天亮到早饭之间这段时间。

[2] 化日：化生万物的阳光。也指白昼。

[3] 明衣：贴身的单衣，于行礼和祭祀前沐浴后着之。

[4] 翠微：本指淡青的山色。这里指淡青色的山峰。

[5] 因感明禋思穆穆：谓吴山因感念朝廷的祭祀而态度恭谨。明禋，对神明的祭祀；穆穆，端庄、恭谨。

[6] 觐（jìn）黄扉：觐，古代诸侯秋朝天子称觐；黄扉，意如"黄门"，指黄色的宫门。

简　议

大雨过后，吴山万物峥嵘，气象焕然一新。诗人心花怒放，借助生花之笔，将山中风景写得令人神往。尾联两句的说辞，是作者忠君心态的自白。

吕时中诗（二首）

吕时中（生卒年不详），字以道，号潭西。明清丰（今属河南）人。嘉靖二十年（1541）进士，授翰林院庶吉士。历任陕西参政、山西按察使、山东右布政使、河南左布政使，入为詹事、户部右侍郎。他为官清正，不畏权贵。任职户部时，因弹劾提督宋大珰入狱七年。曾上疏言政百余次，其疏皆入史册。后拟任少司徒，因政敌谗毁而辞官归里。还乡后，悉心开导后进，周济贫弱。晚年以诗文自娱，有《潭西文集》十七卷。

游吴山

题 解

此诗为作者任职陕西游历吴山时作。诗篇描绘了吴山的俏丽景色，借道人之口讲述了山神的灵异。

> 百里层峦见远峰，青天玉削五芙蓉。
> 即知山意怜吾好，恰送岚光与客[1]逢。
> 岩溜四时飞雪雨[2]，池湫往日起蛟龙。
> 道人更说多灵异，每遣甘霖慰老农。

注 释

[1]客：作者自称。

[2]岩溜四时飞雪雨：指吴山的"晴岩飞雨"。

简 议

诗篇颔联妙思天成，将吴山之可爱轻松推出；尾联运思佳好，借道人之口以彰吴岳之功。

再 游

题 解

这首诗为再游吴山时作，着力表现了作者游山观景时的潇洒与放达。

> 独寻名胜散幽襟[1]，万仞晴瞻紫翠岑[2]。
> 群出[3]似邀佳客赏，再游真见野人心[4]。
> 扫苔石上还题句[5]，立马花间不记林[6]。
> 亭榭依然堪眺望，李侯风采到如今[7]！

注 释

[1]散幽襟：放开隐士的衣襟，表示以隐者自居。幽，此处指幽隐。

[2]岑：山峰。

[3]群出：谓群峰并出。

[4]野人心：野人，指乡野之人或庶民。作者身为官员，一到吴山即心旷神怡，觉得自己就像乡间一介平民而放浪形骸。

[5]题句：题（写）诗句。

[6]不记林：因观花而忘了还有树林。

[7]李侯风采到如今：李侯指唐代诗人李白，他一生放浪形骸、游历江湖、纵情诗酒。作者在此是说，李白喜欢游历名山大川、诗酒放达的遗风流传至今，由诗人继承了下来。

简 议

"散幽襟"与"野人心"的独白，活画出一位性情放逸的隐者形象。而"扫苔石上还题句"和"立马花间不记林"的述说，又将这位隐者的潇洒和旷达摹写得触手可及。末句直以李侯自比，更让这潇洒和放达直追诗仙李白。

孙永思诗（三首）

孙永思（生卒年不详），字性孝。明蒲州（今属山西）人。嘉靖二十六年（1547）进士，授行人。历官浙江道监察御史、陕西监察御史。嘉靖三十五年巡按广东。著有《粤台十二咏》。

咏吴山庙[1]

题 解

诗篇为作者任职陕西间登吴山时作，极力描写了吴山庙宇的壮观。

巍巍吴岳壮秦中，瑞气灵光万载同。
清世衣冠[2]严庙祀，岁祀香火报村翁。
萦回涧壑山门古，罗列岗峦殿阁崇[3]。
酬罢椒浆[4]瞻顾久，长廊松桧起秋风。

注 释

[1]吴山庙：在吴山脚下，自唐以来屡有修建。从明永乐年间起，朝廷常遣重臣在庙中祭祀吴山。

[2]清世衣冠：清世，太平盛世、清平时代；衣冠，本指士大夫的穿戴，此处借指士大夫和官绅。

[3]崇：高。

[4]椒浆：用椒浸制的酒。古代多用以祭神。

简 议

尾联言尽而意未尽,很是值得咀嚼。

登吴山

题 解

于吴山脚下拜谒吴山庙后,作者开始登山。此诗描写了登山途中所见之景,为自己的沉溺尘世而怅惘。

十年梦想灵奇地[1],秋日攀跻紫雾开。

翠削五峰天无堕[2],辉含千嶂鹤常来。

酒泉[3]云壑归人世,芝草松花总玉台[4]。

惆怅尘衣[5]还自振,凭高空啸碧亭隈[6]。

注 释

[1]灵奇地:指吴山。

[2]翠削五峰天无堕:翠削五峰,青翠而险峭如刀削的五峰;天无堕,天不掉下来。全句是说,青翠陡峭的五座山头支撑着青天,使它不掉下来。

[3]酒泉:指山上的漱池。

[4]玉台:是传说中天帝的居所。

[5]尘衣:沾满浮尘的衣服。借指做官。

[6]隈(wēi):山岭弯曲之处。

简 议

吴山风景独好,诗人深为陶醉,因对自己的沉溺宦海惆怅不已。

吴山秋兴

题 解

诗篇书写了秋日登吴山的逸兴,在歌咏吴岳之壮美的同时,为山中神仙的一去不返而怅然。

仗节西来拥汉关,遥从吴岳试跻攀。

悬崖翠扑纶巾[1]外,巨壑清流拄杖间。

地回风云连二华[2],天清波浪荡三山[3]。

会仙千古空遗迹，唯有灵禽自往还。

注　释

[1]纶（guān）巾：古时用青丝带编织的头巾。相传为诸葛亮所创。

[2]二华：指太华山和少华山。分别在今陕西的渭南和华县。

[3]三山：是秦汉方士所说的东海中的神山，即方壶、蓬壶和瀛壶。

简　议

此诗颔联书所见之景落笔新奇，妙趣横生；颈联状吴山之胜雄浑壮美，气象廓开；尾联怜仙人归去言浅意深，余音不绝。

李景萃诗（五首）

李景萃（生卒年不详），任丘（今河北任丘）人。明嘉靖二十六年（1547）进士。曾任陕西布政司右参政及杭州知府。

将登吴山途中遥望四首

题　解

这四首诗为作者任职陕西布政司参政时作，描写了远望吴山所见的情景，表达了急于登山观光的愿望，流露出隐逸之意。

一

凤翔西望是吴山，隐约遥峰霄汉间。

行尽柳林[1]三十里，青莲一朵出云间。

注　释

[1]柳林：地名。在今陕西省宝鸡市凤翔区以西约二十里处。

简　议

两处韵脚同用一个"间"字，实为败笔。

二

青莲一朵出云间，直上巍巍不可攀。

我欲凌风登绝顶，扪[1]天长啸看尘寰[2]。

注　释

[1]扪：摸。

[2]尘寰：人世间。

简 议

远观吴山高耸入云，登山之心急不可耐。诗中"扪天长啸看尘寰"句写得宏肆奔放，壮声英慨。

三

扪天长啸看尘寰，越水[1]秦川指顾间。

我本轻狂五岳客，宦游到处有吴山。

注 释

[1]越水：远水。越，远。这里当指渭河之水。

简 议

真能做个"轻狂五岳客"，这人生也值得羡慕。诗人虽然身在官场，却有一股潇洒放逸之气。

四

宦游到处有吴山，却被山灵[1]笑未闲。

何日拂衣[2]归此地，餐风弄月不开关[3]！

注 释

[1]山灵：山神。

[2]拂衣：提衣、振衣，表示果断。

[3]不开关：古代修道者常常闭关以静修。作者在此言"不开关"者，即闭门谢客，不与他人接触。

简 议

四首诗妙用联珠格修辞手法，语句衔接紧凑而属意畅达。

谒吴岳庙

题 解

这首诗紧承《将登吴山途中遥望》四首诗而来，极力表彰了吴山山灵的德泽和神功。

天作名山峻，巍巍镇此方。

远秩唐禬祀[1]，雄据汉封疆[2]。

厚德泽生物，神功翊圣皇[3]。

深忝参方岳[4]，祈灵展瓣香。

注　释

[1]远秩唐禴（yuè）祀：秩，常度；禴，祭名，同"礿"，为古代宗庙四时之祭中的夏祭。全句是说，吴山从唐代起，就被国家祭祀。

[2]汉封疆：汉，代指中国；封疆，疆界。因吴山所在地在古代往往位于边疆地区，故言。

[3]翊圣皇：翊，辅佐，帮助；圣皇，指明代的嘉靖皇帝。

[4]深忝参方岳：忝，有愧于；参，参拜；方岳，四方之岳，岳谓高大之山，因吴山高峻雄伟、威震西方，故称方岳。

简　议

此诗大肆宣扬吴山的荣耀，尽力标榜山灵的功德。这种思路与前人陈陈相因，毫无创意。

王学谟诗（四首）

王学谟（生卒年不详），字子杨，号河汀。明陕西朝邑（今陕西大荔）人。嘉靖三十二年（1553）进士，初为太谷知县，廉洁奉公，明辨是非，关心百姓疾苦，力除污吏陋习，一时称为能员。后任岢岚兵备道及山西左参议，分守河东，声誉更著。因秉性刚直，不俯仰于权贵而乞归乡里。主要著作有《被褐子》《谕三关将领檄文集》和《续朝邑县志》八卷。

被疾经西镇览胜即事酬杨逊庵守[1]四首

题　解

诗人任岢岚兵备道时随军来陇州而患病，得到时任知州杨逊庵的照料。病愈后与杨同登吴山礼神，遂写这四首诗以与杨氏唱和。杨逊庵即杨世卿，于隆庆元年（1567）任陇州知州。约略而言，第一首写了与杨拜谒吴山神祠的情况和所见之景，表明他们礼神的初衷在亲民；第二首对自己的从军生涯心怀怨望，却立志要荡平入侵敌寇以雪耻；第三首深哀西土人民生活之困苦，同时对杨逊庵表示欣赏，赞其治理有方且功绩卓著；第四首谓自己在吴山遇见道行高深的道士（仙人），并受到了他的点化。

一

西征畏途恶，南迈喜勿药[2]。
名山梦相邀，五峰天外削。
徙倚谒神祠[3]，残碑纷错寞[4]。
因之触惊心，世代浑如昨[5]。
神来云雨兴，神去烟光落。
岁岁自丰登，亢旱[6]不复作。
毓秀钟灵异，人文若贯索[7]。
报赛及岁时，伐鼓[8]迎神乐。
金天显厥灵[9]，执事严有恪[10]。
我本播荡人[11]，容与[12]羡岩壑。
君侯[13]能爱客，对此成高酌。
拊景写山容[14]，披衣见丹愕[15]。
为告同心友[16]，高举步勿却[17]。
鹤鸣和自阴[18]，縻尔有好爵[19]。
礼神在亲民，民亲神有托[20]。

注　释

[1]杨逊庵守：指时任陇州知州杨逊庵。但查遍陇州（县）所有志书，均无对杨逊庵任陇州知州的记载。守，指太守、刺史、县令等地方官。

[2]南迈喜勿药：南迈，南征、南行，在这里，指从陇州城出发向南去吴山；勿药，谓不用服药而病自愈，《易·无妄》谓"无妄之疾，勿药有喜"，后因称病愈为"勿药"。

[3]徙倚谒神祠：徙倚，站立，流连徘徊；神祠，西镇庙，在吴山山麓。

[4]纷错寞：纷乱交错而落寞。

[5]浑如昨：完全像是昨天。

[6]亢旱：大旱。

［7］人文若贯索：人文，指吴山上的石刻、题字等文化景观；贯索，又长又粗的大绳。

［8］伐鼓：击鼓。

［9］金天：西方之天。

［10］执事严有恪：执事，这里指担任报赛职责、从事报赛工作的人；严有恪，严谨而又恭敬，"有"通"又"。

［11］播荡人：流亡和流离失所的人，在这里则指四处奔波。

［12］容与：安逸自得的样子。

［13］君侯：古代称列侯为君侯。在此是对陇州知州杨逊庵的尊称。

［14］拊景写山容：抚摸着风景书写吴山的仪容。拊，抚摸。

［15］丹愕：未详。

［16］同心友：指杨逊庵。

［17］却：退。

［18］阴：树荫。

［19］縻尔有好爵：縻，通"靡"，分享；尔，你；好爵，美好的酒器，借指美酒。全句是说，（白鹤之所以和鸣）是想与你分享美酒。

［20］有托：有寄托，有嘱托。

简 议

诗人于西征途中患病，来到陇州竟得痊愈，心情自是快活。高兴之余，他和知州杨逊庵登上吴山谒祠对酒并赋诗唱和。由于心情舒畅，他眼中的吴山什么都好，几乎妙绝宇内。在观光高酣的同时，他也没有忘记民瘼，依然存有亲民之念，由此不难看出诗人的民生情怀。

二

栖栖何戚戚[1]，东方一迁客[2]。
长跪白金神[3]，落落失石画[4]。
窜身来西陲[5]，从军事行役。
岁月倏相易[6]，谈言空在昔。
所以吁明神，敢谓薄其责[7]？
抗手每加额，荡涤失贞白[8]。
右摧青山峰，左填北海石。

窃比精卫心[9],一举扫獯貊[10]。
灭度[11]起冤魂,雪耻敷光泽[12]。
于铄耀赫奕[13],所以脱金革[14]。
政恐非幺麿[15],区区羞执戟[16]。

注　释

[1]栖栖何戚戚:栖栖,忙碌不安;戚戚,急促。全句是说,我率军西征忙碌不宁,行动十分急促。

[2]东方一迁客:东方,作者家居东方;迁客,本指贬谪远方或贬谪在外者,但诗人并非遭遇贬谪,而是率军西行而来,他之所以自称"迁客"者,是为了表示对远离乡邦及征战生涯的不满和自嘲。

[3]白金神:告诉西方之神。白,告诉;金神,即西方之神,这里具体指吴山之神。

[4]落落失石画:谓自己因疏阔而失于计划。落落,疏阔;石画,大计,石通"硕",指深谋远虑。

[5]窜身来西陲:窜身,放逐之身;西陲,在这里指陇州。陇州地处当时的国都北京之西,故将其称作西陲。

[6]倏相易:极快地改变。

[7]敢谓薄其责:薄,轻视;其,代词,代指自己;责,指西征剿敌的责任、职责。全句是说,岂敢轻看自己所承担的剿敌的职责。

[8]荡涤失贞白:荡涤,冲洗、清除干净;失,放弃、改变;贞白,正直清廉。全句谓要洗净心中的各种杂念,不改变自己清正廉直的本色。

[9]窃比精卫心:窃比,暗中自比;精卫心,指精卫填海的雄心壮志。传说炎帝之少女曰女娃,游于东海而溺死,乃化作精卫鸟,常衔西山之木石,以填于东海。后以精卫填海比喻不畏艰险、坚持不懈。

[10]獯貊(xūn mò):獯,指獯鬻,为我国古代北方少数民族名,夏称獯鬻,周称猃狁,汉称匈奴,又作"俨狁";貊,古代称居于东北地区的民族为貊,也称"貉",又泛指少数民族。在古代,北方少数民族经常与中国为敌,每每入侵中国边境。所以,作者在此以"獯貊"代指当时入侵中国的敌人,即他所要征剿的对象。

[11]灭度:佛教语,谓僧人死亡。在此,则指因"獯貊"犯境而致

死的中国人。

［12］敷光泽：敷，布；光泽，指皇帝的德泽，或指礼乐文明。

［13］于铄耀赫奕：于，为；铄，辉煌；赫奕，光显。全句是说，待"一举"扫清"獯貊"后，为辉煌以光显自己或自家的门第。

［14］金革：意如"甲兵"。金，兵戈之属；革，甲胄之属。

［15］政恐非幺麽（mǒ）：政，通"征"，征战；幺麽，微小。全句谓征伐之事恐怕不是小事。

［16］区区羞执戟：区区，自称的谦辞，意如"我"；执戟，秦汉时的宫廷侍卫官，因值勤时手执戟而得名。

简 议

将从军来到"西陲"比作放逐和贬谪，诗人对自己的军事生涯极端不快。可他并未颓废、没有放弃自身的责任，决心要像精卫填海那样不畏艰险、矢志向前，彻底扫灭敌寇以雪国耻。诗篇在抱怨中迸发着力量，在郁闷中充溢着正气，在自嘲中张扬着斗志，称其为诗中上品并不为过。

三

日出忽亭午[1]，对山成宾主。
鹦鹉送酒杯，玄鹤来歌舞。
东望谈青龙[2]，西驰问白虎[3]。
拔剑插青天，低头叹西土[4]。
黎民骨如炊[5]，何时得安堵[6]？
五马草玄八[7]，金掖自文武[8]。
一笑黄河清[9]，抱元[10]认宗祖。
心和政自平，镇静岂小补？
乡井无茧丝[11]，四郊被甘雨。
弦歌磨小刀[12]，德让俟邹鲁[13]。
文希韩欧间[14]，诗过汉魏部[15]。
拂袖叫太白[16]，鞭策轻杜甫[17]。
我来问国风[18]，咸呼曰教父[19]。
伫立啸长空，英声[20]振千古！

注 释

[1] 亭午：正午，中午。

[2] 青龙：即苍龙，指二十八宿中之东方七宿。古时行军以画青龙之旗帜示东方之位。《礼记·曲礼》上谓"行，前朱鸟而后玄武，左青龙而右白虎"，《孔疏》说"前南，后北，左东，右西。朱鸟、玄武、青龙、白虎四方宿名也"。

[3] 白虎：西方七宿的合称，即奎、娄、胃、昴、毕、觜、参。

[4] 西土：在这里特指陇州一带。

[5] 骨如炊：即"析骨而炊"。谓粮尽柴绝，形容百姓在战乱或灾荒时期极端困苦的生活。

[6] 安堵：安居，相安。

[7] 五马草玄八：五马，《玉台新咏·日出东南隅行》有"使君自南来，五马立踟蹰"句，其中的"使君"指太守，因汉代的太守乘五匹马拉的车，在这里，诗人则用"五马"借指与自己同游吴山的陇州知州杨逊庵；草玄八，《汉书·扬雄传》谓"哀帝时，丁、傅、董贤用事，诸附离者或起家至二千石。时雄方草《太玄》，有以自守，泊如也"，后因以"草玄"指淡于势利，潜心著述。全句是说，陇州知州杨逊庵淡于名利，潜心撰写著作八篇（部）。

[8] 金披自文武：金披，宫殿的旁门，此处代指朝廷。全句是说，杨逊庵一旦去了朝堂，自然是文武兼备的人才。

[9] 黄河清：黄河水浑浊，古人认为黄河水变清为瑞征。

[10] 抱元：抱，持守；元，善。

[11] 茧丝：喻指赋税。官府取民之财如抽丝于茧，不尽不止。故云。

[12] 弦歌磨小刀：弦歌，《论语·阳货》记孔子的学生子游任武城宰，以弦歌为教民之具，后世因以其指礼乐教化；磨小刀，小刀相对于牛刀而言，《论语·阳货》称"子之武城，闻弦歌之声，夫子莞尔而笑曰：'割鸡焉用牛刀'"，言大材小用，后世引申指具大材之人。在这里则是说，杨逊庵是有大才之人，他任职陇州推行文治教化只是小试牛刀。

[13] 俟邹鲁：俟，等待；邹鲁，《庄子·天下》谓"其在于《诗》《书》《礼》《乐》者，邹鲁之士、缙绅先生多能明之"。邹，孟子故

乡；鲁，孔子故乡。故邹鲁喻指文化昌盛之地。

[14]文希韩欧间：文，文章；韩欧，指唐代的韩愈和宋代的欧阳修，二人皆是文章大家。

[15]诗过汉魏部：所写诗歌超过汉魏时代的诗篇。

[16]拂袖叫太白：拂袖，不满；太白，指唐代大诗人李白。全句是说，看不上或不满李白所作的诗。

[17]鞭策轻杜甫：鞭策，驱遣；轻，贱。

[18]国风：国家的风俗。这里指陇州之民风。

[19]咸呼曰教父：咸呼，都称道；教父，《老子》谓"强梁者不得其死，吾将以为教父"，汉河上公《注》谓"父，始也"。故教父犹言教化的开始。全句是说，陇州的民众都说这是教化的起始。

[20]英声：优异、杰出的声望。

简　议

诗人本来为陇州生民之困苦而悲哀，但他庆幸陇州有个贤明知州杨逊庵。他盛赞杨氏才华出众，且能大力推行礼乐教化以行仁政，致使陇州风调雨顺而无税赋，老百姓于是对其大唱颂歌。其实，对杨氏的颂扬也就是对他的期许和鼓励。从这期许和鼓励中，我们完全可以体会出作者亲民爱民之心的真诚与迫切。

四

日出何杲杲[1]，泉石寻幽讨。
山色郁葱茏，疑是蓬莱岛。
中有一羽人[2]，长生自不老。
问我今何适[3]？何事日烦恼？
人苦不自知，终岁常潦倒。
身世忽然尔[4]，焉能长寿考[5]？
吾有玄之玄[6]，因之名三宝[7]。
年年不火食[8]，容颜常美好。
伏气[9]以成仙，是曰道道道[10]！
去去[11]再致辞，下手贵其早！
回首不见人[12]，瀑水流浩浩。

注　释

［1］杲杲：明亮。

［2］羽人：神话中有羽翼的人，即仙人。道家学仙，因称道士为羽人，二义在此皆可通。

［3］何适：去哪里。适，去。

［4］忽然尔：忽然成了这样。

［5］寿考：寿命。

［6］玄之玄：玄中之玄，谓极其深奥的（东西或道理）。

［7］三宝：三种宝贵的事物，所指随文而异。如《老子》以慈、俭、不敢为天下先为三宝；《孟子·尽心下》以土地、人民、政事为诸侯之三宝；佛教以佛、法、僧为三宝；道家以精、气、神为内三宝，以耳、目、口为外三宝。在此，三宝则指"不食火"和"伏气"等。

［8］不火食：不食人间烟火，不吃饭食，即辟谷。

［9］伏气：藏气。

［10］是曰道道道：这就叫作道。道，指养生修炼之道术或方法。

［11］去去：越离越远。

［12］人：指羽人。

简　议

在这首诗中，诗人说他在吴山偶遇仙人，并且聆听了那仙人所讲的"道"。之所以设置这样一个场景，是为了表明他对隐逸生活的向往和对世俗生涯的厌倦，寓有退出官场之意。诗篇的基本特点，是浪漫主义色彩的浓厚和语言的直白浅易。

莫抑诗（三首）

莫抑（生卒年不详），字允升，号吉亭。明柳州（今广西柳州）马平人。嘉靖三十二年（1553）进士。嘉靖三十六年由长洲知县升任四川道监察御史，弹劾不避权贵，谓"御史乃朝廷耳目，何敢韬晦作寒蝉耶？"后巡按陕西及湖广。嘉靖四十一年任广州知府及广东海北道副使，颇有政声，士民立碑颂之。著有《历下集》一卷，《花县集》四卷。

登五峰顶

题　解

此诗作于作者巡按陕西期间，主写吴山之胜景，对自己的戴"尘冠"予以自嘲。

五峰高处势凌空，百叠关山[1]一望中。
亭列花茵香雾合，台间松阴[2]紫霞笼。
灵湫育暖衣生润，晴雨飘芳旆带红[3]。
愧我远来寻胜地，尘冠应是笑山翁[4]！

注　释

[1]关山：泛指山川关隘。

[2]台间松阴：台阶与松阴间隔。

[3]晴雨飘芳旆（pèi）带红：晴雨，指山上的瀑布"晴岩飞雨"；旆，同"斾"，古代形如燕尾的垂旒。

[4]尘冠应是笑山翁：谓山中老者可能会笑我戴着尘世的帽子。此句意在自嘲没有摆脱世俗的束缚。

简　议

面对吴山的无边美景和清幽境界，诗人自嘲被"尘冠"多误，不如"山翁"的高逸脱俗。

谒吴岳庙

题　解

诗篇为作者拜谒吴岳庙后作，描绘了古庙周边的优美环境和登高之所见。

万丈峰前古庙开，森森翠柏荫苍苔。
淡烟浮阁香氲满，积翠侵阶山影颓[1]。
波漾日光明玉宇[2]，风拖云气护琼台。
礼成陟[3]眺凌霄上，叠嶻[4]层峦入望来。

注　释

[1]颓：落。

[2]玉宇：天空。

[3]陟：登，上。

[4]巘（yǎn）：山峰。

简　议

诗篇范山写景笔墨生辉，然连用两个"翠"字却是瑕疵。

饮龙湫亭

题　解

这首诗着力描写了吴山龙湫亭的雄伟壮丽和金碧辉煌。

  峭壁凌空起，岩亭对野开。

  经营神毕功[1]，怪丽鬼输材[2]。

  洞曲天香[3]透，檐深日影回。

  雕墙徒[4]灿烂，峻宇[5]自崔巍。

  皓爽[6]延清气，元虚[7]断俗埃。

  烟霞时出纳[8]，鹿豕此徘徊。

  倒势窥汧渚[9]，回光瞰华隈[10]。

  有钟金隐璧，无鼓涧鸣雷。

  飞液悬琼乳，寒湫湛玉醅[11]。

  霜严森古柏，气暖翠新苔。

  屏绮晴岚积，台空晓雾堆。

  此中非阆苑[12]，何处不蓬莱？

  拖屐穿幽境，扪萝践碧苔[13]。

  攀缘跻镇顶，蹭蹬入天台[14]。

  垫[15]鸟惊人没，山灵[16]讶客回。

  主翁寻不见，应在白云堆。

注　释

[1]经营神毕功：谓营建龙湫亭时，神灵拿出了全部的功夫。概言亭子的建筑之精巧。

[2]怪丽鬼输材：怪丽，罕见的美丽；鬼输材，由鬼献纳建亭的才能。

[3]天香：祭神的香炷。这里指祭神时所燃之香发出的香气。

[4]徒：但。

［5］峻宇：高峻的亭檐。

［6］皑爽：（亭子的墙壁）洁白清爽。

［7］元虚：玄虚。

［8］出纳：出入。

［9］汧渚：汧河之小洲。

［10］华隈（wēi）：华山之弯曲处。

［11］玉醅：如玉般清纯的酒。

［12］阆苑：阆风之苑，仙人所居之境。

［13］扪萝践碧苔：扪萝，握（摸）着藤萝；践碧苔，踩着碧苔。

［14］蹭蹬入天台：蹭蹬，道路艰险难进；天台，谓峰顶之平台，或喻天台山。

［15］埜（yě）：同“野”。

［16］山灵：山神。

简　议

龙湫亭凌空高悬、烟霞缭绕、远离尘世，仿佛世外琳馆。站立亭中极目四望，可近窥汧河之洲渚，远瞰华岳之曲回，何况亭外还有“飞液悬琼乳”和“寒湫湛玉醅”。在这如梦似幻的幽境观光赏景，诗人岂能不飘飘然羽化而登仙？

张元凯诗（一首）

张元凯（生卒年不详），字左虞。明吴县（今江苏苏州）人。明世宗嘉靖三十三年（1554）前后在世。少受毛诗，折节苦读。以世职为苏州卫指挥。胸次旷逸，寄情诗酒。《四库全书》评其诗“大抵推陈出新，不袭窠臼。而风骨遒上，伉壮自喜，每渊渊有金石声”。著有《伐檀斋集》十二卷。

陇　水

题　解

诗篇主要描写了中原王朝与“氐羌”兵马在陇山对峙的情形，力陈将士征战之愁苦。

陇水陇头清,氐羌陇下营[1]。
不堪刁斗乱[2],况复夜猿鸣。
转战黄云[3]合,寻源白发生。
月明边籁[4]静,肠断此声[5]中!

注　释

[1]氐羌陇下营:谓氐羌之军在陇山下扎营。

[2]刁斗乱:刁斗之声纷乱。刁斗,古代行军用具,说法有二:一说以铜作镬器,受一斗,昼炊饭食,夜击持行;二说为小铃,如宫中传夜之铃。

[3]黄云:边塞之云。塞外沙漠地区黄沙飞扬,天空常呈黄色,故称。

[4]边籁:边塞地区的军乐声,也指边塞地区的各种声音。

[5]此声:指陇水的幽咽声、刁斗的敲击声和猿的鸣叫声。

简　议

刁斗声乱,夜猿悲鸣,黄云四合,战场的气氛令人惊悚。在这般危殆的环境里浴血征战,将士们人人愁肠百结。古往今来,战争带给人们的总是忧伤和苦难。

石银诗(二首)

石银(生卒年不详),明云南人。举人。嘉靖三十七年(1558)任陇州知州。任内均粮有功。

谒吴岳祠二首

题　解

这两首诗为诗人登吴山时作,首篇言吴山之壮美,次篇言心性之孤高以明志。

一

遍览名山胜,无如此地雄。
尊崇西岳并,峻极北辰[1]同。

殿阁青冥[2]外，楼台绿树中。
攀跻一徙倚[3]，长笑俯崆峒[4]！

注　释

［１］北辰：北极星。

［２］青冥：青天。

［３］徙倚：流连徘徊，站立，二意在此皆通。

［４］俯崆峒：俯，俯视；崆峒，山名，在今甘肃省平凉市西，也作"空桐""空同"，又名"鸡头""笄头""开头""汧屯"和"薄洛"。

简　议

诗篇从不同角度标榜了吴山的高大和峻雄，语言清越简拔而诗意流畅。

二

寻胜穷巅际，悠然动我思。
孤高心窃比[1]，镇静性相宜。
仰止从吾乐[2]，师资允在兹[3]。
迟回聊暇晤[4]，岂为赏心期[5]？

注　释

［１］孤高心窃比：谓暗自在心中将自己的情志高尚与吴山的高耸相比。

［２］仰止从吾乐：仰止，仰望、向往；从，任由。

［３］师资允在兹：师资，可以效法或引以为戒的人和事；允，诚然；在兹，在这里。全句谓可以让我效法的东西诚然就在这里（吴山）。

［４］迟回聊暇晤：迟回，徘徊；暇晤，悠闲地与吴山会面。

［５］岂为赏心期（jī）：期，助词，表示询问或反问。全句是说，（我来吴山）难道是为了赏心悦目吗？

简　议

诗人心性孤高，不同流俗。他登吴山的目的在于求真悟性，而非为了观光赏景。

谢应诏诗（二首）

谢应诏（生卒年不详），明广东人。嘉靖四十年（1561）举人。万历年间（1573—1620）曾任陇州知州。

登吴山

题 解

此诗为诗人任职陇州时作，记述了吴山的妙丽风光。

雍州山多是土泥，独有岍山石似笄[1]。
湫水湛泓[2]从地起，峰峦峭削与天齐。
更欣绝壁晴为雨[3]，却讶危楼云作梯。
几日登临不觉倦，徘徊散步日斜西。

注 释

[1] 独有岍山石似笄（jī）：岍山，即吴山，吴山古称岍山；笄，发簪，用以插定发髻或弁冕。

[2] 湛泓：清澈而深。

[3] 绝壁晴为雨：谓涓涓流水在天晴时从绝壁上流下，一如雨水。言吴山的"晴岩飞雨"瀑布。

简 议

吴山风景绝美，诗人游兴甚浓。

祀吴山

题 解

这首诗为诗人任职陇州期间祭祀吴山时作，展示了作者豁达的心态。

岁祀虔修谒镇山[1]，层崖绝顶恣[2]跻攀。
岂知神秀云遮护，惟见郊原雨点斑。
聊酌三杯成独醉，暂留一宿喜偷闲。
山灵[3]后约须重订，今日何妨空往还。

注 释

[1] 镇山：指西镇吴山。

［2］恣：随心任意。

［3］山灵：山神。

简　议

本为祭山而来，却乐于"独醉"而喜于"偷闲"，并且忙着和山灵续订再会之约，足见诗人的旷达与不羁。

杨世卿诗（六首）

杨世卿（生卒年不详），明长子县（今山西长子）人。举人。嘉靖四十一年（1562），任沙河知县。于隆庆元年（1567）任陇州知州。后任御史。与书画家王问相善，每以诗唱和。

吴山道中即事[1]

题　解

这首诗为作者前往吴山祭祀时于行进途中所作，描绘了沿途所见之景。

远浦[2]烟光合，层峰鸟道回。

山深多雨露，野旷半蒿莱。

篱落村墟迥[3]，林花西照开[4]。

钟声何处寺，迢递[5]见楼合。

注　释

［1］即事：就事，犹言去工作。这里指即事写诗。

［2］远浦：远处的水滨。

［3］村墟迥：村庄遥远。

［4］西照开：在西斜的太阳的照射中开放。

［5］迢递：高，远。二意在此皆通。

简　议

诗篇用清雅可人的语言，将吴山道中所见之景一一绘诸笔下。远浦的烟光，曲回的鸟道，晶莹的露珠，满目的蒿莱，隐约的村落，娇艳的林花，悠扬的钟声，依稀的楼台，这众多绮丽的意象际会一处，构成了美轮美奂的山水画卷，令人在赏心悦目的同时深深地沉湎其中。如同大匠运斤,诗中绝少斧凿痕迹。

初至吴山

题 解

此诗为诗人初到吴山时作,既表达了践约登山观光的快慰,也表白了请"巢许客"下山安民济众的意愿。

> 我家亦住太行山[1],吴岳遥通霄汉间。
> 岛屿溪分回陇水[2],峰峦云绕接秦关[3]。
> 只怜佳胜虚前约[4],岂料攀跻慰昔颜。
> 洞口为询巢许客[5],好凭康济下人寰[6]。

注 释

[1]我家亦住太行山:太行山迤逦于山西高原和河北平原间,而作者家居山西长子县,在太行山区内,故称。

[2]陇水:指发源于六盘山南麓而流经今陕西陇县和千阳县的汧河。

[3]秦关:当指地处陇州西部陇山中的大震关。此关初名陇关。汉太始二年(前95)正月,汉武帝巡行回中,经陇关而遇雷震,因更名为大震关。关东距今陇县城五十公里。

[4]虚前约:未能兑现以前攀登吴山的约定。

[5]巢许客:巢指巢父,许指许由。巢父为传说中唐尧时的隐士,因在树上筑巢而居,时人称其为巢父,尧以天下让之,不受。尧又让天下于许由,亦不受。《汉书·古今人表》及晋皇甫谧《高士传》皆说巢父许由为二人,而三国蜀谯周《古史考》则谓巢父即许由。后来诗文用典多分作二人,并称为巢由或巢许。而此诗中的"巢许客",则指隐居在吴山山洞中的高士。

[6]好凭康济下人寰:凭,请、请求;康济,安民济众;人寰,其意如"人间"。全句是说,请求洞中隐士下山到人间安民济众。

简 议

愿请"巢许客"下山安民济众,心里自然装着万千黎民。有此一愿,诗篇的人文情怀立现。

会仙峰下

题 解

此诗为诗人祭祀吴山期间观瞻会仙峰时作,主要描写了峰下坛庙荒废的情形,述说了游山饮酒的乐趣。

> 峰畔仙坛今欲芜,群山曾此会还无?
> 隔云仿佛闻箭鼓[1],对镜依稀传笑呼。
> 时有龙虎岩下伏,尚留鸾鹤洞中孤。
> 不觉春风吹酒醒,恍疑相伴宴蓬壶[2]。

注 释

[1]箭鼓:箭楼上的鼓声。此处指吴山庙观中鼓楼上的鼓声。

[2]蓬壶:山名,即蓬莱,为古代方士传说中的仙人居所。晋人王嘉《拾遗记》一谓"三壶则海中三山也。一曰方壶,则方丈也;二曰蓬壶,则蓬莱也;三曰瀛壶,则瀛洲也,形如壶器"。

简 议

较之《初至吴山》诗,此作兴味索然。

祀吴山三首

题 解

这三首诗互为表里,集中表达了作者放任不羁的个性和豁达旷放的情怀。

一

> 是处存吾道[1],达人[2]任所之。
> 山川马迁史[3],风俗杜陵诗[4]。

注 释

[1]是处存吾道:是处,这个地方,指吴山;吾道,我所崇尚的事物。

[2]达人:通达知命的人。

[3]山川马迁史:马迁史,指西汉史学家司马迁所著的史书,即《史记》。全句是说,天下的山川妙丽如画,一如司马迁所著的《史记》那样秀美壮阔。

[4]风俗杜陵诗:谓风情民俗淳美如杜甫的诗。杜甫因居杜曲,在少

陵原之东，故自称"杜陵布衣"。

简　议

诗篇措辞娟丽俊逸，比喻高雅奇警，风格平和简淡，韵味深长隽永。

二

节建关河震[1]，春回草木怡[2]。
原来四海志，不为负幽期[3]。

注　释

［1］节建关河震：节，高峻，《诗经·小雅·节南山》谓"节彼南山，维石岩岩"；建，指建星，在北斗上；节建，谓吴山高峻，直达建星。关河，谓函谷关等关与黄河，或疑指陇州陇山之大震关与汧河。

［2］怡：怡悦心神。

［3］幽期：秘密的期约。这里当指登临吴山的期约。

简　议

久有四海志，终于上吴山。作者为此心旷神怡，喜不自胜。

三

寰海为家客[1]，芳踪遍九垠[2]。
诗肠[3]蟠锦绣，豸角[4]带风云。
剑倚吴山曲，风清陇水渍[5]。
高歌仍未厌[6]，寒谷亦阳春[7]！

注　释

［1］客：指作者自己。

［2］九垠：意如九州，同"九垓"。

［3］诗肠：诗思和诗情。

［4］豸角：即豸冠，是古代执法官吏所戴之冠。这里指作者的冠饰。

［5］渍（pēn）：泉水自地下喷涌而出。

［6］未厌：不满足。

［7］阳春：温暖的春天。

简　议

自得，自负，自雄，自乐，诗人的超逸和旷放跳动在字里行间。诗题为《祀吴山》却不涉祀山之意，这在同类题材的诗篇中特立独行。

安邦诗（三首）

安邦（生卒年不详），贡士。明陇州南峻镇人。穆宗隆庆间（1567—1572），曾任安定县（今甘肃定西）儒学训导。也曾任仓大使。

通玄观三首
（观在州治东南四十里许南峻镇，全名太清通玄观。）

题　解

这三首诗采自《民国陇县野史》，作于明穆宗隆庆六年（1572），古人认为是描写陇州南峻镇通玄观的。三首诗主要讲述了该观的悠久历史和庙貌，抒发了游观时的感慨和雅兴。南峻镇在今陇县何处，现已不可考。

一

古刹何年有，开元十五春[1]。
额篆通玄号，碑载政和文[2]。
元纪裛札古[3]，皇明诏制新[4]。
谁复廓斯道[5]，来向此栖身[6]。

注　释

[1]开元十五春：开元，唐玄宗李隆基年号；春，年。开元十五春，唐玄宗开元十五年，即公元727年。这句讲通玄观的始建年代。

[2]碑载政和文：政和，宋徽宗赵佶年号（1111—1118）。这句是说，通玄观庙碑上镌刻着宋代政和年间的碑文。

[3]元纪裛（yì）札古：元，始；纪，年月；裛札，书札。全句谓庙观中珍藏的书籍年岁很古老。

[4]皇明诏制新：皇明，大明，指明朝；诏制，明朝皇帝的诏令。

[5]廓斯道：开拓修建这通玄观。斯，此、这。

[6]来向此栖身：来这里容身。

简　议

通过这首诗，我们知道陇州曾经有个南峻镇和一座太清通玄观，且通玄观的历史十分悠久，这就弥补了历代陇州（县）志书的阙如。

二

胜日[1]城西试一游,太清玄观五云[2]浮。
几株烟树啼黄鸟[3],一派清流漾白鸥。
瑶室琴弹鸣鹤调[4],玉宇棋运射雕谋[5]。
空遗仙迹在碑上,感慨尊前[6]夕照留。

注　释

[1]胜日:节日或亲朋相聚的日子。这里指朋友相聚之日。

[2]五云:五色瑞云。

[3]黄鸟:即黄莺,也名黄鹂留和鸧鹒。

[4]瑶室琴弹鸣鹤调:鸣鹤调即"鹤鸣调"。《诗经·小雅》有《鹤鸣》篇,汉郑玄谓教宣王求贤士而作,后因以鹤鸣指贤者隐居;又,《周易·中孚》有"鹤鸣在阴,其子和之;我有好爵,吾与尔靡之"语,后人因截取其义,称修身洁行而有时誉的人。故这句是说,通玄观中有高人隐士在弹琴。

[5]玉宇棋运射雕谋:玉宇,瑰丽的宫阙殿宇,这里指通玄观殿宇;射雕,善于射雕的人,后借以指能手和绝技。全句是说,通玄观大殿里正有高手对弈。

[6]尊前:尊长面前。这里的"尊"或指同游庙观的长者朋友,或指庙观中年长的道人,又或指观中弹琴、对弈的人。

简　议

树上黄鸟鸣唱,水中白鸥荡波;瑶室有雅士弹琴,玉宇有高人对弈,通玄观当真是仙家琳宫。诗人在诗前自序中称通玄观"在州治东南四十里许南峻镇",但在此诗中却说"胜日城西试一游",这"州治东南"和"城西"显然有矛盾。

三

暇日呼朋作胜游,凭高自觉此身浮。
龙泉洗净胸中虑,鳌头聊作观外阜[1]。
金陵[2]自古傍殿宇,丹炉于今缺心谋。
共步闲花舒狂兴,榻外□松独自留。

注　释

［1］鳌头聊作观外阜：鳌头，唐宋时皇帝殿前陛阶上刻有巨鳌，翰林学士、承旨等官朝见皇帝时立于陛阶的正中，故称入翰林为"上鳌头"，后因称状元及第为"独占鳌头"；观外阜，通玄观外面的山丘。全句是说，将功名富贵权当观外的山丘来等闲看。

［2］金陵：或指今江苏南京。南京古称金陵。

简　议

徜徉于通玄观中，诗人居然洗净了胸中的俗虑，进而淡忘了功名，乃至诗兴大发而华章连篇。

邓启愚诗（三首）

邓启愚（生卒年不详），字良知，号少谷。明溆浦县（今属湖南）人。万历八年（1580）进士，授处州推官，调户部主事，晋工部郎中。万历二十八年至三十五年，任南阳知府。诏授云南布政使，以老辞。著有《宛雅》等。

同南阳金判马公游海北寺二首

题　解

这两首诗采自《民国陇县野史》，为诗人与马希龙（明陇州人，贡士，曾任南阳府金判和知州）游历陇州海北寺时作。海北寺又名开元寺，在陇州州治之北。清康熙五十二年（1713）问世的《陇州志》在《建置志》中谓"开元寺，州北一里，有木塔七级，高伟壮丽，一州巨观"。

一

薄暮萧王寺[1]里来，塔头万转自徘徊。
凭栏听得灯明语[2]。双眼登时[3]一并开！

注　释

［1］萧王寺：即"萧寺"，指佛寺，这里专指海北寺（开元寺）。相传梁武帝（萧衍）造佛寺，命萧子云飞白大书曰"萧寺"，后世因称佛寺

为萧寺。

［2］灯明语：指僧人所诵的佛经。灯能指明破暗，佛家常用以喻佛法。

［3］登时：立即。

简 议

闲人呓语，甚是无趣。

二

多宝塔[1]头飞雨花，凌空海燕舞金沙[2]。

蒲团刚演三乘[3]毕，得意山僧自煮茶。

注 释

［1］多宝塔：在唐代，千福寺僧楚金创建一佛塔，号多宝塔。后因以多宝塔称佛塔。这里指陇州海北寺（开元寺）的七级木塔。

［2］金沙：当以"金塔"为是。金塔指金饰之塔。这里之所以将金塔写作"金沙"，是为了避免与第一句中的"塔"字重复。

［3］三乘：佛教以车乘喻佛法，学佛者接受的能力不一，分三种情况，称三乘，即声闻乘、缘觉乘和菩萨乘，声闻者，悟诸谛而得道；缘为觉者，悟十二因缘而得道；菩萨者，因六度而得道。这里指佛法。

简 议

状写景物颇见生动，但依然无趣得很。

憩海北诗

题 解

这首诗写了作者憩居海北寺的情形。其中多释家言，颇具禅学意味。

扰扰在尘劫[1]，举足任车马。

日午到禅楼，兀坐[2]双柏下。

塔影入高云，贝叶覆古瓦[3]。

有相[4]苦不真，无色[5]原非假。

谁持南华篇[6]，来结东邻[7]社？

脱履学生天[8]，方是达生[9]者！

注 释

［1］尘劫：佛教称一世为一劫，无量无边劫为尘劫，因此也用以泛指

尘世的种种劫难。

〔2〕兀坐：独自端坐。

〔3〕贝叶覆古瓦：谓海北寺（开元寺）屋顶的古瓦像是一片片贝叶经书。贝叶谓贝叶书，指佛经。

〔4〕有相：佛教主张万物皆空，心体本寂，称造作之相或虚假之相为有相。相，指事物外部的形象状态。

〔5〕无色：指无色界，为佛教语，谓纯精神的世界。色，指物质。

〔6〕南华篇：指《南华真经》，是《庄子》一书的别名。

〔7〕东邻：东边的邻居。《易·既济》谓"东邻杀牛，不如西邻之禴祭，实受其福"。

〔8〕脱屣学生天：脱屣，比喻看得很轻，不足介意。《汉书·郊祀志》上谓"嗟乎！诚得如黄帝，吾视去妻子如脱屣耳！"生天，佛家谓人死后更生于天界。全句是说，抛妻弃子而无挂碍地修习佛法往生于天界。

〔9〕达生：《庄子·达生》谓"达生之情者，不务生之所无以为"，晋郭象《注》云"生之所无以为者，分外物也"。后世即以达生为不受世务牵累之意。

简　议

诗人久溺官场，历经尘世劫难，身心颇感疲惫。一进入海北寺，他便深有感触而倾慕佛法，认为只有义无反顾地拜在如来脚下，才能摆脱世间的诸多纷扰和烦恼。简而言之，诗篇无非是在替佛教张目。

姚孟煜诗（六首）

姚孟煜（生卒年不详），明繁昌（今安徽当涂）人。万历十七年（1589）进士。曾任关西道道员。

谒西镇庙

题　解

此诗描写吴山的"独雄"，对其功德予以称颂。

大地由来神所司[1]，浩灵吴岳独雄兹[2]。

每向空中旋造化[3]，还从冥里运希夷[4]。

雨泽渥沾青野足，烟霞深锁碧峦奇。

陇西胜境名千古，别是乾坤一奥基[5]。

注　释

［1］由来神所司：从来都由神灵掌管。司，主管、掌管。

［2］兹：此，这里。

［3］旋造化：挽回运气。造化，运气。

［4］冥里运希夷：冥里，冥冥之中、暗中；希夷，虚寂微妙。这句是说，（吴山之神）在暗中运用（发挥）微妙莫测的神功。

［5］奥基：谓吴山是天地深曲之处的基石。

简　议

此诗之弊有二：其一，首联之韵脚与其余三联不相一致，是谓出律；其二，言吴山为"陇西胜境"者误，堪称谬以千里。有此两弊，乃落下乘。

咏五峰

题　解

这五首诗分别描写吴山五座山峰的绮秀和灵异，并发出相应的感慨。

望辇峰

一入层岩不可攀，仙人曾此破天关[1]。

望来曾记几千载，何日銮舆[2]过此间？

注　释

［1］天关：天门，或地势险要的关隘。

［2］銮舆：帝王的车驾。

简　议

一首小诗出现两个"曾"字，是不可掩饰的瑕疵。

大贤峰

群峰并峙耸云边，偏汝缘何号大贤？

拱立庄严环众岫[1]，漫云风露尚鲜妍。

注　释

［1］岫（xiù）：山。

简　议

诗中连用两个"云"字，和《望辇峰》诗有着同样的瑕垢。

镇西峰

窈窕[1]山中一翠峰，群峦依拱似朝宗[2]。
岩岩吴岳居金位[3]，历代纶音[4]几度封！

注　释

［1］窈窕：幽深而美丽。

［2］朝宗：诸侯或地方长官朝见帝王。

［3］岩岩吴岳居金位：岩岩，高峻；金位，西方之位。

［4］纶音：《礼记·缁衣》谓"王言如丝，其出如纶；王言如纶，其出如綍"，谓言出而弥大。后因以纶音、纶言、纶綍称皇帝的诏书或制令。

简　议

旨要俗氛，味同嚼蜡！

灵应峰

云汉潜通太乙仙[1]，半池碧水[2]注琼泉。
飞流洒遍秦川地，岁岁应书大有年[3]！

注　释

［1］太乙仙：太乙同"太一"，为神名，也作"泰一"。《史记·封禅书》谓"天神贵者太一"，《索引》谓"宋均云：天一、太一，北极神之别名"，又《史记·天官书》称"中宫天极星，其一明者，太一常居也"，《正义》言"太一，天帝之别名也"，刘伯庄谓"泰一，天神之最尊贵者也"。据上述各说可知，这里的"太乙仙"，是诸天神中的至尊之神，即天帝。

［2］半池碧水：指灵应峰下的西镇灵湫。

［3］大有年：大丰收之年。有，丰收。

简　议

由三、四两句可以看出，诗人关心民瘼，寄望吴山之神常洒甘霖，使八百里秦川岁岁丰登。就凭这一点，这首诗的境界远比前三首崇高。

会仙峰

吴山高处会群仙，缥缈烟云独上天。

一自群仙游阆苑[1]，只留孤影对峰前。

注　释

[1]阆苑：阆风之苑，为仙人居处。

简　议

仙人的离去，让诗人引以为恨。

丁应时诗（一首）

丁应时（生卒年不详），明安邑（今山西运城）人，万历二十二年（1594）举人。曾任陇州知州，后任平凉府同知。

秋日登吴山

题　解

这首诗为作者秋日登吴山时作，在状写吴岳之美的同时，对自己浪迹尘网之生涯予以自嘲。

凭陵太华岂云卑[1]？不说神仙也自奇。

地辟灵湫光潋滟[2]，天垂浩气浪参差。

千寻[3]空谷传呼吸，万里清风入肺脾。

自信山城兼隐吏[4]，尚虞猿鹤笑尘羁[5]。

注　释

[1]凭陵太华岂云卑：凭陵，逾越、凌驾其上；太华，指华山；岂云卑，难道能说低吗？全句是说，吴山的高大超越了华山，难道能说它低矮吗？

[2]潋滟：水势浩大。

[3]寻：古代长度单位。七尺或八尺为一寻。

[4]山城兼隐吏：山城，指当时的陇州城，即今之陇县县城；兼隐吏，隐君子兼官吏，因为作者既是官员，又有隐者之心，故以"兼隐吏"

自称。

[5]尚虞猿鹤笑尘羁：虞，担忧、忧虑；尘羁，被尘世的俗务和杂念所羁绊、所困扰。

简　议

作为官员而自称"隐吏"，诗人的隐逸之心昭然若揭。其中隐含着他对世事或自身遭际的不满，分明是牢骚语。

李俸诗（三首）

李俸（生卒年不详），明山西闻喜（今山西闻喜）人。万历二十三年（1595）进士，曾任刑部郎中。因张差梃击之事为郑氏党所恶。后任汉中府推官，迁凤翔府知府，以京察夺官。天启初，赠光禄少卿。

从邢按察[1]游吴山登倚云楼二首

题　解

这两首诗为诗人陪同陕西按察副使邢云路祭祀吴山时作，时在万历三十四年（1606）。前者写登上倚云楼所见的景象，后者记在倚云楼宴饮的情形。清《陇州志》在《形胜》卷中称"倚云楼在灵湫前，楼旧卑隘，御史方兴增修，更今名"。

一

为爱吴山胜，言从岳伯游[2]。
峥嵘凌日表[3]，睥睨[4]见神州。
瀑布晴崖落[5]，灵湫灏气浮。
会仙今咫尺[6]，何处觅丹邱[7]？

注　释

[1]邢按察：指时任陕西按察副使的邢云路。他于万历三十四年祭祀吴山。

[2]言从岳伯游：言，句首语助词，无意义；岳伯，犹言四岳方伯，后也指封疆大吏。此处指邢按察。

[3]日表：谓在日之外，比喻极其高远，又如"天外"。

[4]睥睨：斜着眼睛看。也作"俾倪""辟倪"。

[5]瀑布晴崖落：指吴山的"晴岩飞雨"。

[6]会仙今咫尺：谓如果要与仙人相会，近在咫尺。

[7]丹邱：即"丹丘"。神话中神仙之地，昼夜长明，又称"明光"。

简　议

倚云楼高标峥嵘，站立其上可观九州形胜，而且又有飞瀑和灵湫养眼。因了诗人的刻鹤图龙，此楼陡然多了几分仙气。

二

攀崖跻绝巘^[1]，开宴坐危楼。
月色^[2]当怀入，泉声^[3]倚槛流。
琼瑶千嶂里^[4]，剑舄五云头^[5]。
削壁听玄鹤^[6]，仙迹寄上游^[7]。

注　释

[1]绝巘：陡绝的山峰。

[2]月色当怀入：谓月色映入怀中。

[3]泉声：指瀑布飞流之声。

[4]琼瑶千嶂里：琼瑶，本指美玉，这里用以比喻美酒。全句是说，饮酒于群山环抱中。

[5]剑舄（xì）五云头：舄，柱下石。全句是说，吴山五座山峰像宝剑和顶天之柱石，坐落在五色云中。

[6]削壁听玄鹤：玄鹤谓黑鹤。全句是说，坐在倚云楼中，能听到削壁上的玄鹤的鸣叫声。

[7]仙踪寄上游：寄，寄放；上游，上边，上头。全句是说，神仙们的踪迹应当就在山的上边。这是由"削壁听玄鹤"而产生的联想。

简　议

"月色当怀入，泉声倚槛流"两句出语清奇，韵度孤高。

晴岩飞雨

题　解

这首诗描写吴山"晴岩飞雨"的雄奇壮观，述说暂脱尘俗后的自在与潇洒。清康熙《陇州志·形胜·吴山》称"晴岩飞雨在灵应峰下,崖高千丈,飞流飘漾,瞻视若晴日飞雨然"。

晴崖飞瀑势翩翩,荡漾银河落九天。
为爱澄波缨可濯[1],清风两腋已翛然[2]!

注　释

[1] 缨可濯:即可濯缨。谓可以洗涤冠缨,寄有超脱尘俗意。

[2] 翛(xiāo)然:无拘无束,自由自在的样子,也指自然超脱。

简　议

既能濯缨又得翛然,诗人这次来吴山颇有收获。诗中"荡漾银河落九天"句,系由唐李白《望庐山瀑布》一诗之"疑是银河落九天"句化出。

张博诗（一首）

张博（生卒年不详）,明从化（今广东从化）人,明神宗万历三十年（1602）举人。

陇头水

题　解

这是一首借乐府旧题而作的边塞诗,主要表达了征夫浓郁的乡情。

万里胡沙阔,三秋陇水清。
一从过绝塞[1],无复问归程[2]。
边马嘶寒月,胡笳乱柝[3]声。
不堪回首处,凄断望乡情[4]。

注　释

[1] 绝塞:极远的边塞。这里指筑于陇山的安戎关和大震关,也指陇山。

[2] 无复问归程:不再问什么时候能归来。无复,不再。

[3] 柝:军中巡夜所敲的木梆。

[4] 凄断望乡情:因思乡而心中凄凉悲痛,以至断肠。

简 议

在一众诗人笔下，登上陇山的人们总是苦不堪言且乡思绵绵。这首诗的立意也复如是，其中颔联的泣诉真切道出了征夫对于还乡的绝望，让末句"凄断望乡情"的愀悲顺理成章地滋生出来。

钱浙诗（五首）

钱浙（生卒年不详），明山东人。举人。万历三十八年（1610）任陇州知州，曾编撰《吴山志》。一说铜仁县（今贵州省铜仁市）人。又说为浙江钱塘人，于万历三十四年任陇州知州。而清康熙五十二年（1713）成书的《陇州志·官师志》称其"山东人，举人"。

题晴崖飞雨

题 解

此诗为作者任职陇州登吴山时作，描绘了吴山晴崖飞雨景象的奇瑰。

无晴无雨滴涓涓[1]，湛泹[2]垂如珠露悬。

涤尽枯肠[3]须一滴，倏然[4]清冷会飞仙。

注 释

[1]涓涓：细水慢流。

[2]湛泹：湛，澄清；泹（yì），水往下流。

[3]枯肠：比喻才思枯竭。

[4]倏然：忽然，很快的。

简 议

但写景观，极少寄兴。虽有"珠露""涤洗""枯肠"，可惜才思依旧不济。

登倚云楼

题 解

这首诗讲述了作者登上吴山倚云楼后之所见。

历尽群峰第一巅，天光山色两相连。

危楼徙倚瞻河汉[1],泻作檐头百道泉!

注　释

[1]徙倚瞻河汉:徙倚,留恋徘徊;河汉,本指天上的银河,这里指瀑布。

简　议

状物写景落笔不凡,妙思如有神助。

游吴山二首

题　解

这两首诗为组诗,前者述说吴山的高标雄胜;后者描绘吴山的壮丽景色,对无法用佳句来形容吴岳之美感到惭怍。

一

岚氛紫翠隐尨岔[1],壁立金方[2]古镇雄。

巴蜀南连环陇右[3],崤函[4]东望锁秦中。

五峰削玉撑霄汉,一道飞泉挂白虹。

胜地漫怜[5]游兴壮,登临还自问民风。

注　释

[1]尨岔:山势险峻。这里指险峻的山峰。

[2]金方:西方。

[3]陇右:一指陇山以西至黄河以东之地;二是道名,唐贞观初置陇右道,治秦州,辖今陇山以西至新疆东部一带。

[4]崤函:指崤山和函谷关。崤山在今河南洛宁县西北,西北接陕西界。函谷关有二:一为秦关,在今河南灵宝市南,是秦的东关;二为汉关,在今河南新安县东北。

[5]漫怜:任由爱怜。

简　议

游山观景,尚且不忘"自问民风"。作为地方官,诗人的亲民之举应予以认可。

二

瑶草金茎拥翠螺[1],交加松柏郁嵯峨[2]。

登山搔首青天近，倚石看诗[3]白云多。
烟锁不知来鹤[4]路，云开方见会仙阿[5]。
惊人我愧无佳句[6]，潦倒长吟下里歌[7]。

注　释

[1]翠螺：谓青绿的山峰犹如翠螺。

[2]交加松柏郁嵯峨：谓高峻的山峰在松柏笼罩下显得郁郁葱葱。

[3]看诗：观看诗一般的美景。

[4]来鹤：即，鹤来；鹤，作者自比。

[5]阿：山峰。

[6]惊人我愧无佳句：自愧写不出惊人而美妙的诗句。

[7]下里歌：下里，乡里。战国宋玉《对楚王问》谓"客有歌于郢中者，其始曰下里巴人"，其中的下里本指乡曲里间，因以下里名其歌，后来遂为民间歌谣之通称。

简　议

自称所作之诗为"下里歌"者，不过谦逊而已。诗篇文字清雅流丽，读来朗朗上口。

日夕登倚云楼

题　解

这首诗专写日夕时登上吴山倚云楼所见的景象。

历览吴山胜，爰[1]登百尺楼。
虚窗浮紫气，曲径浸灵湫。
树色千崖缀，舆图[2]一望收。
海天星月上，庾亮若为留[3]！

注　释

[1]爰：于是。

[2]舆图：疆土。

[3]庾亮若为留：庾亮，东晋颍川鄢陵人，生于公元289年，卒于公元340年，字元规，历仕东晋元帝、明帝、成帝三朝，好老庄之学；若，乃、选择，二意在此皆通。全句是说，倚云楼的风景很好，连好老庄之学

的庚亮都会选择留下。

简 议

此诗虽乏深意，然文辞清新雅好，摹景绰约如画。

周京诗（一首）

周京（生卒年不详），字寤西，号野王。明山东沂州（今山东临沂）人。万历四十一年（1613）进士，授吏部主事。曾数次为钦差，册封藩王。工诗文，诗宗李、杜，今存诗二百余首。亦善书法，以行书见长。著有《金城集》《赍草园》《吴越游稿》等，皆佚。

过陇州赠丁翼明刺史[1]

题 解

明熹宗天启元年（1621），朝廷册封朱元璋九世孙朱识𬭬为肃王，诗人受命持节前往甘肃兰州府主持册封事宜。返回京城时路过陇州，在知州丁翼明处休息数日，临别时作此诗以赠丁。丁翼明其人陇州（县）志书无载。

兼程殊委顿[2]，就荫解征袍。
密竹聊堪坐，清尊[3]且自陶。
边愁生暮角[4]，民力苦秋毫[5]。
夜读均田记[6]，知君抚字劳[7]。

注 释

[1]丁翼明刺史：即丁翼明知州。这里称丁氏为刺史，是对他的尊称。从元代始，刺史官名废，州的长官以"知州"称。查阅古今陇州（县）志书，均无丁翼明于明代任陇州知州的记载。

[2]殊委顿：特别地疲乏狼狈。殊，特别；委顿，疲乏狼狈。

[3]清尊：清醇的酒。尊为盛酒器，此处代指酒。

[4]边愁生暮角：边愁，身在边地而生出的愁闷，陇州在古代往往处于边陲，故这里有"边愁"之说；暮角，日暮时分传来的军号声，角为乐器名，出于西北游牧民族，《晋书·乐志》谓"胡角者，本以应胡笳之

声,后渐用之横吹,即胡乐也",多用作军号。这句是说,听到日暮时分从军中传出的胡角声,使人顿时生出身处边地而特有的愁闷来。

[5]民力苦秋毫:谓民力消耗殆尽。

[6]均田记:均田有二义,一指平均田地赋税负担,二指按等级赐给官僚和豪强土地。在明代,陇州有大片土地被朝廷赏赐给朱明王朝的宗室韩王和郑王,号称"韩藩地"和"郑藩地"。这里的均田记,当是陇州当时记录平均田赋情况的簿册。

[7]抚字劳:谓陇州知州丁翼明为抚育百姓而辛劳。抚字,本指父母对子女的爱护和抚育;劳,辛劳、劳碌、劳苦,诸意在此皆通。

简 议

这首诗写出了陇州在明代天启年间的三个史实:一是丁翼明曾任知州;二是州内百姓生活困苦,民力消耗殆尽;三是州署有专门记录平均田赋的簿册,这些情况是历代陇州(县)志书不曾书写过的。从这个角度讲,此诗是反映陇州特定时期历史细节的一篇史诗。

马希龙诗(一首)

马希龙(生卒年不详),明陇州人。天启(1621—1627)初,曾任南阳通判。著有《延绥府志》。

吴 岳

题 解

这首诗主要描写吴山的峻雄与清幽,表达了作者观景的悠然。

策杖寻幽境,爱山耽[1]远行。

峰头晴日近,足下彩云生。

碧同天一色,雄与华[2]齐名。

更上凌高巘,悠然接太清[3]。

注 释

[1]耽:沉溺,迷恋。

[2]华:指西岳华山。

[3]太清：天空。

简 议

颔联状吴山之高颇有气势。尾联中的"悠然"二字，将诗人的游兴与惬意一并道出。语言文字的简拔洒脱和描写的清俊生动，也为诗篇增色不少。

冯鼎位诗（一首）

冯鼎位（生卒年不详），字素人。明华亭（今上海松江）人。崇祯元年（1628）拔贡，授翰林院待诏。《明词宗》录其诗词五首。

陇头水歌

题 解

《陇头水歌》即《陇头流水歌》，为乐府《鼓角横吹曲》名。这是一首思妇诗，着力表现了闺中妇人对远征丈夫的无尽思念。

> 陇水流何驶[1]，征人去何长。
> 不念金闺月[2]，冷似铁衣霜[3]！
> 行人[4]在何处，闻在陇西县[5]。
> 陇坂高蔽天，长安人不见[6]。
> 悲风似陇树，滴泪如陇水。
> 妾念千丝多[7]，郎情但一纸[8]。
> 郎未到陇山，恨坂不造天[9]。
> 郎已渡陇水，恨坂不委地。[10]

注 释

[1]驶（jué）：同"快"。

[2]金闺月：喻征人的妻子。金闺，是对妇女闺阁的美称。

[3]冷似铁衣霜：冷得如同钢铁蒙上了寒霜。

[4]行人：即征人。

[5]陇西县：今属甘肃省。汉襄武县地；隋为陇西郡治；唐宝应后为吐蕃地；宋复置陇西县，为巩州治。这里非确指，而是代指征人的征战之地。

[6]长安人不见：谓金闺人见不到丈夫。长安人，指金闺人，即思妇。

[7]妾念千丝多：谓妻子对丈夫的思念千丝万缕。丝，谐"思"音。

[8]郎情但一纸：谓丈夫对妻子的感情仅如一张薄纸，或言一纸书信。

[9]恨坂不造天：谓妻子在丈夫未到陇西县之前，恨陇山不能高得与天连在一起，将夫君挡住。坂，指陇山，陇山也称陇坂；造，比连。

[10]郎已渡陇水，恨坂不委地：谓丈夫渡过陇水、越过陇山之后，妻子又恨陇山不能低得委坠到地面，让自己前去追随（寻找）他。

简 议

这首诗用当事人的口吻，深情地诉说了妻子对出征丈夫的想望和深切怀念。诗中的"金闺月"对"郎"有抱怨、有谴责，然而这一切都因思念而起，是思念之情达到极致的另类表现。诗中最后四句构思新颖，造语新奇，情感激切，将闺中人对丈夫的爱恋刻画得力透纸背。在以陇山陇水为题材的诗篇中，此诗的运思和遣词别见洞天。

郝锦诗（一首）

郝锦（生卒年不详），字䌹卿。明六安（今安徽六安）人。崇祯十年（1637）进士，曾任福建道御史。后以疾归乡，隐于九公山，潜心著述。有《九公山房集》《尚书家训》行世。

陇头水歌

题 解

此诗为仿乐府旧题之作，描写了行人飞马越过陇山的情形。

飞骑出陇头[1]，已临陇头水。
夜闻铙鼓[2]声，知傍关山垒[3]。

注 释

[1]出陇头：越过陇山。出，超过。

[2]铙鼓：乐器，鼓之一种。常用于军中。

［3］关山垒：关山，此处指陇头（陇山）；垒，军营的墙壁或军事防守工事。

简　议

陇水幽咽，铙鼓夜鸣，军营林立。作为边塞要冲，陇山环境严酷、战云密布。可行进者却毫不畏惧，骑着骏马飞驰而过，足见其风神英迈而勇毅过人。

张三丰诗（一首）

张三丰（生卒年不详），名全一，又名君宝，号三丰。明代著名道士。辽东懿州（今辽宁彰武西南）人。因不修边幅，又号"张邋遢"，也号元元子。曾居武当山，行踪飘忽。太祖、成祖使人觅之，皆不遇。英宗时，赠"通微显化真人"。史称其"龟形鹤背，大耳圆目，须髯如戟，寒暑只一衲一蓑"。清人编有《张三丰先生全集》八卷。

题龙门洞

题　解

这里的"龙门洞"，指陇州城西北三十五公里处的龙门山道场。张三丰曾修栖陕西陈仓金台观二十二年。其间，曾数次前往陇州龙门洞游历访道。这首诗为其游访龙门洞时作，主要描绘了龙门道场的美景，讲述了在山场炼丹采药的情形，表达了心中的快意。

桥边院对柳塘湾，夜月明时半户关[1]。

遥驾鹤来归洞晚，静弹琴坐伴云闲。

烧丹[2]觅火无空灶，采药寻仙有好山[3]。

瓢[4]挂树间人隐久，嚣尘绝水响潺潺。

注　释

［1］半户关：门半开半关着。户，指一扇门。

［2］烧丹：炼丹。

［3］好山：指龙门洞所在的龙门山。

［4］瓢：指状如水瓢的月亮。

简 议

在清风习习的夜晚对月弹琴，于风光妙好的龙门山采药炼丹，张道心中的愉悦何其盈盈。意象的空灵和语言的清雅，使作品诗情洋溢、画意盎然。更为可贵的是诗篇的每一句都可以倒着读，而且妙理天成。

竹污子诗（二首）

竹污子（生卒年不详），明维扬（今江苏扬州）人。

望吴山二首

题 解

这两首诗作于明万历三年（1575）冬天，详细描写了吴山的壮丽景观。

一

山名千古胜，屏列五峰文[1]。

洞冥[2]门封雪，林深树卧云[3]。

风尘原不到，鸟鹿自成群。

飞瀑征袍湿，归途傍晚曛[4]。

注 释

[1]五峰文：五峰色彩交错。

[2]冥：深。

[3]树卧云：谓树木隐在云雾中。

[4]晚曛：黄昏时落日的余光。

简 议

诗篇文字秀逸清雅，诗风流转圆活，意境静幽孤寂，于静谧中见生气，于沉博中见空灵。其中颔联两句出语奇瑰，一如神来。

二

扫雪蹑峰头，群山一望收。

鹤□凌壁□，岩瀑傍云流。

悬碧樵人路，沉舟羽士邱[1]。

临观情不极[2]，忍倦一登楼。

注　释

［1］沉舟羽士邱：沉舟，舟船沉入水中，此处用以指人的去世；羽士，道士的别称，羽含有"飞升"之意，旧时因道士多求成仙飞升，故称其为羽士；邱，同"丘"，指坟墓。全句是说，在行进途中看到了道士们的坟墓。

［2］不极：未穷尽。

简　议

诗人游兴颇浓，蹑峰不畏艰险，又因情不能禁，复忍倦而登楼。诗篇有景有物，有人有情，是吴山诗中的佳什力作。

徐庸诗（二首）

徐庸（生卒年不详），字用理。明吴郡（今江苏苏州）人。他广采明永乐至正统间之诗，编成《湖海耆英集》十二卷，《南州诗集》五卷，《高太史大全集》十八卷。著有诗歌三百七十多首。

金桃画眉

题　解

这首诗对画眉鸟极力称美。

陇山鹦鹉啄金桃[1]，空翠[2]霏霏湿羽毛。

若得画眉[3]枝上立，金衣[4]一色更清高。

注　释

［1］陇山鹦鹉啄金桃：这句从唐人杜甫《山寺》诗之"鹦鹉啄金桃"句化出。金桃，黄桃，大如鹅卵。

［2］空翠：指青色而潮湿的雾气。

［3］画眉：指画眉鸟。

［4］金衣：指画眉黄色的毛羽。

简　议

诗篇状物绘声绘色，画面清纯灵动。为了强调画眉的靓丽清高，诗人用陇山鹦鹉加以反衬。此种构思颇为新颖，取得了事半功倍的艺术效果。

陇头水

题 解

这是一首乐府诗。诗中对陇水"空含呜咽声"而"不涤古今愁"的做法予以抱怨。

> 陇头水，日夜流。
> 空含呜咽声，不涤古今愁。
> 汉家征戍防逐州[1]，曾来饮马不饮牛[2]。
> 照形影，生怨尤。
> 鲤鱼无往来[3]，音书有沉浮。
> 安能洗兵甲，太平千万秋[4]。

注 释

[1]逐州：争夺州郡。

[2]曾来饮马不饮牛：谓只有战争而无太平。饮马，喻战争；饮牛，喻太平。

[3]鲤鱼无往来：谓陇头戍客和家人间没有书信往来。鲤鱼，书信的代称，古人有"鲤传尺素"和"鲤鱼传书"之说。

[4]秋：年。

简 议

古人言及陇水的诗篇不胜枚举，大多借其呜咽以诉征夫之愁苦。但此诗却别开生面，对陇水枉自"呜咽"而"不涤古今愁"给予谴责，希望它"能洗兵甲"而让天下"太平千万秋"。如此布局谋篇，可谓奇思异构而自成一家。语言的生动形象与隐语的机巧运用，也使诗篇意味深长而神韵独步。

高璛诗（一首）

高璛（生卒年不详），明朝诗人。

陇头水

题 解

《陇头水》为汉乐府横吹曲名。《乐府诗集·汉横吹曲·陇头》解题谓："一曰陇头水。《通典》曰：天水郡有大坂，名曰陇坻，亦曰陇山，即汉陇关也。《三秦记》曰：其坂九回，上者七日乃越，上有清水四注下，所谓陇头水也。"曲名本此。这首诗借乐府旧题而作，竭力突出了陇水的血腥，揭示了陇山征人思乡之心的迫切和愁肠欲断。或题为孤雪已作。

> 陇坂[1]崎岖陇水长，征人陇上望家乡。
> 停车驻马不能渡[2]，呜咽声[3]中欲断肠。
> 抽刀斩水水不绝，拔山塞川[4]川更咽。
> 前军洗疮血尚存，后军滴泪水复浑！
> 丈夫有志沙场死，未到陇头愁塞耳。[5]

注 释

[1]陇坂：陇山。

[2]不能渡：不能渡过陇水。

[3]呜咽声：指陇水的呜咽声。北朝乐府民歌《陇头歌》之三谓"陇头流水，鸣声幽咽。遥望秦川，心肝断绝"，这里的"呜咽声"即由此而来。

[4]川：指陇水形成的河流。

[5]丈夫有志死沙场，未到陇头愁塞耳：意谓大丈夫虽有战死沙场的雄心壮志，但还没来到陇山，就被陇水的呜咽声充满了耳朵，心中从而犯愁。

简 议

通过生动的比喻、奇妙的夸张和细腻的写实，诗篇营造出悲壮、凄凉、惨烈的气氛，让"征人"的哀痛在此氛围中因势而生，从而实现了情与景的"共振"。

阎钏诗（九首）

阎钏（生卒年不详），明陇州儒学生员。

吴岳行九首

题 解

这九首诗为作者登吴山时作，从多方面描写了吴山的壮美和诗人的放逸。

一

吴山秀拔钟汧陇[1]，五峰屏列层空[2]耸。

遥瞩嵯峨傍斗牛[3]，高天辰宿翻垂拱[4]。

注 释

[1]钟汧陇：谓吴山聚集了汧陇地区的所有秀气和美丽。汧陇，指汧水流域和陇州地区。

[2]层空：高空。

[3]斗牛：二十八宿中的斗宿和牛宿。

[4]辰宿翻垂拱：辰宿，星宿；翻，反而；翻垂拱，反而像低垂下来拱卫着吴山的五峰一样。

简 议

仅言吴山之高，别无他意；然诗之末句运思不凡，非他人所能致。

二

碧峰丹崖云锦楼，岑余[1]草树交萋萋。

我今游眺心愈壮，时人仰止[2]登天梯。

注 释

[1]岑余：山峰之巅。余，末。

[2]仰止：向望。

简 议

吴山风景如画，诗人急于步上登天之梯以望远，游眺之心何其壮哉！

三

步行步到烟霞里，飞飞轻着踏云履。

俯观足下似卷石[1]，纵视苍冥但勺水[2]！

注 释

[1]俯观足下似卷石：谓低头俯视脚下，无边的云海起伏翻腾，就像卷起的一堆堆石头。

[2]苍冥但勺水：意谓广阔的沧海小得就像一瓢水。苍冥，沧海。

简 议

诗人腾云驾雾鸟瞰六合，还真有羽化而登仙的味道。

四

绝壑悬鸣瀑布泉，洞深龙蛇相蜿蜒。

仰天倒挂银河影[1]，坐石朗诵白云篇[2]。

注 释

[1]银河影：指山上瀑布。

[2]白云篇：当指《白云谣》。相传周穆王与西王母宴饮于瑶池之上，王母为天子唱谣，因首句为"白云在天，山陵自出"，故名为《白云谣》。语在明冯惟讷《古诗纪》前集三中。

简 议

耳听瀑布轰鸣，眼观龙蛇蜿蜒，作者恍觉游于瑶池之上，不禁唱起了仙人之歌《白云谣》。

五

山灵[1]为我生风色，花香鸟语供文墨[2]。

兴剧[3]诗成得句还，景物神变亦难测。

注 释

[1]山灵：山神。

[2]花香鸟语供文墨：谓花香和鸟语都提供了赋诗的素材。

[3]兴剧：谓游兴和诗兴强烈。

简 议

吴山风情万种，诗人心情大悦，欣然挥毫赋诗。

六

巅峰突出叠崔嵬，往来日月腾光辉。

剑阁[1]云横鸟道狭，峨眉[2]雪映龙潭飞。

注　释

［1］剑阁：栈道名。在今四川省剑阁县东北大剑山和小剑山之间，相传为诸葛亮修筑，是古时川陕间的主要通道和军事戍守要地。此处以吴山道路之险比剑阁。

［2］峨眉：指峨眉山。在今四川省峨眉山市西南，山势雄伟。此处以吴山之雄壮比峨眉山。

简　议

诗中以"剑阁"喻山道之险，以"峨眉"拟吴岳之雄，委实妙好可观。

七

万籁声号听未辍[1]，崇峦松桧几[2]枯折。

仙人羽化[3]迹犹存，安得[4]面讯长生诀？

注　释

［1］辍：停止。

［2］几：几乎，差不多。

［3］羽化：飞升成仙。

［4］安得：怎得。

简　议

不能向仙人请教长生之诀，诗人怅然若失。

八

山前奇境转萦纡[1]，盘旋登览若蓬壶[2]。

山隈[3]息驾试瞻望，吁嗟尘世皆泥涂[4]！

注　释

［1］萦纡：回旋曲折。

［2］蓬壶：指蓬莱仙山。

［3］山隈：山的弯曲处或山的角落里。

［4］泥涂：泥土、淤泥、泥泞之路，三个意思在此皆可通。

简　议

因了吴岳清雅一如蓬壶，作者嗟叹尘世尽是泥涂。

九

顾兹峻境堪行乐，近天好觅嫦娥药[1]。

愿接飞仙达太清[2]，吹笙时与[3]乘黄鹤。

注　释

[1] 嫦娥药：《淮南子·览冥训》谓嫦娥为后羿之妻，窃不死之药而奔月。所以，这里的嫦娥药谓长生不死之药，也指服之可以使人飞升的药。

[2] 太清：天空。

[3] 与：与飞仙。

简　议

既欲得到不死之药，又想飞天成仙，诗人的浪漫罕有其匹。

王堂诗（一首）

吴山览胜

题　解

此诗为诗人任凤翔县知县期间陪上司登吴山时作，主要描写两人的活动，并对同行者给予称颂。

揽辔澄清使[1]，陪游到汧陇。

鹤琴[2]鸣白日，冰月[3]照黄昏。

松径停霜节[4]，龙泉酌玉樽。

长吟清绝句[5]，惊散一山云！

注　释

[1] 揽辔澄清使：指所陪之人。《后汉书·范滂传》谓"时冀州饥荒，盗贼群起，乃以滂为清诏使，按察之。滂登车揽辔，慨然有澄清天下之志"，后因以"揽辔澄清"指官吏初到职即能澄清政治，稳定乱局。在此，作者以范滂喻同行者。

[2] 鹤琴：即"琴鹤"。古人以琴鹤相随，表示清廉。在此，则是对所陪者的赞美，说他为官清正廉洁。

[3] 冰月：洁白的月亮。也是"冰壶秋月"一语的缩写，此语比喻高洁的品质，在此暗含赞美所陪之人的意思。

[4] 霜节：借指秋季。

[5] 清绝句：清新绝妙的诗句。

简 议

诗篇旨意不在描写吴山,而在于吹捧所陪之人。但尾联出语奇伟,颇有气势。

汪集诗(一首)

吴山祷雨次前韵

题 解

此诗为作者任陕西按察司佥事期间登吴山祈雨时作,希望祈祷能感通神灵而使之降雨。

为祈灵泽到吴山,古殿巍峨碣石[1]间。
斋沐庶几能感格[2],胜游焉得[3]废跻攀?
密云低覆鸾凤穴,长电[4]光摇虎豹关。
试取龙湫下飞雨,即看膏润沃尘寰[5]。

注 释

[1]碣石:山石。

[2]斋沐庶几能感格:斋沐,古时祭祀前整洁身心,以示虔诚;庶几,副词,表示希望;感格,感通、感动(山神)。全句是说,虔诚地整洁身心进行祈祷,希望能感动吴山之神。

[3]焉得:怎么能。

[4]长电:光影很长的雷电。

[5]尘寰:人世间。

简 议

始说祈雨,终言降雨。诗篇念兹在兹,主题一以贯之。

田汝霖诗(一首)

望吴山

题 解

这首诗为作者任陕西巡按副使期间作,描写了清晨远望吴山所见的情景。

　　　　　晓瞻吴岳郁岧峣[1]，翠削芙蓉插绛霄[2]。
　　　　　玉殿琼宫云里见[3]，金光紫气望中遥。
　　　　　五峰晴色呈仙掌，万壑泉声送海潮[4]。
　　　　　览胜还登[5]绝顶上，寻仙何处坐[6]相邀？

注　释

［１］郁岧峣：郁，很、甚；岧峣，高耸。

［２］绛霄：深红色的天空。

［３］见："现"的本字，意如"显露"。

［４］万壑泉声送海潮：既然是远望吴山，山中的泉声应是听不到的，故这里所言只是想象中的情景。

［５］还登：还得登上。

［６］坐：且。

简　议

吴山清华无敌、秀拔出尘，这都因了诗人的丹青妙笔。

左杰诗（一首）

游吴山

题　解

诗篇以如椽之笔，描绘了吴山的壮丽俊伟。

　　　　　缥缈灵岩紫翠重，雄蟠坤轴奠岐雍[1]。
　　　　　峻凌银汉[2]空千嶂，秀结芙蓉列五峰。
　　　　　会见苍天来凤鸟，遥知丹洞起蛟龙。
　　　　　欲攀绝顶穷神化[3]，天磴崟崎[4]不可从。
　　　　　昔披宸翰[5]游吴岳，今见穿窿[6]吐瑞云。
　　　　　仙掌晴曛[7]鹤率舞，天池[8]春透水氤氲。
　　　　　峰连太白岐周[9]近，路接伏羌关陇分[10]。
　　　　　容与[11]瑶台尘事绝，数声清磬[12]涧边闻。

注 释

[1] 雄蟠坤轴奠岐雍：坤轴，古人所想象的地轴；岐，指岐山县，在明代属凤翔府；雍，故雍州。

[2] 银汉：银河。

[3] 穷神化：看尽神机变化。

[4] 崟崎：高伟奇特而崎岖。

[5] 昔披宸翰：从前带着皇帝的诏书。宸翰，帝王的书迹。由这句可知，诗人在此前曾受皇帝之命前来祭祀吴山。

[6] 穹窿：指天空。

[7] 曛：赤黄色。

[8] 天池：指吴山上众多的湫池。因它们居高处，故曰天池。

[9] 岐周：本指西周。在此，则指岐山和周原。

[10] 伏羌关陇分：伏羌，古县名，唐武德三年（620）改冀县置，即今甘肃省甘谷县；关陇，指函谷关以西、陇山以东之地；分，边界。

[11] 容与：安逸自得，放纵，二义在此均可通。

[12] 清磬：指清脆的磬音。

简 议

诗人昔日曾来吴山祭祀，这次前来算是故地重游，对吴岳的体悟更深了一层，故描写也就精深细微得多。但诗篇全是范山摹水之辞，毫无兴托可言。只此一端，便落下品。

平寰田（一首）

望吴山

题 解

此诗为作者任陕西按察使期间遥望吴山时作，祈望山神加惠于国家，让大明王朝的江山千秋永固。

巍巍神岳镇西都[1]，汉畤秦封此奥区[2]。

鳌戴五峰连地轴[3]，龙湫百道落天吴[4]。

村翁报祀春秋肃[5]，圣代明禋礼数殊[6]。

我亦亓中祈聃贶[7]，四维千载巩皇图[8]。

注　释

[1]西都：一指周都镐京，二指汉代的西都长安。

[2]汉畤秦封此奥区：畤，古代祭天地五帝之处。汉畤，是说汉代曾在吴山建畤，但这个说法有误，《史记·封禅书》谓"秦灵公作吴阳上畤，祭黄帝；作下畤，祭炎帝"，其中的吴阳是秦邑名，地在今宝鸡市吴山脚下，因在吴山之阳而得名，故在吴山建畤是在秦代而非汉代。秦封，谓吴山在秦代受封。奥区，深奥之处或腹地。

[3]鳌戴五峰连地轴：鳌戴，古代神话说渤海之东，不知几亿万里有无底深谷，中有五山，上居仙人；五山之根无所连著，随波上下，往还仙人苦之，诉之于帝；天帝命禺强使巨鳌十五，更迭举首而戴之，五山始峙。在此，作者以鳌戴之山比吴山。地轴，是古人想象出来的大地之轴。

[4]天吴：传说中的水神。

[5]村翁报祀春秋肃：报祀，是旧时为报答神恩举行的祭祀活动，一般在春、秋二季举行；肃，恭敬严肃。

[6]圣代明禋礼数殊：圣代，指作者所处的时代；明禋，对神明的祭祀；殊，特殊。

[7]我亦亓中祈聃贶：亓，"其"的古字；聃，祭告；贶，（让神灵）加惠。

[8]四维千载巩皇图：四维，四角和四隅；巩，巩固；皇图，封建王朝的版图。全句是说，希望吴山之神施加恩惠于每个角落，让大明王朝的江山千秋永固。

简　议

平氏对朱明王朝忠心耿耿，寄望吴山之灵多加护佑。

郑国俊诗（一首）

和前韵

题　解

明万历三十四年（1606），任职陕西兵备道的作者西行经过陇州时暂驻，并作了这首诗。诗作被时任知州钱浙刻写立石。诗篇主要描写了到陇后与知州钱浙追游的情形，为不能在陇久留而抱憾。

行役[1]重来度陇州，幸逢词客[2]共追游。
云游雨脚飞征盖[3]，月满天空上岭头。
力怯强扶磐石蹬，兴饶犹自倚岑楼[4]。
何当款谳淹良夜[5]？敢为长途不暂留[6]。

注　释

[1] 行役：因公务而跋涉在外。

[2] 词客：指时任陇州知州钱浙。

[3] 征盖：指远行之车。盖，车盖。

[4] 岑楼：高楼。

[5] 何当款谳淹良夜：款谳，设宴招待，谳同"宴"；淹，滞留、停留；良夜，美好的夜晚、深夜。全句是说，怎样才能宴饮至深夜。

[6] 敢为长途不暂留：敢，反语，意如"不敢""岂敢"；暂留，不久留。全句是说，因为路途长远而不敢久留在陇州。

简　议

诗人不曾想到，他居然在陇州城里遇到了能文善赋的知州钱浙。兴奋之余，他和知州游山玩水，其乐融融。陇州地偏城小，能在此与同道相逢，无疑是件幸运的事。诗篇辞采华楚，风致宛然，趣味多多。

王政熙诗（一首）

秋日晓登吴山

题　解

作者曾任凤翔府通判。此诗为其任职凤翔登吴山时作，通篇描绘了吴山的雄伟和秋日风光。或言此诗为赵光大作。

翠壁朝暾[1]紫气浮，芙蓉削出五峰头。
名齐二华[2]推雄镇，势压三秦[3]属上游。
瀑布悬崖晴亦雨，仙楼云护昼常留。
垂垂禾黍饶群麓[4]，极目[5]秋光入望收。

注 释

［1］朝暾：初升的太阳，也指早晨的阳光。

［2］二华：指坐落在陕西境内的少华山和太华山（华山）。

［3］三秦：指陕西地区。秦朝灭亡后，项羽三分秦之故地关中，封秦降将章邯为雍王，领有今陕西中部咸阳以西和甘肃东部地区；封司马欣为塞王，领有今陕西咸阳以东地区；封董翳为翟王，领有今陕西北部地区，合称三秦。

［4］垂垂禾黍饶群麓：垂垂，下垂。全句是说，吴山脚下许多田地里的糜子和谷子都成熟了，低垂着头。

［5］极目：满目，远望，尽目力所及。

简 议

唯"垂垂禾黍饶群麓"句尚有烟火味，余皆闲言虚语耳。

姚希曾诗（一首）

游吴山

题 解

作者曾任凤翔府通判。此诗为其任职凤翔期间游吴山时作，在述说吴山之雄的同时，对当时皇帝极力称颂。

> 天府金城[1]势入秦，蓐收作镇映高旻[2]。
> 遥连县圃[3]擎乾坤，近接莲峰奠兑艮[4]。
> 显号重新千载制[5]，元功[6]肇启万年禋。
> 当今圣代[7]真尧舜，岳降应知毓五臣[8]。

注 释

［1］天府金城：天府，指肥沃、险要、物产丰饶的地区，这里具体指秦国故地陕西关中一带。《战国策·秦策一》谓"苏秦始将连横，说秦惠王曰：'大王之国……田肥美，民殷富，战车万乘，奋击百万，沃野千里，蓄积饶多，地势形便，此所谓天府，天下之雄国也'"。金城，指坚固的城，这里疑指长安古城。

［2］蓐收作镇映高旻：蓐收，西方神名，司秋，主刑，在此意指西

方;高旻,高高的天空。

[3] 县圃:即"玄圃"。相传为神仙所居之处。或说昆仑一曰玄圃;或谓昆仑之山三级,中间一级曰玄圃;或谓昆仑山正西一角名玄圃。

[4] 奠兑艮:奠,定;兑,《易》卦名,象泽,古人以兑属西方,故也用以称西方;艮,卦名,八卦和六十四卦之一,为山之象。三字合起来的意思是说,吴山奠定了中国西部的众山之根基。

[5] 显号重新千载制:从唐天宝八年(749)起到元大德十一年(1307),吴山之神先后被封建王朝加封为"成德公""天岳王""灵应王""成德永靖王";到了明代洪武三年(1370),朝廷将上述封号全部革除,新封其为"西镇吴山之神"。这句话即指此而言。

[6] 元功:大功。这里指朝廷新封吴山之功。

[7] 当今圣代:当今,旧时称当时在位的皇帝;圣代,封建社会称当代为圣代。

[8] 岳降应知毓五臣:岳,指吴山之神;降,欢悦;毓,孕育;五臣,五个臣子,随文所指不同,《论语·泰伯》谓"舜有臣五人而天下治",其中的五人指禹、稷、契、皋陶和伯益。这句紧承上句而来,其意是说,当今的皇帝英明得如同尧和舜,所以吴山之神应该感到欢悦,也应为皇帝孕育出像禹、稷等那样贤明多能的臣子来。

简　议

此诗意在讴歌皇帝并为其着想。在君国一体的封建社会里,替皇帝着想即是为国家着想。由此,我们可以看出诗人忠君爱国之心的赤诚。"位卑未敢忘忧国"的精神,在作者身上得到充分体现。

郭学诗(一首)

游吴山

题　解

作者曾任陕西按察使司佥事。这首诗系其游吴山时作,为自己年老尚且沉溺宦海而自叹自怜。

岳镇金天[1]频有闻,华阴西去访吴峰。

霄起一径云韶引[2]，翠拔九峰银汉[3]分。

衰白[4]犹怜沉宦海，登游未许绝人寻。

穷探幽杳求仙客[5]，吟倚[6]清韵弄紫氛。

注　释

[1]岳镇金天：岳，指西岳华山；镇，指西镇吴山；金天，西方之天。

[2]云韶引：云韶，即云韶部，鸟名，有两种，《九华山志·物产》谓"云韶部，俗名音声鸟……多居高峰绝顶……每风轻烟暖，则音声互发，宛如一部箫韶"；引，乐曲体裁之一，有序曲之意。

[3]银汉：银河。

[4]衰白：衰老而头发变白，谓年老。

[5]求仙客：作者自称。

[6]倚：依仗。

简　议

既然自怜年老力衰还沉溺宦海，何不挂冠归去图个清静自在？

杨炳诗（一首）

瞻游吴山

题　解

这首诗为作者任凤翔府推官期间登游吴山时作，通篇都在描写吴岳的绮丽和峻雄。

削出芙蓉耸碧空，倒看初日[1]起天东。

泉飞乱泻千崖落，树影遥含万壑空。

细草含烟浓淡里，秦川渭水有无中[2]。

乾坤浩气归雄镇[3]，五岳潜通望不穷。

注　释

[1]初日：清晨初升的太阳。

[2]有无中：若有若无中。

[3]雄镇：指西镇吴山。

简 议

作为一首律诗连用两个"含"字，这是明显的犯律。但诗篇对吴山风光的描写，倒也秾丽精妍。

赵光大诗（四首）

游五峰

题 解

此诗为作者任凤翔府知府期间赏游吴山时作，极力标榜了吴岳的高峻，对其功德大加歌颂。

> 芙蓉削出实奇哉，独镇西方接上台[1]。
> 秀毓贤良扶社稷，禋通灵贶撼风雷。
> 群峰雾锁丹仙[2]宅，五色云封白帝台[3]。
> 百二雄图[4]夸海内，尘寰[5]即此是蓬莱！

注 释

[1] 上台：星名。三台之一，属太微垣，在大熊星座中。
[2] 丹仙：指道士。道士多炼丹，故云。
[3] 白帝台：西方之神白帝白招拒的宅第。
[4] 雄图：要害之地，战略要地。
[5] 尘寰：尘世，人间。

简 议

在明代，诗人骚客歌咏吴山者甚众，不外乎言其高耸、颂其灵应、褒其功德。此诗尽蹈他人车辙，了无创意。

饮仰止亭

题 解

吴山仰止亭在西镇庙前。此诗描写了在仰止亭畅饮的情形。

> 山高缥缈丹霄接[1]，霞灿光摇紫绶文[2]。
> 狂客[3]有怀频酌酒，孤亭无主任流云[4]。
> 凤凰整羽飞还下，鹦鹉依人语更闻。

仰止峰前吟兴逸[5]，徘徊不觉夕阳曛[6]。

注　释

[1]丹霄接：即"接丹霄"。

[2]紫绶文：紫色丝带般的花纹。文，线条交错的花纹。

[3]狂客：作者自称。

[4]任流云：即"任云流"。

[5]逸：释放，超绝。二义在此皆可通。

[6]曛：赤黄色。

简　议

纵观全诗，唯"鹦鹉依人语更闻"一语尚觉新鲜。

晴崖飞雨

题　解

"晴崖飞雨"即"晴岩飞雨"。清康熙《陇州志·方舆志》云："晴岩飞雨在灵应峰下，崖高千丈，飞流飘漾，瞻视若晴日飞雨然。"这首诗在写吴山晴崖飞雨之美丽壮观的同时，寄望飞雨化作甘霖以救百姓之苦。

一入吴山振绣裳，喜看晓霁照明珰[1]。

举头方见阳乌[2]丽，转盼[3]还惊乳雁翔。

珠玉霏霏悬碧落[4]，曦晖皛皛[5]印沧浪。

昊天若念烝黎苦[6]，愿作甘霖沛八荒[7]。

注　释

[1]喜看晓霁照明珰：晓霁，平明天气放晴；明珰，用珠玉串成的耳饰，这里则喻吴山瀑布之水。

[2]阳乌：指太阳。古代传说日中有三足乌，故名。

[3]盼：看。

[4]碧落：天空。

[5]皛皛（xiào xiào）：明洁。

[6]昊天若念烝黎苦：昊天，上天、苍天；烝黎，庶民百姓。

[7]愿作甘霖沛八荒：愿，但愿、希望；八荒，八方荒远之地，这里

指全天下。

简 议

因有最后两句，诗篇的境界便得以升华，灵魂也随之归来。

登倚云楼夜饮

题 解

吴山之倚云楼在灵湫前。此诗描写在倚云楼夜饮之所见，抒发了不尽的逸兴。

> 倚云寄远眺，珠翠[1]望中收。
> 手挽银河近，心随碧汉游。
> 层峦如列幛，新月似悬钩。
> 庾亮耽游赏[2]，更阑[3]兴未休！

注 释

[1]珠翠：喻星辰。

[2]庾亮耽游赏：庾亮，东晋颍川鄢陵人，字元规，好老庄之学，善谈论，喜游历山水；耽，迷恋。

[3]更阑：更深夜尽，夜深。

简 议

珠翠，碧汉，银河，新月。利用这些夜间特有的物象，诗篇创设出一种静谧而沉潜的环境。独饮于这样的氛围中，诗人不禁逸兴遄飞，让心神畅游于九天之上。这种舒心与快意，只有身处奇境的作者拥有。

李枝秀诗（五首）

仲夏游吴山

题 解

这首诗为作者任汧阳县知县期间祀吴山时作，时在农历五月。诗篇主要描绘了吴岳的壮美奇瑰，表达了登上五峰的愿望。

> 虔祀吴山入翠微[1]，即从丹灶闻玄机[2]。
> 由来吟啸金仙[3]驻，遂见翩翩[4]白鹤归。

雨泻晴崖留去马[5]，露埋幽径湿征衣。

五峰高出青天外，指点何年两翼飞[6]。

注　释

[1]翠微：轻淡青葱的山色。

[2]丹灶闻玄机：丹灶，道士炼丹的炉灶；玄机，天机，这里指道家深奥玄妙的义理。

[3]金仙：即"金人"。指金或铜铸的佛像，也指佛。

[4]翩翩：轻飞，闪动，两意在此皆通。

[5]雨泻晴崖留去马：雨泻晴崖，指瀑布从山崖上下泻；去马，回归的马。全句是说，瀑布好像有情，要将我那归去的马留住，这实际上表达了诗人对吴山的恋恋不舍。

[6]指点何年两翼飞：意思是说，我指点着高出青天外的五峰，心里想着自己什么时候才能生出两只翅膀，飞到山巅上去。

简　议

诗人爱慕吴岳的俏丽不忍归去，却说山中瀑布留马而露封幽径不让他离开。此种移情换位的写法赋予吴山以感情，使其在娟秀的同时平添了一份可爱。在所有吟咏吴山的诗篇中，这首诗匠心独到、别开生面。

望五峰

题　解

诗篇首写吴山的清丽静好，次言因尘事烦劳而犯愁。

吴峰高出翠微宫[1]，遥指秦关[2]一望中。

雪积峰头排玉案，鹤鸣月下应丝桐[3]。

摄衣我欲千寻[4]入，带露谁将一径通？

回首不堪尘世鞅[5]，徘徊对此意忡忡[6]！

注　释

[1]翠微宫：泛指建在山间的宫殿。这里特指建在吴山上的庙宇。

[2]秦关：指古秦国的四处关隘要地，即东函谷关、南武关、北萧关、西陇关（大震关）。

[3]应丝桐：应和琴声。丝桐，指琴，古代多用桐木制琴，练丝为

弦，故以丝桐称琴。

［4］寻：古代长度单位，七尺或八尺为一寻。

［5］尘世鞅：尘世间的忙碌烦劳。鞅即"鞅掌"，《诗经·小雅·北山》有"或王事鞅掌"语，《毛传》谓"鞅掌，失容也"，《孔疏》称"言事烦鞅掌然，不暇为容仪也"，后世因以职事忙碌烦劳为鞅掌。

［6］对此意忡忡：对此，面对吴山的静好；忡忡，忧愁。

简 议

看见峰头的积雪，听到月下的鹤鸣，诗人真切感受到了吴山的秀丽清幽，从而为自己烦劳的俗世生活犯愁。

次春再游吴山

题 解

这首诗对吴岳的春景作了详尽而生动的摹绘，为未能登上五峰之巅而惆怅。

重向吴山续胜游，喜逢春色可淹留。
茸茸细草苞新甲[1]，涣涣深溪解旧流[2]。
残雪尚余鹦鹉岫[3]，轻寒转怯骓䯄裘[4]。
只因尘鞅[5]促归骑，遥怅五峰最上头[6]。

注 释

［1］苞新甲：包裹着新生的外壳。苞，通"包"；甲，植物幼苗的硬质外壳。

［2］涣涣深溪解旧流：涣涣，水流旺盛；解旧流，解冻后依旧涌流。

［3］鹦鹉岫：指吴山的鹦鹉峰，在望辇峰左。

［4］轻寒转怯骓䯄裘：骓䯄，骏马、良马；裘，指骑马者所穿的裘衣。全句是说，时到初春，吴山上的轻微寒冷反而惧怕长毛的马和穿着裘衣的人。

［5］尘鞅：世间繁忙而劳人的事。

［6］遥怅五峰最上头：谓远远地望着五峰，为没有登上绝顶而惆怅。

简 议

去年来游吴山，诗人希望有朝一日生出两翼飞到五峰之巅；今次前来，却因"尘鞅促归骑"仍未登顶，于是惆怅不已。诗篇描写吴山春天景色用语贴切，形象生鲜明丽。

大王湫

题 解

吴山大王湫在会仙峰之左。此诗专咏大王湫，言其清纯兴盛，谓在湫边饮酒能消去尘世间的忧虑。

    云根栽雪壁，湫水碧澄澄。
    见说[1]蛟龙隐，因祈霖雨兴。
    五峰当涧落，孤月逐波深。
    浮白[2]消尘虑，盘桓思不胜！

注 释

[1]见说：意如"闻说""听说"。
[2]浮白：本指罚酒或罚饮一满杯酒，这里则指饮酒或满饮。

简 议

听说蛟龙隐伏其中，又因人们祈雨而灵应，大王湫在作者眼中美如西方之瑶池。饮酒于湫边，他不禁盘桓而兴思。

真人湫

题 解

清康熙《陇州志·方舆志》称真人湫"在真人洞上，树心内有水一池，旱涝不竭"。这首诗专写真人湫，谓其浩气冲天，并为真人的远去而怅然。

    我闻吴镇好，蹑履步玄关[1]。
    露草沾衣湿，风花夹路娴[2]。
    灵湫浮古木，浩气出尘寰。
    怅望真人远，空留水一湾。

注 释

[1]玄关：佛教指入道之门。
[2]娴：即"娴都"，谓娴雅美好。也可理解为"娴丽"，谓文雅美丽。

简 议

窃谓作者在以真人湫自比。说湫池"浩气出尘寰"者,旨在表明自己浩气冲天。

郭维桢诗(一首)

登吴山

题 解

此诗为作者任职关西道期间游历吴山时作,摹写了吴岳的伟丽和壮观。

扶节[1]直蹑翠微巅,疑跨青鸾[2]向紫烟。
一水还从银汉[3]落,群峰高与碧云连。
林边不散晴霞色,洞里长涵太古[4]天。
老我好寻修炼去,会仙遗迹是何年?

注 释

[1]扶节:拄着竹竿。
[2]青鸾:传说中的神鸟。
[3]银汉:银河,天河。
[4]太古:远古,上古。

简 议

诗人在称美吴岳的同时,流露出出世之念。

杨行庆诗(二首)

登吴山

题 解

此诗为作者任陕西巡抚期间赏游吴山时作,时在嘉靖三十七年(1558)。诗篇着力描写了吴岳的雄伟高大。

自入秦关[1]接陇西,吴山屹立太华[2]齐。
萦回涧壑千流澈,罗列岗峦百草萋。

霭霭烟云依门户，翩翩猿鹤向阶楼。

攀援不克^[3]登高处，仿佛天台^[4]去路迷。

注　释

［1］秦关：这里指函谷关。

［2］太华：指太华山，即华山。

［3］不克：不能。克，能。

［4］天台：指刘阮入山迷路并遇仙女的浙江天台山。

简　议

写景清丽可道，兴托半点却无。

饮会仙峰

题　解

会仙峰为吴山著名的五峰之一，在灵应峰之南，层峦叠翠，林壑幽深。这首诗专咏会仙峰，极状其瑰丽神奇。

峰畔仙坛今欲芜，群仙曾此会还无？

隔云仿佛闻箫鼓^[1]，对镜依稀传笑呼。

时有龙虎泉下伏，尚留鸾鹤洞中孤。

不觉春风吹酒醒，恍疑相伴宴蓬壶^[2]。

注　释

［1］箫鼓：箫和鼓。

［2］蓬壶：山名。即蓬莱仙山。

简　议

与《登吴山》诗如一奶同胞，有景而无讽兴。

谢运泰诗（一首）

望吴山

题　解

这首诗写远望吴山所见景象，流露出登山赏景之意。

五峰突兀绝跻攀，仙掌^[1]遥临霄汉间。

借得九节竹神杖,秋风许[2]我上吴山。

注　释

[1]仙掌:谓远望吴山,五峰并峙如仙人之手掌。

[2]秋风许:谓到了秋天,相信我会(上吴山)。许,信。

简　议

诗篇尾联运思妙善,行文潇洒,意趣盎然。

李冕诗(一首)

谒吴岳

题　解

诗人曾任河南布政使司右参议和御史。此诗为其来陇州登吴山时作,主写吴岳的峻雄和壮美。

碧巘郁嵯峨,春深柱史[1]过。
花香薰佩绶,鸟语襍[2]笙歌。
岩壑阴晴异,云雾变态多。
何当临绝顶,望辇共鸣珂[3]。

注　释

[1]柱史:官名,"柱下史"的简称,后世以之为御史的代称。这里是作者自称,因其时任御史。

[2]襍(zá):同"杂",混杂。

[3]鸣珂:贵者之马以玉为饰,行时作响,谓之鸣珂。珂,马笼头上的玉饰。

简　议

鲜花芬芳,鸟鸣啁啾;岩壑阴晴不一,云彩变幻多姿,吴山的春景让诗人目不暇接。但这还不够,他想登上吴岳绝顶,亲眼看看帝王的仪仗车辇。

朱应蛟诗（一首）

陪祀吴山

题 解

此诗为诗人于明万历中任陇州同知期间陪他人祭祀吴山时作，主写山中风景和诗人的游兴之浓。

叨陪祠祀过名山，镳辔[1]难连曳杖攀。

五叠奇峦形若幻，千般古木色常斑。

倚云楼[2]畔春风暖，飞雨崖前客意闲[3]。

最喜山灵[4]如有约，兴赊[5]且莫遽言还。

注 释

[1]镳辔：马嚼子和马缰绳。

[2]倚云楼：在吴山灵湫前。

[3]客意闲：客，作者自称；闲，安闲，闲散。

[4]山灵：山神。

[5]兴赊：兴致长久。赊，长久。

简 议

吴山风光奇美若幻，山中时有春风送暖，诗人游兴浓郁而不欲返。诗篇用和煦清浅的语言，营造出一种恬静清幽的氛围，将读者带入了人间洞天。

冯江诗（二首）

登景福洞天二首

题 解

景福洞天，指陇州龙门洞道场。这两首诗歌咏龙门道场风景之美，对丘处机道心之坚大加称赏。

一

混沌今来[1]万物均，如何景福独专神[2]？

三峰天意巉岩异，二曜娄公[3]探蹑真。

七十洞[4]通蓬岛近,八三潭[5]沸鹊桥临。
桃源[6]仙境谁云伪,花鸟声中太易[7]新。

注　释

[1]混沌今来:从天地开辟之前到现在。混沌,传说中指天地未开以前之元气状态。

[2]独专神:单独拥有神韵。

[3]二曜娄公:指光昭日月的娄景。娄景为西汉初年人,相传他弃官后曾归隐修真于陇州龙门洞。二曜,指太阳和月亮。

[4]七十洞:相传龙门洞有三十六洞,此处言"七十洞"者误。

[5]八三潭:相传龙门峡谷之香积河中有二十四潭。"八三潭"即二十四潭,因八乘以三得二十四。

[6]桃源:晋陶渊明在《桃花源记》中虚构的与世隔绝的乐土,言其地人人丰衣足食,怡然自乐,不知世间有祸乱和忧患。后因称这种理想境界为世外桃源,简称桃源。

[7]太易:古代指原始混沌状态。这里当指岁月。

简　议

陇州景福山之神韵,因了诗人的吟唱而益彰。

二

丘公遗世[1]道心坚,远向龙门洞里眠。
羲卦台[2]前调日月,仙皇阁上变坤乾[3]。
旱乘鸾鹤鞭风雨,晴赏云林啸虎鸢[4]。
我欲岩头炼神丹,愿祈心法[5]一相传。

注　释

[1]丘公遗世:丘公,指在景福山修道而创立全真教龙门派的丘处机。遗世,避世。

[2]羲卦台:所指不明。

[3]变坤乾:变幻乾坤。

[4]云林啸虎鸢:谓虎和鸢在深林和云雾中长啸。

[5]心法:宋儒以传心养性的方法为心法。这里指道家修道炼丹之法。

简 议

这首诗深情回溯了丘处机在景福山龙门道场修道的情形,对其道心之坚和修炼生涯的逍遥表示欣赏,希望能得到丘师的衣钵真传。语言的流利条畅,为诗篇的胜状所在。

杨思笃诗(一首)

咏吴山

题 解

此诗为作者登上吴山后作,描摹了吴岳的神秀壮美,抒发了登高赏景的雅兴。

> 天外芙蓉五朵开,崔嵬[1]山势亦雄哉!
> 凤凰巢[2]上云初聚,鹦鹉峰[3]前雨欲来。
> 望莘几思通帝座[4],会仙何必羡蓬莱[5]。
> 数重烟雾封峦嶂,雅兴空携谢屐回[6]。

注 释

[1]崔嵬:高耸。

[2]凤凰巢:清康熙《陇州志·方舆志》言吴山"凤凰石巢在山顶上,人迹难到,古志有凤凰巢焉"。

[3]鹦鹉峰:清《陇州志·方舆志》谓吴山"鹦鹉峰在大贤峰左"。

[4]望莘几思通帝座:望莘,指吴山五峰之一的望莘峰。帝座,星名,有五说,一为在天市垣内,候星西;二为太微垣之五帝座;三为北极座五星中的帝星;四为大角星;五为心宿的中星。五说在此均可通。

[5]会仙何必羡蓬莱:谓会仙峰上有仙;有此峰在,游客就不必再羡慕蓬莱仙山了。

[6]雅兴空携谢屐回:谢屐,即"谢公(谢灵运)屐",是一种底有钉的木鞋。南朝宋谢灵运登山常穿有齿的木屐,上山去其前齿,下山则去其后齿。全句是说,(诗人)游兴甚浓,行路时连谢公屐都不用穿,而是将它提在手里回来,表示不畏行进之难。

简 议

吴山风光无一不妙，诗人酣醉其中。

刘附凤诗（一首）

咏全真崖

题 解

全真崖在陇州龙门洞道场院内，陡峭如斧削，上刻"定日月娄景先生洞"八字，其左横刻"福洞天记，太子千秋"八字，是龙门洞主景区之奇观。这首诗作于明万历三十三年（1605）正月二十一日，描写了全真崖的险峻绝峭，为"会仙"的已成过往而惘然。

> 随到龙门洞上游，洞洞灵异更清幽。
> 黑龙漱里多风雨，白鹤巢边近斗牛。
> 全真神崖三万丈，太上[1]古窟几千秋。
> 会仙万载空遗迹[2]，惟有灵禽上下游。

注 释

［1］太上：远古时期。《礼记·曲礼》上谓"太上贵德"，《释文》称"太上，谓三皇五帝之世"。

［2］遗迹：留下了踪迹。

简 议

陇州龙门道场是道教全真教龙门派的发源地，也是三秦西陲著名风景区。这里殿阁参差、潭洞密布、景点众多，而以混元老祖神龛和摩崖石刻所在的全真崖最为奇险。诗人来龙门观光目不旁顾，独将此崖赋之于诗，可谓眼光独到。

无名氏诗（一首）

吴山吟

题 解

这首诗为七言古风，首写吴山的高大雄浑和壮美风光，次言与山中樵夫坐谈情形，终愿吴山之神为国家培育栋梁之材。

吴山上与青冥迫[1]，秋上吴山扪太白[2]。
秋色苍苍西极连[3]，乾坤万古同沉碧。
万壑千崖向背[4]开，五峰揖拱胜蓬莱。
青菁紫蒨无名纪[5]，凤驭鹤笙夜夜来。
我蹑吴山第一峰[6]，峰头缥缈紫云封。
生平不解金丹术[7]，沉瀣西来填此胸[8]。
是日瀑布注素云[9]，下扑青嶂静无氛。
开花逝水人谁主？寂寂深林鸟稀闻。
忽听樵斧丁丁响，樵人驰担[10]缘溪上。
坐说穆王西狩时[11]，飙车千里一息往[12]。
崛起秦皇四海一[13]，崇名西岳陈匏粟[14]。
祖龙死去咸阳火[15]，矗矗空青犹倒立[16]。
山势欲落还未落，嶙峋深处起云阁[17]。
参差树影翠华临[18]，丹梯万仞谁垂索？
翠华不临草树卑[19]，峰标望莘意欲述[20]。
年驰岁往成今古，日月曾临汉武旗[21]。
蓐收下馆少昊宫[22]，东望三峰[23]浩气通。
履县祀礼秩前代[24]，柱天今日[25]仗神功。
倏然[26]精气爽，诸岭矞云[27]堆。
但愿山灵毓秀异[28]，大贤挺出甫由才[29]。

注　释

[1]上与青冥迫：与青天接近。青冥，青天；迫，逼近。

[2]扪太白：扪，抚摸；太白，指金星。

[3]西极连：即"连西极"。西极，西方极远之处。

[4]向背：有的向着人展开，有的背对着人展开。

[5]青菁紫蒨无名纪：菁，韭菜的花，也泛指别的花，又为菜名，即蔓菁，也是一种水草；蒨，茜草；无名，道家指天地形成前的状态；纪，年月、岁月。这句是说吴山上的青草滋生于天地初启之时，年岁很久远。

[6]吴山第一峰：指镇西峰。

［7］金丹术：炼制金丹的技术。

［8］沆瀣西来填此胸：沆瀣，缓慢流动的水或夜间的水汽及露水；填此胸，充塞于我的胸中。

［9］注素云：谓瀑布下注，其状如白云。

［10］驰担：担着柴担疾走。

［11］穆王西狩时：穆王，指周穆王满，他在位时曾西征犬戎。《穆天子传》因以穆王西征事，演述他乘八骏西行见西王母的故事。这里专就此事而言。

［12］飙车千里一息往：《史记·秦本纪》谓周穆王"西巡狩，乐而忘归。徐偃王作乱，造父为穆王御，长驱归周，一日千里以救乱"。这里所言指此。

［13］崛起秦皇四海一：谓秦始皇崛起后统一了六国，使四海（天下）归于一统。唐人杜牧《阿房宫赋》中有"六王毕，四海一"句，此处所言本此。

［14］崇名西岳陈匏粟：《史记·封禅书》谓秦统一天下后遍祀海内名山大川，"而四大冢鸿、岐、吴、岳，皆有尝禾"。这句的意思是说，秦国统一六国后，对吴山加以祭祀。句中的"西岳"指吴山；匏粟指美酒和谷物。匏本为用匏的果实所制的容器，《诗经·大雅·公刘》中有"执豕于牢，酌之用匏"的说法，《郑笺》谓"酌酒以匏为爵"，故这里的"匏"指酒爵，引申为美酒。由这句话可知，至少从秦代起，吴山就得到了国家的祭祀。

［15］祖龙死去咸阳火：谓秦始皇死后，秦国的首都咸阳城被项羽放火烧毁了。祖龙指秦始皇，《史记·秦始皇本纪》谓"（三十六年）秋，使者从关东夜过华阴平舒道，有人持璧遮使者曰：'为吾遗滈池君。'因言曰：'今年祖龙死。'使者问其故，因忽不见，置其璧去。使者持璧具以闻。始皇默然良久，曰：'山鬼固不过知一岁事也。'退言曰：'祖龙者，人之先也。'使御府视璧，乃二十八年渡江所沉璧也"。《史记集解》谓"苏林曰：'祖，始也；龙，人君象。谓始皇也。'"咸阳火指项羽入咸阳纵火事，《史记·项羽本纪》谓"居数日，项羽引兵西屠咸阳，杀秦降王子婴，烧秦宫室，火三月不灭"。

[16]矗矗空青犹倒立：谓吴山依旧高高地耸矗，而天空却像倒垂下来了一样。

[17]嶙峋深处起云阁：谓在嶙峋的吴山深处建起了阁楼庙宇。

[18]翠华临：谓帝王的仪仗来了。翠华，用翠羽饰于旗杆顶上的旗，为皇帝出行时的仪仗。

[19]翠华不临草树卑：谓皇帝如果不来，连吴山的草树都显得低贱了。

[20]述：申述，记述。

[21]汉武旗：汉武帝的仪仗锦旗，意谓汉武帝曾来吴山祭祀。《史记·孝武本纪》谓"明年，上初至雍，郊见五畤。后常三岁一郊"，《正义》谓"五畤者，鄜畤、密畤、吴阳畤……"吴阳，为春秋战国时秦邑名，因在吴山之阳而名。

[22]蓐收下馆少昊宫：谓吴山上的楼阁是蓐收的下馆和少昊的宫殿。蓐收，西方神名，司秋，主刑；少昊，名挚，字青阳，黄帝子，己姓，以金德王，故也称金天氏。《礼·月令》谓孟秋之月"其帝少昊，其神蓐收"。

[23]三峰：指秦汉方士所说的东海中仙人所居的三神山，即方壶、瀛壶、蓬壶。

[24]屦县祀礼秩前代：谓对吴山的祭礼依照前代的常规。屦县，屦泛指鞋，县指悬挂，谓人们接踵上山祭祀；秩，常规。

[25]柱天今日：即今日柱天。

[26]倏然：忽然。

[27]矞云：彩色的瑞云。

[28]但愿山灵毓秀异：但愿吴山之神为国家养育优秀的人才。山灵，山神；毓，生、养。

[29]甫由才：有大用的人才。甫，大；由，用。

简 议

在咏唱吴山的诗歌中，这首诗的篇幅相当宏大，内涵最为丰富。诗篇以苍劲古拙的语言，对吴山的壮阔气象和秀美风光作了多层次、多角度的描写；同时设置与"樵人"座谈的情节回溯往事，将西镇昔日的尊崇和荣耀逐次揭示出来，使其集俊美和尊荣于一身。特别是到了结尾，诗人寄望山神发挥神力，多为国家养育安邦济世的栋梁之材，从而使作品具备了相应的人文要素和较大的社会意义。然诗中有些句子颇显突兀，似乎游离于主题之外，诸如"生平不解金丹术，沉潅西来填此胸"等句即是。另外，诗人让一个奔走于山林的樵人来和自己谈论穆王西狩等古往之事，实在有些不近情理，莫非那樵夫是个隐栖山林的世外高人或文人雅士？

清朝

  在清代二百六十余年中，歌咏陇州的诗人计六十三人，所作诗歌二百四十六首。其中方玉润的四十余首诗歌，全面反映了陇州当时的社会现实，具有极强的思想性。

李楷诗（一首）

李楷（1603—1670），字叔则，一字岸翁，人称"河滨夫子"。明清之际陕西朝邑（今大荔县）人。明天启四年（1624）举人。后多次应试不中，乃家居潜心读书，研究史学。清朝建立后，曾任宝应县知县。后被罢职，乃游历、寓居江南广陵等地。于康熙初年参修《陕西通志》，为其撰写三十二卷。善为赋，为钱谦益所称赏。著有《河滨全书》一百卷，《朝邑县志》四卷，《洛川县志》二卷。存世的有《河滨诗选》《河滨文选》《河滨遗书抄》等。

望吴山

题 解

这首诗为五言古风，为诗人晚年来陇州游历时作，主要描写远望吴山所见景象，表达了归隐陇州南山的心愿。

吴岳夙在念[1]，知是十七峰。

豫以华嵩拟[2]，想见青芙蓉。

遣祀关大典，不愿见登封[3]。

周穆独好奇，山水多遥踪[4]。

予乃一庶民，策倚一枝筇[5]。

始觑[6]数笋尖，邱[7]原隔云重。

遵渚翔陇流[8]，日暮心憧憧[9]。

纵饮得陇酒[10]，迷途非倥侗。

翌日城之南[11]，饱看岳[12]色浓。

群山如舞凤，或得如游龙。

巍巍列大藩[13]，嶷嶷副岱宗[14]。

阆苑[15]不可到，吾今庶几[16]逢。

但怀此中隐[17]，茹芝亦餐松。

馁饥无足虑，租赋思耕农[18]。

垂老生毛羽[19]，聊且辞勋庸[20]。

注 释

[1] 吴岳夙在念：谓自己对吴山很早就很想念。夙，早、素常，二义在此皆通。

[2] 豫以华嵩拟：谓吴山之高大，可比华山和嵩山。豫，象之大者。

[3] 不愿见登封：谓吴山不愿被人加封。见，被；登封，登山封禅。

[4] 周穆独好奇，山水多遥踪：谓周穆王喜好猎奇，爱游山玩水，连很远的地方，都留下了他的踪迹。

[5] 筇（qióng）：竹名，可作杖。

[6] 觌（dí）：见。

[7] 邱：同"丘"，山丘。

[8] 遵渚翔陇流：谓自己沿着汧河岸边行走。遵，沿着；渚，水边；翔，行，《穆天子传》谓"六师之人翔畋于旷原"，晋郭璞《注》称"翔，游，行也"；陇流，指陇州的汧河。

[9] 憧憧：摇荡不定。

[10] 陇酒：陇州所造的酒。

[11] 城之南：陇州城之南。

[12] 岳：指陇州南部的山脉。

[13] 大藩：大篱笆。陇山脉州南部的山脉由西而南而东，上入碧汉而略无缺处，其状确如大篱笆。

[14] 巍巍副岱宗：谓陇州南部的山脉十分高大，仅次于泰山。巍巍，高耸；副，次，次于；岱宗，泰山。

[15] 阆苑：阆风之苑，为仙人所居。

[16] 庶几：近似。

[17] 但怀此中隐：只想在陇州南山中隐居。此中，指陇州南山中。

[18] 租赋思耕农：谓做个缴纳租赋的农业生产者。

[19] 垂老生毛羽：谓到了老年，头上尚有毛发。因隐居山中无饥饿之虑，故至老毛发不脱。毛羽，毛发。

[20] 勋庸：大的功劳。此处指功名利禄。

简 议

自江南归乡后，诗人曾来陇州游览并题诗。此诗在描写远望吴山所见美景的同时，他也对陇州南部的群山给予热情讴歌，将之比作"舞凤""游龙"和"阆苑"，并且想要隐居其中。陇州南山的入诗仅此一次，我们应当庆幸作者的慧眼识珠。

蒋薰诗（一首）

蒋薰（1610—1693），字闻大，号丹崖。原籍浙江海宁，后徙嘉兴（今浙江嘉兴）。明崇祯九年（1636）举人。清顺治十二年（1655），任浙江缙云县儒学教谕；康熙二年（1663）十月，任甘肃伏羌县（今甘谷县）知县。在任时因私减民赋被上司罢职，并罚其清赔所免钱粮，以故流落陕甘间六年。康熙十一年七月，他离开伏羌县东返，行经陇州，后赴略阳及四川。工诗文，创作了大量描写秦陇风情风物和反映当地人民生活的诗篇，平生作诗逾万首。著有《留素堂文集》一卷，《留素堂诗删》八卷。

送于秀才还陇州

题 解

这首诗作于清康熙十年（1671）春，是一首送别诗。其时，陇州人于秀才将从伏羌县返回故乡，作者即赋此为其送行。诗篇在表达和于氏惜别之情的同时，也对诗人的恩师、时任陇州同知的周龙舒（字茂叔）表示怀念。于秀才其人不可考。

青骢骏马夕阳斜[1]，杯酒传书汧水涯[2]。
寄语尊师周茂叔[3]，春风过后看莲花[4]。

注 释

[1]青骢骏马夕阳斜：谓于秀才骑着骏马，在夕阳斜照时将启程回归家乡陇州。青骢，青白色的骏马。

[2]杯酒传书汧水涯：谓自己摆酒为于秀才饯行，托他带书信送往汧水岸边的陇州城。陇州城地处汧河岸边，故以"汧水涯"代之。

[3]寄语尊师周茂叔：周茂叔即时任陇州同知的周龙舒，茂叔为其字。依清康熙《陇州志·官师志》的记载，周龙舒为江西人，于康熙四年

（1665）任陇州同知，在任七年。他是诗人的授业恩师。蒋氏在原诗下自注云"司马龙舒"。

［4］春风过后看莲花：谓到了夏天，自己将东返过境陇州，到时将拜会老师周茂叔，和他一起到陇州城的莲池观赏莲花。莲花色彩艳丽，常用以比喻人的美貌，也有喻人一尘不染之意，故这里的"莲花"也是对恩师的称美之词。

简　议

语言清丽庄雅，属意自然畅荡，感情醇厚质朴，韵味深婉悠长。诗篇貌似为送别于秀才而作，实为怀念恩师而赋。其中末句语带双关，机慧自显。

宋琬诗词（五首）

宋琬（1614—1673），字玉叔，号荔裳。清初著名诗人。山东莱阳人。顺治四年（1647）进士，授户部河南司主事，转吏部稽勋司主事。后任凤翔知府。顺治十一年，出任陇西道佥事；十八年，升任浙江按察使。康熙十一年，任四川按察使。任陇西道佥事时，甘肃秦州发生地震，人民无家可归者数以万计，他全力组织救灾而成效显著，受到朝廷嘉奖并升任永平副使。其诗入杜、韩之室，多写个人的失意和苦愁，情调感伤，与施闰章齐名，有"南施北宋"之说，又与严沆、施闰章、丁澎等合称"燕台七子"，也是清诗"八大家"之一。著有《安雅堂集》《安雅堂诗》《二乡亭词》《永平府志》《北寺草》《入蜀集》《荔裳集》及剧本《祭皋陶》《秦州纪异》等。

青阳峡

题　解

这首诗录自1993年12月版的《陇县志》文化卷中，被认为是描写陇州青阳峡的。诗篇生动地摹画了青阳峡的美景。青阳峡又称"青石崖"，在今陕西省陇县八渡镇白鹤坪村南之五里处。

夹岸长杨接翠微，乱流高下[1]见柴扉。

空山十月无冰雪，红叶丛中蛱蝶[2]飞。

注 释

[1] 高下：高低，或从高处流下。

[2] 蛱蝶：蝴蝶的一种。晋人崔豹在《古今注·鱼虫》中称"蛱蝶，一名野蛾，一名凤蝶，江东呼为挞末，色白背青者是也"。

简 议

文辞清雅、形象鲜活，仿佛一幅意境优美的山水画，诗篇将初冬之际青阳峡的风光描绘得妙丽妖冶，让人心驰神往。

破阵子·关山道中

题 解

《破阵子》为词调名，本唐教坊曲名，因《破阵乐》舞曲另度新声，声情激壮，一名《十拍子》；双调，前后段各五句，三平韵。这首词为诗人任职陇西道佥事期间（1654—1661）往来陕、甘路行经陇州关山时作，主要描写了关山秋季的清丽景色。关山即陇山，因山中有大震关、安戎关等军事要隘而得名。

拔地千盘深黑[1]，插天一线青冥[2]。行旅远从鱼贯入，樵牧深穿虎穴行，高高秋月明。

半紫半红山树，如歌如哭泉声[3]。六月阴崖残雪[4]在，千骑宵征画角清，丹青似李成[5]。

注 释

[1] 拔地千盘深黑：概言作者行进于陇山中看到的道路和山色。

[2] 青冥：青天。

[3] 泉声：指陇山中的流水声。

[4] 六月阴崖残雪：指盛夏六月所降而残留在背阴山崖上的积雪。

[5] 丹青似李成：谓初冬之陇山美丽不俗，就像李成所绘的山水画。李成，字咸熙，五代人，擅画山水；初学王维、荆浩画法，后着意观察自然景物，融合而贯通之；画平远寒林龙工，其法用淡墨托抹，善加剪裁，人称其惜墨如金，与董源、范宽号称五代北宋山水画三大宗师。

简 议

峰高谷深，皓月朗照，行人比肩，樵牧出没；树叶红紫掩映，流水如歌如诉，阴崖残雪耀眼，军中画角清越，初冬季节的陇山有动有静，有声有色，简直美得让人窒息。与其说它美如李成之画，倒不如说诗人是"丹青圣手"！能把陇山的冬景写得如此绮丽美好的，唯宋琬先生一人耳。

鹦 鹉

题 解

这首诗专咏随诗人奔波的笼中鹦鹉，对其苦辛给予同情。

> 雕笼万里托征鞍[1]，辛苦何辞行路难。
> 幽阁恰添娇女伴，方音犹作部民[2]看。
> 且分薄俸[3]供粳稻，莫遣春风瘁羽翰[4]。
> 流水陇头[5]相忆否，朔云边月不胜寒。

注 释

[1] 雕笼万里托征鞍：谓笼中鹦鹉跟随自己万里奔波。

[2] 部民：所统属的人民，这里当指作者任职之地陇西地区的人们。

[3] 薄俸：指作者微薄的俸禄。

[4] 莫遣春风瘁羽翰：谓不要让春天来临，以免让笼中鹦鹉损毁了羽毛，因为鹦鹉一般在春天换毛。瘁，毁坏；羽翰，羽毛。

[5] 陇头：指鹦鹉的故乡陇山。

简 议

鹦鹉四处奔波经受万般辛苦，却不能回到它的故乡陇头。显然，诗人在借言鹦鹉而自怜。

清水道中·陇坂

题 解

此诗为作者任职陇西道佥事期间行经清水县时作，在描写途中所见之景的同时，着重诉说了当地百姓的田税之沉重，对他们表示同情。清水县在今甘肃省东部，隔陇山与陕西省的陇县（古陇州）为邻，位处陇县之西。

> 陇坂高无极[1]，清秋望更赊[2]。
> 石林[3]千叠水，板屋几人家[4]。
> 古驿羊酥饭，空山燕麦[5]花。
> 停骖问耆旧[6]，井税说频加[7]！

注　释

［1］陇坂高无极：陇坂，陇山，陇山古称陇坂；极，穷尽。

［2］赊：稀疏，遥远。二义在此皆通。

［3］石林：陇山山体为花岗岩质，山形高耸，望之如石林。

［4］板屋几人家：谓山中有几户住着板屋的人家。板屋，用木板建造的房屋；也作"版屋"，指版屋土墙的房子。

［5］燕麦：植物名，初为野生，为燕雀所食，故名。后来成为农作物的一种，供人食用。时至今日，陇山一带的人家尚在种植燕麦。

［6］停骖问耆旧：骖，驾车的马，这里代指车；耆旧，故老，年老的旧好，这里指住在板屋中的老人。

［7］井税说频加：谓"耆旧"们告诉他，他们的赋税频频增加。井税，田税。

简　议

毋庸置疑，这首诗的精义全在尾联。其中虽然只是交代了板屋人家赋税不断加重的事实，但诗人对他们的怜悯和同情也寓其中。由于如实反映了当时农民经济负担的沉重和统治者的横征暴敛，诗篇的积极意义便不容低估。语言的平易纯朴和描写的细致逼真，也是诗作的显著特点。

送顾勉斋督饷关中

题　解

这首诗作于诗人任职四川时。诗中对将由四川赴陕西关中督取军饷的顾勉斋表示惜别，对其辛苦表示同情。顾勉斋其人不可考。

> 柳色依依边马鸣，故人万里赋西征[1]。
> 汉江旧绕褒斜谷[2]，蜀道新悬骠骑营[3]。

碛里梅花春不度[4]，楼中羌笛夜偏清。

相看怀抱萧条尽，陇水秦云[5]雁几声。

注　释

［1］赋西征：谓故人顾勉斋在去陕西关中督饷前，像晋人潘岳似的，作有如《西征赋》般的文章（或诗赋）。

［2］褒斜谷：也称褒斜道、连云栈，在今陕西省西南，为沿褒水、斜水所形成的河谷，南口称褒谷，在今陕西勉县褒城镇北十里处；北口称斜谷，在今陕西眉县西南三十里处，总长四百七十里。谷中山势险峻，历代凿山架木，于绝壁修成栈道，旧时为川陕交通要道。

［3］骠骑营：骠骑将军的军营。骠骑为将军名号，汉武帝元狩二年（前121）始以霍去病为骠骑将军，秩禄同大将军。

［4］碛里梅花春不度：谓生长在沙石地带的梅花见不到春风，暗示陕西地域荒凉而寒冷。碛，不生草木的沙漠或沙石地。

［5］陇水秦云：陇山之水和秦地（陕西）的云。

简　议

诗篇运思的妙处在于：对顾氏前往陕西关中将要遭遇的困难和辛苦不予直言，而是通过"碛里梅花春不度，楼中羌笛夜偏清"和"陇水秦云雁几声"等说辞委婉地表达出来，正所谓笔意曲折而含蓄也。

叶方蔼诗（十二首）

叶方蔼（1629—1682），字子吉，号讱庵。清江南昆山（今属江苏）人。顺治十六年（1659）进士，授编修。江南奏销案起，以欠赋一钱而罢官。康熙时复起，历侍讲、侍讲学士、侍读学士、礼部侍郎。受命阅博学鸿儒试卷，后任刑部侍郎。卒谥"文敏"。有《读书斋偶存稿》《叶文敏公集》《独赏集》等。

关陇平十二首

题　解

这里的"关陇"，特指陇山周边地区和今甘肃省的东南部。清康熙十二年（1673），吴三桂等起兵反清。时任陕西平凉提督王辅臣于十三年十二月杀清经略莫洛，于平凉起兵响应。他率部向甘肃进军，很快占领了陇东地区，并派总兵蔡元攻克陇州。康熙十四年二月，清军洞鄂佛尼勒部攻入陇山，与叛军李黄莺部对垒；而清军之佟、达二将军则率部驻守陇州之咸宜关，与叛军相持三年之久。康熙十五年，帝任图海为抚远大将军，使其率兵赴陕，于三月抵达平凉，迫使王辅臣投降，关陇地区由此平定。这十二首诗即为这场战事而作。诗篇如实记录了战争的全过程，对清军将领图海和张勇的抗敌功绩给予高度肯定，并对康熙皇帝的"皇恩"和"帝德"大加颂扬。

一

关岭茫茫[1]，陇流[2]汤汤。
纡徐[3]逶迤，峥嵘崄巇[4]。
面蜀肘凉[5]，辅车相将[6]。
狁焉启疆[7]，震惊我一方[8]！

注　释

[1]关岭茫茫：关岭，指陇山之山岭。陇山筑有大震关和安戎关，故也称"关山"。

[2]陇流：指陇山上的流水。

[3]纡徐：从容宽缓。

[4]崄巇（xiǎn xī）：艰险崎岖。

[5]面蜀肘凉：谓陇山面对着四川，掣肘着凉州，其地理位置十分重要。凉，指凉州，为西汉置，东汉时治所在陇县（今甘肃张家川回族自治县），辖域相当于今甘肃、宁夏和青海湟水流域及陕西的定边、吴旗、凤县、略阳等县；三国时移治姑臧（今甘肃武威）；明洪武中改为凉州卫，辖境相当于今甘肃武威、永昌、民勤、天祝、古浪、永登等县地；1913年废。

[6]辅车相将：谓陇山和四川、凉州就像颊骨和齿床一样相依相随。辅，颊骨；车，齿床。《左传·僖公五年》谓"晋侯复假道于虞以伐虢。宫之奇谏曰：'虢，虞之表也。虢亡，虞必从之……谚所谓辅车相依，唇亡齿寒者，其虞虢之谓也。'"后即用"辅车"比喻相互依存的事物。相将，相随、相从。

[7]狁焉启疆：狁焉，指怀有图谋侵人之国或侵犯疆土之心。这句的意思是说，怀有贪诈之心的王辅臣之流侵犯清朝的疆土。

[8]一方：指关陇一带。

简 议

这首诗集中描写了陇山的雄浑险峻，特别指出其地理位置的重要，同时点出了叛军作乱的事实，为后面的讲述关陇之战预作铺垫。诗中"面蜀肘凉，辅车相将"两句写得十分形象，使人对陇山的军事战略位置了然于心。

二

关岭兀兀[1]，陇流潏潏[2]。

彼泾启戎[3]，乃蠢兹螟贼[4]。

为虺为蜴[5]，为螟为螣[6]。

卬首张臆[7]，助逆抗有德[8]。

如猬之集[9]，如豨之突[10]。

注 释

[1]兀兀：昏沉。

[2]潏潏：水流涌动。

[3]彼泾启戎：谓叛军在泾源发动战争。泾，指泾原，为路名，宋康定二年（1041）分陕西路置泾源路经略安抚使，治所在渭州（今甘肃平凉市）；清陕西提督王辅臣于康熙十三年（1674）十二月，在平凉起兵响应吴三桂，发动叛乱。启戎，发动反清战争。

[4]乃蠢兹螟贼：乃，如此；兹，此、这些；螟贼，原指吃禾苗的两种害虫，后常用来比喻对人民或国家有危害的人或事物，这里则指王辅臣叛军。

[5]为虺（huǐ）为蜴：做蛇做蜥蜴。虺，毒蛇，俗称"土虺蛇"；蜴，也称"虺蜴"，又称"蝾螈"，即蜥蜴。

[6]为螟为螣（tè）：螟，食禾的害虫；螣，食禾的害虫。

[7]张臆：恣意妄为。

[8]助逆抗有德：逆，指吴三桂；有德，泛指有德行，也指施恩德，这里则指清廷和康熙皇帝。

[9]如猬之集：谓叛军众多，如刺猬的毛而丛集。

[10]如豨（xī）之突：像野猪似的急冲。豨，大野猪；突，急冲、冲撞。

简 议

此诗具体描写王辅臣于平凉起兵响应吴三桂而叛清的情形。诗人对叛军无比仇视，在挖苦讽刺的同时肆意谩骂。诗中开篇两句借写陇山的"兀兀"和陇水的"漓漓"，巧喻了关陇之战爆发前叛军的狂妄和形势的严峻，可谓一语双关。

三

泾原既清[1]，群贼大震。
睢睢盱盱[2]，延旦夕之命。
帝命臣海，为陇民徙灾。[3]
帝命臣勇，师出自西陲。[4]

注 释

[1]泾原既清：谓平凉和泾州的叛军被歼灭。泾原，一为路名，治所在今甘肃平凉；二为方镇名，治所在今甘肃泾川县北。

[2]睢睢盱盱（suī suī xū xū）：睢睢，仰目而视；盱盱，张目直视。

[3]帝命臣海，为陇民徙灾：海，指清军将领图海。图海（？—1682），字麟洲，世居绥芬河（今黑龙江东宁市），清初名将。康熙十五年（1676），帝任他为抚远大将军，令其率军入陕西，于同年三月到达王辅臣盘踞的平凉，恩威并施，迫使王投降清廷。徙灾，移除灾难。

[4]帝命臣勇，师出自西陲：勇，指清初名将张勇。张勇（1616—1684），字非熊，陕西咸宁（今西安）人。康熙二年（1663）任甘肃提督，此后镇守甘肃十余年。三藩之乱时，他被封为靖逆将军和靖逆侯。叛军首领王辅臣派部将潘瑀、曾文耀进攻洮州（今甘肃临潭）和河州（今甘肃临夏），张勇率军攻打河州，并命杨朝梁攻打洮州，曾文耀和潘瑀败走；张又前往攻打被叛军占领的巩昌（今甘肃陇西），击败王辅臣部将任治国。攻克巩昌后，他率军东进，助攻平凉。宁夏兵变后不久，张勇又击败叛军吴之茂部，收复通渭。之后，他又收复平凉、庆阳等地属县。这两

句即指此而言。

简议

这首诗主要讲述清廷调兵遣将与叛军初战的情景,将叛军遇到打击后的惊惧和狼狈之状写得惟妙惟肖。

四

　　帝诏[1]臣海,汝速涉坂[2]。

　　出彼朝那[3],为勇军[4]援。

　　掎之角之[5],沓之蠡之[6],除民之慝[7]。

　　俾妇子恬恬[8],尚嘉乃绩[9]。

注释

[1]诏:下达命令。

[2]坂:坂,本指山坡。这里谓翻山越岭抄近道。

[3]朝那:古县名。西魏大统元年(535)置,治所在今甘肃省灵台县西北。

[4]勇军:指张勇的军队。

[5]掎之角之:谓让图海的军队和张勇的军队互为依靠,形成掎角之势。

[6]沓之蠡之:谓让图海的军队和张勇的军队密集接近并力争会合。沓,会合;蠡,接近、迫近。

[7]慝(tè):灾害。

[8]妇子恬恬:妇子,妇女儿童;恬恬,安静、安然、心神安适。

[9]尚嘉乃绩:意思是说,(我)将赞美、表彰你的功绩。嘉,赞美、表彰;乃,你(的)。

简议

此诗专写康熙皇帝对图海的诏令。他要求图海翻山越岭快速进军,从朝那向平凉前进援助张勇,合力剿灭叛军为民除害,让关陇一带的老百姓过上安定太平的生活。从文字看,康熙的诏令言辞恳切,几至苦口婆心,体现出真诚的爱民心念。

五

　　海涉河泾[1],言腾灞浐[2]。

秦山矗突[3]，嵚崎陇坂[4]。

逾邠越凉[5]，飞旓扬旆[6]。

扶舆猗靡[7]，云罕综缞[8]。

雍部阻长[9]，敢惮痡瘏[10]？

式遏寇虐[11]，以宁尔室家[12]。

注 释

[1]河泾：黄河和泾河。

[2]言腾灞浐：言，助词，无义；腾，奔跃；灞浐，灞河和浐河。

[3]秦山矗突：秦山，陕西境内的山；矗突，耸立凸出。

[4]嵚崎陇坂：嵚崎，高峻；陇坂，陇山，古称陇坂。

[5]逾邠越凉：越过邠州（今陕西彬县）和古凉国故地（地在今甘肃境内）。

[6]飞旓（shāo）扬旆（pèi）：旓，旌旗的旒；旆，古时旗末状如燕尾的垂旒，也泛指旌旗。

[7]扶舆猗靡：扶舆，犹言扶摇，形容自下而上；猗靡，随风披拂。

[8]云罕综缞（cuì cài）：云罕，捕鸟之大网，这里喻指清军的武器；综缞，本指衣服相擦之声，此处指武器碰撞、摩擦之声。

[9]雍部阻长：谓图海的军队进军和谐，因地势险阻，队伍排得很长。雍，和谐；部，军队。

[10]痡瘏（pū tú）：痡，劳倦、病苦；瘏，疲劳、疲病。

[11]式遏寇虐：遏止贼寇对百姓的侵害。式，发语词，无义；寇，指王辅臣的叛军；虐，侵害。

[12]尔室家：尔，其；室家，家家户户（的百姓）。

简 议

旌旗猎猎，军容严整。依照康熙皇帝的诏令，图海率领部队向平凉疾行。他们跋山涉水、星夜兼程，将一切困难踩在脚下。为了早日"式遏寇虐"以"宁尔室家"，将士们不怕疲劳和病苦，勇敢地奔向前线，彰显着正义之师的英勇无畏。"秦山"的"矗突"和"陇坂"的"嵚崎"，喻示了行军道路的险阻和战争形势的紧张。

六

勇自河西[1],衔枚疾指[2]。

来从酒泉[3],转战天水。

矫矫[4]虎臣,一乃心力[5]。

摧坚挫锋,荡彼蚤贼。

兵车百万[6],汹汹[7]雷震。

横会方州[8],为行为陈[9]。

注　释

[1]勇自河西:勇,指名将张勇;河西,唐方镇名,治所在凉州(今甘肃武威),辖境相当于今甘肃省河西走廊。张勇为清初河西四大名将之首,关于他在河西一带与叛军作战的情况,详见《关陇平》组诗第三首之第四注。

[2]衔枚疾指:枚形如箸,两端有带,可系于颈上,古代进军袭击敌人时,常令士兵衔在口中以防喧哗;疾指,快速地向盘踞在平凉的叛军推进。

[3]来从酒泉:谓张勇率军从酒泉而来。

[4]矫矫:勇武,翘然出众。

[5]一乃心力:同心同力,专心一志。《尚书·泰誓中》有"乃一德一心,立定厥功"之说,此句即缘此而来。

[6]百万:概言其多。

[7]汹汹:本指波涛声。此处借指兵车轰鸣声。

[8]横会方州:谓康熙十五年(1676)六月,张勇率军突然与图海将军在平凉会合。横,意外、突然;方州,地方州郡,此处指平凉。

[9]为行为陈:谓排列阵势。行,行列;陈,"阵"的古字,《论语·卫灵公》谓"卫灵公问陈于孔子"。

简　议

"来自酒泉,转战天水""摧坚挫锋""汹汹雷震",张勇的勇敢和英武令人钦佩,无愧于"矫矫虎臣"的名号。

七

东西合围[1],贼在釜[2]底。

其智斯竭[3]，其魄斯夺。
勇率其麾[4]，崖诛谷讨[5]。
曰臣思克[6]，曰臣进宝[7]。
赳赳[8]奋武，为王干城[9]。
勇[10]实帅之，桓桓于征[11]。

注　释

[1]东西合围：谓张勇和图海对王辅臣叛军进行东西合围。

[2]釜：古代炊事用具，相当于现在的锅。

[3]其智斯竭：谓叛军的智慧全都尽了。斯，尽、皆。

[4]勇率其麾：谓张勇率领他的部下。麾，谓将旗之下、部下。

[5]崖诛谷讨：在崖谷间征讨、诛杀叛军。

[6]曰臣思克：说臣下我要战胜（叛军）。思，语助词，无义；克，战胜、攻下。

[7]进宝：将叛军首脑的印信符玺奉献给朝廷。进，奉上、送上；宝，印信符玺。

[8]赳赳：雄健勇武。

[9]干城：干，盾；城，城郭，二者都起捍御防围之作用。

[10]勇：指张勇。

[11]桓桓于征：桓桓，威武。《尚书·牧誓》中有"尚桓桓，如虎如貔，如熊如罴，于商郊"之说。于，往；于征，去征剿叛军。

简　议

此诗浓墨重彩，详细描述了张勇与图海合围、征剿叛军的实况，着力表现了他们的雄健勇武和忠贞不贰。诗篇文辞健拔、气势轩昂，令人读之大感振奋。

八

于征何所，于巩于临[1]。
道阻[2]且长，蔽亏岑崟[3]。
深入其阻，禽狝草薙[4]。
申用三驱[5]，根株断刈[6]。
余贼窜蜀，游魂犹悸。

西夏以绥，贺兰其乂。[7]

注　释

[1] 于巩于临：巩，指巩昌，金正大中置巩昌府，治所在今甘肃陇西县，辖境相当于今甘肃陇西、通渭、彰武、武山、定西等县地；清代辖境如今临潭、岷县以东，定西、会宁以南，通渭、甘谷以西和宕昌、西和以北地。临，指临夏，为古县名，地在甘肃省临夏回族自治州西部，邻近青海省。

[2] 阻：艰险难行。

[3] 蔽亏岑崟（yín）：谓巩、临一带的山脉时断时续，高耸险峻。岑崟，山势峻险。

[4] 禽狝（xiǎn）草薙（tì）：禽，"擒"的古字；狝，杀伤禽兽；薙，除草，这里指剪除叛军。

[5] 申用三驱：申用，一再运用；三驱，《易·比》谓"王用三驱，失前禽"，三驱之意说法不一，注和疏均释为三面驱禽，让开一路，即网开三面，以示好生之德。全句是说张勇在征剿叛军时，多次运用三驱之术。

[6] 根株断刈（yì）：谓将叛军的根、枝全部割断。刈，割，多用于草和谷类。

[7] 西夏以绥，贺兰其乂（yì）：西夏，古国名，属地有今宁夏、陕北、甘肃西北部、青海东北部和内蒙古部分地区；贺兰，指位于宁夏西北边境和内蒙古接界处的贺兰山；乂，"刈"的本字，意为"割草"。全句是说，由于张勇的奋勇征剿，西夏故地得以安抚，而宁夏贺兰山一带的叛军也被清除了。因为张勇曾率军与叛军在西夏故地和宁夏一带作战，故有此说。

简　议

康熙十四年（1675），王辅臣部将潘瑀、曾文耀攻打洮州（今甘肃临潭）和河州（今甘肃临夏）；张勇率军进击河州，又命部将杨朝梁袭击巩昌（今甘肃陇西），连战皆捷。康熙十五年三月，张勇击败叛军吴之茂部收复通渭，其后又收复平凉、庆阳等地。此诗即为这几场战事而作，热情表彰了张勇的英勇善战和赫赫战绩。

九

胁从蚩蚩[1],亦孔之哀[2]。
宽其诛锄,予以惠来[3]。
维海维勇[4],刚克柔克[5]。
勇也帅师,为辟为祓[6]。
海也敉民[7],为揉为活[8]。
北地上郡[9],稽颡归命[10]。
如旱望霓[11],海实绥之[12]。

注 释

[1]蚩蚩(chī chī):扰扰攘攘,忙乱。

[2]亦孔之哀:也很值得怜悯。孔,甚、很;哀,怜悯;之,语助词,无义。

[3]予以惠来:给他们(胁从)以恩惠和仁爱,使其归来(归顺)。

[4]维海维勇:维,语助词,无义;海,指图海;勇,指张勇。

[5]刚克柔克:谓图海和张勇在征剿叛军时,以刚强见胜、以柔和之道治事。

[6]为辟为祓(fú):为除去灾害而举行祓除仪式。辟,排除;祓,是古代为除灾祛邪而举行的一种仪式。

[7]敉(mǐ)民:安抚百姓。敉,安抚、安定。

[8]为揉为活:使老百姓顺服并能生存下去。为,使;揉,通"柔",使之顺服;活,生存、生活下去。

[9]北地上郡:北地,郡名,秦置,治所在义渠(今甘肃庆阳西南),西汉移治马岭(今甘肃庆阳西北),东汉移治富平(今宁夏吴忠西南),辖境相当于今贺兰山、青铜峡、山水河以东及甘肃环江、马莲河流域;又,北魏置西北地郡,治彭阳(今甘肃庆阳西南),北周改名北地郡;又,隋改彬州置,治所在定安(今宁县),辖境相当于今甘肃宁县、合水、正宁、庆阳南及陕西旬邑、彬州地。上郡,郡名,战国魏文侯置,治所在肤施(今陕西榆林东南),汉代辖境相当于今无定河流域及内蒙古鄂托克旗等地;隋大业及唐天宝、至德时又分别改廊城郡、绥州为上郡,位于北方边区。

[10]归命：归顺。

[11]望霓：盼望甘霖。霓，虹的一种，降雨始有虹。

[12]绥之：安抚之。之，指北地和上郡的老百姓。

简 议

诗篇反复陈述了图海和张勇怜悯、安抚叛军"胁从"者及战区百姓的情况，着力打造了官军仁义之师的良好形象。

十

义威戢武[1]，奠我西陲[2]。

剖蜩斫猬[3]，人畏以怀[4]。

秦民嘘呵[5]，化为讴吟[6]。

殄熄暴悖[7]，克广德心[8]。

经战伐区[9]，蠲除租赋[10]。

问孤吊死[11]，起乃沉痼[12]。

廓[13]我皇恩，义声先路[14]。

注 释

[1]义威戢（jí）武：谓在展示了清军的威仪后息兵。义，"仪"的古字，威仪；戢武，同"戢兵"，戢，收藏兵器、止息。

[2]奠我西陲：奠，定；西陲，古地区名，指今甘肃省的东南部一带。

[3]剖蜩斫（zhuó）猬：破开蝉虫、砍断刺猬，用以形容对叛军的杀戮。蜩，蝉；斫，"斫"的异体字，意如"砍"。

[4]人畏以怀：谓关陇一带的叛军因惮清军的威势而归顺。怀，来、归顺。

[5]嘘呵：嘘气，叹气。

[6]化为讴吟：转化为讴歌、赞美。

[7]殄熄暴悖：殄，灭绝；暴悖，暴虐的悖逆者，指叛军。

[8]克广德心：意思是说，清军剿灭了叛军，使原沦陷地区的广大老百姓普遍将朝廷的德举铭刻在心。

[9]经战伐区：经过战伐的地区。

[10]蠲（juān）除租赋：蠲，除去、减免；租赋，田租赋税。

[11] 吊死：哀悼因战争而死亡的百姓。

[12] 起乃沉痼：扶起、救治那些久病不愈的人。沉痼，积久难治的疾病；乃，助词，无义。

[13] 廓：扩张、扩展。

[14] 义声先路：谓清军以道义、恩义和善行为先导。义，情义、恩义、善；先路，引导先行。

简 议

战争结束后，清军在战区"问孤吊死""蠲除租赋""起乃沉痼"，使"秦民"由"嘘呵"转向"讴吟"，而康熙皇帝的恩泽也广布遐荒。

十一

帝德振振[1]，陇山既平[2]。
陇流既清[3]，维天子之祯[4]。
陇山既伏[5]，次黔粤滇蜀[6]，敢不詟[7]伏。
如翰[8]如飞，万里来威。

注 释

[1] 振振：高亢，盛。

[2] 陇山既平：喻关陇叛军被平定。陇山是关陇之战的主战场之一。

[3] 陇流既清：喻关陇一带归于清平。

[4] 祯（zhēn）：吉祥，吉兆。

[5] 陇山既伏：喻关陇地区的叛军已被降服。伏，降服。

[6] 次黔粤滇蜀：谓其后依次征剿贵州、广东、云南、四川诸省的叛军。

[7] 詟（zhé）：恐惧。

[8] 翰：鸟羽。这里代指鸟。

简 议

此诗谓关陇地区既已平定，清军将挥师南下征剿西南诸省叛军，且将大获全胜。诗中处处张扬着胜利之师的豪迈，充溢着诗人难以言表的快慰。

十二

维臣之力，维师之武[1]。

縶缚巨憝[2]，争刌脍脯[3]，塞神人之怒。

黔首喁喁[4]，式[5]歌且舞。

亿万斯年[6]，笃我皇景祜[7]。

注 释

[1]武：勇猛，刚健。

[2]巨憝（duì）：大而著名的奸恶之人，指三藩叛军中的首领人物。憝，奸恶。

[3]刌（cǔn）脍脯：谓将叛军中的"巨憝"切成肉片、晒成干肉。刌，用力切断；脍，将鱼肉切成细片，也指生食的鱼肉片；脯，干肉。

[4]喁喁：向慕（清军和清廷）。

[5]式：发语词，无义。

[6]亿万斯年：许多年。亿万，极言其多；斯，语助词，无义。

[7]笃我皇景祜：谓战区老百姓将享受康熙皇帝赐给他们的很大很厚的福分。笃，深厚；我皇，指康熙皇帝；景，大；祜，福。

简 议

这最后一首诗概言关陇地区之叛军被平定后，"黔首"们"喁喁"和"式歌且舞"的欢乐景象，突出宣扬了康熙皇帝的"皇恩浩荡"。十二首诗以"关岭茫茫，陇水汤汤"始，以"陇山既平"和"陇流既清"终，集中体现了"关陇平"这一叙事主题，深刻表达了诗人炽热的爱国主义思想感情。它们气势盛壮、激情洋溢、辞气慷慨、爱憎分明，极能鼓舞人心。但其中有些句子用语生涩、属意纡郁，似在着意炫耀才藻，很有以文害意之嫌。这些诗篇的精彩描写，也强力印证了1993年12月版《陇县志》在《大事记》和《兵事纪略》中对清军与王辅臣叛军在陇山和陇州地区多次大战事件的记载。

徐乾学诗（一首）

徐乾学（1631—1694），字原一，号健庵。江苏昆山人。清初学者、藏书家。康熙九年（1670）探花，授编修。康熙十四年任左春坊赞善，充日讲起居注官；十五年，开始编纂《读礼通考》；十九年，纂成《通志堂九经解》；二十一年，充《明史》总裁官；二十三年，任詹事府詹事；二十四年，升为内阁学士，在南书房值班，出任《大清会典》及《大清一统志》副总裁；二十五年，授礼部侍郎；二十六年，升左都御史，同年晋刑部尚书；二十七年，与万斯同、阎若璩、胡渭等纂成《资治通鉴后编》。著有《憺园集》三十八卷。

陇山歌送许天玉之官新安

题 解

友人许天玉将赴新安任职，诗人作此为其送行。许天玉其人与王渔洋为友，余不可考。新安，一为郡名，汉丹阳郡地，三国时吴分置新都郡，晋太康元年（280）改新安郡，治始新县（今浙江淳安县西北）；二为县名，即今河南省新安县，但这两个地方并非诗中提及的新安。诗中所言许氏任职的新安，当另有所指，其地应在陇山以西地区。

    陇山高高陇水流，陇西六月如清秋[1]。
    萧关朝那近北地[2]，酒泉张掖连凉州[3]。
    诸葛战争余故垒[4]，隗嚣宫殿成荒丘[5]。
    绣衣按部求名马[6]，都护行营擢锦裘[7]。
    数声羌笛落梅怨[8]，一曲秦筝边月愁[9]。
    许侯分符万里去[10]，晓发青门拥驺御[11]。
    虞诩成名在此时[12]，王尊叱驭看前路[13]。
    京华故人折杨柳[14]，欲行不行日渐暮[15]。
    我歌为作陇山词[16]，目极轮台鸟飞处[17]。

注 释

[1]陇西六月如清秋：谓陇山以西（或甘肃陇西郡）地势高寒，六月的气候犹如清冷的秋天。此句暗示友人任职途中将要遇到的艰辛。

[2]萧关朝那近北地：萧关，古关隘，在今宁夏固原市东南，是陕西关中通往塞北的要冲。朝那，古县名，汉置，地在今宁夏固原市东南。北地，古郡名，秦置，治所在义渠，故城在今甘肃宁县西北；汉置北地郡，

治所在马岭，故地在今甘肃环县东南。

[3]酒泉张掖连凉州：酒泉，汉郡名，治今甘肃酒泉；张掖，汉郡名，治今甘肃张掖县；凉州，即今甘肃武威县。

[4]诸葛战争余故垒：三国时，蜀汉诸葛亮曾多次从甘肃西和县西北的祁山出兵攻魏，留下了许多战争的营垒。

[5]隗嚣宫殿成荒丘：隗嚣，字季孟，东汉天水成纪（今甘肃秦安县北）人。新莽末年，他被当地豪强拥立，据有天水、武都、金城等郡，自称西州上将军。后为汉军屡败，忧愤而死。天水曾有隗嚣宫殿。

[6]绣衣按部求名马：绣衣是"绣衣直指"的略语，为汉代官名，主管出讨、治大狱等事宜，此处指徐天玉；按部，巡视部下；求名马，征求良马。

[7]都护行营擢锦裘：都护，官名，汉置西域都护；唐置六大都护，分驻边区，处理边防军事和行政事务。擢锦裘，拔选锦绣名贵的皮袍。

[8]落梅怨：落梅即《梅花落》，为汉时横吹曲名，是一种笛中曲，其曲多怨。

[9]秦筝边月愁：秦筝为乐器名，原有十二弦，后改成十三弦，战国时流行于秦地，因称。这里是说，秦筝声抒发着征人在边地的愁闷。

[10]许侯分符万里去：许侯指许天玉。符，是古代皇帝任命大将调兵的符信之物；分符，谓命执符的一半。由此句可知，许氏去新安当是任军职。

[11]晓发青门拥驺御：青门，汉代长安城东南门叫霸城门，百姓见门为青色，因名青门，此处代指京城；驺御，指古代大官出行时的随从和骑卒。

[12]虞诩成名在此时：虞诩为东汉人，字升卿，曾任武都太守，因镇压羌人叛乱而升任尚书令。这里以虞羽喻许天玉，谓他在新安必能建功立名而升职。

[13]王尊叱驭看前路：王尊为汉代人，曾任益州刺史；叱驭，大声呼喊驾车之人。此句用的是王阳和王尊的典故，王阳在王尊之前任益州刺史，他出行至九折坂时见山路险阻，叹道"奉先人遗体，奈何数乘此险？"便借故有病退了回去。后来王尊为益州刺史时，也行至九折坂，问

道"此非王阳所畏道耶？"接着便大声催促驾车人扬鞭催马、加速前进。此处用这个典故，意要许天玉像王尊那样不畏险途、勇往直前。

[14]京华故人折杨柳：京华故人为诗人自称，因他时在京城，故有此称；折杨柳，古人有折柳送别的习俗，因"柳""留"同音，表示对行者的挽留之意。

[15]欲行不行日渐暮：谓自己和许氏不忍分离，迁延至日落时分。欲行，指许氏；不行，指诗人自己。

[16]陇山词：指《陇山歌送许天玉之官新安》这首诗。

[17]目极轮台鸟飞处：轮台为地名，在今新疆的米泉县，此处代指许天玉将去的新安。这句是说，自己睁大眼睛，尽力张望着许氏要去的地方。

简 议

诗中对将赴新安任职的许天玉给予祝福和鼓励，表示与他难分难舍。其中的"目极轮台鸟飞处"句言近而旨远，寄深情于象外；而第一句至第六句的述说，则形象地道出了许氏在西去途中将会遇到的凄惶和险阻。相关典故的恰当应用，也使诗篇多了一分典雅。

王士正诗（一首）

王士正（1634—1711），清山东新城（今恒台县）人。本名王士禛，卒后因避胤禛（雍正皇帝）讳，迫改士正。乾隆时，诏名改士祯，字子真，一字阮亭，别号渔洋山人。顺治十五年（1658）进士，官至刑部尚书。论诗创神韵说，所作多写日常琐事及个人情怀，模山范水，吟咏风月。生前负有盛名，门生众多，影响很大，为清初诗人之冠。作诗以"不着一字，尽得风流"为最高境界，反对艳丽的诗风。其诗歌爱好，主要倾向于王（维）孟（孟浩然）韦（庄）柳（宗元）一派。主清代诗坛数十年，与朱彝尊并称"朱王"。也工文，能为词。其早期诗歌尚有一些反映社会现实之作，中年以后的作品则以歌颂朝廷威德、咏怀古迹及与人应酬赠答者为多。著有《渔洋山人精华录》及《带经堂集》《池北偶谈》和《渔洋诗话》等几十种。

登吴山

题　解

康熙三十五年（1696）正月二十七日，诗人奉命祭告西岳华山；事毕，乃至吴山观光，于山上写了这首诗。诗篇着力描绘了吴岳的雄奇壮美，讲述了该山人文历史的悠久。

> 名岳标西极[1]，金天[2]作镇雄。
> 东看连太白[3]，北望尽回中[4]。
> 日出横秦畤[5]，烟消指汉宫[6]。
> 导岍思禹迹[7]，此地凿鸿濛[8]！

注　释

[1]西极：西方极远之地。

[2]金天：西天。

[3]太白：指太白山。

[4]回中：古地名。在今陕西省陇县西北。《史记·秦始皇本纪》谓秦始皇于二十七年（前220）"出鸡头山，过回中"，《后汉书·来歙传》言"从番须回中径至略阳"，唐李贤《注》谓"《前书音义》曰：回中在汧。汧，今陇州汧源县也"。

[5]秦畤：秦国所建的祭祀天地五帝的祠。《史记·封禅书》称"秦灵公作吴阳上畤，祭黄帝；作下畤，祭炎帝"，其中提到的"吴阳"，因地在吴山之阳而得名。

[6]汉宫：代指长安。因西汉建都城宫室于长安。

[7]导岍思禹迹：《尚书·禹迹》中说大禹"导岍及岐，至于荆山"，这句话即指此而言。

[8]鸿濛：同"鸿蒙"。指宇宙形成前的混沌状态。

简　议

诗篇用"秦畤"和"禹迹"点出了吴山及陇州人文历史的悠久，这是其亮点所在。语言的劲健和气象的高华，亦足令人称许。

王誉昌诗（一首）

王誉昌（约1635—约1705），字露湑，号话山。诸生。清常熟（今江苏常熟）人。曾作《崇祯宫词》百首。其诗奇警清稳，山水画多得宋人笔意。兼工篆刻。晚年以忤大吏连下狱，旋得释。著有《含星堂集》。

鹦鹉词

题 解

这是一首题画诗，替画中鹦鹉抒发了对故乡的思念之情。

> 翻为多情损性灵[1]，断魂[2]还认陇山青。
> 何因得证摩尼塔[3]，一卷笼中般若经[4]。

注 释

[1]翻为多情损性灵：谓鹦鹉因为多情反而被关在笼中损毁了精神。翻，反而；性灵，泛指精神。

[2]断魂：销魂神往。形容情深或哀伤。

[3]摩尼塔：摩尼，梵语，译作"珠""宝""如意"等，也是珠的总称。

[4]般若经：般若，梵语，犹言智慧；或谓脱离妄想，归于清净。般若经，此处泛指佛经。

简 议

笼中鹦鹉思念故乡陇山而不得出，只好默诵佛经放弃念想以求心静，这充分表明了它的不幸和无奈。

陈廷敬诗（三首）

陈廷敬（1638—1712），字子端，号说岩、午亭。清泽州府阳城（今山西晋城）人。顺治十五年（1658）进士，授庶吉士、秘书院检讨。康熙十四年（1675），迁内阁学士、经筵讲官，进吏部侍郎。历任左都御史、工部及户部尚书。康熙四十二年（1703），拜文渊阁大学士，任《康熙字典》总修官。卒，谥"文贞"。工于诗文，文辞渊雅。著有《午亭文编》五十卷,其中诗歌二十卷;《午亭山人第二集》三卷。

陇头水三首

题 解

这三首诗为组诗,集中描写了陇头征人与家人的别离之痛和乡思。

一

生不愿为陇头客,亦不愿闻陇水声。

陇头作客肠应断,陇水声多带别情[1]。

注 释

[1]别情:离情别绪。

简 议

既"不愿为陇头客",又"不愿闻陇水声",可见征人对陇山陇水是多么憎恶。这种憎恶,乃是其刻骨的离情别绪所致。

二

别情未已红颜老,北流是向龙城道[1]。

一箭烽传瀚海云[2],三时马绝交河草[3]。

注 释

[1]龙城道:去龙城的道路。龙城,一作"茏城",为匈奴祭天和大会诸部处,地在今蒙古国鄂尔浑河西侧的硕柴达木湖附近。

[2]瀚海云:战云。瀚海,唐都护府名,属安北都护府。

[3]马绝交河草:谓战马吃不到交河的草。绝,断;交河,县、镇名,治今河北省泊头市交河镇。

简 议

还在陇山的时候,征人已因"别情"的折磨而"红颜老",孰料他又随军前往更远的龙城作战。因为离家乡越来越远了,他的别情和乡愁又"变本加厉"了。

三

陇坂回看陇树春,陇关[1]四外战尘昏。

行人莫作陇头客[2],从此边心不可论[3]!

注　释

［1］陇关：指雄踞陇山中的军事要塞大震关和安戎关。

［2］陇头客：指征战沙场的征人。

［3］边心不可论：边心，身在边疆而产生的思乡之心；不可论，无法言说。

简　议

由于龙城距离家乡更远，征人竟对陇山留恋起来，因为陇山距离家乡要近得多。诗中"陇坂回看陇树春"句，即是此种心情的具体反映。

张鹏翮诗（四首）

张鹏翮（1649—1725），字运青，号宽宇、信阳子。清四川遂宁（今四川遂宁）人。康熙九年（1670）进士。康熙三十九年任河道总督，治黄河有功。康熙中叶来陕西赈旱灾，专事敲诈勒索。后任刑部尚书。雍正时，累官至武英殿大学士。著有《张文端公全集》《治河全书》等。今存诗六百余首。

吴山道中喜晴二首

题　解

这两首诗为作者于康熙中期来陕西救灾期间祭祀吴山时作，第一首讲述登山途中遇到雨过天晴后的喜悦，第二首写接到皇帝许其回京诏令后的兴奋。

一

旭日曈曈[1]点翠微，黄花[2]香暖袭人衣。

忽惊白云山头现，更喜红尘[3]雨后稀。

注　释

［1］曈曈：太阳出来后渐渐明亮的样子。

［2］黄花：指山上开放的野菊花。因为时值秋季，正是山菊盛开之时。

［3］红尘：指尘土和尘埃。

简 议

人在画中,情在景中,味在不知不觉中。

二

五峰擎天开锦绣,朝霞叠嶂映清晖。

故园[1]为报秋光好,已沐殊恩许暂归[2]。

注 释

[1]故园:当指作者任职的都城北京。

[2]已沐殊恩许暂归:谓已经得到康熙皇帝恩准,允许离开陕西,回到首都去。

简 议

吴山风光再好,也留不住诗人急于回归的心。

祀吴山二首

题 解

这两首诗与《吴山道中喜晴》诗作于同一时间,在描写祭山情形、表彰吴岳俊美的同时,流露出对京城和皇帝的怀念之意。

一

秩祀隆昭报[1],黄封[2]此日临。

五峰形似掌,万壑归众心。

地僻烟花[3]少,山空木叶深。

篮舆[4]涉绝巇,苍翠接衣襟。

注 释

[1]秩祀隆昭报:秩祀,依常礼祭祀;报,报赛,古代农事完毕后举行的祭祀,也泛指敬谢神恩。

[2]黄封:宫廷酿造之酒。以用黄罗帕封之,故称。也泛指美酒。

[3]烟花:指人间的烟火气。

[4]篮舆:竹轿。

简 议

讽兴全无,意味淡然。

二

西镇山高处，梯霞望九重[1]。

晴光催野菊，爽气浮长松。

雨洗山云净，烟深碧径封。

霜天忆北阙[2]，回首盼云中[3]。

注 释

[1]梯霞望九重：梯霞，以云霞为梯；九重，九天，这里代指皇帝。

[2]北阙：古代宫殿北面的门楼，是大臣们等候朝见或上书奏事的地方。

[3]盼云中：盼，看；云中，云霄之中，用以指传说中的仙境，也比喻朝廷。

简 议

诗篇首联言心系皇帝，诚无可取；中间两联绘景状物笔墨殊奇，清丽可观。

吕谦恒诗（二首）

吕谦恒（1653—1728），字天益，又字涧樵。清河南新安（今河南新安县）人。康熙四十八年（1709）进士，授翰林编修。雍正间官至光禄寺卿。尝读书于青要山，因名其诗集为《青要集》，凡十二卷。今传诗歌九百余首。方苞在《青要集序》中称其诗"兼初盛唐人之长，而风骨酷肖子美"。

宿陇州龙门洞

题 解

诗人的父亲吕兆琳于康熙初年曾任陕西汉中西乡知县，诗人随父居汉中数年。这首诗当为其在汉中期间来陇州游历时作，书写了赴陇州龙门洞观光的见闻。

出郭沿青流[1]，登高陟旷坦[2]。

远峰翳[3]轻阴，奔峭[4]若在眼。

望烟指衡茅[5]，缘冈上修阪[6]。

入峡未卓午[7]，云昏昼疑晚[8]。
冰泉[9]石齿冽，阴飙林鬣卷[10]。
移时闻奔雷[11]，循崖见曲栈。
石色混空碧，青苍互溁满。
飞梦赴岩欹[12]，浮杠凭索转[13]。
渡涧更奇绝，危削愁步蹇[14]。
疑有避秦人[15]，或藏兹洞馆[16]。
楼卧听崩湍[17]，欲寐还屡辗[18]。
松窗片月明，扪星信非远[19]。

注　释

[1]出郭沿青流：郭，指陇州城郭；青流，指陇州鱼龙川河流。去龙门洞，必经鱼龙川。

[2]陟旷坦：陟，行；旷坦，空旷而平坦的地方。

[3]翳：障蔽。

[4]奔峭：奔突而来的峻峭的山峰。

[5]衡茅：衡木做门的茅屋。这里指山民简陋的屋舍。

[6]修阪：长坡。修，长；阪，同"坂"，山坡。

[7]入峡未卓午：峡，指龙门峡；卓午，正午。

[8]云昏昼疑晚：谓龙门峡被云雾遮得一片昏暗，让人怀疑时间是夜晚。

[9]冰泉：指龙门峡中香积河结冰的水。

[10]阴飙林鬣卷：谓龙门峡中阴风吹来，树林就像兽类的鬃毛一样翻卷。飙，泛指风；鬣，兽类的鬃毛。

[11]移时闻奔雷：一会儿听见龙门峡中的狂风像奔雷在鸣吼。移时，少顷、一会儿。

[12]飞梦赴岩欹：谓龙门峡倾斜的岩石形状狞厉，如在梦中所见。欹，倾斜。

[13]凭索转：靠着山崖上的铁索转行。

[14]危削愁步蹇（jiǎn）：谓走在危险而陡峭的山道上，让人担忧跛脚。蹇，跛。

[15] 避秦人：躲避秦代苛政及战乱而隐居山中的人。晋陶渊明在《桃花源记》一文中说，"自云先世避秦时乱，率妻子邑人，来此绝境，不复出焉"，后世也以"避秦"泛指避世隐居。

[16] 洞馆：洞，旧传龙门洞有三十六洞；馆，房屋的通称，这里指龙门洞道场的庙宇及房舍。

[17] 崩訇（hōng）：如奔雷般的水石相激声（或风声）。訇，水石相激之声。

[18] 欲寐还屡辗：想要睡觉而又多次辗转不能入眠。

[19] 扪星信非远：扪星，用手抚摸或抓握星星；信，的确。

简 议

诗篇讲述了作者从陇州城出发，顺着鱼龙川前往龙门洞游览的全过程。其中第一句至第六句描写途中之所见，文辞庄雅，风神俊朗；第七至第十四句摹绘进入龙门峡后的见闻，笔走龙蛇，势挟风雷；第十五句以下详述在龙门道场观光的情形，铺排宏肆，状景玄幻。诗中"欲寐还屡辗"句极具画龙点睛之效，将诗人游观名山胜水的激动与兴奋抒写得具象而传神。全诗运思缜密，属意通脱，笔力雄健，气宇宏大，神韵超逸。

望吴岳呈王使君似山[1]

题 解

来陇州后，作者在州城城楼上远眺吴山，并写了这首诗呈给他的内弟、某州知州王似山。

> 吴岳高寒蔽蜀门[2]，巡檐跂望[3]肃心魂。
> 地形近接关山[4]脉，礼秩遥同太华尊[5]。
> 众壑云雷生白昼，中峰[6]星宿落黄昏。
> 凌风欲蹑王乔舄[7]，玉粒丹砂信可扪[8]。

注 释

[1] 王使君似山：指作者的妻弟王似山，他曾任知州，故以"使君"称之。

[2] 蜀门：疑指阳平关、白水关和仙人关，三者为蜀州与汉中间最险要的关隘。

[3] 巡檐跂望：在城楼上依次顺着屋檐抬起脚后跟遥望（吴岳）。跂望，举踵翘望。

[4] 关山：指陇山。陇山中建有大震关和安戎关，故又称关山。

[5] 礼秩遥同太华尊：谓朝廷祭祀吴山的礼仪规格和祭祀华山一样尊崇。

[6] 中峰：指吴山的镇西峰。

[7] 王乔舄（xì）：王乔为汉河东人，明帝时任叶县令。传说每到初一和十五，自叶县诣朝，不乘马车。太史伺其临至，辄有双凫从东南飞来，于是候凫至，兴罗张之，得一舄，视之则所赐尚书官属履。或说此人即古仙人王子乔。舄，鞋。

[8] 玉粒丹砂信可扪：玉粒，犹言玉散，指仙药；丹砂，朱砂；扪，持握。

简　议

此诗概言吴岳之雄伟与祀礼之崇隆，表达了诗人想要登山赏景的心情。诗篇文辞锐健，气势壮阔，令人称赏。

田守存诗（八首）

田守存（生卒年不详），清顺天府宛平（今北京市丰台区）人。早年在湖北武当山太子坡出家。康熙二年（1663）与黄本善和高太慧来陇州龙门洞栖居，为道教龙门派第八代传人，是清初陇州龙门洞道场重建人之一，对道场的恢复和振兴贡献良多。

云溪八景诗

题　解

"云溪"指云溪宫，在陇州景福山御屏峰下，为田守存于清康熙初年所建，是山中著名殿阁。《云溪八景诗》共八首，从不同方面描绘了云溪宫周边的秀美风光。

云溪烟霞

紫气函关[1]旧，烟霞云溪新。

氤氲任曲折，缥缈自舒伸。

带雾迷玄鹤[2]，随风散彩麟[3]。

犹未知世事，羽客傍相亲[4]。

注 释

［1］函关：指函谷关。

［2］带雾迷玄鹤：谓烟霞弥漫，使山中玄鹤迷路。玄鹤，即鹤，或说为白头鹤，体灰黑，头颈白而有丹顶。

［3］随风散彩麟：谓风来而烟霞飞散，一如彩色的麒麟奔驰。

［4］羽客傍相亲：谓烟霞与道人相依相亲。羽客，指道士。

简 议

诗篇写虚与写实相间，将云溪烟霞描绘得多姿多彩、仪态万方。

群鸦晚噪

烟紫拖山麓，霞红日色曛[1]。

鼓吹[2]无意听，鸦噪有心闻。

雪夜能留影，霜天映锦文[3]。

若有焦山[4]在，须知不负君[5]。

注 释

［1］曛：日落时的余光。

［2］鼓吹：指道场做法事时的鼓吹声。

［3］霜天映锦文：谓到了霜雪天，乌鸦在白色的地面上行走，黑白相映如花纹。

［4］若有焦山：若，句首语气词，无义。焦山古称"樵山"，在今江苏省镇江市东，屹立江中，与金山相对；相传汉末处士焦先隐居于此，因名。这里用以称美景福山。

［5］君：指群鸦。

简 议

盖因孤处山中，田道深感寂寥，乃对群鸦噪鸣大加欣赏。

东山夜雨

梦里乍惊雨，闻声在树间。

悠悠推皓月[1]，隐隐滴松关[2]。

露深觉夜冷，木曲为[3]风弯。

欲尽无穷趣，须探景福山。

注　释

[1]推皓月：谓阴雨遮掩、排去了明月。推，排去。

[2]松关：谓雨水从松树上贯注而下。关，通"贯"。

[3]为：被。

简　议

只是经历了一场夜雨，就让田道觉得景福山趣味无穷。如果愚见没错，这不过是他孤寂心态的又一反映。

霜天春晓

昨夜西风过，今朝树色荧[1]。

疑桃开树枝，似杏满山林。

烂漫临仙洞，鲜妍[2]过小亭。

骚人知是[3]趣，那个不垂青[4]？

注　释

[1]荧：微弱的绿色、红色的光。

[2]鲜妍：光彩美丽。

[3]是：这，此。

[4]垂青：古人把黑眼球叫青眼。青眼相看，比喻受到重视和优待，常称垂青。

简　议

通过生动的比喻和精彩的摹绘，诗篇将景福山初春之际草木初萌的景况写得美不胜收；而尾联的设问更具神效，将山中景色的妖妍提升了一个层次。

绝顶晨钟

石磴[1]通奇迹，鸟道接灵宫[2]。

诵经灯一盏，唱鸡钟五更[3]。

穷谷惊梦猿，深潭醒潜龙。

高山声响处，催动阁庄农[4]。

注　释

〔1〕石磴：石台阶。

〔2〕灵宫：指景福山的庙宇。

〔3〕五更：古代将一夜分为甲乙丙丁戊五段，谓之五更。也叫五夜、五鼓。在此，实指第五更的时候，即凌晨三点至五点。

〔4〕催动阖庄农：谓御屏峰上的大钟清晨一响，就催醒了全村的农夫起床劳作。阖，全。

简　议

绝顶晨钟大音喤喤，不但惊了猿猱和潜龙的好梦，还催动全庄之农晨兴早作，真是振聋而发聩。

流水鸣琴

一派清流绕，淙淙[1]声韵悠。

有风纹亦断，带雨调偏稠[2]。

石上常留客[3]，波中不惊鸥。

子期[4]常在此，流水复何求？

注　释

〔1〕淙淙：流水声。

〔2〕带雨调偏稠：谓一旦下雨，龙门峡中溪流的荡激声就格外地响亮且多。偏，副词，出乎寻常；稠，多而密。

〔3〕客：作者自称。

〔4〕子期：指钟子期。春秋时楚国人，精于音律。伯牙鼓琴，志在高山流水，子期听而知之。子期死后，伯牙谓世无知音者，乃绝弦破琴，终身不再弹琴。在此，作者以子期自喻，谓自己能听懂流水鸣响的意蕴。

简　议

龙门山香积河的流水比伯牙幸运得多，因为有精于音律的"钟子期"常来听它弹琴奏乐。

黄芽服食[1]

大地为炉灶，铅汞结丹砂。

阴阳运九转[2]，造化配三家[3]。

慧剑降魔怪[4]，河车[5]转物华。

抽爻能换象[6]，满树长黄芽[7]。

注 释

[1]黄芽服食：黄芽，也作"黄牙"，是道家炼丹所用的铅华，《云笈七签·还丹五行功论图》谓"若要长生，须服五色铅汞、丹砂、黄芽之药"；服食，道家养生之法，指服食丹药。

[2]阴阳运九转：阴阳，日月转运之学；运九转，道家谓炼丹以九转为贵，转为循环变化之意。

[3]三家：指儒、佛、道。

[4]慧剑降魔怪：佛教喻智慧如利剑，能斩断一切烦恼。魔怪，佛教指妨碍修行、破坏佛法的邪恶之神。

[5]河车：指道士炼丹所用的铅。道家炼丹，称北方正气为河车；炼丹所用铅汞，与河车相合始能成丹。

[6]抽爻能换象：爻，《周易》中组成卦的符号叫爻，"—"是阳爻，"--"是阴爻，含有交错和变化之意；象，指卦象和爻象，即卦和爻所象征的事物及其位置关系。此句言占卜。

[7]黄芽：语意双关，明言树木所生之嫩芽，暗喻炼丹所用之铅华。

简 议

此诗尽力鼓吹道家炼丹及占卜之事，实在无聊得很。

松涛漾月

最爱松林月，清光万道明。
风摇松月破，涛漾月难盈[1]。
晴阴分四季，长短奈三更。
只为无私照，荆棘傍相行[2]。

注 释

[1]月难盈：谓风吹松树，使其摇摆，让月亮无法形成全貌，因而难以看到圆满的月亮。

[2]荆棘傍相行：谓荆棘的影子跟着月光移动。

简 议

《礼记·孔子闲居》谓"天无私覆，地无私载，日月无私照"。诗中"只为无私照"句虽缘此得来，却仍不失奇警。

倪蜕诗（一首）

倪蜕（1667—1736），原名羽，字振九，晚年更名蜕，自号蜕翁。清松江（今上海）人。出身于书香门第，熟读经史，因性孤傲而不愿应举为官，平生足迹遍达半个中国。康熙五十四年（1715），因云南巡抚甘国璧召而至昆明。甘离开云南后，倪蜕乃寄居昆明城西的宝珠山，在此闭门读书著述，去世后葬于斯。倪氏多才多艺，诗词楹联无所不工，文章经史无所不通。流传至今的著作有《蜕翁诗选》《蜕翁文集》《云南事略》《滇小记》《滇云历年传》等。

兰州杂诗

题 解

此诗为作者登上兰州皋兰山后作，抒写了诗人流离失所的凄怆。

振袖上皋兰[1]，烟生间井[2]寒。

山深连大漠，河[3]急折回滩。

人苦风沙老[4]，魂惊行路难。

陇头呜咽水，恻恻泪双弹。[5]

注 释

[1]皋兰：指兰州市之南的皋兰山。此山东侧有红山，西延为龙尾山。

[2]间井：村落。

[3]河：特指黄河。

[4]人苦风沙老：为自己在风沙的冲击下容颜苍老而悲苦。

[5]陇头呜咽水，恻恻泪双弹：谓自己像陇山之水而呜咽，以至悲痛得泪雨双流。恻恻，悲痛。

简 议

诗人因落魄流浪西北，加之一路颠沛委顿，心中自有万般悲苦。诗篇笔力老健、格致沉郁、属意苍凉，这正是其悲苦心境的外露。其中写景意象幽渺而色调灰暗，这又何尝不是他灰色心态的折射。而陇头流水的"呜咽"，也正是诗人的哀鸣。

王图炳诗（一首）

王图炳（1668—1743），字麟照，号澄川。清华亭（今上海市松江区）人。康熙五十一年（1712）进士，授编修。累官至礼部侍郎。著名诗人和书画家，著有《授香书屋诗集》和《授香书屋文集》。

鹦 鹉

题 解

这是一首咏物诗，为笼中鹦鹉聪明反被聪明误而叹息，对其遭囚禁表示怜悯。

文采擅江东[1]，陇山短梦通[2]。
有时寻稻粒[3]，无计脱绦笼[4]。
侵晓[5]梳翎惯，当窗学语工。
聪明真误汝，天际看冥鸿[6]。

注 释

[1] 文采擅江东：谓鹦鹉以羽毛华丽而扬名于江东。江东，指今江西省一带。

[2] 陇山短梦通：谓鹦鹉只有在短暂的梦中，才能梦见故乡陇山。这句言笼中鹦鹉有家而不能归的凄楚。

[3] 寻稻粒：谓觅食。杜甫在《秋兴八首》之八诗中说"香稻啄余鹦鹉粒"，意谓陂中物产丰富，香稻很多，鹦鹉食之有余。此处借用此典。

[4] 绦笼：丝带和鸟笼。绦，丝带。

[5] 侵晓：拂晓。

[6] 天际看冥鸿：谓鹦鹉被囚于笼中而不能出，只能羡慕地看着鸿雁在天边自由地飞翔。冥鸿，高飞的鸿雁。

简 议

笼中鹦鹉思念故乡却不能返，凄苦之状让人同情。诗中"陇山短梦通""无计脱绦笼"和"天际看冥鸿"三句十分传神，将鹦鹉情系故土、渴盼自由却又无可奈何的情状写得活灵活现；而"聪明真误汝"句实为愤激之语，是对鹦鹉主人的谴责和抨击。

罗彰彝诗（十二首）

罗彰彝（约1671—？），字松山。清钱塘（今浙江杭州）人，后落籍河南辉县。贡监。于康熙五十年（1711）至雍正六年（1728）任陇州知州，主持编修了《陇州志》。清《陇州志·官师志》称他在任时"存心仁恕，节用爱人，不取火耗，民乐输将。捐建公署，手辑州志。雪赤沙里冤狱强喜等二十一人"。

游吴山题晴岩飞雨

题 解

清《陇州志》说吴山晴岩飞雨"在灵应峰下，崖高千丈，飞流飘漾，瞻视若晴日飞雨然"。这首诗专咏晴岩飞雨之壮丽。

旭日团林外[1]，幽岑[2]别一天。
卷风千嶂雪，亚石[3]百重泉。
峰曲云为槛，岩垂珠作帘。
名山如不负，萧爽可忘年[4]！

注 释

[1]团林外：圆圆地悬在树林之外。团，圆。
[2]幽岑：黑山。幽通"黔"，黑色。
[3]亚石：压着岩石。亚，通"压"。
[4]萧爽可忘年：谓在吴山静养可以使人感到闲适超逸而忘记了岁月。萧爽，闲适、超逸。

简 议

诗篇吐辞清雅、写景传神，尾联寓留恋吴山之意。

登关山顶

题 解

关山即陇山。这首诗为诗人登上陇山之巅后作，主要写了陇山的崎岖高耸，对开通陇山道路的不易发出感叹。

> 晓发关山道，斜晖[1]始到巅。
> 崎岖无尺地[2]，呼吸近高天。
> 积雪连云冻，危峦傍日悬。
> 征途何代客，穿凿此山川？

注　释

[1]斜晖：谓太阳西斜时。

[2]无尺地：没有一尺见方的平地。

简　议

陇山向以高峻著称。而罗氏笔下的陇山更是巍峨非凡，不唯"呼吸近高天"，连"危峦"都"傍日悬"了。

咏龙门洞

题　解

陇州之龙门洞为著名道场，是道教龙门派发祥地。此诗为咏龙门洞而作。

> 汉有神仙窟[1]，宗风奕叶传[2]。
> 半空蝌作篆[3]，一壑玉生烟[4]。
> 湍急苍龙吼[5]，楼飞铁索悬[6]。
> 合丹吾夙好[7]，应就此壶天[8]。

注　释

[1]汉有神仙窟：指娄景隐居过的景福山（灵仙岩）洞窟。据龙门洞碑志记载，西汉时的娄景弃官后曾隐居陇州景福山。

[2]宗分奕叶传：（龙门洞的）道风世世代代传承、流传。宗风，指某一宗派独有的风格，也特指佛教禅宗的各派，在此则指龙门洞的道风；奕叶，犹言累世。

[3]半空蝌作篆：指龙门洞混元阁东侧悬崖上的石刻题字，文字为"定日月楼景先生洞"。蝌，指蝌蚪书，古代作书，以刀刻或漆书于竹简木牍之上。若用漆书写，下笔时漆多、收尾时漆少，故笔画多头大尾小，形似蝌蚪，故称蝌蚪书或蝌蚪文。篆，书体名，有大篆、小篆两种。

［4］玉生烟：谓山谷中烟云缭乱，如良玉所生之烟，可望而不可即。此句从唐人李商隐《锦瑟》一诗之"蓝田日暖玉生烟"句化出。

［5］湍急苍龙孔：谓龙门洞峡谷中香积河水流很急，其声如龙吼。

［6］楼飞铁索悬：龙门洞之王母宫建在绝岩之上，殿台下有十余米长之铁索悬梯。这句就此而言。

［7］合丹吾夙好：谓配制丹药，是我早就爱好的。合，配、配制。

［8］壶天：道家所称的仙境。这里喻美龙门洞。

简　议

诗篇太过写实，韵味不足。

文宫八景诗

题　解

"文宫"指文昌宫。陇州文昌宫初建于何时无考。清雍正三年（1725），知州罗彰彝改建州之文昌宫于州城之西北隅，共三楹。建成后，罗氏作《改建文昌宫解》一文，并撰《文宫八景诗》八首。八首诗为组诗，对文宫的壮丽作了尽情的渲染。

彩阁朝霞

高栋层甍[1]色绚奇，况当海日[2]映晨曦。
朱栏晓起蛟龙象，画槛晴开鸾凤仪[3]。
尽看紫霞封户牖[4]，还多锦绮绕罘罳[5]。
遥知不是金银气，天掞文章摛藻时[6]。

注　释

［1］甍（méng）：屋脊，屋顶四角伸出的飞檐。

［2］海日：古人认为太阳从海上升起，故称海日。这里指朝阳。

［3］鸾凤仪：鸾鸟和凤凰的仪容。古人常用鸾凤比喻美善。

［4］户牖（yǒu）：门和窗。

［5］罘罳（fú sī）：门外之屏，设在宫殿上交疏透孔的窗棂。

［6］天掞（shàn）文章摛（chī）藻时：意谓清晨日出时，正是上天抒发情感、铺张辞藻撰写诗章的时候。这里的"文章"，指日光照在彩阁上形成的奇异景象。掞，抒发、铺陈；摛藻，铺陈文辞。

简 议

陇州文昌阁是罗知州的杰作,他当然要大加讴歌。与其说"天淡文章"而"摘藻",倒不如说作者自己心情激动而诗情荡漾。诗人的兴奋和自得,任谁都看得出来。

甘泉喷玉

几道清流涧底通,萦洄绕径过城东。

遂令玉女游明月[1],似有鲛人泣晓风[2]。

弄水掬来珠在手,汲泉携得雪盈筒[3]。

一泓佳味真如醴[4],何必移封酒郡中[5]。

注 释

[1]玉女游明月:玉女,神女,在此借指月亮,因月中有神女嫦娥。全句是说,(几道清流中)夜间游荡着明月的倩影。

[2]似有鲛人泣晓风:鲛人,神话传说中居于海底之人,晋人张华在《博物志》称"南海水有鲛人,水居如鱼,不废织绩,其眼能泣珠……鲛人从水出,寓人家,积日卖绢。将去,从主人索一器,泣而成珠满盘,以与主人"。这句话是说,涧水飞珠迸玉,就像有鲛人在晓风中用眼泣珠似的。

[3]汲泉携得雪盈筒:汲泉,在泉中打水;雪,指水中白色的泡沫。

[4]醴:甜酒。

[5]何必移封酒郡中:移,美慕;酒郡,指酒泉郡,地在今甘肃省,以郡城有金泉,味如酒而得名。全句是说,(陇州文昌阁之涧水如甜酒)何必美慕被封官于酒泉郡。

简 议

陇州文宫的泉水不仅甘甜如醴,连飞溅的浪花都像鲛人泣珠。为状甘泉之美,诗人将摘藻的功夫发挥到极致。

莲渚浮鸥

荫浓绿树覆平沙,菡萏香飘绛帐纱[1]。

翠盖一茎承湛露[2],红装[3]独立散流霞。

那容凡鸟侵鱼藻[4],偏许轻鸥泛水涯。

不是无心来狎客[5],爱亲君子[6]满池花。

注 释

[1]菡萏香飘绛帐纱：谓陇州莲池荷花的香气从红色的花朵中飘散出来。菡萏，荷花；绛帐纱，后汉马融常坐高堂，施绛纱帐，前授生徒，后列女乐。这里以之喻红色的荷花。

[2]翠盖一茎承湛露：谓荷叶上承载着浓厚的露珠。翠盖，言荷花叶子茂密如华盖；湛露，浓厚的露珠（水）。

[3]红装：指荷花的红颜色。

[4]鱼藻：水草。

[5]不是无心来狎客：谓自己不是前来优游嬉戏的人。狎客，嬉戏优游的人。

[6]君子：指荷花。语出宋人周敦颐的《爱莲说》。

简 议

名写浮鸥，实歌荷花。诗篇以灵动的文字和赡丽的语言，将陇州莲池荷花写得娇艳不俗，同时也彰显了诗人的君子人格。

堞楼[1]新月

芙蓉百雉郁相连[2]，翠耸岑楼[3]霄汉边。
俯瞰白云星可摘，遥观沧海月初悬。
关山[4]冷傍长空色，陇水寒澌竟夜天[5]。
独念征人飘旷野[6]，啼鸟声里度前川。

注 释

[1]堞楼：城楼。堞，城墙上如齿状的矮墙。这里代指城墙。

[2]芙蓉百雉郁相连：芙蓉，指芙蓉楼，一在今江苏南京市鸡鸣山南，为南朝梁简文帝所筑；一在今湖南洪江市黔城镇。此处指陇州城城楼。雉，计算城墙面积的单位，《左传·隐公元年》谓"都城过百雉，国之害也"，晋杜预《注》说"方丈曰堵，三堵曰雉，一雉之墙长三丈，高一丈"，引申为城墙。依清康熙五十二年（1713）的《陇州志》之《建置志》的记载，陇州城"周围五里三分"，均为二百六十五雉。郁，闲结、闲合。

[3]岑楼：尖而高的楼。这里指堞楼。

[4]关山：指陇山。陇州人称陇山为关山。

[5]陇水寒澌竟夜天：陇水，指汧河之水；澌，通"嘶"，嘶鸣、嘶

叫；竟，尽。

[6]征人飘旷野：征人，行人。北朝乐府民歌之《陇头流水歌》中有"陇头流水，流离山下。念吾一身，飘然旷野"的句子，这句即从中化出，有苍凉凄苦的意蕴。

简 议

诗篇前三联皆绘陇州城楼之夜景，尾联转言行人之凄苦。

汧涛[1]夜惊

万籁无声锁寂寥，高斋短烛[2]坐清宵。

乍闻天际龙雷吼，恍令城南地轴[3]摇。

磅礴倒倾巫峡水[4]，奔腾怒卷浙江潮[5]。

揽衣出户中庭望，唯有松风帘外飘。

注 释

[1]汧涛：汧水之涛。

[2]短烛：暗示在"高斋"中夜坐得很久。

[3]地轴：古代传说中大地有轴。晋人张华在《博物志》中谓"地有三千六百轴，互相牵制"，后也泛指大地。

[4]磅礴倒倾巫峡水：谓汧河水势浩大、气势磅礴，一如长江巫峡之水倒倾而下泻。

[5]奔腾怒卷浙江潮：唐宋之问在《灵隐寺》诗中有"楼观沧海日，门对浙江潮"的句子，诗人这句即受其启发而得。

简 议

运用诸多形象的比喻，诗篇将陇州汧河夜间波涛之气势状写得惊天动地、摄人心魂。

霜钟晓彻

山城[1]秋老气尤寒，阒户敲砧夜欲阑[2]。

霜色侵阶同月冷，钟声催晓伴星残[3]。

早惊宿雁飞前浦[4]，漫带轻风度远滩[5]。

任是迢遥虚谷里，还闻余韵满林峦[6]。

注 释

[1]山城：指陇州城。

［2］阒（qù）户敲砧夜欲阑：谓陇州城里家家户户都静悄悄的，唯有击砧捣衣声一直响到夜色将尽。阒，寂静；敲砧，敲打砧石（捣衣石）；夜欲阑，夜色将尽。

［3］星残：谓天色将明。天明时星星稀少，故曰星残。

［4］前浦：指汧水之滨。浦，水滨。

［5］漫带轻风度远滩：谓宿雁被钟声惊起而飞，带着微风飞向远处的滩涂。

［6］林峦：森林和山峦。

简 议

首联和颔联是写实，颈联和尾联是想象。利用写实与想象相结合的手法，诗篇将深秋季节的陇州城写得清冷而幽静，在这清冷幽静的山城上空，回荡着阵阵悠扬的钟声。

西寺书声

为爱禅房花木深[1]，载书携筐到空林[2]。

无劳钟磬和清梵[3]，自有弦歌出好音[4]。

隔院时闻金玉韵[5]，虚窗唯觉短长吟[6]。

挑灯诵读谁家子，不畏萧斋寒暑侵。

注 释

［1］禅房花木深：由唐人常建《题破山寺禅院》诗"禅房花木深"句化出。

［2］空林：即空门。这里指"西寺"，即陇州城内的兴国寺，其寺已毁。

［3］清梵：指佛寺的诵经声。

［4］弦歌出好音：弦歌，犹"弦诵"，本指礼乐教化，这里则指诵读儒家经典；好音，好听的声音。

［5］金玉韵：金钟和玉磬的声韵。这里指西邻学子的读书声。

［6］短长吟：指抑扬顿挫的诵读声。

简 议

不难看出，诗人是个纯粹的儒士。他不在意佛寺钟磬和唱经之声的清扬，只喜爱读书之声的雅好，更对隔院学子的夜读倾心嘉赏。细加琢磨，诗中隐含着崇儒轻佛的意思。

城烟锁柳

堤杨[1]夕照尽氤氲，烟火千家看不分[2]。
弱线依依霏薄雾[3]，垂丝袅袅荡轻云[4]。
藏枝翡翠[5]窥无影，隔叶黄鹂空自闻。
送别河梁无可折[6]，行人何必惜离群？

注 释

[1]堤杨：指河堤上的柳树。在古诗文中，杨和柳经常通用。

[2]看不分：看不清。分，辨别。

[3]弱线依依霏薄雾：弱线，指细软而下垂的柳枝；霏薄雾，谓柳枝随风飞扬，形成一层层绿色的薄雾。

[4]荡轻云：谓柳枝因风飘扬，如同薄薄的云。

[5]翡翠：鸟名，也叫"翠雀"，羽毛有蓝、赤、绿、棕等色。常在水边生活，以捕食小鱼为生。

[6]送别河梁无可折：谓行人离开时，送别者无法折取柳枝送给他。古人常折取柳枝赠送远行之人，因"柳""留"谐音，送柳枝有表示留恋、希望行人留下的意思。《三辅黄图·桥》中谓"霸桥在长安东，跨水作桥。汉人送客至此桥，折柳赠别"。河梁，桥梁。

简 议

此诗的亮点在颔联，通过生动的描绘和形象的比喻，将柳枝随风飘拂的景象刻画得神形兼备。而颈联对"翡翠"和"黄鹂"的描写，也是妙趣横生。由末句的说辞，可以看出诗人的洒脱与达观。八首诗语皆明丽可人，但有些篇什的内容与"文宫八景"四字有些疏离。

重建公署诗

题 解

清康熙五十一年（1712）腊月，担任知州的作者筹集人力、物力重修陇州公署。五十二年春季竣工后，即自撰《重建公署记》一文以志纪念，并作此诗以弘其功。

芃芃茂草[1]，谁其辟之[2]？

印印斯庭[3]，谁其植之[4]？
夭桃秾矣[5]，绿竹苞之[6]。
民力勿攻[7]，伴奂成之[8]。
跻我公堂[9]，陇民乐之[10]。
乐只君子[11]，陇民怀之[12]！

注　释

［1］芃芃（péng péng）茂草：繁盛茂密的野草。芃芃，茂密。

［2］谁其辟之：是谁清除了它们。辟，排除；之，代词，代指茂草。

［3］印印（áng áng）斯庭：高大而轩昂的这个庭堂。印印，同"昂昂"，气概轩昂、高大；斯，此、这。

［4］谁其植之：是谁树立（修建）了它。植，树立；之，代指庭堂。

［5］夭桃秾矣：艳丽的桃花开得真美啊。夭桃，艳丽的桃花；秾，艳丽华美。

［6］绿竹苞之：翠绿的竹子长得很茂盛。苞，丛生、茂盛。

［7］民力勿攻：民众没有参与营建公署。勿，无、没有；攻，从事某件事或进行某项工作。此句是说，修建公署没有耗费民力民财。

［8］伴奂成之：大成其功。伴奂，大。《诗经·大雅·卷阿》有"伴奂尔游矣"句，《毛传》谓"伴奂，广大有文章也"。

［9］跻我公堂：此句从《诗经·豳风·七月》之"跻彼公堂"句化出，谓陇州民众登上我新修的公堂（公署）参观。跻，登。

［10］陇民乐之：陇州的民众（看了公堂）很喜悦、很愉快。

［11］乐只君子：欢悦而愉快的君子。只，语助词，常用于句中，无义；君子，作者自称。此句出自《诗经·周南·樛木》。

［12］陇民怀之：陇州的百姓将归向他。怀，归向；之，代指作者。

简　议

经过一年的营建，新的陇州官署终于落成。诗人喜不自禁，乃作此诗以志其功。他对官署的高大宏伟和周边美景作了近似夸张的描写，谓"陇民"为官署之成而乐甚，因而会自然地归向自己、亲近自己。诗中设问句的接连运用，有效突出了知州的功绩，显示了他的自豪。不过，罗氏的有些说辞明显带着理想化色彩，甚至是自说自话。

沈德潜诗（三首）

沈德潜（1673—1769），字确士，号归愚。清江苏长洲（今江苏苏州）人。乾隆四年（1739）进士，命值上书房。累官至吏部侍郎，辞归。工诗，其古体诗宗汉魏，近体诗宗盛唐，倡格调说，为当时诗坛的主要流派之一。主要著作有《竹啸轩诗钞》《归愚诗文钞》《唐诗别裁》《古诗源》等。

陇头流水三首

题　解

这三首诗为仿乐府旧题之作，集中状写了"征人"的艰辛困苦和乡思。

一

辞家赴陇头[1]，陇水[2]东西逝。
流作呜咽声[3]，中有征人泪！

注　释

[1]陇头：指陇山。

[2]陇水：陇山之水。

[3]呜咽声：北朝乐府民歌《陇头流水歌》中有"陇头流水，鸣声幽咽"的句子。这里的"呜咽声"由此化出。

简　议

语言清浅直白，奋笔直抒胸怀。

二

陇水鸣溅溅[1]，陇坂[2]高入天。
驱马登陇坂，不敢望秦川[3]！

注　释

[1]溅溅：流水声。

[2]陇坂：陇山。陇山在古代也称陇坂。

[3]不敢望秦川：谓陇坂既高又远离秦川，征人由于看不到他的故乡而不敢去望。秦川，虚拟的征人之故乡。

简 议

"不敢望秦川"句,将征夫思乡而又担心看不到故乡的心情刻画得十分逼真,让人感同身受。

三

朝过饮马窟[1],夜经古战场。
天寒挽刀卧,惊魂不还乡[2]。

注 释

[1]饮马窟:古乐府瑟调曲中有《饮马长城窟行》曲词,因征客至于长城而饮马,妇思念其劳而作此曲。此处的"饮马窟"一词由此而来,暗示妻子对征人的思念。

[2]惊魂不还乡:谓征人于梦中都不得还乡,因惊悚而魂飞魄散。

简 议

这三首诗集中抒写征人的思乡之情,在内容和情节安排上层层递进、渐趋高潮,可谓匠心别裁;但遣词和命意与前人几无差别,具有明显的拟古倾向。

方式济诗(一首)

方式济(1678—1720),字渥源,号沃园、登峰子。清安徽桐城(今安徽桐城)人。康熙四十八年(1709)进士,授内阁中书;五十年因戴名世《南山集》案发,随父方登峰被贬谪到黑龙江卜魁城(今齐齐哈尔),死于此。其人工诗善画。沈德潜在《清诗别裁集》中说他的作品"诗格清真,乐府尤矫然拔俗"。著有《龙沙纪略》二卷,《易说》六卷,《陆唐诗稿》二卷。

陇头水

题 解

这是一首怨妇诗,述说了"边吏"之妻独守空房的凄苦和怨望。

河[1]水浊,江[2]水清。妾似陇头水,清浊自分明。昔为田家女,择婿嫁边吏[3]。田夫入城不隔宿,边吏年年在边地。闻道梁州[4]新破虏，敦煌已入中朝[5]土。戍卒受赏官封侯，血裹冰霜凝绣斧[6]。主将笑拥双婵娟[7]，筝琶夜醉穹庐[8]眠。横塘[9]水接陇头水，送妾双泪流君[10]前！

注　释

［1］河：特指黄河。

［2］江：特指长江。

［3］边吏：在边境做官的人。

［4］梁州：为古九州之一。《尚书·禹贡》谓"华阳黑水惟梁州"。

［5］中朝：中国。

［6］绣斧：汉武帝天汉二年（前99），遣直指使者暴胜之等衣绣衣，仗斧到各地巡捕群盗。后因以"绣斧"指皇帝特遣的执法大使。

［7］婵娟：姿容美好的女子。

［8］穹庐：毡帐。

［9］横塘：古堤塘名。三国吴筑于建业（今南京市）城南淮水南岸，一称南塘。

［10］君：指思妇的丈夫，即"边吏"。

简　议

作为"边吏"，丈夫多年工作、生活在边疆要塞。妻子对他思念不已，不觉涕泪涟涟。待到"梁州"大捷后，将军双拥美人、士卒拜官封侯，而妻子依然没有丈夫的消息。于是她五内如焚，决意将眼泪溶入陇水送到丈夫眼前，让他看看自己的忠贞与深情。诗篇言辞朴直，属意凄苦，情感深沉，让人悱恻乃至悲恸。

戴亨诗（二首）

戴亨（1691—1762），字通乾，号遂堂。清奉天承德（今辽宁沈阳）人。康熙六十年（1721）进士，曾官齐河知县。著有《庆芝堂诗集》十八卷，收入诗歌一千三百一十二首。

陇头水

题 解

这是一首四言诗,书写了行人登上陇山远望时的悲伤。

> 陇水汤汤[1],塞草茫茫。
> 登高远眺,孤云南翔。
> 眷[2]彼孤云,泣下沾裳!

注 释

[1]汤汤(shāng shāng):水大而流急。

[2]眷:顾,回视。

简 议

闻陇水而意夺,见塞草而心伤,眷孤云而泣下,行人心中的凄切不可言状。诗篇气象森严,属意苍凉,强烈地撞击着读者的心灵。

陇头歌

题 解

这是一首边塞诗。诗篇极力渲染了边塞征人遭遇的艰辛和乡思,对其奋勇作战精神给予高度肯定。

陇头水,流汤汤[1]。疑是洪荒[2]万古之血泪,流向边庭流不止,遂令征戍至今。

听此心恻伤[3]。心恻伤,心欲折[4],单于高台望明月[5]。明月台端思故乡,寒声傍耳偏呜咽[6]。拔刀割断胸中悲,蹲身磨洗刀头血。刀头凝寒飞雪霜,雌雄誓向沙场决[7]。共道封侯骨相奇[8],水浑照面生猜疑[9]。慷慨向前去,吉凶非所知。君不见汉家开边三万里,卫霍服功[10]照青史!

注 释

[1]汤汤:水大而流急。

[2]洪荒:混沌蒙昧之状,指远古时代。

[3]恻伤:悲痛忧伤。

[4]折:死。

[5]单于高台望明月:谓征人随军赶走了匈奴敌人,站在单于台上眺

望明月以寄托乡思。单于台为台名,《汉书·武帝纪》元封元年(前110)言"出长城,北登单于台"。

[6] 呜咽:暗指陇水。

[7] 雌雄誓向沙场决:谓征人发誓在沙场与敌人一决雌雄。

[8] 共道封侯骨相奇:谓人都说征人骨相特异,可以封侯。骨相,也作"骨像",指人的骨骼、形体及相貌,古人以骨相推论人的命运和性情。汉人王充《论衡》中有《骨相篇》。

[9] 水浑照面生猜疑:谓征人在浑浊的水中自照,对他是否有封侯的骨相产生了怀疑。

[10] 卫霍服功:卫,指西汉大将军卫青,元朔二年(前127)至元狩四年(前119),他先后七次率军出击匈奴,屡立战功,收复河南地,置朔方郡,封长平侯;霍,指西汉骠骑将军霍去病,他是卫青姊子,为人果敢任气,善骑射,曾六次出击匈奴,入沙漠远至狼居胥山,封冠军侯,武帝为其建造府第,他辞谢谓"匈奴未灭,无以为家也"。服,握持;服功,持有战功。

简 议

尽管乡思萦怀而"心欲折",尽管陇水流血而刀凝寒,尽管将来未必发迹而封侯,但为了保家卫国,我们的征人毅然挥刀割断悲伤,发誓与敌人一决雌雄,于是"慷慨向前去"。忠荩报国,心中无我,不惧生死,义薄云天,征人的忠勇和英烈直让懦夫汗颜!

吴镇诗(二首)

吴镇(1721—1797),字信辰,又字士安,号松崖,别号松花道人。清狄道州(今甘肃临洮)人。乾隆三十四年(1769)举人。曾任济南府陵县知县,湖北兴国知府及湖南沅州知州,因人弹劾而罢职。遂西返甘肃,主讲兰州兰山书院八年。长于文章,也工诗词。著有《松花庵全集》十二卷,另有《律古》《集唐》《四书六韵诗》《沅州杂咏集句》《韵史》《声调谱》和《八病说》等。

归途咏鹦鹉

题 解

诗人被罢官西返甘肃,途中见有人携笼中鹦鹉北行,因赋此诗以抒怀。

芒屩[1]吾西去,雕笼尔北行[2]。

陇人逢陇鸟[3],别是故乡情[4]。

注 释

[1]芒屩(jué):草鞋,麻鞋。

[2]雕笼尔北行:谓笼中鹦鹉随主人北去。尔,指鹦鹉。

[3]陇人逢陇鸟:陇人,作者自称,因他是甘肃人,而甘肃古称"陇";陇鸟,指鹦鹉,鹦鹉古时也称"陇鸟"。

[4]别是故乡情:别有一番亲近故乡的情感。

简 议

回乡途中见到"陇鸟",身为"陇人"的作者倍感亲切,思乡之情也更见浓烈。诗篇语言简约明快,致意委婉深长。

送 人

题 解

友人将离开甘肃东去,诗人作此为其送行。诗中极力表达了对东行者的不舍之情。

红树迢迢接陇关[1],白云深处鸟飞还。

送君东下情何及,回首斜阳入乱山[2]。

注 释

[1]红树迢迢接陇关:红树,深秋红了叶子的树,以此点明了送别友人的时令;陇关,指陇州西部陇山的大震关和安戎关。

[2]回首斜阳入乱山:既表达了对行者的不舍,也点明了送行的具体时间。

简 议

首句言友人东下道路之遥远,暗示其行程之艰难;第二句以鸟的飞还反衬友人的去而不还,流露出无尽的伤感;第三句直抒胸臆,坦言对东下者的难舍之情;末句以"斜阳入乱山"起兴,表白诗人心中的悠悠情思,诗篇感情充沛而炽热,语言流畅而洒脱,叫人在赏心悦目的同时感受到友情的温馨。

杨揆词(一首)

杨揆(1760—1804),字同叔,一字荔裳。清江苏金匮(今江苏无锡)人。乾隆四十五年(1780)南巡时召试,赐举人,授内阁中书。旋以文渊阁检阅入军机处,任行走。曾随大将军福康安入西藏,参与第二次廓尔喀之役。擢甘肃布政使,复转四川布政使。卒,赠太常寺卿。所作骈体文沉博艳丽。诗初学白居易,出塞后格律为之大变。著有《桐华吟馆诗稿》《桐华吟馆词稿》《桐华吟馆文钞》《卫藏纪闻》等。

摸鱼儿·陇山道中见鹦鹉

题 解

从乾隆五十八年(1793)起,杨氏先后在甘肃和四川任职,以故多次路过陇山。这首词为其某次行经陇山时作。作品借助鹦鹉之口,巧妙表达了作者对自由生活的向往和热爱,也反映了他的出世之念。"摸鱼儿"为词调名,又名《摸鱼子》,双调,有一百一十四字、一百一十六字、一百一十七字诸体。

陇山深,旧巢无恙[1],翩翩毛羽娟好[2]。相逢我是生疏客,漫费呼茶声巧[3]。还悄悄[4]。说随意、枝头绝胜金笼小[5]。烟昏露晓[6]。怅梦断帘钩,去来何处,香粒啄红稻[7]。

闲追忆,零落才人赋稿[8]。年年洲畔芳草[9]。江潭萧瑟难重问,留客只谈天宝[10]。情易老,只合念、观音般若皈依早[11]。尘缘倘了。愿化作迦陵,慧因证果,充使供青鸟[12]。

注 释

[1]陇山深,旧巢无恙:作者设想他在陇山深处见到的鹦鹉,是逃出樊笼后回到故乡陇山的。它回来后,发现昔日窝巢还完好无损。

[2]娟好:明媚美好。

[3]漫费呼茶声巧:谓陇山鹦鹉见词人来了,便习惯性地喊着"客人

来了，快倒茶"。

〔4〕还悄悄：谓鹦鹉像遇到了老朋友一样，和词人说起了悄悄话。

〔5〕说随意、枝头绝胜金笼小：鹦鹉说，在树枝上随意飞奔的自由生活，远远地胜过了被关在小小的金笼里的囚禁生活。

〔6〕烟昏露晓：鹦鹉又说，它回到大自然中自由自在，清晨吸吮着晶莹的露珠，黄昏炊烟四起时便回巢栖息，实在自得。

〔7〕怅梦断帘钩，去来何处，香粒啄红稻：全句是说，驯养鹦鹉的人对逃走的鹦鹉魂牵梦绕，不知它去了哪里。杜甫在《秋兴八首》之八中有"香稻啄余鹦鹉粒"的句子，是"鹦鹉啄余香稻粒"句的倒文，其意是说陂中物产丰美，香稻很多，故鹦鹉啄之而有余，此处借用此典，以"香粒啄红稻"五字代指鹦鹉。

〔8〕零落才人赋稿：零落才人，指汉末落魄文人祢衡；赋稿，指祢衡所写的《鹦鹉赋》。

〔9〕年年洲畔芳草：洲，指祢衡作赋的鹦鹉洲。全句是说，鹦鹉洲上芳草年年碧绿。

〔10〕留客只谈天宝：谓鹦鹉留住客人（作者），只和他谈论唐玄宗天宝年间的往事。

〔11〕只合念、观音般若皈依早：鹦鹉说自己要多念佛家的《般若经》，及早皈依佛门，以远离尘世的诸多烦恼。

〔12〕愿化作迦陵，慧因证果，充使供青鸟：鹦鹉又说，自己尘缘如果已了，就愿意化作仙鸟迦陵，凭借慧根验证佛果，充当西王母的信使青鸟。迦陵，鸟名，"迦陵频迦"的简称。《楞严经》一谓"迦陵仙音，遍十方界"，注称"迦陵，仙禽。在卵壳中，鸣音已压众鸟，佛法音似之"。青鸟，《山海经·大荒西经》说"沃之野有三青鸟，赤首黑目，一名曰大鵹，一名曰少鵹，一名曰青鸟"。

简　议

作者行经陇山时，遇见了热情好客且能言善语的鹦鹉，并且听取了它的一番妙论。其实，鹦鹉的言说是作者自我心声的独白，集中体现了他对身心自由的渴望。作品构思新特，言近口语而不失风雅；而相关典故的巧妙运用，也使词作于灵动中见情致。

牛树梅诗（二首）

牛树梅（1791—1875），字雪樵，号省斋。清通渭（今属甘肃）人。道光二十一年（1841）进士，初授四川彰明知县，次第知雅安、隆昌县，后升资州、茂州知州。同治元年（1862）擢授四川按察使。其人通达干练，决狱慎明，以不扰民为治，民咸爱戴之。任按察三年后，被内召，以老病不出，主讲成都锦江书院。同治十三年（1874）返里，以读书立说为任。他学识渊博，工于书法。著有《闻善录》四卷，《渭叶文存》及《牛氏家言》数卷，以《省斋全集》名于世。

过关山[1]二首

题 解

清同治十三年夏天，诗人自四川成都返回家乡甘肃通渭，在途经陇山时写了这两首诗。诗篇在描绘陇山胜景的同时，抒发了作者的豪情和雅兴。

一

一路青云接，苍茫碧翠横。
山花皆有态[2]，野鸟半无名。
烟岫[3]晴偏耸，溪流激更清。
陇秦天与界[4]，长此奠承平[5]。

注 释

[1]关山：指陇山。

[2]态：神情。

[3]烟岫：烟云缭绕的峰峦。

[4]陇秦天与界：谓陇山是甘肃和陕西的天然分界。陇，指甘肃；秦，指陕西；与，为。

[5]奠承平：奠定太平。承平，太平。

简 议

诗作笔触细腻，文辞清妙，神姿高秀，将陇山盛夏风光写得秀美动人；而"长此奠承平"的述说，又让陇山由靓丽而庄严，拥有了社会价值。

二

立马正峰中，乾坤一望通。

人歌流水曲[1]，我唱大江东[2]。

瑞气迎关紫，朝暾[3]透海红。

登临饶胜概[4]，摩抚看衡嵩[5]。

注　释

[1] 流水曲：指北朝乐府中的《陇头流水歌》。此曲为乐府《鼓角横吹曲》名，主写征人行经陇山时的辛苦，乃为悲歌。

[2] 大江东：即《大江东去》，为词牌名，是《念奴娇》的别称。也指宋人苏轼所作的《念奴娇·赤壁怀古》一词，其中首句为"大江东去"。此词风格豪放，被推为宋词豪放派的代表作。

[3] 朝暾：初升的太阳。

[4] 饶胜概：很多美丽的景色和佳境。

[5] 衡嵩：指南岳衡山和中岳嵩山。

简　议

前人所写的陇山诗往往大诉悲苦，因之涕泪横流，在他们看来，陇山面目可怕、道路凶险、气候酷寒，着实让人心惊胆战乃至痛苦不堪。可在诗人笔下，陇山却风景独好、胜概饶多，以至让他兴高采烈、精神大振。"立马正峰中，乾坤一望通"的吟唱，将作者的逸兴和快感挥洒得淋漓尽致；而"人歌流水曲，我唱大江东"两句通过人我对比，更将他的超迈和雄豪阐扬得惊天动地。以八十三岁高龄的老者能够写出如此豪放的诗篇，着实令人激赏。就格力而言，此诗无疑是吟咏陇山诗中的佼佼者。

牛焘诗（一首）

牛焘（1795—1860），字涵万。清丽江（今云南丽江）人。拔贡。历任镇沅、安宁、邓州及罗平教官。咸丰至同治间兵乱，避之山洞中，抱琴而死。著有《寄秋轩稿》。剑川人赵藩辑其诗七十余首，刊入《丽郡诗征》中。

陇头水

题 解

这是一首乐府诗,主写妇女不得与出使西域的丈夫相见而郁结的怨哀。

陇头水,凄切复凄切。不是黄河流断澌[1],定知葱岭[2]融残雪。自从秦塞筑边关,复闻汉使河梁[3]别。黄沙白骨拥高滩,一湾一滴沥冤血。更有怨妇闺中泣,魂逐陇坂声不绝。声不绝,哀怨结寒云,白日惨无光,朔风短草何[4]凛冽。请君听我陇头吟,不闻陇水亦呜咽[5]!

注 释

[1]澌:通"嘶",指声音沙哑。

[2]葱岭:古代对今帕米尔高原和昆仑山、天山西段的统称。

[3]河梁:河上的桥梁。

[4]何:多么(地)。

[5]不闻陇水亦呜咽:谓只要看到(听到)我所写的这首《陇头水》,即使没听到陇水的鸣声,也会悲痛得呜咽流涕。

简 议

因与远赴西域的丈夫久不得见,闺中的妻子哀痛无度、怨气冲天,以至魂魄循着良人当初西去的行迹追上陇山。她的哭声居然化作山间厚厚的寒云,令天上的太阳惨淡无光!诗篇将怨妇对夫君的相思写得深入骨髓,将其哀怨抒发得撕心裂肺,的确让人"不闻陇水亦呜咽"!

林寿图诗(二首)

林寿图(1809—1885),初名英奇,字恭三、颖叔,别署黄鹄山人。清闽县(今福州市区)人。道光二十五年(1845)进士。咸丰二年(1852),考取军机章京,兼虞衡清吏司主事、员外郎。咸丰九年(1859)十二月,任山东道监察御史;十一年(1854)九月,参与慈禧发动的宫廷政变,为慈禧所器重,于十一月升任礼部给事中兼浙江道监察御史。同治元年(1862),改任顺天府尹;二年(1863)九月,出任陕西布政使,兼司军营转运,督办庆阳粮台,后改督办全甘肃后路粮台;十年(1872),任山西布政使。后免职,主讲钟山书院。光绪七年

（1881），主讲鳌峰书院；十年（1884）中法马江海战爆发，出任团练大臣，赏四品顶戴。著有《春秋浅说》《论语证故》《余赘记》《两晋六朝文类纂》《冶南诗薮》《尔雅补注》等，皆因书楼失火被焚；另有《诗经注释》《闽学宗派考》《黄鹄山人文集》等，皆佚。存世的有《榕荫谈屑》《启东录》《黄鹄山人诗抄》《华山游草》等。

陇州咏物诗之一·蝉

题 解

此诗为诗人任职陕西间来陇州时作，盛赞陇州蝉鸣之高妙。

> 寄托在高旷，翻[1]遭俗耳惊。
> 千崖集秋气，万木奏商声[2]。
> 歌有楚骚逸[3]，言如晋代清[4]。
> 谅因发幽滞[5]，天籁[6]自孤鸣。

注 释

[1]翻：反而。

[2]商声：凄怆的声音。多指秋季寒风肃杀凄厉之声。

[3]歌有楚骚逸：谓陇州蝉虫的鸣唱，有战国时楚人屈原所作之《离骚》的逸韵。

[4]言如晋代清：谓蝉虫的叫声，有晋代文人士大夫所作之诗文的清介。

[5]幽滞：指失意不得仕进。

[6]天籁：自然界的声响，也指文章流畅而具有自然的情趣。

简 议

"歌有楚骚逸，言如晋代清"，陇州之蝉鸣何其妙哉！诗篇看似歌咏秋蝉，实乃借物自喻，蝉之鸣即诗人之鸣，蝉之孤乃诗人之孤也。

陇州咏物诗之二·鹰

题 解

此诗专咏陇州之鹰，表彰了苍鹰的威猛和洒脱。

> 陇山纷[1]燕雀，稀见海东青[2]。

天地向空阔，烟云抉杳冥[3]。

平芜一睥睨[4]，凡鸟几膻腥。

不羡金绦宠[5]，飞腾绘尔形。

注　释

[1]纷：盛多。

[2]海东青：鸷鸟名。隼的一种，也叫海青，产于黑龙江下游及附近海岛。

[3]抉杳冥：穿越（入）极远处（或幽暗处）。抉，穿。

[4]睥睨：斜着眼睛向下看。

[5]不羡金绦宠：不贪图被人们用金丝绳拴着饲养而受宠。羡，贪图。

简　议

"平芜一睥睨，凡鸟几膻腥"，陇州苍鹰之威武，何尝不是诗人之壮勇。

方玉润诗（四十一首）

方玉润（1811—1883），字友右，一字黝石，号鸿濛子。清宝宁（今云南广南）人。于同治三年（1864）十月任陇州同知，去世后葬陇州城北开元寺后。在陇十七年间，长住长宁驿陇州分署，潜心著述；并于陇州五峰书院讲学四年，使州内文风大盛。曾代理汧阳知县。平生著作宏富，主要有《论学》《论人》《论天下大局》《古唐诗纬》等二十余种。在陇州间，著有《诗经原始》《佐陇联》《陇上柝声集》等。其《诗经原始》为学术专著，在学术界很有影响。善书法，工篆、籀、草、隶、行楷诸体，皆臻上乘。

马嵬怀古

题　解

马嵬驿在今陕西省兴平市马嵬镇。唐天宝十四年（755），安禄山兴兵反唐。次年引兵攻入潼关，唐玄宗率杨贵妃和大臣仓皇出逃四川。途次马嵬驿时，卫兵杀死杨国忠，逼玄宗赐贵妃死。贵妃死后，葬于马嵬坡。清同治三年（1864）秋，诗人前往陇州任同知，途经马嵬坡时凭吊杨妃墓，发思古之幽情，遂作了这首诗。诗中对杨妃之死表示了极大的同情，对唐明皇的无情予以谴责。此诗虽与陇州无关，但其作者却与陇州有缘。

  断雨残云一片过，马嵬回首[1]泪滂沱。
  只今佛殿秋蛩响[2]，恍听当年长恨歌[3]。
  胡儿何事起烟尘[4]，惊破霓裳一曲新[5]。
  枉把金钿饰汤饼[6]，华清[7]花冷不成春。
  天子多情倍有无[8]，蛾眉绝代萎征途[9]。
  六军[10]不信无人管，只把宫嫔当虎符[11]。
  不道双星负此生[12]，长绫三尺太无情[13]。
  千秋剩有孤坟[14]在，罗袜街头看未明。
  生善承恩死报君，玉环心事有谁论[15]？
  伤哉蜀道秦关险，夜雨淋铃几断魂[16]。
  南内[17]宵深月色凉，梨园如梦只参商[18]。
  檐前鹦鹉如相忆，莫对杨家问上皇[19]。
  缥缈忽闻海上山[20]，重重殿阁隐仙鬟[21]。
  可怜死后经年别[22]，片语虚传到世间[23]。
  悠悠尘梦总难堪，无怪君王[24]泣再三。
  泾渭[25]不消呜咽水，棠梨[26]一树老香龛！

注　释

  [1]马嵬回首：回忆发生在唐天宝十五年（756）的马嵬事变。

  [2]秋蛩响：秋天的蝗虫（或蟋蟀）鸣叫。

  [3]恍听当年长恨歌：谓听到秋虫的哀鸣，恍若是在听当年白居易所作的《长恨歌》。白诗描述唐明皇李隆基和杨贵妃的爱情故事，对杨贵妃在马嵬事变中被杀一事多有涉及。

  [4]胡儿何事起烟尘：唐天宝十四年冬，平卢、范阳、河东三镇节度使安禄山在范阳起兵叛唐，先后攻克洛阳和长安，建立燕国，自称"雄武皇帝"。这句即指此事而言。安禄山为奚族人，故被诗人以"胡儿"称。

［5］惊破霓裳一曲新：霓裳，指《霓裳羽衣曲》，为舞曲名，本名《婆罗门》，是西域乐舞的一种。唐开元中，西凉节度使杨敬述依曲创声，才流入中国。唐明皇与杨贵妃常在宫中演唱此曲。这句从白居易《长恨歌》之"惊破霓裳羽衣曲"句化出。

［6］金钿饰汤饼：谓杨贵妃用金钿装饰洁白的面容。金钿，嵌着金花的妇女首饰，也叫"花钿"；汤饼，《世说新语·容止》说"何平叔（晏）美姿仪，面至白。魏明帝疑其施粉。正夏月，与热汤饼，既啖，大汗出，以朱衣自拭，色转皎然"。诗人在此用"汤饼"一词，以状杨贵妃面庞之白美。

［7］华清：指建于骊山之上的华清宫，为唐明皇与杨贵妃游栖处。

［8］天子多情倍有无：天子，指唐明皇李隆基；倍，通"背"，背弃；有，通"为"。全句是说，唐明皇本来对杨贵妃多情，可到了生死关头，却将这种感情给背弃了，变成了无情。

［9］蛾眉绝代萎征途：蛾眉，指美貌女子，这里指绝世美人杨贵妃；萎征途，草木枯死曰萎，这里指杨贵妃的死；征途，指唐明皇出逃的途中，具体指马嵬驿。唐明皇携杨贵妃逃到马嵬驿，随从护驾的军队发动兵变，杀了杨贵妃的从兄、时任宰相杨国忠，并请唐明皇杀杨贵妃以谢天下。明皇为了安定军心以逃蜀，便命宦官高力士将杨缢死于马嵬驿佛寺内的梨树下。这句即指此而言。

［10］六军：古代天子置六军。这里指护送唐明皇出逃的羽林军。

［11］只把宫嫔当虎符：宫嫔，皇宫中的女官，这里指杨贵妃；虎符，兵符，是古代调兵遣将的信物。全句是说，唐明皇只知道用牺牲杨贵妃的办法来安定军心，将她当成了调兵遣将的虎符。

［12］不道双星负此生：双星，指牵牛星和织女星。全句是说，没想到牵牛星（唐明皇）和织女星（杨贵妃）生死两隔，辜负了这一生。

［13］长绫三尺太无情：杨贵妃被用白绫勒死于马嵬驿佛寺内的梨树下，故有此说。

［14］孤坟：指杨贵妃的坟墓。

［15］有谁论：有谁去想、去说。

［16］夜雨淋铃几断魂：从白居易《长恨歌》之"夜雨闻铃断肠声"

句化出，描写唐明皇逃亡途中因思念杨妃而触景伤情的情形。铃，指挂在屋檐角上的铃。唐郑处诲《明皇杂录·补遗》谓"明皇既幸蜀，西南行，初入斜谷，霖雨涉旬，于栈道雨中闻铃音，与山相应。上既悼念贵妃，采其声为《雨淋铃曲》以寄恨焉"。

[17] 南内：指长安兴庆宫。唐明皇回到京城后初居兴庆宫。

[18] 梨园如梦只参商：唐明皇极好乐舞，曾选乐工三百人，宫女数百人，与杨妃教授乐曲于梨园。待他从蜀地回到长安后，昔日梨园已被安禄山叛军捣毁，乐工和宫女也作鸟兽散，而杨贵妃又早死于马嵬。他虽然深深地怀念杨妃，却永远不能相见，两人如同参星与商星。参商指西方七宿之参宿和东方七宿之心宿，二者此出彼没，永不相见，诗文中常用以比喻双方隔绝。

[19] 上皇：指唐明皇。《新唐书·肃宗纪》谓"即皇帝位于灵武，尊皇帝（玄宗）曰上皇天帝"。

[20] 缥缈忽闻海上山：是白居易《长恨歌》"忽闻海上有仙山，山在虚无缥缈间"两句的缩写。

[21] 重重殿阁有仙鬟：是白居易《长恨歌》中"楼阁玲珑五云起，其中绰约多仙子"两句的简缩。仙鬟，仙女。

[22] 经年别：生死别离已有一年。

[23] 片语虚传到世间：谓居住在海中仙山上的杨贵妃，将只言片语遥寄给尚在人世间的唐明皇。

[24] 君王：指唐明皇。

[25] 泾渭：指泾河和渭河。

[26] 棠梨：梨树。据传，杨贵妃被缢死在马嵬驿佛寺内的梨树下。

简 议

唐明皇和杨贵妃的故事，是唐人诗歌中常见的题材，一般多归咎于杨妃，斥其为罪魁祸首。白居易的《长恨歌》，旨在通过讲述李、杨故事揭露统治者的荒淫腐朽，以之作为历史的教训；李商隐的《马嵬》诗则撇开杨贵妃不谈，将讽刺的矛头直指唐明皇。到了清代，诗人袁枚在《马嵬》诗之四中秉持平民理念，从百姓立场出发，认为李、杨的生离死别实不足论，却为庶民的夫妻别离而哀痛。而方玉润的这首《马嵬怀古》诗又别立新意，对杨妃之死大放悲声，同时对唐明皇大加谴责，怜香惜玉之心甚是昭明。平心论之，方诗虽有新意，但思想境界远在袁诗之下；在遣词造句和情境设置上，明显有模拟《长恨歌》之弊。

陇州杂诗十二首

题 解

清同治三年（1864）十月，诗人来任陇州同知。这一年是陇州的多事之秋：阴历正月初二，回军进驻陇州东乡大杜阳沟、八渡镇及汧河以南黄花峪、河沟寨等地；二十七日，东路（凤翔）回军八十余骑攻入州城之北开元寺，焚毁寺内唐代所建七级木塔；二月十四日，回军进攻州城东关，清军茂字营和提督雷正绾、汧陇总兵曹克忠率兵抵御。终其一年，州境战火不断。听闻和目睹此种战乱景象，诗人忧心如焚、愁思满怀，乃于到任后陆续写了这十二首诗，以之泣诉战争之浩劫，自悲英雄走上穷途末路。十二首诗被辑入《陇上柝声集》中。

一

愁思满天地，柝声[1]欲断时。
英雄悲末路[2]，薄宦老边陲[3]。
道有兵千队，栖无树一枝[4]。
是谁留祸种[5]，仇杀自猜疑？

注 释

［1］柝声：巡夜所敲的木梆声。因回军时来陇州侵扰，人们须于夜间敲击木梆以报警。

［2］英雄悲末路：英雄，诗人自称；末路，比喻失意潦倒的境地。作者自视为英雄，但来陇州任职却遭逢战乱，深感失意潦倒。

［3］薄宦老边陲：薄宦，指自己所任的卑微的官职（同知）；边陲，边境，这里指陇州。全句是说，自己担任着卑微的官职，却要老死在陇州这个边陲之地了。

［4］栖无树一枝：谓自己像鸟儿一样想要栖息，却找不到树枝。时陇州战火连天，诗人找不到安居之所，故以鸟儿无枝可栖喻之。

［5］祸种：指回军入侵之祸。

简 议

初到陇州,诗人即陷入连天战火,内心深感凄凉,自悲英雄走上了穷途末路,又恐老死边陲不能还乡,因对回军之入侵无比痛恨。诗篇言简意赅,格调苍凉,令人唏嘘挥泪。

二

莽莽关河黯,苍苍野树浮。
驿[1]荒花落色,沙冷雁团秋[2]。
战伐三年苦,流亡几处收[3]?
至今筹抚字[4],陇水咽难休!

注 释

[1]驿:指作者官署所在的陇州长宁驿。地在今甘肃省张家川回族自治县东南部。

[2]团秋:在秋天里聚集。

[3]流亡几处收:谓因战乱而逃亡的百姓,没有人去收容他们。

[4]筹抚字:筹划抚养老百姓的办法。抚字,抚养爱护。

简 议

关河黯淡,驿花无色,陇水鸣咽,连年战乱令陇州大地鬼愁神惨。在自身不保的情况下,诗人犹自心系流亡百姓,为之哀恸不已。诗篇寓情于景、忧思满怀,足以动人灵府。

三

浩劫太无情,山川雾不明[1]。
氛祲埋华岳[2],杀气指金城[3]。
水冷鱼龙[4]困,风高虎豹[5]横。
苍茫长独望,衰白竟无成[6]!

注 释

[1]雾不明:因有雾气而不明朗。

[2]氛祲(jīn)埋华岳:谓不祥的气氛遮蔽了华山。祲,不祥之气、妖气,这里指战争的气氛。

[3]金城:坚固的城。这里指陇州城。回军曾多次围攻陇州城,故作者在此有"杀气指金城"之说。

[4]鱼龙：作者自称。

[5]虎豹：指回军。

[6]衰白竟无成：谓自己年老而事业无成。衰白，衰老而发变白。

简　议

氛祲遮蔽华山，杀气直指金城，诗人被困陇州而惮"虎豹"横行，哀叹自己年老却一事无成。夸张和比喻手法的接连运用，使诗篇迸发出强大的艺术生命力。

四

涕泣谈身世，乡关[1]何处寻？
烟迷黄叶戍[2]，天远碧云岑[3]。
有弟生如梦[4]，无家老自吟[5]。
不堪思禄养[6]，岵屺尽哀音[7]。

注　释

[1]乡关：故乡。

[2]黄叶戍：指作者驻守的长宁驿陇州分署。因此地山高林密且时值冬季而树叶皆黄，故谓黄叶戍。

[3]岑：山峰。

[4]有弟生如梦：谓自己虽然有弟却不得相见，恍如在梦境中。

[5]吟：叹息。

[6]禄养：仕而受禄以养亲。

[7]岵屺（qǐ hù）尽哀音：岵屺，《诗经·魏风·陟岵》谓"陟彼岵兮，瞻望父兮……陟彼屺兮，瞻望母兮"，《诗序》谓为行役思念父母之作，后因以岵屺代指父母。全句是说，家中父母既衣食无着，又思念儿子，每每发出悲哀之声。

简　议

身处深山密林中的陇州分署，整日与遍地黄叶和累累山峰为伍，诗人深感孤独苦闷，不由得想起了故乡和长久不见的父母兄弟。诗篇气调哀婉凝咽，感情深沉真挚，思绪缠绵悱恻，处处都是自悲自怜。

五

缥缈峰头砦[1]，萧条涧底村。

乱云堆岸[2]黑，残雪聚林昏。
鹿豕和樵断[3]，牛羊见火奔[4]。
伤心人事惨，天道信难论[5]。

注　释

［1］砦：同"寨"。守卫用的栅栏、营垒、土堡。

［2］岸：指长宁驿一带的河岸。

［3］鹿豕和樵断：谓因为战火，山中的野鹿、野猪和樵夫都不敢出行，躲起来不见了。

［4］牛羊见火奔：谓牛和羊因受战火惊吓，只要一见到火光便远远地奔逃而散了。

［5］信难论：的确难说。

简　议

此诗以朴实生动的语言，写出了战争的恐怖和人事的惨怛，道尽了诗人的凄苦和哀怨。

六

秦塞今如此[1]，悲秋独上台[2]。
乾坤双鬓短[3]，风雨一樽开[4]。
杳杳伊周梦[5]，悠悠屈宋才[6]。
谁怜天下士[7]，洒泪抱关[8]来！

注　释

［1］秦塞今如此：秦塞，指陇山，此山为古秦国之西陲要塞；今如此，指饱受战乱之苦。

［2］悲秋独上台：上台，星名，三台之一。《晋书·天文志》谓"西近文昌二星曰上台，为司命"。全句是说，我在秋天悲叹自己的命运不好。

［3］乾坤双鬓短：乾坤，这里指天和地；双鬓短，双鬓毛发脱落变短，谓年老。

［4］风雨一樽开：谓自己在风雨飘摇中开樽独饮。风雨，指回、汉战争连绵不断的情势；樽，古代盛酒的器具。

［5］杳杳伊周梦：伊周，伊指商汤时的大臣伊尹，他曾佐汤伐夏桀；

周指周公姬旦,曾辅助周武王灭纣,建立周王朝。后世常以伊周并称,指主持国家大政的大臣。这句话的意思是说,自己像伊尹、周公那样经国治政的远大志向和希望变成了遥不可及的梦。杳杳,遥远。

[6] 屈宋才:屈原和宋玉那样的文才。屈、宋均为战国时楚国人,皆以辞赋著名,为汉以后的文人所推崇。在这里,作者以屈宋自许。

[7] 天下士:天下无双的志士,作者自谓。

[8] 抱关:"抱关击柝"的简称。抱关击柝指守门打更的小吏。《荀子·荣辱》谓"故或禄天下而不自以为多,或监门御旅,抱关击柝,而不自以为寡",唐杨倞《注》云"抱关,门卒也;击柝,击木所以警夜者"。

简 议

诗人有伊周般的治国之能,也有屈宋般的辞赋之才,不料却来陇州做了个"抱关击柝"的区区小吏。他实在悲摧不已,竟至以泪洗面。诗篇词调悲苦,情感沉郁,让人览之心碎。

七

陇云寒不起,关树晓还苍。
道德人偏邈[1],风雷我自忙。
无边衰凤感[2],难定善刀藏[3]。
独坐探真宰[4],书空意正长。

注 释

[1] 道德人偏邈:谓人们出乎寻常地轻视道德。偏,出乎寻常;邈,通"藐",轻视。

[2] 衰凤感:《论语·微子》谓"楚狂接舆歌而过孔子,曰:'凤兮凤兮,何德之衰'",意谓"凤(指孔子)呀凤呀,为什么你的德行竟如此衰败!"作者在此借用这个典故,用以表明自己对世人的德行衰败之感。

[3] 善刀藏:《庄子·养生主》谓"善刀而藏之"。后因以善刀而藏比喻自敛才气锋芒而不炫露。

[4] 真宰:自然之性,真情。

简　议

诗人深感世风日下、道德沦丧，却拿不定主意是否收敛才气锋芒而蛰伏下来，只好静坐读经以探"真宰"，其凄惶彷徨之状不难想见。

八

歌哭两无端[1]，天风出塞寒。

叫冤新鬼满[2]，系囚故人单[3]。

野阔云栖树，峰回月上滩。

亲朋无一字[4]，空向唳鸿看[5]。

注　释

[1]无端：无起点也无尽头。

[2]叫冤新鬼满：谓在战乱中死亡的众多鬼魂们鸣冤叫屈。

[3]系囚故人单：其时，诗人的同乡杨昌林作为戍囚被羁留在陇州，其人善诗能文。

[4]亲朋无一字：谓亲人和朋友没有书信到来。此句从唐诗人杜甫《登岳阳楼》诗中借得。

[5]空向唳鸿看：唳鸿，鸣叫的鸿雁，古人以为鸿雁能替人传送书信。全句是说，由于得不到亲朋的音讯，只得仰头看着高飞而长鸣的鸿雁，希望它能带来亲朋的书信。

简　议

既为死于战火中的人们哀泣，又为被囚陇州的故人担忧，复为得不到亲朋的音讯而自悲，诗人于是"歌哭两无端"。

九

一错[1]无今古，浮名有是非[2]。

龙场新隐吏[3]，虎帐旧神机[4]。

怀抱真难展，心源得暂归。

低徊[5]无限恨，倚剑[6]对斜辉！

注　释

[1]一错：指来陇州任同知之事。

[2]浮名有是非：作者能诗善文又兼擅书法，因而深得时人称许，也因此被一些人忌惮，这句即指此而言。

［3］龙场新隐吏：明代的王阳明于武宗正德初年因得罪宦官刘瑾，被谪贵州龙场任驿丞，他在此悉心著述传道，宛若隐士。而作者来陇州后长住长宁驿分署，因时局危艰不能施展抱负，乃潜心读经著述。所以，他在此以王阳明自比，谓自己一如归隐山林的隐士。

［4］虎帐旧神机：虎帐，指武将的营幕。1853年3月，太平军攻占南京建都，5月分道遣将西征北伐；清廷调僧格林沁率兵截击；方氏经友人推荐，到汉口做了僧的军营幕宾，将他在家乡时写就的《神机三略》及《平乱二十四策》分别投送给僧格林沁和其他清军将领助其平乱。这句即指此而言，其中的"虎帐"指僧格林沁的军幕。

［5］低徊：徘徊。

［6］倚剑：仗剑。这里的"剑"，当指能力和才华而言。

简 议

诗人博通经史，能文善诗，且有治国经世的雄才大略，孰料命运多舛、怀才不遇，只能在陇州做个无足轻重的同知，致使经天抱负无以施展。他虽愤慨不平却无计可施，只能抱恨徘徊、仗"剑"长啸。诗篇文辞慨切，忧思沸郁，格力郁悒，词情怏怅，怨艾之气直冲云霄。

十

贼骑[1]忽纵横，边烽火乱明。
无风尘滚野，不雨雾屯城[2]。
众志能坚守，天心想谧平[3]。
不应星斗转，还听角鼓鸣。[4]

注 释

［1］贼骑：指回军骑兵。

［2］雾屯城：谓回军搅起的战云尘雾聚集在陇州城中。

［3］谧平：安宁太平。

［4］不应星斗转，还听角鼓鸣：谓天意不应再倒转回去，让人们又听到战鼓轰鸣之声。

简 议

此诗写的是回军纵骑围攻陇州城的情形。"尘滚滚"和"雾屯城"的讲述，揭示了攻守双方战况的激烈。诗人厌战已久，希望天意顺应民心结束战争，还老百姓以太平。

十一

（新建扫雪山房[1]于积雪庵右，工甫[2]竣而贼[3]至，遂毁于火，因成一律记之。）

柝抱关山顶[4]，堂[5]开古寺旁。
栽花留佛笑[6]，扫雪待农忙。
讵料桑麻土[7]，翻成虎豹场[8]！
因之漆园舍[9]，一炬化风飏[10]！

注　释

［1］扫雪山房：作者在长宁驿所建的陇州分署公堂。

［2］甫：开始，才。

［3］贼：指攻入陇州的回军。

［4］柝抱关山顶：柝抱，即"抱关击柝"，意为守门打更的小吏；关山，即陇山，作者的官署在关山之西的长宁驿。全句是说，自己在关山之顶做着击柝小吏。

［5］堂：指所建的陇州分署公堂，即序言中所说的扫雪山房。

［6］佛笑：相传释迦牟尼在灵山会上拈花示众，是时众皆默然，唯迦叶破颜微笑。此句即借此佛典。

［7］讵（jǔ）料桑麻土：讵，岂；桑麻土，种植桑麻的土地。

［8］翻成虎豹场：翻，反而；虎豹场，虎豹横行的场地，指战场。

［9］漆园舍：战国时，宋国蒙人庄周曾为漆园吏。相传楚威王曾厚币以迎，许以为相，他却推辞不就，著书十余万言。在此，作者以庄周自比，将所建公堂比作庄周在漆园中的屋舍。

［10］飏：飞扬，飘扬。

简　议

新建的公堂被回军付之一炬，诗人心中的沮丧和愤怒不言而喻。颈联和尾联的指控，表明了他对战争的痛恨和憎恶。

十二

木塔开元寺[1]，石幢古梵宫[2]。
经声随劫[3]断，佛梦带烟空。

鼓角悲何壮，晨星望未通[4]。

可怜清静土，却化暮山烽[5]。

注　释

［1］开元寺：在陇州城北，始建于唐代，寺内建有七级木塔。

［2］梵宫：佛寺。此处指开元寺。

［3］劫：指回军焚烧开元寺。

［4］晨星望未通：谓开元寺彻夜火光冲天、烟雾弥漫，使人看不清清晨的星星。

［5］却化暮山烽：却化作日暮时的烽火。由此可知，回军焚烧开元寺的具体时间在同治三年（1864）正月二十七日下午黄昏时。

简　议

清同治三年正月二十七日，凤翔回民军八十余骑自陇州水银河沟突出，直扑开元寺，将寺院彻底焚毁。这首诗即述其事。诗篇致辞悲怆，属意哀矜，一如写给开元寺的悼词。

移寓借庐感成三首

（长宁驿官廨既毁，居民逃散，不能履任，乃僦屋[1]州城，为暂止也，榜曰"借庐"。跋云。山水风月皆非我有，而山水风月无一而非我有者，借之力也。借山借水借月借风更借庐，借之为用大矣哉。爰[2]纪以诗。）

题　解

长宁驿官署被回军烧毁后，诗人无以栖居也无从履行公事，只好在陇州城内南街租屋暂居。这三首诗即作于此时，系有感而发，旨在故作豁达以自慰，并为不能拯救百姓于水火而自责。

一

君不见东坡先生谪儋耳[3]，数椽茅屋蔽风雨；又不见阳明洞主宦龙场[4]，别辟驿舍开讲堂[5]。我非谪戍亦非迁[6]，胡为廨宇化狼烟？韦皋城郭[7]尚完好，借得敝庐杂蜗蜒[8]。独拾瓦砾除蓁芜，部署草木成芳妍[9]。竹篱一洞圆门启，奇石森立拜米颠[10]。南廊虽小实明净，十丈花开船似莲[11]。有时兴到墨淋漓，粉壁蛟螭互蟠旋[12]。不然日高眠未起，绿萝阴中听啼鹃。呜呼！作吏有如此，即可藏拙更宜仙。独不念流亡老弱纷转徙，沟壑填满无处填[13]！赖尔仙吏胡为焉[14]？

注　释

［1］僦（jiù）屋：租赁房屋。僦，租赁。

［2］爰：于是。

［3］东坡先生谪儋耳：北宋绍圣初年，苏东坡以为文讥斥先朝的罪名，被远谪惠州（今广东省惠阳县）和儋耳（今海南省儋州市三都镇）。这句即指此而言。

［4］阳明洞主宦龙场：阳明洞主，指明代大学者王守仁，因其筑室于贵州龙场阳明洞，故称阳明先生，即这里所说的"阳明洞主"；宦龙场，正德初，王守仁因忤宦官刘瑾，被谪为贵州龙场驿丞。这句即指此事而言。

［5］别辟驿舍开讲堂：明武宗正德二年（1507）夏，王阳明遭贬来到贵州龙场驿当驿丞，在此开办龙岗书院讲学，三年间教授弟子数百人，其中有姓名可考者二十六，形成了"黔中阳明心学流派"。这句就此而言。

［6］我非谪戍亦非迁：谪戍，官员以罪被遣送至边地担任守卫；迁，贬谪、放逐。诗人是来陇州任职同知的，所以说"我非谪戍亦非迁"。

［7］韦皋城郭：指陇州城。韦皋为唐京兆万年（今陕西西安）人，字城武，初任监察御史，知陇州行营留后事，因参加平定朱泚叛乱有功，升陇州刺史、奉义军节度使。

［8］杂蜗蜒：与蜗牛和蜒蚰杂处在一起。

［9］成芳妍：开出芳香美妍的花儿。

［10］米颠：宋人米芾为大书法家，其人行止违世脱俗，人目之曰"米颠"。

［11］十丈花开船似莲：作者在此句下自注谓"南廊号十丈莲船书屋"。

［12］粉壁蛟螭（chī）互蟠旋：蛟，蛟龙；螭，传说中无角的龙。全句是说，自己有时兴致勃发，就在粉白的墙壁上挥笔写字，那些字笔力道劲，像是蛟螭在飞舞盘旋。

［13］沟壑填满无处填：谓因战乱而流散的百姓纷纷死去，死人多得

将沟壑填满后都没地方填了。

[14]赖尔仙吏胡为焉：赖，依靠；仙吏，唐代县尉之别称，这里为作者自称；胡为焉，有何用。全句是说，老百姓依靠像我这样的官员有什么用呀？

简　议

在陇州城内的寓所里，诗人时而种花养草，时而挥笔写字，时而静听啼鹃，仿佛无忧无虑的神仙。然而在这怡然自乐的表象之下，却杂陈着他对自身不幸的怨怼，对流亡百姓的悲悯和对不能拯民于水火的自责。诗篇的最末三句卒章明志，充分体现了作者崇高的精神境界，也使作品的思想性大幅跃升。

二

竹石萧疏旧粉墙，略施苔藓便成章[1]。
试问东坡老居士[2]，可能如此画潇湘[3]？

注　释

[1]章：色彩，法度。

[2]东坡老居士：指宋代文学家苏轼。苏轼号东坡居士。

[3]画潇湘：画潇湘八景。潇湘八景是今湖南境内潇水和湘水附近的八个胜景，分别为平沙落雁、远浦归帆、山市晴岚、江天暮雪、洞庭秋月、潇湘夜雨、烟寺晚钟、渔村落照。

简　议

赋闲的诗人百无聊赖，只得流连光景自找乐趣，竟将苔藓生在粉墙上的景象看作潇湘八景，其落魄和寂寥一至于此。

三

（次晨起，又题。仍用前体。）

薄宦[1]庭前好种花，雨余湿翠上窗纱[2]。
睡起一声闻啼鸟，半如农舍半僧家[3]。

注　释

[1]薄宦：卑微的官职。作者时任陇州同知，品级不高，故谓"薄宦"。

[2]雨余湿翠上窗纱：谓降雨过后，既湿又青翠的花枝映在窗纱

之上。

［3］半如农舍半僧家：谓自己的居所半像农家屋舍，半像僧人所居的寺院。

简　议

种花养草，静听鸟鸣，诗人的日子倒也潇洒。不过，这潇洒的背后是怨尤和无奈。诗篇旨在言外，余音无尽。

谢黄观察[1]

（黄彝峰观察枉过并馈贶[2]，呈诗鸣谢。时[3]陇围[4]甚急，君[5]至而围解。）

题　解

此诗作于清同治五年（1866）。这一年的四月十五至十六日，回军大队人马从温水沟和原子头疾驰而来，向陇州城进发，打死打伤清英毅军二百余人。十六日，清凤邠道道员黄鼎来陇州暂住。是日夜间，回军围攻州城，清军刘玉兴部和知州汤敏竭力防守，而黄鼎也积极相助。在刘、汤、黄等人的共同努力下，回军攻城不克而撤退，州城围解。黄鼎来陇后既协助击退了回军，又向诗人赠送了财物，诗人便作此诗聊表敬佩和谢意。

一战走蛟鼍[6]，将军[7]笑荷戈。
奇功当代少，高谊古人多[8]。
破乱无生死[9]，怜才有啸歌[10]。
请看戎马辈[11]，缓带是谁过[12]？

注　释

［1］黄观察：指清凤邠道道员黄鼎（字彝峰），他于清同治五年四月十六日因事路过陇州，协助知州大破攻城回军。在清代，陇州隶属凤翔府，而凤翔府又隶属凤邠道。当时，人们习惯称道员为观察。

［2］枉过并馈贶：（黄观察）屈尊路过陇州并赠我以财物。枉，屈尊就卑；贶，赠送财物。

［3］时：指清同治五年（1866）四月十六日。

［4］陇围：指回军围攻陇州城事。

[5]君：指黄鼎。

[6]走蛟鼍：指赶走了围攻陇州城的回军。蛟鼍分别指鲨鱼和鳄鱼，二者皆为凶猛水兽，这里借指回军。

[7]将军：指黄鼎。

[8]高谊古人多：谓黄鼎高尚的情谊和行为像纯厚朴实的古人一样多。因为黄曾向诗人馈赠了财物，故言"高谊"。

[9]无生死：谓生死无常。

[10]怜才有啸歌：怜才，指黄鼎对自己才华的爱怜。啸歌，长啸歌吟，指吟诗。

[11]戎马辈：从军的人。

[12]缓带是谁过：《汉书·匈奴传论》谓"城郭之固，无以异于贞士之约，而使边城守境之民父兄缓带，稚子咽哺，胡马不窥于长城，而羽檄不行于中国，不亦便于天下乎？"其中的"缓带"，指宽束衣带，形容守境之民父兄生活得从容而安舒。这句话的意思是说，因黄观察过境陇州协助守城才打退了回军，使州城里的人们心情放松下来，过上了从容而安适的生活。过，来访。

简 议

文字洒脱，笔力肆放，情感激烈。黄观察前来陇州，不但协助击退了围攻州城的回军，让人们重新过上了安宁的生活，还对诗人十分青睐并予馈赠。于公于私，他都应对其大力标榜。不过将解围之功尽归于黄氏，却亦言之过甚。

贼退还州寓

题 解

陇州的回汉之战于同治七年（1868）十二月告终。这首诗当作于这一年的三月以后。诗中描述了诗人仗剑进入州城的情形，也如实道出了战争的残酷。

陇上军威震[1]，关中贼益亡[2]。

千花随旆[3]舞，一剑[4]入城忙。

马踏残村灶，鸟争废垒肠！

出奇[5]先问讯，将种是谁良？

注　释

[1]陇上军威震：同治五年（1866）四月十五日至五月二十三日，回军先后三次攻打陇州城，清军刘玉兴部和知州汤敏合力反击，回军均未攻入城内。同治六年十二月下旬，回军崔伟部联合甘肃米贾、张非部回军协力攻打陇城，在清军反击下不胜撤走。同治七年正月，陕西回军五千余人进攻陇州城；三月十三日，回军数十万人进入陇州，均被清军击退。此后，陇州战乱全面结束。这里所说的"军"，指清军肖群魁和左宗棠部；"陇上"，指陇州。

[2]关中贼益亡：清同治年间回军在陕西关中一带屡屡兴兵。到同治七年，全部被左宗棠率清军肃清，回军伤亡甚众。这句即指此而言。

[3]旆（pèi）：军中的旆旗。

[4]一剑：指仗剑入城的作者。

[5]出奇：运用奇兵（制敌取胜）。

简　议

此诗有喜有悲、哀乐参半，喜的是官军终于大胜回军，陇州城安然无恙，诗人可以回城过上安稳的日子了；悲的是经过多年的战争荼毒，陇州满目疮痍、遍地萧条，人民遭遇了无数的劫难。诗中"千花随旆舞，一剑入城忙"两句，将战争胜利后诗人的喜悦和回城时的兴奋书写得活灵活现；而"马踏残村灶，鸟争废垒肠"两句的白描，则将陇州乡村破败、百姓死伤惨重的景象描摹得触目惊心。通过这首诗，我们看到了一个饱经风霜、衷心忧民的正直官员的形象。

赠袁学士[1]

题　解

这首诗作于同治九年（1870）三月。此前，翰林院侍讲学士袁保恒被陕甘总督左宗棠委派管理西征（征伐西捻军）粮务。袁屡次函邀诗人入幕襄赞，他便写就此诗予袁以明志。

十道军储指玉关[2]，西征刍粟[3]正如山。

边方不少风云护[4]，薄宦宁知赋税艰[5]。

出塞河声奔幕府[6],盘空岳色冷巾纶[7]。
秋风一夜催霜鬓[8],莫道愁怀老易删[9]。

注 释

[1]袁学士:指时任翰林院侍讲学士袁保恒。袁(1826—1878)字筱午,号筱坞,清项城(今河南项城)人,为袁世凯之叔父。道光三十年(1850)进士,先后任翰林院庶吉士、编修、侍讲学士,詹事府少詹事、詹事,内阁学士兼礼部、户部侍郎,官终刑部左侍郎,卒谥"文诚"。《清史稿》有传。同治七年(1868)八月,他赴陕甘总督左宗棠部候委,同年九月受命管理西征(征讨西捻军)粮务。同治八年,他多次函邀陇州同知方玉润参赞军务。

[2]十道军储指玉关:道,为古代行政区划名,清代在省与州、府之间设道;玉关,指位于今甘肃省敦煌市西北的玉门关,这里指攻打捻军的战场。

[3]刍粟:饲草和军粮。

[4]边方不少风云护:边方,边陲、边地,这里指征伐西捻军的前线;风云,喻高才卓识(的人),这里指袁学士等。

[5]薄宦宁知赋税艰:薄宦,指官职卑微的作者;宁,助词,无意义。

[6]幕府:将帅在外的营帐。

[7]巾纶(guān):即纶巾。古时用青丝带编织的头巾,又名诸葛巾。

[8]霜鬓:斑白的鬓发,谓年老。

[9]易删:容易除去。

简 议

诗人不应袁学士之邀,理由是自己年迈而多愁怀,又经不起奔波。诗篇出语冷峻,寄意委婉。

《陇上柝声集》[1]自序四首

(佐陇今八年矣,不惟廨宇[2]全非,即人民亦多散尽。虽有实心,何从实政?[3]况又无政可从耶。故自击柝以来[4],非登陴即团练[5],舍此更无以为民者[6]。不得已,闭户佣经,藉销岁月[7]。亦间[8]与诸生[9]讲道论文,不过聊避素餐之诮[10]。诗兴既减,拈韵遂稀[11]。偶拾近稿,所获寥寥,可笑人也,存之所以记吾愧耳[12]。同治壬申[13]春,关山击柝叟[14]黝石氏识[15]。)

题 解

方玉润任职陇州的前八年所撰诗文甚多,将其自编为《陇上柝声集》。这四首诗被收入《陇上柝声集》自叙中,分别描写夜宿故关、路过咸宜关、"击柝"长宁驿和驻守马鹿镇时的见闻及感受,格调悲怆忧郁。《陇上柝声集》自序及四首诗,作于清同治十一年(1872)春。

晚宿故关[16]

瞑色聚郊坰[17],天低树杪冥[18]。
山禽蹲路黑,鬼火[19]照人青。
戍冷戈谁荷[20]?村荒店不扃[21]。
可怜皆赤子[22],无计救零丁[23]!

注 释

[1]《陇上柝声集》:为作者在陇州任同知前八年间所作之诗文的合集。

[2]廨宇:官舍,官署。这里指作者办公的长宁驿陇州分署。

[3]虽有实心,何从实政:谓自己虽然有办理好政务的实心,实际却没法实施德政,因为连官署都被回军给捣毁了。

[4]自击柝以来:谓自任陇州同知以来。诗人来陇后,自号击柝叟。柝为巡夜时敲击的木梆。诗人在陇时,甘肃等地回军连犯陇州,官府需于夜间巡查而击柝以报信,故自号击柝叟。之所以自称击柝叟者,带有对自己宦海生涯自嘲和戏谑的味道。

[5]非登陴(pí)即团练:谓不是登上城墙防守瞭望,就是操持、组织团练。陴为城墙上的女墙,其上有孔,可以窥外;团练是地方武装组织,就地取丁,对其加以军事训练,战时用以自卫。

[6]舍此更无以为民者:谓除了登城守望和操办团练,便没有为老百姓做其他实事了。

[7]闭户佣经,藉销岁月:谓关起门来抄写儒家经典,借以消磨时

间。佣,抄。

[8]间:抽空子。

[9]诸生:有三意,众多有学问者和众儒生、众弟子、州学中的生员,三者在此皆可通。

[10]素餐之诮:不劳而食被他人责备。素餐,不劳而食;诮,责备。

[11]拈韵遂稀:取韵作诗就少了。

[12]耳:罢了。

[13]同治壬申:指同治十一年(1872)。

[14]关山击柝叟:指作者自己。因他的同知官署在关山(陇山)深处,故称关山击柝叟。

[15]识(zhì):通"志"。

[16]故关:西距陇州城二十五公里处的一个小镇,今称固关镇,距大震关十公里,或指汉初所建的大震关。

[17]郊坰(jiōng):郊野,野外。《诗经·鲁颂·駉》谓"駉駉牡马,在坰之野",《毛传》言"坰,远野也。邑外曰郊,郊外曰野,野外曰林,林外曰坰"。

[18]树杪冥:树梢昏暗不明。

[19]鬼火:墓地或沼泽出现的青色燐光。

[20]戍冷戈谁荷:戍守之地很寒冷,是谁在扛着戈矛戍守。当时,由于回军侵扰陇州,故关作为关隘要地,由官府派兵戍守。

[21]村荒店不扃(jiōng):谓因战乱,村民四散逃亡,连村中店铺的门都无人关闭。扃,关闭。

[22]赤子:本指婴儿。引申为帝王的子民百姓,这里指持戈戍守的士兵。

[23]零丁:孤单。这里指孤单无靠、生活无着的人。

简 议

设景寄情,情倚景生。通过捕捉暝色、鬼火、荒村等凄冷阴寒的意象,诗篇营造出战乱年代特有的阴森气氛,给人以强烈的惊惧和沉重感。借助这种特定的氛围,诗人将自己对"赤子"、荷戈者和"零丁"们的怜悯及同情顺其自然地展示出来,从而与读者形成心灵交感。情与景的深度融合，使作品迸发出极其感人的力量。

长宁驿[1]

（是余击柝处[2]。今胥毁[3]。）

古驿荒山里，今来剩几家[4]。
龙蛇[5]栖废垒，人鬼生残花[6]。
世乱宁闻柝？心孤想泛槎[7]。
关门还郑重，此道出流沙[8]。

注　释

［1］长宁驿：是清代设于陇州最西端的一个驿站，在陇山之西，东距州城六十公里。诗人任陇州同知时，其同知分署即设于此。

［2］击柝处：即办公处。作者任陇州同知期间，自号"击柝叟"以自嘲。他长期孤居于长宁驿，因称此处为"击柝处"。长宁驿故址，在今甘肃省张家川回族自治县。

［3］胥毁：全毁。胥，皆、都、尽。

［4］剩几家：谓经过多年的战乱，长宁驿一带的大量百姓逃亡，只剩下了不多的几家。

［5］龙蛇：指蛇。

［6］人鬼生残花：谓无论是人还是鬼，都生活在残花败叶之中。

［7］泛槎（chá）：驾着竹（木）筏出走。槎，用竹或木制做的筏子。

［8］流沙：当指流沙泽。此泽又名居延海，即今内蒙古额济纳旗西北的苏古诺尔湖和嘎顺诺尔湖。

简　议

从清同治元年（1862）正月起，甘肃回军多次入侵陇州。而诗人官署所在的长宁驿，因位于由甘入陇的交通要道上而屡遭兵燹，以至屋舍悉数被毁。这首诗即写长宁驿被毁后的残破景象，表达了作者悲戚痛楚的心情。其中颔联的说辞，形象地揭示了战争带给生民的创伤，反映了残酷的社会现实；而颈联和尾联的泣诉，则如实道出了诗人因孤苦而欲离去却又不能的无奈。社会内容的深广和主观感情的浓郁，使诗篇极具价值，断非吟风弄月和无病呻吟之什可比。

马鹿镇[1]

岩势盘云上，风声挟雁过。

谁似衰朽吏[2]，还听乱离歌？

白骨人收少，青山路断多！

西征饶将士[3]，早晚厌干戈。

注 释

[1]马鹿镇：在清代为陇州所属的一个小镇，地处陇山之西，与长宁驿相距不远。1951年划归甘肃省张家川县。

[2]衰朽吏：作者自称。诗人时年六十一岁，故自称衰朽吏。

[3]饶将士：众多的将士。

简 议

兵燹之后，马鹿镇一片凄凉，竟至白骨遍野、路断人稀。面对此情此景，诗人无比痛心。作为有良知的地方官，他为治下老百姓的不幸而哀泣、而悲歌。

过咸宜关[1]

断堠残烽[2]草半黄，何来匹马[3]度沙岗？

人留战斗争天壤[4]，鬼抱头颅哭故乡！

陇水[5]自流花黯黯，关[6]云常护雪苍苍。

天际不信青燐[7]出，照遍荒村树万行。

注 释

[1]咸宜关：在今陕西省陇县以西二十余公里的曹家湾镇西南山谷中，为历代军事要塞。宋金战争中，以其为屯兵之地。明正统年间（1436—1449），因陇山路阻而改建咸宜关，径通秦州（今天水市）和凤（今凤翔），并设巡检司驻守，增置驿站。清乾隆初，在咸宜关设游击营，于三十一年（1766），改设都司防守；同治二年（1863），咸宜关改为腰站，设驿丞。

[2]断堠残烽：残毁的瞭望敌情的土堡和烽火台。堠，古代瞭望敌情的土堡。

[3]匹马：一人一马。这里指作者和他所乘的马。

[4]人留战斗争天壤：留，长久（地）；天壤，天地。

[5] 陇水：这里指咸宜河水。

[6] 关：指咸宜关。

[7] 青燐：青色的燐火，俗称"鬼火"。

简 议

清同治元年（1862）正月至七年三月，回军与清军在咸宜关反复鏖战，对这一带造成了严重的破坏。战后诗人骑马路过此地，看到的是"断堠残烽"和荧荧的鬼火。他触景生情，因对当年的战死者深表哀怜。诗中"鬼抱头颅哭故乡"句形象地道出了战争的残酷，而"陇水自流花黯黯"句则艺术地揭示了战争贻害的深远。诗篇寄意凄怆、词调怨苦，让人读后不胜悕惶。

品石歌

（余性嗜石，故自号"友石"。既又以质丑而文劣[1]，乃更号曰"黝石"。兹来陇上，庭无它玩，唯阶前数石粼粼[2]，尚堪为友，因题二字于壁而为歌以纪之，亦从其所好焉而已矣。）

题 解

作者甚爱石，竟以石为友。恰好他居所的院子里有几块石头，他便对其大加称赏。这首诗专为咏庭石而作，极尽铺陈扬厉之能。

陇州司马无他嗜，石骨云根随所致。罗列满庭当珍玩，嶙峋磊砢[3]多奇异。高者如云盘拏[4]起，低者如兽俯而睡，崩者如岩悬碧溜，欹者[5]如人颓然醉；或森立似笋，或垂累成旒[6]，或透若窗棂，或瘦若囚隶[7]，或怪若狮象，或丑若魑魅[8]。纵横向背无不可，杂以花竹尤妩媚。几上蓬莱翘笏簪[9]，壶中九华缭紫蔚[10]。更有三峰[11]独秀拔，撑天矗矗太华势[12]。承以大盎[13]即海水，插脚宁知有根蒂。厥洞三十又六穴[14]，玲珑长吐烟云气。颇疑其下[15]隐龙虬，潜通小有[16]涵天地。仇池不羡髯苏美[17]，研山何必海岳记[18]。昕夕[19]摩挲兴未已，呼之以文镌以字。吁嗟！嗜奇古所戒，不独玩物丧厥志。君不见大梁艮岳[20]成荒丘，花纲石多血点泪[21]！

注 释

[1] 质丑而文劣：作者自谦之辞。

[2]粼粼：即"磷磷"，形容玉石的色泽。

[3]磊砢（luǒ）：委积，众多；多节理。

[4]盘挐：盘盘且牵引连接。挐，牵引、连接。

[5]欹（qī）者：倾斜者。

[6]旞（suì）：古代的一种旗，上系完整的彩色鸟羽，为导车所载。

[7]若囚隶：像囚犯和奴隶。

[8]魑（chī）魅：传说中山林中害人的怪物。《左传》宣公三年谓"魑魅罔两，莫能逢之"，晋杜预《注》言"螭，山神，兽形。魅，怪物"。

[9]几上蓬莱翘笏簪：谓将石头放在小桌子上，看起来像是蓬莱仙岛上仙人翘起的笏板和发簪。

[10]壶中九华缭紫蔚：壶中九华为石名，此石有九峰，似九华山；缭紫蔚，缭绕着紫色的文彩。

[11]三峰：三个石尖。

[12]太华势：有太华山的气势。太华山即华山。

[13]盉：古代一种口小腹大的器皿。

[14]厥洞三十又六穴：谓石头上有三十六个洞孔。厥，其。相传陇州龙门洞山有三十六洞，作者言石有三十六洞穴，当是受此说法的启发。

[15]其下：指石头上的洞穴中。

[16]有：通"域"。

[17]仇池不羡髯苏美：仇池，山名，一名瞿堆，又名百顷山，在今甘肃省西和县西，辛氏《三秦记》说本名仇维，其上有池，故名仇池；在此，作者意谓他的石头形象奇异，一如仇池山。髯苏，指宋文学家苏轼。

[18]研山何必海岳记：研山，研石山，也名灵岩山，在今江苏南京市六合区东，峰峦环抱，有玛瑙涧，出五色石，世称灵岩石；在此，作者意谓自己的石头色彩斑斓，就像研石山所产的五色石。海岳，四海五岳。

[19]昕夕：黎明和傍晚。昕，日将出时。

[20]大梁艮岳：大梁，地名，战国时魏国的都城，在今河南省开封市境内，为北宋首都所在地；艮岳，山名，又称寿岳，在今河南省开封市内东北隅。

[21] 花纲石多血点泪：北宋徽宗于东京（今河南开封）造寿山艮岳，亦称"万岁山"。崇宁四年（1105），派朱勔置应奉局于平江，搜刮南方奇花异石，民间有一石一花可用者，使者往往直入其家破壁拆屋，劫往东京，所费以亿万计，致民流离失所。当时运送花石的船队穿梭于淮、汴之间，号称"花石纲"。这句即指此而言。

简 议

诗人好石玩石而不丧其志，且引宋徽宗好花石害民之往事以自警。诗中状奇石之美奇思汹涌，妙语连连，摹绘穷形，极尽敷陈，趣味良多。

暮 归

题 解

此诗作于回军侵扰陇州期间，主要描写自外返回陇州城时的见闻和感受，寄托悲悯情怀。

> 阴岩穿雪窖，断涧蹴水梁[1]。
> 马上云孤起，雕边日坠黄[2]
> 山寒关店早，世乱入城忙。
> 惭愧为民父，郊墟遍虎狼[3]！

注 释

[1]蹴水梁：踏河上的桥。蹴，践踏；梁，桥。

[2]雕边日坠黄：诗人抬头西望，见空中有雕飞翔，其身边的落日泛出黄色。

[3]虎狼：指侵扰陇州的回军。

简 议

作为父母官，诗人情为民所系，因不能为百姓靖难而自惭，其爱民之心令人感佩。

酬杨昌林[1]三首

（杨君昆阳诸生[2]，以非罪戍陇[3]十余年。有乡谊[4]，故来谒，并投诗文各一，爰酬以句[5]。）

题 解

这三首诗为答同乡杨昌林而作。杨氏以无罪被贬谪到陇州戍边多年。他前来拜谒诗人,并投以诗文,方即作诗三首以赠答。诗篇对杨深表同情,并予慰勉。

一

陇上烽寒岁月深,荷戈老人鬓霜侵[6]。
可怜一片关山月[7],独照湘累[8]万古心。
我亦无家类逐臣[9],君还有子话天亲[10]。
相看莫动秋令感[11],回首滇云处处春[12]。

注 释

[1]杨昌林:清云南昆阳(今晋宁县)人,以无罪被发配到陇州故关(大震关)滞留十多年。时任陇州同知方玉润引他为同乡。

[2]昆阳诸生:昆阳,古州名,清代属云南府,州治在今云南省晋宁县;诸生,清代经省各级考试,录入府、州、县学的生员,有增生、附生、廪生、例生等名目,统称为诸生。这里称杨昌林为"昆阳诸生",其人应是云南府或昆阳州之生员,至于是何名目,则不可考。

[3]非罪戍陇:无罪却被贬到陇州戍守边陲。

[4]乡谊:同乡之谊。

[5]爰酬以句:于是题写诗句赠答(杨昌林)。由诗序知,杨昌林拜谒诗人时以诗文投之,故诗人也"爰酬以句"答谢他。

[6]荷戈老人鬓霜侵:荷戈老人,指杨昌林;鬓霜侵,鬓发霜白。

[7]关山月:陇山之月。杨昌林戍守于陇州故关,其地在关(陇)山之上,故说"关山月"。

[8]湘累:指屈原。《汉书·扬雄传·反离骚》谓"因江潭而往记兮,钦吊楚之湘累",《颜注》称"李奇曰:'诸不以罪死曰累,荀息、仇牧皆是也。屈原赴湘死,故曰湘累也。'"也借指因罪废弃之人。这里则指无罪被贬陇州的杨昌林。

[9]逐臣:被朝廷贬谪放逐之臣。

[10]天亲:天然的亲情。

[11]秋令感:悲秋之感。秋令,秋天、秋季。

［12］回首滇云处处春：谓回看故乡，到处都是春色（天）。

简　议

轻声软语，蕙心柔肠，情深意重。诗人对杨氏的怜悯和劝慰发自肺腑，感人至深。诗中最后一句寄意于言外，暗示杨昌林回乡有期，寓慰勉于不知不觉中。

二

寒柝声高夜未残[1]，起看北斗泪阑干[2]。
当年文战千秋想[3]，何事同来老故关[4]？

注　释

［1］未残：未尽。

［2］阑干：纵横。

［3］当年文战千秋想：谓自己昔年曾参加科举考试，想干一番名传千古的伟业。文战，指科举考试。

［4］故关：指今陕西省陇县陇山之巅的大震关。杨昌林戍守陇州时长住于此；而作者驻足的陇州分署在故关以西的长宁驿，从大范围讲，也在故关周围，故说"同来老故关"。

简　议

诗人与杨氏均是科场失意者，既为同乡又同来陇州茹苦，自然同病相怜，岂能不相与而泣？诗篇寄调悲苦凄恻，抒情表意精切老到。

三

莫更荣归羡锦衣[1]，且将道德悟玄机[2]。
崤函弥望[3]千山紫，好向青牛说是非[4]。

注　释

［1］莫更荣归羡锦衣：谓不要再羡慕衣锦荣归的好事了。

［2］且将道德悟玄机：谓姑且修习《道德经》而领悟天机。

［3］崤函弥望：崤函，指崤山和函谷关，在今陕西潼关到河南新安县一带；弥望，满眼、极目。

［4］好向青牛说是非：好向青牛道士请教以明辨是非。青牛道士姓封，名君达，为汉代的方士，陇西人。

简　议

　　杨昌林无罪被谪戍陇州，诗人认为天道不公而又无以申述。无奈之下，他只能将明辨是非的希望寄托在青牛道士身上。这种想法看似虚妄，实则强化了为杨鸣冤叫屈的功效。当然，这也是作者自哀之辞。

花园头

题　解

　　花园头为陇州长宁驿附近的一个村庄，今称"花园"。此诗书写作者在花园头的见闻，亲民之意显而易见。该村今属甘肃省张家川回族自治县马鹿镇。

> 飞流满树巅，一望一缠绵。
> 雨过花初笑[1]，岩崩佛自眠[2]。
> 人家新乱后，父老夕阳前。
> 转徙无多姓[3]，催科忍遽然[4]？

注　释

　　[1]雨过花初笑：谓春雨过后，花儿初始开放。

　　[2]岩崩佛自眠：作者自注村子附近"有大佛岩"。

　　[3]转徙无多姓：谓遭逢战乱后村民大量外流迁徙，花园头村已经没有多少人家了。

　　[4]催科忍遽然：催科，催租、征税，租税有法令科条，故称；忍，不忍；遽然，快速、急迫。

简　议

　　清流飞泻而下，绿树村边环绕，鲜花雨后初放，父老们在夕阳西照下悠然地闲话。花园头，一片和谐美丽的人间乐土。大乱之后，村民们终于获得了片刻的安宁。诗人以为此时不宜仓促前来催科，以免搅扰了这片乐土的宁静与祥和。诗篇语言清和丽靡，摹景鲜妍生动，可谓"诗中有画，画中有诗"。特别是尾联的述说，充分反映了作者对村中百姓的善意和怜爱，增加了诗篇的思想容量。

撒家店

题　解

撒家店村在陇山大震关以东之高寒川，诗人打算筑屋寓居于此。这首诗书写了撒家店经历战乱后人们初聚的情形，对自己无力抚养百姓表示惭愧。

旧是牧眠地[1]，高高锁翠岚。

种麻迷断垦，积雪依残庵[2]。

寇盗忘多少[3]，豺狼见两三。

近来烟火聚，抚字吾犹惭[4]。

注　释

[1]牧眠地：放牧和居住的好地方。

[2]积雪依残庵：作者自注"撒家店镇有小庵，号积雪"。

[3]寇盗忘多少：谓忘记了寇盗曾经有多少。

[4]抚字吾犹惭：意谓没有抚养好老百姓，自己还感到惭愧。抚字，对子女的爱护养育，此处指对百姓的抚育。

简　议

撒家店本来是放牧宜居的好地方，却被寇盗屡屡侵扰，致使村民流离四散。近来虽然有人回村居住，诗人仍为自己没有抚育好百姓而自愧。爱护百姓、关注民生，是身为陇州同知的作者责任意识和使命意识的重要体现。

西　望

题　解

这首诗描写登上陇山西望之所见，为异族的叛服无常而忧虑、而挥泪。

绝顶风云绝塞阴，侧身西望一沾襟[1]。

昆仑山势盘天地，大漠河流变古今。[2]

唐代既留回纥马[3]，汉家终失远羌心[4]。

向来叛服无常性，不为班超老病侵[5]。

注　释

[1]沾襟：谓泪水流到衣襟上。

［2］昆仑山势盘天地，大漠河流变古今：这两句从唐代诗人杜甫《登楼》诗之"锦江春色来天地，玉垒浮云变古今"句化出，概言昆仑山之雄奇和大漠河流变幻之无常。

［3］唐代既留回纥马：回纥，是古代一个少数民族，其先为丁零，北魏时称高车部或敕勒，有十五个部落，散居于漠北，以游牧为生，其袁纥部隋时称韦纥，隋大业中，因反抗突厥贵族，同仆骨同罗拔野古等部组成回纥部落联盟，与唐一直保持着友好和从属关系。这句即指此而言。

［4］汉家终失远羌心：远羌，指远处西域的羌族，这里用以指泛指西部少数民族；汉家，这里代指清廷。全句是说，清廷终于失去了羌人的拥戴之心，致使其反叛无常。

［5］不为班超老病侵：谓不是因为班超年老多病而不能去安抚西域诸国。班超为汉扶风安陵人，汉明帝永平十六年（73），他率三十六人出使西域，使五十余国与汉通好；班超在西域三十一年，官至西域都护，封定远侯。

简 议

穆宗同治年间，清廷内忧外患不断，诗人深为国家和人民的安危担忧。他在陇山登高西望，首先想到的是西部少数民族对中国的威胁，并对其时服时叛的做派给予谴责。诗中颔联两句虽然受了杜甫诗句的启发，却也自有特色，气势雄浑而境界辽阔。

历俸[1]初满将赴青门[2]留别陇上及门诸子[3]

题 解

作者在陇州任职期满，将转任他处。这首诗为其离陇前作，时在同治七年（1868）秋。诗中主要向"诸生"诉说了诗人在陇期间的落魄和失意。

长官何事户常扃[4]？乱后诸生重典型[5]。
小阁青樽秋话鬼[6]，一灯白发夜传经。
阳明去后良知死[7]，姚合归来短梦醒[8]。
吏事诗情都莫问，清风两袖自惺惺[9]。

注　释

〔1〕历俸：为清代铨选制度，是外官升转的途径之一。凡道、府、州、县之佐贰官，在二年或三年任职期间无过失者，例得升转，授职以俸深者为先。

〔2〕青门：泛指京城城门。方玉润在陇任职期满后，将去首都北京候选。

〔3〕陇上及门诸子：陇上，指陇州；门诸子，指自己的学生。

〔4〕长官何事户常扃：长官，指时任陇州同知的作者；何事，为何；户常扃，门常关着。

〔5〕乱后诸生重典型：乱后，指回军侵扰陇州之后；诸生，指陇州州学的生员；重典型，看重、尊重道德文章皆佳的典型人物。在这里，"典型"或指作者自己，因他曾在陇州五峰书院讲学数年，被众多学子所看重和尊敬。

〔6〕小阁青樽秋话鬼：谓在小阁上与众弟子一边饮酒，一边说着闲话。

〔7〕阳明去后良知死：阳明，指明代学者王守仁；良知，王守仁主张"良知良能"，良知即天赋的分辨是非善恶的智能。这句话，是对当时社会良知无存现实的讽刺和批判。

〔8〕姚合归来短梦醒：姚合（775—854后）为唐诗人，其诗派被称为"武功体"，所作诗多写个人日常生活和自然景色。在此，诗人以姚合自比，谓自己的做官赋诗的生涯浑如一梦，醒来后还得面对惨淡的现实。

〔9〕惺惺：清醒。

简　议

1868年秋，诗人任期届满即将离开陇州前往京城等候铨选。临行前，他与门下弟子饮酒话别。弟子们推许他是人文道德的典范，他却哀叹社会良知已死，并对自己的为官为文生涯深感失意，唯以"清风两袖自惺惺"自许。诗篇格调低沉，寄意怆悢，始终笼罩在伤感的气氛中。

拟游吴岳不果

题　解

诗人欲游赏吴岳而不能成行，乃题此诗以寄意。

吴岳五峰擎天掌，辟破鸿蒙分玄黄[1]。

东撑太华连砥柱[2]，西揽黄河来大荒[3]。

天地之精[4]鬼神护，风云所会蛟龙藏。

高吟怅望者谁子[5]？吁嗟吾意何苍苍[6]！

注　释

[1]辟破鸿蒙分玄黄：鸿蒙，指宇宙形成前的混沌状态；玄黄，《易·坤》谓"夫玄黄者，天地之杂也，天玄而地黄"，后因以玄黄指天地。这句是说，吴山十分古老神奇，居然开辟了宇宙，分出了天和地。

[2]东撑太华连砥柱：太华，华山；砥柱，山名，也叫三门山，原在今河南省陕县东北黄河中，河水至此分流、包山而过，南曰鬼门，中曰神门，北曰人门。三门广约百米，唯人门稍广可行舟，因山在水中若柱而称砥柱。后因修建三门峡水库，山被淹没不见。

[3]大荒：《山海经·大荒西经》言"大荒之中，有山名曰大荒之山，日月所入……是谓大荒之野"，后用以泛指辽阔的原野或边远之地。

[4]精：灵气，精气。这里称吴山。

[5]谁子：是谁，是哪个人。

[6]吁嗟吾意何苍苍：唉呀，我的心思是多么地浩茫啊。苍苍，广大。

简　议

诗篇言在此而意在彼，借咏吴山之神峻，吐自己万千之块垒。其中颔联两句气势雄雄，境界宏宏；而末句言虽尽而意未穷，让人咀嚼者再。

望吴岳

题　解

此诗描写秋望吴山之所见，表达了登山西望的意愿。

吴岳镇西方，秋高气更昂。

五峰天地掌，万树鬼神堂。

山势争秦陇[1]，云阴入混茫[2]。

何当临绝巘[3]，一览尽河湟[4]？

注　释

[1]争秦陇：在秦陇大地上争雄。秦，陕西；陇，指甘肃。因为吴山

地处陕甘交界,故云"争秦陇"。

[2]混茫:同"混沌"。这里指烟云迷蒙的模糊状态。

[3]巘:山峰。

[4]河湟:指黄河和湟水流域。这里泛指西域。

简 议

声韵高亢,文辞峻拔,清标可赏。

见吴岳

题 解

这首诗描写远望吴山所见景象,表达了不甘沦落的志向。

> 回首见吴岳,撑天势正雄。
> 峰寒多罗雪,鹰饱爱盘风[1]。
> 吾道孤何往[2]?天心老未穷[3]。
> 不应同谪吏[4],长此坠鸿濛[5]。

注 释

[1]爱盘风:喜欢在风中盘旋飞翔。

[2]吾道孤何往:《后汉书·郑玄传》谓"乃西入关,因涿郡卢植,事扶风马融……问毕辞归,融喟然谓门人曰:'郑生今去,吾道东矣!'"后因称自己的学术或主张为吾道。这句是说,我的学术和政治主张没有人理会,我将怎么办呀,向哪里去呀?

[3]天心老未穷:天心,本性、本心;老未穷,到年老而未改变。全句是说,我的理念和主张到了老年都没有改变。

[4]谪吏:因罪被朝廷贬逐到边远地方的官员。

[5]坠鸿濛:鸿濛,犹言"朦胧",模糊不清。在这里,意谓自己不能糊涂下去。也指作者的居所"鸿濛室"。

简 议

作者在陇期间潦倒落魄且深感迷惘,然而他却不甘沉沦、力求振作。由吴岳的"峰寒多罗雪",可以想见他心境的凄寒;由苍鹰"爱盘旋"的讲说,更可看出他老当益壮、意欲展翅高飞的强烈愿望。诗篇旨在抒怀,而非范山。

陇上登高和汤参军[1]韵

题 解

这首诗为和汤参军诗原韵之作,描写了和汤氏登高远望时所见的光景,对自己来陇州做官的举动自嘲并抒发愁怀。

吴岳峰头雾气开,萧萧愁思满蒿莱[2]。
黄河远抱秦关去,秋色遥分汉畤[3]来。
入世风云人易老,论文天地我何才?
边烽作吏[4]原无奈,手把黄花笑几回!

注 释

[1]汤参军:指时任陇州经历的汤如璧。参军为官名,东汉末有参军之名,即参谋军务,任位颇重,简称参军;晋以后,军府和王国始置为官员。明清时,称经历为参军。经历之官始于金代,于枢密院、都元帅府置经历,掌出纳文移。元代于宣政和枢密诸院、诸大都督、通政司、都察院等衙署,皆置经历;明清于宗人府、通政司、都察院及地方行政机构置经历。品秩从正五品到从七品不等。

[2]满蒿莱:遍布于草野。蒿莱,野草、杂草,引申指草野。

[3]汉畤:汉代所建的畤。畤,古时祭祀天地五帝的处所,类似于后来的祠庙。汉畤主要有北畤,祀黑帝;有蚩尤畤,祀蚩尤,在长安;有后稷畤,祀后稷,在邰;有五帝畤,祀五帝,在灞、渭之会;有五畤,在雍;有太一畤,祀太一,在长安东南郊。

[4]边烽作吏:指诗人来陇州做官。边烽,有战火的边地,指陇州。

简 议

登高远眺吴山,诗人不但未能获得应有的乐趣,反而"愁思满蒿莱",并且慨叹人生易老。显然,这愁思来自对"边烽作吏"的不满,源于自身生计的困顿。他无力改变自己的命运,只好"手把黄花笑几回"。只是这"笑"比哭还酸辛,还悲哀。

游八龙潭

题　解

八龙潭村在陇州陇山深处，今属陇县天成镇。村边有溪水自山中迸流而下，冲击山石形成众多池潭，其深而广者有八。这首诗详细描绘了溪流和水潭的壮阔气势，流露出欲近皇帝而不得的凄怆。

　　　　一潭一龙蟠，龙踞八龙潭。
　　　　其实沉潭暝，潜珠窅莫探。
　　　　清渭鸟鼠来[1]，破峡如破关。
　　　　兹潭乃别派[2]，抱日沉穹嵁[3]。
　　　　其流既难返，草木蒙氍毵[4]。
　　　　朝喷翠蜃雾[5]，夕卷虹霓岚。
　　　　沉郁自太古[6]，无[7]分风雨颜。
　　　　我性嗜冥搜，踞步涉长嵁[8]。
　　　　初入极蓊翳[9]，千峰削玉簪[10]。
　　　　继乃闻琴筑[11]，层叠响潺湲[12]。
　　　　倾嶒箭惊溜[13]，溅面珠出函[14]。
　　　　最后独深黝[15]，虚无元气[16]含。
　　　　倒影堕云黑，飞鸢入镜蓝[17]。
　　　　神灵据其上，旌旆[18]纷往还。
　　　　振荡出箫鼓[19]，歔欷骇云昙[20]。
　　　　回首见鼋鼍[21]，跋蹩走渭南[22]。
　　　　一震摄雷雨，天清万象涵。
　　　　嗟哉象罔求[23]，左[24]抱昆仑山。
　　　　黄帝尔何在，瑶池一停骖[25]。
　　　　我欲扴龙髯[26]，大造真无参[27]。

注　释

　　[1]清渭鸟鼠来：清澈的渭水从鸟鼠同穴山而来。渭河为黄河最大支流，源出甘肃省渭源县的鸟鼠同穴山。

　　[2]别派：别流。谓不与渭水同流。

　　[3]穹嵁（kān）：幽深的峡谷和高大的峭壁。

［4］鬡鬖（lán sān）：本指毛发下垂。这里是说草木厚密修长而在山谷间纷披下垂。

［5］翠蜃雾：青翠的海市蜃楼般的雾气。

［6］沉郁自太古：谓自上古以来内涵深刻。沉郁，含蕴深刻；太古，远古、上古。

［7］无：不。

［8］长崡（hán）：深长的大山谷。崡，大山谷。

［9］蓊翳：意如"蓊郁"。谓山谷中草木茂密，遮天蔽日。

［10］錾（zān）：钉子。

［11］琴筑：琴和筑的声音（言水声如琴筑之音）。筑，古弦乐器名，《史记·刺客列传》谓"高渐离击筑，荆轲和而歌"。《太平御览·乐书》言"筑者，形如颂琴，施十三弦，顶细肩圆。品声按柱，鼓法以左手扼之，右手以竹尺击之，随调应律。唐代编入雅乐也"。

［12］潺湲：水流动。

［13］倾嶚箭惊溜：谓流水从陡峭幽深的山谷中倾泻而出，其状如离弦之箭疾驰而来。嶚，即"嶗（láo）嶚"，山谷陡峭幽深。

［14］函：匣子，盒子。这里指水潭。

［15］黝：微青黑色。

［16］元气：天地未分之前的混一之气，也指自然之气。

［17］镜蓝：谓飞鸢在青蓝如镜的空中飞羽。

［18］旌旆（pèi）：旌旗。旆，旗帜的通称。

［19］振荡出箫鼓：谓水流振荡而响声宏大，如吹箫击鼓的声音。

［20］云昙：浓云密布。昙，密布的云彩。

［21］鼋鼍（yuán tuó）：鳖和鳄鱼。

［22］跋蹩走渭南：跋，越山过岭；蹩，蹩躠，匍匐而行；渭南，渭水以南。

［23］象罔求：《庄子·天地》谓"黄帝游乎赤水之北，登乎昆仑之丘，而南望还归，遗其玄珠。使知索之而不得，使离朱索之而不得。乃使象罔，象罔得之"。象罔为虚拟人物，意为似有象而实无，盖无心之谓；以无心，故能独得玄珠。

[24]厷（gōng）：上臂，也泛指胳膊。

[25]停骖：勒马不前。

[26]我欲拊龙髯：拊，抚摸；龙髯，龙的胡须。传说黄帝铸鼎于荆山下，鼎成后有龙下迎帝升天，从帝登龙身者七十余人，其他人持龙髯而髯断落地，并坠黄帝之弓，百姓抱弓视龙髯而哭。在此，龙喻当朝皇帝。全句是说，我想追随、晋见皇帝。

[27]大造真无参：大造，大功、大成就，后也称大关怀和成全为大造；真无参，实在没有可以信赖的上司（推举、引荐）。全句是说，（我虽想晋见皇帝）却没有可依靠的上司推举引荐（成全）。在古代，下级谒见上级曰参，故这里的"参"代指上司，诗人任陇州同知多年不得晋升，故有此言。

简　议

任职陇州身沉下僚，以故不能有所作为，诗人心情一直不快。今来八龙潭游览观光，他竟被大自然的瑰丽所感动，以至于敞开胸怀而赋诗。他凝神运思、铺彩摛文，将眼前山水摹画得光怪陆离、万象纷纭。可是在诗的结末，他依然为自己命运的不济而抱怨。虽是画山写水之作，诗中却也泛滥着作者的失意和牢骚。

游景福山

（时由上关[1]大营还，道观已为贼[2]毁。光绪四年三月。）

题　解

景福山位于陇州州治西北三十五公里处，为道教名山。清光绪四年（1878）三月，诗人自上关军营还州城，顺道游览景福山时写了这首诗。诗篇描绘了景福山的神奇灵秀，为战火的远去而庆幸。

　　缥缈西腾绝塞山[3]，坐来物外好烧丹[4]。
　　龙蛇古洞腥风远[5]，鬼神险崖[6]白日寒。
　　不道祝融翻紫蘙[7]，能驱太乙[8]下灵坛。
　　披襟独向崆峒[9]望，下界烟云气郁盘[10]。

注　释

[1]上关：地名。现为甘肃省华亭县的一个镇，距景福山十余里。在

清代，上关镇属陇州，有军队驻守。

［2］贼：指同治年间的回军。

［3］绝塞山：指景福山。

［4］坐来物外好烧丹：坐来，本来；物外，世外，超脱于世事之外；烧丹，炼丹。

［5］腥风远：意谓景福山的劫难已经远去了。

［6］鬼神险崖：指景福山龙门洞道场的全真崖。

［7］不道祝融翻紫蠹：祝融，据传是帝誉的火官，后人尊其为火神；蠹，为帝王乘车上用牦牛尾或雉尾制成的饰物，后来也指军中或仪仗队的大旗。因作者游景福山时在三月，天气尚不够热，故说"不道祝融翻紫蠹"。

［8］太乙：也作"泰一"，是传说中的天神。《史记·天官书》张守节正义谓"泰一，天帝之别名也"，刘伯庄谓"泰一，天神之最尊贵者也"。

［9］崆峒：指位于甘肃省平凉市的崆峒山。

［10］郁盘：阻滞盘结。

简 议

时至光绪四年，回汉之间的战争业已远去，诗人心情大好，乐得来景福山一游。不过看到山中道观被当年回军毁坏的情形，他心中仍然泛起一丝寒意。

登雷祖殿遇雨

题 解

雷祖殿在景福山道场小山之巅。这首诗描绘了雨中雷祖殿的壮丽景观。诗篇作于清光绪四年三月。

雷祖坛凌万仞尊，千峰如吼树如奔[1]。

关中风雨连天壮，塞上蛟龙[2]拔地昏。

势过灵旗归洞府，坐来法鼓[3]动乾坤。

阶前无数云栖鸟[4]，滚滚飞腾护帝阍[5]。

注　释

［1］千峰如吼树如奔：谓大风吹拂声烈，千峰在狂吼；树木都猛烈摇摆，好像在随风奔跑。

［2］塞上蛟龙：指景福山蜿蜒如蛟龙的群山。

［3］法鼓：佛寺的大鼓。这里指景福山道场做法事所击的鼓。

［4］阶前无数云栖岛：谓雷祖殿周边浓云集聚，如一处处岛屿。

［5］帝阊：天帝之宫的门。此处指雷祖殿的门。

简　议

狂风劲吹，峰吼树奔，浓云密布，大雨滂沱。诗篇笔力豪健、雄文劲彩，将景福山的大雨景象写得撼天震地、夺人心魂。

龙门洞二首

题　解

龙门洞是古陇州著名道场，为道教龙门派之祖庭。这两首诗书写龙门洞的风光和神异，表达了诗人归隐栖居的意愿。

一

听说龙门洞，真人此是栖[1]。

鼋鼍排浪出[2]，猩猱[3]背岩啼。

避乱全家好[4]，藏神万品低[5]。

何当谢尘世，邈尔蹑丹梯[6]？

注　释

［1］真人此是栖：谓长春真人丘处机在这里栖修。真人，指丘处机，他曾在龙门洞潜修七年，开创了全真道教的龙门派，号"长春真人"。

［2］鼋鼍排浪出：谓大鳖和鳄鱼从龙门山下的香积河中破浪而出。

［3］猩猱：猩猩和猱猴。

［4］避乱全家好：谓龙门洞是躲避动乱、保全家庭的好地方。

［5］藏神万品低：藏神，谓收藏精神和心志；万品低，谓其他万物都不足称道。

［6］邈尔蹑丹梯：远远地躲到龙门洞里来。丹梯，指攀登龙门山的台阶。

简 议

饱经战乱之苦，身心俱皆疲惫，看到龙门洞一片静谧安宁，诗人极想在此栖居避世。龙门山区不产鼋鼍，也不生猩猱，作者之所以说"鼋鼍排浪出"和"猩猱背岩啼"者，旨在表现龙门洞的神异不世。

二

玉虚天半耸重窿[1]，绝巘钩梯路几重。
洞古云飞磨性石[2]，月明花献定心峰[3]。
三清[4]气化胎前果，十种[5]仙腾劫后踪。
不到龙门深处住，宁知紫府秀灵钟[6]？

注 释

[1] 玉虚天半耸重窿：玉虚，指龙门洞的北极宫，宫中供有清代铁铸的昊天玉皇大帝坐像。道教称玉帝的居处为玉虚宫。这句是说，龙门洞玉虚宫（北极宫）后的悬崖（全真崖）上高耸着重重的穹窿。

[2] 磨性石：龙门洞清和宫后石崖上有一小洞，洞内有直径约三十厘米的石球，名"磨性石"，传说为丘处机在洞中修道时所用。

[3] 定心峰：在龙门洞四公祠前西端，孤峰独立，峰顶窄逼。峰上立有五层空心铁塔，为清康熙三十三年（1694）六月铸。

[4] 三清：为道教天神。即元始天尊（玉清）、灵宝天尊（上清）、道德天尊（太清），又称洞真、洞玄、洞神。

[5] 十种：佛教说佛有十种称呼，曰如来、应供、正遍知、明行足、善逝、无上士、调御丈夫、天人师、佛世尊和世间解。这里以十种代指佛。

[6] 宁知紫府秀灵钟：宁，岂；紫府，是道家对仙人居所的称呼，这里指龙门洞。全句是说，岂知龙门洞是钟灵毓秀之所。

简 议

诗篇以如椽巨笔，书写了龙门洞的钟灵毓秀，同时也表达了归隐龙门山的意愿。

王权诗(二首)

王权(1822—1905),字心如,号笠云。清巩昌府伏羌县(今甘肃甘谷)人。晚清著名学者,兼工书画,学问人品深受左宗棠推许。道光二十四年(1844)举人,先后主讲于岷州文昌、秦州天水、宁远正兴、文县兴文四大书院。同治十一年(1872)后,经保举任陕西延长知县(或言五年任);十三年(1874)秋,任陕西兴平知县。光绪七年(1881),由兴平知县转任富平知县;十二年(1886),辞官归里。在任期间勤于公事、体恤民情,深受百姓爱戴。还乡后潜心学问,闭门著述。著有《笠云山房诗文集》《笠云山房诗集》《秦州直隶州新志》《全国郡县沿革略》等书籍十八部。

陇山晓行二首

题 解

清光绪十二年深秋,诗人辞去富平知县归里,在某日清晨途经陇山时写了这两首诗,前者主写登山途中之所见;后者借言山道的难行,暗喻世道的坎坷不平,抒发心中的尤怨。

一

云开露峰雪,岚气晓侵霞[1]。
细路经泉[2]蚀,飞流避磴[3]斜。
扪岩半百里[4],嵌石两三家[5]。
羡尔林边屋,墙根放菊花。

注 释

[1]侵霞:侵蚀朝霞。

[2]泉:指山间流水。

[3]磴:石台阶。

[4]扪岩半百里:谓摸(扶)着山岩走了五十里。扪,摸;半百里,指五十里。

[5]嵌石两三家:谓在山岩的曲深处或大缝隙中,居住着两三户人家。

简 议

云开见雪，流水蚀道，人家稀疏，菊花怒放，深秋季节的陇山清冷而不失妍好，这是诗人冲虚简淡心态的自白。诗中"扪岩"和"嵌石"两词的应用颇见匠意，将作者小心前行和山居人家的孤塞之状刻画得穷形极相，让人有身处其境之感，足见其炼字功夫的高超。

二

马蹄千树顶，雪浪拍岩腰。
竹密全藏涧[1]，松欹[2]或碍桥。
世途[3]奇险尽，阴岭劲风饶[4]。
多谢商飙[5]力，扶人[6]到碧霄！

注 释

[1]竹密全藏涧：谓陇山上的竹子生得很浓密，将幽深的山谷都遮住了。

[2]松欹：松树倾斜着生长。欹，斜、倾斜。

[3]世途：世间的道路。在此，指诗人的仕宦之路。诗人在任兴平知县时（1881），陕西遭遇大旱，粮食大量减产，陕西省府却要求属县高报粮食产量。但为了体恤民心，诗人仍据实上报。上级责令其改报，他严词拒绝，以故被罢免官职。兴平百姓感念其功德，便聚众前往省府抗议请愿，迫使上级收回成命，改任诗人为富平知县。此事让诗人心灵受挫，于是就有了一年后的辞官之举。

[4]饶：多，美好。二义在此皆可通。

[5]商飙：诗人于深秋时节行经陇山，故言"商飙"。

[6]人：指诗人自己。

简 议

诗人为自己因亲民被罢官而不满，更为辞官摆脱羁绊而兴奋，故诗中虽然有对"世途奇险尽"的喟叹，其核心目的则是要表白离开官场后的快乐心情，所以便唱出了"多谢商飙力，扶人到碧霄"这样的豁达、潇洒和浪漫。由于心情舒畅，诗人笔下的陇山即便在深秋季节也别有韵味。

万方煦诗（二首）

万方煦（1829—1880），字伯舒，一字对樵。清山阴（今浙江绍兴）人。早年加入"青门萍社"，为江南名士。同治间，曾任凤翔府同知。著《豫斋集》六卷。

怀方公友石[1]

题 解

这首诗为怀念方玉润之作，写作时间无考。

　　　　五华山下客[2]，万里走风尘[3]。
　　　　天辟鸿濛境[4]，官闲著作身[5]。
　　　　有书垂后世，无术疗清贫。
　　　　不见半年久，陇云愁远人[6]！

注 释

[1] 方公友石：指陇州同知方玉润。方氏号友石。

[2] 五华山下客：指方玉润。五华山在云南省昆明市区北部，为市区最高峰。方玉润来自云南，故以"五华山下客"称。

[3] 万里走风尘：谓方氏行经万里来陇州任职。

[4] 鸿濛境：作者自注谓"公书斋曰鸿濛室"。

[5] 官闲著作身：谓方友石公事不多而著作等身。方玉润在陇州著有《陇上柝声集》《诗经原始》《鸿濛室诗抄》等。

[6] 远人：指身处远方的方玉润。

简 议

方公友石才气纵横却命乖运蹇，竟尔困顿陇州多年。作为友人，万氏在诗中对他嘉许，同情，悲悯，牵挂，情深而义重。诗篇语平旨深，寄意深微，充分印证了方玉润在陇州的穷困和潦倒。

陇头流水

题 解

此诗为仿乐府《陇头流水》旧体而作的送别诗，着力表达了送别友人时的流连和感伤。

> 陇头流水，一去不返。
> 今我送君，行行日远[1]。
> 水流不返，终到海头[2]。
> 君行万里，何日归休[3]？
> 留君不得，请君暂息[4]。
> 试问流水，为谁呜咽？

注　释

[1]行行日远：走个不停，一天比一天离我远了。行行，走着不停。此句是曹操《苦寒行》诗中"行行日已远"句的缩写。

[2]海头：海边。

[3]归休：回家休息、休假。

[4]暂息：姑且歇止。

简　议

为"君"送行而不忍别离，诗人不禁呜咽流涕。诗篇用语直白而情感深沉、属意凄恻，能给人以较强的心灵冲击。

柏景伟诗（一首）

柏景伟(1830—1891)，字子俊，号忍庵，晚号沣西老农。清陕西长安（今西安市）人，关学名宿。咸丰五年（1855）举人，后应进士不第。同治初，以举人身份任定边县训导。时值陕西回民起义，他奉父母隐居终南山避乱。清军多隆部入陕，他入提督傅先宗幕。后授候补知县，以功赏六品衔。同治六年（1867）左宗棠领兵入陕，曾召柏任幕僚。后由左保举为知县，分陕西补用。光绪三年（1877）辞归故里，从事学术研究并教授生徒，次第任关中泾干、味经等书院主讲。又与刘古愚创立"求友斋"，培养了一大批人才。重刊了关学大家冯从吾的《关学编》，倡导在陕西设立官办书局，在关中学界享有崇高威望。著有《柏沣西先生遗集》六卷和《沣西草堂集》等。

东 归

题 解

这首诗主写"从军人"从西域征战归来途中既快乐又担忧的心情。

> 溅溅汧水流,郁郁陇山[1]色。
> 从军人归来,倚马行得得[2]。
> 偶贳[3]一壶酒,斜挂锦鞍侧。
> 故乡风物好,客心一何怿[4]。
> 却念时事艰,西顾空太息[5]。

注 释

[1]陇山:或作"龙山",误。

[2]得得:形容马蹄声。

[3]贳:借,赊欠。二义在此皆可通。

[4]一何怿:多么的快乐。一,语助词,以之加强语气;怿,快乐。

[5]太息:出声长叹。

简 议

离开流血漂橹的战场后,"从军人"行进在"东归"的路上。憧憬着故乡风物的美好,他感到无比快乐。但前线战事尚未结束,战友们仍在奋力厮杀,国家的边患依旧存在。一想到这些,他又忧心如焚,不由得发出声声长叹。通过对"客"先"怿"而后忧这一心情变化的描写,诗篇巧妙地揭示了从军者精神境界的崇高和胸怀的宽广,洋溢着强劲的浩然正气。

李嘉绩诗(二首)

李嘉绩(1843—1907),字云生,一字凝叔,号潞江渔者。祖籍直隶通州(今北京通县),随父迁居四川成都。清代著名诗人、书法家和藏书家。同治进士。光绪三年(1877)至三十三年(1907),历任陕西保安、周至、洋县、韩城、扶风、华州、邠州、富平等县知县。光绪十三年(1887),任汧阳知县。在汧期间游历汧陇和吴山等地,寻访文物古迹,考察山川形胜,遍猎碑碣,广视乡土民情,先后编修了《汧阳县志》及《汧上录》《汧阳述古》等。在陕期间创作诗歌二千五百六十四首,辑入《代耕堂诗稿》中。其余著作有《江上草堂前稿》《鹤巢草》《梦仙仙室草》《华州治水道记》《代耕堂杂著》《榆塞纪行录》《代耕堂全集》等。友人说他在汧阳所作诗歌"精苍劲健,一洗平畅绵丽之风"。

登吴岳观汧水二首

题 解

这两首诗为诗人游历吴山时作,描写了在山上俯瞰汧河之所见。

一

汧水浑浑不见底,两千年后鱼龙[1]死。
波涛直泻无终穷[2],咫尺应须论万里。

注 释

[1]鱼龙:汧河上游之北河古产鱼龙,曰鱼龙川。清康熙《陇州志·方舆志》谓鱼龙川"源出陇山东北,流中有五色鱼,人不敢取",其中五色鱼即诗中之鱼龙,今称其细鳞鲑。

[2]无终穷:没有终了。

简 议

"精苍劲健"虽有,宏旨大义却无。

二

西北东南禹迹留[1],古人不作空山丘。
我今高踞[2]吴岳顶,下视黄河入海流。

注 释

[1]西北东南禹迹留:谓吴山周边均留下大禹治水时开山导河的遗迹。吴山故称岍山。《尚书·禹贡》称大禹"导岍及岐,至于荆山,逾于河,壶口、雷首至于太岳",意思是说,大禹当年疏通了岍山和岐山,一直疏凿到荆山,穿过黄河,其间从壶口山、雷首山一直到太岳山都得到了疏凿。

[2]踞:蹲,坐。

简　议

开篇两句出语平平，议论空泛。三四两句畅快淋漓，语颇雄壮。

丁全斌诗（七首）

丁全斌（1852—？），字偃修，号梦慈。清陇州（今陕西陇县）城内南道巷人。光绪三十二年（1906）贡生，州人称其"丁贡"。少时赴陕西三原县正谊书院，从清麓贺复斋先生（关学名家三原县人贺瑞麟）求学。返里后设馆训蒙。好程朱理学，又好读曾国藩、袁枚书。工书法，娴熟古文、律诗、骈文。诗重性灵，不尚格调。所作楹联、碑志、墓铭大多卓尔不俗。曾兴办陇州孤儿院，为人称道。光绪三十二年，撰《陇州乡土志》。另著有《随笔偶存》和《醉吟草》。

游龙门洞

（光绪壬寅[1]三月望日[2]，偕宋志予、赵蕴山进香龙门，赋此为志。梦慈赋[3]。）

题　解

此诗作于清光绪二十八年（1902）三月十五日，记述了与宋某、赵某赴龙门洞进香的情形，表述了不慕功名、只好"神仙"的心态。

　　我到人间五十年，而今再上龙门巅。
　　平生境似石磨性[4]，此日情如鹤避烟[5]。
　　得意主宾[6]皆道友，会仙谈论契神仙[7]。
　　功名何须羡小宋[8]，好借清机证碧天。

注　释

[1]光绪壬寅：指光绪二十八年。

[2]望日：阴历每月的十五日。

[3]梦慈赋：梦慈为作者别号。赋，赋（此）诗。

[4]平生境似石磨性：谓自己平生境况不好，就像坚硬的石头磨砺性情，久而久之变得没了棱角。

[5]情如鹤避烟：谓自己来到清净洁雅的龙门洞，感觉就像仙鹤避开

了俗世烟尘的浸染。

［6］主宾：指龙门洞的道士和自己与宋、赵三人。

［7］会仙谈论契神仙：谓他们和飘然若仙的道士们会面谈论，仿佛是投合了神仙的情趣。

［8］小宋：指宋代举进士第十、官至工部尚书且负文名的宋祁。宋祁与兄宋郊同举进士而并有盛名，人称之为"二宋"，以大小别之，小宋即宋祁。

简　议

诗人虽为乡儒，但他的这首诗却吐辞清新、风神健朗，于舒心惬意中夹杂着些许的怨嗟。

喜　雨

（因三伏亢旱[1]，黎庶望雨。吴山忽发过雨[2]，半刻[3]沾足，喜而有感。）

题　解

某年三伏天大旱，不意忽逢阵雨。诗人大喜过望，遂赋此诗以谢吴山。

吴山多灵应，金天作巨镇[4]。
降来千点雨，救得万人命。
今年三伏内，亢旱十分甚。
槁苗[5]愁满田，待泽常延颈[6]。
望出泰山云，终朝[7]日长明。
巧施拯济恩，大布风雨阵。
半刻竟沾足，三农占有庆[8]。
生凉更消渴[9]，风调雨又顺。
鸿恩未敢忘，为诗抒恭敬。

注　释

［1］亢旱：极旱，过分的旱。

［2］过雨：阵雨，雷阵雨。

［3］刻：古代的计时单位。古人以铜漏计时，将一昼夜分为一百刻。按节令，昼夜刻数不同。冬至昼四十五刻，夜五十五刻；夏至昼六十五

刻，夜三十五刻；春分秋分，昼五十五刻半，夜四十四刻半。各代分昼夜也有百二十刻，或九十六刻，或百八十刻等。在此不必过分拘泥，可将其理解为"不久""不多时"。

［4］金天作巨镇：谓吴山是西方之镇山。金天，西方之天。

［5］槁苗：干枯了的禾苗。

［6］待泽常延颈：谓人们伸长脖颈仰望天空，等着下雨。延颈，伸长脖子。

［7］终朝：整天。

［8］三农占有庆：三农，指居住在平地、山区、水泽之地的农民，《周礼·天官·大宰》谓"一曰三农，生九谷"，《郑笺》云"三农，平地、山、泽也"；占，进行占卜；有庆，庄稼丰收而吉祥。全句是说，农民们进行占卜，得到了庄稼丰收的吉兆。

［9］消渴：解渴。

简　议

陇州亢旱多日总算降雨，五谷丰登终于有望。诗人喜不自胜，乃赋此诗以谢吴山。将降雨之功归于吴山固然痴妄，但作者盼雨之悃诚毕竟值得肯定。

访张上人[1]五首

（张僧，陇人[2]也，流渠[3]张姓之子。幼时以回军起义[4]流落于外，游历湘省[5]。光绪丁未年返里[6]，初住白马寺[7]，访之以诗。）

题　解

这五首诗作于1907年。诗中对张僧深表推重；为自己的老于儒林而不屑，因而流露出出世之念。五首诗文辞清脱，节奏明快，属意豁然。

一

顷闻白马寺，有个参禅僧。
迹似类行脚[8]，功[9]堪入上乘。
衡湘休驾鹤[10]，云路倦飞鹏[11]。
梵语西天近，故乡传旧灯[12]。

注　释

［1］上人：佛教称具备德智善行的人为上人。这里指张僧。

［2］陇人：陇州人。

［3］流渠：指陇州流渠村，今属陕西省陇县曹家湾镇。

［4］回军起义：指清咸丰至同治时期的回军起义。

［5］湘省：指今湖南省。

［6］光绪丁未年返里：光绪丁未年即光绪三十三年（1907）；里，本指宅院和民户居处，这里指故乡陇州。

［7］白马寺：在陇州城南街之南端西侧，其寺今尚在。

［8］行脚：本指僧道周游各地。这里是说，从形迹看，张僧类似行脚僧人。

［9］功：指张僧的佛学修为。

［10］衡湘休驾鹤：谓张僧结束了在湖南省游历的生活。

［11］飞鹏：指张僧。

［12］传旧灯：佛家谓佛的教旨可以破除迷暗，像灯照明一样，因称传法为传灯。这里是说，张僧回故乡陇州后依旧驻寺传扬佛法。

简　议

首先介绍张上人的有关情况，为后面的造访和推重预作铺垫。诗篇文辞简括洗练，气韵高逸。

二

自愧老儒林，冬烘[1]直到今。

哪有出尘[2]日，长存访道心。

钵纵沿门托[3]，时须对酒吟。

若许暂开戒，禅堂好正襟。[4]

注　释

［1］冬烘：糊涂，迂腐。

［2］出尘：佛家指脱离烦恼的尘垢，也指超出尘世之外。在此，则是说自己读书不能获得功名，没有出头之日。

［3］钵纵沿门托：谓端着钵盂沿门乞讨化缘。

［4］若许暂开戒，禅堂好正襟：谓张上人若肯暂时放开佛教戒律，自

己愿在佛堂正襟端坐悟禅。

简　议

平生业儒却功名不就，诗人深感惭愧失落，竟欲学佛参禅以悟释法。诗篇寓意虽然平平，笔墨却也精练老成。

三

未敢轻头陀[1]，畸人失教多[2]。
羡君如佛印，愧我非东坡[3]。
汤许饮般若[4]，花还看水梭[5]。
不知僧院里，可有换白鹅[6]？

注　释

［1］头陀：梵语称僧人为头陀，也作"头陁""杜多"，义为抖擞。谓少欲知足，去离烦恼，如衣抖擞，能去尘垢，故从喻为名。这里指张上人。

［2］畸人失教多：畸人，奇特之人。《庄子·大宗师》谓"畸人者，畸于人而侔于天"，《释文》称"司马（彪）云：不耦也。不耦于人，谓阙于礼教也"。在这里，畸人是作者自称，谓自己多有失于接受佛教教义。

［3］羡君如佛印，愧我非东坡：佛印（1032—1098），宋代僧人，名了元，与苏轼、黄庭坚友善，能诗，苏轼常与往来，每以吟诗唱和。这两句是说，我羡慕你张上人如同宋代高僧佛印，惭愧自己不是苏东坡，没有他那样的诗才。

［4］汤许饮般若：谓张上人应允诗人饮酒。许，应允。佛家称酒为"般若汤"，宋代窦苹在《酒谱·异域九》中称"天竺国谓酒为酥，今北僧多云般若汤，盖廋辞以避法禁耳"。

［5］花还看水梭：水梭，"水梭花"，是佛教对鱼的别称，僧人蔬食讳言鱼肉，故谓鱼为"水梭花"，宋苏轼《东坡志林·道释僧文荤食名》谓"僧谓酒为般若汤，谓鱼为水梭花，鸡为钻篱菜"。这句是说，张上人做出鱼肉以待我。

［6］可有换白鹅：晋人王羲之好鹅，山阴有一道士养有好鹅，王往观之，求购甚切，道士言"为写《道德经》，当举群相赠耳"，王即为其书

写《道德经》，而后笼鹅而归。王所书乃被称作《换鹅书》，后因以《换鹅书》为书法的别名。

简　议

张头陀德高道广如宋之佛印，还待诗人以美酒和鱼肉，他自然不能轻看了人家。在褒扬头陀的同时，作者对自己的善为书法也颇自负。

四

身世何堪说，功名愿久灰[1]。

逢僧正佛果，借酒验螺杯[2]。

注　释

[1] 灰：碎裂，破碎。

[2] 螺杯：用螺壳制作的酒杯。

简　议

业儒多年却金榜无名，诗人的功名之念早已破灭，只能访僧悟道、借酒浇愁了。诗篇吐辞率真，寄意直白，活画出了一位失意士人的落魄形象。

五

不欲求好友，能诗即是才[1]。

禅房清静处，可许凡夫[2]来？

注　释

[1] 能诗即是才：谓张上人善为诗，是个人才。

[2] 凡夫：作者自称。

简　议

张上人善为诗，作者很是嘉尚，希望与他常相谈禅以遣愁怀。

郑信元诗（一首）

郑信元（1856—1940），字子贞。清湖南湘潭（今湘潭）人。早年从戎，曾任下级军官。后去职，于光绪二十年（1894）来陇州药王洞修道。

题北谷神观

题 解

此诗作于清光绪三十三年（1907）三月，主要描写陇州谷神观的秀美风光，表达了于此处修道的惬意。谷神观即今之药王洞。

观面吴峰[1]隔小桥，苍苍竹柏绕山腰。
此中雅许子贞隐[2]，日对汧流[3]俗虑消。

注 释

[1]吴峰：吴山。
[2]雅许子贞隐：雅许，极许、很许；子贞，作者的表字。

简 议

陇州谷神观风光绝美，环境清幽。隐居于此的郑羽士喜不自禁，乐在其中。

李岳瑞诗（一首）

李岳瑞（1862—1927），字孟符。清咸阳（今陕西咸阳）人。光绪九年（1883）进士，选庶吉士，散馆后授工部主事，迁工部屯田司员外郎。参与了"戊戌变法"，负责接奉传旨事务。变法失败后，于光绪二十四年（1898）十月被革职还家。光绪三十年（1904），去上海商务印书馆任编辑。辛亥革命后，一直任清史馆编辑，参与编撰《清史稿》。1922年回到陕西，任省长公署秘书长。著作有《国史读本》《春冰室野乘》《悔逸斋笔乘》等。与梁启超、麦孟华等合著《中国六大政治家》。

晓度故关

题 解

此处的"故关"，指今陕西陇县陇山之巅的大震关。此诗为作者于清晨行经故关时作，主要写了在山中的所见所闻，表达了远大抱负难以实现的怅然。

万折千盘一线萦[1]，山行行尽又山行。

风驱沙草春无色，冰战河流夜有声。

此日归鸿栖废垒[2]，当年铁骑走连营[3]。

书生谬作封侯想，卧听荒鸡[4]报五更。

注　释

［1］万折千盘一线萦：言陇山道路之曲折、窄狭。

［2］废垒：废弃的军事堡垒。作为军事要塞，陇山的大震关在古代常有兵马驻守。自唐大中六年（852）陇州防御使薛逵改筑新关于陇山之下后，大震关逐渐荒废，故有被废弃的军垒。

［3］当年铁骑走连营：自东汉以来，陇山大震关常有战争发生，故说"当年铁骑走连营"。

［4］荒鸡：荒村中人家所养的鸡。

简　议

诗人夜宿陇山大震关，听到的是冰河水声，看到的是昔日废垒。他由此想起了此地当年的金戈铁马，为如今的自己无从建立军功而感叹。诗篇的优长是文辞雅正，属对工稳，情景相生。

谭嗣同诗（二首）

谭嗣同（1865—1898），字复生，号壮飞。清湖南浏阳人。近代改良派政治家，思想家。光绪二十二年（1896）入资为候补知府，在南京候缺，撰《仁学》二卷。光绪二十三年（1897），协助湖南巡抚陈宝箴等设立时务学堂，筹办内河轮船、开矿、修铁路等新政。次年倡设南学会，办《湘报》宣传变法；同年八月被征入京，任四品衔军机章京，参与戊戌变法；九月政变发生，与林旭、杨锐、刘光第、杨深秀、康广仁同时遇害，史称戊戌六君子。有《谭嗣同全集》行世。

陇山道中

题　解

光绪四年（1878），十四岁的谭嗣同来到父亲任职的甘肃秦州（其父谭继洵分巡甘肃巩秦阶道），先后在甘肃十年。光绪十四年（1888）

春天，他自甘肃返回湖南老家，在途经陇山时写了这首诗，表达了对甘肃的眷恋之情。

大壑宵[1]飞雨，征轮晓碾霜。

云横渡水湿，草色上衣凉。

浅麦远逾碧，新林微带黄。

金城[2]重回首，归路忆他乡[3]。

注　释

［1］宵：夜。

［2］金城：指今甘肃兰州。

［3］归路忆他乡：谓在回归湖南老家的陇山道上，还在怀念曾经生活了多年的甘肃。他乡，指甘肃。

简　议

十四岁随父亲来甘肃读书，寄居甘境达十年之久。十年间，诗人的足迹遍布陇东、陇南、兰州、河西、秦州、平凉等地，与甘肃结下了不解之缘。如今行进在返回故乡的陇山道上，他依然对生活了多年的甘肃念念不忘，心中充满了深情的回忆。诗篇运笔苍健，思飞情逸；其中颈联两句状物写景点睛传神，将高寒山地难于状摹的初春之景写得生动而具象。

陇　山

题　解

陇山是六盘山南段的别称，古称陇坂、陇坻和陇首，在今陕西省陇县西南，延伸于陕甘边境，北南走向，长约一百公里，海拔两千米左右，为渭河平原与陇西高原的分界，也是陕甘间的要隘。诗人在甘肃生活多年，曾多次翻越陇山，因对该山印象深刻，乃作此诗以歌之。

古来形家[1]者流谈山水，云[2]皆源于西北委[3]于东，三条飞舞趋大海，山筋[4]水脉交相通。我谓水之流兮，始分而终合，夫[5]岂山之峙兮，愈歧[6]而愈弱。吁嗟乎，水则东入不极之沧溟[7]，山[8]则西出无边之沙漠。错亘乾坤萃两隅[9]，气象纵横浩寥廓[10]。昔我持此言，密默不敢论[11]。足迹遍陇右[12]，了了[13]识本原。陇右之山崛然起，号召峰峦俱至此。东南培嵝小于拳[14],杂沓西行万余里;渐行渐巨化为一,恍若朝宗[15]汇群水。其上宽广不可计,肉张骨大[16]状殊异;欲断不断势相蘑[17],谁信人间犹有地?譬如亡秦以上之文章[18],鼓荡寥天仗真气[19]。不复矜言小波磔[20],横空一往茫无际。策[21]我马,曳[22]我裳,天风终古吹琅琅[23]。何当直上昆仑巅,旷观[24]天下名山万叠来苍茫。山苍茫,有终止。吁嗟乎,山之终兮水之始。

注 释

[1]形家:旧时以相度地形吉凶,为人选择宅基、墓地为业的人。也称堪舆家。清顾炎武《〈十月二十日奉先妣葬诗〉序》谓"先考葬祖墓左四十年,其左有池,形家或言兆有水"。

[2]云:说。

[3]委:末尾。此处意如"收尾"。

[4]山筋:山系,山脉。

[5]夫:发语词,无义。

[6]歧:叉开,分开。

[7]不极之沧溟:无穷无际的大海。不,无;极,边际;沧溟,大海。

[8]山:专指陇山。

[9]错亘乾坤萃两隅:谓陇山交错于天地之间,聚集于天地的两角。萃,聚集;两隅,天地之两角。

[10]霩(kuò):空旷。

[11]密默不敢论:守密而不敢说。

[12]陇右:指陇山以西至黄河以东之地,也是道名,唐贞观初所置十道之一,治秦州(今甘肃天水市城区境),辖今陇山以西至新疆东部一带。作者曾生活于甘肃十余年,其间往来于甘肃各地。

[13]了了:清楚。

[14]东南培嵝小于拳:谓陇山右之山在中国的东南部只是个小土丘,小得如同拳头。培嵝,本作"部娄",又作"培娄",指小土丘。

[15]朝宗:喻百川之归海。《尚书·禹贡》谓"江汉朝宗于海"。宗,尊。

［16］肉张骨大：谓陇右之山支脉丰腴而体格高大。

［17］蹙：踩，紧促。

［18］亡秦以上之文章：先秦时期的文章。亡秦，指秦朝，因其速亡，故称。

［19］真气：中医学名词。由藏于肾的元气，吸入自然界大气与饮食水谷之气结合而成，为维持全身组织、器官生理功能的基本物质与活动能力。

［20］不复矜言小波磔：不用骄傲地言说陇山较小的左右分支。矜，骄傲、自负；波磔，书法左撇曰波，右捺曰磔，此处用以代指山脉的左右分支。

［21］策：以鞭击马。

［22］曳：拖，牵引。也作"拽"。

［23］琅琅：象声词。形容清朗、响亮的声音。

［24］旷观：豁然地观看。

简 议

与陇山有关之古诗"车载斗量"，而直接以此山为具体描写对象者却寥寥无几。这首诗以丰富特异的想象和奇逸流宕的语言，全方位摹绘了陇山的雄浑壮美与高大崛峋，极力表现了它的"错亘乾坤萃两隅，气象纵横浩寥霩"和"其上宽广不可计，肉张骨大状殊异"，使其展现出无穷的魅力。

张鉴诗（二十三首）

张鉴（1876—1948），字镜堂、鉴河。增广生员。清陇州城北北坡村（今陇县城关镇北坡村）人。善诗文。

五峰挺秀二首

题 解

这两首诗，旨在描写吴山五座山峰的高耸和神秀。

一

望到吴山共五峰，峰峰挺秀毓灵钟[1]。

高悬日月云中出[2]，险接烟霞涧下封。

西度函关[3]脉并近，东瞻华岳派[4]相逢。

倘携九节竹杖行，看到长安殿九重。

注　释

[1]毓灵钟：钟灵毓秀。

[2]高悬日月云中出：谓吴山五峰似日月高悬而从云中出来。

[3]函关：指函谷关。有二，均在今河南省境内。

[4]派：本指水的支流，这里代指山的支脉。

简　议

重唱前人老调，不过鹦鹉学舌。

二

山似论文不喜平，五峰挺秀旧知名。

嵯峨形耸如仙掌，浩派靡涯向渭城[1]。

袅袅白云迷驻马[2]，深深绿树隐啼莺。

一年又过[3]一年好，常把新诗对雨成。

注　释

[1]浩派靡涯向渭城：浩派，浩茫的山脉；靡涯，无涯；渭城，地名，故址在今陕西咸阳市东北。

[2]袅袅白云迷驻马：谓白云到处弥漫，让行走的马儿看不清路径而驻足不前。

[3]过：超过。

简　议

又唱前人老调，仍在鹦鹉学舌。

集句[1]诗·望吴山

题　解

此诗系集古人诗句而成，主写远望吴山之所见及挥笔赋诗的兴致。

山似论文不喜平[2]，仙人掌上雨初晴[3]。

风前古涧琴三叠[4]，檐际遥岑翠一横[5]。

处处白云迷驻马[6]，深深绿树隐啼莺[7]。

晚窗弄笔聊煎祓[8]，亦有新诗对雨成[9]。

注　释

[1]集句：一种文学形式，集古人之句以为诗或联语。晋人傅咸《毛诗》一篇为集句之始。后来文人有从经史成语摘为对句者，成为文字游戏之一种。宋人王安石、文天祥及清人黄之隽等极喜集句为诗，多者集至二百余句。

[2]山似论文不喜平：此句出自清翁照的《尚湖晚步》一诗。其诗又作《与友人寻山》。

[3]仙人掌上雨初晴：出自唐崔颢《行经华阴》一诗之颔联。

[4]风前古涧琴三叠：出自宋代无名氏《题阳羡溪亭壁》一诗之颈联。琴三叠，琴声反复鸣响，古歌曲反复咏某句称为三叠。这句话的意思是说，吴山涧谷的流水之声如同琴声不断地鸣响。

[5]檐际遥岑翠一横：此句出自元朱自牧《访山寺僧》诗之颔联。遥岑，远处的山峰。

[6]处处白云迷驻马：这句出自唐赵嘏《李侍御归山同宿华严寺》诗之颈联。意谓山上白云缭绕，遮住了前进的道路，使马儿驻足不前。

[7]深深绿树隐啼莺：此句出自唐李中《江边吟》诗之颈联。莺，黄鹂鸟。

[8]晚窗弄笔聊煎祓：这句出自宋陆游《病后衰甚非蓝舆不能出门感叹有赋》诗之尾联。煎祓，熬茶并祈福。

[9]亦有新诗对雨成：此句出自宋翁卷七言绝句《秋怀》之第二联。

简　议

写作集句诗，须以阅读广泛和谙熟律诗法度为前提，集成的诗篇务必合辙押韵，且能如实表达自己的思想并符合描写对象的客观实际。这首集句诗意在称美吴山，采集的诗句也算妥帖，但在语言和属意上与诗人此前所作的《五峰挺秀》诗之二重复太多。

五峰七绝·望辇峰

题 解

此诗描写登上吴山望辇峰之所见。

望辇峰头景象开,登临恰似赴天台[1]。

长安宫阙今犹在,城郭人民个里[2]来。

注 释

[1]天台:指天台山。在今浙江省天台县北。古神话说汉代刘晨和阮肇入此山采药,在山中偶遇了两个仙女。

[2]个里:这里,那里。

简 议

诗篇境界闳闳,行文亦见潇洒。

五峰七绝·大贤峰

题 解

这首诗专写吴山大贤峰景光之美。

一样群峰[1]号大贤,此中别有景相连。

云出降雨不为妙,潭隐蛟龙洞隐仙。

注 释

[1]一样群峰:谓大贤峰和其他四峰一样,只是五峰中的一峰。

简 议

此诗妙在三、四两句,溢美之意逐次递进,终将吴山潭、洞之神奇推向化境。

五峰七绝·镇西峰

题 解

诗篇主写吴山镇西峰之尊崇。

插入云表[1]与天齐,独留此峰名镇西。

两面扶持君[2]作主,出特[3]何必问高低?

注 释

[1]云表:云外。

［2］君：指镇西峰。

［3］出特：出众，卓异、独特。

简　议

此诗极言镇西峰的卓越不群。

五峰七绝·灵应峰

题　解

此诗概言吴山灵应峰之灵应。

　　　　　指点此峰落九天，时旸[1]时雨乐陶然。

　　　　　每逢祈祷多灵应，上有湫池下有泉。

注　释

［1］旸（yáng）：晴。

简　议

唯"上有湫池下有泉"句写得实在，切实道出了灵应峰的真实景况，余皆闲言妄语耳。

五峰七绝·会仙峰

题　解

主要描写登上会仙峰后遇雨的情形。

　　　　　会仙峰上会群仙，仙去峰留几万年[1]。

　　　　　既雨顶头先戴帽，疑乎[2]拔地又撑天！

注　释

［1］几万年：概言时间之久远。

［2］疑乎：疑似。

简　议

站在山巅且又戴着帽子，诗人由此突发奇想，觉得自己"拔地"而"撑天"。此种诗思如借神力，确实高妙不俗。

集句诗·温溪不冻

题 解

"温溪不冻"为"陇州八景"之一。这首集句诗描写诗人游历温溪的见闻，抒发了观光赏景的逸兴。

幽居四畔只空林[1]，飞瀑潺潺泻碧岑[2]。
烟暖风和添酒味[3]，水声松韵淡人心[4]。
三升花露春壶满[5]，一路寒山晚翠深[6]。
年后腊前无尽意[7]，满山风雨作龙吟[8]。

注 释

[1]幽居四畔只空林：此句出自宋朱熹《示西林可师》诗二首之二之第一联。这里的"幽居"，指温溪上游的老龙殿。

[2]飞瀑潺潺泻碧岑：这句集自元黄镇成《云山小景》诗之首联。

[3]烟暖风和添酒味：出自宋欧阳修《玉楼春·常忆洛阳风景媚》一词。意谓沐浴在暖烟与和风中，使人觉得饮酒特别有味道。

[4]水声松韵淡人心：出自宋释契嵩《书南六和寺》诗之第二联。意谓听到流水声和风吹松树的声韵，使人少了世俗的杂念，内心淡定了许多。

[5]三升花露春壶满：此句得自宋陆游《戏泳闲适》一诗之颔联。意谓露水注入花蕊中，仿佛是美酒装入了酒壶中。

[6]一路寒山晚翠深：这句集自元周权的《晚眺》一诗之第二联。

[7]年后腊前无尽意：出自宋张道洽《梅花》诗之颈联。

[8]满山风雨作龙吟：集自宋苏轼《次韵子由送千之侄》诗之首联。

简 议

通过汇集古人诗句，诗篇绘声绘色地状写了陇州温溪的秀丽景色，并将诗人的主观感受贯注其中，极富韵味。但颔联两句对仗尚欠工稳，有强行拼缀之弊，这是集古人诗句不当所致。

集句诗·无题

题 解

这首诗旨在描摹山中夜景。

数到云峰第几重[1]？月华如水水如空[2]。

山从飞鸟行边过[3]，诗到无人爱处工[4]。

桂树丛生枝婀娜[5]，岩泉滴久石玲珑[6]。

虚窗熟睡谁惊觉[7]？万壑松声半夜风[8]。

注 释

[1] 数到云峰第几重：出自宋苏轼《题王晋卿画后》诗第二联。

[2] 月华如水水如空：此句出处无考。

[3] 山从飞鸟行边过：这句集自宋人陆游《游修觉寺》诗之颔联。飞鸟行，飞鸟的行列。

[4] 诗到无人爱处工：出自宋陆游《明日复理梦中意作》诗之颔联。意谓将诗写到了无人喜爱的时候才算工巧。

[5] 桂树丛生枝婀娜：出自元张雨的《桂枝词》。婀娜，柔美。

[6] 岩泉滴久石玲珑：集自唐白居易《泛太湖书事寄微之》长诗之第五联。意谓石头被水珠冲击得时间长了，就显得灵巧可爱。

[7] 虚窗熟睡谁惊觉：集自宋陆游《六月十四日宿东林寺》诗之尾联。

[8] 万壑松声半夜风：来自宋人戴复古《同郑子野访王隐居》诗之颔联。

简 议

此诗尾联的吟唱，比陆放翁《六月十四日宿东林寺》诗"虚窗熟睡谁惊觉，野碓无人夜自舂"的说辞更具灵性，更有韵度。

集句诗·无题

题 解

这首诗的内容与此前的无题诗互相贯连，写的也是山中风景。

坐石临溪树影峨，长亭窗户压微波[1]。

雪满山中高士卧[2]，月明衣上好风多[3]。

千尺长松留翠阴，一帆寒雨听渔歌[4]。

更无柳絮因风起[5]，白鸟梳翎立岸莎[6]。

注　释

[1]长亭窗户压微波：出自唐李商隐《板桥晓别》诗之首联。微波，指上句提及的"树影"。

[2]雪满山中高士卧：集自明高启《咏梅》诗九首第一首之颔联。高士，指梅花。

[3]月明衣上好风多：来自唐韦庄《过扬州》诗之颔联。

[4]一帆寒雨听渔歌：出自元吴师道《桐江道中》诗之尾联。

[5]更无柳絮因风起：集自宋司马光《客中初夏》诗之尾联。

[6]白鸟梳翎立岸莎：来自唐温庭筠《游南塘寄知者》诗之首联。白鸟，指鹤鹭一类的水禽。

简　议

树影婆娑，红梅映雪，好风时来，渔歌唱晚，白鸟梳羽，好一派山中绝美风光。作为集句诗，此诗音韵和谐，意境清幽，浑然天成，毫无拼凑痕迹。

集句诗·东园霁雨

题　解

"东园霁雨"为"陇州八景"之一。这首集句诗主写东园春雨过后之美景。

窗外芭蕉窗里人[1]，安眠无梦雨声新[2]。

开樽细说平生事[3]，隐几能安自在身[4]。

渐暖绿杨才弄色[5]，微香梅子已生仁[6]。

园中草木春无数[7]，走马来看不动尘[8]。

注　释

[1]窗外芭蕉窗里人：出自北宋无名氏《眉峰碧》词。

[2]安眠无梦雨声新：集自宋苏轼《东楼》诗之颈联。雨声新，谓春雨初来。

[3]开樽细说平生事：来自宋朱熹《和刘抱一》诗之颈联。

[4]隐几能安自在身：采自宋赵抃《次毛维瞻溪庵》诗之颔联。隐几，伏在几案上，谓伏案读书或写作。

[5]渐暖绿杨才弄色：集自宋欧阳修《游太清宫出城马上口占》诗之颈联。

[6]微香梅子已生仁：来自宋曹勋《中秋雨过月出》诗之颔联。

[7]园中草木春无数：出自苏轼《监洞霄宫俞康直郎中所居四咏》诗之第二联。

[8]走马来看不动尘：出自苏轼《虢国夫人夜游图》诗之第四联。因有"雨声新"，故得"不动尘"。

简 议

清康熙《陇州志》称东园霁雨"林麓萧疏，雨后苍翠，秀色可餐"。此诗第五句至第八句的描写，是对这种光景的艺术化再现。

集句诗·汧河晚渡

题 解

"汧河晚渡"也是"陇州八景"之一。这首诗即写汧河之秋景，并对柁师的"不会流连意"感到遗憾。

> 水下荆扬日夜流[1]，青山答鼓送行舟[2]。
> 高江急峡雷霆斗[3]，老木清霜鸿雁秋[4]。
> 断岸烟迷耕处草[5]，疏灯人语酒家楼[6]。
> 柁师不会流连意[7]，远别秦城万里游[8]。

注 释

[1]水下荆扬日夜流：出自宋陆游《归次汉中境上》诗之颔联。荆扬，指今湖北省荆州市和今江苏省扬州市一带。

[2]青山答鼓送行舟：来自宋欧阳修《舟中寄刘昉秀才》诗之颔联。答鼓，腰鼓。

[3]高江急峡雷霆斗：出自唐杜甫《白帝》诗之颔联。此处借言谓汧河两岸地势高峻，两山夹水，致峡中水流甚急，其声如雷霆怒吼缠斗。

[4]老木清霜鸿雁秋：集自金元好问《登横波亭为青口帅赋》诗之颈联。

［5］断岸烟迷耕处草：出自宋陆游《野渡用前韵》诗之颈联。耕处，田里、田间。

［6］疏灯人语酒家楼：集自宋陆游《出游》诗之颈联。

［7］柁（duò）师不会流连意：来自宋苏轼排律《与秦太虚参寥会于松江而关彦长徐安中适至分韵得风字》之第四联。柁师，同"舵师"；不会，不理解、不理会。苏诗原句作"舟师不会流连意"。此处改"舟"为"柁"，意在规避第二句中"行舟"之"舟"字。

［8］远别秦城万里游：来自唐李涉《再宿武关》诗之首联。秦城，在李氏原诗中指唐朝的京城长安。在这里则指陇州州城，因为陇州古属秦地，故言。

简 议

和前几首集句诗相比，此诗所集诗句有硬凑之嫌。其一，汧河属黄河水系，不可能"水下荆扬"；其二，"汧河晚渡"之渡口位于陇州城之南门外，地处平野，并非"高江急峡"，两者均与实际情况相去甚远。撇开所状事物实况强行集句，是集句诗写作之大忌。

集句诗·金泉涌派

题 解

古"陇州八景"之一的"金泉涌派"，地处州东南梨林川之南山中。这首诗即写金泉涌派仲春之景。

> 屋上青山屋下泉[1]，蓝田日暖玉生烟[2]。
> 桃花尽日随流水[3]，杨柳东风似去年[4]。
> 近砌别穿浇药井[5]，并桥常有卖鱼船[6]。
> 时时出向城南曲[7]，月好风清听不眠[8]。

注 释

［1］屋上青山屋下泉：出自宋吴潜《竹》诗之首联。

［2］蓝田日暖玉生烟：来自唐李商隐《锦瑟》诗之颈联。

［3］桃花尽日随流水：集自唐张旭《桃花溪》诗之尾联。

［4］杨柳东风似去年：出自元柳贯《寒食山居》诗之颔联。

［5］近砌别穿浇药井：来自唐姚合《题田将军宅》诗之颔联。药井，

饮其水而能治病的井。

［6］并桥常有卖鱼船：集自宋陆游《舍北晚眺》诗之首联。

［7］时时出向城南曲：出自唐李白《忆旧游寄谯郡元参军》组诗第十二首。李诗原句作"时时出向城西曲"。

［8］月好风清听不眠：得自唐吴融《忆山泉》诗之颈联。

简 议

此诗所集句子全都不当，与"金泉涌派"实况毫不相符。

集句诗·弦蒲名薮

题 解

这首诗着力状写了"陇州八景"之一的"弦蒲名薮"盛景。

清泉白石锁烟扉[1]，遥望轩窗隐翠围[2]。
庭树夜留山鸟宿[3]，春阳尽护晚花飞[4]。
暮云卷雨秋先到[5]，赤日行天午不知[6]。
最爱葛洪寻药处[7]，道人相伴一僧归[8]。

注 释

［1］清泉白石锁烟扉：此句出自宋于石《半山亭》诗之首联。白石，当指水中白色的石头。

［2］遥望轩窗隐翠围：得自宋文同《成都杨氏江亭》诗之首联。轩窗，即窗户。

［3］庭树夜留山鸟宿：来自宋高翥《送刘允叔主簿归山中》之颈联。

［4］春阳尽护晚花飞：出处无考。晚花，暮春季节的残花。

［5］暮云卷雨秋先到：出自元郭钰《古桂树行》诗第一首之颔联。

［6］赤日行天午不知：集自宋陆游《东湖新竹》诗之颔联。

［7］最爱葛洪寻药处：得自唐代曹唐《送羽人王锡归罗浮》诗之尾联。葛洪（283—363），晋代句容人，字稚川，自号抱朴子。家贫好学，始以儒术知名，后好神仙导养之法，从其祖葛玄学炼丹之术。著有《抱朴子》，除言神仙外，论炼丹多涉及物质构成之奥秘。精于医学，著有《金匮药方》一百卷，《肘后备急方》四卷。另有碑、诔、诗、赋百卷。

[8] 道人相伴一僧归：出自宋梁栋《送存书记》诗之尾联。

简 议

清康熙《陇州志》称弦蒲名薮"峰回势阻，入谷平衍，泉甘土肥，桑麻遍野，如太行之盘谷云"。据此可见，这首诗之所言汗漫无边，与弦蒲薮实况差之千里。这非作诗，而是在玩集句游戏。

龙门洞

题 解

这首诗为作者首游陇州龙门洞时作，主要描写龙门洞的盛美和静幽。

欲随春浪过[1]龙门，天宇澄清气象温。
两岸好山看不断[2]，数家茅屋[3]自成春。
石床梦冷和云卧，古径无人踏藓痕。
隔断红尘三千丈，诸峰罗列似儿孙。

注 释

[1] 过：过访。

[2] 两岸好山看不断：两岸，指龙门山下香积河两岸；看不断，看不尽。

[3] 数家茅屋：指龙门山上的简陋庙宇。

简 议

诗篇状物写景笔触细腻，文字清妙。然其中连用两个"春"字和"断"字，却是犯了律诗之忌；而"诸峰罗列似儿孙"句又抄袭前人，完全落入俗套，且中间两联之对仗也欠工稳。

再游龙门二首

题 解

两首诗为作者第二次游龙门洞时作，主要写了自己的"知忏悔"和登上龙门山后的感受。

一

一上龙门眼界宽，别有天地非人间。
而今而后知忏悔，莫负神恩到此山。

简 议

一来龙门，诗人竟然脱胎换骨。

二

仙家多住玉华宫[1]，多少好山供眼中。

此地从来可乘兴，萧然自有林下风[2]。

注 释

[1]玉华宫：本为唐朝宫殿，故址在今陕西宜君县西南，贞观二十年（646）修造，永徽二年（651）诏废宫为寺。寺内有肃成殿，玄奘曾于此译经。在此，则泛指仙人居住的宫殿。

[2]林下风：树林下之风。林下，树林之下，本指幽静之地，后也指隐逸之所。

简 议

登上龙门山赏景，自然有兴可乘，"林下风"故亦随之而生。

三游龙门洞三首

题 解

这三首诗为作者第三次游历龙门洞时作，主写龙门山的神秀和奇异。

一

华岳吴峰漫等论[1]，龙门两扇[2]镇乾坤。

此中妙道人难识，入圣超凡亘古存。

注 释

[1]漫等论：徒然地让人论说。意谓华岳吴峰不值一谈。

[2]两扇：指龙门山香积河两岸互相对峙的山峰。

简 议

因有"妙道"蕴藏其中，张氏觉得龙门洞超凡入胜，即便华岳吴山都不能比。

二

龙门山势空中悬，别是人间一洞天。

手握铁绠[1]上下看，宛然陆地成神仙[2]。

注　释

[1] 铁绠：铁索。

[2] 陆地成神仙：成了陆地上的神仙。

简　议

登上龙门之巅，诗人飘飘若仙。诗篇文辞劲健俊爽，气格清雄潇洒。

三

龙门雍州早驰名[1]，先生娄景[2]创开成。

至今唯有秦川路[3]，濯濯[4]厥灵赫厥声。

注　释

[1] 龙门雍州早驰名：谓龙门洞很早以前就驰名于雍州。

[2] 娄景：西汉初年人。相传他曾弃官归隐龙门洞，更其山名曰景福山。

[3] 秦川路：当指经过陇州的陇关路。

[4] 濯濯：光明。

简　议

龙门洞的声望居然今不如昔，诗人为之惋惋。

集句诗·景福山

题　解

此集句诗重在讴歌景福山之秀美奇异。

行尽深山又是山[1]，风云一举到天关[2]。

深坊静岸游应遍[3]，另有天地非人间[4]。

注　释

[1] 行尽深山又是山：此句出自唐许浑《早发天台中岩寺度关岭次天姥岑》诗之尾联。

[2] 风云一举到天关：出自元张养浩《登泰山》诗之首联。

[3] 深坊静岸游应遍：得自唐白居易《小船》诗之颔联。

[4] 另有天地非人间：出自唐李白《山中问答》一诗。

简　议

将这四句话集在一起比较恰当，能够较好地反映景福山的真实景观。

集句诗·八仙崖

题 解

八仙崖在龙门洞西约四里处，崖势陡峭，其上有洞，相传是八仙炼丹处。此诗旨在称颂八仙崖之胜景。

忽视蓬莱会群仙[1]，半岭松声万壑传[2]。

崖顶路危人罕到[3]，远山如指近如权[4]。

注 释

[1] 忽视蓬莱会群仙：此句出处无考。

[2] 半岭松声万壑传：得自宋苏轼《惠山谒钱道人烹龙团登绝顶望太湖》诗之尾联。

[3] 崖顶路危人罕到：出处无考。

[4] 远山如指近如权：出处无考。权，通"爟"，烽火。

简 议

辞采尚有，诗情却无。

何积祜诗（一首）

何积祜（1880—1934），字翼云，号韶华馆主。清末湖南道州（今道县）人。举人。1916年前后，任四川都督陈宦秘书。1920年，孔繁锦任甘肃陇南镇守使，聘何为镇守使署参谋长。后任甘肃省西和县知事，不久辞官归里。善书法，楷隶皆长。

留别二十八韵

（辛酉[1]七月，解官[2]将行。抚时感事，用成长句，即以简[3]西和诸君子，并识[4]别也。）

题 解

1921年，诗人辞去西和县知事职务将回归故乡，在临别前写了这首诗，以与西和诸友和同僚告别。原诗计有二十八韵，这里节选了其中的八句。

陇坂峨峨高九折[5]，陇头流水声呜咽。

从古销魂是别离,黄云[6]萧条无日色。
我来初值阳春[7]和,山花欲放山鸟歌。
山花山鸟自终古,却叹人生哀乐多。

注　释

[1]辛酉:指公元1921年。

[2]解官:辞官。

[3]简:通"谏"。

[4]识(zhì):通"志"。

[5]高九折:汉辛氏《三秦记》谓陇山"其坂九回,不知高几许,欲上者七日乃越"。

[6]黄云:边塞荒漠地带的云。

[7]阳春:温暖的春天。

简　议

诗人即将离开西和县,心中充满了离情别绪。言陇坂之"高九折"者,旨在陈说与西和友人的再见之难;状"陇头流水声呜咽"者,意在表明与友人的别离之悲。山中花儿年年盛开,林中鸟儿岁岁鸣唱,而人生却常有离散之苦,作者对此殊多喟叹。

刘璸诗(三首)

刘璸(生卒年不详),清安徽凤阳人。顺治十八年(1661)进士。于康熙二十二年至二十七年(1683—1688)任陇州知州。康熙五十二年(1713)成书的《陇州志》说他"温厚儒雅,省刑薄敛"。著有《揖山阁诗集》。

登关山

题　解

这首诗为作者任职陇州间登关山时作,描写了关山的酷寒、荒凉和山道的逼仄难行。关山即陇山。

关山六月犹凝雪[1],野老三春[2]不见花。

地瘠苦寒宜燕麦[3]，壑深流石少人家。
崎岖道仄[4]难容马，阴邃荆丛每伏蛇。
高控秦川雄陇右[5]，峦峰处处是云霞。

注　释

[1]关山六月犹凝雪：谓由于地势高寒，关山到了盛夏六月，还有冻结未化的积雪。

[2]三春：指农历三月。

[3]燕麦：植物名。初为野生，燕雀所食，故名。后经人工培植为农作物，宜在高寒贫瘠的地区种植。陇县的关山地区，至今尚种燕麦。

[4]仄：逼仄。

[5]陇右：一指陇山以西到黄河以东地区；二为道名，陇右道治秦州（今甘肃天水），辖今陇山以西至新疆东部一带。二义在此皆通。

简　议

诗篇以平畅流丽的语言，写出了陇山盛夏季节的清寒、荒寂和凶险；而"高控秦川雄陇右"句也恰好点明了陇山地理位置的重要性。作为律诗，颔联和颈联的对仗不甚工整；而颈联的对句结尾处用"蛇"字，也毫不押韵。

目观州署颓圮有感哀陇民

题　解

明崇祯五年（1632）到十六年，李自成起义军与明军在陇州地区多次激战，先后三次攻陷陇州城，州署连带被毁。清顺治十四年（1657）黄云燕任陇州知州，于十八年对州署进行了重修。不料到了康熙十三年（1674）十二月一日，吴三桂自云南起兵反清；陕西平凉提督王辅臣在今甘肃平凉起兵响应，使总兵蔡元攻入陇州而陷州城，并大肆抢掠。康熙十四年，清军洞鄂佛尼勒部据守陇山；而叛军李黄莺部则绕道居陇山之巅，伐木塞道以拒清军；清军佟达二将军屯兵陇州咸宜关，与叛军对垒三年。三年间，陇州城池破败，田园荒芜，城乡人民生计艰难，流亡者众。到康熙二十二年（1683）诗人来任知州时，州城和州署破败之状尚无改观，老百姓依旧处于水深火热之中。目睹此情此景，诗人悲不自禁，乃撰此诗以书愤。

　　　　十载经兵[1]后，穷愁不忍看。
　　　　河山还气象[2]，庐舍已凋残。
　　　　独火云中出[3]，孤村岭上寒。
　　　　疮痍今尚痛，抚恤望恩宽[4]。

注　释

[1]十载经兵：指康熙十三年到作者来陇任职九年间的战争。言"十载"是举其成数。

[2]河山还气象：谓陇州的山山水水还是以往的模样。

[3]独火云中出：谓稀疏的灯光在夜间从高山上的孤村中发出来。

[4]抚恤望恩宽：谓陇州百姓希望官府大施恩德，对他们多加抚恤。

简　议

诗篇饱含血泪，情真意切，感人至深，是一首真正意义上的佳作。看到陇州城乡凋敝、民不聊生的惨状，诗人五内摧藏、悲从中来，不由得大声呼号。其中首联中的"穷愁不忍看"五字，真切道出了陇州百姓灾难的深重和作者心情的沉痛；颔联的"庐舍已凋残"句，则如实反映了民众生活的艰危和窘迫；颈联通过对"独火"与"孤村"两个特殊意象的提取，活现了陇州乡村的萧条与寥落；而尾联则直抒胸臆，竭力为百姓代言疾呼。不得不说，诗人是位仁厚博爱的君子，具有强烈的亲民意识，这正是他在任期间"省刑薄敛"的情感动因和思想基础。

晚宿吴山有感

题　解

这首诗为诗人任职陇州期间游吴山时作，记述了夜宿山上的见闻。

　　　　攀崖蹑巘[1]度峥嵘，山色留人暂憩旌[2]。
　　　　落日餐霞迷岫黛[3]，晚云度寺带钟声。
　　　　归樵出谷差参见[4]，栖鸟投林历[5]乱鸣。
　　　　听罢梵音[6]幽梦隐，晓从林际觅啼莺。

注　释

[1]巘（yǎn）：山峰。

［2］憩旌：停下脚步休息，指住宿。

［3］岫（xiù）黛：青黑色的山峰。岫，峰峦；黛，青黑色。

［4］差参见：不时地遇见。差参，同"参差"。

［5］历：尽。

［6］梵音：僧人的诵经声。

简 议

笔者眼拙，看不出诗人"感"的是什么。然诗篇状物写景笔墨生动，鲜活如画。

吴宸梧诗（一首）

吴宸梧（生卒年不详），字圣仪。岁贡。清宜兴（今江苏宜兴）人。康熙三十一年（1692），任安徽舒城县儒学训导，参修《舒城县志》二十卷。康熙五十年（1711）因人保举，任汧阳县知县；五十四年（1715），参与续补《汧阳县志》十二卷；五十七年（1718），增补《石门遗事》。在汧七年，内迁部属。著有《龙舒偶稿》《双桂堂偶稿》《隃麋偶吟》等。

和陇州罗使君[1]"晴岩飞雨"韵

题 解

这首诗为和罗彰彝《游吴山题晴岩飞雨》诗原韵之作。诗篇在赞吴山之美的同时，流露出诗才不如罗氏的愧意。

见说[2]吴山景，层峦别有天。

云开日暾暾[3]，涧落雨绵绵[4]。

地隔汧河远，神游灵应[5]前。

雅歌[6]殊[7]自愧，绝唱倚高贤[8]。

注 释

［1］罗使君：指时任陇州知州罗彰彝。使君，汉代称刺史为使君，汉以后对州郡长官的尊称。在此，是对罗氏的尊称。

［2］见说：听说。

［3］暾暾：明亮。

［4］涧落雨绵绵：指从山涧下落的"晴岩飞雨"瀑布。

［5］灵应：指吴山灵应峰。

［6］雅歌：指作诗。

［7］殊：很，极。

［8］倚高贤：倚仗高贤。高贤，指罗彰彝。

简 议

诗篇语言爽朗清拔，范山摹水纵恣捭阖，足与罗氏原作相抗。诗人大可不必"自愧"，去捧什么"高贤"的脚。

白讷诗（二首）

白讷（生卒年不详），清广阳（今北京市西南）人。康熙五十一年（1712）任乾州知州；五十二年代理凤翔府事，并于同年八月上旬为陇州知州罗彰彝主修的《陇州志》作序。

游吴山

题 解

此诗为作者代理凤翔府事期间游吴山时作，着力描绘了吴岳的美景。

　　近天高峙五峰擎，鬼斧何年凿削成？
　　入谷寒余樵路细，隔林风过鸟啼轻[1]。
　　飞空瀑雨沾衣湿，匝地岩泉照眼明。
　　更喜丹梯凭眺望，苍烟万点蜀山[2]青。

注 释

［1］隔林风过鸟啼轻：谓风吹林木有声，其声之响远过鸟鸣，因使鸟啼之声显得轻微。

［2］蜀山：指吴山之南的秦岭山脉。

简 议

诗篇措辞雅致婉秀，将吴山风光写得妙而不俗，只是毫无兴托。

陪祀吴山

（恭陪奉使告祭吴山，查公典礼既成，敬志。）

题 解

此诗为作者奉陪查公（事迹不详）祭祀吴山时作。诗中对"名臣"和"盛世"大加称颂，为自己能"窃附""名臣"祭山深感荣幸。

吴岳嵯峨耸碧苍[1]，金天[2]灵气奠西方。

明禋旧制存虞典[3]，持节名臣出建章[4]。

盛世威仪同带砺[5]，万年疆域固苞桑[6]。

小臣窃附趋跄后[7]，草木欣欣被宠光[8]！

注 释

[1] 碧苍：碧天。

[2] 金天：即白帝，为西方之神，名少昊。

[3] 虞典：即《虞书》，为《尚书》的组成部分，相传是记载唐尧、虞舜、夏禹等人的事迹之书。

[4] 持节名臣出建章：持节，古代使臣出使，必持节以作凭证，是谓持节；名臣，指查公；建章，为汉宫名，武帝太初元年（前104）建，位于未央宫西，故址在今陕西西安市，后泛指宫阙。

[5] 带砺：也作"带厉"。《史记·高祖功臣侯者年表》谓"封爵之誓曰：'使河如带，泰山若砺。国以永宁，爰及苗裔'"，意思是说，使黄河狭窄如衣带，泰山细小如砺石，国犹永存，爵禄世代永传。后因以带砺借指功臣受封爵禄，代代永传。在此，则指"盛世威仪"永传。

[6] 固苞桑：稳固如苞桑。苞桑，指桑树的根和树干。《易·否》谓"其亡其亡，系于苞桑"，《孔疏》云"苞，本也，凡物系于桑之苞本，则牢固也……桑之为物，其根众也，众则牢固之议"，后因以苞桑比喻根基稳固。

[7] 小臣窃附趋跄后：小臣，作者自称；窃附，意外地依附；趋跄后，步履有节奏地跟在（查公）身后。

[8] 草木欣欣被宠光：宠光，恩宠荣耀。从表面看，这句是说吴山的草木蒙受了恩宠荣耀。其实，作者是以草木自比，说自己陪查公祭山，得到了恩宠和荣耀。

简 议

能陪查公祭祀吴山,作者感到无比光荣。因了感激之心的驱使,他当然要夸查氏是名臣,更要祝康熙皇帝的"盛世威仪"如同带砺,其江山固若苞桑了。

吴炳诗(八首)

吴炳(生卒年不详),字蔚昭,号考园,别号韬园。清南丰县(今属江西)人。雍正七年(1729)举人,乾隆二年(1737)进士。乾隆十三年至十八年(1748—1753),任陕西宜川知县。后知长安县。升任陕西葭州知州,因被人诬陷而降级。平反后,以知州衔知咸阳县。历任陕西邠州、华州知州。乾隆二十八年(1763)五月至三十一年(1766)五月,任陇州知州。其后升任山西平定直隶州知州。以眼疾归。卒,年七十一。有关史料说他"身材修长,相貌魁伟,任官必行其志",所到之处,颇有建树,"即去,民思慕之"。任职宜川时,重修了瑞泉书院,修成《宜川县志》八卷四十六目。任职陇州时,主持编撰《陇州续志》八卷。

次前韵

题 解

这首诗为和陇州学正孙梓《关山行》诗原韵之作,其旨与孙诗相近。

关山何崔嵬[1],苍翠杳无极。
脉络接终南[2],空际盘轩特[3]。
戴斗亦虚传[4],崆峒顿削色[5]。
西镇连雁尻[6],褰裳[7]近可即。
杖策[8]临绝顶,秋老树阴稀。
青天高尺五[9],白云紫我衣。
前朝纷割据,战场留杀机[10]。
安戎与大震[11],古迹今是非[12]?
噫嘻呀,吾生弹指度浩劫[13],

胡为鹿鹿[14]关山甘跋涉？

注　释

〔1〕崔嵬：高耸。

〔2〕终南：指终南山。

〔3〕轩特：高昂而出众。

〔4〕戴斗亦虚传：谓崆峒山头顶着北斗的说法是虚妄的传说。

〔5〕削色：削弱、减少了颜色。

〔6〕西镇连雁尻：谓吴山很高，其山顶连着（挨着）飞雁的屁股。西镇，指吴山；尻，臀部。

〔7〕褰裳：用手提起下衣。

〔8〕杖策：挂着拐杖。杖，名词动用，意如"挂"；策，手杖。

〔9〕青天高尺五：谓青天距关山之巅只有一尺五寸。

〔10〕前朝纷割据，战场留杀机：在古代，关山每为边塞险要，常有战争发生于此。从东汉到清康熙年间，发生在这里的战争不胜枚举。这两句即指此而言。

〔11〕安戎与大震：指修筑于关山（陇山）的安戎关和大震关。安戎关位于今陇县城西四十公里处的固关镇关山沟二桥村边山谷中，由陇州防御使薛逵于唐大中六年（852）所建。大震关地处陇县县城以西五十公里处的关山绝顶之东坡，设于汉初，因地在陇山而名陇关；汉太始二年（前95）改名大震关，北周天和元年（566）又改称大宁关，隋代复名大震关。

〔12〕今是非：到了现在还是不是。

〔13〕浩劫：极长的时间。唐代诗人曹唐《小游仙》诗谓"玄洲草木不知黄，甲子初开浩劫长"。

〔14〕鹿鹿：忙忙碌碌。

简　议

在诗人看来，陇山的高峻和奇绝非同凡响，就连西镇吴山和嵯峨的崆峒山都不能与之争胜。和孙氏原作一样，诗篇的人文内涵明显不足。

人日[1]喜雪次任司马[2]原韵三首

题 解

此诗为和时任陇州同知任云书《莲池》诗三首原韵之作,主要描写陇州城雪后风景及民众举行春社的情形,始终洋溢着欢乐的气氛。

一

璀灿山城玉四围[3],北枝梅蕊顿增肥[4]。

经冬暖根犹浅律[5],转春阳雪乍□飞。

吴岳云深迷树色,莲池冻合掩苔衣。

即看雨水句萌动[6],膏润潜生[7]万家辉。

注 释

[1]人日:农历正月七日,南朝梁宗懔《荆楚岁时记》谓"正月七日为人日,以七种菜为羹,剪彩为人,或镂金箔为人,以贴屏风,亦戴之头鬓。又造华胜以相遗,登高赋诗"。

[2]任司马:指时任陇州同知任云书。在清代,州的同知也称司马。任氏于乾隆四十九年(1784)十二月至五十一年(1786)六月升任陇州知州。

[3]山城玉四围:山城,指陇州城;玉四围,谓州城的四面被雪包围。

[4]梅蕊顿增肥:谓梅花突然开放,花朵变大。

[5]浅律:稍微被束缚、约束。律,约束。

[6]雨水句(gōu)萌动:雨水,指二十四节气中的雨水,公历为二月十九日前后;句萌,草木出土时,弯者称句,直者曰萌;句萌动,草木生发。

[7]潜生:谓在春雨的滋润下暗中生出(光辉)。

简 议

陇州城内外白雪皑皑、梅花盛开,全是清新明丽的早春景象。不过更好的风景还在后面:待到雨水一来,草木处处萌发而百花盛开,全城必将万象生辉。

二

一夜园林尽改装,失惊越火[1]漫苍黄。

论文今乏任君[2]辈,下榻欣亲荀令香[3]。

于耜关心望泽久[4],捋须得句引杯长[5]。
新畲预拟车篝满[6],陇首应添喜雪堂[7]。

注　释

[1]越火：焚烧田中草木之火。古代百越之人实行刀耕火种，常烧去田中草木以其作粪肥。

[2]任君：指时任陇州同知的任云书。

[3]下榻欣亲荀令香：荀令，汉人荀彧，彧在汉曾任尚书令，故称荀令，又称荀令君。唐李商隐《李义山诗集·韩翃舍人即事》诗有"桥南荀令过，十里送衣香"句。因相传荀彧的衣带有香气，所到之处，其香经日不散，人称为"令君香"。后来，多用来指宰相大臣们的风度神采。吴炳作此诗时，任云书寄居在人家废弃的荒斋里，他因欣慕任氏的文才和气度，便于夜间赶往荒斋和任同宿。故这里的"荀令香"指任云书的气度和风采。

[4]于耜(sì)关心望泽久：谓农夫们修理好农具等待耕种，盼望降雨的时间很久了。于耜，《诗经·豳风·七月》有"三之日（农历正月）于耜，四之日举趾"句，《孔疏》言"于训於，三之日於是始修耒耜"，故，于耜指修理农具。

[5]捋须得句引杯长：谓诗人自己用手捋着胡须吟诗得到妙句，饮酒感到滋味悠长。

[6]新畲(yú)预拟车篝满：谓预祝新种的田地获得大丰收，让车和笼子将庄稼装满。畲，指畲田，宋范成大《石湖集·劳畲耕诗序》谓"畲田，峡中刀耕火种之地也。春初斫山，众木尽蹶。至当种时，伺有雨候，则一夕火之，藉其灰以粪"，但明代的陇州并无刀耕火种之法，此处言"新畲"只是比拟；篝，竹笼子。

[7]陇首应添喜雪堂：谓陇山应当添建一座喜雪堂了。北宋仁宗嘉祐七年（1062），苏轼在凤翔府任签书判官时，因久旱得雨，适官舍旁新筑亭子落成，即名为喜雨亭，并作《喜雨亭》以记之。其文先叙作亭，次记雨，再写喜乐，又联系了当时百姓的忧乐。在此，吴氏作为地方官逢苍天降雪，认为有助于农业丰收而心中大喜，乃欲仿苏轼建喜雨亭的做法修建喜雪堂志其喜。

简 议

陇州普降瑞雪，知州大喜过望，不仅赋诗饮酒庆贺，且欲修建喜雪堂以志兴。作为地方官，他期望治下百姓能有饭吃。而大雪的普降，正好预示着庄稼的丰收在望，他为此兴奋莫名。由此，可以看出诗人与百姓的忧乐与共。诗的颔联竭力推崇陇州司马任云书的"论文"与"荀令香"。

三

先人后稷[1]古今传，彩燕流苏各斗妍[2]。
隔岁罗幡仍烂漫[3]，半旬椒酒[4]倍芳鲜。
金乌匿景[5]浑无赖，雪狮当街剧可怜[6]。
谁道兹辰戒风雨[7]，占人何以且占年[8]。

注 释

[1]后稷：周族的先祖。相传其母因其窦生而不祥，欲弃之不养，故名弃。善于种植各种粮食作物，曾为舜的农官，教民耕种。封于邰，号后稷，姓姬氏。

[2]彩燕流苏各斗妍：彩燕，为古代立春日的一种装饰品，是剪成燕子形的彩胜，南朝梁宗懔《荆楚岁时记》说"立春之日，悉剪彩为燕戴之，贴宜春二字"。流苏，以五彩羽毛或丝线制成的穗子，常用作车马、帷帐的垂饰；妍，美。

[3]隔岁罗幡仍烂漫：作者在此句后自注谓"时于十二月二十五日立春"。罗幡即春幡，为春旗，古人于立春日挂春幡，作为春至的象征。

[4]半旬椒酒：半旬，五日；椒酒，用椒实浸制的酒，古俗于元旦由子孙向家长进此酒祝寿。《初学记·汉崔寔四民月令》谓"正月之朔，是为正日……子妇曾孙，各上椒酒于家长，称觞举寿，欣欣如也"。

[5]金乌匿景：谓太阳躲在云中不见影子。金乌，太阳；景，"影"的本字。

[6]雪狮当街剧可怜：谓陇州城中百姓用雪堆成狮子，很是可爱。剧，极、甚；怜，爱。诗人在此句后自注谓"百姓以雪作狮"。

[7]兹辰戒风雨：兹辰，这天，指当年十二月二十五日，这一天为当年的立春日；戒风雨，防备吹风下雨。

[8]占人何以且占年：占人，官名，专掌占卜卦兆之吉凶；占年，占卜年成的好坏。

简 议

彩燕与流苏争奇斗妍，光鲜的春幡随风舒展，满街的雪狮楚楚可怜，家家户户都在为长者敬酒祝寿。十二月二十五日立春这天，陇州百姓举办春社祭祀土神以祈丰年，呈现出一片欢乐祥和的喜庆景象。诗人被这和谐熙洽的气氛深深地感染，急忙赋诗将其记录下来。

莲池诗四首

题 解

陇州城内的莲池始建于宋代，有东、西两池。池周遍植杨树和柳树，间有两棵海棠树。至清代，其中建有六面亭两座、小亭两座，池内配有供游人游览的木船，并建有跨湖小桥两座，池中则广种莲花。1925年冬，莲池主要建筑被军阀所毁，后渐湮灭。到了现在，昔日莲池已荡然无存，其遗址被民居占据。这四首诗作为组诗，从不同方面描绘了莲池的风华和形胜。

一

方塘一亩碧琉璃，桥影横空日影移。
草长城闉[1]烟漠漠，风飘堤絮柳丝丝。
帘栊暧𩺰茶香处[2]，鸥鹭浮沉水涨时。
涤尽污泥通地肺[3]，非关祓禊[4]待题诗。

注 释

[1]闉（yīn）：城曲重门。

[2]帘栊暧𩺰茶香处：帘栊，竹帘和窗户；暧𩺰，昏暗。全句是说，坐在莲池边被竹帘遮挡得昏暗的茶馆里喝茶。

[3]地肺：地名。南朝梁元帝《金楼子·志怪》谓"地肺，荆州济江西岸安船处也。洪潦常浮不没，故云地肺也"。在这里，则指陇州莲池停放小木船的地方。

[4]祓禊（fú xì）：古代民俗，三月上巳日（或说农历三月初三）到水滨洗濯，洗去宿垢，或秉火求福，称作祓禊。

简 议

诗篇将陇州莲池盛春风光写得华美不群,同时也道出了诗人的闲情逸致。

二

苍茫城市有烟萝[1],清簟疏帘携具过[2]。
花蕊蝶翻池馆静,夕阳蛤吠[3]稻田多。
娉婷翠盖擎仙露[4],淡沲红装妒绮罗[5]。
着个轻舟系柳岸,依稀水国漾晴莎[6]。

注 释

[1]苍茫城市有烟萝:城市,指陇州城里的街市;烟萝,犹如"烟景",指云烟霏霏的景象。

[2]清簟疏帘携具过:清簟,用竹或芦苇编织的席。全句是说,(诗人)带着竹席和帘子从街市里走过去。

[3]蛤吠:青蛙鸣叫。蛤,蛙类之称。

[4]娉婷翠盖擎仙露:谓莲池荷花叶子上滚动着露水珠子。

[5]淡沲(duò)红装妒绮罗:淡沲,形容春日风光明净,这里指光艳明净的荷花;绮罗,华丽、美盛的丝织品,这里实指穿着华丽的衣服踏青赏春的女子。

[6]莎:草名。

简 议

阳春三月风和日丽,诗人带着卧具来莲池观景。他看到了鲜红的莲花、带露的莲叶和妖娆的赏光女子,听到了陇州城外稻田里的蛙鸣。诗中"淡沲红装妒绮罗"句颇有妙趣:貌似写莲花被"绮罗"忌妒,实则是要连带点出盛装女子的妖冶姣好。

三

苹末[1]吹来面面凉,凭栏垂钓忆横塘[2]。
新浦露坠中宵白[3],文阁窗衔落照黄[4]。
野鸭低飞皆溅水,残红遥挂半成梁[5]。
泮宫[6]渠引泉归处,好溯文澜一瓣香[7]。

注　释

〔1〕苹末：《昭明文选》战国宋玉《风赋》谓"夫风生于地，起于青苹之末。侵淫溪谷，盛怒于土囊之口"。风起则苹叶摇动，因以苹末为风的代称。故，此处的"苹末"指风。

〔2〕横塘：堤防名。有二，一在江苏南京市西南，以左思《吴都赋》中有"横塘、查下，邑屋隆夸"的描写而得美名；二在江苏苏州市虎丘区横塘街，以宋陆游在《剑南诗稿·横塘》诗中有"横塘南北埭西东，挂杖飘然乐未穷"的说法而享盛名。在此，作者将陇州莲池之堤比作横塘。

〔3〕新浦露坠中宵白：谓莲池水边坠下露水，在半夜里一片青白。中宵，半夜。

〔4〕文阁窗衔落照黄：谓陇州城内文昌宫的窗棂在落日斜照下一片苍黄。落照，夕阳。

〔5〕残红摇挂半成梁：意谓落日红色的余晖映在水面上，远远地看去像是在水上架起了桥梁。

〔6〕泮宫：这里指陇州文昌宫边的流水。古代常称学宫为泮宫，以其有泮池故。

〔7〕好溯文澜一瓣香：意谓好溯渠水而去，得到文澜阁的一缕书香。文澜阁为清代藏书阁名，在今浙江杭州市西湖孤山，用以藏四库全书。此处以文澜阁喻陇州的文昌宫。此宫由前知州罗彰彝所建，在莲池边。

简　议

这首诗的要旨在尾联。虽然在写莲池美景，终究露出儒者本色。

四

孤亭[1]西北切层城，缘壑因丘结构成。
甘醴沁心瓯乍酌[2]，鲫鱼入馔盏频倾[3]。
云山不碍真同画，荇藻初澄可濯缨[4]。
为报乘槎沂水客[5]，遥遥天汉时宵征。

注　释

〔1〕孤亭：指陇州城内的文昌宫。此宫在城之西北隅的莲池附近，共三楹。

［2］甘醴沁心瓯乍酌：甘醴，美酒；瓯，本是盆、盂之类的瓦器，此处指酒杯。

［3］鱓（shàn）鱼入馔盏频倾：鱓鱼即鳝鱼，鱓同"鳝"；馔，饭食；盏，小酒杯。

［4］荇藻初澄可濯缨：荇藻，荇菜和藻，都是生长在湖塘中的水草；濯缨，洗涤冠缨，比喻操守高洁。全句是说，莲池的水草碧绿，水质清纯，可以洗涤冠缨。

［5］为报乘槎汧水客：乘槎，乘坐木筏，神话传说称天河通海，有个住在海边的人，常见每年八月海上有木筏来，他就登上木筏到达天河，看见了牛郎和织女，后来的诗文中常以乘槎喻出使。客，作者自称。

［6］遥遥天汉时宵征：谓自己于夜间来莲池赏游。

简 议

诗中"可濯缨"三字，暗示了作者的脱俗和操守的高洁。

孙梓诗（一首）

孙梓（生卒年不详），曾于清乾隆二十八年至三十一年（1763—1766）任陇州学正。

关山行

题 解

"行"，为乐府和古诗的一种体裁。这首诗为歌行体，描写了关山（陇山）的雄浑壮美和山道之险，且多感慨。

    万古此关山[1]，突兀壮西极[2]。
    连峰入云霄，形势直[3]奇特。
    烟雾忽倏生[4]，不辨朝暮色。
    云开树在天，可望实难即[5]。
    忆昔云中地[6]，边塞[7]人烟稀。
    鬼门与神道[8]，崎岖曾振衣[9]。
    岩深号虎豹[10]，咫尺履危机。

今兹[11]登绝顶,故境是耶非[12]?
噫嘻吁[13],青山阅尽千百劫[14],
过客终朝[15]枉跋涉[16]!

注　释

[1]关山:陇山。

[2]西极:西方极远之处。因陇山地处西部,故云"壮西极"。

[3]直:特别。

[4]忽倏生:突然地生成。

[5]即:就,接近。

[6]云中地:谓陇山高耸入云,其地如在云中。

[7]边塞:陇山在古代常为边塞重地,故云。

[8]鬼门与神道:鬼门,"鬼门关"的简称,泛指凶险之地,这里则指陇山中的峡谷;神道,神奇险峻的道路,这里则指崎岖的陇山道路。

[9]振衣:抖衣去尘。此处谓昔日曾在陇山上行走。

[10]号虎豹:虎豹号叫。

[11]今兹:今此,现在。

[12]是耶非:是还不是。耶,语助词,表示疑问或反诘。

[13]噫嘻吁:表示感叹、慨叹。

[14]千百劫:佛经谓由天地的形成到毁灭这段时间为一劫。这里言"千百劫"者,谓陇山存在的时间已经很久了。

[15]终朝:早晨,也指整天,这里以后者为是。

[16]枉跋涉:绕着跋涉。枉,绕。

简　议

"突兀壮西极""形势直奇特""云开树在天",诗人眼中的关山峻雄奇伟、气度超卓。"鬼门与神道""岩深号虎豹,咫尺履危机",诗人笔下的关山道路巉崄难行、险象环生。

任云书诗（三首）

任云书（生卒年不详），清溧阳县（今江苏溧阳）人，附生（秀才）。初任安塞县知县，于乾隆四十四年（1779）主修《安塞县志》。后任陇州同知（司马），于乾隆四十九年（1784）十二月至五十一年七月任知州。

莲池三首

题 解

陇州城内莲池始建于宋代，有楼亭、小桥等，池中广植莲花。自1925年起逐渐损毁，今已荡然无存。这三首诗作于诗人任陇州同知期间，集中描绘莲池风光。

一

莲池新开一镜镕[1]，清风明月两溶溶[2]。
分来玉井仙葩丽[3]，移自沧洲别艳浓[4]。
环植柳枝滋翠影，闲栽桃李荫芳容。
鉴湖[5]三百真无谓，只有诗宜访旧踪。

注 释

[1]镜镕：铸造铜镜的模型。这里是说，莲池就像一个铸镜的模具或一面镜子。

[2]溶溶：流动。意谓明月照在被风吹动的池水中，看起来水和明月就像在流动一样。

[3]分来玉井仙葩丽：谓莲池中的荷花像是从玉井中移来的仙花，显得很美丽。玉井，冰井，为古代帝王藏冰之井。

[4]移自沧洲别艳浓：谓莲池的荷花像是从沧洲移植来的，特别浓艳。沧洲，滨水之处，古人说是隐者居处；别，特别。

[5]鉴湖：湖名，即镜湖。东汉永和五年（140），太守马臻于会稽山阴两县界（今浙江绍兴市越城区）筑塘蓄水，堤塘周长三百一十里，溉田九千顷，以水平如镜名镜湖。宋人讳"敬"及其音近字，遂改称鉴湖。

简 议

陇州莲池绿柳环绕、桃李芬芳、荷花娇艳，远胜闻名天下的鉴湖。流连其中，诗人喜气洋洋。

二

欲倩沧浪亲濯江[1],筑成亭子羡无双。
潆回一曲明如镜,耸峙中流巧似舣[2]。
晓日玲珑排绣闼[3],晚风披拂响雕窗。
龙文百斛[4]遥相似,安得昌黎健笔扛[5]!

注 释

[1]欲倩沧浪亲濯江:谓想借助沧浪之水摇着小船过江。倩,借助;濯(zhào),船桨,这里指摇船。

[2]舣(shuāng):谓莲池中所建的亭子状如小船。舣,小船。

[3]绣闼(tà):华丽的门。这里指莲池亭子的门。

[4]龙文百斛:龙文,指莲池水中泛起的龙形花纹;斛,一种量器,古代以十斗为一斛。

[5]安得昌黎健笔扛:怎得让长于写作的韩愈将这美景写出来。昌黎,本为古县名,唐人韩愈世居颍川,常据先世郡望自称昌黎人,故这里的昌黎指大文豪韩愈。

简 议

莲池中的亭子太美,美到诗人不能用笔墨来摹写。他认为,只有笔力豪健的韩愈才能将其描绘出来。

三

桥边[1]散步起遐思,莲叶莲根百尺丝。
一架彩虹[2]分泽国,半钩新月覆水池。
凭栏遣兴酤清醑[3],倚槛[4]开怀咏竹枝[5]。
好景尘埋谁过问,重逢拂拭[6]莫嫌迟。

注 释

[1]桥边:指莲池里的小桥边。

[2]彩虹:指莲池内的小桥。

[3]酤(gū)清醑(xǔ):酤,买酒,这里意如"饮";醑,美酒。

[4]槛:四方加板的船。

[5]竹枝:为乐府名。唐刘禹锡于贞元中在沅湘所创。其形式为七言绝句,多咏风土人情。

［6］拂拭：抚摸莲池的围栏和池边的船。

简 议

莲池风景虽好，却被尘埋而无人问津，诗人深为惋惜。

张烈诗（十八首）

张烈（生卒年不详），字西山。清秦州（今甘肃天水）人。乾隆五十一年（1786）举人，以候铨知县补陇州学正，六年后入西安府学。嘉庆十二年（1807），曾为秦州伏羲庙书写碑文，为人称道。

咏陇山十八峰

题 解

诗人家居秦州，却在陇州和西安任职，因故多次行经陇山，对其情况知之甚详。这十八首诗分别描写陇山十八座山峰各自的特色，极尽铺陈之能，在众多歌咏陇山的诗篇中绝无仅有。对陇山的十八峰，陇州从来无人知晓，幸亏有了诗人的吟咏，才使人们对它们的情况有了相应的了解。但时至今日，人们对张氏所说的陇山十八峰已无法确指。

天柱峰

高擎西北太初天[1]，谁说共工怒触巅[2]。
万里终南[3]云外耸，三秦关[4]锁陇头悬。
开山任教愚公徙[5]，戴石不妨嬴政鞭[6]。
自是灵台[7]今古柱，虹梁[8]架得远无边！

注 释

［1］太初天：天地未分以前处于混沌状态时的天。

［2］谁说共工怒触巅：以汉刘安在《淮南子·天文训》中的说法，共工是传说中的天神，与颛顼争为帝，战不胜，怒而触不周山，竟使"天柱折，地维绝。天顷西北，故日月星辰移焉；地不满东南，故冰潦尘埃归焉"。这句话的意思是说，陇山的天柱峰从远古时就存在到今天，因此共工并没有来将它触倒。

［3］终南：指终南山。又称南山，也泛称秦岭，在今陕西西安市南。

〔4〕三秦关：指筑于陇山之巅的大震关。此关地形险要，为古代关防戍守要塞。

〔5〕开山任教愚公怯：《列子·汤问》中有个寓言故事，说北山愚公年近九十，因他家门前有太行、王屋二山阻碍出入，他决心把两座大山移走。这句话意思是说，陇山天柱峰十分高大，连敢于移走太行、王屋二山的愚公见了都胆怯，要把家搬走。

〔6〕戴石不妨嬴政鞭：戴石，谓天柱峰顶上有石头；嬴政，秦始皇；鞭，鞭石。传说秦始皇作石桥欲渡海看日出处，时有神人，驱石下海，石去不速，神每鞭之，石皆流血，至今皆赤。全句是说，天柱峰之巅的石头，可以让嬴政拿去修建渡海的石桥。

〔7〕灵台：星名，属太微垣。《晋书·天文志》上称"明堂西三星曰灵台，观台也。主观云物，察符瑞，候灾变也"。

〔8〕虹梁：曲桥，拱桥。

简　议

此诗将陇山之天柱峰写得雄奇壮武且气势非凡，但因用典繁杂而流于晦涩。

骤雨峰

石也飞腾山也飘，骤来霡霂[1]似丝条。
鸟从林外穿梭迥[2]，龙向洞中吐雾遥。
碧落依稀幪素绢[3]，岚光仿佛幔青绡[4]。
何人弄笛[5]岩岗裂，任取神仙王子乔[6]。

注　释

〔1〕霡霂（mài mù）：小雨。

〔2〕迥：远。

〔3〕碧落依稀幪素绢：碧落，天空；幪，昏暗不明；素绢，白色的绢丝。

〔4〕幔青绡：薄纱围成了帐幔。绡，薄纱。

〔5〕弄笛：吹笛奏乐。这里指雨声。

〔6〕王子乔：传说中的仙人。《列仙传》谓"王子乔者，太子晋也，道人浮丘公接以上嵩高山"。

简 议

细雨濛濛中，骤雨峰薄雾弥漫、淡云缭绕、疾风劲吹，一派扑朔迷离的苍茫景象。将山中风声喻作仙人王子乔的笛音，使诗篇拥有了一分浪漫。

积雪峰

当空耸起雪千涛，不是鹤飞傍九皋[1]。
倒泻银河冰浪汗[2]，遥腾县圃[3]玉周遭。
云横秦岭积雪絮，树锁陇头攒似毛。
我欲寻梅搜好句[4]，梅花也未晓分毫[5]。

注 释

[1]九皋：深远的水泽淤地。《诗经·小雅·鹤鸣》有"鹤鸣于九皋，声闻于野"之说，《郑笺》谓"皋，泽中水出所为坎，自外数至九，喻深远也"。

[2]浪汗：纵横散乱。

[3]县圃：即"玄圃"，传为神仙居处。或说昆仑一曰玄圃；或言昆仑之山分为三级，中间一级名玄圃，或说昆仑山正西一角为玄圃。相传穆天子曾登玄圃，勒名其上以诏后世。也作"悬圃"，县同"悬"。

[4]好句：美好的诗句。

[5]梅花也未晓分毫：谓没有找见丁点梅花。

简 议

似银河倒泻而冰浪汗，若县圃遥腾而被美玉，陇山积雪峰之雪景雄浑而壮丽。

墨影峰

无端绝顶墨翻波[1]，万灶松烟[2]竟若何？
鍪甲三千皆突兀[3]，缁衣十二尽嵯峨[4]。
不曾张旭濡头写[5]，岂有臣朔大手摹[6]？
借问谁人橼笔饱[7]，好将蝌蚪落文河[8]？

注 释

[1]绝顶墨翻波：谓墨影峰顶墨绿色的松林在大风的吹拂下摇摆，一如浓墨起浪翻波。

〔2〕万灶松烟：谓松林浩如烟海，仿佛万灶之炊烟弥漫。

〔3〕鍪（móu）甲三千皆突兀：山上高低不一的林木如将军的头盔和铠甲，显得嶙峋而突兀。

〔4〕缁衣十二尽嵯峨：意谓生长着黑色林木的十二座山峰很高峻。缁衣，黑布之衣，这里指山上生长的黑色林木；十二，概言山峰之多；嵯峨，高峻。

〔5〕不曾张旭濡头写：谓对墨影峰的妙景，唐代书法家张旭不曾用头蘸着墨去书写。张旭，唐代大书法家，精楷法，尤善草书；据传他嗜酒，常在大醉后狂呼疾走，乃下笔，或以头濡墨而书。

〔6〕岂有臣朔大手摹：意谓难道还有东方朔挥动大手作诗去摹写吗？臣朔，指汉代的东方朔，字曼倩，他在武帝时官至太中大夫，《汉书》说他善作八言和七言诗，各有上下篇。《汉书·东方朔传》中记有东方朔一段话，谓"侏儒长三尺余，奉一囊粟，钱二百四十。侏儒饱欲死，臣朔饥欲死"，后来诗文中即以臣朔为东方朔的省称。

〔7〕椽笔饱：《晋书·王导传》附王珣谓"珣梦人以大笔如椽与之，既觉，语人云：'此当有大手笔事。'俄而帝崩，哀册谥议，皆珣所草"，后因以椽笔称颂重要文章或写作才能。

〔8〕好将蝌蚪落文河：蝌蚪，蝌蚪书，古代作书，以刀刻或漆书于竹简木牍之上，用漆书写，下笔时漆多，收尾时漆少，故笔画多头大尾小，形如蝌蚪，故称蝌蚪书或蝌蚪文；文河，诗赋文章之河。

简 议

作者为无人能将墨影峰之妙景描绘出来而遗憾，希望有文才出众者将其写画下来。诗篇运思怪特，用典冷僻生涩，严重影响了诗意的表达。

松纹峰

绝似古松横老梢，不分瘦岛与寒郊[1]。
冲霄宛若礧砢树[2]，飞瀑幻于康水坳[3]。
峭壁依然和峤[4]影，阿丘疑是聚芝苞[5]。
山人煮石得还未[6]？尚有云间旧结茅[7]。

注 释

〔1〕瘦岛与寒郊：即郊寒岛瘦。郊，指唐诗人孟郊；岛，指唐诗人

贾岛。宋人苏轼认为孟、贾二人之诗意境简啬孤峭，不够开朗发扬，因在《祭柳子玉文》中说"元轻白俗，郊寒岛瘦"。后来，就以此四字来表示诗文中类似的意境和风格。在这里，则是说松纹峰像贾岛和孟郊的诗一样寒瘦孤峭。

[2]宛若礌（lèi）砢（kē）树：礌砢，同"磊砢"，指树木多节。这五字是说，松纹峰像树木的结节似的扭曲臃肿。

[3]康水坳：丰盛的水坳。康，丰盛。

[4]和峤（jiào）：晋代人，字长舆，官至中书令。少有名，庾某说他"森森如千丈松，虽礌砢多节目，袍之大厦，有栋梁之用"。

[5]阿丘疑是聚芝苞：阿丘，大的丘陵；芝苞，芝指芝草，是一种香草；苞指苞草，又名荀草，是传说中的香草。全句是说，山丘密集得像是芝草和苞草丛生、聚集在一起。

[6]山人煮石得还未：山人，山居者，多指隐士；煮石，旧题晋葛洪《神仙传》记有白石先生者，常煮白石为粮；又记焦先常食白石，以分与人，熟煮如芋食之，后来诗文中常用煮石作为道家修炼的典故。全句是说，山中隐士修炼回来了没有。

[7]旧结茅：指隐士早先修筑的茅屋。

简 议

此诗措辞苦涩，意境简啬孤峭，诚然是孟郊贾岛式的寒瘦之作。但尾联的述说，却为诗篇增添了些许的灵性和生气。

摘星峰

换斗移星孰[1]惯经，陇峰高更高于星。
共工头似昆山样[2]，仙子掌如海岛形。
推倒浮云飞片片，握来满把燿荧荧。
不堪夜半惊天帝[3]，回首平分吴岳青[4]。

注 释

[1]孰："熟"的古字。

[2]共工头似昆山样：谓摘星峰的模样像共工的头，也像昆仑山。共工，古代传说中的天神，与颛顼争为帝，怒而触不周山，山为之折。昆山，昆仑山。

［3］天帝：天神和上帝。

［4］平分吴岳青：和吴山平分春色。青，古人以青指春天。

简 议

高标于星辰之上，看惯了斗转星移；不但推倒了浮云，还惊动了天帝，摘星峰实在高得出奇。诗中颈联两句构思出新，言出意表。

遏云峰

高峰巍巍正当头，不信[1]行云不肯流。

断续还余横岭树，纤秾[2]错认满天秋。

未能突兀空中过，只好巉岩缺处浮。

傍得马鬃生几许，征人却说太悠悠[3]。

注 释

［1］不信：大大地相信。不，通"丕"，大。

［2］纤秾：纤，细微；秾，繁盛。二字用以形容云彩的薄淡和浓厚。

［3］征人却说太悠悠：谓行进山中的人却说云雾安闲静止。征人，行人。

简 议

不能从高空流过，只好徘徊在岩壑深处，连征人都说它静止不动。遏云峰的确高大崔巍，硬是将山间的云彩死死地锁住。诗篇对云雾堆集止息状态的描绘，可谓有神有形。

拖汉[1]峰

危岩峻处不胜寒，拖得银河颠倒看[2]。

神树几欲穿汉表[3]，结庐何自入云端？

赤霞莫辨霄千缕，岚影恰凝天一团。

但凡遥岑都卑卑[4]，西陲只有此高峦。

注 释

［1］汉：天河，也称云汉、银汉、天汉。

［2］拖得银河颠倒看：意思是说，拖汉峰高出银河之上，人站在山顶，得倒着向低处看那银河。

［3］汉表：银河的外面。

［4］遥岑都卑卑：谓远处的山峰都显得低矮而平庸。遥岑，远处的

山；卑卑，低下、凡庸。

简　议

诗篇状拖汉峰之高运思神妙，其中"拖得银河颠倒看"句想象奇特、意匠特达，非他人所能言。

蟠龙峰

掉尾[1]游龙还掉髯，何曾蜷卧也潜潜[2]。

雷声忽向山头吼，电影[3]遥从岭外瞻。

毕竟石岩真砥柱，公然云气抹山尖。

不愁人世无良岁[4]，甘雨和风应候[5]添。

注　释

[1]掉尾：摇尾。掉，摇摆。

[2]也潜潜：也，语气词，无义；潜潜，隐伏止息。

[3]电影：闪电的影子。

[4]良岁：好的年成，即庄稼丰收的年份。

[5]应候：即候应。古代以五日为一候，每一候都有对应的物候，称候应。

简　议

诗人将蟠龙峰想象成一条巨龙。此龙不仅摇头摆尾，还能鸣雷布雨。他由此联想到了五谷的丰登，不禁心生喜悦。因了这个联想，诗篇便有了相应的思想境界。能将静穆的山峰写得灵动起来，也是作品的一大特色。

千岔峰

绝似犁沟万缕深[1]，迷离错杂最难寻。

烟云缭绕分千岔，星月纵横散一林。

何处岩中乱飞瀑？谁人帘外辨遥岑[2]？

谢家虽有登山屐[3]，难免徘徊抱膝吟[4]。

注　释

[1]绝似犁沟万缕深：谓千岔峰上的沟壑形如一道道犁沟，很是幽深。

[2]遥岑：远山。

〔3〕谢家虽有登山屐：南朝宋谢灵运登山时穿有齿的木屐，上山去其前齿，下山去其后齿。这句即指此而言。

〔4〕抱膝吟：抱膝，手抱膝而坐，谓有所思；吟，叹息。

简 议

沟壑深密，云烟纷氲，还有重林飞瀑，千岔峰气象万千、神采殊异。诗篇状山写景造语灵动，神清气朗。

卧虎峰

万木风来似削劖[1]，惊闻长啸出深嵒[2]。

山云半锁溪连壑，人境[3]中分仙与凡。

只有乘龙游岳渎[4]，那可跨虎看松杉？

此间采药得曾未？除却杏林不守监[5]。

注 释

〔1〕劖（chán）：凿，断。

〔2〕嵒（yán）：同"岩"，高峻的山崖。

〔3〕人境：人世，人间。

〔4〕岳渎：五岳和四渎，皆为天下名山大川。

〔5〕杏林不守监：杏林，传说三国时吴人董奉隐居匡山，为人治病不取钱，但使重病愈者植杏五株，轻者一株，积年愈人无数，得杏树十余万株，蔚然成林，以董在此修炼成仙，因称董仙杏林，后遂以杏林代指良医。守，停留；监，监视；不守监，不停留照视。

简 议

诗作属意散漫，旨意无着。

射斗峰

斗口三台[1]一望间，惟天莫竣[2]也惟山。

高穿碧汉星千颗，耸出青霄月半弯。

云到危巅定是遏[3]，雁飞极处[4]亦思还。

谩言安石能游戏[5]，不是仙人不得攀[6]。

注 释

〔1〕斗口三台：斗，指北斗七星及二十八宿之斗宿；三台，星名，指上台、中台、下台六星，也作"三阶""泰阶"。

［2］莫峻：高大峻峭。莫，广大。

［3］遏：阻止，受阻。

［4］极处：顶点处，最高处。

［5］安石能游戏：安石，指晋人谢安，安字安石。他喜游赏，凡出游必携伎以从。

［6］不是仙人不得攀：谓谢安石虽然喜欢出游，但他不是神仙，所以也不能攀登射斗峰。

简 议

通篇皆言射斗峰之高峻，表现手法多种多样。

擎月峰

定是嫦娥妆倚门[1]，高悬明镜照乾坤。

山山扫尽云千片，树树撑开月一痕。

到处有容真朗耀，谁家不夜却黄昏？

瑶岑恰合巫阳数[2]，十二峰头色相浑[3]。

注 释

［1］定是嫦娥妆倚门：谓天上的明月光亮耀眼，肯定是盛装的嫦娥靠着宫门在向外看。

［2］瑶岑恰合巫阳数：瑶岑，如玉铸的山峰；巫阳，指位于重庆巫山县以东的巫山，《昭明文选》战国楚宋玉之《高唐赋》记楚襄王游云梦台馆，望高唐宫观，言先王（怀王）梦与巫山神女相会，神女告别时说"妾在巫山之阳，高丘之阻，旦为朝云，暮为行雨。朝朝暮暮，阳台之下"，因了此故，巫山也称巫阳，巫山群峰连绵，著名者有十二座。这句话是说，擎月峰有大小山头十二座，正合巫山之峰数。

［3］浑：全，满。

简 议

此诗以嫦娥喻明月，使寂静清冷的月亮陡增了几分灵气和妩媚。

飘蛛[1]峰

长虹几度出深潭，直挂高峰接翠岚。

不解横空来岭北，何从倒影入山南？

曾闻蝃蝀三时[2]见，大抵乾坤一气[3]涵。

好看飘扬经过处，青山绿水半相参。

注　释

［1］蛛（dōng）：指蝀（dì）蛛，为虹的别称。也作"蝃蛛"。

［2］三时：古人以夏至后半月为三时，头时三日，中时五日，三时七日。

［3］一气：构成天地万物的基本素质。东汉王充《论衡·齐世》谓"一天一地，并生万物。万物之生，俱得一气"。

简　议

就诗题论，当以写飘蛛峰为主。但诗中只言彩虹而少言山，似有本末倒置之憾，其弊与《擎月峰》诗同。

飞瀑峰

溅雨飞珠更撒冰，恰如潮屿涌频仍[1]。
还看汧水添多许，请问陇山透几层？
雾自岩端横蔼蔼，风从林际吼溯溯[2]。
庞公[3]可也来观望，勇退激流较昔增[4]。

注　释

［1］频仍：连续不断。

［2］溯溯（píng píng）：水声。这里指风声。

［3］庞公：指庞德公，为汉末襄阳人。因年长，人称之为庞德公，有令名。他居襄阳岘山之南，未尝入城，被司马徽、诸葛亮、徐庶等名士所尊重。荆州刺史刘表数延请，不能屈。后，携妻子登鹿门山采药不返。

［4］勇退激流较昔增：谓善于激流勇退的庞德公要是看了飞瀑峰的瀑布，其引退的想法会比以前增强。

简　议

"庞公"典故的运用，使飞瀑峰之绮丽更上一层楼。

赤霞峰

依稀掣电影横斜，掩映层岩一派华。
元豹岂藏蒙昃雾[1]，游龙乍闪赤城[2]霞。
何曾春树飞红雨，不是枫林笼绛纱[3]。
会向灵鹫[4]多少路，何如遍地涌丹沙[5]？

注 释

[1]元豹岂藏蒙灵（guì）雾：元豹，黑豹，元同"玄"，黑色；灵雾，烟雾，灵，烟出。全句是说，山中黑豹之所以看不见，不是因为它藏了起来，而是被涌出来的红色的烟雾给遮住了。

[2]赤城：道教传说中的山名。《初学记·登真隐诀》谓"赤城山下有丹洞，在三十六洞天数，其山足丹"。

[3]绛纱：深红色的纱。

[4]灵鹫：指佛教名山灵鹫山。

[5]遍地涌丹沙：谓赤霞峰色红，如遍地都是丹沙。丹沙，本作"丹砂"。

简 议

赤霞峰漫山皆红，望之如无边的赤霞。诗篇对此景象的描写形象而传神。

剑光峰

斗口[1]遥瞻紫色横，光辉闪闪岭头倾。
山魈蜷缩形俱悚[2]，赑屃[3]高攀胆亦惊。
不信张华能望气[4]，公然欧冶得其精[5]。
河山百二[6]依天柱，坐镇封疆[7]总太平。

注 释

[1]斗口：斗宿之口。

[2]山魈蜷缩形俱悚：山魈，山中大猴、猩猩或山林之怪；悚，惧、震惊。

[3]赑屃：传说中的龟名，好负重。

[4]张华能望气：张华，字茂先，晋代范阳方城人，官至司空，强记默识，博学多闻，著有《博物志》，其诗辞藻华丽，但"儿女气多，风云气少"；望气，是古代占卜法，望云气附会人事，预言吉凶。

[5]欧冶得其精：欧冶，指春秋时冶工欧冶子，他应钱王聘，为其铸湛卢、巨阙、胜邪、鱼肠、纯钧五剑；后又与干将为楚王铸龙渊、泰阿、工布三剑，也作"区冶"。精，灵气。

[6]河山百二依天柱：河山百二，指山河险固之地。全句谓剑光峰是

山河险要之处的擎天柱。陇山在古代每为边塞险要之地，故谓河山百二。

［7］封疆：疆界。《礼记·月令》孟春之月谓"王命布农事，命田舍东郊，皆修封疆"，因陇山在古代往往为边地，故以封疆称。

简 议

剑光峰高大且辉光闪烁，竟使山魈惧怕、飊贔心惊，为边塞撑天之巨柱。有它坐镇疆界，天下总是太平。

捧日峰

蓬莱九岑接昆岗[1]，中有一峰[2]捧太阳。
半晷甫能超陇岫[3]，全轮早已射秦疆[4]。
遥临若木清辉迥[5]，下瞰咸池[6]飞瀑茫。
更有层岩千万树，无人不说是扶桑[7]。

注 释

［1］蓬莱九岑接昆岗：蓬莱，是古代方士传说的仙人所居的仙山，这里用以美称捧日峰；九岑，九峰；昆岗，指昆仑山。

［2］一峰：指捧日峰。

［3］半晷甫能超陇岫：半晷，半个日影；甫，开始；岫，峰峦。全句是说，太阳从东面露出半面，其光就开始照耀陇山的峰峦。

［4］秦疆：秦国的边界。陇州古为秦国属地，而陇山又地处陇州西南陲，故以"秦疆"称。

［5］若木清辉迥：若木，神话中的一种树木，《山海经·大荒北经》称"大荒之中，有衡石山、九阴山、洞野之山，上有赤树，青叶亦华，名曰若木"，晋郭璞《注》谓"生昆仑西，附西极，其华光亦下照地"。迥，远。

［6］咸池：东方的大泽，神话说是太阳洗浴处。

［7］扶桑：神树名，传说日出其下，又作"榑桑"。

简 议

诗篇造语凝练，文辞高古，堪称十八峰诗中之佼佼者。

张敏求诗（一首）

张敏求（生卒年不详），字燮臣，号勖园。清安徽桐城人。乾隆六十年（1795）举人。1807年任奉贤县知县。1810年知甘肃漳县。著有《问花亭诗初集》八卷，《问花亭诗外集》二卷，《纪游诗草》二卷。

陇头水

题 解

清嘉庆十五年（1810），诗人经陇州前往甘肃漳县任职，在翻越陇山时写了这首诗。虽为五言律诗，却是借汉乐府旧题而作。

昔闻陇头水[1]，今作陇头行。

流水一声咽，行人万古情。

含悲兼汉月，余响入边城。

莫问安西道[2]，萧萧白发生！

注 释

［1］陇头水：指乐府横吹曲中的《陇头流水歌》。

［2］安西道：通往安西都护府的道路。

简 议

诗人行经陇山，亲耳听到陇头流水的呜咽，心中充满了落寞和苍凉之感。由此可见，他对任职漳县似乎并不情愿。

孙维曾诗（八首）

孙维曾（生卒年不详），字绪庵。清陇州东乡梨林川枣林寨村人。同治十二年（1873）岁贡。工诗文。长于书法，人许其书法州中第一。

陇州八景·五峰挺秀

题 解

陇州有八景，分别是"五峰挺秀""温溪不冻""关山夜月""寒亭积雪""东园霁雨""汧河晚渡""金泉涌派"和"弦蒲名薮"。这八景曾被载入陇州有关志书中，并被许多人歌之以诗。这里所讲的"五峰"，指州南吴山的五座山峰。

五峰屹立更[1]参前，首属镇西次大贤[2]。

灵应会仙[3]千古秀，高标望辇[4]接长天。

注 释

［1］更：连续。

［2］首属镇西次大贤：镇西，指吴山镇西峰；大贤，指吴山大贤峰。

［3］灵应会仙：指吴山的灵应峰和会仙峰。

［4］高标望辇：高耸的望辇峰。望辇峰为吴山五峰之一。

简 议

诗篇只言五峰之名，实在缺乏诗味。

陇州八景·温溪不冻

题 解

温溪在今陇县温水镇所辖之柴家洼村左侧山谷中。谷底有温泉，溪水隆冬常温。清康熙《陇州志·方舆志》谓温溪"即温泉，三冬暖气郁然"。这首诗对温溪大加赞美，谓其胜过长安的曲江流水。

不计愚溪与蟠溪[1]，水流州北出州西。

隆冬不冻温如汤[2]，胜似曲江流饮堤[3]。

注 释

［1］不计愚溪与蟠溪：不计，犹言不是；愚溪，水名，在今湖南永州市零陵区西南，本名冉溪，唐柳宗元谪居于此，改其名为愚溪；蟠溪，在今陕西宝鸡市陈仓区南，金大定十四年（1174），丘处机来此穴居乞食，苦修六年。

［2］汤：热水，开水。

［3］胜似曲江流饮堤：谓胜于游览胜地曲江池流水的浸润沙堤。曲江指曲江池，在今陕西西安市东南，秦时为宜春苑；汉代为游乐园，有河水水流曲折；隋文帝以曲名不正，更名为芙蓉园；唐代复名曲江，开元中加以疏通，为京城人中和、上巳等盛大节日游赏胜地；唐末，水涸池废。饮，浸润。

简 议

诗中"隆冬不冻温如汤"句，真正写出了陇州温溪的特点；而"胜似曲江流饮堤"则誉之过甚。

陇州八景·关山夜月

题 解

此处的关山,指逶迤于陇州西南的陇山。康熙《陇州志·方舆志》在"关山夜月"条下说"汉安彝关,即今州故关。时有月色皎洁光辉,虽晦朔夜分,犹然。唐储光羲有诗"。这首诗即写关山夜月的广大久照。

征途万里苦登攀[1],月色溶溶[2]一望间。
朔晦[3]不分光久照,令人终古[4]说关山。

注 释

[1]登攀:谓攀登关山。

[2]溶溶:(月光)宽广盛大。

[3]朔晦:朔,平旦,天明时;晦,夜晚。

[4]终古:永远,自古以来,二意在此皆可通。

简 议

攀登关山固然辛苦,然山间的明月却彻夜朗照,教人于苦辛中感受着快乐。仅凭这一点,关山便值得人们永远地论说。

陇州八景·寒亭积雪

题 解

清康熙《陇州志·方舆志》在"寒亭积雪"条下称"陇西有关山旧道。传有妇王腊梅夜哭寒亭,其情可悯。行人流泪,野鸟悲伤,岩壑间坚冰、剩雪遇暑不消"。此诗即悯妇人王腊梅之不幸。

腊梅千古有芳灵,哭泣哀情不忍听。
岩壑炎天[1]犹积雪,至今犹自说寒亭。

注 释

[1]炎天:极热的夏天。

简 议

此诗是对《陇州志》所载"寒亭积雪"的简单复述,毫无发挥。

陇州八景·东园霁雨

题 解

这里的东园，指陇州城东门外东观川一带。康熙《陇州志·方舆志》在"东园霁雨"条下说："林麓萧疏，雨后苍翠，秀色可餐。"此诗即写东园雨后的美景。

驱车一过小园东，林麓萧疏四望中。

苍翠初经新霁后[1]，画工笔下夺天工[3]！

注 释

［1］新霁后：久雨新晴后。

［2］画工笔下夺天工：谓东园雨后风景优美，一如画家巧夺天工的图画。

简 议

雨后的东园风景靓丽如画，作者以传神之笔将其描绘出来。

陇州八景·汧河晚渡

题 解

汧河流经陇州城南，古有渡口。清康熙《陇州志·方舆志》在"汧河晚渡"条下说："州城南汧河二水交会。夜静听之，如行人济渡欸乃声；昼则寂然。"

莫道咸阳古渡[1]传，城南胜景赛当年[2]。

渔舟晚唱彭蠡句[3]，州曰陇兮水曰汧。

注 释

［1］咸阳古渡：位于咸阳的渭河渡口，本为汉唐西渭桥（便门桥）旧址。明嘉靖时以舟为桥，夏秋舟渡，通陇及蜀，为古秦中第一大渡口。

［2］赛当年：谓陇州城南汧河渡口的热闹景象，赛过了当年的咸阳古渡。

［3］彭蠡句：指唐人王勃在《秋日登洪府滕王阁饯别序》一文中所写的"渔舟唱晚，响穷彭蠡之滨"的句子。彭蠡，湖名，即位于江西省的鄱阳湖。

简 议

此诗写得相对庄雅厚重，也确实道出了汧河晚渡的神韵，韵味较此前四首八景诗为盛。

陇州八景·金泉涌派

题 解

金泉在陇州东乡梨林川山中，相传此泉曾流出过金鞭。清康熙《陇州志·方舆志》"金泉涌派"条说："州东南梨林川。泉水分涌，源流不竭。树稻田者，咸利之。"

金鞭流出[1]是何年？派涌山中喷玉泉。

萦绕奔腾汧水北[2]，梨川佳景诒秦川[3]。

注 释

[1]金鞭流出：古传金泉中曾有金鞭涌出。

[2]萦绕奔腾汧水北：谓汧河自梨林川以北流过。

[3]诒秦川：谓梨林川的美景传遍秦川大地。诒，传。

简 议

既写"金泉涌派"，又何必去言"萦绕奔腾汧水北"？

陇州八景·弦蒲名薮

题 解

薮即湖泊。弦蒲名薮指陇州古时的名湖弦蒲薮，在州城西十五公里处的蒲峪川，今已壅塞为陆地。清康熙《陇州志》在《方舆志》"弦蒲名薮"条下说："峰回势阻，入谷平衍，泉甘土肥，桑麻遍野，如太行之盘谷云。"

蒲谷弦中名早留，职方曾记入雍州[1]。

由来[2]泽薮无穷产，饱看岍山汧水流[3]。

注 释

[1]职方曾记入雍州：职方，为《周礼》中的篇名。据《周礼·夏官·职方氏》的记载，"正西曰雍州，其山镇曰岳山，其泽薮曰弦蒲"，汉郑玄《注》谓"弦，或为汧；蒲，或为浦"。

［2］由来：从来。

［3］岍山汧水流：谓汧水自岍山中流出。但此说有误，岍山是吴山的古称，而汧水实出陇山而非吴山。

简 议

陇州弦蒲薮为古时中国著名九薮之一，影响甚大。但到了孙氏写作此诗时，其薮早已干涸无存。所以他只能到古籍去寻找它的蛛丝马迹，并借描写岍山汧水拼凑成篇。

谢威凤诗（三首）

谢威凤（生卒年不详），字葆灵，号沩山渔者。清岳阳（今属湖南）人。初为左宗棠幕僚。后任阶州及秦州知州，迁宁夏府知府。晚年定居甘肃兰州和秦州。善书法，好诗文。为青门萍社成员。曾于光绪十八年（1892）倡修宁夏文昌宫。

游龙门二首

（光绪戊戌年[1]五月十二日，同陇州牧董仙洲[2]、刺史劳叙甫[3]太守、丁笠山明府[4]、漱清贰尹[5]游龙门洞，口占[6]五律二首志之。）

题 解

由自序可知，这两首诗为诗人与董仙洲、劳叙甫、丁笠山、漱清五人于清光绪二十四年（1898）五月十二日游陇州龙门洞时作，主要写了龙门洞的景色之美和他们游赏观光的快意。

一

夜到龙门洞，当头好月华。

四山无俗韵，一水[7]彻宵哗。

岩壑仙踪渺，藤萝客梦赊[8]。

娄丘[9]如可接，我愿此餐霞[10]。

注 释

［1］光绪戊戌年：即光绪二十四年，公元一八九八年。

［2］陇州牧董仙洲：指时任陇州知州董瀛。董瀛，字仙洲，直隶昌平

县人，于光绪二十二年九月至二十五年任陇州知州。

［3］劳叙甫：即劳越。

［4］丁笠山明府：丁笠山，名固；明府，是汉魏以来对太守牧尹的称谓，丁固时任某州或某县首脑，故以明府称。

［5］漱清贰尹：漱清姓郑，时任某县副职，因称贰尹。贰，副职；尹，即令尹，为知县的别称。

［6］口占：不用起草，随口成诗。

［7］一水：指龙门山下的香积河水。

［8］赊：稀疏。

［9］娄丘：指曾在龙门洞隐栖修炼的汉人娄景和元代道士丘处机。

［10］餐霞：服食日霞，是道家修炼之术。

简 议

夜色朦胧，明月当空。作者呼朋携友观光龙门，自觉乐趣无穷。龙门物华殊美而无俗韵，又有娄景和丘师修炼养真之遗芳，诗人因欲在此餐霞而炼养。诗篇虽然文辞清扬，终是消闲无聊之作。

二

不俗即仙侣[1]，兹游三四人[2]。
劳夷享逸品[3]，丁事[4]呼健身。
牧伯钦玄宗[5]，耕夫羡志真[6]。
摩挲躐梯遍，都信有前因。

注 释

［1］仙侣：指自己与董仙洲等四人。

［2］三四人：实为五人。

［3］劳夷享逸品：夷，愉快；逸品，超众脱俗的东西。全句是说，攀登龙门山虽然劳苦却很快乐，还能看到超众脱俗的光景。

［4］丁事：从事某种事情。这里指游龙门洞事。

［5］牧伯钦玄宗：牧伯，是汉代以后对州郡长官的尊称，这里指同游的陇州知州董仙洲；玄宗，指宗教的玄理，此处指龙门道派的教理。

［6］耕夫羡志真：耕夫，指郑漱清，郑氏别号耕夫；志真，指道士贺志真，他在龙门洞混元顶距地面八十余米高的悬崖上刻出了"定日月娄景

先生洞"八个大字。

简　议

闲云野鹤之唱，无病呻吟之什。

吴山纪实

题　解

这首诗为作者与董仙洲、刘武威（刘翼林，时任吏目）等人同游吴山时作，时在光绪二十四年（1898）秋七月。诗篇内容比较驳杂。

我生笨如牛，我性野如鹤。
负重无知音，翔游且自若。
西塞尝黄粱[1]，味殊同蜡嚼。
羯[2]来走长安，踏遍终南崿[3]。
去年太华秋[4]，一啸天寥廓。
诗人李青莲[5]，招我游吴岳[6]。
春风锦绣篇[7]，绘叙天花落[8]。
四月至扶风[9]，握手衙斋乐。
送游复有诗[10]，百年花手掠[11]。
丁固与劳越[12]，有约有不约。
竟同山公蹇[13]，并辔陇坂跃[14]。
董宣刘武威[15]，东道更番作[16]。
龙门洞先跻，娄丘剩仙壑。
次上吴山来，峰岩果如削。
峰尖不可登，峰腰差可诧[17]。
俯瞰秦陇界，茫茫若沙漠；
仰视井鬼间[18]，星斗如可摸。
是脉出岷山[19]，渭源西北角[20]。
一干下陇山，陇北六盘[21]落。
陇东感原长，陇南关山邈。
至此起炎天，静看二峰皋[22]。
三峰各数峰[23]，十七峰为确[24]。

小峰有如笋，三大峰都浊[25]。

古人名五峰，此解不可索。

大抵形势中，千见无一灼[26]。

西有牛心山[27]，虽逊此磅礴。

挺然依傍空，气局独开拓。

若比太华峰，博大更难度[28]。

然以泰山论，实鸟中鸳鸯[29]。

非子开西秦[30]，是可等气魄？

面目自有真，我见既凿凿。

何必泥古人，不为一辩驳。

他日质青莲[31]，莫笑笨牛恶[32]。

野鹤谢山灵[33]，非嫌云实薄。

逸翮[34]摩海天，音远响无着。

注 释

[1]西塞尝黄粱：西塞，作者曾任职阶州和秦州知州，所辖地皆在西部险远之处，故以"西塞"称；黄粱，粟的一种。

[2]朅（qiè）：离去（西塞）。

[3]终南崿：钟南山的山崖。崿，山崖。

[4]去年太华秋：谓去年（光绪二十三年）秋天登上华山。太华，华山。

[5]诗人李青莲：指时任扶风县令李云生。因他善为诗，作者即以唐代诗人李白（号青莲）称之。

[6]招我游吴岳：李云生曾写诗寄予作者，邀他共游吴山。

[7]春风锦绣篇：谓李云生寄给他的诗章华美如锦绣。

[8]绘叙天花落：谓李云生的诗，将吴山描绘得五彩缤纷，如天上的花儿落下来。

[9]四月至扶风：诗人于光绪二十四年（1898）四月来到扶风。扶风，指当时凤翔府所辖的扶风县，即今宝鸡市所辖的扶风县。

[10]送游复有诗：光绪二十四年四月，诗人与李云生告别于扶风，李对诗人有诗相赠。

〔11〕百年花手掠：作者在此句后自注称"李云生太守以诗函招游吴山，四月握别，复赠诗云'身登千仞壁，手掠百年花'"。

〔12〕丁固与劳越：即诗人在《游龙门》诗二首前序中提及的"丁笠山明府"和"劳叙甫太守"。丁固字笠山。

〔13〕竟同山公蹇：竟然和山公行动迟缓。山公，指在《游龙门》诗二首前序中提及的郑漱清；蹇，行动迟缓。

〔14〕并辔陇坂跃：并辔，并驾、一同；陇坂，陇山。全句是说，丁固、劳越和郑漱清竟一同去游陇山。

〔15〕董宣刘武威：指陇州知州董仙洲和陇州史目刘武威。刘武威指武威人刘开第。

〔16〕东道更番作：谓董仙洲和刘武威两人轮流做东道主，负责作者和丁固、劳越、郑漱清三人在陇州的生活和住行。

〔17〕差可托：比较可以托身。

〔18〕井鬼间：指古雍州（当时凤翔府一带）的星空。井鬼，指星宿中的井宿和二十八宿中的鬼宿。古人对某一地区的地理定位，采取星占术中的分野概念进行，做法是将二十八宿中的星宿分为十二次，以与地面上的十二州相对应。以《史记·天官书》和《汉书·地理志》的说法，古雍州对应的星宿为井宿和鬼宿。

〔19〕是脉出岷山：谓吴山与岷山一脉相连。岷山在今四川、甘肃两省边境，其脉分为二支，一支为岷山山脉，其南为峨眉山；一为巴山山脉，其东为三峡。以此度之，吴山与岷山当不属一脉。

〔20〕渭源西北角：谓吴山的根在甘肃省渭源县的西北角。渭源县的西北部有鸟鼠山，为秦岭西段山峰之一。而这里说吴山之根基在渭源县西北角的鸟鼠山，显然有误。

〔21〕陇北六盘：谓陇山北部有六盘山。

〔22〕二峰皂（zào）：谓吴山的两座峰其色暗黑。皂，墨色。

〔23〕三峰各数峰：谓吴山其余大山峰又各自生出数峰。

〔24〕十七峰为确：谓吴山共有十七峰是真实的。

〔25〕浊：看不清楚。

〔26〕无一灼：无一明白透彻。

［27］牛心山：在今陕西省陇县八渡镇大力村前。山势陡峭，山下有佛教寺庙，山巅可视陇县县城。

［28］度：计量，推测。

［29］鹫鷟（yuè zhuó）：鸟名，凤属。《国语·周语》谓"国之兴也，鹫鷟鸣于岐山"，韦昭《注》言"鹫鷟，凤之别名"。

［30］非子开西秦：周代秦的始祖秦非子居于犬丘（今甘肃礼县东北），善于养马。受周孝王召，为周养马于汧水和渭水之间。因养马功著，被封于秦（今甘肃张家川县东），作为周的附庸。非子的被封，为秦人的发展和立国奠定了基础。这句话即指此而言。

［31］质青莲：咨询扶风县令李云生。

［32］恶：劣。

［33］野鹤谢山灵：野鹤，作者自称，谓自己好云游，如野鹤；谢，告；山灵，指吴山之神。

［34］逸翮：放开翅膀。

简 议

此诗可谓宏宏巨构，内容可分六层：第一层写游终南山及华山情形，言简而意约；第二层叙与李青莲相会情状，重在标榜友谊和李的诗才；第三层回顾与董仙洲等同游龙门之事，颇乏意趣；第四层讲述吴山观光景况，言琐屑而味寡淡；第五层褒扬牛心山之博大，有溢美过甚之失；第六层追溯非子"开西秦"往事，平淡无奇。概而言之，诗篇之弊有三：一曰文辞鄙俚，几非诗家语；二曰属意驳杂，旨趣无归；三曰兴寄无着，诗味绝寡。

孙传奇诗（四首）

孙传奇（生卒年不详），字次青。清寿州（今安徽寿县）人。举人。宣统三年（1911）九月至1912年元月任陇州知州。清朝覆亡后，他于1912年农历正月28日前往甘肃天水避难。后经安徽都督孙毓筠电召，返回故乡。

壬子[1]春日有怀
县绅刘又温[2]先生二首

题 解

这两首诗作于1912年春。虽为怀念友人之作,却承载着深广的社会内容。

一

陇上烽烟逼岁阑[3],传经中垒喜平安[4]。
北邙松柏闻宵笑[5],东壁金钉出灯残[6]。
肯共世情因冷暖[7],可堪人事有波澜[8]。
输君啸傲千山外[9],日暮浮云眼倦看。

注 释

[1]壬子:指公元1912年。

[2]刘又温:别名刘承基,清陇州城刘家场人。清末生员。宣统二年(1910)至民国二年(1912)任陇州高等小学堂堂长。他与诗人交好,每以诗唱和。

[3]陇上烽烟逼岁阑:陇上,指陇州;烽烟,喻战争;岁阑,一年将尽时,这里指1911年将尽时。1911年10月10日,辛亥革命中的武昌起义爆发,各省纷纷响应,两个月内有鄂、湘、陕等十四个省先后宣布独立。而陕西新军张凤翙、张云山等也迎合武昌起义。陇州城西关哥老会王生义和红帮大爷韩刚、吴正标与州南后沟村李老六等,也相约起义夺取州城。同年9月9日至11月5日,陇州农民、帮会和陕西新军与清军在州城西关和州内新街镇、关山顶、北河滩等地频繁厮杀,州内硝烟四起。是年9月17日,陕西新军西路节度使吴澄宗率所属七标三营和七营开至州城南沙岗子,城内秩序大乱。诗人作为知州无力抵抗,乃出城迎接新军进城。而州西晁家坡村农民则冲入州衙,抢走知州大印。这句中的"烽烟",即指上述战事而言。

[4]传经中垒喜平安:谓在战乱不止的情况下,于陇州高等小学堂任堂长而教书的刘又温平安无事,自己深感欣喜。中垒为官名,西汉有中垒校尉,掌管北军垒门之内,又外掌西城,为八校尉之一。刘向曾任此官,故有刘中垒之称。刘向(前77—前16)字子政,成帝时任光禄大夫,

集中精力校阅经传诸子诗赋等书籍，写成《别录》一书，另著有《新序》《说苑》《列女传》《洪范五行传论》等。而刘又温所从事的教书育人工作与刘向事业有相似之处，故诗人在此将他比作刘向，并以"中垒"称之。

［5］北邙松柏闻宵笑：北邙，山名，即邙山，也叫芒山、郏山、北山，在今河南省洛阳市北，汉魏以来，王侯贵族多葬于此，故后世也以此泛称墓地；松柏，泛指坟地所植之树。这句是说，由于战火纷飞，陇州墓地里的松柏彻夜啸笑。

［6］东壁金釭出灯残：东壁，壁宿别名，为玄武七宿之一，《尔雅·释天》谓"娵觜之口，营室、东壁也"，《晋书·天文志·二十八舍》言"东壁二星，主文章，天下图书之秘府也"，后因以东壁称藏书之所，在此则借指陇州高等小学堂；金釭，金质或铜质的灯盏；出灯残，谓灯油将尽，喻夜深。这句话是说，陇州高等小学堂里的刘又温先生在灯下读书到深夜。

［7］肯共世情因冷暖：谓刘又温和自己休戚与共，互知冷暖。

［8］人事有波澜：指辛亥革命陇州战事。

［9］输君啸傲千山外：谓自己不如刘氏看得开世事而啸傲于山水之间。

简　议

诗人与刘氏互为莫逆。在这战火连天、人命如蚁的时候，他尤其珍视自己与刘的友谊，为其人身平安而欣喜，更对其秉烛"传经"的精神大加肯定。因为有感于"人事有波澜"的现实，他无法掩饰自己的颓废和伤感。诗篇辞古意深，于庆幸中见忧戚。

二

鼓鼙[1]声里怯从军，惘惘临歧怅失群[2]。
雁背乡心秦塞月[3]，马头离思陇西云[4]。
望门投止怜亡命[5]，煮酒英雄属使君[6]。
闻道中朝[7]招隐士，弓旌宁愧北山文[8]？

注　释

［1］鼓鼙：大鼓和小鼓，进军时用以激励战士勇进。这里喻战争。

〔2〕惘惘临歧怅失群：惘惘，失意、迷惘；临歧，走到歧路之处，这里指辛亥革命导致的江山鼎革。全句是说，在这改朝换代的时候，作为亡清的官员，自己不知道何去何从，感到迷惘又失意。

〔3〕雁背乡心秦塞月：雁，诗人自喻；乡心，思乡之心；秦塞月，故秦国之月，这里指陇州之月，因陇州古属秦地。全句是说，在这世事动荡之际，自己产生了思乡之念。

〔4〕马头离思陇西云：离思，与家人别离之思；陇西云，天水之云，因为诗人自战乱发生离开陇州后寓居天水。全句是说，自己像飘浮在天水的一片云，生出了与家人离别的愁思。

〔5〕望门投止怜亡命：谓自己将要可怜地亡命天涯了。望门投止，谓只要看见有人家，便急着去投宿，形容逃难或出奔时的急迫状态。

〔6〕煮酒英雄属使君：《三国演义》第二十一回有"曹操煮酒论英雄"故事，故事言"操以手指玄德，后自指，曰：'今天下英雄，唯使君与操耳！'"其中的"使君"指刘备。诗人这句话是说，天下英雄是刘备，而自己不是英雄，无力拯救清朝。

〔7〕中朝：朝中，朝廷。

〔8〕弓旌宁愧北山文：弓旌，古代征聘之礼，用弓或旃招士，用旌或旗招大夫；北山文，指《诗经·小雅·北山》，《毛诗序》谓"《北山》，大夫刺幽王也。役使不均，己劳于从事，而不得养其父母也"，然据作者自述，其身份实为士而非大夫，诗中写他自己任事繁重劳苦，大夫们却清闲安逸，他因此深感不满，对当时统治者的腐朽及其内部矛盾予以揭露。此句意在表达对没落的清廷的不满。

简 议

清朝的覆亡，使作者命运发生了遽变。他觉得自己走到了人生的十字路口，深感怅惘失意。值此命途多舛之际，客居天水的他不由得产生了浓浓的乡愁。在诗的结末，诗人对腐朽的清廷作了有力的批判和尖锐的讽刺。与其说此诗是怀人之作，倒不如说是诗人自抒胸臆之辞。诗篇笔触冷峻寒凉，格力抑郁顿挫。

和县绅马骏程[1]先生二首

题 解

陇州光复后,作者奔命于甘肃天水。1912年8月,时任安徽都督孙毓筠电召其还乡。诗人应召东返途经陇州时,因与州人马骏程会面唱和而写了这两首诗。诗篇在叙说友谊并对马氏表示赞赏的同时,对自己的未来深感担忧。

一

危局支撑历苦辛,昔贤敢说与其伦?[2]
半生诵读难师古,一死踌躇尚殉名。[3]
此去燕巢应未定[4],暂留鸿雪[5]亦前因。
遂初已慰兴公志,携手河梁谢国人[6]。

注 释

[1]马骏程:原名骕,字俊丞。清陇州城南道巷人,清末附生。光绪三十三年(1907)考入陕西警察学堂,毕业后回乡任县警察局教员,善书法,能文。民国元年(1911),被选为陕西省议会第一届候补议员。后于陇县从事教育工作。

[2]危局支撑历苦辛,昔贤敢说与其伦:这两句就马骏程而言,谓其在世事艰危的情况下仍努力工作而历尽辛苦,其节操连昔日的贤士都不能比、不能同列。

[3]半生诵读难师古,一死踌躇尚殉名:这两句就诗人自己而言,赞他已读了多年的圣贤书,在清朝灭亡后却不能像古代志士那样为国死节、为自己博得美名。殉名,不惜生命以求名。

[4]此去燕巢应未定:谓自己此次应召去安徽可能是去了极其危险的境地,吉凶尚难确定。燕巢,是"燕巢幕上"的简写,《左传·襄公二十九年》有"夫子之在此也,犹燕之巢于幕上,君又在殡,而可以乐乎",晋杜预《注》谓"言至危"。

[5]暂留鸿雪:鸿雪,是"雪泥鸿爪"一词的缩写,指鸿雁踏在雪、泥地上留下的足迹。宋苏轼《和子由渑池怀旧》诗谓"人生到处知何似?应似飞鸿踏雪泥。泥上偶然留指爪,鸿飞那复计东西",后人因以雪泥鸿爪比喻往事遗留下来的痕迹。这里的"暂留鸿雪",则指诗人留在陇州的

痕迹。

［6］携手河梁谢国人：携手，牵手；河梁，桥梁。《李少卿与苏武诗三首》之三有"携手上河梁，游子暮何之"的说法，后世因用为送别之地的代称。谢，告辞、告别；国人，指居住在城邑内的人，这里指居住在陇县城里的人。全句是说，我和马骏程先生握手言别，与他和陇州城的故旧相识告别了。

简 议

在竭力嘉许友人马骏程的同时，诗人为自己不能师事古人而自责，并为"此去燕巢"的祸福难测而担忧。从诗的结句，足以品出他对陇州故友的不舍和眷恋。诗篇于恂恂中寓衷情，于端肃中见忧伤。

二

一鞭残照向孤城[1]，旧雨[2]重逢倍有情。
望气岂同周柱史[3]？定仪还赖鲁诸生[4]。
马头尽日看山色，兵后遗黎怯角声[5]。
汧汭同流中含派，君诗[6]应似我心清。

注 释

［1］一鞭残照向孤城：谓自己只身在夕阳斜照中骑着马向陇州城行进。鞭，马鞭，这里代指马；孤城，指陇州城。

［2］旧雨：老朋友、故人，这里指马骏程。唐杜甫《杜工部集·秋述》谓"秋，杜子病卧长安旅次，多雨生鱼，青苔及榻。常时车马之客，旧，雨来；今，雨不来"，言旧时宾客遇雨也来，而今逢雨不至。宋范成大《石湖集》二十六《丙午新正书怀》诗有"人情旧雨非今雨，老境增年是减年"句，后因用旧雨比喻老朋友和故交，用今雨比喻新交。

［3］望气岂同周柱史：望气，本指望云气以附会人事、预言吉凶，但这里则指老子李耳的"紫气东来"之气；周柱史，指老子李耳，相传他曾为周的柱下史（柱下史为官名，相当于汉以后的御史，因其侍立于殿柱之下，故名）。这句话是说，望气度，自己不像老子那样有学问和有远识。

［4］定仪还赖鲁诸生：汉初，叔孙通欲为刘邦制定朝仪，征调鲁地（今山东）诸生三十余人。这句是说，马骏程一如鲁地诸生那样懂掌故、有学问。

［5］兵后遗黎怯角声：兵后，指陇州民众、陕西新军响应辛亥革命中的武昌起义，与清军之间的战事结束之后；遗黎，亡国之民或劫后遗存之民，这里则指陇州百姓；角声，军中的画角声。

［6］君诗：指马骏程所写的诗。

简 议

复来陇州见到故友马骏程，诗人感到格外亲切。他盛赞马氏学识渊博，自愧不如老子多才。诗篇措辞雅正，用典精审，感兴良多。

罗云诗（一首）

罗云（生卒年不详），清钱塘（今浙江杭州）人，贡生。为陇州知州罗彰彝之子。

丹阳洞

题 解

丹阳洞在今陕西省陇县龙门洞道场清和宫后的石崖上，传为丹阳真人马钰修道处。这首诗为作者游观丹阳洞时作，绘声绘色地描写了丹阳洞的风光。

> 古洞白云封，丹梯迳几重。
> 林深常有鹤，松老尽成龙[1]。
> 碧涧悬飞瀑，虚窗列远峰[2]。
> 下看城郭近，两岸共闻钟。

注 释

［1］松老尽成龙：谓老松枝干盘曲，其状若龙。

［2］虚窗列远峰：谓人在室内从窗口望去，能看到远处成列的山峰。

简 议

诗篇笔力苍劲，摹景妙丽如画。

罗昆诗（一首）

罗昆（生卒年不详），清钱塘（今浙江杭州）人，为陇州知州罗彰彝之族人。

登开元寺浮屠[1]

题 解

开元寺在陇州州治以北一里处。此诗为作者登上寺内七级木塔赏景时作，主写登塔之所见。

峥嵘塔势压神州，磴道盘空到上头[2]。
俯瞰吴山浮渭水，青莲[3]一朵漾长流。

注 释

[1]浮屠：也作"浮图"，佛塔。陇州开元寺建有七级木塔。

[2]峥嵘塔势压神州，磴道盘空到上头：这两句从唐诗人岑参《与高适薛据同登慈恩寺浮图》诗之"磴道盘虚空""突兀压神州"句演绎而来。

[3]青莲：吴山五峰并峙，状如青莲，故云。

简 议

笔墨老到，兴象玲珑，气格超迈，不失为写开元寺诗中的上品。诗的首联两句虽从唐人岑参《与高适薛据同登慈恩寺浮图》一诗中化出，却出语自然而无斧凿痕迹；第二联写景境界廓落，气魄宏大，意度不俗。

海北禅师诗（四首）

海北禅师（生卒年不详），俗名聪。时为陇州海北寺（开元寺）方丈。曾住宁夏小石空禅院。

奉和紫海周公原韵

题 解

此诗为和周紫海《秋日游海北寺》诗原韵之作。

何事携筇[1]向北游？莫非为问沩山牛[2]？

云凝院落依人立，鸟踏花枝伴客[3]啾。

几点霜飞秋月冷，数声钟度晚烟浮。

凭栏刚叙无生语[4]，雁影横空过小洲。

注 释

[1]携筇：带（拄）着手杖。筇，竹名，可做手杖，故杖也叫筇。周紫海自称是驾着毡车来到海北寺的，而作者却说他"携筇向北游"，不知何故。

[2]沩（wéi）山牛：沩山，在今湖南省宁乡县西，又名大沩山，唐代僧人灵祐曾居此山密印寺七年，世称"沩山禅师"；牛，指牛王，是赞颂佛的胜德的说辞。《涅槃经》十八谓"人中象王，人中牛王，人中龙王，人中丈夫"，都是用以称颂大德高僧的。《无量寿经》之五又说"犹如牛王，无能胜故"，也是称赞胜德僧人的。这里的"沩山牛"是作者海北禅师自称。

[3]客：指前来海北寺的周紫海。

[4]无生语：无生，佛教谓万物的实体无生无灭。无生语，有关佛教义理的言语。

简 议

作为和诗，禅师此诗的气韵远比周氏原作生动。其中颔联状云彩及花鸟之形象，颇具动态美。

和木塔壁间原韵

题 解

某年春，作者和马某、顾某同登开元寺七级木塔，见壁间有前人所题诗句，乃步其韵而作此诗。诗篇主要描写了登塔所见之景。

相呼相唤一登游，凭依栏杆摸斗牛。

海燕[1]去来穿阁舞，白云舒卷抱檐流。

层层妙相[2]层层现，面面春光面面浮。

遥指红尘州八百[3]，圈圈点点入双眸。

注　释

[1]海燕：燕子的别称。古人认为燕子产于南方，渡海而至，故称海燕。

[2]妙相：庄严的形象和景象。此处或言塔中佛像及佛画。

[3]八百：概言其多。

简　议

诗篇文字清新鲜活，写景灵动多趣。

登木塔二首

题　解

这两首诗为组诗，均写开元寺七级木塔的高耸和壮美，铺陈登塔所见之景观。

一

浮图[1]那记建何年，众木[2]凌空擎碧天。

八面玲珑穿日月，七层幽曲吐云烟[3]。

俯观汧水如绳引[4]，平视吴峰似笋联。

欲访仙翁乘鹤去，恨风不送白云边。

注　释

[1]浮图：塔，这里指开元寺七级木塔。《魏书·释老志》谓"凡宫塔制度，犹依天竺旧状而重构之，从一级至三、五、七、九，世人相承谓之浮图，或云佛图"。

[2]众木：指众多的树木。

[3]吐云烟：谓烟云环绕七层木塔，就像是由木塔吐出来的一样。

[4]如绳引：像是绳子在牵拉着。

简　议

此诗唯言木塔之峻伟，别无寓意，然末句造语亦奇。

二

巍巍削拔入云端，绝顶登临碧宇[1]宽，

鹦鹉尘飞[2]铃欲雨，会仙霜宿阁生寒。

山山积翠依檐下，面面流水接汉[3]盘。

莫谓晚来消息绝，钟声送月上栏杆。

注 释

[1] 碧宇：碧空。

[2] 鹦鹉尘飞：谓鹦鹉在尘埃中飞翔。古陇州之鹦鹉产于陇山，而州治附近不产此物，作者此言或许有误。

[3] 汉：天河。

简 议

但绘风景，无所寄托。视界宏阔，文笔俊朗。

朱经诗（一首）

朱经（生卒年不详），字恭庭。清江苏宝应（今宝应县）人，岁贡。工诗，著有《燕堂诗钞》八卷，其《清史列传》行于世。

寡 言

题 解

这首诗以陇山鹦鹉和太常钟鼓作比，告诫人们要慎言。

> 陇山多飞鸟[1]，翱翔适其生。
> 鹦鹉夸能言，樊笼苦拘萦[2]。
> 钟鼓悬太常[3]，考伐声铿鍧[4]。
> 不叩而自鸣，群谓之妖声[5]。
> 吉人以行重[6]，躁人以舌轻[7]。
> 缅怀磨兜坚[8]，守口心怦怦。

注 释

[1] 飞鸟：指鹦鹉。

[2] 拘萦：被拘禁在鸟笼中而旋回攀绕。

[3] 太常：指太常寺，为官署名。设于北齐，置卿和少卿各一人，相沿至清末。

[4] 考伐声铿鍧（hōng）：谓悬挂在太常寺的钟鼓经敲击而轰鸣。考，击；伐，敲击；铿鍧，钟鼓相杂之声。

[5]妖声：怪异、邪恶或不祥之声。

[6]吉人以行重：谓贤人以行为美善而受人尊重。吉人，贤人和善人。

[7]躁人以舌轻：谓浮躁之人因言多而被人轻贱。躁人，浮躁（或狡猾）的人；轻，贱。

[8]磨兜坚：谓慎言。

简 议

陇山鹦鹉因为巧舌如簧被囚于笼中，太常钟鼓缘不击自鸣被斥为"妖声"；"吉人"以慎行受人尊重，"躁人"以"舌轻"被人贱视。诗人据此告诫人们：做人处事务必"磨兜坚"以远祸。通过引类譬喻来说理，是诗篇的制胜处。

徐文翰诗（二首）

徐文翰（生卒年不详），清固原（今宁夏固原）人。光绪末年，曾任陇州吏目。

题古药王洞重修二首

题 解

药王洞在陇州城北之山腰，古称谷神观。清光绪三十四年（1908）秋，药王洞重修功成，作者乃题这两首诗以示祝贺。

一

俯视州城汭水环[1]，河声入夜听潺潺。

小桥初日[2]人行早，古木斜阳鸟倦还。

峰对牛心通镇岳[3]，客来蜡屐叩禅关[4]。

春风桃杏花如锦，极目云天山外山。

注 释

[1]汭水环：汭水环绕。汭水在陇州城北，今称北河。

[2]初日：早晨刚升起的太阳。这里指清晨。

[3]峰对牛心通镇岳：峰，指药王洞所在的山峰；牛心，指牛心山，地处今陇县八渡镇大力村前，在陇州城可见其巅；镇岳，指吴山。

[4]蜡屐叩禅关：蜡屐，以蜡涂屐，《世说新语·雅量》谓"或有诣阮（孚），见自吹火蜡屐"，也指涂蜡的屐，谓悠闲；禅关，禅门，这里指药王洞。

简 议

诗篇极力夸张药王洞风光的美好，其中"春风桃杏花如锦"句写得明媚生辉，令人激赏；然以"禅关"称道教庙观甚是不妥。

二

悬崖削壁洞泥封，内有金仙两圣容。[1]
药王药上[2]稽佛典，何年何代此遗踪？
道人[3]悟性重关□，仕宦捐赀[4]共乐从。
最好养真修炼处，山川灵秀自天钟！

注 释

[1]悬崖削壁洞泥封，内有金仙两圣容：清乾隆四十二年（1777），时任陇州知州李经芳主持重修药王洞的丹阳洞，在竣功碑中说，陇州人向来不知丹阳洞何以又称药王洞，在一个偶然情况下，有人发现丹阳洞山崖上有个泥封的小洞，打开后发现内藏药王和药上二神塑像。这两句即指此而言。

[2]药王药上：二者均是佛教菩萨名。《楞严经》五谓"我无始劫，为世良医，口中尝此娑婆世界草木金石……是冷是热有毒无毒悉能遍知……分别味因，从是开悟。蒙如来印我昆季药王药上二菩萨名"，由这段话可知，药王、药上二菩萨是佛教中的良医。而陇州药王洞的得名，也是因为在山崖泥洞中发现了药王、药上二菩萨的塑像所致。

[3]道人：指郑树桢（郑信元）。

[4]赀：财货。

简 议

通过此诗，我们知道了陇州谷神观易名药王洞的缘由。尽管是一首小诗，却记录了药王洞的真实历史，这是其价值所在。

张元升诗（二首）

张元升（生卒年不详），字时升，号半园，又号赤石山人。清江阴（今江苏江阴）人。诸生。著有《半园集》。有资料说他"貌癯神疏，尘视一切。游两浙、三秦、七闽间，耳目所感，悉寓于诗。性不喜近贵游，所知落落"。友人徐恪称"其诗哀以思，其文幽以岸"。

度陇[1]杂咏

题　解

这首诗见载于《民国陇县野史》中，为作者游历三秦到陇州时作，主要描写了陇州城的凋敝景象。

寂寞经荒县[2]，萧条只几家[3]。

边云迷古堞[4]，嶂月冷清笳[5]。

小市都无米，居民不解茶[6]。

破檐门不设，愁刹晓风斜[7]。

注　释

[1]陇：指陇州。

[2]荒县：指陇州城。

[3]只几家：概言陇州城缺乏生机，居民很少。

[4]边云迷古堞：边云，陇州的云，因陇州在古代常处边陲，故言"边云"；古堞，指古老的陇州城城墙上的城堞。

[5]嶂月冷清笳：嶂月，悬挂在如屏障般的山峰上的月亮。陇州城周遭多山，望之如屏障。清笳，清翠的胡笳声，笳为古管乐器，汉时流行于西域一带少数民族间，魏晋以后，以之为军乐。

[6]不解茶：不晓得饮茶。

[7]斜：以叶韵讲，在此读作"xiá"。今韵与古韵因今古音变化而不同，所以今韵读古韵文多不和谐。南北朝时有"叶韵"之说，如梁的沈重《毛诗音》于《诗经·邶风·燕燕》三章之"之子于归，远送于南"句下注曰"协句，宜乃林反"，以求"南"字与"音""心"字叶韵。到了清代，因对古音研究逐渐精确，叶韵之说随之废除。

高　秋

题　解

此诗和《度陇杂咏》诗为姊妹篇，在描写陇州城的清冷的同时，抒发了诗人的孤独感，表达了回归故土的意愿。

寂寞高秋晚，微霜下古城[1]。
西风吹鬓老，落叶入诗清。
天地孤鸿影[2]，关山画角声[3]。
只思归去好，闲卧听春莺[4]。

注　释

[1]古城：指陇州城。

[2]天地孤鸿影：谓自己流寓陇州，就像游飞于天地间的一只孤鸿。

[3]关山画角声：谓陇山驻军中传来画角之声。关山，陇山。画角，古乐器名，或说创自黄帝，或言传自羌族；形如竹筒，本细末大，以竹木或兽皮为之，亦有用铜者，外加彩绘，故称画角；发音哀厉高亢，古时军中多用以警昏晓、振士气；帝王外出，也用以报警戒严。

[4]闲卧听春莺：谓回到家乡，悠然自得地睡下听取黄莺鸣唱。

简　议

在荒凉萧条的同时，陇州城里又多了一份清寒，何况还能听到陇山传来的军乐之声。处在这样的环境中，诗人感到极不适意，觉得自己仿佛离群的孤鸿，归乡之意油然而生。诗篇辞致苍劲，寄调怫郁，乡思绵绵。

杨尔勉诗（二首）

杨尔勉（生卒年不详），清华阴县（今属陕西）人。孝廉（举人）。

曾任陇州高等小学堂教师。

游龙门洞

题 解

此诗作于清宣统二年（1910）六月二十日，描写了陇州龙门洞风光的秀美。

> 龙门胜景噪秦中，结伴同游兴倍浓。
> 草映峰头浮积翠，涛铺涧底落依虹。
> 晓烟重锁千嶂树，尘梦惊回五夜钟[1]。
> 最爱山高月偏小，画图最好是空濛。

注 释

[1]尘梦惊回五夜钟：谓尘世的梦被五夜的钟声惊醒了。五夜，五更，凌晨三点至五点。古人将一夜分为甲、乙、丙、丁、戊五段。

简 议

峰头青草积翠，涧底波涛作虹，千山烟云缭绕，山色空濛如画，诗人笔下的龙门洞姣丽绝伦、秀色可餐。

游丹阳洞吕祖庙

题 解

这里所说的丹阳洞，在陇州城北山腰药王洞道场。诗篇主要讲述了道教仙人吕洞宾科场失意后云游访道的情形，表达了作者想要与他成为同道的意愿。

> 为求进士走皇都[1]，失第[2]飘然访道流。
> 斗大乾坤归吐纳[3]，磨行日月任沉浮。
> 黄粱饭熟惊尘梦[4]，白纻诗[5]成纪盛游。
> 我亦孙山以外客[6]，未知可否许同俦？

注 释

[1]为求进士走皇都：谓吕洞宾早年为考取进士，曾去京城参加科举考试。依主流的说法，吕氏为唐代京兆人，名岩，咸通中及第，两调县令；后修道于终南山，不知所终；元明以来，道家正阳派称他为"纯阳祖

师"。由此看来，他是考中了进士的。

［2］失第：落第，未能考中进士。

［3］吐纳：呼吸。为道家养生之术。

［4］黄粱饭熟惊尘梦：谓吕祖求取功名的尘世之梦被惊醒了。

［5］白纻诗成：谓将诗写在白布上。白纻，细密而洁白的夏布。

［6］我亦孙山以外客：谓自己也是科考落第之人。相传吴人孙山和同乡的儿子一同去赴考，孙山考取最后一名。回到家乡，同乡向他打听儿子考取了没有，孙山说"解名尽处是孙山，贤郎更在孙山外"，后来便称考试不中为名落孙山。这里"孙山以外"即指此。

简 议

对科考的名落孙山，杨氏难以释怀，便想与吕祖做个同道修炼成仙。诗篇语言洒脱，韵度儒雅。

蒋一经诗（一首）

蒋一经（生卒年不详），清丹徒县（今江苏省镇江市丹徒区）人。庠生。

望吴山

题 解

此诗描写了遥望吴山时所见的情景。

五峰如掌列端然，攫日抟云紫极边[1]。
方信女娲曾炼石[2]，长空撑住一青天！

注 释

［1］攫日抟云紫极边：攫，抓；抟云，捏云；紫极边，紫微垣边。

［2］女娲曾炼石：女娲也称女娲氏，为神话中的古帝，或说为伏羲之妹，或谓为伏羲之妇。传说古时出现天崩地裂，女娲乃炼五色石以补天，断鳌足以立四极。

简 议

前代诗人歌咏吴山者夥够，大多言其高峻壮美。这首诗虽然也承此意，但以"攫日抟云"状其高者为他人所未道，而以女娲所炼之五色石喻山之灵异者更是前无古人。

阎周生诗（一首）

阎周生（生卒年不详），清汧阳县（今陕西千阳）人。增广生员。

吴山风景

题　解

此诗为排律，长达二十三联，从不同方面描绘了吴山风光的美胜，书写了诗人游山观景的豪兴。

秀拂天心是吴山，隐约遥峰霄汉间。
灵气岢岚[1]常欲雨，层峦参差响夜弦[2]。
每逢仙鹤栖松下，笼罩[3]玉水落崖边。
翠袖巧张鹦鹉翅[4]，文星高出凤凰前[5]。
芝根不朽千年石[6]，阴霭[7]自出万古泉。
天地奥区[8]迷孤鹜，晴崖飞雨览龙战[9]。
碧巘[10]岸削陇山麓，瀑布急流汭水[11]寒。
潭池有影浮槎[12]近，花月无心北斗悬。
春膏[13]润时瑶草茂，鸟道深处水桃鲜[14]。
旭日赤霞色锦绣，景星庆云[15]光灿熳。
石室昼闻鸡犬吠，林丘春至牧童喧。
崔峨削壁余丹鼎，往还白鹿散野田。
西瞻黄河星宿杳，东望紫气满函关。
风云直上连五峰，芙蓉新洗胜三川[16]。
谈玄列坐白云外，登眺诗敲南华篇[17]。
闻说安期[18]曾憩息，夙传曼倩[19]日流连。
玉杵春药见老妪[20]，名山深处多刘阮[21]。
我欲临风呼帝座[22]，会须极深坊桃源[23]。
抱膝苦吟存著述，扪天长啸小长安[24]。

花态鸟情景中画，山容水态醉后禅[25]。

力欠强扶攀石磴[26]，兴饶犹自步云端。

只怜佳景虚前约，岂料烟景慰今颜。

谷口为问巢许客[27]，康济好凭下人寰[28]？

注　释

[1]岢岚：山名，在今山西岢岚县东北与五寨县交界处，西北与雪山相连。这里以之喻吴山。

[2]响夜弦：谓吴山上的流水到了夜间声音愈响，清脆如弹琴。

[3]笼甶（fú）：笼罩山头。甶，鬼头，《说文》称"鬼头也，象形"；这里用以形容形状怪异的山头或山崖上奇形怪状的石头。

[4]翠袖巧张鹦鹉翅：谓衣袖在风的吹拂下张开，如鹦鹉展翅。

[5]文星高出凤凰前：文星，即文昌星，也称文曲星，古时传说为主文运的星宿；凤凰，指吴山上的凤凰石巢，巢在山巅，人迹罕至。

[6]芝根不朽千年石：谓芝草的根须生在石上，千年不朽。

[7]阴霡（mài）：阴雨，小雨。霡即"霡霂"，指小雨。

[8]奥区：腹地，深处。

[9]晴崖飞雨览龙战：谓在晴崖飞雨前观看蛟龙作战（喻水流激荡）。晴崖飞雨，即晴岩飞雨，是吴山的一大景观，清康熙《陇州志·方舆志》在"山川"条下说吴山晴崖飞雨"在灵应峰下，崖高万丈，飞流飘漾，瞻视若晴日飞雨然"。

[10]巘（yǎn）：山峰，山顶。

[11]汭水：弯曲的水流。汭，河流弯曲。

[12]浮槎（chá）：漂浮着的竹筏或木筏。这里或指神话中往返于海上和天河之间的木筏。

[13]春膏：指春雨。因春雨滋润万物使之生长，故称。

[14]水桃鲜：谓山间野桃之花色泽鲜艳。

[15]景星庆云：景星，也称瑞星和德星，古谓现于政治清明之时；庆云，指五色云，古人以为祥瑞之气，也作"景云""卿云"。

[16]芙蓉新洗胜三川：芙蓉，指五峰对峙的吴山；新洗，谓淋新雨；三川，三条河流，西周以泾、渭、洛为三川，东周以伊、洛、河为

三川。

［17］南华篇：即《南华经》，也称《南华真经》。唐天宝元年（742）二月，号庄子为"南华真人"，他的著作《庄子》也开始被称作《南华真经》。

［18］安期：指先秦方士安期生。后代以之为道家仙人名。

［19］曼倩：汉武帝时太中大夫东方朔的字。方士们将东方朔附会为神仙。

［20］玉杵春药见老妪：《太平广记·裴航》引唐裴铏《传奇》谓"妪曰：'我今老病，只有此女孙，昨有神仙遗灵丹一刀圭，但须玉杵臼捣之百日，方可就吞，当得天而后老。君约取此女者，得玉杵臼，吾当与之也。'"在此，是说吴山有用玉杵春药的女仙。

［21］刘阮：相传汉永平年间，浙江剡县人刘晨、阮肇到天台山采药迷路，遇到两个仙女，被请至家中。半年后回到自己家里，子孙已过七代。后重入天台山访仙女，踪迹渺然。后来，诗文常以刘阮入天台为题材。

［22］帝座：星名。一在天市垣内，候西星，今属武仙座；二为太微垣之五帝座；三指北极座五星中的帝星；四指大角星；五指心宿的中星。

［23］桃源：是晋代陶潜《桃花源记》一文虚构的与世隔绝的乐土，谓其地人人衣食丰足，怡然自乐，不知世间有祸乱忧患。后称这种理想境界为世外桃源。

［24］扪天长啸小长安：谓登上吴山之巅后摸着青天长啸，觉得长安城很小。扪天，摸天。

［25］山容水态醉后禅：谓吴山山水的姿态一如酒醉后禅定。

［26］石磴：石台阶。

［27］巢许客：巢许，指巢父和许由，相传他们为尧时的隐士，尧想将天下让给他们二人，他们坚辞不受。在此，巢许客指居于吴山的高人隐士。

［28］康济好凭下人寰：可愿意为安民济众下山回到人间。康济，安民济众。

简 议

隐约霄汉之间,涧水泻珠鸣弦,仙鹤白鹿嬉戏,瑶草琪花并茂,景烟庆云袅袅,瀑布悬流焕彩,牧童群聚喧哗,旭日赤霞灿烂,更有仙人徜徉其间。诗篇洋洋洒洒三百二十余言,将吴山风光描摹得千姿百态、恍如仙境。结末两句虽是对明代陇州知州杨世卿《初至吴山》诗之结句的借用,却也使作品有了灵魂,体现了诗人的人性关怀理念。

周龙藻诗(一首)

周龙藻(生卒年不详),字汉荀,号恒斋。清江苏吴江(今江苏吴江)人。岁贡。才高学博。有《恒斋集》。

陇头水

题 解

这是一首乐府诗,详细描写了行人驱车行经陇山时的见闻,表达了行者心中的幽怨和悲凄。

陇坂遥遥九折长[1],驱车欲度心苍茫,忽闻有水喧道旁。

人言此水声声别,尽是征夫眼中血,万古千秋共鸣咽[2]。

鸣咽声,流未已[3];辘轱声[4],行不止。夜半吹寒笳,边风四面起。[5]

悲莫悲[6],陇头水。

注 释

[1]九折长:汉辛氏《三秦记》称陇坂(陇山)"其坂九回,上者七日乃越"。

[2]共鸣咽:谓征夫(行人)与陇水一同鸣咽。

[3]流不已:流不止。已,停止。

[4]辘轱声:指车辆行进时由车轴辘轱发出的声音。

[5]夜半吹寒笳,边风四面起:谓征夫夜间住宿在陇山上,在半夜里听到了戍卒吹响的胡笳之声,又有寒风从四面吹来。

[6]悲莫悲:悲不悲。莫,不。一作"悲莫然"。

简 议

陇道曲折漫长，陇水呜咽道旁；夜半胡笳声起，四周寒风萧萧，这是征夫翻越陇山时见到和听到的凄凉景象。面对这一切，他心中无比茫然，不觉悲从中来。情与景的融会贯通，是诗篇的一大特色。

周紫海诗（一首）

秋日游海北寺

题 解

海北寺即陇州城北之开元寺，始建于唐代，寺内建有七级木塔。清道光十七年（1837）深秋，诗人前往海北寺游览观光；十八年六月前，凭记忆写了这首诗。诗篇主写游寺所见光景。

> 偶来北寺[1]一行游，学驾毡车[2]御白牛。
> 飞步依栏云浪浪，落花满径鸟啾啾。
> 岚光萧索秋将老[3]，古雁离奇影半浮。
> 独有化人[4]堪对酒，漫呼双鹤下沙洲[5]。

注 释

[1]北寺：指位于陇州州治北的开元寺。

[2]毡车：挂着毡毯的车。

[3]老：深。

[4]化人：佛教称神、佛变形为人以化度众生者为化人。这里指海北寺（开元寺）主持和尚海北禅师。

[5]沙洲：海北寺（开元寺）前方和左方分别有汭河和水银河，河中皆有沙洲。这里就此而言。

简 议

诗篇状物写景文笔生辉，但意趣无多。

吴瑶诗（一首）

咏龙门洞

题 解

作者曾作《龙门洞赋》一篇，其后附诗十首。这是十首诗中的最后一首，描写了陇州龙门洞的壮丽清幽。

步入龙门景万千，悬崖古洞横空烟。

定心峰[1]上寂无忧，传道石[2]前有好仙。

曲折虹桥随上下，优游白鹤任翩跹。

谁谓尘世无清境，四顾萧萧别一天。

注 释

[1]定心峰：在龙门洞道院四公祠前西端，孤峰耸立，其顶仅可踞数人，也称"香炉峰""望山峰"。峰腰有洞窟三处。峰下有五层空心铁塔，高二点六米。

[2]传道石：也称"问道石"和"谈玄石"，相传丘处机与元太祖曾坐于此石上谈玄论道。

简 议

此诗止言风物，别无意兴。然语言清朗，文字流光。

曹鉴徵诗（一首）

陇头水

题 解

这是一首拟乐府旧题而作的五言绝句，概诉征戍之苦。

陇水流离下[1]，陇山高接天。

似怜征戍苦，呜咽向秦川[2]。

注 释

[1]流离下：离散而下。

[2]秦川：既是陇水东流必经处，也暗喻征人之故乡。

简 议

泣诉陇山戍守将士之苦，是《陇头水》常见的主题。此诗虽唱老调，但文辞明洁凝练，气韵一贯而下，是同类诗中的妙什。

吴荫荣诗（二首）

龙门览胜二首

题 解

这两首诗在赞美陇州龙门洞风光的同时，抒发了作者春日游山观景的雅兴。

一

览胜龙门到处深，瑶台自不同凡岑[1]。
鹦鸣杨柳声如管[2]，溪泛桃花响似琴。
玉洞仙居云霭霭，珠泉龙卧水沉沉。
披襟坐啸最高处，方遂悠然太古心[3]！

注 释

[1] 瑶台自不同凡岑：瑶台，喻指龙门洞；凡岑，一般的山。
[2] 管：指管乐器发出的声音。
[3] 太古心：太古，远古、上古；太古心，追思远古往事的心。

简 议

诗篇文光焕然，于平中见奇。

二

造化[1]无偏却有偏，龙门削壁景森然。
千寻崎路金龟[2]度，百尺危楼石壁悬[3]。
洞中还问洞中道，阁上犹参阁上仙，
水泛花开香满地，觉来别是一重天！

注 释

[1] 造化：指大自然的创造化育。
[2] 金龟：代指达官贵人。金龟为古代高官所佩之印和佩饰。
[3] 危楼石壁悬：谓楼阁悬挂在石壁上。

简 议

此诗依旧文光焕炳，而意蕴却无。

刘一民诗（九首）

题龙门洞·朝元洞

题 解

朝元洞为龙门洞三十六洞之一，位于湘子湾旧后山门处。此诗谓朝元洞中曾经有神仙隐居，而今无人到访。

孔窍玲珑表里穿，应知深处隐高仙。
丘君一自成真后[1]，更有何人到洞天[2]？

注 释

[1]丘君一自成真后：丘君，指曾修炼于龙门洞，创立了道教全真教龙门派的丘处机；成真，成仙。

[2]洞天：洞中别有天地之意。道家以此称仙人所居之地。如王屋山有十六洞天，泰山等有三十六洞天之说。《云笈七签》二十七《十大洞天》称"十大洞天者，处大地名山之间，是上天遣群仙统治之所"。这里则指朝元洞。

简 议

朝元洞昔隐高仙，而今却无人到访，诗人为其零落而怅然。

题龙门洞·王母宫

题 解

龙门洞王母宫在绝岩山腰西侧，祀奉西王母，殿台下有十余米铁索悬梯。这首诗主写王母宫的一尘不染。

奇门空灵王母宫，深藏巅壑似眠龙。
不教世上风尘染，常养洛神[1]隐脉宗。

注 释

[1]洛神：为传说中的洛水之女神，即宓妃。宓妃为伏羲之女，溺死于洛水，化为洛水之神。在此，以洛神喻西王母。

简 议

无聊之至,乏味至极。

题龙门洞·混元阁

题 解

龙门洞混元阁在全真崖最高处,下距道院一百三十余米,阁中供奉混元老祖。此诗描写混元阁的孤高难到。

岩峙为崖不易攀,混元仙阁在云间。
孤峰绝顶登高望,岫岭[1]齐朝景福山。

注 释

[1]岫岭:山岭。

简 议

这首诗也算写出了混元阁的高昂气势。

题龙门洞·八仙崖

题 解

八仙崖在龙门洞西南约二点五公里处,传说八仙曾在此修炼。这首诗主写八仙崖的陡峭难攀。

峭壁悬崖山磴[1]残,猱行鹿走[2]亦心寒。
若非白鹭兼葭士[3],应在荆坡空眼看。

注 释

[1]磴:石台阶。
[2]猱行鹿走:猱,猕猴;走,跑。
[3]兼葭士:身轻善攀缘的人。兼葭,芦苇,在此喻身轻。

简 议

既然连"猱行鹿走"都感到"心寒",八仙崖的攀登不易可以想见。

题龙门洞·定心峰

题 解

定心峰为龙门洞著名景观。此诗描写了定心峰的秀异。

天设地造定心峰，左右峦头虎伴龙。

不得丘翁留法眼[1]，几乎埋没本来宗。

注　释

［1］不得丘翁留法眼：丘翁，指曾于龙门洞修道的丘处机。法眼，佛教有"五眼"之说，即肉眼、天眼、慧眼、法眼、佛眼，肉眼和天眼仅能见事物幻相；慧眼和法眼能见事物实相；佛眼为如来之眼，无事不知、无事不见。《无量寿经》下谓"法眼观察，究竟诸道"，世人以法眼借指卓越精深的眼力。

简　议

本意是要讲述定心峰的神异，却在无意中张扬了丘处机的德能。

题龙门洞·全真岩

题　解

全真岩位于龙门洞道院北极宫后，高一百三十余米，岩壁顶端建有混元阁，混元阁东侧峭壁上有摩崖石刻，竖写"定日月娄景先生洞"八字，其左横刻"福洞天记，太子千秋"八字，西侧刻有"全真岩"三字。这首诗对全真岩上的题字表示叹赏，表达了欲重新书写、使其翻新的意愿。

是谁峭壁写"全真"[1]？想是仙人现法身[2]。

怎得翎毛[3]为我供，愿将笔势又妆新。

注　释

［1］全真：指混元阁西侧绝壁上的"全真岩"三字。

［2］法身：佛教称佛的真身为法身。隋释慧远《大乘义章》十八谓"言法身者，解有两义：一曰显本法性以成其身，名为法身；二曰以一切诸功德法而成身，故名为法身"。

［3］翎毛：指以鸟兽为题材的画。作者在此以之喻毛笔，殊为不通。

简　议

龙门洞全真岩石刻高悬天际，向来为人称道，而言及此的诗歌仅这一篇。

题龙门洞·灰落字现处

题 解

灰落字现处,指龙门洞全真岩"定日月娄景先生洞"八字所在处。这首诗通过对此处的歌咏,以突出娄景之贤。

龙华会[1]榜五千仙,的是娄公[2]第一贤。

不信君看灰落处,先将景福洞天悬。

注 释

[1]龙华会:庙会之一种。荆楚一带以四月八日诸寺各设会香汤浴佛,共作龙华会,为弥勒佛下生之征。

[2]的是娄公:的,确实、的确;娄公,指西汉的娄景,相传他弃官后隐居龙门洞,更其名为景福山。

简 议

将道教先驱娄景拉入佛教"五千仙"之列于理不通,殊为可哂。

题龙门洞·汉娄景定日月处

题 解

"汉娄景定日月处",指龙门洞混元阁东侧悬崖上摹刻之"定日月娄景先生洞"八字处。

日月如何可定哉,阴阳气聚结灵胎[1]。

先生指出神仙窍,自是愚人悟不开。

注 释

[1]阴阳气聚结灵胎:谓日和月是天地间的阴阳二气凝结成的灵胎。

简 议

甚是无聊,何足称道!

题龙门洞·天桥

题 解

这里的天桥,指龙门山下香积河上的遮云桥。跨过此桥,即可登山前往龙门洞道院。这首诗主写遮云桥的神奇玄妙。

百丈悬崖[1]斧削同,悬桥一道在虚空。

若无大匠[2]真仙手，当面问天路不通。

注　释

[1]百丈悬崖：指遮云桥东侧的峭壁。

[2]大匠：手艺高超的木工。

简　议

诗中所言，俱是实情。大匠手笔，诗韵通神。

无名氏诗（四首）

游景福山四首

题　解

这四首诗采自景福山志书《云溪宫志》中，从不同侧面描写了陇州景福山的灵动秀美。

一

经度仙桥石，归来许暂澄[1]。

碧映天一色，峭拔地千层。

洞化云中鹤，禅空月下僧[2]。

广成[3]何处去？泉水尚频仍。

注　释

[1]澄：安定。

[2]僧：这里泛指出家人，即景福山的道士。

[3]广成：指广成子。传说他为黄帝时人，居崆峒山中。《庄子·在宥》谓"黄帝立为天子十九年，令行天下，闻广成子在于空同（山）之上，故往见之"，《释文》唐成玄英在疏中称广成子为老子别号。

简　议

景福山是道教名山，并无和尚修行其间，而诗中却说"禅空月下僧"。尽管"僧"也可指代个别出家之人，然用在此处终究不妥。

二

晓发琴堂登旅程，青山仿佛是蓬瀛[1]。

龙潜古洞云常护，鹤返墟坛[2]日正晴。

陇树[3]烟锁迷宝刹，石铛煨火煮黄精[4]。

寻幽欲上山顶去，忽听疏钟散晚声[5]。

注　释

［1］蓬瀛：蓬莱和瀛洲的合称，为传说中的仙山。

［2］墟坛：山中庭院（道院）。墟，大丘、山；坛，庭院。

［3］陇树：山上的树木。陇，高丘。

［4］石铛（chēng）煨火煮黄精：铛，有足的炊具，用以煮饭；黄精，草名，又称"黄芝""鹿竹""救穷草""野生姜"，道家以为其得坤土之精粹，故称黄精。《昭明文选·与山巨源绝交书》谓"又闻道士遗言，饵术黄精，令人久寿，意甚信之"，唐李善《注》称"术黄精，久服轻身延年"。

［5］忽听疏钟散晚声：谓道观稀疏的钟声在傍晚时散发出来，表明天已黑了，不能"上山顶去"了。

简　议

本来想去景福山绝顶寻幽，却因天晚不能成行，诗人怅然若失。

三

参天崇岫[1]势何雄，翠染岚光迥不同[2]。

石磴盘旋通绝顶，危峰突兀插层空。

泉流深涧笙簧奏，云起瑶岑[3]雨露濛。

游赏浑忘日色晚，当头明月伴行骢[4]。

注　释

［1］崇岫：高山。

［2］迥不同：远不同。

［3］瑶岑：玉铸似的山峦。

［4］骢（cōng）：本指青白杂毛的马，这里指作者骑乘的马。

简　议

崇岫参天，泉奏笙簧，云雾弥漫。景福山美不胜收。诗人乐而忘返，以至戴月而行。

四

仰止名山幸际游[1]，嘤鸣谷鸟自相求[2]。

千山剑戟临空出，万壑藤萝绕涧浮。

古树笼烟阴漠漠，断云含雨意悠悠。

斜日晚际天将尽，身在瑶台十五洲。

注　释

［1］际游：到游。际，至、到。

［2］嘤鸣谷鸟自相求：取《诗经·小雅·伐木》之"嘤其鸣矣，求其友声"意，盖言山谷中有鸟鸣唱。

简　议

此作之气韵为四首诗之冠冕，将景福山的美标榜得绝无仅有。

无名氏诗（六首）

登御屏峰

题　解

御屏峰为景福山之最高峰，其下建有云溪宫。这首诗为诗人登上御屏峰后作，着力描绘了此峰的雄峻和高耸，抒发了身临绝顶的逸兴。

御屏高耸势何雄，遥望浑[1]疑无路通。

径转峰回[2]凌绝顶，此身飞出尘寰[3]中！

注　释

［1］浑：简直，几乎。

［2］径转峰回：峰回路转，谓行进。

［3］尘寰：尘世。

简　议

诗作笔力豪健，风骨俊逸，既道出了登高远眺的真实感受，也唱出了凌虚御风的飘飘若仙。

秋日登御屏峰三首

题　解

这三首诗为诗人秋季登上御屏峰后作，集中抒写了登山之所见，对御屏峰秋日景色作了精彩描绘，并对山中仙人表示羡慕。

一

独上烟霞顶,川原落日平。

风来千里外,秋向万峰生。

天大容群物,山高入太清[1]。

慈云南海上[2],引领倍关情。

注 释

[1]太清:天空。

[2]慈云南海上:谓在御屏峰上看到的云雾,一如南海观音所居的普陀山的彩云。因南海的普陀山为观音道场,故云。

简 议

此诗境界寥廓,气象森森,格力清抗,文辞华美,韵丰味长,委实高妙。

二

秋染烟霞色,疏林映夕阳。

山深红叶落,僧老白云乡[1]。

招隐寻元宴[2],游仙忆子房[3]。

仙岩高卧处,风景暮苍苍。

注 释

[1]白云乡:传说中的仙人居处。

[2]招隐寻元宴:招隐,招人归隐;元宴,大乐趣。

[3]子房:指汉初人张良。良字子房。相传他弃官后,从仙人赤松子游。

简 议

诗篇词清而句丽,境幽而意长;仙风飒爽,道气冲然。

三

烟霞多秀色,仙籍载山林[1]。

雨洗瑶阶翠,雾迷石径深。

披云[2]时见鹤,对月偶弹琴。

欲叩长生诀,赤松[3]何处寻?

注 释

[1]仙籍载山林:谓景福山的美胜,被记载于仙籍中。仙籍,仙人的

名籍。

［2］披云：分开、打开云雾。

［3］赤松：指传说中的仙人赤松子。有两说，一说神农时为雨师，服水玉以教神农，能入火不烧，至昆仑山，常入西王母石室，随风雨而上下；二说晋人黄初平牧羊，被一道士携至金华山石室中，服食松脂茯苓成仙，改名为赤松子。

简 议

高踞耸入云天的御屏峰上，万般风光尽收眼底，诗人委的饱了眼福，收获了快乐。但因不能求取长生之诀，他不免又生出些许的怅怅来。文采的丰赡高华，使诗篇美感十足。

登混元顶二首

题 解

混元顶即龙门洞道场全真岩之极巅，其溶洞中建有混元老祖神龛，距地面约一百三十余米。这两首诗即言登上混元顶后见到的景象和心中的感受。

一

日出山头渡晓钟[1]，悬崖削壁尽苍松。

入山遥指青云路[2]，叠嶂嵯峨第一层。

注 释

［1］日出山头渡晓钟：点明攀登混元顶的时间在清晨日出时。

［2］青云路：高空之路。攀登混元顶的栈道皆悬于高空岩壁上，故称。

简 议

此作文字佳好，属意平平。

二

转上混元日未西，无边景色对峰题。

悬崖断壑云常护，怪石乔松鹤自栖。

举目仰瞻北斗近，回头俯视华岳低。

玄玄一悟浮生梦[1]，万象包罗天宇[2]齐。

注　释

［1］玄玄一悟浮生梦：谓站在混元顶上，深深地悟出人的一生不过是一场梦。玄玄，深深；浮生，人生。

［2］天宇：天空。

简　议

颔联状景辞华骨俊；颈联言势笔豪兴健；尾联首句的表白，也算登山之一得。

无名氏诗（二首）

游雷神峰二首

题　解

雷神峰在景福山道院之西隅。其上建有雷神庙。这两首诗主要写了雷神峰的奇妙景观。

一

众山罗列见雷峰[1]，谡谡[2]寒风万壑松。

磴道行空人不到，老僧长对碧芙蓉[3]。

注　释

［1］雷峰：指雷神峰。

［2］谡谡（sù sù）：象声词，形容风声。

［3］老僧长对碧芙蓉：老僧，指出家人，非指和尚。谓青绿的山峰聚在一起，状如碧色的芙蓉花。

简　议

虽然只有四句话，诗篇却营造出了幽静空寂的意境。

二

胜地寻幽趋步[1]来，乱风飞舞自徘徊。

频看北斗龙光[2]近，遥指南山豹雾[3]开。

仙气云涧迷绝壑，神峰天际壮高台。

无能[4]会得长生诀，手把黄庭[5]着意猜。

注　释

［1］趋步：疾步，跑步。

［2］龙光：非凡的风采和神采。

［3］豹雾：黑雾。《列女传》卷二《明贤传·陶荅子妻》中说南山中有黑豹。

［4］无能：不能。

［5］黄庭：《黄庭经》的简称。此经是道教经典，主要讲述道家养生修炼之术。一为《黄庭内景经》，说是大道玉晨君作，计三十六章；二为《黄庭外景经》，传说为老子作，凡三篇。此外尚有《黄庭遁甲缘身经》和《黄庭玉轴经》，也称为《黄庭经》。

简　议

诗人来雷神峰访道观经，旨在领会长生之诀。

无名氏诗（二首）

游烟霞二首

题　解

这两首诗描写了在陇州龙门山烟霞洞观光的情形，表达了观景的乐趣。

一

仙人[1]高卧处，回首望云山。
寺出千峰上，僧归万木间。
平生难到此，迟暮[2]始游还。
回忆家山[3]路，何当识旧颜？

注　释

［1］仙人：指山中修行的人。

［2］迟暮：暮年。

［3］家山：家乡。

简　议

诗中"山""回"二字反复出现，有违律诗写作之道。其中尾联两句深怀故园之思，良多慨叹。

二

高望烟霞列翠屏，经筥肩荷叩禅扃[1]。

登山临水皆真乐，辟谷餐霞总杳冥[2]。

秋雨一林红叶满，春风千载碧桃新[3]。

归来莫用燃高炬，恐有山林传慧灯[4]。

注　释

[1]经筥肩荷叩禅扃：经筥，装着佛经的竹篮；肩荷，扛在肩膀上；禅扃，禅门，指寺院的门。

[2]辟谷餐霞总杳冥：辟谷，古称导引之术，不食五谷，可以长生，道家和方士将其附会为神仙入道之术；餐霞，服食日霞，为道家修炼之术；杳冥，高远或极远之处。

[3]春风千载碧桃新：谓春风一来，山中碧桃年年都会开出新花。

[4]慧灯：佛教谓智慧之灯，义同"慧光"。

简　议

余皆不足道，唯"秋雨一林红叶满，春风千载碧桃新"两句醇乎有味、丽都可赏。

附录一

金天羽诗（二首）

金天羽（1874—1947），初名懋基，又名天翮，字松岑，号鹤望，别署麒麟、爱自由者、金一。江苏省吴江市同里镇人。自幼即重视经世之学，肄业于江阴南菁书院。光绪二十四年（1898）荐试经济特科，二十九年（1903）在上海与章太炎、蔡元培等交甚密。曾与陈去病等组织"雪耻学会"，与蔡元培等在上海参加中国教育会和爱国学社。民国元年（1911），当选为江苏省议会议员；十六年（1927），任江南水利局局长；二十七年（1938），任上海光华大学中文系教授。为清末民国初年国学大家，著有《孤根集》《天放楼诗集》《天放楼续集》《天放楼文言》《元史纪事本末补》《鹤舫中年政论》《三大儒学粹》等。

民国间，他曾因事从陕西赴甘肃，于途中创作《自西安至凤翔陇县抵马鹿镇道中杂咏》七律诗四首。这里选录其中的第三首和第四首。

自西安至凤翔陇县抵马鹿镇道中杂咏之三

这首诗记述了攀登陇山的情形，极言此山地理位置的重要。

沂陇关河[1]掌上旋，百车摇兀[2]上青天。
团团碧树笼云栈，泫泫丹溪[3]跌涧泉。
鹦鹉放归求密箐[4]，骅骝[5]展步出穷边。
皋兰异日当中夏[6]，西控乌孙北走燕[7]。

自西安至凤翔陇县抵马鹿镇道中杂咏之四

此诗主写夜宿陇县马鹿镇的见闻。

关山度尽罨垂杨[8]，留种花门迓道旁。

岭阪安屯[9]春放马,碉楼设酒夜刲羊[10]。
鼍更星转梆铃急[11],蜡炬风欺布被凉。
出户鸡鸣旗色晓,陇秦三步此分疆[12]。

注　释

[1]沂陇关河:沂陇,远处陕西西陲的陇县;沂通"圻",边际;关河,本指函谷关和黄河,这里特指陇山中的大震关、安戎关和陇县的汧河。

[2]百(mò)车摇兀:车子跃起移动上升。百,勉力,《左传·僖公二十八年》谓"距跃三百,曲跃三百";摇,上升,《汉书·礼乐志》谓"天马来,执徐时,将摇举,谁与期?"兀,动。

[3]泫泫丹溪:泫泫,流淌;丹溪,指陇山中的溪水。

[4]鹦鹉放归求密箐:鹦鹉,指作者在陇山放生的鹦鹉;箐,细竹名;密箐,茂密的竹林。

[5]骅骝:红色的骏马,此处指拉车的马。

[6]皋兰异日当中夏:皋兰,指甘肃兰州市北部的皋兰县或市郊的皋兰山;中夏,中原、中国。

[7]西控乌孙北走燕:乌孙,古族名,初在祁连、敦煌间;汉文帝后元三年(前141)左右,西迁今伊犁河和伊塞湖一带,都赤谷城;南北朝时,再西迁葱岭以北。走,叱之使去。燕,古国名,姬姓,故地在今河北省北部和辽宁省西端,前222年为秦所灭。

[8]关山度尽罨(yǎn)垂杨:关山,指陇山;罨,覆盖。

[9]岭阪安屯:岭阪,山岭和山坡;安屯,安顿。

[10]刲(kuī)羊:杀羊、割羊肉;刲,割。《国语·楚》下谓"必自射牛,刲羊,击豕"。

[11]鼍更星转梆铃急:鼍指扬子鳄,其皮可蒙鼓;鼍更,鼍鸣声如鼓声,传说鸣数应鼓,如初更一鸣、二更再鸣,故称鼍更。此句是说,到了夜晚,马鹿镇一带预警报平安的鼍鼓、木梆声和铃声响得很急。

[12]陇秦三步此分疆:谓甘肃省和陕西省在陇县最西端的马鹿镇分界。

附录二

李澄宇诗（二首）

李澄宇（1882—1955），原名李寰，字瀛业，笔名洞庭。民国间湖南岳阳（今岳阳县筻口镇山上村周家岭）人。1905年考入湖南讲武堂。1911年10月10日武昌起义事发，时在陕西游幕的他立往武昌参与起义。同年创办《岳阳日报》。1922年任总统府江西行营秘书，授少将军衔。抗日期间，在平江县中、国立师范学校和私立民国大学任教。1949年任湖南省政府秘书长，参与程潜组织的湖南和平起义。1953年，任湖南省文史馆馆员。著有《万桑园诗存》《未晚楼诗韵》等40余种。

别陇州刘友石太守

清光绪至宣统间，诗人曾游幕陕西，并来陇州游历观光，宣统元年（1909），他即将告别陇州返回故乡湖南。临行时，作此诗与时任陇州知州刘友石告别。诗中劝刘氏不要对自己太过想念，谓自己回到家后会怀念身在陇州的刘友石。刘友石又名刘林应，为直隶大城县（今河北省大城县）人，曾于清光绪三十四年至宣统元年（1908—1909）任陇州知州。

人归故国[1]二千里，春赠长途廿四风[2]。
莫向潇湘漫遥望[3]，离魂总绕陇云东[4]。

注　释

[1] 人归故国：人，指作者自己；故国，指作者的故乡湖南岳阳。

[2] 廿四风：即"二十四风"。二十四风，指二十四花信风。

[3] 莫向潇湘漫遥望：告诫刘友石不要经常向湖南岳阳遥望，不必过分挂念自己。

[4] 离魂总绕陇云东：谓自己虽然离开了陇州，但会时时怀念刘友石。陇云，代指陇州知州刘友石。

忆陇州龙门洞

游历陇州期间，诗人曾于1909年游览了龙门洞。三年后，他凭记忆写了这首长诗。诗中对陇州龙门洞的风物形胜作了穷形尽相的描绘，同时流露出伤时忧世的愁怀，表达了匡世济时的心志。

昔[1]我游龙门，陇州之西南[2]。

云鳞[3]抱危洞，松鬣迎征骖[4]。

禹迹所未至[5]，蹑磴穷幽探。

峰烟摇涩雨[6]，崖雾锁飞凫。

龙卧若许年，其下有灵潭。

双龙[7]蟠作门，风雷时往还。

云达绝鸟迹，天梯愁猿攀。

而我屐齿绿[8]，龙背蹋苔斑。

置身于云霄，俛[9]视万象涵。

击磬托遐思，落响动秦关。

或言娄景与长春[10]，曾此锄榛菅[11]。

结殿苍龙窟，青牛怀老聃[12]。

我亦携白云，龙颔采珠[13]还。

碎珠作星斗，瑶光照人间。

胜游忽三祀[14]，龙血满东南[15]。

匣剑时一鸣[16]，风雨愁秋山。

注　释

［1］昔：指清宣统元年，即1909年。

［2］陇州之西南：此说有误。龙门洞位于陇州之西北。

［3］云鳞：状如鱼鳞的云。

［4］松鬣迎征骖：松鬣，状如兽类鬣毛的松树；骖，马。

［5］禹迹所未至：禹迹，禹治洪水，足迹遍于九州，故称九州为禹迹。但在这里，则指大禹的足迹。作者在此句后自注谓"禹凿龙门山，在今龙门、韩城二县，对峙若门，非此洞"。

［6］涩雨：指不甚润滑的雨。

［7］双龙：指龙门山香水河两边的大山。

〔8〕屦齿绿：谓鞋子上粘附了青苔，因而变成绿色。

〔9〕俛（fǔ）：同"俯"。

〔10〕娄景与长春：娄景为西汉初年人，传说他辞官归隐陇州龙门洞；长春指金代的丘处机，他曾在陇州龙门洞苦修六年，创立了道教全真教的龙门派。

〔11〕榛菅：榛，丛生的树木；菅，草。

〔12〕老聃：即老子李耳。

〔13〕龙颔采珠：龙颔，指骊龙的下巴，传说其下有珠。《庄子集释·杂篇·列御寇》谓"夫千金之珠，必在九重之渊而骊龙颔下"。

〔14〕三祀：三年。殷代称年为祀。

〔15〕龙血满东南：龙血意如"龙战"，指诸侯间的混战；东南指中国东南地区。

〔16〕匣剑时一鸣：谓匣中宝剑时不时地鸣响。匣剑，谓宝剑藏于匣中，比喻人才被埋没而不得任用。

附录三

刘树铭诗（五首）

刘树铭，民国中山西省方山县人，曾任陇县政府某科科长。任职陇县时，所作古体诗甚多，均为范山摹水之什。

药王洞题壁三首

药王洞在陇县县城北郊之北坡村，原名谷神观，建于唐，为金代著名道士马钰（号丹阳子）所居之地。道观依山临水，古柏环绕，殿阁差参，为陇县游览胜地。

一

闲曾处处访幽栖[1]，话对浮丘[2]日影低。
篱下黄花饶逸气[3]，村边红叶下[4]清溪。
寒云上下峰头过，霜雁横斜古度西。
限我无法丹化鼎[5]，长望瓮里舞醯鸡[6]。

二

六面孤亭落照间，低听汭水[7]仰看山。
晨钟惊破悲欢梦，暮鼓摇回名利关。
一袅[8]炉烟檐际薄，几声鹤唳岭头远。
淮王肯假飞升术[9]，我必来斯学驻颜[10]。

三

漠漠寒山起伏连，陇头呜咽水堪怜。
一亭孤立霜林外，十柏[11]高遮古殿前。
掇得闲云聊补衲，招来白鹤伴经眠。
丹阳[12]此日归何处，幽洞长空不见仙。

注释

[1]幽栖：隐居。此处指隐居之人。

［2］浮丘：指浮丘公，传为黄帝时仙人。《昭明文选》晋郭景纯（璞）《游仙诗》之三谓"左把浮丘袖，右拍洪崖肩"，唐李善《注》称"《列仙传》曰：浮丘公接王子乔以上嵩高山"。又，浮丘为山名，在今广东省广州市市区西，传为浮丘道人得道处。

［3］黄花饶逸气：黄花，菊花；饶，多；逸气，超迈之气。

［4］下：落。

［5］丹化鼎：在鼎中炼丹。

［6］瓮里舞醯（xī）鸡：醯鸡，小虫名。《庄子·田子方》谓"丘之于道也，其犹醯鸡与！"晋郭象《注》言"醯鸡者，瓮中之蠛蠓"。

［7］汭水：指陇县县城北侧汭河之水。

［8］裊：缭绕。

［9］淮王肯假飞升术：淮王，指汉代淮南王刘安；假，借、给予。传说汉淮南王刘安随八仙白日升天，去时将药器置于庭中，鸡犬食后尽得升天。

［10］来斯学驻颜：斯，这里，指药王洞；驻颜，容颜不衰老（之术）。

［11］十柏：从前，陇县药王洞道院有古柏树一株。柏树生有巨枝十个，十分健壮，中有泉水，四时不涸。泉水中寄生有槐树，蔚为奇观。此树毁于"文化大革命"中。

［12］丹阳：指曾在药王洞修道的马钰，马钰号丹阳子。

香山寺题壁

香山寺位于陇县县城北桑家坡半山上，原名罗汉院，建于唐代，古会期在农历六月十九日，为陇县著名佛教寺院。

高吟远上香山寺，三面云山万里开。
两水抱城流日月[1]，四街烟火失楼台。
禅观试叩彪先吠[2]，空室无应僧未回。
姑坐蒲团参定慧[3]，英雄儿女一齐灰[4]。

注　释

［1］两水抱城流日月：两水，指陇县城北侧的汭水和南侧的汧水；流日月，昼映日而夜映月。

[2]禅观试叩彪先吠：禅观，指佛教寺院，这里指香山寺；彪，本指虎，此处借指香山所饲的犬。

[3]参定慧：静坐参悟佛家智慧。

[4]英雄儿女一齐灰：语意不明。此句突如其来，和全诗的意蕴格格不入，恐非诗中原句。

暮秋夕照陇州北城

这首诗为作者于深秋登上陇县城北城墙所作，主写登城所见秋景，抒发了天下兴亡之感。

> 寂寂闲云岭畔浮，陇州双水夹城流。
> 霞开柿叶霜红案，雁带秋风蓼白洲。
> 几点飞鹰盘夕木，一天暝色下平畴[1]。
> 吴山不识[2]兴亡恨，犹任群峰强出头。

注　释

[1]平畴：平地。

[2]识：知道。

后　记

陇县地处陕西关中西陲，其前身是陇州。陇州历史绵邈，文化底蕴深厚。为了挖掘和弘扬陇州历史文化，增进人们对当今陇县的历史认同、文化认同和情感认同，进而提升其知名度和影响力，我们精心选题、策划、组织，由第二轮《陇县志》副主编王会林同志执笔，历经三个寒暑，数易其稿，编撰了这部《陇州古诗集注》。

编撰此书的基本材料，是录存在《陇州志》《陇州续志》等志书中的三百余首古典诗歌。这些诗歌的创作时间上限囿于南北朝，而且数量偏少，尚不能全面展示陇州的风土民情和人文胜概。鉴于此，我们又查阅了大量的历史文化典籍，从中罗掘出涉及陇州的古诗五百多首，使书中收集的诗歌扩充至八百四十首，将其创作时间由南北朝延伸到了先秦时期，从而丰富了本书的文化内涵，拓展了历史时空。

《尚书·舜典》谓"诗言志"，"志"是诗歌的真谛和灵魂。因此，我们在书中特意设置了"简议"栏目，旨在对每首诗所"言"的"志"进行阐释。与诸多同类书籍相比，这是《陇州古诗集注》一书的特色所在。至于这些阐释是否切中肯綮，只能由读者去评判了，毕竟"诗无达诂"，不妨见仁见智吧。

《陇州古诗集注》的编撰和付梓，也是我们为增强陇县文化软实力、助推县域经济社会更快发展所做的一种尝试和努力。

中共陇县县委党校

2021年5月28日